大别山红色故事

上册

本书编委会 编

中共中央党校出版社

图书在版编目（CIP）数据

大别山红色故事．上册/本书编委会编．--北京：中共中央党校出版社，2022.3（2022.5重印）

ISBN 978-7-5035-7213-5

Ⅰ.①大…　Ⅱ.①本…　Ⅲ.①革命故事-作品集-中国-当代　Ⅳ.①I247.81

中国版本图书馆CIP数据核字（2021）第231392号

大别山红色故事（上册）

策划统筹　任丽娜
责任编辑　任丽娜　桑月月
责任印制　陈梦楠
责任校对　王明明
出版发行　中共中央党校出版社
地　　址　北京市海淀区长春桥路6号
电　　话　（010）68922815（总编室）　（010）68922233（发行部）
传　　真　（010）68922814
经　　销　全国新华书店
印　　刷　中煤（北京）印务有限公司
开　　本　787毫米×1092毫米　1/16
字　　数　408千字
印　　张　25.75
版　　次　2022年3月第1版　2022年5月第2次印刷
定　　价　160.00元（全二册）

微 信 ID：中共中央党校出版社　**邮　　箱**：zydxcbs2018@163.com

大别山红色书籍丛书编纂委员会

第一批纳入
中国共产党人精神谱系的伟大精神

在庆祝中华人民共和国成立72周年之际，党中央批准了中央宣传部梳理的第一批纳入中国共产党人精神谱系的伟大精神，共有如下46种：

建党精神；井冈山精神、苏区精神、长征精神、遵义会议精神、延安精神、抗战精神、红岩精神、西柏坡精神、照金精神、东北抗联精神、南泥湾精神、太行精神（吕梁精神）、大别山精神、沂蒙精神、老区精神、张思德精神；抗美援朝精神、“两弹一星”精神、雷锋精神、焦裕禄精神、大庆精神（铁人精神）、红旗渠精神、北大荒精神、塞罕坝精神、“两路”精神、老西藏精神（孔繁森精神）、西迁精神、王杰精神；改革开放精神、特区精神、抗洪精神、抗击“非典”精神、抗震救灾精神、载人航天精神、劳模精神（劳动精神、工匠精神）、青藏铁路精神、女排精神；脱贫攻坚精神、抗疫精神、“三牛”精神、科学家精神、企业家精神、探月精神、新时代北斗精神、丝路精神。

这些精神，集中彰显了中华民族和中国人民长期以来形成的伟大创造精神、伟大奋斗精神、伟大团结精神、伟大梦想精神，彰显了一代又一代中国共产党人“为有牺牲多壮志，敢教日月换新天”的奋斗精神。

要坚持以习近平新时代中国特色社会主义思想为指导，深入学习贯彻习近平总书记“七一”重要讲话精神，在全党全社会大力弘扬伟大建党精神、深入宣传中国共产党人精神谱系，将其作为党史学习教育和“四史”宣传教育的重要内容，更好地鼓舞激励党员干部群众弘扬光荣革命传统、赓续红色血脉，不断增强“四个意识”、坚定“四个自信”、做到“两个维护”，为实现中华民族伟大复兴凝聚起奋勇前进的强大精神力量。

序　言

红色故事是最好的营养剂

穿越历史的时光隧道，进入烽火连天的革命战争年代，大别山区的古战场给我们展现出一幅幅波澜壮阔、风起云涌的画面——黄麻惊雷、商南起义、六霍暴动，“唤起工农千百万”，敲响了地主豪绅、国民党反动派的丧钟；柴山保、班竹园、独山镇的根据地，“风展红旗如画”，欢庆苏维埃新政权成立的锣鼓震天价响，《八月桂花遍地开》的歌声传遍四方；鄂豫边的柴山保尹家嘴会议，正式诞生了大别山区的第一支红军队伍——中国工农红军第十一军三十一师；新县箭厂河会议，将鄂豫边、豫东南、皖西三块革命根据地划为一个完整的鄂豫皖特区，中共鄂豫皖特委应运而生。与之相应，中国工农红军第一军也合编组成。从此，大别山区的武装革命斗争进入了统一组织、统一指挥、统一行动的崭新格局。

——那一队队衣衫不整，手持大刀、长矛、鸟铳的队伍，随之实现了“鸟枪换炮”：整编后的红一军，每人获得两套灰布军装及绑带、挎包，帽子和领子上都缀上了红五星帽徽和红领章，每人还配有用桐油油过的斗笠一顶、铁脚码子一副。这是鄂豫皖红军首次有了比较正规和统一的军装。

——那一面面红色的旗帜也被绣上了镰刀和锤头，象征着红军部队在中国共产党的领导下，为人民的解放事业而战，为建立没有剥削和压迫、人人平等自由的新中国而战。这支新型的人民军队所高擎的一面面鲜红的党旗，时而飘荡在大别山的河流田川，时而高扬在深山岩洞，不论环境多么艰苦，不论敌人如何残酷进剿，始终坚持28年红旗不倒，火种不灭。

——大别山的红色土地演绎着一幕幕悲壮画卷，造就了一批又一批的英雄人物。有的心火似火，破家革命；有的大义灭亲，带头土改；有的英烈满门，精忠报国；有的面对屠刀，慷慨就义；有的坚持真理，坦然赴难；有的铁心向党，忍辱负重；有的横刀立马，勇冠三军；有的战伤累累，九死一生；有的舍己为人，把生的希望让给同志，把死的困境留给自己；有的恪尽职守，倾心为民，“俯首甘为孺子牛”。他们用自己短暂的生命、壮丽的人生，诠释了共产党人的精神本色；他们用生动感人的事迹，书写出大别山的红色故事。

大别山是革命的山、战斗的山，也是英雄的山、光荣的山。大革命时期，这里是全国最早建立共产党早期组织的地区之一，是全国农民运动发展最快最好的地区之一。土地革命时期，这里创立了著名的鄂豫皖革命根据地，相继建立了红四方面军、红二十五军、红二十八军三支主力红军。抗日战争时期，由红二十八军改编的新四军第四支队和在这里诞生的新四军第五师成为中原敌后抗战的中流砥柱。解放战争时期，中原突围和刘邓大军千里挺进大别山为全中国的解放立下了不朽功勋。尤其是罗礼经光游击队在极其艰难险恶的环境下，顽强地坚持战斗在大别山区，创造了28年红旗不倒、火种不熄的奇迹。在中国革命的伟大征程中，大别山地区有200余万人参军参战，100多万英雄儿女献出了宝贵生命，山山埋忠骨，岭岭皆丰碑。同时，在这块红色土地上走出了700多位共和国将军和省部级领导干部。在全国十大将军县中，大别山就占其五。大别山人民为了中国革命的胜利作出了不可磨灭的贡献。

了解历史，才能看得远；永葆初心，才能走得远。习近平总书记在河南考察工作时的重要讲话，充分肯定了大别山在中国革命中的历史地位和重要贡献，他指出，鄂豫皖苏区根据地是我们党的重要建党基地，也是中国工农红军的诞生地之一。党的创始人陈独秀、李大钊，党的一大代表董必武、陈潭秋等亲自指导了这里的建党活动，徐向前、刘伯承、邓小平、李先念等老一辈革命家在这里留下了战斗足迹。这里诞生了红四方面军、红二十五军、红二十八军，走出了340多位将军，二七大罢工影响深远，大别山“二十八年红旗不倒”，鄂豫皖苏区首府所在地新县是“将军的摇篮”，中原局旧址确山竹沟被称为“小延安”，焦裕禄精神、红旗渠精神、大别山精神等都是我们党的宝贵精神财富。

历史是最好的教科书。对于我们共产党人来说，中国革命历史是最好的营养剂。2019 年 9 月，习近平总书记到河南考察时，第一站就是鄂豫皖苏区首府烈士纪念陵园。他说，我每次到革命老区考察调研，都去瞻仰革命历史纪念场所，就是要告诉全党同志不能忘记红色政权是怎么来的，新中国是怎么来的，今天的幸福生活是怎么来的，就是要宣示中国共产党将始终高举红色的旗帜，坚定走中国特色社会主义道路，把先辈们开创的事业不断推向前进。他要求党员和干部要多学党史、新中国史，自觉接受红色传统教育。他还特别强调，要讲好党的故事、革命的故事、根据地的故事、英雄和烈士的故事，加强革命传统教育、爱国主义教育、青少年思想道德教育，把红色基因传承好，确保红色江山永不变色。2019 年 8 月中下旬，他在甘肃考察时，还说要讲好红军的故事，讲好西路军的故事，把红色基因传承好。习近平总书记的这一系列重要讲话，语重心长，为我们了解大别山的红色历史，学好讲好用好红色故事，赓续红色血脉，提供了强大的思想武器和行动指南。

在庆祝中国共产党成立 100 周年的时候，耿显榜、耿姗姗、王占强等大别山区的一些红色文化研究人员，在掌握大量素材的基础上，编写了这本《大别山红色故事》，这是贯彻落实习近平总书记重要讲话精神的实际行动，也是为迎接和庆祝建党 100 周年献出的一份厚礼。须知，大别山的红色故事浩如烟海，有如山上的树，数不胜数；有如河里的沙，掘取不尽。要在短期之内收集整理出方方面面的红色故事，的确不易。而要言人所未言、人所未知的新鲜故事，就更加困难。现在有了这么一个成果，值得庆贺，值得点赞，至少可以起到抛砖引玉的作用。

要讲好大别山的红色故事，就要写好故事。大别山的红色故事，特别是人物故事俯拾即是，要寻找有影响、具有典型教育意义的人物或事件来写，以扩大其影响。要突出感染力。不论是人物或事件，都要写得生动活泼，感人至深，使之具有吸引力和可读性。要突出真实性。既要把人物或事件写活，也要防止凭空想象，胡编乱造。要突出创新性。努力收集鄂豫皖边区的身边事、小故事、新故事。对于这本《大别山红色故事》，我虽未读过全书，但单看目录，就感觉既有革命前辈的言传身教和百战将军的奇闻轶事，也有革命英烈视死如归、可歌可泣的感人事迹；既有已在书籍报刊中读到过的英雄事迹，又有新典型、新命题和新发现，相信会给读者耳目一新的感受。

譬如，书中讲道，红四方面军在翻越大巴山时，红军班长陈松庭在深夜睡在草棚门口，用自己的身体为大家遮风御寒。第二天天亮时，战士们发现，这位平凡而伟大的共产党员已献出了宝贵的生命。这是多么崇高的精神境界！再如，“布衣省长”张体学在考察恩施县的一条山道上碰到了一堆牛粪，他不是绕行而过，而是挽起袖子，把这堆牛屎用手捧到秧田里。随行人员不理解，他边在田里洗手边扭头笑着说：“牛屎不脏不臭嘛！它是青草在牛的胃里加工而成的天然肥料，不送到田里是一种浪费。”这又是一种多么纯洁的心灵、多么敬业的精神和感人的场面，他用无声的行动让我们懂得了“做官必先做人、做官必先立德”的道理。

要讲好大别山的红色故事，就要学好用好红色故事。红色故事是无数革命先驱和革命先烈在推翻旧世界、建立新社会的过程中所经历的生死搏斗、所展示出来的英雄气概、所体现出来的崇高品德，是我们树立正确的世界观、人生观、价值观的一杆秤、一面镜。学好用好红色故事，可以让我们的心灵得到净化，境界得到提升，信念更加坚定，可以自觉地把人生理想、事业前途和个人奋斗目标融入国家富强、人民幸福、民族复兴的伟业中去，从而更好地做到践行初心担使命，光大传统续长征，不断地从红色故事中校正人生航向，把准前进坐标，吸取开拓未来的磅礴力量。

我相信，这本书的问世，将为大别山这座红色宝库增添一缕光华，为更多的人学习研究红色历史带来热忱和兴致；更希望人们通过阅读这本红色图书，进一步感知革命前辈的家国情怀、革命先烈血沃中华的大义，从他们的身上吸取政治营养，不断地促进自身的思想改造，更好地承担历史赋予我们的神圣职责和使命。

是为序。

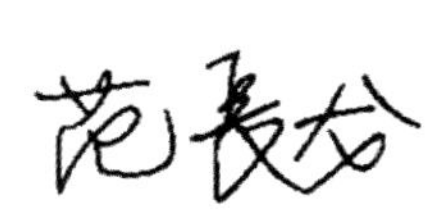

中共中央军委原副主席、上将

2021年12月

目　录

CONTENTS

上　册

下 册

卷首语

让我们呼吸英雄的气息

英雄是时代的楷模，更是民族的脊梁、国家的精英。“饮水当思源头，为人莫忘本色。”今天，当我们身处和平环境，享受幸福和谐生活的时候，怎能忘记那些肩扛道义，为实现建党伟业而呕心沥血、鞠躬尽瘁的革命前驱，又怎能忘记那些为中华人民共和国的诞生而抛头颅、洒热血的革命英烈。

让我们记住法国罗曼·罗兰的经典名言：“打开窗子吧！让自由的空气重新进来！让我们呼吸英雄的气息。”

大别山的近代史，是一部在中国共产党的领导下，英雄儿女闹革命、舍生忘死为民生的革命史。在这部血写的红色历史中，矗立着一座座不朽的丰碑，留存着一处处红色遗址，碑刻着一位位视死如归、大义凛然的英名，记载着一件件震撼心灵的历史事件，流传着一桩桩鲜活生动、感人至深的人文轶事。

这一座座丰碑，是红色的火炬，象征着永不磨灭的大别山精神；这一处处遗址，是红色的证物，是革命先辈留给我们的极其宝贵的物质和精神遗产；这镌刻在石碑上的英名，是我们景仰崇拜的英雄，每一位英名的背后，都有一个说不尽、道不完的红色故事；而发生在革命战争年代的那些历史事件和人文轶事，更是我们在传承红色基因的过程中，需要着力挖掘和探讨的重大课题。

大别山的红色故事浩如烟海、灿若星辰，本书仅就我们收集到的一些刻骨铭心的鲜活故事整理如下。

红色是中国共产党、中华人民共和国最鲜亮的底色，在我国960 多万平方公里的广袤大地上红色资源星罗棋布，在我们党团结带领中国人民进行百年奋斗的伟大历程中红色血脉代代相传。每一个历史事件、每一位革命英雄、每一种革命精神、每一件革命文物，都代表着我们党走过的光辉历程、取得的重大成就，展现了我们党的梦想与追求、情怀和担当、牺牲和奉献，汇聚成我们党的红色血脉。红色血脉是中国共产党政治本色的集中体现，是新时代中国共产党人的精神力量源泉。

——摘自习近平总书记 2021 年 6 月 25 日在十九届中央政治局第三十一次集体学习时的讲话

第一章 宣传马列 传播星火

链接

陈望道对建党的贡献 （篇一）

毛泽东与董必武 （篇三）

董老停车服侍一位老婆婆 （篇四）

吴焕先智取地主老财资金 （篇十三）

彭（湃）杨（殷）军政干部学校 （篇十四）

篇一

首传马列播真理　照亮大别启明星

——大别山地区传播马克思列宁主义的情况综述

1917 年在俄国发生的十月革命和 1919 年在中国北京发生的五四运动，使马克思主义在中国大地迅速广泛地传播开来。大别山地区一批受十月革命影响和五四运动斗争锻炼的先进知识分子，通过不同途径学习和接受马克思主义，促使他们的世界观和人生观发生根本转变，逐渐成为马克思主义者和共产主义的先进战士。

那么，在大别山地区究竟有哪些人、哪些区域最早传播马克思列宁主义，播撒革命火种呢?

马列旗手李大钊。李大钊是与陈独秀齐名的建党元勋，更是中国最早的马克思主义传播者，在中国共产主义运动和民族解放事业中，具有崇高的历史地位。“南陈北李，相约建党”，就是最经典的形象说法。

李大钊，字守常，河北乐亭县人。生于 1889 年 10 月 29 日。1913 年冬，他怀着忧国忧民的情怀，东渡日本，考入东京早稻田大学政治本科学习。1916 年回国后，他积极投身新文化运动，宣传民主、科学精神，抨击旧礼教、旧道德，向封建顽固势力展开猛烈进攻。1917 年俄国十月革命胜利后，李大钊同志备受鼓舞，连续发表《法俄革命之比较观》《庶民的胜利》《布尔什维主义的胜利》《新纪元》等文章和演讲，热情讴歌十月革命。他敏锐地认识到这场革命将对 20 世纪世界历史进程产生划时代的影响，从中看到民族独立和人民解放的希望，满怀信心地预言：“试看将来的环球，必是赤旗的世界!”

1920 年 3 月，李大钊在北京大学发起组织马克思学说研究会。10 月，在李大钊发起下，北京共产主义小组建立。

1921年中国共产党成立后，李大钊不仅代表党中央指导北方的工作，而且6次到河南讲授马克思列宁主义、传播革命火种，指导建党工作。在郑州铁路职工学校、在开封的河南大学，在洛阳军阀驻地，至今留存着他与铁路工人促膝谈心，与大学师生交流学习马克思列宁主义关于阶级斗争学说的体会，与军阀吴佩孚斗智斗勇的闪光足迹。在武汉，在合肥，也都有李大钊宣传革命真理的战斗身影。尽管他被反动军阀杀害，壮烈牺牲时年仅38岁，但他的光辉形象和伟大精神，永不磨灭，万古流芳。

播火者李汉俊。李汉俊，湖北潜江人。早年留学日本东京帝国大学。留日期间受日本著名马克思主义经济学家河上肇的影响，开始信仰马克思主义。1918年回国，从事翻译和撰写工作，积极宣传马克思主义，创办《劳动界》，并参加编辑《新青年》、上海《星期评论》《共产党》等进步刊物。

1920年5月，和陈独秀等组织成立上海马克思主义研究会。8月，和陈独秀等发起成立上海共产党早期组织。这是中国第一个共产党早期组织。12月，代理上海组织书记，负责全面领导工作和与全国各地党组织的联络工作。1921年7月，作为上海地区代表出席中国共产党第一次全国代表大会。中共一大就是在他和其兄李书城的寓所召开的。

1922年因与陈独秀、张国焘意见不一，回武汉从事革命工作。1923年参与领导京汉铁路总罢工。第一次国共合作时期加入中国国民党，先后担任国民党湖北省党部执行委员、湖北省政府委员兼教育厅厅长等职。1924年，中共中央鉴于他自动脱党，正式开除他的党籍。1925年底主持武昌大学校务工作。1926年春赴上海大学社会学系任教，主讲唯物史观。1927年底被军阀胡宗铎逮捕，12月17日在汉口遇害。

李汉俊是中共创立时期有影响的政治家、思想家之一，被誉为马克思主义的“播火者”。董必武称赞他是“我的马克思主义老师”。1952年8月，中华人民共和国中央人民政府主席毛泽东亲自签发《革命牺牲工作人员家属光荣纪念证》，证书上写着：“李汉俊同志在革命斗争中光荣牺牲，丰功伟绩永垂不朽!”

一代伟人董必武。“南陈北李，两湖毛董”，这是时下人们对中国共产党早期4位重要领导人——陈独秀、李大钊、毛泽东、董必武的尊称和一致公认。

董必武出生于大别山南麓地区的湖北省黄安县（今红安县）。1919年在上海期间，董必武通过友人的介绍认识了从日本留学归国的李汉俊。李汉俊热情地向董必武介绍了十月革命和苏俄情况，将自己从日本带回的马克思主义书籍和日本进步杂志推荐给董必武阅读，从而使董必武彻底改变了人生道路：实现了从传统的知识分子到民主主义者，再从民主主义者到马克思主义者的转变，成为一代伟人。

荆楚大地群星灿。五四运动前后，荆楚大地风雷激，群星播火大别山。董必武、李汉俊、陈潭秋、恽代英、林育南、林玉英、刘伯垂、萧楚女、刘子通等，最先高举马克思列宁主义大旗，创办多种进步书刊和书社，介绍苏俄十月革命，宣传马克思列宁主义；开办各类学校和组织多类进步团体，培养革命骨干。紧接着，赵子俊、赵子健、郑凯卿、黄负生、詹大悲、夏明翰、施洋、杨松、闻一多、林祥谦、向警予等革命先驱，奋不顾身地投入大革命洪流，为鄂豫皖三省的工农革命运动张开了风帆，开启了先河。这些优秀的革命先驱为了探索救国救民的真理，上下求索、奔走呼号；为了开启民智，实现建党伟业，勇立潮头唱大风，甘洒热血写春秋。他们是马克思列宁主义的传播者，是共产主义的擎旗手，也是大别山区的启明星，照亮了一批又一批革命者前行的路。

正是因为大别山区有了上述众多的“启明星”，促成了马克思主义在大别山区的迅速广泛传播。

豫南涌起革命潮。1920年冬，武汉学生运动领导人恽代英将进步团体互助社由武汉迁至信阳柳林学校，传播马克思列宁主义，发动工农运动，使这里成为豫南的革命发祥地。第三师范学校创办豫南书社；信阳县立师范讲习所教师高擎宇与陈岐山创建豫南图书馆；罗山县回乡学生组建青年学社；商城县在武汉求学的董汉儒、袁汉民回乡组织书社、学会、读书会和平民夜校；光山县的汪厚之于1919年春，考入武昌中华大学时，正值五四运动爆发，他积极参加武汉学生的游行集会。1922年毕业返乡后，联络光山进步青年，建立光山学界同人研究会，探讨改造社会的理论。1923年加入共产党组织，积极投入当地农民运动和发展党团组织，被选为中共豫东南特委书记，后在领导发动大荒坡起义中壮烈牺牲。此外，在武汉上学时加入中国共产党的殷仲环、杜彦威、熊少山等，也在返乡后创办学校、夜校和竹林会，积极传播马克思列宁主义的阶级斗争学说；潢川省立七中教师吴丹坤等在学校开设“苏联之现状”的课程和介绍进步书刊的图书馆，组织读书会；固始县学生联合会创办《青年周刊》，志成学堂教师詹谷堂、曾静华组织读书会。这些马克思主义先进分子采用各种方法宣传革命思想，为豫南地区工农运动的兴起奠定了扎实基础。

马克思列宁主义的传播在信阳工人中产生强烈反响。1922 年 1 月，中共北方区委派遣党员到信阳铁路工人中开展活动，2 月成立信阳铁路工人俱乐部，开办工人夜校和讲演会，工人纷纷加入俱乐部。11 月，成立信阳铁路分工会。1923 年 2 月，京汉铁路爆发大罢工，信阳分工会发表罢工宣言，组织驻马店至广水段 2000 余名工人参加，并成立 80 多人的敢死队，卧轨截车，使一切车辆停驶。直系军阀部队五十三团捣毁工人俱乐部，信阳县知事率警察来镇压，工人不畏强暴，将其赶走，充分展示出工人阶级的团结战斗力量。

皖西英杰立潮头。五四时期，风起风涌，英杰辈出，灿若星汉。立于时代潮头的皖西革命志士，也是五四明星中耀眼的一簇。当陈独秀高扬科学和民主的大旗之时，他的老友高一涵、高语罕、刘希平等皖西志士立即响应，以报刊和学校为主要阵地，积极开展“启封建之蒙”的新文化运动，发出革命运动的先声。

1920 年初，六安三农教师朱蕴山、桂月峰和学生会会长翟其善等组建了“中国革命小组”。在芜湖读书的寿县青年曹蕴真、曹渊、薛卓汉、方英等人，“鉴于社会日趋险恶，改造事业刻不容缓”，遂发起组织“马克思学术研究会”，并成立“爱社”，主张将来从事农村工作。在省教育界服务的霍山人洪世奇，派其侄儿洪实和省学生联合会会长舒传贤一道，回乡宣传马克思列宁主义。在他们的推动下，霍山教育界进步人士“把马克思学说列宁小史编入正课”。

1921 年以后，在北京、上海、武汉、芜湖、安庆等地的皖西籍进步知识分子，不断向家乡传回各种进步书刊，使马克思主义的学习、研究和宣传活动逐步深入地开展起来，并由此造就了一大批革命骨干。1922 年皖西就有了党的组织，从此，皖西人民的革命斗争步入了新的历程。

链 接

陈望道对建党的贡献

中国共产党从成立的第一天起，之所以能够坚持用马克思主义的宇宙观观察世界和改造社会，旗帜鲜明地把社会主义和共产主义规定为自己的奋斗目标，并坚持用革命手段来实现这个目标，很重要的一个原因，就是在建党的思想理论准备中，《共产党宣言》起了十分重要的作用。而《共产党宣言》能够被中国共产党人所看到、所掌握，多亏了陈望道的翻译。

1920 年 2 月，陈望道为翻译《共产党宣言》，秘密回到浙江义乌自己家中。他在潜心翻译时，把粽子蘸着墨汁吃掉却浑然不觉，还说："够甜，够甜的了！""真理的味道非常甜"，这彰显了中国的共产主义者对马克思主义救国真理的渴求，对共产主义理想的坚定信念。1920 年 8 月，《共产党宣言》中文全译本出版，成为马克思主义在中国传播史上的一件大事。

篇二

同声相应　同气相求

——大革命时期毛泽东和董必武致力推动农民运动的故事

江城武汉，华夏腹心、“九省通衢”之地。在轰轰烈烈的大革命时期，广州国民政府和国共两党中央先后迁到武汉，使武汉成为大革命活动的中心枢纽。在这个国共合作的重要政治舞台上，毛泽东和董必武作为党的一大代表、两湖革命运动的核心领导人物，在武汉同声相应、同气相求，携手并肩、密切配合，导演出许多有声有色的威武雄壮的活剧，不仅直接点燃了大别山的革命烈火，而且有力地推动着全国农民运动的迅猛发展。故而有“南陈北李，两湖毛董”之说。

董必武大力支持毛泽东举办中央农民运动讲习所

高度重视农民问题，教育培训农运骨干，发展农民武装，是大革命时期毛泽东和董必武的一致共识，也是他们身体力行、奔走呼号，竭力推动的伟大事业。

1926 年 1 月，在广州召开的国民党二大上，毛泽东参加了新成立的国民党中央农民运动委员会，并被任命为国民党中央农民部主办的农民运动讲习所所长。不久，在上海召开的中共中央执行委员会扩大会议之后，毛泽东接到中共中央通知，担任中共中央农民运动委员会书记。11 月下旬至 12 月上旬，毛泽东从上海来到武汉，在汉口设立中央农委办事处，他所做的第一件事，就是制订出《目前农运计划》，指导鄂、豫、赣、湘、川、皖等省的农民运动。为适应农民运动迅猛发展迫切需要大批农运干部的新形势，他向国民党湖北省党部提出在武昌举办农民运动讲习所的建议，得到董必武的大力支持和积极响应。

这时的董必武，身兼国共两党数职，在全国特别是在武汉威望高、人气旺。在国民党二大上，他当选为国民党候补中央执行委员，派驻湖北省负责指导国民党党务。随后又兼任中共湖北省委委员和国民党湖北省委常委等职。董必武于 1926 年 12 月 15 日，主持召开了国民党湖北省第三届执行委员会第一次会议，研究开办农民运动讲习所的问题，决定拨经费 16000 元。会后，又函请“湖北政务委员会”拨前“私立政法学校”为农讲所校址；董必武还亲自为农民运动讲习所选送学员、介绍军政教员。由于董必武的全力支持，才冲破了蒋介石的阻挠，使“中央农民运动讲习所”（简称农讲所）能在 1927 年 3 月按期开学。

武昌农民运动讲习所开办后，毛泽东聘请董必武为农讲所顾问和特邀教员，请他到“中央农民运动讲习所”作专题报告。

毛泽东坚决支持董必武提出的镇压土豪劣绅议案

两湖农民运动的迅猛发展，引起了地主豪绅的恐慌，同地主豪绅有千丝万缕联系的国民党右派，包括北伐军中的一些军官，也强烈不满，积极参与到镇压农民运动中来。董必武利用所担负的国共两党职务与之进行了针锋相对的斗争。

1927 年 3 月 2 日，他针对地主豪绅在阳新等地杀害农运干部的事件，召开国民党湖北省党部紧急会议，讨论援救阳新、监利惨案的办法。按照会议决定，省党部会同省农协等组织共同派出专人和两连军队开赴阳新，镇压了豪绅暴乱，并发动群众，召开公审大会，枪决要犯十多人。这次行动灭了反动派的嚣张气焰，长了工农群众的革命斗志，使阳新农会会员由数万人猛增到 30 万，成为全省农会会员最多的一个县。

为了更有力地支持农村的大革命，镇压土豪劣绅的破坏活动，董必武主持召开了国民党湖北省党部会议，制定了《湖北省惩治土豪劣绅暂行条例》和《审判土豪劣绅暂行条例》，提交到国民党二届三中全会批准施行。

3 月 10 日，国民党二届三中全会在汉口举行。董必武在会上说：“湖北的惩治条例系根据湖南已行之惩治条例，足以维护农民运动。因为土豪劣绅之犯罪，为普通法律所不能及，应从速颁布。”毛泽东在会上坚决支持董必武提出的议案，他说：“土豪劣绅必须以革命手段处置之，必须有适应革命环境之法庭，最好由农民直接行动。和平的办法，是不能推倒土豪劣绅的，故亟应颁布此条例，以便推行各省。”

在董必武、毛泽东和其他国民党左派人士的努力下，这两个条例获得通过，于3月18日公布并在湖北全省范围内施行。董必武和毛泽东在国民党二届三中全会上互相支持、互相帮助、互相促进的紧密配合，被人们传为佳话。

董必武积极传扬毛泽东的《湖南农民运动考察报告》

关于农民运动的争论，也反映到党内来。1926年12月中旬，中共中央在汉口举行特别会议，中心议题是讨论如何看待农民运动问题。尽管毛泽东、董必武、瞿秋白等同志力主支持农民运动，发展农民武装，但却遭到总书记陈独秀的否定。会议最终确定党的主要策略是：限制工农运动发展，反对“耕地农有”，以换取蒋介石由右向左转变。这显然是一种向国民党右派妥协投降的策略路线。

农民运动究竟是“好得很”，还是“糟得很”，让事实说话。为此，毛泽东以国民党中央候补委员身份，从1927年1月4日开始，深入湖南的湘潭、长沙等5县考察农民运动。此次考察历时32天，行程700公里。在掌握大量的第一手材料之后，毛泽东于2月12日由长沙回到武汉，住进武昌都府第41号，伴着油灯，挥笔疾书，写完了2万多字的《湖南农民运动考察报告》。在这篇激情洋溢的报告中，毛泽东列举了农民在农协会领导下所做的14件大事，认为都是革命的行动和完成民主革命的措施，“孙中山先生致力国民革命凡四十年，所要做而没有做到的事，农民在几个月内做到了。这是四十年乃至几千年未曾成就过的奇勋。这是好得很。”报告还提出要“推翻地主武装，建立农民武装”。

毛泽东的报告于3月5日首先由中共湖南区委机关报《战士》周刊发表

后，各大报刊纷纷转载，不仅引起两湖舆论界的轰动，而且引起党内外、国内外各界人士的广泛关注。中共中央政治局委员瞿秋白指示汉口长江书店以《湖南农民革命（一）》为书名，出版了单行本，并为该书作序。董必武高度赞扬毛泽东的考察报告“言之凿凿，高屋建瓴，对土豪劣绅和国民党右派来说，是投枪，是匕首；对党内的同志来说，犹如醍醐灌顶、警钟长鸣”。董必武不仅指示由他主办的《汉口民国日报》加印转载，而且购买1万多册单行本发送给由他创办的私立武汉中学的学生，以及由他掌握的工会和农协会等组织成员。从而为湖北各地的农村大革命运动指明了方向，提供了精神食粮和行动遵循。

毛泽东、董必武等40位名士联名讨蒋

1926年11月，北伐军攻克南昌以后，蒋介石就在那里设立他的总司令部，同时把他的嫡系部队安置在福建、江西一带，提出把国民党中央党部和国民政府迁到南昌，以便在他的势力控制下，达到其篡夺胜利果实的目的。中国共产党和国民党左派坚决反对蒋介石这一反动阴谋。

1927年3月10日，在中国共产党的推动下，国民党在汉口召开了二届三中全会。会上，毛泽东、董必武、林伯渠、吴玉章、恽代英等，联合国民党左派宋庆龄、何香凝和邓演达等人，通过了提高党权，提高民主，废除主席制，撤销蒋介石中央常务委员会主席、军事委员会主席及中央组织部部长的职务等重要决议；规定总司令为军事委员会委员之一，并对总司令的职权作了一定的限制。这次会议严重地打击了蒋介石的反革命阴谋。紧接着，武汉100万群众在阅马厂举行纪念孙中山先生逝世两周年大会。会上，董必武提出“厉行总理联俄、联共、扶助农工三大政策”“恢复民主集中制，反对个人独裁”“铲除党内外一切反革命者的恶势力”“查办暗中和帝国主义联络和军阀谋妥协者”等重要提案，把蒋介石对外勾结帝国主义、对内同军阀妥协的反革命阴谋暴露在光天化日之下。

4月10日，以共产党员和国民党左派占优势的湖北省政府正式成立，董必

武当选省政府三常委之一（其他二人是孔庚、张国恩）并兼农工厅厅长，主持省政府的工作（实行常委制，不设主席）。董必武运用他担任省党部和省政府常委的有利地位，有力地推动了全省反帝、反封建、反对国民党新右派的革命斗争。

蒋介石在上海发动四一二反革命政变的消息传到武汉后，4 月 22 日，毛泽东、董必武、恽代英、吴玉章、林伯渠等联合国民党左派宋庆龄、邓演达、何香凝等 40 人，联名发表《讨蒋通电》，痛斥蒋介石的罪恶行径，指出如不去此“民众之蟊贼”“革命群众将无噍类”。4 月 23 日，武汉的革命群众举行了 30 万人的讨蒋大会和示威游行，愤怒地喊出了“打倒蒋介石”的口号。在武汉以及两湖地区，波澜壮阔的反蒋斗争蓬勃兴起。

毛泽东、董必武力主镇压麻城土豪劣绅

1927 年 5 月，在汪精卫集团的怂恿下，麻城县土豪劣绅勾结河南光山县地主武装红枪会上万人，发动了围攻麻城的反革命暴乱。在十分危急的情况下，中共麻城县委派王树声前往武汉告急。董必武听取汇报以后，立即召开省党部、省政府、省农协联席会议，主持组织了麻城惨案调查委员会，并命令原在黄安县剿匪的一个警卫营，火速赶往麻城，支援麻城人民的革命斗争。会后，董必武又引领王树声到农讲所向毛泽东求援。毛泽东听取情况后，斩钉截铁地说：“反动派不打不倒，我们学生军支援你！”当即派出了中央农民运动讲习所的 300 名武装学生，星夜驰援麻城，迅速平定了反革命暴乱。

6 月 4 日《民国日报》载：“自该学生军到后，农民非常欢迎，组织敢死队千余人，各持长枪，夹在学生军中助战……每次战斗，即召集当地农民宣传，农民非常接受，学生军提出的口号，多受感动。”

毛泽东、董必武鲜明提出分清革命敌友和武装斗争，积极倡导武装上山

在蒋介石、汪精卫叛变革命的前夜，毛泽东和董必武就预料到“山雨欲来

风满楼”，地主豪绅及国民党新军阀决不容许革命力量做大，随时有可能将革命烈火扑灭。因此，无产阶级政党必须分清革命敌友，重视枪杆子，建立革命武装。在认清革命敌友和武装斗争问题上，两人不谋而合。

1925 年 12 月，毛泽东发表了著名的《中国社会各阶级的分析》一文，提出了“谁是我们的敌人？谁是我们的朋友?”这个革命的首要问题。但是，早在四个多月前，即 1925 年 7 月中旬，董必武在主持起草的国民党湖北省第一次全省代表大会宣言中，就明确提出“谁是我们的友？谁是我们的敌?”这个问题，并作出了初步的分析。在长期的革命斗争实践中，董必武认识到单纯依靠军队进行军事活动的斗争策略是行不通了，但又一直认为“革命是需要武力的，有文事必有武备”。1927 年 4 月 4 日，董必武在国民党湖北省党部举行的总理纪念周会上，做了题为《我们目前的两个大斗争》的重要演讲，提出“凡是革命非武装不可”的理论，与 1927 年 8 月 7 日毛泽东在党的八七会议上提出的“枪杆子里面出政权”的论断不谋而合。

1927 年 7 月 4 日，中共中央在武汉召开常委扩大会议。会上，毛泽东提出保存武力、武装上山的主张。1927 年 8 月 7 日，毛泽东在汉口参加了党的八七会议。会上，毛泽东第一个发言，批评了陈独秀放弃无产阶级领导权的错误，并提出了一个著名论断：枪杆子里面出政权。会议最后选举临时政治局成员，毛泽东被选为候补委员。

8 月 9 日，瞿秋白主持召开临时中央政治局第一次会议。作出《对湘省工作的决议》，指定毛泽东为中央特派员，到湖南传达党的八七会议精神，改组湖南省委。中央还决定成立湘南特委，毛泽东任书记，领导秋收起义。12 日，毛泽东从武汉去湖南领导秋收起义，后率领起义队伍创建井冈山革命根据地，最终找到了一条以农村包围城市、武装夺取政权的革命道路。

第一次国共合作全面破裂，大革命失败后，白色恐怖笼罩全国。国民党中央、武汉警备司令部以及黄安县政府均重金悬赏通缉董必武。董必武没有被反动派的嚣张气焰吓倒。他根据党的指示，积极地把在武汉地区公开活动较多的中共党员和国民党左派人士疏散、转移出去，其中派回黄安的中共党员和进步青年学生近 50 人。董必武虽未直接参加南昌起义，但他与宋庆龄、邓演达、林祖涵、吴玉章、柳亚子、毛泽东、邓颖超等 22 人，联名在 8 月 1 日的《南昌日报》上发表了《中央委员宣言》，谴责蒋介石、汪精卫背叛革命，号召革命同志集中革命势力为反对帝国主义、扫除新旧军阀、解决土地问题而奋斗。11 月，黄安、麻城两县根据党的八七会议精神，在中共黄麻特委领导下，以董必武的名义出布告、发传单，号召群众，举行了著名的黄麻起义，建立了鄂豫皖边区第一个红色政权和第一支革命军队。

毛泽东和董必武在武汉期间，不仅用农民运动理论武装了大别山区的农运骨干，而且派遣农讲所的学生军支援大别山区的农民斗争，这就大大推动了大别山区农民运动的高涨，为土地革命战争时期创建大别山革命根据地奠定了坚实的群众基础。

篇三

毛泽东为鄂豫皖农民运动培训骨干

早在 1924 年 7 月，国民党农民部部长廖仲恺曾委托共产党人彭湃在广州开办了 5 期农民运动讲习所，先后培训了 454 名学员，他们毕业后都成为农民运动的人才。1926 年召开的国民党二大，任命毛泽东为广州中央农民运动讲习所所长，并由他接办第六届农民运动讲习所。这届讲习所于当年 5 月 15 日正式开课，招收的学员扩大到全国 20 个省区，共有 327 名学生，而来自大别山区的学生多达 71 名。其中，湖北 27 人，河南 29 人，安徽 15 人。他们分别是鄂东北地区的王秀松、吴光浩、施心圃、夏瑞相、陈学渭、华振远、刘茂世、熊映楚、石炳乾、熊树伟、金泽霖。皖西北地区的徐百川、崔筱斋、方绵良、方运筹、孙健、龚耕新、孟皖白、杨盟山、曹广化等。同去学习的还有六安地区的翟其善、施新民、张友印、赵善夫、刘亚白等。豫东南五县的学生有郭绍仪、周性初、胡日新、尚仲民、朱业炳、郑英、高介民、彤德忱、杨笠僧、汪涤源等。

1927 年 2 月中旬，毛泽东从湖南农村回到武汉后，深感正在筹备的武昌农民运动讲习所必须尽快开学。为此，作为讲习所负主持之责的毛泽东着眼于全国大局，将原定只招收湘、鄂、赣三省学员的计划扩大到京、冀、鲁、豫、皖等地，农讲所直接由中央办理，名称为中央农民运动讲习所。这个提议得到国民党中央农民部批准后，于 3 月 7 日开学，学员有来自全国 17 个省的 739 人，而毗邻武昌的鄂豫皖三省学员更多达 266 人（湖北 206 人，河南 36 人，安徽 24 人），约占学员总数的 36%。其中，鄂东地区有 20 多人参加学习培训。他们是黄安县的戴克敏、戴季伦、汪奠川、叶耐青，麻城县的蔡济璜、刘文蔚、桂步蟾、龚正华，黄冈县的陈振文，黄梅县的邓雅声，广济县的杨愈，英山县的闻维敬，孝感地区的王平章、卫祖圣、刘理南、刘永旭、陈信存、罗本德、徐月峰等。豫南地区的学生有熊少山、殷仲环、张侠生、郑新民等。皖西金寨县的学生有周维炯、漆德玮等。

上述参加过毛泽东亲自主持的广州、武昌农民运动讲习所学习培训的学生，后来都成为本地农民运动的领导骨干。其中，吴光浩、王秀松、徐百川、戴克敏、戴季伦、汪奠川、王平章、桂步蟾、周维炯、漆德玮、熊少山、张侠生、郑新民等人，不仅成为鄂豫皖三次著名武装起义的发起人、鄂豫皖革命根据地的创始人，鄂豫皖特区的党政领导人，而且是鄂豫皖早期三支工农红军的主要领导人。

毛泽东主持创办的武昌农民运动讲习所，明确规定办所的目的和使命是"要训练一班领导农村革命的人才来……可以说是农民革命的大本营"。提出办所的内容和要求是"切实研究农民土地问题，农民政权问题，农民武装问题"。由于开办农民运动讲习所之时，正值蒋介石发动四一二反革命政变的前夜，领导农民开展武装斗争问题更加重要，也更加紧迫，毛泽东在为农讲所制定的《规约》中，更加明确地提出："为将来发展农民武装起见，所以要受严格的军事训练"，"不接受这种严格的军事训练，便是对革命没有诚意"。因此，在教学安排上，不仅设有农民问题、农民教育、土地政策、地理知识等理论课，还设有农民武装策划、农民斗争战术，军事训练、各类武器构造及使用方法等军事知识。为强化对学生的实战训练，给每个学员发了一支汉阳造七九式步枪，规定每天训练两小时，每周野外军事演习一次。四一二反革命政变发生后，军事训练增至每天 4 个小时。

1927 年 4 月下旬，黄安、麻城两县的地主恶霸纠集光山县的反动武装红枪会数万人，向新生的农民政权发动进攻，制造出震惊湖北的"麻城惨案"。当麻城县农民自卫军队长王树声去武汉向时任湖北省政府常委兼农工厅厅长的董必武求助时，董必武带他会见了毛泽东。毛泽东听取情况后，斩钉截铁地说："反动派不打不倒，我们学生军支援你！"当即指派军事教官付杰率领 300 名全副武装的农讲所学员跟随王树声到麻城县参战，历经一周的血战，终于平息了反革命暴乱。

在驰援麻城农民自卫军的同时，毛泽东还配合叶挺独立团，派出学生军平息了夏斗寅在武昌的叛乱。1927 年 5 月 21 日，长沙发生马日事变后，毛泽东再次派众多湖南籍的农讲所学员回湖南参加武装斗争，后来他们也都跟随毛泽东参加了秋收起义，并上了井冈山。

通过这一系列的实战锻炼，武昌农讲所的学员经受了战火考验，充分显示出了经过毛泽东农民运动理论武装起来的学生军的战斗力。

据资料记载，毛泽东为办好武昌农讲所，邀请许多著名的共产党人、国民党左派和知名人士如瞿秋白、恽代英、李立三、周恩来、董必武、彭湃、方志敏、李达、郭沫若等到农讲所任教。同时，还聘请黄埔军校的许多军事教官和学员担任军事教员。据说徐向前也在受邀担任军事教员之列。但徐向前虽然有过三找毛泽东的经历，却错过了与毛泽东在武昌相会的机缘，最终失之交臂。

链接

毛泽东与董必武

从 1921 年到 1949 年，从望志路 106 号的上海弄堂里来到开国大典的天安门城楼上，13 位党的一大的与会代表中，只有毛泽东和董必武两人走到了最后，见证了中华人民共和国的诞生。

1938 年，毛泽东与董必武等商量，决定将中国共产党的生日定在“7 月 1 日”。直到新中国成立后，党史专家才考证出党的一大召开的日期是 1921 年 7 月 23 日。

1944 年，毛泽东批准公开为董必武祝贺 60 寿辰。中华人民共和国成立后，董必武积极投入新中国的建设中。1972 年 2 月下旬，毛泽东建议由董必武出任国家代理主席。诗坛上，两人结为挚友，毛泽东曾称赞“董老善五律”。毛泽东身边医护人员回忆：1975 年 4 月 2 日，董必武去世，毛泽东一天不吃东西，也不说话，只是将《贺新郎》的录音反复听了一整天。没过几天，毛泽东拖着病体赋词《悼董必武同志》：“梦绕神州路，怅秋风、连营画角，故宫离黍。底事昆仑倾砥柱，九地黄流乱注，聚万落千村狐兔。天意从来高难问，况人情老易悲难诉。更南浦，送君去。凉生岸柳催残暑，耿斜河，疏星淡月，断云微度。

万里江山知何处？回首对床夜语。雁不到，书成谁与？目尽青天怀今古，肯儿曹恩怨相尔汝！君且去，休回顾。”词中，毛泽东追忆董必武光辉的一生，总结他为党和人民事业作出的巨大贡献，回顾两人“对床夜语”的深厚情谊，为“天意从来高难问”，痛失亲密战友而黯然神伤。

篇四

董必武、 陈潭秋播撒火种大别山

在白色恐怖肆意弥漫的20世纪二三十年代，大别山之所以农民运动风起云涌，武装割据斗争如火如荼，革命红旗始终不倒，最终发展成为闻名于世的鄂豫皖革命根据地，这是与董必武、陈潭秋坚持不懈地宣传马克思主义，播撒革命火种于大别山密不可分的。

发端于鄂东北地区的黄麻起义，是大别山地区第一个割据政权闪亮登场的开端，而黄麻起义的领导者无一例外，大部分是董必武和陈潭秋曾经教过的学生。董必武和陈潭秋是如何将他们坚定的理想信念和掌握的马克思列宁主义灌输到那些视死如归的农民起义领袖的心田之中，并最终汇聚成一股伟大革命浪潮的呢？这就不能不提到在当时令人神往的革命摇篮——私立武汉中学。

在党的一大会址纪念馆内，珍藏着一顶清末民初的瓜皮帽。帽子的主人，是党的一大代表、曾经担任中华人民共和国副主席、代主席的董必武。从前清秀才，到剪掉辫子的革命党，再到党的一大代表，董必武是如何接触到马克思主义，并走上革命道路的呢？

董必武，1886年出生于湖北省黄安县（今红安县）一个清贫的教书先生家庭，17岁考中秀才，25岁加入同盟会，作为湖北革命党的重要成员，董必武先后参加过辛亥革命和护法运动。1917年，他在湖北参加孙中山领导的护法运动，遭受挫折后去上海找孙中山想办法，孙中山除了通电声讨外也拿不出对策。残酷的现实促使董必武痛心地思考：孙中山领导的革命道路是否还走得通？中国革命的路究竟在哪里？

1919年3月，迷茫中的董必武来到上海，在这里他结识了一位特殊的朋友，比他小四岁的湖北同乡李汉俊。李汉俊向董必武介绍了十月革命和苏俄的情况，还将一些马克思主义的书籍、日本进步杂志和陈独秀、李大钊主办的《每周评论》等推荐给他。这些新思潮让来沪寻找救国之路的董必武看到了希望。也是在上海期间，董必武还结识了小他十岁的同乡陈潭秋。

陈潭秋，也是一位与众不同的英雄人物。在出席中共一大的 13 位代表中，唯有他拿过枪，流过血，夫妻俩都是著名的革命烈士。他能文能武，学贯古今，理喻中外，培育桃李满天下。他是湖北黄冈人，1896 年出生。早年离开家乡来到省城武昌求学。1919 年夏天，五四反帝爱国运动爆发后，他作为武汉地区学生领袖，前往上海参加全国学联成立大会，结识了正在上海的董必武和刚从日本回国的李汉俊，开始倾向马克思主义。

董必武曾这样回忆他与陈潭秋的初识："我第一次见到潭秋是在 1919 年夏天……由于志同道合，我们一见如故，相互交流学习马克思主义的心得，畅谈改造中国和世界的抱负，同时商定回汉后用办报纸、办学校的方式传播马克思主义，开展革命活动。"

1920 年 3 月，董必武、陈潭秋回到武汉之后，办报纸未成，在众多热心人士的帮助之下，决定创办一所名为国立实则传播新文化、新思想的学校。

4 月 10 日，私立武汉中学在武昌小东门粮道街 275 号正式开学。董必武担任校董并兼任两个班的国文课老师，陈潭秋则担任英文课的教师。学校正墙上"金石长不朽，丹青本无双""朴诚勇毅"的对联和横批格外引人注目。董必武明确提出，办学宗旨是以马克思列宁主义为统领，以革命精神为支柱，把学校办成培养革命骨干的阵地。董必武还把"朴诚勇毅"确定为该校的校训，意在将武汉中学的学生培养成为艰苦朴素、忠诚、勇敢、有毅力的能够坚持同黑暗势力斗争的战士，像金石一样坚强，像丹青一样本色不变。陈潭秋也对进步学生说：不懂得马克思主义、不懂得十月革命，就等于瞎子、聋子，找不到人生的路。在董必武、陈潭秋的培养下，一批进步学生先后加入共产党和共青团组织，私立武汉中学成为湖北共产党人的活动中心。

武汉中学开学后，虽然最初只招收了甲、乙两班学生，但因为董必武是湖北黄安人，陈潭秋是与黄安相近的黄冈人，而黄安、黄冈又是与鄂东北及豫东南山水相接的近邻，因此大别山区的许多家庭，争相将自己的子女送到此处接受教育。据有关资料介绍，参加这所学校学习并且后来成为鄂豫皖三大武装起义领导人的有：蕭忠汝、王志仁、曹学楷、吴焕先、徐朋人、戴季伦、戴季英、汪奠川、王鉴、詹才芳、吴世安、程绍续。还有第一任中共黄安县委书记董贤珏、第一任中共麻城县委书记蔡济璜，及后来也曾担任过麻城县委书记的雷绍全、第一任中共罗田县委书记李梯云，以及豫南革命烈士熊少山，皖西的姜镜堂等。而麻城县最早的中共党员王幼安，虽然毕业于湖北省立第一师范学校并不是武汉中学，但同样是在董必武的启迪下走上革命道路的，并由董必武在1922年介绍他们入党。同样，陈潭秋也亲自发展了王健、王秀松、董觉生、戴克敏等人入党。

在武汉中学的师生中，有5人参加了武汉共产主义小组的筹建，成为中共成立前武汉9位共产主义小组成员中的中坚力量。而在黄麻起义前后牺牲的革命烈士中，毕业于武汉中学的校友就有21位。可见武汉中学就是当之无愧的大别山革命运动的第一个“孵化器”。

武汉中学不仅仅是董必武、陈潭秋宣传革命的主阵地，更是他们发动革命，并有力推动革命向纵深发展的策源地。他们多次邀请李大钊、恽代英、瞿秋白、林育英、彭湃、毛泽东等中共领导人来校讲学，向师生宣讲马克思主义的辩证唯物主义和历史唯物主义学说，宣扬人民群众是创造和推动历史发展的真正动力，并积极灌输农民运动理论及其策略思想，使学生义无反顾地走上发动农民起义，武装夺取革命政权的道路。

1920年11月成立的湖北地区第一个共青团组织——武昌社会主义青年团，也是在武汉中学创办的。中共一大胜利召开后，董必武、陈潭秋还联合许多志同道合的革命伙伴，如包惠僧、张开恩、赵子建、刘伯垂、郑凯卿等革命的先知先觉者以此地为舞台，为播撒革命火种殚精竭虑，废寝忘食。上述这些革命先驱者虽然后来发生分化，有的脱党，有的走向了革命的反面，但他们在早期的革命活动中都不同程度地传播了马克思主义，尤其是陈潭秋坚韧不拔，意志如铁，把“不达成功誓不休”作为一生的座右铭。他出席了党的一大、三大、四大、五大，当选五届、六届候补中央委员。1945年七大召开时，代表们不知其牺牲的消息，仍选举他为中央委员。从建党到牺牲，历任华中、东南、华北、东北、华南和西北党的负责人。1943年9月任中共驻新疆代表时，被国民党军阀盛世才秘密杀害，长眠于天山脚下。

董必武不仅将自己的毕生心血，全部奉献给了伟大的新民主主义革命和社会主义革命，更重要的是经过他的思想启迪和革命熏陶，无数仁人志士开始前赴后继地走上轰轰烈烈的革命道路。“问渠那得清如许，为有源头活水来”，正是董必武、陈潭秋等革命先行者，高擎着马克思列宁主义的圣火，及时为大别山人民送去了第一缕阳光，才驱散了笼罩在大别山夜空的几乎所有阴霾，最终使一个在版图上仅次于中央苏区的革命根据地，在鄂豫皖三省交界处大放异彩。

链接

董老停车服侍一位老婆婆

1962 年 10 月 9 日，年近八旬的董必武副主席偕夫人回到红安。翌日，他乘轿车前往天台山去欣赏当年的“战地黄花”。

当小车快接近天台山时，他透过车窗望见了一位挎着竹篮子、弯腰曲背的老婆婆正吃力地往山上走。他叫司机停车，并亲自下车把这位老妇请上了车，并在车内与这位老妈妈拉开了家常。

“太婆，请问高寿啊?”“八十挂零了。”

“您老有福啊！是去看儿子，还是看孙子啊?”老妈妈答说：“看幺儿子。”

“是红军烈士?”

老妈妈点点头，叹道：“这几时，我日里想他夜里梦他，想得揪心了，就去给他烧烧纸，祭祭坟。唉，前世的报应噢!”

老人说着，揭开了竹篮上的盖布，篮子里放着鸡蛋、绿豆粑和一叠纸钱。

看着这些祭品，陪同的县干部紧张了，当场批评道：“大娘这搞不得呢！这可是封建残余啊!”

老妈妈惊慌了，她默默地盖上竹篮子，不安地看着车内的人。

一向和蔼的董老板起了脸，严肃地说：“我看缺乏礼貌也是封建残余，这个老人不也忍了嘛!”陪同的干部不敢吭声了。

汽车在坑坑洼洼的山路上跳动着，老妈妈摇摇晃晃地打起瞌睡。不一会儿，就闭上了眼睛，垂下了头，靠在车后座上睡着了。

董老走下车来，轻轻地关上车门，对随行人员说："都下来晒晒太阳吧，让老妈妈睡一会儿，她太累了。"

一位中华人民共和国的领导人，在这里守候一位历尽沧桑的老母亲。在他身后的汽车内，老妈妈睡得正香，布满皱纹的脸上绽开了甜甜的笑纹。

篇五

恽代英手书口说传真理

在华中师范大学校园里，有一个恽代英广场。在广场的中央，矗立着一座恽代英大学时代的全身汉白玉雕像。这尊 2003 年立起的塑像，坐南朝北，通高 3.6 米，象征他 36 年的光辉年华；底座 90 厘米，象征华中师范大学建校 90 周年。

抬头仰视，只见先烈风华正茂，平头，微笑，戴着近视眼镜，目视远方，身着长衫，脚穿布鞋，是五四时期中国大学生普通的那种姿态。塑像底座正前方，镌刻着周恩来的亲笔题字“中国青年热爱的领袖——恽代英同志”，背面是他的生平简介。

1961 年，在恽代英牺牲 30 周年时，董必武怀着对战友的无限思念之情，挥笔写了七绝一首：

抓住青年进取心，
手书口说万人钦。
血腥刀俎君菹醢。
卅载难忘此恨深。

恽代英（1895—1931），原籍江苏省武进县，生于湖北省武昌市，中共党员。恽代英学生时代积极参加革命活动，是武汉地区五四运动主要领导人之一。1919 年 7 月，他与湖南学生运动著名领袖毛泽东之间常有书信往来，他们以文会友，交情深厚。毛泽东曾经在他主编的《湘江评论》中发表过恽代英声讨湖北军阀王占元镇压学生运动的罪行，并钦佩恽代英的才气。恽代英亦对毛泽东气势恢宏的文采赞不绝口。而当毛泽东亲赴武汉会见恽代英和林育南，请求他们利用《大汉报》声援湖南学生驱逐湖南军阀张敬尧时，恽代英更是毫不犹豫，坚决支持！他说："兄弟同心，其利断金！不铲除这些军阀，国无宁日，民无宁日！"

1920 年 2 月，恽代英和林育南相继创办了利群书社和共存社，把许多爱国青年吸引到自己的周围，自觉地接受马克思主义的熏陶。

利群书社的显著特点是传播新思想、新理念，其目的不是盈利，而主要是销售《新青年》《每周评论》《新潮》《湘江评论》等期刊和《共产党宣言》《共产主义 ABC》《资本论入门》《阶级斗争》等马克思主义书籍，因此，它客观上成了武汉和长江中游传播马克思主义和新思想的阵地，为追求进步的青年提供了大量的精神食粮，给他们指明了前进的方向。吴德峰回忆说："记得我在五四后要求进步，但找不到门路，看了一些无政府主义的书，被一位朋友知道了，介绍我到利群书社看书。"从此，他开始阅读进步书刊，学习了马克思主义，很快走上了革命道路。党的早期著名理论家萧楚女，也是在利群书社刻苦自学，打下坚实马克思主义理论基础的。1920 年下半年，武汉地区马克思主义研究会成立后，会员经常来这里阅读马克思列宁主义著作和讨论时事，并举行读书报告会。

1921 年 7 月，当恽代英、林育南等获悉中国共产党成立的消息后，他们立即解散共存社，加入了中国共产党。共存社的大部分其他成员，也先后投入中国共产党的怀抱。

1923 年 8 月，恽代英被选为中国社会主义青年团中央执委会候补委员、宣传部部长，创办和主编《中国青年》。他呕心沥血，精心编辑，并在该刊上发表各类文章和通讯 190 多篇，帮助广大青年正确认识中国现实，正确对待理想、前途和学习修养、婚姻恋爱等切实问题，成为中国青年的良师益友。1950 年，恽代英牺牲 19 周年，郭沫若在《中国青年》上发表文章说："在大革命前后的青年学生们，凡是稍微有些进步思想的，不知道恽代英，没有受过他的影响的人，可以说没有。"

恽代英是中国革命青年的引路人和知心朋友。他主编《中国青年》的目的，就是引导青年"到活动的路上""强健的路上""切实的路上"，他对有志的青年提出了三项要求：一是每星期至少牺牲六小时，做有益于社会改造的事业；二是每星期至少牺牲六小时做时事与社会改造理论与办法的研究；三是有收入时至少捐出十分之一做有益于社会改造的事。这个倡议在青年中引起了热烈反响。两个月以后，成都一个名叫张霁帆的青年给恽代英写信，向他汇报已按第三个要求实验。这个青年不久作为四川学生代表来到上海，参加全国学生会工作。有一次在街头见到恽代英，恽代英看到张霁帆衣服单薄，就脱下自己的上衣，穿在他的身上，转身到一个旧衣店里，买了一件袓子披上就走。张霁帆在恽代英的关怀下入了党，并在 1926 年担任河南省委书记，后被军阀孙传芳逮捕，毒死在南京狱中。恽代英在广州闻讯后，还在《少年先锋》上发表了沉痛的悼文。

1924 年恽代英从事国共合作的统一战线工作。1925 年参与领导五卅运动。

1926 年 1 月在国民党二大上当选为中央执行委员，3 月被党派到黄埔军校，任政治主任教官和中共党团干事，被蒋介石等认为是“黄埔四凶”之一。

1927 年 1 月到武汉，主持中央军事政治学校工作，任政治总教官。同蒋介石、汪精卫背叛革命的行径进行坚决斗争。在党的五大和党的六届二中全会上均当选为中央委员。7 月，任中共中央前敌委员会委员，参与组织和发动南昌起义。12 月，参与领导广州起义，兼任广州苏维埃政府秘书长。1928 年 6 月到上海任中共中央宣传部秘书长等职，曾主编中央机关刊物《红旗》。1930 年先后调任中共沪中、沪东区委书记。同年 5 月 6 日，在上海被国民党当局逮捕。在狱中，面对敌人的威逼利诱，他始终坚贞不屈，撰写出《时代的囚歌》，表达出对敌人的无比愤慨和对革命必胜的信念。面对铁窗，他又写了一首壮志凌云的七绝——《狱中诗》：

浪迹江湖忆旧游，
故人生死各千秋。
已摈忧患寻常事，
留得豪情作楚囚。

1930 年 8 月，周恩来、瞿秋白相继从莫斯科回国后，动用各种关系和力量营救恽代英，正当事情有了着落之际，不料因叛徒顾顺章的出卖，导致功败垂成。1931 年 4 月 29 日，恽代英英勇就义于南京，年仅 36 岁。

篇六

大别山里的三位 “土马克思主义者”

——戴克敏、曹学楷、徐朋人

土地革命战争时期，在大别山这片广袤而红火的土地上，活跃着一批“土马克思主义者”，其中，最具有代表性的人物就是戴克敏、曹学楷和徐朋人。他们土生土长、朴实无华，既有远大的抱负和坚定的革命意志，又有脚踏实地的务实态度和求是精神；既笃信和依靠马克思主义，又不将马克思主义教条化。他们创造性地将马克思主义与本地实际相结合，在实行工农武装割据的道路上书写出彪炳史册的光辉业绩，导演出一幕幕威武雄壮的活剧。

自觉接受马克思列宁主义理论的灌输，使他们由“自在”的阶级转变为“自为”的阶级，从传统观念的“学而优则仕”转变为“以解放天下为己任”

马克思主义认为，无产阶级由“自在阶级”（即由分散、孤立、自发的斗争）向“自为阶级”（即由无产阶级政党领导的有意识的、有组织的、自觉的斗争）转变过程，主要靠外部灌输，亦即“教育因素”。但外因是条件，内因是根本，外因通过内因而起作用。戴克敏、曹学楷和徐朋人，之所以由乡村中的小资产阶级知识分子转变为进步青年，又由进步青年转变为坚定的马克思主义者，就是靠了毛泽东、董必武、陈潭秋、恽代英等革命家对他们所进行的马克思主义理论的灌输，同时也源于他们追求真理、向往光明，不谋个人仕途，而为劳苦大众谋幸福的内在觉悟或主观要求。

先说说“书香世家”的戴克敏。戴家在七里坪有很高的知名度。这是一个书香之家，从戴克敏的曾祖戴本俭开始，戴家一连四代在坪上开馆授徒，开启民智。戴家把“以学为本，学而必兴”作为家训，世代相传；戴家又是一个英烈之家，在戴克敏的影响和带动下，戴家先后有 14 人投身革命，有 11 人牺牲、2 人病故，唯一的幸存者是他的胞妹——后来参加过长征的红军女战士戴觉敏。

戴克敏出生于 1905 年 5 月。自幼年起，即跟随父亲在箭厂河、七里坪等地读书。1923 年秋天，他以优异的成绩考入武昌湖北省立第一师范附属高级小学。当时的一师是董必武、陈潭秋宣传进步思想和从事革命活动的地方。在董必武的直接教育下，他走上了革命道路。

1925 年 2 月，戴克敏加入中国共产主义青年团，不久转为中国共产党党员。同年 7 月，受董必武的派遣与曹学楷、徐朋人、王秀松、汪奠川等黄安旅省青年利用暑假回到黄安，进行革命活动，创办了《黄安青年》小报，转载各地反帝斗争消息，传播革命理论，使黄安的反帝爱国运动蓬勃开展起来。1926 年 9 月，北伐军攻克武汉，10 月进抵黄安，他以国民党湖北省党部农民运动特派员身份到黄安指导工作，并于同年冬，指派共产党人吴焕先、吴先筹在箭厂河、四角曹门等地办起了“三堂红学”，建立起一支百余人的农民革命武装。

1927 年 2 月，黄安农民协会正式成立，戴克敏当选为县农民协会常委，负责领导全县的革命运动。同年 3 月，入武昌中央农民运动讲习所学习。学习期间，他注重勤学苦思，学用结合，撰写的《农民运动在中国革命运动中的地位》一文受到毛泽东的高度赞扬，并被毛泽东推荐编入《中国农民问题研究》一书。

接着讲讲曹学楷。曹学楷，原名学凯，1898 年出生于湖北黄安（今红安）县七里坪镇刘家园一个破落地主家庭。1918 年，他瞒着祖父赴汉，考入武昌中华大学附属中学。当时这所大学的校长正是湖北的早期马克思主义者恽代英。他是曹学楷在汉接触最早、印象最深的一位恩师。大约在 1919 年 4 月 10 日前后，曹学楷置于箱内的学膳费用不幸被盗，他茫然不知所措，当晚写了篇日记，将学膳费的来历和丢失后的心情记入日记中。4 月 13 日，恽代英批阅学生日记。在曹学楷的这篇日记上写了 4 句话“一夫不耕，或受之饥。一女不织，或受之寒。一人不职，所伤甚多。一息尚存，永矢勿谖”。意在说明钱财之物，固然是人生存之必需品，但改造社会、完善制度，更应当视为自己的职责所在。因而应当把目光放远，大可不必为失去的财物而灰心丧气。后来，曹学楷因丢钱受到祖父的斥责而辍学回家。为了弥补损失，贴补家用，曹学楷在七里坪镇程维德村开了个招牌为“保元祥”的小杂货店。在做生意期间，他与恽代英一直保持着通信联系，常将自己在乡下的所见所闻写信告诉恽代英，恽也曾数次复信，托学楷的同乡同学郑遵芳转交，并带来一些进步书刊。不久，通过恽代英的介绍，曹学楷认识了仰慕已久的董必武，并在同董必武的通信中明白了许多道理。曹学楷后来曾对戴季伦、戴克敏讲，他是在恽代英、董必武的引导下走上革命道路的。

1924 年后，革命团体——黄安旅省青年协进会经常派学员回黄安县开展革命宣传活动，戴克敏、戴季伦就是其中的成员。每当“二戴”回乡，曹学楷便放下生意不做，加入他们的行列，到各地游说。1925 年冬，经“二戴”介绍，曹学楷加入了中国共产主义青年团。次年转入中国共产党，并由此正式完成了其人生成长中的重大转变。

再谈谈私塾先生徐朋人的人生转变。徐朋人，出生于 1903 年，其祖籍是红安县七里坪镇高徐家村。父亲徐型仪是一个学识渊博的旧式知识分子，以教私塾为职业，兼行医采药。朋人幼时随父读书，他学习用功又聪明懂事，14 岁以后，因生活所迫，便一边读书，一边帮助父亲教书。1921 年，徐朋人以优异成绩考入黄安县立第一高等小学。求学期间，接触到了董必武赠送黄安高等小学的《新青年》《新潮》《黄安青年》等进步书刊，开始受到马克思主义理论的影响。

高小毕业后，因家庭困难，徐朋人放弃到武汉中学读书的念头，到离家 30 多里的天台山徐家河小学当教员。1923 年冬季，董必武在武汉中学组建了以董贤珏（董必武之弟）、王鉴、雷绍全为骨干的中国共产党黄安县工作组。工作组回到黄安后，办农民夜校、平民小学，宣传共产党的主张，向学生灌输马克思主义。徐朋人与这些共产党员取得联系，得到了一些梦寐以求的马克思主义著作，他如饥似渴地学习和研究。他先后通读了《共产党宣言》等经典著作和《共产主义 ABC》等书籍。在学习中，他注意同中国社会实际相结合。为了解全国革命的动向，他经常给在武汉中学读书的同乡挚友写信，索取《中国青年》

《向导》《洪水》《黄安青年》等书刊，同时还深入附近农村做社会调查，与农民促膝谈心，了解他们的痛苦和愿望。他对农村的社会矛盾做了比较深入的分析与研究，逐渐认识到，土地问题是农民最关心的问题。通过对马克思列宁主义的刻苦学习与探索，徐朋人在思想上有一个较大的飞跃。1926 年秋，他光荣地加入了中国共产党组织。随后，根据上级党组织的指示，他在当地积极发展党团组织，全身心地投入农民运动中去。

从他们的出身来看，属于下层劳动人民，易与农民群众说进话、讲通理、干成事。正如戴克敏说的，是“白面书生加黑脚杆子，联手打天下”

1927 年 10 月下旬，当中共湖北省委书记罗亦农派出他的得力干部符向一、刘镇一、王志仁、吴光浩一行 4 人扮作商贩，到黄安县七里坪拜访当地的农协会领导人戴克敏共同策划黄麻起义时，有过一段精彩而有趣的对话。

刘镇一见到戴克敏后，有些诧异：“国民党中央社骂你是‘黄安民众暴动祸首’，我以为定是个虎背熊腰的黑面罗煞，怎么是个白面书生!”

“你们也是白面书生，不是也来当暴动头目了吗!”戴克敏就题发挥说，“在中国，革命的基本模式，往雅里说，是知识分子与贫苦群众相结合；往土里说，就是白面书生加黑脚杆子，联手打天下。”

“果然有水平!”符向一佩服地望着戴克敏说，“省委决定在黄麻地区举行农民暴动，你熟悉这里的情况，请你代拟暴动计划。”

戴克敏当仁不让，花了一个晚上的工夫，就拿出了一份完整的起义计划，按照这个周密的计划进行武装起义，各路农民大军很快将革命的红旗插在了黄安城楼。从这段对话可以看出，戴克敏、曹学楷和徐朋人这些山沟里的“土马克思主义者”，虽然没有进过“洋学堂”、喝过洋墨水，却是进过“革命堂”、听过马克思列宁主义课，既有理论知识，又有实践经验，在领导广大农民用枪杆子推翻旧政权、建立新政权的斗争中得心应手，具有相当强的影响力和号召力。

曾经在中央农民运动讲习所学习的学员队长戴克敏，在参加《剿灭麻城会匪的经过》一文中，写过这样一段切身体会："这次战斗，是我们没有受过许多训练的农讲所学生，第一次走上战场。我也在这次战斗中，才实际过上兵士的生活。以前的一些浪漫性情调，完全弃掉，不敢不守军队的纪律了!""我们在武昌时，一向喊着打倒土豪劣绅的口号，这一次居然躬行实战，我觉得自己很安慰，总算实际上在革命中尽了些力，虽然这是很微小的一点。"联想到蒋介石叛变后各地反革命活动越来越频繁，他在文章的结尾部分大声疾呼："现在革命已不是空口喊喊的事了！反革命弓上弦、刀出鞘，张开了他们贪狼饿虎似的大口，对着我们，我们革命者若不自己武装起来，把我们的枪口对着敌人扫射，我们自己是没有命的！中国的革命一天天紧张起来，同志们，武装起来!"由此可见，戴克敏对中国革命面临的危险性有了充分的认识，明确主张以武装的革命对付武装的反革命，这在当时的历史条件下，是需要革命的胆略和勇气的。他的这篇文章，发表在当年出版的《向导》周刊第 200 期上，并被《中国青年》等多家刊物转载，在全国产生了较大的影响。这表明，农讲所的学习和战斗生活，使戴克敏在政治上越来越成熟，已经成为一名具有一定的革命理论水平和斗争实践经验的无产阶级战士。

1927 年 11 月 18 日，起义军攻下黄安县城后，新成立的黄安县农民政府在县城南校场岗主持召开万人大会，宣布黄安县农民政府正式成立。在雷鸣般的掌声中，当选为县农民政府主席的曹学楷发表施政演讲。他站在主席台前，慷慨激昂地说："过去，我们种田佬，每年除了完粮饷送钱给大老爷，或者是被土劣、贪官、污吏抓着打屁股、关牢和砍脑壳以外，再也不敢进大老爷的衙门。但是今日，我们种田佬、担粪的，公然自己组织政府，自己做起委员来了。这点证明，我们革命力量的强大，证明现在是劳农世界、无产阶级的世界了!"他的话，字字铿锵有力，句句扣人心弦，不时为台上台下热烈的掌声和欢呼声所打断。

这段精彩的演讲，也说明曹学楷这些"土马克思主义者"善于用简单、朴素的语言阐述马克思主义阶级斗争和无产阶级专政的理论，因为能够为广大人民群众所理解、所接受、所欢迎。

他们土生土长，理论联系实际，善于把马克思列宁主义理论本地化，创造性地推进革命工作

党的八七会议之后，大别山的农民武装斗争此伏彼起，连绵不断。但是革命力量相对于反动统治阶级的国家机器来说，毕竟过于脆弱。如何在强大敌人的反复“围剿”中不被消灭，而能持续地生存和发展下去，这对于黄麻起义失败后幸存下来的部队和领导者来说，不能不说是一种生死攸关的重大考验。在这种错综复杂、敌强我弱的严峻局势下，大别山的这些“土马克思主义者”没有悲观失望，而是愈战愈勇、愈挫愈强。他们把毛泽东关于农民运动的理论和创建革命根据地思想同本地实际相结合，走出了一条适合大别山实际的工农武装割据道路。

一是坚定地走好毛泽东倡导的建立稳固的革命根据地道路。1927 年 11 月，著名的黄麻起义在占领县城 21 天后，就在强大敌军的进攻下失守了。大别山这批最初的“土马克思主义者”不得不率领幸存下来的部队转战木兰山。日益艰难而残酷的斗争，使这些“土马克思主义者”逐渐认识到：革命的武装如果不进一步发动群众，建立一个稳固的根据地作为革命的落脚点，仅凭流动式的单纯游击活动，既不可能坚持长久，也难以取得最后的胜利。因此，中国工农革命军第七军和中共黄安县委领导人吴光浩、戴克敏、曹学楷、徐朋人、郑位三、王秀松、戴季英、吴焕先等把部队带进鄂豫边界的柴山保区后，便在驻地的清水塘村举行会议，决定创建柴山保革命根据地，并以黄安、麻城、光山边界的光裕山、摩云山、羚羊山、木城寨、天台山等为活动中心，恢复和建立党的组织，开展群众工作，并实行土地改革。这个决定，是黄安县委及第七军党委贯彻湖北省委关于“造成割据局面”指示精神的初步体现，是毛泽东关于工农武装割据思想在鄂豫皖边界地区的最初反映，也是黄麻起义诞生的工农革命军在发展中迈出的重大步骤。

二是采取八项举措开创柴山保革命根据地新局面。实行工农武装割据是全新的事物，创新的事业，在井冈山的经验未传到柴山保之前，以戴克敏、曹学

楷、徐朋人等为代表的这些大别山里的“土马克思主义者”，充分利用了当时的“天时”（军阀重开战的有利间隙）、“地利”（三不管的地带）、“人和”（群众基础好，他们又都是沾亲带故的本地人）等优势条件，在斗争中求生存，在实践中谋发展，创造出了“一打”“二收”“三统”“四改”“五分”“六联”“七建”“八创”的八项举措，不但开创了工作局面，而且把柴山保革命根据地搞得风生水起、红红火火，形成了威震大别山，影响全国的大气候。

“一打”，即坚决打击进犯之敌，保卫新生的红色区域。例如，第七军进驻河南湾的第二天，就打了一个漂亮的伏击战，以 30 人枪击溃了土豪方晓亭带路的国民党第十八军一个营、约 300 人的偷袭，大涨了人民志气，树立了工农革命军的声威。

“二收”，即收降国民党投诚官兵，积极做好分化瓦解敌军工作。第七军和地方党委编印并散发《兵变歌》，宣传穷人不打穷人的道理，并通过以商人身份作掩护的地下共产党员崔世祥，出没于敌占区活动，多方接触敌军下层官兵，不仅使很多壮丁出身的士兵同情革命，而且争取到了国民党桂系十八军一个连的政治哗变。

“三统”，即开展统战工作，团结多数、孤立少数。如鲜明提出“为绅不劣者不杀”“有土不豪者不杀”的口号，并通过“请酒会”等方式，宣讲我党政策，稳住和中立一些中小地主，孤立和打击反动的地主豪绅。

“四改”，即改造红枪会等农民自卫武装，使之成为革命力量。

“五分”，即制定正确的土地分配政策，大力推进土地革命，分田分地给贫苦农民，真正实现“耕者有其田”。

“六联”，即纵横联络，理顺党的组织机构，使省之间、县之间、区之间、军队与地方之间党的领导机构协调统一，以此形成鄂豫边坚强有力的领导核心。

“七建”，即建立鄂豫边各级政权组织和工青妇以及少年先锋队、儿童团组织，组织浩浩荡荡的大军，调动一切积极因素，发挥各方面的作用，为巩固和拓展红色区域奠定坚实基础。

“八创”，即创办军工企业、创办教育和医院，创办新型党务干部学校，创新传统曲艺，以及重农倡商，大力发展边区经济。

通过采取上述八项举措，使柴山保革命根据地充满生机与活力，各项革命事业都得到蓬勃发展。第七军初进柴山保时，仅有70来人、30几条枪，到1929年下半年，红三十一师已发展到700多人，并相继建造起自己的兵工厂、被服厂，兴办起医院和党务干部学校。随着军事斗争的胜利，根据地的地盘也得到纵横拓展。受中共中央委托，巡视员曹壮父来到柴山保考察工作后，认为鄂豫边是“最好的一个苏维埃区域”。他在柴山保郭庄会议上，专门介绍了毛泽东领导创建井冈山的经验，要求大家“学习借鉴井冈山经验，进一步创造整个大别山脉武装割据的新局面”。他还饶有风趣地说：“南有井冈山，北有大别山，拓展柴山保，红遍鄂豫皖。”

三是从理顺红军内部机构入手，建设一支纪律严明、群众拥护，听党指挥、能打胜仗的新型人民军队。1928年7月，第七军领导人在柴山保尹家嘴召开会议，决定遵照中央指示，将工农革命军第七军改编为中国工农红军第十一军第三十一师，军长兼师长吴光浩，党代表戴克敏，参谋长曹学楷，政治部主任陈定侯。还决定将全军（师）编为4个大队，对外称团，即九十一、九十二、九十三、九十四团。这次军队的改编，标志着大别山区的第一块革命根据地有了第一支正规的红军队伍。

为了把这支红军队伍打造成为一支纪律严明、群众拥护，听党指挥、能打胜仗的新型人民军队，借鉴井冈山朱毛红军的做法，决定在红军部队建立健全党的各级组织，即师为党委，设政治委员；大队（团）为党总支，设政治教导员；连为党支部，设政治指导员；排为党小组，设党小组长。各大队建立士兵委员会。同时，确定红三十一师归中共鄂豫边特委领导，使红十一军三十一师从改编的第一天起，就置于党的绝对领导之下。

作为红三十一师党委书记兼政治委员的戴克敏，为把部队建设成为一支纪律严明、深受群众拥护的新型人民军队，他教育干部战士以模范的纪律来影响群众，决不允许有损于群众利益的行为发生。部队实行公买公卖，借东西按时归还，损失东西照价赔偿，在群众家派饭一桌给大洋1块，借被子一床给铜板3个。夜晚宿营，宁可住在破庙、祠堂或山林岩洞里，尽量不住民房，不打扰群众。在红三十一师还传出“红薯地里埋银元”的感人故事。有一次，部队被敌人围困在柴山保南面的一个山头上，一连 3 天吃不上饭，戴克敏让大家去找野果吃，但山上的野果早就被人采过，没找回多少，每人只能吃上三几颗，大家饿得腿软心慌。为了不影响部队的战斗力，戴克敏只好让每个战士挖两个红薯充饥。同时他让警卫员在老百姓的地里埋了 5 块大洋作为补偿。待部队杀开一条血路，胜利突出重围，敌军也全部撤走后，这块红薯地的主人才敢上山去查看自己种的红薯是否被饥困几天的红军吃光。当这个老汉发现红薯少了一片，却挖出一个布包时，顿感奇怪，连忙打开一看，见里面包着 5 块大洋，布上还写着两行字："亲爱的老乡，我们是工农红军，因为要同敌人作战，未得到您的允许吃了一些红薯，付大洋伍元，请收下，并望谅解。"老汉感动得流下了热泪。下山后他逢人便讲："还是共产党好呀！天底下找不到这么好的军队啊！"

他们朴诚勇毅，不唯书、不唯上、只唯实，坚持真理、不胜不休

大别山人的一个突出特性，就是忠厚老实、朴诚勇毅，但也往往固执任性，就像大别山上生长着的映山红的树枝，刚直不阿、宁断不弯。这种独特的秉性，反映在戴克敏、曹学楷、徐朋人这些"土马克思主义者"的身上，就是不唯书、不唯上、只唯实，只要拿定主意，认准目标，便放胆去做，不胜不休。

戴克敏、曹学楷和徐朋人的执拗源于他们对理想目标的追求，也出自他们对真理的坚持，对错误倾向的抵制。即使是因为坚持真理要冒撤职查办、坐牢甚至杀头的风险，也在所不惜。

1928 年冬天，围绕大别山战略，黄麻地区领导人与中共中央发生了一场激烈的争论。

随着红三十一师割据范围的不断扩大，戴克敏和吴光浩、曹学楷、徐朋人等领导人逐渐萌生了创造整个大别山脉武装割据的思想。他们经常在一起议论，并得到鄂东特委书记王秀松的支持。这种大胆的设想被同年 10 月到鄂东北巡视工作的中央特派员曹壮父称为"天才的设想""绝对的大手笔"。曹壮父不仅大加赞赏、表态支持，而且将其概括为"自西而东，逐段割据，形成横跨鄂、豫、

皖三省，贯穿整个大别山脉的根据地的计划”，并以“建立一个鄂豫皖的苏维埃局面”为题，于 12 月 15 日报告给了中央。不料，当时的党中央非但不支持、不认可，反而指责这是“非常之不好的寨子主义”，严厉批评提议创建鄂豫皖苏区“是紊乱三省的党组织系统”，还严厉批评“红军集中行动不合时宜”等。

大别山的“土马克思主义者”收到中央的批复后，采取了撞破南墙不回头，咬定青山向前走的态度，不声张，不抗辩，不争论，继续埋头实施他们魂牵梦绕的战略计划。要奋斗就会有风险，有牺牲。为实现这个战略构想，军长兼师长的吴光浩以身犯险，自告奋勇地去承担发动商南起义的重大使命。1929 年 5 月初，当他率 10 余人途经罗田滕家堡时，遭到夏凤池反动民团的袭击，不幸壮烈牺牲。噩耗传来，全军震动，戴克敏等红军和特委领导悲痛万分，但他们并没有中止行动，而是化悲痛为力量，继续剑指豫东皖西，发展革命力量，拓展红色区域。

1930 年春，随着商南和六霍起义的胜利，戴克敏等人梦寐以求的愿望终于变成了现实。2 月下旬，在周恩来的主持下，中央为了统一鄂豫边、豫东南、皖西 3 块根据地的领导，决定设立鄂豫皖边特别区，在湖北省委领导下建立中共鄂豫皖边特委。3 块根据地的 3 支红军部队，统一编为中国工农红军第一军，原三十一师改为红一军第一师。戴克敏任特委委员、红一军第一师政治委员。第一师师长由副军长徐向前兼任。6 月下旬，鄂豫皖边特别区苏维埃政府成立，原鄂豫边革命委员会同时撤销，曹学楷由原鄂豫边革命委员会主席调任鄂豫边总预备队政治委员，随后，相继担任军委警卫团政治委员、红四军第十三师政治委员。

中共中央原指定鄂豫边特委书记徐朋人担任鄂豫皖边特委书记，并派郭述申、许继慎、曹大骏等同志参加特委和红军的领导工作。但是，一向谦虚谨慎、不图个人名利地位的徐朋人感到自己力不胜任，主动要求到罗山县去做基层群众工作。3 月 17 日，中央决定郭述申任鄂豫皖边特委书记，徐朋人为特委常委兼组织部部长。接着，特委在箭厂河举行会议，传达中央指示，讨论特委工作。会议中，从中央派来的个别同志同徐朋人等原特委同志在几个重大问题上发生了分歧。前者主张：一切地方武装都集中起来去扩大红军，一支枪也要扩大到红军中去；红军主要是打城市，攻交通要道，向外发展以夺取武汉。原特委成员认为，这些方法脱离了实际情况，缺乏根据地的观念，他们推举徐朋人在会议上发言，陈述上述意见。徐朋人提出：必须保留部分地方武装，镇压根据地范围内的反动团匪的暴乱；红一军的行动与地方党部的工作要密切配合，红军不能远离根据地后方作战。他说，红军是群众的武装，不能离开当地老百姓，没有根据地便没有后方，没有后方就打不了胜仗。会议争论相当激烈，徐朋人等同志的正确主张没有被会议采纳。由于鄂豫皖边特委没有听进徐朋人等“土马克思主义者”的意见，继续贯彻李立三的“左”倾冒险主义错误方针，导致城市据点没有攻下来，后方根据地也遭受很大损失。直到党的六届三中全会召开，纠正了“左”倾冒险错误方针，原来反对过徐朋人等正确意见的同志，才对自己过去执行中央的错误决断有所醒悟。

正所谓“天有不测风云，人有旦夕祸福”。1931 年 1 月 7 日，党的六届四中全会在上海东方旅馆召开。会上，王明等人在共产国际代表米夫的支持下，夺取了中央领导权。他们打着反对“立三路线”的幌子，通过了比“立三路线”还要“左”的决议案。徐朋人在小范围议论会议决议时，发表了与王明观点相左的言论，遭到王明的忌恨，把他打入“右派小组织”，撤销了他的职务，接着又给予他严重警告处分，要他回鄂豫皖边区接受组织审查。

徐朋人回后不久，以张国焘为书记的中共鄂豫皖中央分局在新集宣布成立。张国焘对徐朋人采取排斥打击的态度，分配徐朋人任光山县税务局局长，并对他进行审查。徐朋人到职后，整顿财务，开源节流，任劳任怨地为革命工作，毫不以受审查、受迫害而怠慢工作、松懈斗志。不久，他又因挺身而出，公开反对张国焘在大忙季节反复平分土地，反对地主不分田，富农分坏田，不给出路的政策而遭到张国焘更加疯狂的报复。1932 年 4 月，徐朋人被杀害于光山县泼皮河，年仅 29 岁。

徐朋人因坚持真理，抵制错误倾向而受到不公正待遇的情况，引起根据地的许多“土马克思主义者”的不满，戴克敏、曹学楷曾在私下批评分局的决议是“坐在洋房里想出来的，不切根据地实际”。这件事被张国焘知道后，怀恨在心，伺机报复，在张国焘的授意下，政治保卫局以莫须有的罪名，先后将戴克敏、曹学楷逮捕关押，并残酷杀害。

戴克敏、曹学楷和徐朋人都是鄂豫边革命根据地的创始人，后来又是鄂豫皖边区和红军的领导人，在人民群众中享有很高的声望。戴克敏有“党建专家”之誉，曹学楷有“小诸葛亮”之称，徐朋人有“敢于反潮流”之赞。他们在长达 8 年之久的革命生涯中，朴诚勇毅，不胜不休，同甘共苦，多次负伤流血，毫不计较个人职务高低、名利得失，把自己毕生的精力和智慧全部献给了党，献给了革命事业。他们的生命虽然短暂，但却放射出夺目的光彩，并给后人留下宝贵的精神遗产。

“壮志未酬身先死，长使英雄泪满襟。”曾经同戴克敏、曹学楷、徐朋人一块创建大别山革命根据地的老搭档徐向前，晚年在《历史的回顾》中深情地写道：

> 我到三十一师当副司令，与戴克敏、曹学楷共事，带着几百人的队伍，打游击。他们两人，对党忠诚，联系群众，有文化，又有游击战争经验，深得部队的信赖。我们合作得很好，真诚、坦率，遇事相互商量，没有隔阂。

他还说：“徐朋人是学生出身，当过教员，黄麻起义领导人之一。说话操着浓重的当地口音，有条有理，也很实际，给我的印象，是个勤恳、朴实、能干的人。”并称赞徐朋人、戴克敏、曹学楷等根据地领导人，“土生土长，和当地群众有血肉联系”，无愧于“土马克思主义者”的光荣称号。

（作者：耿姗姗，原载《党史博览》2022 年第 3 期）

篇七

郑位三 “领导穷人把身翻”

郑位三是鄂豫皖革命根据地和红四方面军的主要创始人之一。他不仅是我党的一位坚强的马克思主义理论战士、擅长宣传鼓动工作，而且是一位很会打仗的武将，更因其在大革命时期，积极组织广大农民闹翻身、求解放，影响深、名气大，在他家乡至今还流传着“董必武、郑位三，领导穷人把身翻”的歌谣，他的家乡群众把他和我们党的创始人之一的董必武一样都看作穷苦人民求解放的带路人。

郑位三，原名郑植槐，1902 年 10 月出生于湖北省黄安（今红安）县紫云区马鞍山村一个破落的地主家庭。7 岁开始进私塾读书，16 岁时，他去武昌考学，以名列第三的优异成绩考入湖北省甲种工业学校，郑锡云老师就给他改名为“位三”，并写信把他推荐给革命先驱萧楚女。自此，在武昌读书的郑位三，便在萧楚女的影响下，开始接受马克思主义。1919 年在恽代英、林育南、陈潭秋等先进知识分子的领导下，郑位三积极投入了五四爱国运动的行列。随后，又在恽代英创办的利群书社阅读了大量的进步书刊，扩大了眼界，使他的思想起了重大变化，从一般的对现实不满到产生了要改造中国社会的思想。他说：“中国农民占人口的绝大多数，不发动农民，改造社会的任务是不能完成的。”

从 1922 年开始，他便弃学回乡，利用教书的条件，宣传马克思列宁主义并组织发动反帝反封建斗争。1925 年，由戴克敏、戴季伦介绍加入中国共产党。后被派往黄安七里坪地区开展农民运动。曾历任黄安县农民常务委员、中共黄安县委委员和中共黄安县代理县委书记等职务。大革命失败后，他在白色恐怖中继续坚持斗争。1927 年 8 月，他和戴季英到武汉寻找党组织，听取中共长江局负责人罗亦农传达党的八七会议精神和关于在湘鄂赣粤等省发动武装起义的指示，组织领导了黄麻九月暴动，揭开了黄麻起义的序幕。

从 1928 年至 1949 年的 20 多年时间内，郑位三一直担任党和军队的多种要职，顽强地坚持战斗在大别山区，为新中国的诞生作出了卓越贡献。有关他的感人事迹很多，这里仅叙述几例：

事迹之一，纠正土地改革中“左”的倾向。如何搞好革命根据地的土地改革，既是一个重大的政策问题，也是事关党的统战工作的重要问题。针对当时出现的侵犯中间阶级和中农利益的“左”倾错误，郑位三提出了许多符合当时客观实际的具体政策。如通过他起草制定《鄂豫边革命委员会土地政纲实施细则》等文件，规定中小商人得享其资本企业，有营业自由权；凡豪绅反动派的家属，经当地革命团体证明无反动嫌疑者，也可以分配土地；没收分配土地时不得侵犯自耕农利益，等等。正是因为郑位三高度重视解决土地改革中的具体政策问题，不仅保证了土地改革的顺利推进，而且使党的统战工作取得了很大成效。

事迹之二，热爱和保护人民群众。红四方面军主力撤离鄂豫皖苏区后，根据地一片白色恐怖。敌人逼迫群众“插白旗”“反水”以示“归顺”。针对一些区、乡干部不能正确对待“反水”农民和“插白旗”群众的问题，郑位三教育干部要从农民群众的切身利益考虑，指出群众是被敌人逼迫的，他们中的绝大多数都是拥护党和红军的。他反复向各级领导讲明道理，要求各级干部严格执行政策，严禁侵犯这些群众的利益。由于郑位三采取了正确措施，很快安定了民心，争取了群众，稳定了根据地的局面。许多群众都说：“别看我们插了白旗，我们的心是红的。”

事迹之三，坚持真理，坚决抵制“左”倾肃反政策。1931 年初夏，张国焘在鄂豫皖苏区进行错误肃反时，郑位三不顾个人安危，对肃反扩大化的错误做法进行抵制。他认为肃反扩大化是红军自杀性的破坏方法，会引起全党全军的恐怖，严重地脱离群众。1933 年 3 月，受王明“左”倾路线的影响，鄂豫皖苏区又一次错误肃反，郑位三再次勇敢地进行抵制，因此被指责为右倾机会主义而受到批判。但他毫不妥协，始终坚持实事求是的观点。

1943 年 11 月，郑位三以华中局党代表的身份到鄂豫边区和新四军第五师工作，上任伊始就与李先念、任质斌等领导整风运动。当康生从延安给鄂豫边区党委来电介绍一些地方搞出多少特务、反革命分子的所谓“经验”时，郑位三坚定地说：“共产党员应该坚持马克思主义实事求是的原则，从实际出发，干部中是什么问题就是什么问题，没有特务、反革命，就不能把好人当特务、反革命抓。”对康生给边区党委转来的某某人是“叛徒”、某某人是“特务”的“材料”，郑位三及边区党委更没有简单从事，而是本着实事求是和对党员、干部负责的态度，认真细致地调查研究，澄清事实，妥善处理，从而保护了一大批党的干部。为此，他赢得了五师和鄂豫边区广大干部的普遍赞誉。

1946 年春夏之际，蒋介石调集 30 万大军，准备以围攻中原解放区为起点，发动大规模全面内战。大战之前，郑位三牵挂着一大批抗战期间成长起来的党的干部的安危。他与其他领导同志商议，对大批在地方工作的干部和不能随军突围人员作出了符合中原地区实际的组织决定，为保护中原军区大批干部发挥了重要作用。但中华人民共和国成立后，出于“左”倾思想的影响，一些干部却因此受到了不公正的待遇。1957 年反右运动时，许多同志由此背上罪名。得知这些情况后，郑位三主动承担责任。他与陈少敏联名给中央组织部写信，详陈当年所作决定的实际情况，要求组织上实事求是地对待中原突围的同志。“文化大革命”中，郑位三遭到批斗，有人说他们向中央组织部写信是为叛徒辩护，充当保护伞。然而，身在逆境中的郑位三，始终认为这样做没有错。他这种坚持真理、敢作敢为的大无畏革命精神，赢得了广大的新四军老战士的由衷敬佩。党的十一届三中全会后，党中央终于作出决定，为因中原突围而遭受打击迫害的同志平反昭雪。

事迹之四，在军事斗争中，努力做到知己知彼，被誉为红七十四师中的“诸葛亮”。红二十五军主力北上后，由留下的一个连的主力红军和一些负伤的干部，加上地方游击队组合起来的红七十四师，只有 700 余人。在郑位三和陈先瑞的领导下，顽强地坚持在鄂豫陕边开展游击战争。由于没有收发报机，无法同上级党委取得联系，对全国当时的斗争形势也很不了解，部队的行动全靠自己根据实际情况决定。在这种艰难困苦的条件下，郑位三作为鄂豫陕特委书记指挥红七十四师从报纸和截获的敌人信件中判断敌情，决定行动方向；采取灵活机动的战略战术，同敌人“兜大圈子”，不仅有效地拖疲了敌人，锻炼了自己，而且发动了人民群众，逐步地发展和壮大了红七十四师主力和地方游击武装。战士们都说郑位三“神机妙算”是红七十四师的“诸葛亮”！贺龙也曾赞扬说：“红七十四师能在陕南坚持近两年的游击战争，位三同志的正确领导起了重要作用。”

事迹之五，坚持不懈地学习革命理论，重视对党员干部的教育和注意自身的党性修养。郑位三坚定的革命信念以及在革命斗争中所表现出的聪明才智，是与他几十年一贯学习马克思列宁主义理论分不开的。1934 年 12 月，他随红二十五军长征，一路上敌人围追堵截，为了轻装，他将日常生活用品一件一件地抛弃，但所携带的马克思列宁主义著作和党的文件却一件没丢。每逢有闲，他就抓紧时间阅读、学习，还坚持写读书笔记。新中国成立后，他因病休养，但学习不辍，20 多年中留下了几千张卡片，写下了数百万字的读书心得、理论文章、报告和日记。

郑位三不仅自身注重革命理论的学习，而且还十分注意加强自身的党性修养和对党员、干部的马克思列宁主义、毛泽东思想教育。1939—1942 年在淮南和新四军二师工作期间，他曾同战友谈到萧楚女的蜡烛人生观：“燃烧自己，照亮别人”。他的革命生涯也充分体现了蜡烛精神。他走到哪里，就把马克思列宁主义、毛泽东思想宣传到哪里。在他的一生中，先后主持创办了“鄂东北特委党务干部学习班”“便衣队训练班”“七里坪游击队干部训练班”“青年训练班”“中原民主建国大学”等，为党培养了一大批干部。他的一生，无愧于大别山区的一面光辉旗帜。

篇八

吴焕先把马克思肖像画请进中堂

在中国，最早谈起马克思名字的是梁启超。1902 年，他在《新民丛报》上发表文章称赞马克思是社会主义泰斗。第一次比较多地介绍马克思、恩格斯的生平与学说的人，是中国近代资产阶级民主派的革命家和思想家朱执信。马克思主义在中国真正广泛传播，并成为中国共产党的指导思想，是在受苏俄十月革命的影响而爆发的五四爱国运动之后。最鲜明地称颂十月革命，倡导马克思列宁主义的是中国共产党的早期领导人李大钊。

最先把马克思列宁主义传播到大别山的人是董必武和陈潭秋。1921 年 11 月，作为出席中国共产党创建大会的两位湖北代表，为宣传贯彻党的一大会议精神，迅速在湖北省掀起革命高潮，董必武、陈潭秋利用私立武汉中学，旗帜鲜明地宣讲马克思列宁主义，并利用这所中学吸收和培养了一大批信仰马克思列宁主义、献身中国人民解放事业的骨干。当时，在这所学校学习的革命骨干很多，如王志仁、戴克敏、王秀松、曹学楷、戴季伦、汪奠川、刘文蔚、肖方、周维炯等，后来他们都成为领导和组织鄂豫皖三大著名武装起义的领导人。

这期间，有位著名的农民运动发起人，也是最先在鄂豫边界传播马克思阶级斗争学说，组织和领导穷人闹革命的热血青年名叫吴焕先，他虽然没有上过私立武汉中学，但却在麻城县的蚕业中学读书时接触到马克思列宁主义，并通过同乡王志仁、戴克敏等人阅读过《共产党宣言》，进一步坚定了他的共产主义信仰。1924 年冬的一次寒假，他在王志仁乡友的陪同下，专门去私立武汉中学购买了一幅马克思肖像画带回家。大年三十贴门联时，他把马克思肖像画贴在供桌上方，并恭恭敬敬地行了三个举手礼。

他父亲十分不解和恼怒，训斥说："这香桌是敬神灵和祖宗的地方，你贴个大胡子老头干什么?"

吴焕先笑嘻嘻地回答父亲说：“父啊，这个人可了不起呀！他是德国人，名叫马克思，他不仅是全世界无产者的领袖，而且他的学说是全世界共产党人的行动指南呢。按照他指出的革命道路走，穷人就能翻身做主，一个没有剥削和压迫的大同世界就能实现。”

“简直是在胡说八道！”他父亲板着脸说，“我们家有田有地，虽然称不上大富，但在湾下也是首屈一指，这全靠神灵赐福和祖宗保佑，那个外国人能起什么作用?”

吴焕先反驳说：“父呀！您这是封建迷信思想作祟。我知道咱家的田产和财富既是祖先留下的遗产和您的辛勤劳动所得，但咱家的富裕也是靠榨取佃户的血汗，即马克思所说的剩余劳动价值而发展起来的。不然的话，这么多的田地您种得过来吗？而且打下的粮食我家得大头，佃户却吃不饱、穿不暖，您认为这公平合理吗?!”

他父亲虽然不认同儿子的说教，但觉得也有一定道理。吴焕先趁热打铁地说：“父哇，您平常不是教育我们要多行善事、多积福德，才能获得神和祖先的庇护保佑吗？可是，俺们湾下乃至全国的绝大多数人都生活在水深火热之中，咋未见有神仙和他们的祖宗赐福呢。可见，还是《国际歌》唱得好：‘世界上从来就没有什么救世主，也不靠神仙皇帝，要创造人类的幸福生活，全靠我们自己。’正如这位马克思说的：‘全世界无产者联合起来！’只有用暴力推翻人压迫人的剥削制度，才能建立人人平等的新社会。”

他父亲被他的一番道理折服，不仅任由他公开挂出马克思画像，而且同意给佃户减租减息。几年后他父亲过世，他说服家人散尽家财，“破家革命，揭竿而起”！

篇九

王幼安 “马列思潮沁脑骸”

马列思潮沁脑骸，军阀凶残攫我来。

世界工农全秉政，甘心直上断头台。

这首诗，是大别山的优秀儿子，麻城县农民运动主要领导人王幼安的绝命诗句。这诗句，表达了王幼安对马克思主义的坚定信念，对实现理想的决心和为革命英勇献身的大无畏气概。

王幼安，又名王宏文，1896 年出生于湖北省麻城县乘马岗乡项家冲一个中农家庭。1918 年，考入湖北省立第一师范学校。在这里，他深受五四新文化、新思潮影响，积极投入学生运动，参加反帝反封建斗争。1921 年，中国共产党诞生以后，受中共湖北领导人董必武、陈潭秋的思想影响，王幼安跟同学们一起上街参加示威游行、散发革命传单，反对列强侵略，抗议军阀压迫，声援工人罢工，在革命斗争中，他逐渐接受了马克思列宁主义和共产党的主张。

1923 年，王幼安从湖北省立第一师范学校毕业，回到故乡麻城县高等小学任国文教员。当时，麻城高等小学名义上虽是公办的新型学校，但实际上掌管教育大权的还是一些前清的“遗老”。校长、文史教师，也大多是贡生、举人或秀才，他们继续用封建思想教育学生。为启发青年学生的爱国意识和革命热情，王幼安秘密组织了一个马克思主义研究小组，组织进步师生阅读《新青年》《湘江评论》《武汉星期评论》等书刊和有关俄国十月革命的小册子，使一大批有志青年逐步接受了革命思想。他还经常结合课文，讲述帝国主义对我国的侵略瓜分史，反动军阀的祸国殃民罪行，中国人民的深重灾难；组织学生讨论，探求祖国命运和前途。在他的教育和影响下，学校出现了蔡济璜、刘文蔚、桂步蟾、徐其虚、王树声等一批倾向革命的进步学生。

当时，麻城除了公办的高等小学外，还有外国天主教堂附设的男女小学各一所。有一个家境贫寒又渴望读书的学生，被迫入了教。他入学后，专心攻读，有时忘记了“作礼拜”，主持教务的外国传教士就借口把这位学生开除了。消息传到县高等小学，全校师生哗然，推选王树声等作代表找传教士评理。谁知，当地政府与传教士狼狈为奸，不但不听他们申辩，还下令县高等小学开除带头闹事的王树声。王幼安得知消息后，组织上百名师生浩浩荡荡地赶到县政府。王幼安挺身而出与政府交涉，师生也在一旁助威。在师生的强烈要求下，政府不得不收回开除王树声的成命。

1925 年，王幼安离开麻城，到武昌省立第五小学任教，在此期间，加入了共产党，并以个人身份加入国民党。他站在小小的讲台上，声情并茂地向学生们灌输革命思想。他经常针对现实，自编一些切中时弊的教材，向学生讲授，以激发学生的爱国热情。

1927 年，王幼安以国民党湖北省党部特派员的身份重返故乡，担任了麻城县教育局局长，并任中共麻城县委委员。湖北省党部特派员的特殊身份，给他的工作增添了许多便利。当时，黄麻起义农民自卫军急需一批武器、弹药。王幼安利用县教育局长的身份，通过上层关系，从当地国民党驻军孟团长手里弄到 10 支步枪，10 套军装和一批弹药。得到王幼安的通知，农民自卫军立即派人进了城。次日拂晓，10 名农民自卫军换上国民党军装，拿着王幼安弄到的武器和通行证，以“清剿”为名，大大方方地出了县城。

同年 12 月 5 日，敌人对刚刚解放 21 天的黄安县城实施突然袭击。霎时，黄麻城乡腥风血雨，无数革命者倒在敌人的屠刀下，农民自卫军损失惨重。为了打击敌人的嚣张气焰，重建农民自卫队的武装。王幼安又从驻宋埠国民党军队中搞到一批枪支弹药。12 月 8 日，王幼安将这些武器装进棺材，经过一番乔装打扮后，就朝县农民自卫军驻地进发了。由于叛徒告密，他们遭到了国民党军队拦截，连人带枪全部落入敌手。

王幼安被捕后受尽酷刑，始终威武不屈。在狱中，他写了一百余首新诗，鞭挞黑暗，歌颂光明。敌人见王幼安软硬不吃，于 1928 年 2 月 17 日，将他杀害于麻城宋埠干沙河畔。烈士殉难时，年仅 32 岁。

篇十

熊少山倒在宣讲革命的讲台上

熊少山（1884—1930），河南省光山县人，出生于贫穷家庭，读过几年私塾。1921 年在亲友资助下到潢川省立七中求学，在学校中接触到五四运动思潮，他组织同学阅读进步书籍，探讨社会改革，受到当局查禁，遂领导学生发起抗议，爆发了轰动全城的学潮，由此遭到镇压而弃学。

1924 年，熊少山与乡友殷仲环、杜彦威赴武汉董必武创办的武汉中学学习。在董必武、陈潭秋、萧楚女的影响下，加入中国共产党。随后，受党的派遣，与殷仲环、杜彦威组成党的光山工作组，回到家乡柳林河熊稻场自己家中办学馆，秘密发展党员、建立组织。他为学馆门前开宗明义地书写一副对联："沂水春风，须拘成儿童乐趣；鸟飞鱼跃，要唤起雅子动机。"他白天向学生讲授五四以来的新文化，晚上办夜校向农民讲解奴隶创造世界，穷人要翻身做主，启发革命思想。在他出色的宣传鼓动下，经过培养，吸收了熊全甫、汪少山等第一批共产党员，并在殷区建立了党支部。他还领导编发了许多革命的民歌小调和大量的传单、标语，在光山、罗山、息县、潢川一带张贴传播，唤醒民众觉醒。

1926 年秋，熊少山在殷区建立了农民运动工作组，在农民中广泛建立了"穷人会"，同时向各地党组织派出联络员，促进各地农民运动相互了解、配合与支持，为后来建立农民协会和开展农民运动奠定了基础。1927 年，中共豫南特委派他到武昌参加中央农民运动讲习所，并出席在武昌召开的河南武装农民代表大会，亲身聆听毛泽东的授课，受到毛泽东的接见，这为他更加扎实地开展好农民运动鼓舞了斗志，指明了方向。回来后，他迅速发展殷区农会组织 15 个，会员达千余人。同时发展 70 多名农运骨干加入党的组织。

党的八七会议后，熊少山立即派殷仲环、杜彦威等骨干分子 30 人到黄麻参加起义。黄麻攻克后，熊少山同吴焕先、来合云、徐朋人等党的领导人到黄安参加了鄂东党的工作和鄂东军的组建。黄安失守后，少山等转移到卡房一带从事秘密活动。

1929 年 3 月，中共光山县委建立，张侠生任书记，熊少山任副书记；7 月，张侠生调往新蔡，熊少山接任书记。同年秋，熊少山率殷区农民自卫军 30 余人，参加宣化店枣林岗起义。12 月 9 日，中共鄂豫边革命委员会成立，少山当选为执行委员、肃反兼裁判委员会主席，并亲自制定《惩办土豪劣绅条例》《苏维埃法律细则》。1930 年 4 月上旬，中共光山县委决定在殷区举行武装起义，熊少山担任暴动总指挥。4 月 10 日，数百名农民起义军包围殷棚集，经过两小时的激战，全歼易本应民团，缴枪 200 余支。起义胜利后，熊少山及时组建殷区苏维埃乡政府，镇压一批罪大恶极的豪绅，制定殷区土地改革计划。4 月中旬，因为卡房大地主黄吉安、林用之等反动武装打回卡房，杀害革命群众，中共鄂豫边特委决定调少山到深山老林的边远区——卡房从事消灭反动武装的工作。熊少山不畏劳苦，经常翻山越岭，逐村逐户地做好农民的发动工作，并与当地党的领导人阮成德、石生才等商讨办法，研究消灭反动武装的方案，于 7 月成功地领导了卡房运动。

1930 年 10 月，熊少山在卡房古店潭洼竹园祠堂召开群众大会，就如何进一步加强党的领导，巩固新生的红色政权，积极扩红备战等问题发表演讲时，因积劳成疾，长期得不到休息，诱发脑溢血，突然倒在讲台上，猝然辞世，年仅 37 岁。

篇十一

詹谷堂"伫看革命火种爆发时"

漫天撒下革命种，

伫看将来爆发时。

这两句诗，是豫东南革命烈士詹谷堂的入党誓言，表露出他对党的忠心赤胆，对党领导的革命事业必将取得胜利的信念，以及为实现党的目标和任务奋斗不息的坚定决心。

据说，1924 年，当党的领导人袁汉民、蒋光慈在詹谷堂的教室介绍他光荣加入中国共产党组织并进行入党宣誓时，詹谷堂即兴在黑板上画了一幅一个仙女飞向人间播种的画面，并题写了这两句诗。其意说明，共产党就像是仙女下凡，到人间来播撒革命的种子，只要我们所有的党员不遗余力地进行耕耘，就能够让革命的种子在广袤的中华大地上生根、开花、结果。

他是这样想的，也是这样做的。

以教书为名，传播马列，播撒革命火种

詹谷堂又名生堡，1883 年 12 月 1 日出生于安徽省金寨县南溪（原河南省商城）葛藤山獐子岩村一个贫苦家庭。兄弟姐妹 6 人，他排行第四。全家人依靠父亲教书的微薄佣金和母亲及两个兄长辛勤劳动维持生活。幼时随父学习，直到 14 岁那年，父亲才让他到私塾读书。16 岁考中秀才。他好学不倦，曾写下一首七绝明志："十年面壁决心下，读破青灯万卷书。铁砚磨穿参造化，不甘碌碌与沉浮。"

詹谷堂学识渊博，志向远大，鄙弃旧的礼教，积极倡导教育新风。从 1905

年至1914年，他走上教育救国之路。先在家乡设馆办学，破例吸收女学生，穷家子弟则免费入学。在教学中，他提倡学生独立思考，不为经典禁锢。这些开明的措施深得学生拥护。四乡后生纷纷慕名而来，乡绅富户争相聘请。由于缺少资金，学馆难以为继，被迫关闭，詹谷堂被大乡绅周凤仪请去做家庭教师。周凤仪待他若上宾，尊崇备至。可是，他看到周凤仪纳妾，干涉子女婚姻自由等，很不满意，曾对周凤仪直言规劝，以致宾主不和。因此，他毅然请辞，并与之绝交。

五四运动后，在外工作和求学的商城籍进步知识分子利用假期回乡，或学成归来，带回了一些马克思主义理论书籍和进步刊物，使其深受影响，詹谷堂开始信仰马克思主义。1921年，詹谷堂在固始志成高等小学任教时创办“读书会”，吸收思想进步的师生参加，组织阅读《共产党宣言》和《新青年》等书刊。一次讲课中，在谈到军阀混战人民遭殃时，他脱口吟诗一首：

茫茫四州起战争，
苍生何日见升平？
大江一片狂浪起，
斩尽妖魔济众生。

詹谷堂思想进步，笃信马克思列宁主义，积极向学生传播革命道理，在当地享有很高的声望。1924年秋，经豫东南党组织负责人袁汉民和从莫斯科东方大学留学归来的中共早期党员蒋光慈介绍，詹谷堂正式加入了中国共产党。同年秋，他和姨侄袁汉铭前往商城县笔架山农校讲学，发展党员，在该县建立了第一个中国共产党小组，后扩建为党支部。

1925年3月，詹谷堂回南溪担任明强小学校长。他以南溪为中心开展活动，培养积极分子，发展党员和农协会会员，到1927年春，南溪成立农民协会，发展会员达3000名，从而使其革命活动在豫东南大地深深扎根。

领导农民与地主恶霸开展斗争，让革命火焰到处燃放

1926年冬天，地主陈玉英向农民逼租，把一位姓王的农民拉到河里灌凉水，

害得这位农民大病一场。詹谷堂知道后，带领农协会会员摸黑赶到野人冲，将陈玉英家团团包围。陈玉英听到风声吓跑了。他的孙子也是个仗势欺人、为非作歹的家伙。詹谷堂便把陈玉英的孙子抓起来，让他戴纸糊的高帽子游行，边走边喊："我是陈玉英的孙子，欺压农民，你们不要学我!"逃到外地的陈玉英听说孙子被农协会押着游行，赶到商城请来两个带枪的团匪，妄图威吓农民。詹谷党组织群众开会，要把这两个团匪扣起来，吓得团匪拼命逃走。此事很快在各地传开，广大农民群众拍手叫好。

随着抗租抗捐运动的开展，农民群众的革命热情不断高涨。1927 年 3 月中旬，詹谷堂在南溪詹氏祠门前主持召开有各乡农民协会代表参加的群众大会，宣布成立南溪区农民协会，从农协代表中选举彭德洲、李平康为正、副会长。会后举行示威游行，高呼"打倒土豪劣绅""打倒贪官污吏""反对苛捐杂税""一切被压迫群众参加农民协会"的口号，有力推动了南溪地区农民运动的发展。

南溪区农民协会的成立，使当地四大姓——陈、林、毛、闵的豪绅极为震惊，他们除组织"联庄会"与农协会对抗外，还花钱请来商城县民团大队 40 多人，由反动头目周凤山带领，杀气腾腾开到南溪镇压革命，扬言要对詹谷堂"千刀万剐"。在农协会群众的掩护下，詹谷堂离开明强小学，于 1928 年春在詹氏祠创办了第二模范小学并亲自担任校长，聘请共产党员漆禹原、漆叔甫、袁汉民、漆德琮、詹清岳等到校任教。他们经常在一起开会，分析形势，商议对策，继续坚持革命斗争。

积极参加商南起义，留守红色区域，
用鲜血和生命捍卫革命成果

1928 年，党的八七会议精神传到商城，遵照河南省委指示，商城县委决定以商南为重点举行武装起义。商南区委于是在太平山开会，研究制订起义计划，决定由周维炯、漆德玮打入民团搞"兵运"，詹谷堂深入农村联系群众，开展"农运"。在詹谷堂的组织发动下，进行了"春荒斗争"和"均粮斗争"，领导胭

脂坳、大埠口、白沙河等地的农民，分了地主的 10 多万斤粮食。斗争的胜利，提高了农民的阶级觉悟和斗争勇气。在此基础上，詹谷堂积极组织农民武装，并奔走于各运动点之间，参加起义的领导工作。

1929 年 2 月 2 日，由于叛徒告密，在商城巡视的中共豫南特委书记余锡珍被捕。接着，商城县委书记李惠民和县委委员马石生、钟启太被捕。国民党商城县政府又派清乡队下乡巡查。2 月 14 日至 19 日，关王庙、白沙河一带农协会会员有 80 多人被捕，共产党员徐义达、萧登银、夏仕国、吴承早、邢传禄、李春荣等惨遭杀害。

3 月 13 日，中共豫南特委和鄂东特委在光山县柴山保举行联席会议。鉴于商城县委被破坏，商城南乡局势也越来越严重的情况，会议决定立即举行武装起义。为便于指挥，豫南特委考虑商南和鄂东接壤，党组织原来与商罗麻特别支部有联系，便将商南党组织委托鄂东特委就近指挥。鄂东特委派徐子清、徐其虚、卢玉成、萧方等同志到商南帮助工作，并把商城南部、罗田北部、麻城东部划为特别区。4 月 6 日，在吴家店的太平山穿石庙召开商南各地区党员干部会议，选举产生了商罗麻特别区委员会，书记徐子清，委员徐其虚、李梯云、萧方、周维炯，负责领导商南地区的武装起义。5 月 6 日（农历立夏节）商南起义爆发后，中共商城临时县委委员詹谷堂则发动明强小学师生和 200 多农民参战，有力地配合丁家埠、斑竹园、吴家店等地的武装起义并一举获得成功。在南溪彭氏祠召开庆祝起义胜利的群众大会上，詹谷堂激动万分，挥笔写了一副对联，挂于会场主席台两侧。上联为“红军初暴动应将普天赤化”，下联为“政权新建立试看遍地红花”。

六七月间，周围反动武装发动联合进攻，企图摧毁商南这块刚刚创建的红色区域。在敌众我寡、力量悬殊的情势下，红三十二师出境辗转游击，詹谷堂被留在根据地坚持斗争。白天上山隐蔽；夜里则下山活动。不料，有个农民上山给他送饭时，被敌人侦察发觉。8 月 6 日，詹谷堂被捕。商城民团头子顾敬之立即赶到南溪，亲自审讯，妄图从詹谷堂口中摸清商城共产党组织的情况，将其一网打尽。詹谷堂大义凛然，从容应对。

顾问：“你读圣贤书，为什么要参加共产党?”

詹答："为了消灭你们这帮吃人的野兽！"

顾问："难道你不怕死？"

詹答："我死了没关系，种子已经撒下，并且遍地开了花，结了果！"

顾又说："只要你说出商南有多少共产党，藏在哪里？我就放了你。"

詹谷堂哈哈大笑，响亮地回答说："共产党多得很，比天上的星星还多，分布在全中国、全世界！你放不放我，那在你，但对于我，头可断、血可流，共产党人的信念决不丢！"

敌人恼羞成怒，便用香火烤、烙铁烙、尿水灌、铁钉钉，并十余次拉他去陪斩，对詹谷堂进行百般的精神折磨与肉体上的摧残。詹谷堂始终坚贞不屈，大义凛然，于 1929 年 8 月 24 日壮烈牺牲，时年 46 岁。

篇十二

杨松殉职于党的宣传理论事业

不说是在大别山的将军群中，就是在大别山的英烈传中，杨松的名字也许并不响亮，但正所谓“英雄各有见，何必问出处”。革命英雄，不一定是横刀立马或是马革裹尸，在党的宣传理论战线上默默无闻、呕心沥血地做出贡献的人，同样是大英雄、真豪杰。杨松就是这样的一位大英雄、优秀的共产主义战士。他是在出任延安《解放日报》第一任总编辑的岗位上因积劳成疾去世的。毛泽东亲笔为他写了挽联：“杨松同志办事认真，有责任心，我们应当记住他，学习他。”

在革命斗争中磨炼，逐步成长为坚定的共产主义战士

杨松原名吴绍镒，1907 年 11 月 14 日生于湖北大悟县四姑墩一个旧职员家庭。父亲吴德秀，为人正直，1913 年至 1926 年在湖北督军公署任职时，与董必武有深交。1918 年春至 1926 年夏，杨松先后在武昌高师附小、武汉中学、武昌师大附中学习，在董必武、陈潭秋的影响下，他开始接受马克思列宁主义，积极参与反帝爱国运动，曾以记者身份采访北伐军将士和农民运动首领，为汉口《民国日报》写了大量文章，鼓舞、推动了北伐军的胜利进军。

1927 年春，杨松经共青团中央介绍赴莫斯科中山大学读书，两年后毕业，又入研究院深造，阅读和翻译了许多马克思列宁主义著作。1927 年在中山大学加入中国共产党，由此从一个激进的民主青年，成长为一位有信仰、有理想的共产主义自觉战士。

临危受命，成为东北抗日联军的创始人

我们都知道党领导的东北抗日联军（简称抗联），知道杨靖宇等一大批抗联的英雄，却很少有人知道杨松是东北抗日联军的创始人。

1931 年九一八事变后，东北大好河山沦落在日本帝国主义铁蹄之下。为了挽救危局，1933 年，杨松受共产国际中共代表团的委托，以中共满洲省委吉东巡视员、吉东特委书记的名义，负责处理满洲问题。

杨松到东北后，从政治上和组织上加强了对吉东乃至整个东北斗争的领导。他化装成乡村医生，到密山、穆棱、宁安、饶河、勃利等县抗日根据地活动，召开会议，找干部谈话，写文章，作报告，具体领导吉东地区的抗日救国工作。

1934 年，中共吉东局遭到日军的破坏，杨松按党组织要求，化名吴平，以中共满洲省委巡视员的身份回国到东北，成立了中共吉东特委，任特委书记。同年底，兼任东北抗日同盟军第四军政治委员。

1935 年 7—8 月，杨松作为中共驻共产国际代表团代表，到莫斯科出席共产国际第七次代表大会。其间，他参加了《八一宣言》的起草工作，并向中共驻共产国际代表团汇报党在东北的抗日工作，提出组建统一的东北抗日联军的建议。在杨松等人的推动下，从 1936 年 2 月开始，党领导的东北人民革命军及其他抗日武装先后改编为东北抗日联军。

转换战场，成为党宣传理论战线上的旗手

1938 年 2 月底，杨松从莫斯科回到延安，任中央宣传部副部长，并在中央马克思列宁主义学院任教。同年 9—11 月，他作为东北地方领导干部和抗日联军代表出席党的扩大的六届六中全会，并担任会议秘书，参与文件的起草。

1941 年 3 月，中央决定创办党的历史上第一张大型日报、中共中央机关报《解放日报》，杨松被任命为第一任总编辑。办报初期，人少事繁，百端待举。他除亲理繁重日常工作，对每日报纸逐字逐句检查外，还亲自写社论。报纸发

刊一个多月，就接连写了29篇社论。同年9月10日至10月22日，杨松出席了党中央在延安召开的政治局扩大会议，讨论党在历史上特别是第二次国内革命战争时期的路线及反对主观主义和宗派主义问题。会后，他更加注意总结经验，不断明确办报的方向。他听了毛泽东《改造我们的学习》报告以后，深刻地意识到报纸需要结合实际进行改革。他号召报社的工作人员要加强学习，不仅要了解国际国内形势，更要熟悉中国革命现状。在杨松主持下，《解放日报》发表了《鲁忠才长征记》和各地区、各条战线的调查报告。毛泽东还为《鲁忠才长征记》写了“编者按”，给杨松改革新闻工作以很大鼓励和支持。

为了办好《解放日报》，杨松夜以继日、废寝忘食地工作，每天顶多休息三四个小时，他办公室的灯光，经常从黄昏亮至深夜，又从深夜亮至黎明。吴文涛说：“我们编辑部每天凌晨3点起床到新华社取稿，此时杨松仍在工作，点着煤油灯写文章或审稿。”

由于积劳过度，引起肺病复发。1942年1月底，杨松病情加重，连续吐血，但他仍以顽强的革命意志奋力继续工作。他躺在病床上靠着枕头为报社写文章，有时竟通宵达旦。报社同志来探望，他总是仔细询问国内外的时局和各部门的工作情况。毛泽东、朱德等中央领导同志，也经常来看望他，要求他住院治疗，但他总以革命工作比我的病更重要而婉拒，并自豪地说：还能为党再奋斗30年。

1942年11月23日，年仅35岁的中国共产党的理论家、宣传家、革命活动家杨松病逝，遗体安葬在《解放日报》社所在地清凉山山顶上。报社人员以此表达继承杨松革命精神，忠于党的新闻事业的心愿。

杨松虽然只度过了35个春秋，但他却把毕生精力和全部心血献给了党的事业。随着岁月的绵延，我们愈加感受到杨松是无愧于党的宣传理论战线上的楷模和旗手，永远值得我们记住他和学习他。

篇十三
特区党务干部学校培训骨干

1929 年 2 月下旬，随着柴山保革命根据地的巩固发展，中共豫东南特委与鄂东北特委共同在柴山保境内的南胡家创办了一所新型的党员干部学校，亦即现今的党校。这在当时中央巡视员和特委先后多次向党中央写的报告中，都明确地称为“特委党务干部学校”。

在当时武装斗争任务艰巨、战斗十分频繁的严峻形势下，两地特委之所以要下很大决心创办特委党务干部学校，是由当时党和革命队伍的现状及革命斗争的紧迫需要决定的。从当时的党员情况来看，无论是鄂东北还是豫东南各县，在数量上都有很大的发展。“黄安 1200 人，麻城 400 余人”“光山县党员约 200 多人”。然而，就党员，特别是党的干部的素质来讲，却远远不能适应新形势发展的需要。究其原因：正如当时豫东南特委向中央的请求报告中所说：光山“老党员干部牺牲较多，新县委本身力量太薄弱，负责同志多系农民，甚幼稚，担负不起工作”“最近光山工作紧张，需要多数干部，故向黄安要求”。它足以说明，创办党校，培训党的干部，已成为实现当时党的政治任务的必要步骤和当务之急。因此，时任中央巡视员的郭述申同志，以高度的无产阶级革命责任心，主动牵头，带领豫东南特委陈孤零等人，于 2 月 3 日，在柴山保与鄂东北特委举行了一次联席会议，决定了几个亟待解决的重大问题，其中，就有豫东南与鄂东北两特委尽快合办一所“党务干部学校”的内容。

特委联席会议之后，决定教授人由何玉琳、郑位三、陈孤零负责。郑位三不只是主要的教员之一，担任了许多课程的讲授任务，还是教育主任，主持党务干部学校的日常工作，负责每期教学计划的制订和安排教学内容。“学生决定每班 30 人，每班 3 星期”，经费由两特委轮流对半月担负。就这样，鄂豫边区两特委合办的“党务干部学校”，于 2 月下旬在柴山保的南胡家村正式成立。

参加特委党校培训的人员，是最早联结鄂豫边区的黄安、麻城、光山、罗山等县的党员干部。唯有光山得天独厚，参加学习的人数最多。培训的对象是：“就县委以下有工作观念，能识字者指派，毕业后都给以较重要工作”“教员即就特委、黄安县委、红军中工作上有机会而又能担任者约十人”。何玉琳、郑位三、陈孤零、徐朋人、吴光浩、戴克敏、曹学楷、王树声、郑大开、程昭续、戴季英等，都先后到校讲过课。特委党校的学习科目明确规定为：“马克思主义和列宁主义，社会进化史……第六次全国代表大会政治决议案，民众组织的方式和运用，斗争和暴动，宣传和煽动，开会和游行，游击战争”等。鉴于当时的战争环境，训练班安排的学习时间短，不可能搞正规化教授，只能将学科项目规定的内容，用深入浅出、通俗易懂的简明道理，扼要地向学员讲授。譬如，徐朋人在讲授群众工作时，绘影绘声，学员如临其境，听得入神。吴光浩在讲授“昼伏夜动，远袭近止，绕南进北，声东击西”的游击战争战术时，还组织学员搞简易军事演习，亲身做投弹掷远的示范动作。不久，继任红三十一师代师长的徐向前，亦到党校为第三期学员讲授军事课，深受学员欢迎。

到 5 月上旬，特委党校已毕业两期，第 3 期刚开始，即因战争而停办。在打退敌军对根据地的进犯之后，于 6 月上旬复学。学员由上两期每期 30 多人，增加到 40 多人。

党务干部学校的创办，对传播柴山保的革命经验，推动鄂豫皖边革命根据地的形成和发展起了重要的历史作用；对加强鄂豫边区的党员干部的思想教育，提高政治理论水平和实际工作能力也产生了重大效果；尤其是它先后为大别山区培养了几百名的革命领导骨干，其中有相当一部分后来成为党的高、中级干部。就光山、罗山两县所知，曾任鄂豫皖中央分局常委、省委组织部部长、省苏维埃主席、红二十八军政委的高敬亭，就是特委党校的一期生。红军独立师师长罗明高，鄂东北道委书记芦崇珠，以及郭步仪、程炳煌、付梅臣、陈子州、汪绍山、罗明富、郑作吾、王士俊等，这些在创建大别山革命根据地的斗争时期，曾任过县、团级牺牲的领导干部，都曾到这所党校学习过。因此，在柴山保革命根据地创办的党校，称得上是培养革命干部的熔炉。

当时的两地特委在给中央的一份报告中就曾这样写道：学生学习的热情很高、兴趣极浓，请求入学者甚众。学员毕业后军政素质显著提高，多数担负重要领导工作。

链 接

吴焕先智取地主老财资金

1928年冬，吴焕先的家乡四角曹门遭到了大恶霸地主方晓亭的血洗。为保存革命火种，他不得不忍痛丢下逃难的母亲和乡亲，率领游击队员隐藏在天台山上。可这时正值数九寒天，队员和伤病员缺吃少穿，更无钱购买药品，怎么办呢？吴焕先左思右想，突发灵感：“那些地主豪绅不是信风水、讲迷信吗？我何不扮成‘阴阳先生’，为革命筹集一些资金呢。”想到这里，他穿上一件棉布长衫，借了一顶瓜皮帽，又买了一个罗盘，贴上假胡须，把自己装扮成一个算命先生的模样，向着河南边界的罗山（卡房）方向走去。

在走到老叶湾附近的一座山包上时，他碰到几个放牛娃，就打听附近有没有地主老财的事。这时，一个穿着破烂衣服的小孩告诉他说：我湾下就有一个地主老财，可是他家今年走背运、发不了财。小儿媳妇刚死，耕地的黄牛又死了。吴焕先听后有了主意，问清这个湾下地址，就大模大样地走到了这家财主的门口。他念着自编的几句诗：“新开的高屋逆水流，栽秧的时候死耕牛；小儿媳妇难产死，看家的黄狗肿了头。”这家的财主正为家门不幸犯愁时，听到这个道士模样人的说唱，既惊且喜，急忙走出来，将吴焕先请进客堂，摆上酒席，热情接待。吴焕先故意装着“张天师”道下的门生，胡诌了一阵，最后说：“你家灾难太大，我要回去请老师来。”老财主破灾发财心切，当即给吴焕先五十元的压银。吴焕先得了这笔钱后，全部用于购粮买药，有效解决了负伤战士的生活和医疗困难。至于这家地主老财是如何盼着“天师”到他家消灾避祸，也就溜之乎也。

篇十四

列宁小学育英才

1926年秋，位于鄂豫边界的箭厂河农民运动日益高涨。由于参加革命的农民群众，文化程度普遍不高、军事素养更差，迫切需要普及文化知识和军事常识。时任黄安（今红安）县党组织负责人的戴克敏、吴焕先便选派共产党员吴立子和进步知识分子刘雅亭，在吴氏宗祠创办了一所小学，取名为“列宁小学”，旨在一边普及文化基础知识，一边讲授革命道理和军事常识，培养农民运动骨干。

当时的办学条件非常艰苦，没有黑板、课桌和椅子，吴焕先就组织教员和学员自己动手，在墙上刷一层黄土，就成了黑板；粉笔用墨炭，墨汁用锅灰，课桌椅以学员自带为主，有的干脆就用泥巴和木头搭配做成。为此，师生还饶有兴趣地编了这样一段顺口溜：

泥巴桌，泥巴椅，就地取材不费力。
泥巴墙，炭粉笔，读书识字靠脑记。
学文化，明道理，提升素质有战力。

列宁小学课程设置有：国语、算术、自然常识、政治常识、体育、美术、唱歌等。根据教育“要生产化”“要政治化”的方针，学校不仅注意学生文化知识的学习，而且注意培养学生热爱劳动的品德，培养学生掌握一定的军事技能。学生一般白天学习，晚上轮流站岗放哨。平时在学校同老师共同耕种学校的公田，农忙时放假，帮助家里或红军家属砍柴、收割等。

戴克敏、曹学楷、郑位三、吴光浩、徐向前、徐朋人、吴焕先、郭述申等人都曾在列宁小学兼任过教员，为广大学员授过课。据统计，到1932年秋，箭厂河列宁小学先后培养学员500多人，他们积极投身革命，踊跃参军参战，很多人成长为革命骨干。其中，有 80 多位列宁小学学员参加了长征，60 多人成为红军的团级以上干部，但幸存下来的不到 40 人，大多成为我党的高层领导和我军的高级将领，如军委原副主席刘华清、空军原政委高厚良、武汉军区原副参谋长吴世安等。

由于鄂豫皖边特委高度重视教育，列宁小学如雨后春笋般遍布苏区广大农村，到 1931 年春，鄂豫皖苏区的列宁学校就发展到 1000 多所。如建在红安县七里坪区的列宁小学，就是 1930 年 2 月由中共鄂豫皖省委书记沈泽民和宣传部部长成仿吾等领导人创办的卓有成效的另一所列宁小学。1932 年秋，由于第四次反“围剿”失利，红四方面军被迫实行战略转移，学校也就名存实亡，无法再办。但这些革命遗址依然存在，见证着大别山人重视科学文化教育的历史成就。

链 接

彭（湃）杨（殷）军政干部学校

1930 年 8 月，中共鄂豫皖特委在黄安紫云区聂家河祠堂创办中国工农红军军事政治学校。1931 年 5 月，改名为彭杨军政干部学校。7 月，迁新集。校长曾中生，后蔡申熙；政治部主任傅钟，教务长李特，后张琴秋；李昂、吴展、范志波、沈泽民、戴克敏等任专、兼职教师；高敬亭管总务。中共中央鄂豫皖分局、鄂豫皖省委负责人徐宝珊、成仿吾、陈昌浩、张国焘和红四方面军总指挥徐向前等轮流去学校讲课或做政治、军事报告。课程以军事、政治为主，附设国文、算术、历史、地理等。设有步兵、工兵、炮兵、电工等班组。学员是由红军各团选送的雇农、贫农、手工业出身的连长、排长、指导员和优秀战士组成。学习时间一般为 3—6 个月。学员结业后，大部分分配到红军中任连、营干部，少数充实地方武装。先后培养军政干部和特种兵专业骨干千人以上。

第二章 武装割据 英雄群集

链接

篇一

三大武装起义成就新集的荣耀

“南有井冈山，北有大别山”，这是 20 世纪 20 年代中国革命的形象说法和真实写照。大别山是革命的策源地，黄麻起义的惊雷在这里响起、商南起义的烽火在这里点燃、六霍起义的烈焰在这里燃烧，“工农武装割据”的道路在这里开辟。大别山是革命之山，无数英雄儿女在这里抛头颅、洒热血，血染杜鹃红。大别山是英雄之山，红四方面军在这里诞生、红二十五军在这里创建、红二十八军从这里走出！三支劲旅在这里书写出壮烈的篇章，上演出一幕幕威武雄壮的武装斗争活剧！

“问渠那得清如许，为有源头活水来。”大别山区武装斗争的风生水起、大别山区红军队伍的发展壮大、大别山区革命根据地的创建与拓展，发轫于黄麻起义，形成于柴山保，持续于商南、六霍起义。正是通过这著名的三次武装起义，打通了大别山脉，创建了鄂豫皖革命根据地，并在新集建立了首府，才有了今日新县的荣耀、大别山红色圣地的风光。

黄麻起义响惊雷

黄麻起义载史篇，开天辟地民掌权。

武装割据创新路，从此大别星火燃。

党的八七会议后，大别山区的共产党人，为武装反抗国民党的血腥屠杀，在中共湖北省委的领导下，率先举行了黄麻起义。

1927 年 11 月 3 日，中共黄麻特委在黄安县七里坪文昌宫第二高等小学，召开由 30 余人参加的黄、麻两县党团骨干分子会议，一致决定武装夺取黄安县城，建立革命政权和革命军队。会上，成立了黄麻起义指挥部，由潘忠汝、吴光浩分别担任正副总指挥，参加起义的农民自卫军和革命群众有 2 万多人。其中，有王树声率领的麻城农民自卫军，许世友率领的义勇军炮队，吴焕先、吴先筹、詹以贤率领的三堂革命红学会员，以及李先念、陈再道、詹才芳带领的农民自卫军等。起义从 11 月 13 日下午开始至 14 日凌晨结束，全歼了反动武装，捣毁了反动的县政府，并在一片欢庆革命胜利的鞭炮声中，组建了由王志仁为书记的中共黄安县委，成立了由曹学楷为主席的黄安工农民主政府，诞生了以潘忠汝、吴光浩为正副总指挥、戴克敏为党代表的中国工农革命军鄂东军，全军有 300 余人。

黄麻起义攻克县城不久就遭到了敌人的疯狂反扑。12 月初，国民党军以 12 军教导队数千人夜袭县城。鄂东军对敌情估计不足，据城固守，伤亡严重。潘忠汝和王志仁在指挥突围中壮烈牺牲。解放了 21 天的黄安城又陷敌手。

黄麻起义虽然遭受严重挫折，但却点燃了大别山的革命烽火，为在柴山保实行工农武装割据，建立稳固的革命根据地培训了革命骨干。

1928 年 1 月，由副总指挥吴光浩率领的鄂东军 72 人，在木兰山改编为中国工农革命军第七军。1928 年 5 月底 6 月初，工农革命军第七军在鄂豫边界的柴山保建立了稳固革命根据地后，根据中共中央的指示，正式将第七军改编为中国工农红军第十一军第三十一师。从此，大别山区有了第一支正式命名的红军队伍。

商南起义连皖西

大别中段商城县，南连鄂豫西接皖。

商南起义连皖西，红区形成豫东南。

1928 年 12 月中旬，为实现打通大别山脉的战略构想，中共鄂东北特委积极与邻省各县联系，并派出特委委员徐子清、徐其虚到商城南部帮助工作，着手组织武装起义。

二徐到任后，与商南党的负责人紧密合作，成立了中共鄂豫皖特委，由徐子清任书记，徐其虚、周维炯、肖方、廖炳国等为委员。1929 年初夏，特委可以掌握的起义武装达到 380 余人。此时，因军阀争战，商南敌军兵力不足，为商南起义创造了有利条件。当鄂东北特委了解这一情况后，于 5 月 1 日决定派主要领导亲自前往指导。红十一军军长兼师长吴光浩说服众人，自告奋勇地担负起这一重任。不料，在途经罗田腾家堡时遭敌袭击，壮烈牺牲，年仅 23 岁。

徐子清久候吴光浩不至，遂于 5 月 2 日在商城县太平山穿石庙召开紧急会议，决定改变原定中秋节举行起义的时间，提前到 5 月 6 日（即立夏节）。由于组织严密、领导得力，武装起义获得了成功。5 月 9 日，各起义部队集中在斑竹园，宣布成立中国工农红军第十一军第三十二师，周维炯任师长，徐其虚任党代表，漆德玮任副师长，漆海峰任参谋长，下辖两个团，共 100 余人。

红三十二师成立后，立即扩大红军，发展赤卫队和农民协会组织，建立苏维埃政府等工作，不到半年时间，就创建了豫东南革命根据地。

六霍起义酬夙愿

大别北麓称皖西，历史厚重风水地。
独山点燃革命火，六霍起义遍皖西。
革命影响请水寨，潜山雄师亮旌旗。
六霍起义酬夙愿，大别山脉连成体。

中共鄂豫边特委成立后，积极主动地与六安、霍山、英山等县党的组织取得联系，共同策划六霍起义。1929 年 11 月 7 日至 12 月 16 日，在共产党员舒传贤、周狷之、毛正初、余道江的领导下，历时一个多月，终于夺取了六霍地区农民、士兵起义的胜利。1930 年 2 月，共产党员王效亭等在红三十二师的支持下，又成功地领导了清水寨农民起义。这两支起义部队共同开辟了皖西根据地。这期间，中国共产党还在信阳、确山、黄冈、固始、罗山等地领导了四望山、刘店、回龙山、大荒坡、罗南武装起义。所有这些起义，都对创建鄂豫皖革命根据地起了积极作用。到 1930 年春，在大别山区先后建立了鄂豫边、豫东南、皖西三块革命根据地，人口达百万之众，并组建了红三十一、三十二、三十三师和潜山工农革命军（后改编为红三十四师）。

1930 年 2 月，中共中央在上海召开了一个重要会议，这个由中央军委书记周恩来主持的会议作出了一项决定，将鄂豫边、豫东南和皖西三块革命根据地划为一个完整的鄂豫皖特区，并成立中共鄂豫皖特委。紧接着，于 3 月 18 日，将红十一军三十一、三十二、三十三师合编为中国工农红军第一军。

3 月 20 日，鄂豫皖边区党代表大会在今新县箭厂河召开，正式成立中共鄂豫皖边区特别委员会，委员 25 人，郭述申任书记。至此，鄂豫边区实现了党对三块革命根据地的统一领导。

4 月初，红一军在箭厂河黄谷畈组成，许继慎任军长，曹大骏任政治委员，徐向前任副军长，熊受暄任政治部主任，全军共 2100 余人。

6 月下旬，鄂豫皖边区第一届工农兵代表大会在柴山保王湾召开，来自各区的工农兵代表 200 余人，选举产生了鄂豫皖边区苏维埃政府，甘元景任主席。至此，鄂豫皖边区实现了党、政、军统一领导，标志着鄂豫皖革命根据地正式形成。

中共鄂豫皖中央分局在新集（今新县城关）成立

1930 年 10 月，随着武装斗争的发展与需要，红一军与活动在蕲、黄、广地区的红十五军合并为红四军，由中央特派员曾中生任特委书记兼军委主席，旷继勋任红四军军长，余笃三任政治委员，徐向前任参谋长，曹大骏任政治部主任，全军共 12500 人。红四军在取得解放新集和双桥镇大捷后，红军总兵力发展到 2 万人，根据地人口已达 200 余万人，相继取得粉碎敌人一、二次“围剿”的重大胜利，并在实践中形成了一条比较合乎鄂豫皖革命根据地客观实际的正确路线和对敌斗争策略。

1931 年 5 月 12 日，张国焘、沈泽民来到鄂豫皖苏区后，宣布中央决定，撤销豫皖边特委，在新集成立以他为书记的中共鄂豫皖中央分局和军委主席。紧接着，他通过“肃反”运动，残杀 2500 多名优秀红军指战员和地方领导干部，牢牢控制党政军领导大权后，于 1931 年 11 月 7 日，在黄安县七里坪，将红四军与由地方武装组织起来的红二十五军合编，正式成立中国工农红军第四方面军。徐向前任总指挥，陈昌浩任政治委员，全军共有 3 万人。红四方面军的成立，是鄂豫皖革命根据地的一件大事，在全国红军史上占有重要地位。

鄂豫皖苏区首府新集的荣耀

新集，位于重峦叠嶂的大别山腹地，原是光山县南部的一个小镇。土地革命兴起后，附近的地主豪绅纷纷携械逃到这里，新集成了反动派楔在苏区内部的一个反动据点。1931 年 2 月 10 日，红四军十师三十团攻克新集，使这个古老的小镇获得了新生。

新集一经解放，鄂豫皖苏区的党和政府便决定把这里作为首府。这是因为：第一，新集处于群山环抱之中，不但山势险峻，森林茂密，而且山区没有大道，不利于敌人机械化部队的调动，而红军则可以凭借其险峻的地势，阻击敌人；第二，这里不但距离武汉、安庆、开封、信阳等大中城市较远，就是距离该县的光山县城以及周围的商城、黄安、麻城等县城，也都在 100 华里以上，反动统治力量比较薄弱，加上这里山高土薄，地瘠民贫，统治阶级亦不十分重视；第三，它周围的柴山保、箭厂河、七里坪等均为革命老区，区乡苏维埃政权多已建立，人民斗争觉悟高，把这里作为根据地首府有安全保障。

新集解放之后，光山县苏维埃政府就迁到了这里，3 月 29 日又成立新集市苏维埃政府，后中共鄂豫皖特委亦迁驻此地。同年 5 月，中共鄂豫皖中央分局、鄂豫皖军事委员及共青团鄂豫皖分局先后在新集成立。7 月，鄂豫皖苏区第二次工农兵代表大会在这里召开，会议选举产生的鄂豫皖省工农民主政府亦驻于此。第二年 1 月，中共鄂豫皖省委和团省委建立后均设于此地。

驻在新集的党、政、军、群、团机构除上述外，还有特区政治保卫局、革命法庭、军委航空局、红军医院、苏区银行、特区及省总工会、经济公社、合作总社、彭杨军事学校、列宁高等学校、列宁小学等。

鄂豫皖苏区的兴旺发达，被中共中央称为“全国第二大块革命根据地”，而其首脑机关驻扎新集，更给这个偏僻的山区小镇带来了荣耀，使这个过去不为世人所知的小小山城，一下子变成了鄂豫皖苏区的政治、军事、经济、文化中心而载入了中国革命的史册。

篇二

反抗剥削和压迫的大别山民谣

在半殖民地半封建的旧中国，大别山区的人民，同全国人民一样，在帝国主义和封建主义的政治压迫、经济盘剥和思想文化奴役下，过着牛马不如的悲惨生活。当时的鄂豫皖边流行着这样一首民谣：

冷天无衣裳，
热天一身光。
吃的野菜饭，
喝的苦根汤。
麦黄望接谷，
谷黄望插秧。
一年忙四季，
都为财主忙。

这首民谣，是鄂豫皖边区人民悲惨生活的真实写照。然而，哪里有压迫，哪里就有反抗。在近百年来的中国近代史上，鄂豫皖边区的人民前赴后继，曾进行过多次英勇的反抗斗争。尤其是中国共产党诞生后，这里的农民运动此伏彼起，从未中断。广大农民用切身的体会唱出了受地主恶霸剥削和压迫的苦难生活，也满腔热情地歌颂了共产党领导他们闹革命、求解放、谋幸福的喜悦心情。下面几首歌谣反映了他们的共同心声。

（一）穷人歌

列位农友听分明，这个世道不公平。
饿是耕作种田汉，冻是砍柴烧炭人。
富家老财厅堂坐，吃香穿阔不愁贫。

日日三餐像过年，夜夜五更都完亲。[①]

莫说贫富由天定，自古兴亡全由民。

江湖聚众打官府，杀富济贫有绿林。[②]

不表前朝表当世，俄国兴党有列宁。

人说湿柴怕猛火，蜈蚣蝎子怕鸡鸣，

瓦上冰霜怕日晒，世上恶狗怕猛人。

天下工农一条心，“天下大同”大事兴。

（注：这是 1924 年大革命时期流行于豫南光山县民间的大鼓词。）

①原意指结婚，这里指地主阶级奸淫妇女。

②指聚集在山林反抗封建统治，诛锄恶霸土豪的武装结合。

（二）雇农歌

清早起来好凉风，

肩驮犁耙进田冲。

一脚踏着茅柘刺，

怨来怨去打长工。

豪绅地主真可恨，

压迫穷人个个穷。

幸而有了共产党，

一心一意救工农。

（注：这首歌谣，是鄂东北特委书记徐朋人所作。）

（三）妇女歌

叫声妇女都来听，听唱妇女一段情。

数千余年压迫深，犹如落在陷人坑。

三从四德真可恨，旧的礼教捆死人。

穿耳缠足与搽粉，装笑卖怪被人轻。

旧的社会不平等，哪把妇女当作人。

政治经济我无份，教育法律不沾边。

怎么男子这么重，怎么女子这样轻。

更有一事真残忍，好不叫人脑壳疼。
既要终身父母定，不该把我变卖银。
倘若青年丈夫死，娘婆二家喜在心。
娘家他说要丧礼，婆家他说几多银。
若是娘家穷得很，一直送到婆家门。
若是婆家难得混，好像多了我这人。
自己去度自己命，帮助富人做佣人。
要为自己想一想，再不革命怎翻身？
铲除一切买卖制，取消一切包办婚。
赶快起来搞生产，参加赤队当红军。
取了长沙取武汉，能夺几省掌政权。
铲除万恶封建制，杀尽豪绅不留情。
推翻万恶国民党，天下都归咱穷人。
建立革命苏维埃，大红旗帜扯起来。
社会主义实了现，那时男女都一般。
共同生产同享受，光明前途在眼前。

（注：这首歌谣，是鄂豫边民间艺人所作。）

（四）儿童歌

旭日初升，社会光明，红光灿烂景物新；
将来事业全靠我们，愿我朋友振精神。
前途遥遥，事业伟伟，团结起来向前进；
鼓声锣声，声声相应，准备着啊，杀敌人。

（注：这首儿歌是1926年秋，位于信阳、罗山、湖北应山交界处的当谷山农民起义时，当地党组织在各乡村建立起农协会、妇女协会和儿童团，演新戏，唱新歌，宣传革命，十分活跃。参加儿童团的多是20岁以下的青少年，他们斗争积极，同热情的学生和求解放的妇女会合在一起，将往日静悄悄的山村闹得热火朝天。）

篇三
“我们的红灯刚起升”

1927年9月，在毛泽东主办的武汉农讲所学习的黄安、麻城等地的一批共产党员纷纷返回家乡，宣传革命道理，发动和组织农民举行了数十次武装起义，由于这些起义集中发生在9月，故称“九月暴动”。

这些起义虽然播下了革命火种，沉重地打击了恶霸豪绅的反动气焰，但毕竟由于反动势力的强大，这些起义最后都相继失败了。

时任中共中央政治局常委、组织部部长兼湖北省委书记的罗亦农，心情十分沉重。他在给中共中央政治局的报告中写道：“湖北的斗争，开始于7月底，到现在10月底……可说已经失败了！”

就在这时，一个名叫戴季英的小伙子在他的近邻学友——湖北省农民协会组织部干事王志仁的引领下，来到汉口省委秘密机关驻地面见罗亦农。同他一块到省委汇报黄安农民运动情况的黄安县委书记郑位三因到武汉患病，下不了床，只好委托戴季英一人前去汇报工作。戴季英操着一口浓厚的黄安乡音汇报说：“我们这里有句俚语，叫作‘别家的红灯玩罢了，我家的红灯刚起升’。现在虽然多地的农民暴动失败了，可我们那里还没有开始呢！”

戴季英时任中共黄安县委委员、农民义勇队县北总指挥。在红四方面军军史上，他是一个悲情人物。既因对敌斗争坚决被国民党视为“洪水猛兽”，也因在内部大搞“肃反”和在中华人民共和国成立后要“官职”被毛泽东称为“不可救药的人”而“永不录用”。

据戴季英报告，黄安县中共组织健全，能够以县北七里坪为中心发动二三万群众起来起义。

罗亦农询问道：“你们的装备怎么样？有枪吗？”

戴季英伸出五个手指，晃了晃说：“有500多支枪，我们那里的农民已经自发地组织起来杀土豪了，我这次找省委就是请求下一步怎么干。”

罗亦农大喜过望，立即派符向一以省委巡视员的身份前往黄安县和麻城县勘察。在得到切实的信息后，派出中共湖北省委的“四大干将”前往组织和领导黄麻起义。这四位革命英才是：熟悉党务、富有政治头脑的原鄂南特委委员符向一，富有军事指挥能力的原鄂南起义总指挥吴光浩，长于政务的原鄂南革命委员会主任刘镇一，擅长农民运动和统战工作的王志仁。

可惜可悲的是，这四位前往黄安点燃红色风暴的“播火者”，在随后一年内全部壮烈牺牲。

链 接

大别山最早出现的“红军”名词

众所周知，大别山区的第一支红军队伍是1928年7月在柴山保革命根据地的尹家嘴会议上，根据中共中央的指示，由工农革命军第七军改编而来的。也就是说，“红军”一语，始于尹家嘴会议。其实，“红军”这个字眼，最早出现在民间。

据考证，“红军”这个名词，最早出现在黄麻起义胜利之后新成立的黄安县农民政府大门口的一副对联上。

1927年11月18日，黄麻起义胜利了，在黄安县城南教场岗举行万人庆祝大会，宣布黄安县农民政府成立，而“黄安县农民政府”的牌子以红绸裹束着挂在门口。大门两旁，有两副对联，赫然醒目。

一副对联是：“实行土地革命，杀尽豪绅地主”；

另一副是：

痛恨绿林军，假称青天白日，黑暗沉沉埋赤子；

克复黄安县，试看碧云紫气，苍生济济拥红军。

后一副对联是黄安城内一位名叫吴兰陔的秀才写的。他在这里用对联表达对农民起义胜利的欢庆喜悦。他构思巧妙，创意出奇，将赤、橙、黄、绿、青、蓝、紫七色嵌入对联中，用红这个鲜亮的颜色写新军队，用暗淡的颜色形容旧军队，形成强烈的对比，使人更加恨旧喜新，并发出了“拥红军”的欢呼。

篇四

“苏维埃是谁？”

起义军占领黄安城之后，城内人声鼎沸，红旗招展，大街小巷贴满革命标语。人们奔走相告三件大事：一是组建工农革命军鄂东军，二是建立健全各基层党组织，三是成立大别山区第一个农民政权。

其中，在讨论新政权成立名称时，筹备处发生争论。

符向一、刘镇一拿出省委文件，主张叫苏维埃。

农民领袖一脸茫然：“苏维埃是谁?”

“为什么用姓苏的名字?”等等。

符向一哭笑不得，只好解释说苏维埃是俄语的音译，是“代表大会”的意思。

“太拗口，群众哪里听得懂，不如就叫黄安农民政府!”筹备处主任曹学楷一锤定音。

于是，在县城南门校场岗召开万人大会，宣布成立黄安县农民政府。大会选举 31 岁的农协会领导曹学楷为政府主席。曹学楷在热烈的掌声中走上讲台，慷慨激昂地说：

“我们种田佬，每年除了完粮饷送钱把大老爷，或者是被土劣贪官抓着打屁股、关牢和砍脑壳以外，再不敢进大老爷的衙门。但是，今日我们种田佬、挑粪的公然自己组织政府，自己做起委员来了。这点证明我们革命的力量，证明现在是劳农世界，无产阶级的世界了。”

在雷鸣般的掌声中，人们高呼“农民政府万岁”“坚决拥护中国共产党”“拥护鄂东革命委员会”的口号声不绝于耳。

篇五

英雄铸就“一要三不要”的铁血精神

黄麻起义胜利，尤其是打退敌人的第一次偷袭之后，起义的领导人产生盲目乐观情绪，认为敌军虽众，却不堪一击。于是将主力部队分散到四乡打土豪、分田地，守城兵力只有200多人。

危机终于来临。1927年12月5日夜，国民党第十二军军长任应岐，出身绿林，人称“趟将”。在他得知城内空虚的情报后，命令驻守潢川的教导师由其师长闻清霖率领，在夜幕的掩护下由宋埠奔袭黄安县城。先是大炮猛轰县城南门，尔后由缺口洪涌而入，见人就杀，见房就烧。

劳累了一天的鄂东军总指挥潘忠汝洗完澡，正准备休息，突然听到轰隆的炮声和密集的枪声，立即意识到有敌军的大部队攻城。此时，副总指挥吴光浩、党代表戴克敏等人迅速汇集到总指挥部商量抵御对策。戴克敏焦急地说：你俩是正副总指挥，赶快组织队伍北撤，我赶往南门阻敌。当他率领30余名战士赶到南门增援时，县委书记王志仁与南门守城将士拼命抵挡，全部战死。顷刻间，他带领的增援人员也基本拼光，只剩下郑遵敏、戴学道等五名战士，被迫跳墙逃脱。

潘忠汝、吴光浩、吴光烈率鄂东军主力火速向西门撤退，迎面遭遇火力极强、汹涌而进的敌军部队。吴光烈当场阵亡，部队被冲为数段，只能各自为战，凭险抵抗。吴光浩边打边撤，只带出两个排、70余人的队伍冲出城外。

潘忠汝精通武术，平常三五个人根本近不了身，加上熟悉地形，行如旋风，状似猛虎。以他个人的勇武，冲出敌人的重围本可不费吹灰之力，但他为了救出被围的战士，硬是在黄安西门往来冲杀六进六出。在战斗中，他多处受伤，先是背部中弹，接着是右臂被打断。他用左手扯下一块衣襟，咬牙将右臂缠到肋下，继续拼杀，他只有一个信念：把所有战士带离险境。

在第七次突围出城时，潘忠汝腹部中弹，肠子顺着伤口往外涌，他忍着剧痛奔跑一段，实在支撑不住，一头扎在地上。当紧随身边的几位战士扶起浑身是血的总指挥时，他断断续续地说："不要管我，赶快突围出去。告诉大家，一定要坚持下去！坚持就是——胜利！"

潘忠汝壮烈牺牲时年仅 21 岁。他不仅忠勇彪悍，胆气过人，文采也非常出众。他曾写过一首励志诗：

尧天舜日事经过，
事态崎岖要整磨。
不肯昏庸同草木，
原输血汗改山河。

这位鄂东军首任军长用鲜血和生命给他的部队灌注了血不流干、死不休战的信念和豪气，这种临难不苟、舍生忘死的拼命精神被红安县人概括为"一要三不要"（要革命，不要钱、不要家、不要命）的铁血精神。

在黄安县城的突围战中，柴山保的义勇队员耿成真在掩护队员撤退到南门口时，也被呼啸而来的炮弹炸成重伤，几位堂兄弟在硝烟弥漫中把他背回柴山保人家店，他拼尽最后一口气要求兄弟们在他的坟头上立块麻利骨石，刻下"大地回春，穷人翻身，革命到底"的话，用以激励儿子及后来人坚持革命斗争。至今，这块类似春联的墓碑虽经 90 多年的风雨侵蚀，仍历历在目，清晰可辨。

篇六

72 位英雄大闹木兰山

啃聚山林、凭险扼守，历来是中国人民以弱胜强的传统做法。隋末年间的46 位好汉在贾家楼聚义，创建出瓦岗寨据地，为推翻腐朽没落的隋朝作出了巨大贡献。《水浒传》中的 108 位梁山好汉，义结金兰，替天行道、除暴安民，更是凭借天时地利，打出了千古传颂的美名，至今为人们所津津乐道。

进入 20 世纪 20 年代末，为推翻三座大山的压迫，拯救国民于水深火热之中，承担民族复兴大任的中国共产党人也被迫当上了“山大王”。继毛泽东走上井冈山工农武装割据的道路之后，大别山区的共产党人也在攻占城市失败之后，明白了在敌人势力薄弱之处积蓄革命力量的极端重要性。鄂东军的 72 位英雄大闹木兰山，就是把革命重心转向农村的开端。

1927 年 12 月下旬，从黄安县城突围出来的工农革命军鄂东军有两路人马撤到县城北部的七里坪。一路是副总指挥吴光浩带出的两个排，一路是党代表戴克敏率领的 5 个坠城逃生的战士。他们在七里坪做短暂停留后，带领 70 多人的队伍退到鄂豫交界处的木城寨，与先期到达这里的黄麻县委领导人会合，共同召开了具有历史意义的木城寨会议。会议决定留少数人枪就地坚持斗争，大部分人枪转到木兰山，开展敌后游击战争。

木兰山位于黄陂县北部，主峰巍峨险峻，高达 582 米，山道崎岖陂峭，易守难攻。山上有 30 多座庙宇，当年住有 100 多个和尚、道士和尼姑。山周围有千余户人家。当地群众受大革命影响，拥护共产党，有较好的群众基础，便于开展武装斗争。

木城寨会议后，鄂东军在现今的新县箭厂河乡闵家祠堂集合了 72 人，携带长枪 42 支，短枪 11 支，向南进发。途经黄安高桥区时，化装成国军部队，狠敲了当地豪绅地主的竹杠，并把民愤极大的 6 人拉到野外枪毙。进驻木兰山后，经吴光浩等领导再三宣传党的政治主张，方丈长老才同意部队进驻寺院。鄂东军驻进寺院后，制定纪律、约法三章：不进佛殿、不扰香客、不渎犯和尚佛事。闲暇时间帮助和尚打扫庙宇、种菜、挑水、劈柴，深得和尚住持拥护。

鄂东军在木兰山刚刚立足，就接到中共湖北省委的指示，将鄂东军改编为中国工农革命军第七军，吴光浩任军长、戴克敏任党代表，汪奠川任参谋长，并由吴光浩、戴克敏、曹学楷、戴季英、汪奠川五人组成第七军党的委员会，作为这支革命队伍的领导核心。第七军编为 3 个队，每队 20 余人，共 72 人。

这 72 位英雄，都是参加过农民起义特别是参加黄麻起义的精英。他们特别能吃苦，能打仗。经常组成小分队，时聚时散，昼伏夜行，在木兰山周边地带发动群众，张贴布告，宣讲革命道理，建立党团组织。他们鲜明提出“打倒土豪劣绅，让穷人翻身做主人”“推翻蒋家王朝，打出红色天下”的口号，并把打土豪得来的钱粮、布匹和牲畜分给贫苦农民，对那些欺良霸善、为非作歹、祸害乡民的豪绅地主予以坚决铲除。第七军的一系列活动，深得群众的拥护和欢迎，当地的革命群众不仅给第七军送情报、当探子，而且经常送些鸡鸭鱼蛋和蔬菜慰劳部队。在当地群众中流传着这样一首歌谣：

军民团结一条心，同斗地主和劣绅。
分田分地给穷人，木兰山区结深情。
跟着七军闹革命，扬眉吐气做主人。

由于得到农民群众的配合支持，第七军不但小打小闹，而且敢于对国民党军队盘踞的哨所、盐卡和下乡扰民的正规军进行偷袭围歼，其中在徐家店打死了国民党的一个营级反动军官。最著名的一次战斗就是攻打罗家岗的一家反动当铺。

罗家岗位于木兰山的东南面，是当地著名的封建堡垒。第七军在攻打罗家岗之前，先给一家叫罗隆昌的当铺下了 2000 元的“票子”。但当铺老板罗胜元兄弟，仗着高大的炮楼和拥有众多枪炮的反动武装，拒不交款。1928 年元旦刚过，吴光浩、江竹溪亲自率领 25 名战士攻打罗家岗。由于罗隆昌当铺是用坚硬的石头垒成，门窗全是铁制的，还有南北两个大炮楼，用机枪、火炮封锁地面，一时很难攻破。吴光浩利用夜幕的掩护，采取正面佯攻，吸引敌人火力的策略，让战士们拿着铁锤、钎子偷偷进到当铺的屋檐下，凿开石墙，然后放火烧油场。顿时，火光冲天，匪众大乱，罗胜元兄弟见大势已去，落荒而逃。吴光浩带领战士攻克当铺后，打开地主的当铺和粮仓，动员农民分粮和无偿取当。一连三天，前来领粮取当的群众络绎不绝。这次战斗的胜利，使工农革命军第七军的声誉大振。

驻守汉口的敌军惊恐之下，调兵遣将，对活跃在木兰山的第七军发动了多次“围剿”。参谋长汪奠川所率一个短枪队 9 人，在黄陂汪家西湾遭敌袭击，全部阵亡。于是，第七军只好边打边撤，重新杀回革命老区。

木兰山英雄虽败犹荣。这 72 位英雄名垂青史、光照千秋。据查阅众多资料，在这 72 位英雄中，除一人失踪外，戴克敏、曹学楷、廖荣坤等 6 人被张国焘“肃反”冤杀，吴光浩、汪奠川等 58 人战死沙场，活到中华人民共和国成立并担任军队和地方重要领导职务的有 7 人。其中，王树声为大将、陈再道为上将、詹才芳为中将，江波、肖永正、吴世安为少将。戴季英曾担任过中共河南省委常委、中共开封市委书记。

链接

转战于木兰山上的 72 位英雄名录

1927 年 12 月 5 日，黄安城失守后，突出重围的黄麻特委、黄安县委、黄安县农民政府和鄂东军领导人，为保存革命力量，于 12 月下旬在今新县箭厂河乡闵家祠堂集合了 72 人，携带 42 支长枪，11 支短枪，乘夜间向木兰山。这 72 位英雄是：

吴光浩　戴克敏　曹学楷　汪莫川　戴季英　丁茂福　王　健　王勉勤
王宗彦　王豌豆　方思法　方思德　刘天华　刘本华　刘道成　刘宝珠
刘宝坤　叶耐青　石健民　石生勇　江竹青　许道龄　来显焱　李继光
李思禄　李绍起　余思明　肖永正　吴永达　吴信行　吴世安　吴行忠
邱江浦　陈再道　陈福润　郑福东　郑维德　郑植黄　郑尊敏　郑老四

郑芽绿　段孟玉　胡德魁　张心灼　张忠国　张忠顺　袁芳菊　徐书宏
徐其虚　徐其芳　晏仲平　凌柱中　黄家寿　曹学道　阎常如　程绍山
董天祥　董孝玉　董纯齐　詹道福　詹道湖　詹道国　詹道学　詹才芳
廖荣坤　潘遐岭　戴学诗　戴本魁　戴道普　韩四光　×保纯　×保福

篇七

群英重聚柴山保

中国工农革命军第七军在艰苦频繁的斗争中迫切感到需要有一个比较稳固的地区作为对敌斗争的依托，否则，东拼西杀，部队得不到休整补充，只能疲于应付，被动挨打。为此，第七军领导人于 1928 年 5 月上旬与中共黄安县委领导人集中到紫云区檀树岗乡清水塘召开会议，研究“安家落户”问题。

会上提出了两个地点：一个是位于鄂北黄安县境内的天台山，另一个是位于豫南光山县境内的柴山保。

天台山的弊多利少，一目了然。吴光浩说：“我们重点议议柴山保吧！我对那里情况不熟，但是我带部队到那里游击过几次，感觉好像是个鄂豫两省敌军‘三不管’的地区，易于立足。”

“你不熟，我们熟悉。”曹学楷、吴焕先、戴克敏、戴季英、徐朋人等人都有亲戚在柴山保，而且都在柴山保做过地下活动。他们如数家珍地列出了柴山保的多种优势。

“好！那就在柴山保安家落户，打出一片新天地。”

吴光浩一锤定音，说走就走。次日凌晨，大家带上不足百人的队伍，翻过两架山、蹚过一条河，不到半天就到达柴山保河南湾。这是一个四面临山、河塘环绕，风景秀丽的山村。军部驻扎在河南湾南侧的几间寺庙内，同时，派出数十人的大队驻守在军部南端约二里地的方洼村。巧的是，这个小村庄地势险要，易守难攻，而且此地也有上下两口清澈的水塘，名叫清水塘（豫南史志办的专家考证，具有重大历史意义的“清水塘会议”是在第七军到达后的第二天在这里召开的），确实是一个驻军和用兵的绝佳之地。

就在部队安营扎寨的当天，鄂北特委和黄麻县委的领导人郑位三、吴焕先、陈定候、陈文候、石生才、王秀松、徐朋人等也把地方党的领导机关搬到方洼村，进一步壮大了革命气势，形成了“众人拾柴火焰高”的氛围。

工农革命军第七军进驻柴山保的消息不胫而走，很多在黄麻起义中被打散或在本地顽强坚持革命斗争的各路英雄，无不欢欣鼓舞，纷纷带着队伍投奔而来。

最先到来的是黄麻起义时的骨干队员许世友。他在黄麻起义时是隶属于王树声队长指挥的炮队队长。起义失败后，他凭着一身武功，带领少数队员杀开一条血路，突围到麻城县黄毛尖山（今属新县）一带开展游击活动。听说老领导王树声在柴山保“安了家”，十分激动，不分昼夜地带着 5 名游击队员投奔而来，受到第七军领导的热烈欢迎和盛情接待。

久别重逢，大家格外亲热。特别是王树声见到许世友，捶着他的胸脯开起了玩笑：“我以为你见马克思了，害得我抹了眼泪，没想到你还是这样活蹦乱跳的呢。”

许世友笑着说：“马克思给我们设想的理想还没有实现，我怎么舍得走呢。俺村的大恶霸李静轩花三百块大洋买我的脑袋，都没买去。我呀，福大命大造化大，还想看看共产主义是个么样子哩。”说得大家都哈哈大笑起来。

接着，高桥区九龙冲乡游击队长李先念也带着数名队员，避开七里坪敌占区的盘查，翻山越岭，辗转来到河南湾的水口寺。李先念与第七军的众多领导人是旧相识，尤其是与吴光浩、戴克敏、曹学楷、王树声、詹才芳等人既是老乡，更是共同参与黄麻起义的老战友。老友相逢，倍感亲切。大家吃过晚饭后，倾心交谈，憧憬未来，彻夜未眠。

此外，在黄麻起义中突围出来的义勇军队员汇聚到柴山保的，还有后来叱咤风云、在战场上赢得属于自己外号的诸多战将。如“军政双全”的王建安、“赌术通神”的王宏坤、“小钢炮”陈锡联、“红色少年”秦基伟、“童子学干”张池明、“王疯子”王近山、“独目将军”周纯全、“少年猛将”郑维山、“红色管家”吴先恩、“夜老虎”杜义德、“朱砂铁掌”钱钧等。

特别是 1928 年秋，在国民党桂系军阀从南北两路向柴山保地区大举进攻的关键时刻，红三十一师又增添了新的力量。徐海东带着自己组建的农民自卫军加入红三十一师的行列，被组编为第五大队。

随着革命队伍的壮大，1928 年 7 月，第七军领导人在柴山保的尹家嘴召开会议，根据中共中央的指示，决定将工农革命军第七军改编为中国工农红军第十一军第三十一师，下辖 4 个大队，对外称团。军长兼师长吴光浩，党代表戴克敏，参谋长曹学楷，政治部主任陈定侯。全军 130 人，长短枪 100 余支。

英雄重聚，军队改编，队伍壮大，大家沉浸在欢乐和喜庆之中。后人有诗赞曰：

黄麻突围各奔西，
生死两茫音信稀。
今日英雄重聚会，
武装割据亮旌旗。

链 接

柴山保革命根据地介绍

柴山保地处豫南边陲，光山县南境。东起羚羊山（属董范店保），西至天台山之黄杨寨（属官堰保），北起白沙关（属官堰保），南到台盘山、双门山（属柴山保）、湾店（属郭家河保）；并与湖北省的七里（坪）、紫云（今新县箭厂河乡）、麻城（今新县田铺、泗店乡）毗邻。

柴山保革命根据地的区域，不单指现今的新县陈店乡，而且是一个地跨柴山、郭家河、官堰、董范店四个保，并与两个省（河南、湖北）、四个县（光山、新县、红安、麻城）、10 个乡镇（陈店、郭家河、陡山河、卡房、吴陈河、田铺、泗店、箭厂河、谭树岗、七里坪）接壤的大区域，因此它被称为鄂豫边区的中心地带。

1947 年 12 月底，随着经扶县改名为新县，光山县西南部的三个保，即柴山保、郭家河保、官堰保划归新县管辖。中华人民共和国成立后，取消原国民党设的保甲制度，建立人民的区、乡政权，柴山保隶属于箭厂河区管辖。1958 年 8

月，在“大跃进”中实现了人民公社化，柴山保（即陈德祖乡）重归箭厂河人民公社建制。直到1962年，柴山保才正式改名为陈店公社。1983年，陈店公社改称陈店乡。因此，历史上的柴山保革命根据地是一个比柴山保更为宽广的地域。

篇八

打仗亲兄弟　上阵父子兵

在开辟柴山保革命根据地的艰苦斗争中，有一个十分奇特的现象，就是发动群众参加革命队伍时，总是首先动员自己的亲人或亲属朋友参加，从而形成“打仗亲兄弟，上阵父子兵”的情形。

红七军领导人曹学楷的出生地是黄安县七里坪区刘家园，而刘家园与柴山保田地相通，山水相连。曹学楷的妻子是柴山保杜湾大地主杜子元的女儿，母亲是杜子元的胞姐；曹学楷又与柴山保所辖的曹湾村的曹氏家族同宗同祖，因此，这非常有利于他在柴山保开展革命活动。他常以曹湾村的一个烟酒店为联络点，组织群众开会，讲述革命道理，培养发展了曹华荣、曹华珍、曹文秀、陆汉清等人入党，在柴山保建立了第一个党小组。黄麻起义的领导人郑位三和石生才到柴山保根据地后，也是利用亲朋好友的关系，物色革命积极分子，培养发展党员。如石生才通过王志仁的弟弟王志斋的关系在王湾发展王功化入党。郑位三也利用亲戚关系，发展陈子洲、罗明高入党。还有戴克敏、戴季英、陈定候、陈文候等红七军的众多领导人也采取同样方式，先吸收亲近可靠的亲朋好友参加红军队伍，再通过他们的关系，又发展下线的亲属参加革命队伍，进而形成一个巨大的革命传播网络，很快把柴山保及其周围各地的革命群众吸引到党的周围，使村村都有党员，户户都有红军、赤卫队战士和拥护革命的群众。

柴山保三背湾的张厚谈 1927 年入党后，就回到村里开展党的活动，先吸收自己的弟弟张厚文、张厚成和堂弟张厚端入党，参加红军队伍；又利用张姓与外姓的姻亲关系，在人家店发展耿成真、耿成江参加革命队伍，再通过他们继续发展自己的下线，使革命队伍像滚雪球那样，越滚越大。

再如，细吴家的吴文保，他原来组建红枪会的目的，只是保卫本村群众的利益不受外村人的侵犯。后来经过他的亲戚——共产党员、光山县委筹委会主任来合云多次到家做工作，灌输革命思想，使他明白了只有“解放全人类，才能最后解放自己”“只有让全国更广大的贫苦农民翻身做主人，才能从根本上保护好一村一户利益”的道理，进而不但把自己组建的红枪会纳入红军队伍，还把自己的两个儿子引上了革命道路。

柴山保大张家、细吴家和程七湾的情形更有戏剧性。从柴山保走出的两位开国将军张百春、鲁加汉和程七湾的程世清、细吴家的吴华夺，都是沾亲带故的表兄弟关系。他们年龄相仿，出身贫苦，一同上山砍过柴，下河摸过鱼，还给地主放过牛。受在村里当苏维埃主席的父辈影响，他们四兄弟都参加了童子团、赤卫队，继而跟随红二十五军南征北战，各建奇功。中华人民共和国成立后，都被授予少将军衔。对此，后人曾写诗赞曰：

四位将军是表亲，
南征北战为革命。
满门忠烈传奇事，
柴山母腹诞将星。

类似上述的典型事例，不仅在柴山保区举不胜举、数不胜数，而且也是全国各革命根据地的通行做法，是一种普遍行为。

“闹革命先拉亲属朋友参加”，是一种大公无私的献身精神，深刻反映出共产党人的先进性和率先垂范的榜样作用。毛泽东在领导中国革命的过程中，先后有 6 位亲人献出了宝贵生命。在土地革命时期，特别是在创建鄂豫皖革命根据地的时期，吴焕先一家也牺牲了 6 位亲人。柴山保革命根据地的创始人戴克敏一家及其亲属，不是被国民党屠杀，就是死于张国焘的“左”倾肃反运动。红七军领导人王树声的家族，先后有 100 多人参加革命，中华人民共和国诞生时，只有 41 人；而在他同胞的 10 个兄弟中，也仅他一人幸存。更为惨绝的是徐海东大将，大革命时期，他一家牺牲了 66 位亲人。“为有牺牲多壮志，敢教日月换新天。”正是这种不屈不挠的英雄气概和舍小家为大家的献身精神，成就了革命事业，换来了全国人民的翻身解放与幸福安康。

“先把亲属朋友拉进革命队伍”，具有巨大的凝聚力和战斗力。俗话说：“打虎亲兄弟，上阵父子兵。”在战场上，当看到自己的父兄姐妹或战友兄弟牺牲在自己的眼前时，谁不急红了眼，舍身忘死地与敌人血拼到底呢。例如，在 1927 年的黄麻起义中，为尽快攻克黄安县城，吴焕先培养发展的共产党、箭厂河义勇军队员吴立行一马当先，第一个攀梯而上，但刚踏上墙头就被敌人开枪击倒，壮烈牺牲。跟在吴立行身后的兄弟吴先恩、吴世安等数十名突击队员愤怒至极，挥舞大刀，拼命搏杀，吓得守城敌军连枪栓都扣不动，纷纷举枪投降，不到半个钟头，他们就把革命的红旗插在了黄安城头。古时的杨家将也是依靠自己家族势力的勇猛刚强，杀得敌军闻风丧胆，不敢轻易地侵犯中原。岳家军之所以做到“撼山易，撼岳家军难”不仅在于岳家军有严明的纪律，也靠岳飞的儿子及其结拜的生死兄弟和部属同仇敌忾的向心力和战斗力。当然，这种基于家族、亲族和地域而聚集起来的革命力量，也有它的弱点和缺点，很容易产生本位主义、山头主义和盲从，这也是共产党人不断进行思想教育，开展党内思想斗争的一个重要原因。但这与那种拉帮结派、认人唯亲的行为是有本质区别的。因为在革命战争年代，把亲人拉进革命队伍不是为了做官发财、享受清福，也不是光宗耀祖或人前显圣、傲礼多尊，而是要丢掉脑袋，随时准备献身于人民的解放事业，因而是值得大加赞美和称道的。

链接

多少将军出一湾

走访大别山的红色遗址，发现一个十分奇特的现象，即不仅在壮烈殉国的英烈中，有许多是父子兄弟、姊妹或亲属，而且活到中华人民共和国成立并被授予开国将军的众多人中，也有同乡同村的亲友，或是同族同姓的兄弟，真可谓是“奇人奇事真稀罕，百战将军出一湾”。有诗为证：

大别山是红色山，死难烈士千千万。
抬眼望——
红色遗址遍处存，杜鹃花开红烂漫。

大别山是英雄山，人杰地灵将星灿。
惊奇事——
放牛娃儿闹革命，多少将军出一湾。

大丰村名天下传，两大人物田连田。
他俩是——
鼎鼎大名李先念，威名赫赫陈锡联。

乘马岗乡世罕见，数十将军紧相连。
最有名——
树声宏坤上下湾，二王兄弟美名传。

箭厂河乡肖家湾，四肖将军相比肩。
经百战——
死人堆里爬出来，将星肩章血光寒。

陈店乡里佳话传，六位将军不平凡。
据访问——
四位将军是表亲，两位儿时同房檐。

郭家河乡大刘湾，范氏兄弟人敬赞。
查军史——
满门忠烈殉国难，初心使命肩上担。

卡房乡地潘下湾，千年银树叶茂繁。
惊回首——
风水宝地出豪杰，虎将二潘诞此间。

克明克林事更悬，新四军会同房间。
互询问——
分别十年才相见，共爹兄弟喜团圆。

将军村里探奇缘，英雄背后多苦难。

掩卷思——

为有牺牲多壮志，敢教日月换新天。

篇九

“破家革命，揭竿而起！”

土地是劳苦大众的命根子，也是他们受穷、受困、受难的根源。因此，发动土地革命，是实行武装割据的重要内容，也是“唤起工农千百万，同心干”的重要举措。然而，要实行土地革命，不仅需要制定和执行正确的土地革命路线（除对罪大恶极的土豪劣绅要采取“剥夺者被剥夺”的强制性措施），还应支持和鼓励更多的开明绅士和富农主动交粮纳款，出让土地，用以支持革命和帮助穷人。耐人寻味的是，当时在柴山保发动土地革命的领导人，大多是家中富裕，有田有地的革命知识分子，他们对待自己家庭的态度和处置方法如何，直接关系到土地革命的推进和成效。

“打铁先要自身硬。”搞土地改革只有先从自己家庭推开，才能吸引群众，发动群众，并影响和带动富农及其他的土地占有者觉悟。柴山保的早期革命活动家王志仁、吴焕先率先垂范。

早在 1926 年 7 月，王志仁由武汉回到家乡，就在王湾村召开佃户会，主动将家里出租的田地向佃户减租，并把家里的余粮分给那些揭不开锅的特困农户。1927 年 5 月，当他再次返乡组织农民建立赤卫队时，不仅当众烧毁了自家的田租、田契，还说服他的三哥王成奎拿出自家的粮款，并卖掉王氏祠堂的公田，作为举办王湾红学和为农民赤卫队购买枪支弹药的经费。

吴焕先也自称他的家庭是“地主”，拥有 14 亩水田，8 亩旱地，两头耕牛，七八间瓦房，还有一所经营土特产品和日杂货的店铺。为了动员村里群众参加革命，他把几家佃农和债户请到家里，一面向他们宣传革命并表示道歉，另一面将他们的租地契约和债务借据，点火烧掉。他当面宣称耕者有其田，谁租种他家的田地就归谁所有，从今往后绝不向各户收租逼债。这件事在当地引起很大轰动。人们奔走相告，不少红军老战士称吴焕先是“破家革命，揭竿而起”！

一花引来百花开。在王志仁和吴焕先的影响和示范作用下，柴山保根据地的很多领导和党员也纷纷效法，勇于自我革命、自我奉献。地下党员崔世祥把自己走南闯北、辛辛苦苦做生意赚来的血汗钱，全部用于为红军购买枪支弹药，受到红三十一师师长吴光浩和党代表戴克敏的高度评价和褒奖。

时任柴山保工农革命军第一大队党代表的王树声，早在他参加革命的初期，就领导农民积极开展减租减息的斗争，并从自家开始，烧掉房产地契，还说服他的大哥、二哥也要减租减息，让利于贫苦农民。王树声还有个臭名昭著的舅爷，即他父亲的舅舅、祖母的亲弟弟，叫作丁枕鱼。此人家有良田700多亩，放债无数，鱼肉乡民，欺男霸女，无恶不作，是一个名副其实的恶霸地主。为了铲除这条毒蛇，他亲率第一大队队员，奔赴近百里路的麻城北乡，在一个漆黑的夜晚，将其活捉并处死，百姓无不拍手称快，纷纷赞扬王树声大义灭亲。

时任中共鄂东特委书记的王秀松，也是闹革命从自家开始的典型代表。他的父亲王建禄，是鱼肉百姓的恶霸地主。王秀松曾多次对其父晓以大义，劝其停止作恶，改邪归正。但王建禄非但不思悔改，反而变本加厉地欺压百姓，盘剥乡民。特别是在国民党占领苏区后，他竟然投靠反动派，当上了“清乡团”团长，到处残害革命群众。王秀松了解情况后，亲自带领几名游击队员潜回家中，将其父亲捕获后予以镇压。王秀松这一大义灭亲的革命举动，赢得了广大人民对共产党的信赖和拥戴，也极大地鼓励了人民的革命斗志。群众编了一首歌谣称赞他：

“共产党人王秀松，
真心革命心火红。
率队铲除恶霸父，
为的人民不受穷。”

篇十

破家建党筹措革命经费

1927 年 4—7 月间，蒋汪合流，先后背叛孙中山提出的“联俄联共、扶助农工”的三大政策，到处搜捕残杀共产党人和革命群众，白色恐怖笼罩全国。驻商城的国民党第十二军教导师也露出狰狞面目，一手制造出河南商城“5·19”惨案，使豫东南的党组织和农民运动遭到严重摧残。为了贯彻党的八七会议精神，尽可能地在广大区域内准备武装起义。是年 10 月，中共河南省委派人来商城考察、恢复遭到严重破坏的商城县党组织。11 月下旬，中共商城特别支部在城关四衙巷秘密召开扩大会议，成立中共商城县委员会。

1927 年 12 月中旬，中共商城县委书记蒋镜青、潢川县委书记易宗邦、固始县委书记蔡仲美等人，在商城县平区大荒坡曾小营子张相舟家召开三县紧急联席会议，贯彻党的八七会议精神，策划在大荒坡举行武装起义。大荒坡处在商城、潢川、固始三县交界处，距离三个县城都有六七十里路，人称这里是“三不管”地带。与会同志认为，大荒坡独特的地理环境武装有利于起义和起义成功后各地的互相策应。因此，联席会议正式决定在大荒坡举行农民武装起义，并把民团头子大恶霸张秋石作为斗争的第一对象。但要发动农民起义，最紧要和最紧缺的问题，是如何筹集到足够的经费购买枪支弹药。当时的豫南白色恐怖非常严重，党筹集革命经费极为困难。

危难时刻见真情。中共潢川县委书记易宗邦首先表态说：“我是共产党的领导干部，为党筹措经费义不容辞，我不带头谁带头。”又说：“我是商城人，父母在商城办有店铺，可能有些积蓄。待我给父母写封信，看看能不能弄点经费出来，这也是没有办法的办法啊!”于是，他于 1928 年 1 月 15 日（农历丁卯年腊月二十三）草拟了如下一封亲笔信，派人送到住在商城县观庙铺街上的父母手上。

"父母大人：敬禀者，孩儿命运多舛，不幸遭劫，苦何言哉！望速备大洋六百，于五日内送潢川小南海卜卦张先生处，逾期不至相见无日矣！男易宗邦丁卯年腊月二十二日。"易家是商城县观庙铺有名的书香门第，易宗邦是易老爷最爱的儿子，见信后易老爷坐卧不宁、寝食难安。为救儿子的命，他心急火燎地把 600 块银元送到了信中指定的地方。

易宗邦在党遇到非常困难的情况下，毁家纾难，带头筹集革命经费的举动，不仅彰显了共产党人大公无私的优秀品质，也带动了身边的同志纷纷效仿，党员张子敬将仅有的一石八斗田卖掉，款全部交给组织。党员张存雨趁回家过年之际，向母亲做工作，拿出了家中祖传的砚台、字画等家私，通过关系变卖成 300 块银元并悉数交给党组织。在这非常时期，商、潢、固三县的党员为了落实党的八七会议精神，为了党能尽快拉起队伍反抗敌人的屠杀，都在用各种非常办法为起义经费的筹集积极行动。

1928 年 3 月 18 日，在中共河南省委领导下，他们英勇地在商城平区大荒坡打响了商城起义的第一枪，揭开了豫东南革命斗争的序幕。此后，易宗邦先后调任中共南五县特委委员、中共商城县委第二任书记。1932 年 10 月，红四方面军第四次反"围剿"失败，主力离开鄂豫皖西征，易宗邦在险恶的环境下坚持地下工作，不幸被国民党军逮捕，牺牲于固始县三河尖。

篇十一
将星陨落滕家堡

1929年4月下旬，正是大别山兰草吐香、杜鹃花红，到处充满勃勃生机的美好时节。为了实现打通大别山脉，创建鄂、豫、皖三省连成一片的红色区域的战略目标，中共鄂东特委派出特委委员徐子清、徐其虚到商城南部帮助工作，着手组织武装起义。二徐到任后，与商南党的负责人周维炯、肖方、廖炳国等人紧密合作，很快组织起将近400人的起义队伍。此时，因军阀争战，驻在商南各县的敌军兵力不足，为商南起义创造了有利条件。于是，徐子清及时派人向鄂东北特委通报了这一情况。

鄂东北特委接到通报后，决定派主要领导亲自前往指导。吴光浩自告奋勇地说："商南起义关系到割据大别山中段的军事计划，非常重要，还是我去，克敏和学楷留下来掌握部队。"

戴克敏："我不同意！听来的通讯员讲，商南的情况很复杂，不光有军事问题，还有党内纠纷，哪个问题处理不好，都会出岔子。还是我去！"

参谋长曹学楷笑着说："如果商南有党内纠纷，克敏你就不合适了。你的脾气大，爱发火，弄不好，会乱上添乱。还是我去最好。"

新任中共鄂东北特委书记徐朋人："听了你们的意见，我觉得兹事体大，还是光浩去比较合适。按照中央的军事编制，商南起义后部队改编为红十一军三十二师，光浩是军长，他去可以在指导暴动的同时着手整编起义部队，展开军事斗争。"

吴光浩挑选10名手枪队队员前往商南。也许是担忧，也许是预感，出发的那天早晨，特委会成员不约而同地来给吴光浩送行，千叮万嘱，担心他的安危。

吴光浩宽慰大家："我们共产党人闹革命，早已做好了为革命献身的思想准备。况且，有你们挑选的这十名好汉护驾，不会有事的。"

望着吴光浩一行远去的背影，戴克敏愁眉紧锁，他不安地对曹学楷说："我心里老是跳得慌，总感觉要出事!”

仅仅过了一天，他的担忧变成噩耗。

原来，吴光浩一行为避免暴露，化装成卖桐油的挑夫，向东行至罗田滕家堡，在一家饭店歇脚。因天热出汗，一战士在解开衣扣擦汗时，不小心露出插在背后的手枪，被饭馆老板看见。这老板是滕家堡团总夏凤池的坐探，他暗自派人给夏团总报信。

夏凤池接到报告，为进一步探听虚实，穿着便服来到饭馆，走近一位手枪队队员身旁，打着拱手礼问道：“各位老板这桐油好啊，稠而不粘，清亮飘香，多少钱一担？价格合适的话，我愿意买几担?”

吴光浩回答：“我们是脚夫，哪是什么老板？脚夫只管运，不管卖。”

夏凤池又问：“你们老板让你们挑到哪里去卖呀?”

吴光浩答说：“老板要我们送到金寨去。”

夏凤池搭讪说：“金寨也产桐油，你们挑去，也许价格还贱些，不划算。”

“划算不划算，那是老板的事。”吴光浩催着饭馆老板，“快点上菜，我们还要赶路。”

夏凤池从饭馆溜回堡中，集合数十名团丁，埋伏在出堡的必经山道两侧，吩咐说：“这伙挑夫八成是‘共匪’，他们共有 11 人，都是精悍小伙，身上带的都是好短枪。等会儿大家以我呼哨为号，往死里打，我们要枪不要人。”

饭后，吴光浩一行挑上担子上路。走出堡口时，突然听到尖厉的呼哨声，还没等到反应过来，便遭到两侧弹雨的夹击，顿时倒下七八个。吴光浩与两个战士反应迅速，扔下担子，掏枪反击，终因敌人太多，退路堵死，力战而亡。

吴光浩牺牲时，年仅 23 岁。他像一颗明亮的彗星，刚刚绽放出耀眼的军事才能，便陨落天际。吴光浩的牺牲，是红十一军和鄂豫边根据地的重大损失，考虑到他在军队中的声望，为了不影响士气，鄂东北特委和红三十一师党委没有公布他的死讯，仍然以军长兼师长吴光浩的名义对外行文。

但是，鄂东北特委尤其是红三十一师的党政领导无不悲痛万分。发誓要铲除夏凤池这个地头蛇。在不久开始的商南起义中，终于铲除了这条毒蛇，解除了心中之恨。

篇十二
徐向前挂帅初用兵

吴光浩牺牲后，根据地红军缺少军事主帅，鄂东北特委派何玉琳去上海找到中共中央军委书记杨殷，杨殷经过深思熟虑，决定派出久经沙场考验的军事才俊徐向前到鄂豫皖根据地接替吴光浩的工作。

1929 年 6 月，徐向前与何玉琳、桂步蟾，化装成商人模样，从上海乘船到武汉，再从武汉改走山道，进入柴山保根据地，受到特委书记徐朋人和红三十一师党代表戴克敏、参谋长曹学楷等领导的热情欢迎。在举行简单的接待仪式后，徐朋人对徐向前解释说："中央派你来任总指挥，我们打心眼里拥护和欢迎。但考虑到吴光浩在边区享有无人能比的威望，他牺牲不久，还没有对外宣布他的死讯，为了不影响部队和群众的情绪，我们决定不对外宣布他牺牲的消息，你名义上是副军长兼副师长，实际上要担任起全师的军事领导责任。另外，让桂步蟾同志担任第二大队党代表。"

徐向前表示完全服从组织安排，并抱着急切的心情，希望能尽快熟悉情况，与当地同志一道，干出一番大事业。但是，他没有想到，自己遇到了一个简单而要命的语言障碍。他听不懂当地人的方言，当地人也听不懂他的山西话，闹了许多笑话。

一天，黄安高桥区有两个 40 多岁的木匠师傅来到根据地，要求参加红军。负责招兵的工作人员嫌他们年龄大了，腿脚不灵活，不愿接收。木匠师傅认为革命不分先后、参军不分老幼。双方争执不下，一直吵到师部。徐向前正在看地图，听到吵闹声，出来问发生了什么事。

"师长，这两个'博师'赖着不肯走，非参军不可！"工作人员报告。

"博士？"徐向前看着两位满面黧黑、粗衣烂衫的农民，训斥道："山沟里哪里来的博士？胡扯！"

路过的戴克敏“扑哧”一声笑了。

徐向前意识到自己弄岔了，忙问：“怎么回事?”

戴克敏解释道：“黄安人称木匠为‘博师’。他们不是做学问的博士，而是做木工的‘博师’。”

大家捧腹大笑。

又有一次，师部特务队外出打土豪，缴获了几千块光洋。队长程启光兴冲冲地到师部报喜，大嗓门从院外嚷到屋里：“走火了，走火了，特务队走火了!”

徐向前怕自己没听清黄安的话，询问道：“特务队走火了?”程启光连连点头，笑得眼睛眯成了一条缝：“特务队走火了，发了大财!”

徐向前气不打一处来：“你们队里走火了还笑得出来？谁叫你们不注意，要写检查，严肃处理!”程启光蒙了：“特务队走火了要挨批评！什么道理?”

戴克敏见他俩越扯越乱，忙着解释道：“程队长说的是黄安土话，不是枪支走火的意思，是指撞上大运了。”

徐向前意识到自己又弄拧了。

除了语言障碍外，还因为他不是特委委员，不能参加特委会议。特委讨论军事问题的时候才叫他去。因此，徐向前初到根据地时感到十分尴尬，这无疑影响了他的威信和才智的释放。就像三国时的诸葛亮，在未显示出他的经天纬地之才时，众将总是持怀疑和冷淡的态度。直到他指挥红三十一师成功地粉碎了敌人的三次“会剿”，才使他的威信陡然上升。

徐向前来到柴山保上任不久，就赶上了国民党军队对鄂豫边根据地发动的三次“会剿”。

第一次是“罗李会剿”。罗指罗霖，原是桂系军阀李宗仁手下的一位悍将，1929 年春在蒋桂军阀混战中向蒋投诚，被任命为独立第四师师长。为报效新主子，主动请缨“剿灭”红三十一师。蒋介石求之不得，立即下令驻河南的土匪部队李克邦暂编第二旅予以配合，南北对进，向柴山保中心区域发动进攻。

“会剿”于 6 月底发起。7 月初，徐向前所率部队在当地游击队的紧密配合下，采取“避强击弱”“远途奔袭”“黑夜夺岗”等战术，连打五仗，攻下了由 2000 多反动红枪会盘踞的战略要塞白沙关，并歼灭李克邦部营以下百余人，李部被迫撤离。南部的罗霖部也不断遭到红三十一师另四个大队的袭扰，却始终找不到正面交战的机会，得知李部撤退，也只好灰溜溜地收兵南下。

第二次和第三次“会剿”，即“鄂豫会剿”和“徐夏会剿”，是徐向前和他的“老师”刘峙之间的两次较量。

刘峙是徐向前的“老师”，曾是黄埔军校的战术教官。他不但教过徐向前战术，还带着徐向前东征打过仗。他是蒋介石的嫡系、亲信，被蒋介石任命为国民党河南省政府主席，并授权指挥湖北、河南两省驻军对鄂豫边和豫东南两个根据地同时发起进攻。

1929年八九月间，在刘峙的统一指挥下，夏斗寅的十三师从鄂西奔鄂东，李克邦部和河南民团顾敬之部由北向南堵击，皖西的敌五十六师由东而西行动，企图形成四面包围、分进合击的战术，一举消灭红三十一和红三十二师，进而摧毁大别山的两块根据地。

徐向前针对他“老师”的部署，采取“与敌周旋，避强击弱”的对策，率领部队在内线打转转，然后，在白沙关、鹅公山、磨角楼等地埋伏，突然吃掉敌人一部，跳出外线；此时活动在豫南的红三十二师也时东时西，配合作战，使敌人摸不透红军虚实，疲于奔命，折腾两个多月后，被拖得筋疲力尽，只好草草收场。

被学生打败的刘峙，自然心有不甘，于是，紧接着又在10月初搞了第三次“会剿”。

这次“会剿”，还是刘峙亲自指挥，由驻河南信阳的徐源泉四十八师从北向南，由驻湖北的夏斗寅十三师由南而北，突飞猛进，速战速决。此即“徐夏会剿”。

由于鄂豫边根据地连续遭受两次敌军摧残，损失惨重，苏区百姓对红军不能大量歼敌有怨言，特委要求红军正面痛击敌军。

徐向前与戴克敏、曹学楷商量，决定在天台山铁子岗打个埋伏，消灭敌先头部队的四五百人。可是因为情报有误，敌人来的竟然是一两千人，大约两个正规团的队伍，结果遭了敌人的反包围。徐向前一看情况不对，果断决定撤退，另找战机歼敌。于是，带着红军队伍跳出敌人的包围。随后，兵分三路向外出击，在长岭岗、柿子树店、姚家集、河口镇等地先后消灭和击溃敌 4 个民团，缴枪数百支，红军声威大震。同时，在红军强大的政治攻势下，国民党正规军的一个连也投降了红军。

就这样，刘峙的第三次“会剿”又告破产。

徐向前刚到柴山保时，由于他性格内向，锋芒内敛，做事低调，特别是山西口音太重，加上听不懂鄂豫皖的地方语言，使其声望和影响力大打折扣。直到他亲自指挥红三十一师和地方武装以弱胜强，智取白沙关，连续粉碎敌人对根据地发动的三次“围剿”后，他的声望陡然大增。人们称赞他是“智多星”下凡，诸葛亮再世。

链接

忍痛倾情孝岳母的徐向前

1955 年，徐向前元帅从北戴河回到北京。一下火车，秘书就告诉他：程训宣的母亲从红安到了北京，住在她的大儿子程启光家里。

程训宣是红安县程维德村人，她是 1929 年底和徐向前结婚的。婚后，她带着自己的 4 个兄弟跟随丈夫参加了红军。1932 年，正当徐向前在前线指挥作战时。张国焘却在后方把程训宣抓了起来，逼她承认徐向前是改组派，程训宣至死不出卖自己的丈夫，张国焘得不到口供，竟把这位忠诚的女战士杀害了。

徐向前闻讯后，悲愤地质问：“为什么把我老婆抓去杀了，她有什么罪过?!”得到的回答竟是：“没什么罪过，抓她就是为了搞你的材料嘛!”

几十年来，徐帅一往情深地怀念着程训宣。中华人民共和国成立后，徐帅一直没有把程训宣牺牲的消息告诉老人，他不知道该怎么说。如今，老人来了，找女儿来了……

徐帅急于见到老妈妈，但怕见到她。她的三个儿子都牺牲了，女儿就是她唯一活着的希望。为了摆脱老人的“追踪”，从不说谎的徐帅不得不一次又一次地给程训宣“调动工作。”从陕西“调”到青海，又从青海“调”到新疆，最后一直“调”到苏联。

尽管见不到女儿，母亲却不再感到孤独了，透过女婿的关怀，她感到了女儿的体贴，在自己身边感觉到亲人的存在。

在徐帅悉心照料下，老人安度晚年，活了96岁。临终前，她拉着徐帅的手，缓缓地说："向前，你是个好心人，训宣跟着你，我死也放心了。"

篇十三

根据地的红军纪律和游击战术

1929年9月，中共中央为统一鄂豫边、豫东南两块根据地，决定将湖北的黄安、麻城、黄陂、罗田、黄冈与河南的商城、光山、罗山8县划为鄂豫边特区，成立鄂豫边特委，统一领导。鄂豫边特委预定在11月下旬召开成立大会，议程中最重要的一项是制订《军事问题决议案》。

任务落到了徐向前和戴克敏头上。戴克敏找到徐向前："徐副师长，特委要我俩起草军事问题决议案，要求我们系统总结边区游击战争的经验，制订今后的发展方针。要求不低呀！"

徐向前说："我在海陆丰时打过两年游击，到大别山后感受这里的游击经验更丰富，已经形成了一种全新的作战方式和一整套战术原则。趁这个机会，正好总结一下。"

两人都是身经百战的老游击队员，都擅长思考和提炼，同时在知识结构上又能优势互补，徐向前受过系统的军事培训，在军事理论的总结提升上有独到之处，戴克敏是"山沟里的马克思主义者"，对军事战术的梳理和实际运用非常拿手。他们用七天时间系统总结了三年来大别山红色武装的建军思想、组织制度、内部编制和作战原则。归纳起来，就是四项任务、七条原则和十条纪律。

四项任务是：（一）发动和帮助白色区域的民众的各种斗争；（二）坚决实行土地革命；（三）夺取反动派的武装；（四）保障和扩大革命根据地。

七项战术原则是：（一）集中作战，分散游击；（二）红军作战，尽量号召群众参加；（三）敌情不明，不与作战；（四）敌进我退，敌退我进；（五）对敌采取跑圈的形式；（六）对远距离的敌人，先动员群众扰乱敌人，次采取突击的方式；（七）敌人如有坚固防御工事，不与作战。

不久，徐向前又将鄂豫边红军的纪律归纳为以下十条：

（一）不拿群众一针一线；（二）不拿穷人粮食；（三）对群众态度要和蔼；（四）爱护枪支不要弄坏；（五）节省子弹勿乱打；（六）对群众要宣传红军的主张；（七）火线上要对白军宣传；（八）占领城市注意收集机器医药；（九）得物资先顾伤员同志；（十）到地方要研究地形道路。

这些建军思想和作战原则，虽然非常简单、质朴，但具有旺盛的创造性和生命力，是建立新型人民军队和开展游击战争的宝贵思想。它与毛泽东、朱德总结的“敌进我退，敌驻我扰，敌疲我打，敌退我追”的游击战术十六字诀、与洪湖地区提出的“你来我飞，你去我归，人多跑，人少则搞”和湘鄂赣边区提出的“彼集我散，彼散我集，昼伏夜出，化整为零”的游击战术有异曲同工之妙，都是人民解放军军事思想的瑰宝。这些质朴的原则，有着丰富的理论内涵。它把防御与进攻、退却与反攻、保存自己与消灭敌人有机地结合起来，其总体精神是：从敌大我小、敌强我弱的客观实际出发，利用民众和地形等方面的有利条件，扬长避短，趋利避害，灵活机动地作战，达到以小敌大、以弱胜强的目的。

徐向前后来说：“这一套，不是上面规定下来的，也不是从黄埔军校带来的，而是根据当时的实际情况，逐步搞起来的。”1958 年 11 月 21 日，徐向前与豫鄂皖三省党史调查人员谈话时说：“这些战术是形势逼出来的。否则便不能生存、不能发展、不能打胜仗。”

1929 年 11 月 20 日，鄂豫边第一次党代表大会在光山南部胡子石召开，徐向前、戴克敏起草的《军事问题决议案》获得大会最热烈的掌声，徐向前当选为特委委员，负责领导军事和兵运工作。在随后召开的鄂豫边第一次工农兵代表大会上，曹学楷当选为边区革委会主席，徐向前当选为军事委员会主席。

篇十四

鄂豫皖苏区诞生的第一位国家公诉人

土地革命时期，鄂豫皖革命根据地在建立、发展和巩固苏维埃政权过程中，制定了一系列在当时条件下较为先进的法规。据统计，这些涉及政治、经济、民生、婚姻之类的法规竟然多达 50 余部。更为难能可贵的是，为确保这些法规付诸执行，除建立政治保卫局外，还建立了苏维埃政府革命法庭，甚至出现了第一个国家公诉人。

在鄂豫皖苏区首府博物馆里，陈列着一个法庭审理案件的模拟现场。正面白墙上写着“鄂豫皖区苏维埃政府革命法庭”几个大红字，模拟的是一起国家公诉处处长程玉阶出庭支持公诉的案件，被告人是贪污犯高振武。

高振武是河南省赤城县（今商城县）杨山煤矿经理，他贪污了销售款 1000 块大洋。虽然屋子里的四个人均着红军服、戴红军帽，但一眼就能看出四个人的不同角色。墙前放着一张方桌，高振武坐在桌前的矮凳上，两手捂头万分懊悔的样子。程玉阶出庭支持公诉，他站在桌子一侧，面朝高振武正在陈词。桌子后面坐着两位法官。经法庭审理，高振武最后被判处死刑。

程玉阶是当时鄂豫皖革命根据地国家公诉处的第一任处长。作为首任国家公诉人，程玉阶被最高人民检察院称为“国家公诉第一人”。

1931 年 7 月 1 日，鄂豫皖区第二次苏维埃代表大会选举产生了工农监察委员会和人民委员会。人民委员会下设革命法庭和政治保卫局。革命法庭内设国家公诉处，有国家公诉员若干人。

令人欣喜的是，鄂豫皖根据地的司法机构中首次设立国家公诉处及国家公诉员，程玉阶当时担任鄂豫皖区国家公诉处处长，是人民检察制度的“第一个国家公诉人”，这在我国人民检察制度史上是一个重大突破。

1931 年的国家公诉员有哪些职责呢？根据《鄂豫皖区苏维埃政府革命法庭

的组织及其与政治保卫局的关系》的规定，国家公诉员的职能是“积极运用公诉职能，始终以检察职能服务于革命斗争，严厉打击各种反革命组织和活动，组织革命法庭公开公正公平审判案件，保护被告人的合法权益，严厉查处革命工作人员贪污、浪费、腐化、放弃职责、徇私舞弊等职务犯罪和形形色色的官僚主义”。

同是 1931 年，还有两起案件也是国家公诉员出庭支持公诉的。

其一例：鄂豫皖区苏维埃政府一名司务长利用采购物品和掌管伙食之便，贪污 20 块大洋，工农监察委员会核查账目时案发。公诉人出庭支持公诉，经法庭审理，该司务长被判处死刑。

另一例：湖北省红安县箭厂河黄谷畈红军被服厂女工方某，经常偷偷将被服及针织物品带回家，供自己和家人所用，被群众检举揭发。国家公诉员出庭支持公诉，经法庭审理，方某被判处死刑。这两类案例的处理，比照于现今的量刑虽然是太重了些，但在生活物资匮乏的革命战争年代，不从严处理生活腐败分子及贪占公家财物的人，是不利于保持革命队伍成员的纯洁性和巩固发展苏维埃政府的。

鄂豫皖革命根据地建立的司法制度，特别是人民检察制度，总体上讲，它体现了广大劳动人民的根本利益，具有鲜明的阶级性和广泛的群众基础，坚持了从实际出发、实事求是的原则。因此，它对推动土地革命和红军武装斗争的发展，对革命根据地的巩固和不断扩大，起了重要作用。但是，由于当时处于革命战争环境中，根据地创立的时间不长，情况十分复杂，又无现成革命法制遵循的情况下，作为区域性的鄂豫皖革命根据地的法制，可以说还是极不完善的。它还来不及制定较为完备的革命法规和建立较完整的司法机关和工作制度，还未能做到开展较稳定的、正规的法制工作和充分发挥法制在政治经济生活中的作用。在执行过程中，还存在无法可依、有法不依或有法不全依以及违法不究等严重现象。特别是受到“左”倾错误的影响，使得鄂豫皖根据地已建立起来的一些法规，遭到破坏。尽管如此，鄂豫皖苏区在全国首先建立的人民检察制度及公诉人制度，还是值得称道的。

篇十五

周维炯杯酒释兵权

周维炯，河南商城上楼房（今属安徽金寨）人。据说，他个子不高，但很威武，长得白白净净的，像个书生。在商南民团，他被公认为“能人”。团丁佩服他出身硬（武汉军校毕业）、枪法准、脑子活，尤其善于说书，从四大古典小说到《隋唐演义》《说岳全传》，无不烂熟于胸。虽然他在民团只是个班长，但智计百出，从班长到师长用了一夜时间。

为成功策划商南起义，他按照徐子清的起义计划，采用杯酒释兵权的策略，第一步，利用农历立夏尝新的当地习俗，在火神庙宴请民团团总和队长，将他们灌醉，对首恶者杀之；第二步，解除民团警戒和武装，劝其穷丁加入起义部队；第三步，召集民团中的共产党员开会，分工具体任务是劝酒、取仓库钥匙，夺取枪支弹药。起义成功后，周维炯又率领 30 多人的武装帮助其他领导完成起义任务，最后汇集到斑竹园整编部队。由于周维炯功劳大、指挥能力强，被任命为红三十二师师长。

1930 年 3 月下旬，根据中共中央的指示，为统一大别山三块革命根据地的领导，决定成立中共鄂豫皖特委，并将红十一军的 3 个师合编为中国工农红军第一军。许继慎任军长，曹大骏任政委，徐向前任副军长兼红一师师长，原皖西红三十三师改编为红三师，周维炯任师长，姜镜堂任政委。不久，红一军与红十五军合编为红四军，周维炯先后担任第十一师副师长、师长。

周维炯治军严，很能打仗。他规定部队冲锋时，掌旗官和首长必须冲在最前面，红旗指到哪里，部队必须冲到哪里，谁畏惧不前，将严肃处理。他有个警卫员，初次上阵，枪声一响，腿脚发软。第二仗，他命令警卫员担任掌旗官，手擎红旗，带头冲锋，他则紧随其后，带着部队像猛虎下山杀入敌阵。一仗下来，警卫员毫发无损，练出了过人的胆量。

然而，就是这样一位赤胆忠心的猛将，却被张国焘、陈昌浩当作许继慎的心腹、“改组派”的干将抓起来，不经任何审讯，判为死刑犯。在光山县白雀园地行刑时，张国焘要他跪下认罪，他理直气壮地说：我没有任何过错，更没有什么罪，反倒是你滥杀无辜，绝无好下场。结果与许继慎同志一起惨遭杀害，时年 23 岁。

链接

舒传贤：六霍起义撑旗手

舒传贤（1899—1931），安徽霍山人。皖西革命根据地的主要创建人。1921 年 10 月任安徽省学生联合会会长，1922 年赴日留学，1926 年回到北京积极参加爱国学生运动，不久加入中国共产党。

大革命失败后，舒传贤回到家乡霍山，组织农民协会和农民武装，创建党的组织。经过两年艰苦细致的工作，到 1929 年春，六（安）霍（山）的革命形势发生了由低潮向高潮的转变。同年 11 月，以他为首的六安中心县委发动六霍起义，并先后组织和领导了独山、西镇、桃源河暴动，在皖西形成燎原之势。六霍起义引起了国民党反动派的极度惊恐，他们调集军队联合地方反动武装对六霍人民进行屠杀。舒传贤认识到：要打退敌人的围攻，巩固根据地，保卫新的苏维埃政权，必须要建立正式红军。1930 年 1 月，舒传贤将西镇、独山、金家寨等地的游击队合编为中国工农红军第十一军第三十三师，随后又组织发动了一大批武装暴动，直至建立了南北 100 多公里、东西 50 多公里，40 万人口的皖西革命根据地。

皖西革命根据地形成后，舒传贤主张把武装斗争、苏区建设和土地革命紧密结合起来，在加强党的组织建设、思想建设、党员教育、干部培训、健全各级组织、严格党的纪律等方面做了大量工作，为皖西党建工作积累了丰富的经验。正当皖西革命根据地蓬勃发展之际，张国焘以“皖西改组派”的“莫须有”罪名撤销了他的中央分局委员、常委兼组织部部长职务，并把他发配到光山县砖桥区做基层工作，半年后，他与妻子陈清如（时任霍山县苏维埃妇女主任）同时被秘密杀害，年仅 32 岁。中华人民共和国成立后，夫妻俩均被追认为革命烈士。

篇十六

大别山上的黄埔四英杰

研究鄂豫皖革命根据地的历史，有一个十分奇特的现象，就是在大别山的革命队伍领导层中，不仅知识分子多、“土马克思主义者”多，而且来自黄埔军校的军事人才也多。除了已经牺牲的潘忠汝、吴光浩外，特别是在红四军成立后，形成了以黄埔军校毕业生为核心的领导层，由于他们熟悉蒋介石的为人，也深知蒋介石的反共策略，因而在应付蒋介石的一次又一次“围剿”中，往往做到处危不惊，轻松自如。

蒋介石“剿共”的利刃并非仅仅指向以朱、毛为首的中央苏区，而是左劈右砍，搅得周天寒彻。鄂豫皖苏区是其重点打击目标，红军据此地，上可威胁武汉，下可虎视南京，南北交通大动脉平汉、津浦两铁路也在其攻击范围之内，让蒋介石有芒刺在背之感。具有讽刺意味的是，战斗在鄂豫皖苏区的红四军 4 位主要领导人曾中生、徐向前、许继慎、蔡申熙都是黄埔弟子，难怪蒋介石既气愤又不解，为什么黄埔最优秀的学生都跑到共产党那儿去了。

曾中生和徐向前、许继慎、蔡申熙一样，也是红军将领中鼎鼎大名的人物，他是黄埔四期生，在校期间加入了中国共产党，“中山舰事件”发生时，蒋介石召集学生训话，百般辩解，曾中生一针见血，直陈要害：“为什么把第一军中任职的共产党同学都抓起来，他们不是校长的学生吗?”

由于当时环境嘈杂，曾中生的话被淹没了，但蒋介石却偏偏听得清楚，心里一阵哆嗦：这个湖南蛮子，他想要我的命！蒋介石素来把黄埔军校看成他的私人财产，自称爱学生如父爱子，曾中生的问话如被人响应，他立刻就无法过关。大革命失败后，曾中生赴莫斯科中山大学学习，并参加了在莫斯科召开的党的六大，1928 年冬回国工作，被分配在中央军委，直接受周恩来领导。周恩来对曾中生非常器重，不久，将他调至中共南京市委工作，与他的黄埔校长共居一个城市，地地道道地战斗在敌人心脏。

由于李立三“左”倾错误，中共南京市委是损失最惨的重灾区之一，地下组织几乎摧残殆尽，身为市委书记的曾中生从废墟中重新筑起战斗的堡垒，恢复了中国共产党在这一地区的活动。如果不是偶然与几位昔日黄埔同窗相遇，他应该在这里有更大的作为。

提及那一幕就连周恩来也为之动容。原来曾中生在一次接头时，迎面碰上几位身着戎装的国民党军官，皮包、皮带、皮马靴，分明是黄埔骄子的扮相。他躲闪不及，被对方团团围住，当年一个锅里搅过饭勺的老同学，如今已是壁垒两边，令人唏嘘不止。

不知是顾及黄埔情分，还是另有他故，这几位军官只是大力劝解曾中生重返蒋校长门下，同享荣华富贵。曾中生一面打着哈哈，一面溜之大吉，直至安全之地，才连呼：“万幸！万幸！”

周恩来马上指示，曾中生撤离南京，这里的黄埔军官太多，容易暴露。于是，他来到了鄂豫皖苏区。

曾中生的脚刚踏进大别山，就迎来了敌人的第一次“围剿”。敌方的主将是武汉行营主任何成浚。

何成浚是位怪杰，属孟尝君之流人物，他出身世家，长袖善舞，性格随和，什么政治信仰的大问题，他一向懒得考虑。由于此人出道早，是同盟会老人，又是军界前辈，各式各样的朋友都有，有保皇党、立宪派，国民党的右派、中派、左派，乃至醒狮派、无政府主义派等，一概来者不拒。有人责备他交友太滥，他却扬扬得意：“多个朋友多条路。”

其实，何成浚心里有个准则，一切以利益为转移。蒋介石势大，他就为虎作伥，偏向蒋介石打共产党，而且由他调度那些参与“围剿”的杂牌军，指挥效果更好。因为他有人缘，各路诸侯反而少了猜忌，少了摩擦。

这次“围剿”的主力是冯玉祥旧将李鸣钟、吉鸿昌，以及驻扎在鄂北、豫南的鄂、豫、陕、川、黔等杂牌部队，安徽省主席陈调元自然也责无旁贷，出兵助战。根据作战计划，第一步，先造成“圆箍式”的包围；第二步，主力突入根据地，占领集镇，控制要道，寻找红军主力决战；第三步，分区“清剿”。

共投入 7 个师，4 个旅，总兵力不下 10 万人。

何成浚发动“围剿”的时间定在 1930 年 11 月前后。其时，曾中生刚刚接手鄂豫皖临时军委主席之职，面临的形势十分严峻。由于交通通信诸原因，李立三“左”倾错误尚未彻底停止执行，鄂豫皖苏区的红一军因出击平汉路远离根据地，匆匆赶来的红十五军也只有千余人，每人只有三发子弹，加之力量有限的地方武装，对付敌 7 个师又 4 个旅的进攻，岂止是势单力薄，简直是天方夜谭。果然，当吉鸿昌挥兵进入苏区腹地，红十五军军长蔡申熙尽管足智多谋，奋起抗击，无奈众寡悬殊，难以抵挡“吉大胆”的冲击，终于放弃以七里坪为中心的黄麻根据地。

曾中生处事不惊，他一面派人去追红一军回来，一面召集各县负责人会议，要求利用群众战争的战略战术来牵制打击敌人。红十五军在他的整顿下面貌也为之一新，不和敌人打大仗，积小胜为大胜，争取时间，等待红一军赶回。

12 月上旬，徐向前、许继慎终于带着队伍分道杀回了根据地，神威大发，连战皆捷。先取新州，继克金家寨。至中旬，已连陷麻埠、独山、叶家集、苏家埠，包围六安，威逼霍山。各路敌军纷纷来援，同属杂牌军，相互反而关怀照应，可见何成浚驾驭各路军阀之能。

根据敌情变化，红一军将主力集聚于麻埠一带，相机歼敌。29 日，徐向前、许继慎分道迎敌，横刀立马于东西香火岭，激战竟日，葬敌 3 个团于此。已进占金家寨的“围剿”部队主力吉鸿昌惊慌而走，在商城四姑墩附近被红一军赶上，又一个团成了枪下之鬼。

为了更好地集中力量打击敌人，第一次反“围剿”期间，红一军、红十五军于二道河会议后正式合并为红四军，军长邝维勋、政治委员余笃三、参谋长徐向前、政治部主任曹大骏。红四军辖十、十一两个师，红十师师长蔡申熙，政治委员陈奇；红十一师师长许继慎，政治委员庞永俊。全军约 1.5 万人，由以曾中生为首的鄂豫皖特委直接领导。至此，红军三大主力之一的红四军已初具规模。

红四军一成立，即露出锋芒，内线拔钉子，根据地里大小敌军据点依次清除；外线打铁路，平汉路上烽烟四起，今天车站被袭，明天物资被劫。郑州

“绥靖公署”主任、黄埔“八大金刚”之一的刘峙被蒋介石骂得狗血淋头。为了保证平汉路畅通，刘峙调集各部沿平汉路南北对进，包抄红军。驻孝感的敌三十四师岳维峻部稍一疏忽，快走了几步，与其他部队失去了协同，被眼疾手快的曾中生一把抓住战机。

3 月 9 日，天边刚刚露出鱼肚白，下了一夜的细雨也收住了雨丝，攻击部队已到达指定位置。徐向前心中涌动着兴奋，这里本来就是古战场，双桥镇位于大悟县北，广水以东，九里关以南，四面环山，一条大河穿镇南流。春秋战国时代，吴王阖闾灭楚的伯举之战，伍子胥、孙武率领的吴军，有一路就是从这条通道攻楚的。如今，他也要在这里谱下新的诗篇。

战斗终于打响，红四军全线出击，不战则已，战则全力，这几乎是红军作战的普遍原则。整整 7 个小时，双桥镇上硝烟弥漫，杀声震天。岳维峻尽了他最大的能力，武汉行营也派来了飞机助战，无奈红四军越战越勇，志在必胜。站在高地上指挥作战的徐向前咬紧牙关，将手头的预备队全部掷了出去，二十八团、三十三团奇兵突击，一起切入敌军纵深，直捣岳维峻之指挥所。霎时间，敌军防御体系土崩瓦解，岳维峻打马而逃，未出一箭之地，已被红军用枪逼住，滚鞍被缚。

岳维峻被押到军指挥所，徐向前态度温和，让他坐下，问：“岳师长认识我吗?”

岳维峻仔细地看了看，茫然地说：“恕在下眼拙。”

徐向前有些不甘心：“你再想想，1925 年你在国民二军的时候。”

岳维峻仍然想不起来，愈发惶恐道：“恕在下眼拙。”

徐向前告诉他，自己曾在国民二军任过职，当过他的部下。

岳维峻看到了希望，忙站起来说：“蒙多多关照，只要不杀我，我答应你们提出的一切条件。”

徐向前与曾中生、旷继勋、蔡申熙商量，留他做西北军的统战工作。岳维峻的家属托人与红四军联系，愿意掏钱赎命。红四军提出要二十万套军装。岳家给鄂豫皖送来十万套军装和不少大洋。岳维峻本可以留条性命，也是他劫数难逃。几个月后，张国焘来到鄂豫皖，翻脸不认人，既收了他的钱，又要了他的命。徐向前对此很有意见，认为张国焘破坏了红军不杀俘虏的传统。这是后话。

双桥镇一战，红军获得首次全歼国民党一个整编师的辉煌成就。在 7 小时激战中，共毙敌上千人，俘敌 5000 余人，缴枪 6000 余支，山炮 4 门，迫击炮 10 余门。这一战斗正式宣告国民党对根据地的第一次“围剿”失败，鄂豫皖根据地进一步巩固，人口达 200 余万，成为除中央根据地外全国第二大战略根据地。

红四军名声大噪，兵力猛增至 15000 余人，初步形成了以“狠、硬、快、猛、活”为核心的战斗作风，国民党称之为“最强悍的赤匪”。

前波刚平，后波又涌，第一次“围剿”刚刚粉碎，蒋介石又卷土重来。1931 年 3 月中旬即开始部署对鄂豫皖边区的第二次“围剿”，并限令“5 月完全肃清”。何成浚向他诉苦：“兵力不够，尽弄些不经打的杂牌军，如何能对付像红军这样的虎豹之师。”

不愧是老江湖了，何成浚讲话艺术，这是在捧蒋介石的黄埔军。得意之余，蒋介石大大方方调来了赵观涛、卫立煌、李韫珩的王牌师，归何成浚指挥。但他吩咐：必须在战术上执行“追堵兼施”的方针，中央嫡系只作堵截之用，专找红军主力决战的追剿部队还得由西北军承担。吉鸿昌第一个发出不满：“老子绝不做蒋介石的炮灰。”他把大盖帽往桌上一摔，打定主意，消极避战。

果然，进入苏区后，吉鸿昌一路上鼓噪呐喊，虚张声势，红四军也心领神会，彼此手下留情，不伤和气。鉴于吉鸿昌的态度，红军集中精力打李韫珩的黄埔嫡系。5 月 9 日，红四军主力埋伏在新集以北之浒湾，将五十三师 4 个团拦腰截住，犹如秋风扫落叶，干净利落地胜了此仗。这一战，打出了八面威风，各路敌军知难而退，蒋介石第二次“围剿”鄂豫皖苏区的计划又告泡汤。

活跃在大别山上的红四军，闪耀着黄埔星群。徐向前、许继慎、蔡申熙为黄埔一期生，曾中生为黄埔四期生。这 4 位黄埔校友，精诚团结，豪气冲天。曾中生掌握全局，以沉稳提升高度；许继慎领衔军旅，以犀利带来锐度；徐向前担任总长，以缜密增加厚度；蔡申熙运筹帷幄，以远见拓宽深度，四人珠联璧合，创造了军中以少胜多、以弱胜强的奇迹。

徐向前、蔡申熙、许继慎，比曾中生入校早、资格老、年龄大，但是他们都不约而同地把这位学弟拥立为领导核心，尊重他、维护他、服从他，形成了四期生领导一期生的反常现象。对此，老大哥徐向前说出来原因：

“这位同志，有战略头脑，工作实际，善于总结经验，也能团结同志。在反‘围剿’的关键时刻到来，掌握全局，开展工作，起了很大作用。根据地远离党中央，独立性大，主要领导人的选择非常重要。以后拿掉曾中生换上张国焘，是严重的失策。”

篇十七
"桂歌" 唱响大别山

《八月桂花遍地开》这首著名歌曲，兴起于20世纪二三十年代，它既是鄂豫皖边区的民歌经典、大别山区的红色绝唱，也是享誉全国、传遍世界的名曲。中华人民共和国成立以来，围绕这首歌曲的来源、归属或诞生地问题，引发出全国各地的争论。而最后经权威专家论证，比较集中的意见倾向于河南省"新县说""商城说"和安徽省"金寨说"。尽管这三个县也都争论不休，好在都属于大别山区，完全可以从各自的角度去宣传、去解析、去传唱，不必再纠结这首民歌的"产权"归属问题。

但历史是时间的延续，事实是历史存在的前提与基础。我想还是沿着历史的发展轨迹，看看《八月桂花遍地开》这首红歌是如何叫响大别山，传遍全中国的吧。

激荡人心的歌词

《八月桂花遍地开》这首歌曲之所以具有强烈的吸引力和感染力，首先在于它的歌词写得好，它真实地反映了土地革命时期，党领导穷苦人民闹革命，建立苏维埃新政权，穷苦人民翻身做主人的喜悦心情。歌词如下：

八月桂花遍地开，
鲜红的旗帜竖呀竖起来！
张灯又结彩呀，张灯又结彩呀，
光辉灿烂闪出新世界！
亲爱的工农们，亲爱的农友们，

唱一曲国际歌庆祝苏维埃！
站在革命最前线，
不怕牺牲冲上前，
为的是政权呀，为的是政权呀。
工农专政如今已实现，
亲爱的工农们，亲爱的农友们，
今日里是我们解放的第一天。

从歌词内容来看，这首红歌产生的时间在八月份，正是桂花盛开的季节。这个时间同某一苏维埃政府成立的时间一致。同时，这首红歌是在苏维埃政权成立的当天演唱的。可能是成立大会上演唱的，也可能是当晚庆祝活动时演唱的，所以才有“今日里是我们解放的第一天”的歌词。再就是，这首红歌产生的直接背景是苏区人民热烈庆祝苏维埃政府成立，洋溢着获得新生的广大贫苦工农喜不自胜的心情。

悦耳动听的曲调

词为心境，曲为心声。一首好的歌词，一段动听的曲调，不仅是词曲作者在一定环境下的创作，也是由其心境的喜怒哀乐决定的。千百年来，大别山人民在“日出而作，日落而息”的辛勤劳作中，创造了许多反映与生产生活、社会交往密切相关的词曲，有力地推进了民间文学艺术的发展。如《薅秧歌》《砍柴歌》，高亢绵长；《穷人歌》《妇女歌》，悲怆凄凉；《娶新娘》和玩灯舞狮曲，热烈喜闹；《八段锦》，婉转动听等。《八月桂花遍地开》这首民歌就是采用《八段锦》的曲调，依词选曲的。

《八段锦》是一个民歌的曲牌，首句是“小小鲤鱼压红腮”，这是豫南信阳典型的民歌。歌词全句是：小小鲤鱼压红鳃，上游游到下呀嘛下江来。头摇尾巴摆呀哈，头摇尾巴摆呀哈，打一把小金钩钓呀嘛钓上来。小呀郎来呀啊，小呀郎来呀啊，不为冤家不到此处来。

《八月桂花遍地开》就是采用了《八段锦》传统民歌的曲调改编而成的，彰显了革命根据地历史歌曲的基本特征。从内容上来看这首歌是对大别山地区那个特定时期斗争史实的记录和描写。从音乐风格上看，这首歌具有鲜明的鄂东北传统音调。由于它的曲调优美、歌词生动，这首歌很快就在鄂豫皖革命根据地传开了。后来，随着红军的足迹传遍了大江南北。它也成为家喻户晓，备受推崇、经久不衰的红歌经典。

《八月桂花遍地开》的产生与流传

《八月桂花遍地开》这首歌的歌词共有十节，每节六句，内容相当丰富，不是一蹴而就的。应该想象到其作者绝非是某一个人所能及，因为在它的流传过程中，是经过很多人的加工、润色，逐渐丰富完美起来的，是集体智慧的结晶。有人曾列举大量的史实材料，证明此歌诞生的源头是大别山第一个红色根据地的柴山保，即今新县陈店乡。

革命老前辈，鄂豫皖革命根据地创始人之一的戴季英回忆说："《八月桂花遍地开》是柴山保当地人作的。是谁作的，记不清，但不是从外地传来的。那时因为要复写、油印搜来的歌，我们特委几个人都亲自看看改改。我和曹学楷、戴克敏、郑位三都参加修改过。"（根据 1980 年 5 月新县县史采编组录音整理材料，该材料现保存在新县文管会档案室。）这位刚正不阿的革命老人时任鄂豫边特委委员，亲自参加了柴山保根据地的创建，亲眼见证了光山县苏维埃政权的建立。那场景是激动人心的，由此在老人心中的记忆也是深刻难忘的。

著名作家、革命家，当年任鄂豫皖省委宣传部部长的成仿吾老前辈于 1982 年 5 月又回到了新县，他走进当年的办公室，泪流满面，当即赋诗："三年征战在此地，劫后重来无故人。""多少英雄尽瘁去，山河依旧露深情。"多少往事涌上了他的心头。在新县革命纪念馆的陈列室里，他见到橱窗内陈列的土地革命时期的手抄歌本，看到上面《八月桂花遍地开》这首歌，立即回忆起其中的歌词，并说："记得当时是一个姓王的列宁小学教员写的。叫什么名字，忘记了。"

1993 年 5 月，中国河南信阳第三届茶叶节，阔别故乡 46 年的李德生将军回到了故乡新县陈店乡。他站在木城寨下，回忆当年参加革命的经历，动情地说：

“1929 年，我参加了儿童团，当儿童团长，拿着红黑两色的木棒，站岗放哨。特别是当地成立苏维埃的时候，来的人很多，热闹得很啦。大家敲着两人抬的大鼓，唱着自编的革命歌曲。我印象最深的就是《八月桂花遍地开》这首歌，后来，我参加红军，长征了，我们走到哪里，就把这首歌唱到了哪里。这首歌，最好听了。”

2001 年 7 月，商城籍作家余英茂来到了新县，他采访了 92 岁的红军失散人员周凤山。余英茂问她会不会唱《八月桂花遍地开》这首歌，还记得当年演唱的时间和情景吗？周凤山老人激动地连声说：“会会会！会唱！你听着啊！”老人于是一边拍手，一边唱了起来：“八月桂花遍地开，鲜红的旗帜竖呀竖起来……”周凤山还向采访者回忆说，1929 年当地苏维埃政权成立时，她是一名宣传员，她说：“那时我领着大伙儿唱。把山都震响了！人人都会唱，小孩儿也会唱。”（材料见《郑州晚报》2001 年 7 月 13 日）

人们的回忆都在指向一个时间，1929 年八月（农历）那个桂花盛开的时间，那是豫皖苏区第一个县级政权苏维埃政权成立的时间。

新县党史专家陈士农也回忆过他对此歌的采访。1979 年 3 月，他到卡房公社征集革命史料时、访问了一个 84 岁的老党员邓永言。土地革命时期，邓永言曾任光山县弦西区（今新县卡房乡）第二乡苏维埃差派委员。邓永言回忆，在区乡成立苏维埃时，唱过《八月桂花遍地开》。但当时对第一句歌词作了修改，唱的是“三月桃花遍地开”。邓永言说：“因为我们弦西区建立乡、区政权时都在民国十九年（公元 1930 年）农历二三月间，八月桂花遍地开是在弦南区参加柴山保地区建立光山县苏维埃时唱的。因为他们是头一年（即 1929 年）农历八九月建的。那时桂花盛开，所以唱八月桂花遍地开来庆祝政权成立。”

根据上述证人证言，笔者把这首红歌的来龙去脉，及如何广为传播的情况做如下梳理：

1929 年 5 月，柴山保区已接连建立了 3 个乡级苏维埃，又在南湖家成立了弦南区苏维埃政府。8 月，光山县苏维埃政府在柴山保大朱家正式宣告成立，这是鄂豫皖苏区建立的第一个县级苏维埃政权，柴山保人民欣喜若狂，载歌载舞，欢庆革命胜利。于是经过鄂豫边特委和红三十一师领导人的精心组织，反复修改，使《八月桂花遍地开》这首歌应运而生了。

紧接着，在中共商城县委遭到敌人严重破坏的情况下，为了促成商南起义的成功，中共信阳县委与鄂东北特委召开联席会议，决定派遣熟悉商南工作的鄂东特委委员徐子清和红三十一师第三大队长、黄埔军校毕业的徐其虚到商城组建中共商罗麻特别区委，领导发动商南起义。任红十一军军长兼师长的吴光浩不放心，决定亲赴商城主持起义大事，结果途中遭遇反动民团的袭击而壮烈牺牲。“二徐”久等军长不到，遂决定听取周维炯的意见，于5月6日（立夏节）成功地举行了商南起义，创建了豫东南革命根据地。1930年初，商城县苏维埃准备召开第一次工农兵代表大会，于是乎，编个歌唱唱苏维埃便提到议事日程。商城县虽然是歌舞之乡，但唱革命歌曲毕竟是头一次，难度大，要求高。这时有人提议让著名的民间艺人王霁初来担当此任。

王霁初（1893—1933），又名王心悦。河南商城县西大街人。中学毕业后从师学唱京戏。曾卖掉自家田稞，创办“双少班”戏班，自编自导自演。1929年12月，红三十二师解放商城后参加革命。王霁初是富农子弟，虽然参加革命时间短，没有经受革命实践的洗礼，但他非常聪明，接受新思想、新观念的能力很强。加之鄂豫边与豫东南此时已连成一片，柴山保庆祝苏维埃的做法不可能不通过各种途径传到他的头脑，于是，在苏维埃领导的启发诱导下，他很快演唱出轰动豫东南乃至皖西的《八月桂花遍地开》的歌曲。

1931年夏季，原在鄂豫皖苏区工作的红三十二师副师长漆德玮等一批同志，被调到中央根据地工作，这支歌就由他们带到了江西中央根据地，很快在瑞金流传开来。1932年，红四方面军西征，也将这首歌曲传唱到了川陕苏区。就这样，这首革命歌曲，伴随着红军的足迹传唱大江南北。

中华人民共和国成立后，音乐界人士将《八月桂花遍地开》改编为不同版本的合唱曲，还被改编成二胡、琵琶等器乐曲。1959年，作曲家李焕之与词作家霍希扬把这首单旋律民歌改编成一首丰富的民歌合唱曲。1964年，李焕之再度把它改编成女声合唱曲，用于大型音乐舞蹈史诗《东方红》第二场“星火燎原”中，以女声合唱加舞蹈表演的形式震撼呈现，一时间此歌红遍全国，最终成为红色经典歌曲。后来，此歌又被编入中小学等音乐教材，使之永载史册。

不论此歌究竟是出自哪些人之手，也不论它究竟是发源于何时何地，但有一点是特定的史实，即此歌源于大别山区。

由此，笔者想到了一个古代的感人故事。

清代南阳知府顾嘉蘅是襄阳人，却在南阳做官，在如何裁判诸葛亮的家究竟是在襄阳还是南阳之争时好生犯难，于是心生一计，题写出这样一句妙联：

心在朝廷，原无论先主后主；
名高天下，何必辨襄阳南阳。

作者感同身受。读过各地的申述文章后，尽管觉得“公说公有理，婆说婆有理”，但金寨、商城与新县毕竟是山水相依的近邻，都位于大别山的中心地段，正所谓“一家人不说两家话”，完全没有必要分出个“子丑寅卯”来。因此，不揣浅陋，也仿效故人填词一首：

歌源大别，原无论先唱后唱；
曲扬四海，何必辨花开谁家。

篇十八

李先念扩红传佳话

1931 年 8 月，鄂豫皖中央分局获悉蒋介石将对鄂豫皖根据地发动第三次“围剿”，下令各县苏维埃政府在三个月内务必完成扩大红军 10000 人的任务。这个任务让时任陂安南县苏维埃政府主席的李先念极为头痛。因为他自 1931 年 5 月上任以来，已经按照中央分局的第一号扩红指令，在不到两个月内完成扩红任务三批：共计 500 名的扩红任务。现在又要自己完成 800 名的任务，这如何能做到呢？

李先念清楚，陂安南县当时仅有人口 20 万，又处在赤区与白区的交界地带，战争拉锯使人口剧烈减少，加之张国焘制造的内乱又使人民群众心灰意冷。这个扩红指令如何实现呢。

李先念找到郭述申：“分局又下扩红指标了，你猜多少？”

郭述申时任中央分局组织部部长兼陂安南县委书记，他伸出三个手指头：“这么多？”

“这哪够！”李先念把他的另一只手也擎起，苦笑道，“还要加一个巴掌。”

“800！”郭述申大吃一惊。

李先念说道：“我看了通知，光山出 100 人，麻城出 400 人，唯独我们陂安南下达的指标是 800 人。真是要人的命，现生也难办到啊！是不是因为你这个书记比别的书记高一级啊？”

郭述申说：“不是书记高一级，是你这个主席太能干了，每次都比别的县搞得多、搞得快，分局这是鞭打快牛，你这次要按时完成任务。”

李先念说：“我这次只能出‘狠招’了。”

郭述申不知道李先念说的“狠招”是什么，口里连称“支持”。

1931 年 10 月 17 日，庙嘴湾广场红旗招展，锣鼓喧天，口号声此起彼伏，陂安南县召开扩红大会。书记郭述申讲话，分析九一八事变后全国形势，揭露蒋介石“攘外必先安内”的反动政策，通报苏区面临国民党第三次“围剿”的严峻局势，号召所有壮年积极参军，保卫苏区，保卫秋收。

郭书记讲话后，陆陆续续地有人报名，但不甚踊跃。

这时，李先念从台上站起来，问道：“大家认识我吗！”

台下笑道：“李木匠，李主席嘛，谁不认识？”

李先念笑嘻嘻地说：“我既是李木匠，又是县苏维埃政府主席，我今天报名，带领大伙一起去参军。”

“啊？”郭述申明白李先念说的狠招了。

“你不当主席了？”台下一阵惊讶。

李先念说：“我报名参军就是为了更好地当主席。大家想想，红军与苏雄埃是什么关系？是皮和毛的关系，如果红军不强大、不打胜仗，苏维埃政府就是个空摊子、纸棚子，国民党一来就会被拆得稀巴烂。我们群众与红军也是这种关系，现在我们革了地主老财的命，分了田，有了地，有了自己的房子，如果我们不参军，不去保卫，地主老财和还乡团一回来，我们就扯淡了！”

“是这个理！主席都报名了，我们还等什么！”

在李先念的带动下，当场就有 300 多个青年报名，全县很快完成了中央分局下达的 800 名扩红任务。

李先念带头报名参军的佳话，在大别山区产生了轰动效应，推动了全区扩红运动。据不完全统计，1931 年夏，鄂东北、豫东南地区有 7000 余名青壮年农民参加红军，皖西北地区有 2000 余人参加部队，合计一万多人，使红四军总兵力翻了一倍，超过 2 万人。

为扩红作出重大贡献的李先念入伍后，被任命为红四军第十一师第三十三团政委，从此开始了他长达 18 年的戎马生涯。

篇十九
四大战役创辉煌

红四方面军成立后，为粉碎蒋介石对根据地的第三次“围剿”，积极开展外线进攻，从1931年11月至1932年6月，连续进行了黄安、商潢、苏家埠和潢光四大战役，取得了辉煌战果。

第一仗：围点打缓，夺取黄安

黄安县城是国民党“围剿”军伸进鄂豫皖革命根据地的重要据点。城内驻有赵冠英的第六十九师师部及其二〇六旅；城外有二〇七旅守护；还有国民党军的4个师做后援。鉴于敌军的此等部署，徐向前等总部研究的打法是“围点打缓”，即兵围县城，引出援敌，野外聚歼。

首先，肃清外围敌人据点，切断守敌通向宋埠、黄陂的交通线，断敌物资给养。其次，紧缩包围圈，诱打援敌。徐向前亲临前线作战，指挥红军兵分两路围攻。最后，总攻县城，全歼守敌。总攻开始前，红军先用以“列宁号”命名的飞机飞临黄安上空，投掷宣传品和迫击炮弹。敌军误以为是救援飞机，纷纷跑出阵地观看，待炸弹临身，悔之不及。红军乘势而入，众多敌军纷纷举枪投降。此役历时45天，共歼敌1.5万余人，俘敌师长赵冠英以下近万人。后来，为纪念黄安战役的伟大胜利，将黄安改称红安。

第二仗：运动歼敌，决胜商潢

商城、潢川均为豫东南地区的军事重镇，敌之重兵集结地。获知敌军部署，红四方面军总部制定了“两步走”的战役行动：第一步，“腰斩”敌第二师，控制商潢公路；第二步，相机夺取商城。1932 年 1 月 19 日，红军 4 个主力师合攻处于商潢之间的敌第二师，歼敌一部后，完全控制了商潢公路。紧接着，采取围城打援战术，诱敌 4 个师共 17 个团出动，沿商潢公路东进，红军主力以正面阻击和左右翼迂回包抄相结合的战术，先后击溃由潢川增援商城之敌，歼其一个团；随后发扬机动灵活、猛打猛追的战斗作风，共歼敌 5000 人，特别是重创了蒋介石的嫡系第二师。

第三仗：敢打敢拼，大胜苏家埠

商潢战役胜利后，红四方面军集中主力红军发动了苏家埠战役。在战役顺利进行到第二步时，国民党安徽省主席陈调元频频向蒋介石求援告急。4 月下旬，蒋介石委任第七师师长厉式鼎为“皖西剿共总指挥”，率 15 个团 2 万余人的兵力，自合肥出动，分两路为苏家埠、韩摆渡被困之敌增援解围。

面对大量援敌，张国焘不敢打了，要求退兵。总指挥徐向前陈述敌情，信心十足地说：援敌虽多，但士气不振，且远道而来，疲惫不堪，只要我们发挥红军野战、近战、夜战和有利的山地条件，就能打赢这场战役。这个主张，得到政委陈昌浩的支持，张国焘只好同意。于是，红四方面军总部决定：以小部兵力继续围困苏家埠、韩摆渡并监视六安守军动向，而集中主力部队围歼援敌。此役历时 48 天，共歼灭国民党军 3 万余人，生俘总指挥 1 人，旅长 5 人，团长以下 1.8 万余人，缴枪 2 万余支，并击落飞机 1 架。这是鄂豫皖苏区红军的空前大捷，受到中华苏维埃临时中央政府的贺电表彰。

第四仗：激战潢光，收复并扩大老区之地

1932 年 5 月，敌张钫第二十路军在苏家埠战役期间，乘机南犯，进占革命老区双柳树、仁和集等地，修筑工事据守，并欲继续向南推进。为歼灭进犯之敌，红四方面军总部从皖西回师豫东南，人不歇脚、马不解鞍地发起了潢光战役。此役历时 5 天，共歼敌正规部队 8 个团和反动民团一部，毙伤俘敌近万余人。至

此，红军胜利地粉碎了国民党对鄂豫皖革命根据地发动的第三次“围剿”。

红四方面军经过上述四大战役，不仅形成了比较系统而完善的战略战术原则，而且使红军队伍发展到 4.5 万余人，成为全国三大主力红军之一。同时，鄂豫皖根据地也扩大到东起舒城，西迄京汉路，北达罗山、宣化，南至黄梅、广济，总共 26 个县，面积约 4 万平方公里，人口约 350 万的地域，由此，鄂豫皖革命根据地进入全盛的发展时期。

第三章 红色圣地 人杰地灵

链接

"心底无私天地宽"的老红军寇庆延 （篇十）

程启文少将 （篇十八）

"张体学真是个难得的好官、清官" （篇十九）

皮定均将军：爱兵如子，治军严明 （篇二十）

篇一
柴山保的故事

1928 年 6 月底至 1930 年 6 月底，柴山保革命根据地的党和红军在实行“工农武装割据”的峥嵘岁月中，上演出一幕幕生动活泼、威武雄壮的活剧，谱写出一曲曲荡气回肠的生命赞歌。同时也在红军指战员和革命群众中涌现出许多可歌可泣、感人至深的英雄故事。这里仅撷取几个镜头，以飨读者。

故事一：草鞋震敌夺三支枪

1928 年 6 月 5 日，国民党十八军驻长冲的一个营和一个便衣短枪队，由清乡团团长方晓亭带领，从长冲向工农革命军驻地河南湾奔袭。中国工农革命军第七军领导人曹学楷、吴光浩带队阻击。正在河南湾村养病的第七军队员郑曾敏，听见枪声，立即出门加入战斗。一上山岭，迎头碰上一个仓皇逃命的匪徒。郑曾敏手无寸铁，便急中生智，顺手脱下一只鞋，佯装手枪，对敌人大喝道：“不许动！缴枪不杀！”当时，这名敌人已被四周突然发作的枪响吓得胆战心惊，在茫茫的雾气中，以为郑曾敏真有手枪，就乖乖地缴枪投降。正在这时，又有两个匪军从后面赶来，郑曾敏一枪打死其中一个敌人，另一个敌人吓得赶紧丢枪逃命。就这样，郑曾敏用一只草鞋巧夺了三支枪。

故事二：文宣武打小笛手

1928 年 6 月，不满 11 岁的程世清，参加了由吴文保为党代表、吴华高为团长的光山县独立团，任传令兵。吴文保爱好文艺，吹拉弹唱样样皆精，他还自编自导了很多革命歌曲。因为程世清是吴文保的表侄子，是吴华高表弟的缘故，程世清跟着表叔、表哥学会了很多革命歌曲，特别是学会了吹笛子。白沙关“万人起义”的战斗刚刚结束，他就带着几个传令兵在白沙关的街上开始宣传革命。他先用笛子吹起了《穷人歌》的曲子，见来了不少群众，就开始唱道：

正月里是新年，穷人真可怜，衣衫褴褛没有新衣换。

富人吃得好，鱼肉吃不了，珍肴美味炭火烤。

…………

土地不改革，穷人没活路，拔掉穷根跟党走。

…………

冬天雪花飘，革命正高潮，三座大山要推倒。

建设苏维埃，红旗撑起来，八月桂花开不败。

程世清带着稚气的童声吸引了当地的群众，有人问：“这是谁家的伢子？小小的年纪就当红军了。”

“红军中就是有能人，个个文武双全，真是了不得！”

那时的传令兵在部队里是个比较苦的差事，尤其是在作战时，要把首长的指令及时地送到前线，首长的命令基本是口头的，传令兵要一字不差地背下来，有时还要穿越敌人封锁线，全靠步行。

1929 年 6 月 26 日，国民党数千人的正规军由北向南对鄂豫边区发起了所谓的“罗李会剿”。此时，红军主力部队第三十一师在外游击，根据地内只有光山县独立团等地方武装。程世清根据团长吴华高的指示，奔走在各部队和赤卫队之间，传达避实击弱，坚壁清野的命令。一日清晨，天刚蒙蒙亮，空中飘着浓重的雾，程世清到连队传达命令，途中突然遇到两名持枪的国民党士兵。是躲藏还是拼一下？正所谓“初生牛犊不畏虎”。他决定利用早晨雾大能见度低的时机拼一把。于是，把笛子当作枪使，突然冲到一个敌军的后面，大吼一声：“缴枪不杀！”

两名国民党士兵以为他手中有枪，又是从背后突袭，吓得慌忙放下武器举起手来。当程世清押着俘虏回到团部时，受到团长吴华高的表扬，还奖励了他一支真正的小马枪。

徐向前回到根据地得知这个消息后，也当面夸赞程世清说：“你这个小鬼的笛子还真是件法宝：文能宣传发动群众，武能克敌制胜，了不得呀！了不得!"

故事三：山歌传报护红军

1929 年秋，也就是柴山保革命根据地创建最红火的时期，在王湾村有一位叫福荣的姑娘，她天资聪颖，在村苏维埃政府办的夜校里学习了半个多月，就能读书识字，特别是写得一手好字。

一天上午，村苏维埃领导让她提着一桶石灰，到山背后的几块大青石板上刷写革命标语，她兴致勃勃，边走边唱起了山歌。可能是山歌太过响亮，竟然引来从新集三石门处偷袭过来的国军的注意。这队约有一个团兵力的国军对她采取了包围攻势，幸亏她站在高处，远远望到了这群穿着黄狗皮的一大队敌军。她想：这队敌军真狡猾，这么难走的山道居然偷偷摸摸地摸过来了，难道……

这时，她忽然想起村里正有吴焕先的赤卫队和苏维埃干部在开会，准是针对他们而来。该怎么通知他们呢？跑回村去报信，已经来不及了。急中生智，她便使劲地改词高唱《八月桂花遍地开》的歌曲，以吸引敌军的注意力，同时通过悠长而尖锐的声调通知村民。果然，不少村民知其歌声用意，以最快的速度通知了正在王家祠堂开会的吴焕先等领导，从而避免了革命队伍的损失。据村里群众讲，福荣当时改唱的歌词是："八月桂花还未开，白匪突袭到村来，我的同志哥哟，速速转移走呀，切莫屋里待，屋里待……"此时，敌人长官已知其用意，怒骂了一声"娘卖巴子的"，顺手从一士兵手中夺过长枪，瞄准村姑射出了罪恶的子弹。福荣姑娘掉下了山崖，鲜血染红了秋色。村民们说，在村姑牺牲的地方，每年春天的杜鹃花开得格外猩红，并时有杜鹃鸟在不断地鸣叫，像是姑娘的歌声婉转断肠。

篇二
吴光浩借马

1979 年 7 月，位于柴山保区的光山县苏维埃政府旧址，被公布为新县重点革命文物保护单位。这所旧址，现存房屋 5 间，坐西朝东，砖木土坯结构，坐落在新县陈店乡大朱家老湾子中心，是河南省建立的第一个县级苏维埃政府，也是整个鄂豫皖根据地建立的第一个县级苏维埃政权。

1986 年 9 月，在这块旧址笔者有幸见到红军营长朱瑞礼（1917—1988，负伤身残，中华人民共和国成立后申请回乡）。他当年 11 岁，是该村的童子团团员，也是这所旧址由来的见证者。他告诉笔者说：这房子是大朱家首富朱香洲 1929 年 8 月献给苏维埃政府的驻地。要想知道朱香洲为何心甘情愿地为红军献地送马，故事还得从头年说起。

1928 年 6 月，中国工农革命军第七军进驻柴山保。柴山保不仅有得天独厚的地理优势，还有包括少数富人在内的广大人民群众的大力支持。所以很快就站稳了脚跟，迅速开辟和巩固了鄂豫边以柴山保为中心的革命根据地。7 月下旬，第七军和党的地方领导人在尹家嘴召开会议，根据上级指示，决定将工农革命军第七军编为中国工农红军第十一军三十一师。军长兼师长吴光浩，党代表戴克敏，参谋长曹学楷，军师司令部设在尹家嘴祠堂。

朱香洲有一匹白色大马，相当现在人拥有一辆高档小轿车。吴光浩在黄埔军校时就学会了骑马，他想柴山保这个地方山高路远，外出考察地形、发送信息和联络工作，极为不便。倘若有匹马，就方便多了。但是，怎么把朱香洲这个“心头肉”弄过来呢？买吧，给钱他不会要；借吧，又不好开口。这天他邀曹学楷一起来朱香洲家下象棋。

朱香洲棋艺善于用“马”，吴光浩精于使“炮”，吴军长用双马拼换朱香洲的双炮，吴光浩一边架当头炮将军，一边若有所指地说：“我要有一马多好哇！”

朱香洲心知肚明，却故意不说破，只是笑了笑，这局军长赢了。

第二盘，吴光浩故作输局，喟然长叹地说："我要有一匹马就好了，准能挽回局面。"

朱香洲当然明白吴军长的话中含义，心想：你要马还不容易，只要开口我就送给你。但又一想，若是白送他，他肯定不接收。我得想个既不收钱，而又顾及面子的办法。嘿！有了！

朱香洲停下棋子，一本正经地对吴光浩说："军长，你要用马不难，不过我要出个难对的对子，你能对上，我那大白马就借给你。"

"要是对不上呢?"吴光浩问。

"那就不借。"朱香洲故意说。

"对上了租借金要多少?"吴光浩考虑一下问。

"一个子也不要。"朱香洲喜形于色地说："听我老表说你文韬武略哩！相信难不倒你!"

吴光浩兴奋地说："好呀，那就试试。"

朱香洲出联："马配炮无往不胜大炮声扬宇宙。"

吴光浩对曰："民拥军有志竟成红军力扭乾坤。"

曹学楷说："我出横楣，马到成功!"

众人哈哈大笑，尽欢而散。

第二天，朱香洲请了湾下的锣鼓唢呐乐队，在乡村苏维埃领导的组织和引领下，他牵着用红绸红花缠裹的大白马走在前头，大朱家的男人挑着柴，妇女提着菜，未满 9 岁的朱瑞志扛着小布袋米紧随其后，五里三乡的男女老少也闻讯赶来凑热闹，排着近百人的长队，敲锣打鼓、欢天喜地向红十一军三十一师司令部走来。红军司令部的各位领导以热烈的掌声在驻地门口迎候。吴光浩军长发表了热情洋溢的讲话，他说："衷心感谢你们对红军的支持，今天租借的马，我们一定会让它在战斗中发挥作用，以胜利的成果报答乡亲们对红军的厚爱。在这儿我向大家表一个态，租借的马钱朱香洲先生一个子也不要，我跟他不一样，你们愿意来参加红军的，我是有多少就要多少。"

军长幽默风趣的讲话把在场人说得张嘴大笑，每个人的脸上荡漾着喜悦的泪花。在朱瑞才、朱国恩的带动下，当场共有十几人报名参加红军。据统计，新中国成立后，大朱家这个只有 26 户人家的小村子，记录在册的烈士就有 24 人。

（文/张锡辉）

篇三

徐向前称赞的 “王厨娘”

人在思念的天空，放飞追求幸福的梦想；人在饥肠辘辘的战场，为了最后的胜利总有那一丝填饱肚子的渴望。每当这个时候，红军战士就想起了王厨娘。王厨娘不是红军部队的厨师，她是光山县弦南区（今新县陈店乡）苏维埃政府妇救会主席，这称谓是红四军军长徐向前给她的赞誉。这到底是怎么一回事呢?

王厨娘名叫王建新，出生于新县陈店乡王湾村一个富裕的家庭。她中等身材，胖瘦适中。虽是富家闺秀，却从不涂脂抹粉，衣着朴素，给人一种自然漂亮素雅之美。她喜欢李清照的才华，崇拜秋瑾的志向，受其民主革命思想之影响，思想进步，多次要求堂兄王志仁带她一起去参加革命。王志仁许诺，黄麻起义成功后，一定给她介绍工作。父母得知后，轮流训教、再三劝阻王建新，可王建新就是不听。

“唉，这个孩子这么不听劝，日后惹出大事怎么办呢?”父亲很无奈地说。

“她大呀，赶快把她嫁出去吧，今年十九岁也不算小了。”母亲狠着心说。

谁知黄麻起义失败，堂兄王志仁壮烈牺牲。王建新失去了依靠，在中国根深蒂固的封建道德的约束中挣扎，接受了父母之命，媒妁之言，嫁到三壁村西杨家。

1928 年 4 月，中国工农革命军第七军开辟了以柴山保为中心的鄂豫边革命根据地，王建新心中的革命激情再度燃起，她同丈夫杨万新一同踏上革命征途。1929 年 8 月，柴山保地区相继成立了 9 个乡苏维埃政府，王建新夫妇都在区政府主持工作，可谓是珠联璧合。让人始料未及的是，1930 年 4 月，丈夫在参加红三十一师第二次攻打大山寨的战斗中壮烈牺牲。这丧夫之痛非同小可，湾里一些流言蜚语随之而来，婆媳关系也不如从前了。所有这些，她置之不顾，化悲痛为力量，一心扑在革命事业上。

1931 年 7 月，时任红四军参谋长的徐向前接任了红四军军长。他总结了前两次攻打大山寨失败的原因，部署三打大山寨的新战术，“围歼、智取、不强攻”。自 7 月底 8 月初，一直围到 9 月。王建新在这段时间里回家很少，她深入细致地做好全区群众拥军支前工作，挑选 30 名心灵身健、手巧眼亮的年轻妇女，组成送饭队，帮助红军炊事班送饭上前线。每次送饭她总是走在前头，返程在最后。还用大别山民歌《孟姜女送寒衣》小调填写一首送饭歌，鼓励送饭队员们的革命斗志。听，她们又唱起来了。

红薯饭来白米汤，
妇女送饭上前方。
只要红军不受饿，
战场那个杀敌有力量。

红薯饭来白米汤，
红军吃得喷喷香。
只要红军不受饿，
定把那个敌人消灭光。

“建新同志，围攻战这么久，真是辛苦你们了。”军长徐向前说着向她走来。

“我们不辛苦，辛苦的是你们。”王建新放下饭挑擦着汗说。

“军队伙食费越来越困难，作战指挥部军需处的同志说，你每天给红军加做了一个菜，还筹捐两次款，数目不小。唉！百姓的生活也困难，这钱从哪儿搞的呀？”军长接着问。

“报告首长，这钱呀，是老百姓自愿捐献的呗。”王建新有点不好意思地低着头回答。

徐军长看了看饭菜，高兴地说“达到这个水平很不错了，真要感谢你们后方及时的帮助。”说完挥手示别，到前面视察去了。

王建新跟往日一样，送完饭又赶到区苏政府工作。让她没想到的是，婆母正在告她的状。

“区主席呀，这事你要替我处理呀，我家的钱一个子也没了，她陪嫁所有值点钱的东西全没了，不晓得是哪天卷走的，她是准备改嫁呀。”婆母一把鼻涕一把泪地接着说：“要改嫁我也拦不住，可我一无丈夫二无子，这条老命还怎么活哟。”

王建新泪水也出来了，从婆母话里陡然想到自己。但她很快控制住思想情绪，对婆母亲昵地说：“妈，您想错了。你一无丈夫二无子，我也是。你有我呀，我有为追求中国劳苦大众幸福的革命事业呀，怕么事啥。”

婆母把嘴一噘，脸一调地说：“有你？才不会那样做哩！”

“本想不让他人知道，您这样的误解逼得非说实话不可。眼下红军经费正处困难期，我只能做点力所能及的捐款，当卖全部嫁妆，怕您不同意才瞒着的，是我错了，原谅儿媳吧。”

“儿媳呀，你早该说呀。真是这样，婆母错怪你了，原谅我吧。”

“妈，不用客气。儿媳近段时间回家少，让你多操心了。等大山寨战斗胜利后，我一定回去陪您好好地玩几天。”

“好儿媳，妈支持你。”

大山寨在民国时期居光山县白居区千斤保，有吴胡邱姓三大寨主。寨内快到弹尽粮绝，水也早就供应不上。时值秋收季节，寨民们找寨主要求回家割稻谷，这天与寨主发生口角骂了起来，寨主内部因姓氏歧视早已起了内讧。有个寨主认为这个时候再不走就是等死，趁红军吃午饭防而不备，带一股民团企图突围，仗就打起来了。

徐向前指挥许世友率领敢死队攻寨，解放寨里的老百姓，仗越打越激烈。突然一颗子弹飞来，打中抬担架的王建新，由于她失血过多，在送往后方的途中牺牲在担架上。

大山寨解放了。军长徐向前在总结会上讲了这样一段话：“大山寨围攻城的胜利，离不开老百姓的大力支持。尤其是王建新同志贡献了全部家当甚至年轻宝贵的生命。她的革命精神永远值得我们学习！敌人的罪恶子弹虽然夺去了王建新同志的生命，但却夺不去永远活在我们红军心中的王厨娘！”

篇四
盲人耿协玉的传奇人生

在大别山腹地的一个浅山区里，有位以说书算命为职业的盲人，名叫耿协玉，人送绰号“文王”。何谓文王？查阅历史，文王乃是商周时期的大贤，他推演周易，求贤若渴，为武王克商奠定基础。中国著名的神魔小说《封神演义》，讲述的就是周文王的故事。耿协玉之所以获得“文王”的别号，可能也是因为他善于用卦算命，令周围百姓信服的缘故。不仅如此，他还是一位说唱家，笔者小时曾目睹其左手夹持钢链，上下翻飞，发出清脆悦耳的叮当声响；右手持木锥，有节奏地敲打小鼓，叮叮咚咚，叮叮咚咚！那种声情并茂的大鼓说唱更令人拍手叫绝。不过，在民主革命时期，他给富人算的命是，“为人莫做亏心事，不怕半夜鬼敲门”；给穷人算的命是，“若想翻身做主人，就要跟着共产党闹革命”。他说的大鼓书，除了讲述隋唐英雄、梁山好汉、岳飞精忠报国外，更多的是赞扬革命英雄。在社会主义革命和建设时期，他算命说书的内容，也多半是劝人积善积德、爱党爱国爱集体。特别是在大集体年代，他还是生产队里不可多得的参谋和会计助手。正因如此，他才获得“红色文王”之绰号，成为五里三乡有名的文化艺人。有关耿协玉的传奇故事很多，本篇仅叙三则。

故事一：拜师学艺颂革命

耿协玉（1916—1997），出生在光山县沙城区柴山保人家店（今新县陈店乡胡子石村东恩村民组）一个贫苦农民家庭。3 岁的他患了一种恶疾无钱医治，导致双眼失明。父亲耿显桂虽是老实巴交的农民，但不满黑暗社会的欺压剥削，毅然跟着邻村的共产党人王志仁、曹学楷、吴焕先投身农民运动。1928 年 6 月，中国工农革命军第七军在耿显桂的家乡建立革命根据地后，耿显桂出任光山县弦南区一乡四村村长，后跟随吴焕先参加红军，1933 年 11 月，在保卫老苏区——箭厂河的战斗中英勇牺牲。耿协玉的母亲李氏，得知丈夫牺牲，到箭厂河遍寻尸身未果，加之国民党到处搜捕红军家属，心力交瘁，不久也撒手人寰。此时，孤苦伶仃的耿协玉虽已长到 12 岁，很想为父母报仇，但因眼瞎，什么事情也干不了。不久，在当地党组织的帮助下，耿协玉被送到湖北省檀树岗乡方湾村，跟着地下共产党员方和友学习大鼓书和算命技艺。由于他聪明好学尤其是记忆力超乎常人，方老师教的易经、讲的古典英雄故事和革命道理，他都能一一强记熟诵，被方老师称为奇才。不到两年工夫，他就学艺出师，并开始独立行走江湖。为弥补眼盲行路不便的缺憾，他从箭厂河乡收养了一名 8 岁的孤儿，因与他相差不到十岁，故以兄弟相称，并给这个孤儿取名叫耿协来、小名叫春来，意味春天拾来的孩子。从此，这两位素不相识的难兄难弟组成了一个家庭，并相伴终身。

耿协玉艺成出师的时候，正处在红二十五军长征后，鄂豫皖根据地进入更加艰苦的三年游击战争时期。他听闻高敬亭、方永乐等领导人重组红二十八军，何耀榜、刘名榜则在家乡组建便衣队，继续坚持大别山的革命斗争后，非常振奋，便背起算命说书的一套行囊，让小弟春来用竹棍牵着他到远近各村算命说书。他利用那些豪绅地主包括国民党军的头目非常迷信的特点，讲述因果循环、杀人必遭报应等古今事例，对敌人进行威吓，使其收敛残暴行为，在一定程度上保护了被捕的红军和革命群众。他为了鼓舞处在革命低潮时期的干部和群众的斗志，坚定他们的革命信念，讲述天道循环、改朝换代的道理和古今政权更迭的事例，让人们相信得民心者得天下、失民心者失天下，国民党反动派必然灭亡，共产党必然夺得江山。由于他采取巧妙的以古喻今的说法，当小保队数次向其主子汇报耿协玉在搞赤色宣传，攻击现政府，煽动群众时，却找不到真凭实据，只好睁一只眼，闭一只眼，任其所为。

耿协玉走村串户地说书算命，不仅解决了自己的温饱问题，而且通过有时出入豪绅地主和国民党驻军头目的家庭，获得了可观的经济收入，还在不经意间探听到敌军搜剿红军的信息。他用从敌人那里获得的银元赎买粮食或衣服，救助了不少穷人尤其是革命烈士的孤儿寡母。由于他母亲的侄子也是他的老表李家训是共产党员、农协会干部，他便把自己探听到的敌军动向吐露给老表，并由李家训报告给红军领导人，多次让游击队躲过敌军的搜捕，使他成为不在册、不挂名的红军情报员。特别是到了解放战争时期，他更成为李先念、陈少敏领导的中原解放军的“顺风耳”，起到了许多有眼的“眼线人”起不到的作用。

故事二：智送军情报

耿协玉虽是盲人，但他凭着一根竹棍走路不亚于一般的正常人。北到潢川，南下汉口，曾随本地茶商三进六安。虽说眼瞎，可他知道的事比明眼人要多得多。他深知在豺狼当道、虎豹横行的黑暗社会，要宣传革命，坚持武装斗争，不仅要有勇于献身的精神，更要讲究斗争策略，善于保护好自己。他口齿伶俐，能说会道，到处给别人算命，却没算到自己会遭受牢狱之灾。

这还得从他智送军情报说起。

1946 年 6 月 26 日拂晓，国民党 30 万大军向黄安以西、经扶（今新县）以东、孝感以北的中原解放军阵地大举进攻。中原解放军遵照中共中央关于“立即突围，越快越好，不要有任何顾虑，生存第一，胜利第一”的指示，除留部分地方部队在原地坚持斗争外，以一个旅伪装主力向东转移迷惑国民党军队。主力分南北两路向西转移，实施中原突围。在急行军的途中，时任中原局副书记、中原军区副政委陈少敏正患痁疾（皮寒）病，高烧不退，勤务兵和战士都让她骑马，她坚持说：“伤员要紧，不能忍心把他们甩掉，都是我们的战友。”她的话感动得大家泪流满面。在向西南方向转移的征途中，她拄着一根木棍跟随队伍行军，跋山涉水，露天宿营，忍饥挨饿，于 7 月的一天，陈少敏率一个警卫排到达鄂豫交界的郭家河湾店休息，然后计划会同大部队经七里坪，向鄂西进军。

7 月中旬的一个中午，耿协玉接到乡苏维埃领导交给他的一个紧急任务，国民党赵锡田整编 3 师已从北部尾追而来，前锋已到达光山县南部。要他沿途以说书算命为掩护，将此敌情口头传达给秋枫岭下的独住户地下共产党员晏维本同志，并由他火速传递到湾店村。

“不许动，举起手来，共匪探子哪里去?”突然一人横枪拦路厉声喝问。

耿协玉听这喝声便知道到了秋枫岭，这是豫西南通达鄂西的小通道。这儿山高坡陡，沟壑纵横，人烟稀少，过去是湖北河南两不管的地方。这次为了消灭中原解放军，制造第二个“皖南事变”，国民党当局强令黄安县伪政府在秋枫岭岭子岗就地取材，搭建一座竹木结构两层式的小岗楼监督共军部队，地方绅士送雅号“茅阁楼”，由黄安县七里坪镇的小保队轮流值守，审查来往行人。

“长官，我不是共军探子。”耿协玉不慌不忙地说。

“不是探子就是送信的，老实交代。”保丁继续审问。

“老实说呀，两不是。”耿协王镇定自若地回答。

“两不是？难道我履行公务也不是吗?”保丁督问。

“你理解错了，这是向你交代我一不是探子，二不是送信的。”

“别跟他啰嗦!”另一保丁准备进一步细审，这时走来一个小头目的人，不分青红皂白地说：“把他送茅阁楼关起来再说。”

“长官，我是一个说书的，也是一个算命的，与你无冤无仇，为啥无辜地要关押我呢?”耿协玉心平气和地质问。

小头目没有回答，把耿协玉全身仔细搜查一遍，尚未发现什么破绽，偏着脑袋反问：“这儿人烟稀少，没有村庄，你不是赤化分子一个说书算命的怎么会到这儿来呢?”

“我去岭下独住户晏维本家，他请我去给他病危的老婆算命，看她还有多少阳寿呢。”耿协玉是经历过大场面的人，不慌不忙地耐心解释说：“长官，你看我这一身行头就知道是个说书的，眼也瞎了，能赤化得了吗?”

“既然是个说书的那就说段我听听，去晏维本家没用了，他昨天下午已经被捕入狱，家被抄了。”那个从小就喜欢听书的保丁要求说。

“听什么书呀，既然会算命就算算我的运气如何。”一心想升官发财的小头目机不再来地说。

耿协玉心知，“阎王好见，小鬼难缠”。看来这口信转交不了，只得自己送达，眼前设法脱身是当务之急。于是说：“你俩一个要听书，一个要算命，我该听谁的？”

刁钻的小头目摆出一副臭官架子说：“他们也得听我的，你说该听谁的？”

耿协玉故意挑唆地说：“按常理有个先来后到吧，应该说书，因为说书的人要求在先？”

小头目态度强硬地说：“他俩归我管，他们的话算个球！先给我算命。”

“老总，你这样对待士兵，让他俩大失颜面，有点不像话吧？”

耿协玉这话果然把两个保丁的火气挑上来了。其中一个保丁气呼呼地说：“你赶快走，说书算命都不搞了！”

“慢着！昨天联防指挥部下达命令，今日全天各个路卡严禁来往人员通行。”小头目说着将耿协玉拦住。耿协玉机智地说：“好呀！长官，你不准前行我则往后退，现在天气尚早，去找个村庄挣壶酒钱，回贵处吃晚饭，喝上几杯，再算命说书，岂不是两全其美？”

“着呀！”三保丁一听大喜：“就这么办，快去快回！说好了有赏啊！”

摆脱了敌人的纠缠，耿协玉凭着往日的记忆，绕个弯子心急火燎地朝湾店方向走去。好在秋枫岭离湾店不太远，穿过这道林，翻过那山岭，就走到郭家河的边界地段了。正当他暗自庆幸脱离魔爪之际，突然又听到一声大喝：“干什么的？给我站住！”

耿协玉还没缓过神来，大树后面出来两战士拦住退路。

“我是说书的，想到湾店去赶场子”他有点遮遮吾吾地说。

“你是国民党派来的奸细，要老实交代。”一哨兵拨弄枪栓威严地审问着。

“我真是个说书的，不信听我用大鼓清唱一段可否？”

“行，快交代。”

钢镰不摇鼓不敲，
心中实话对你掏。
莫把亲人当仇敌，
我与共军心一条。
今去湾店事重要，

若有延误就糟糕。
我的表姐你知晓，
她定时间不准超。

战士喝问："撒谎！你表姐是谁。"

我的话儿你不信，
见了面后你再瞧。
赶快押我到军部，
误了大事吃不消。

两位战士听了将信将疑，经商量留一人守岗，一人带耿协玉到陈少敏驻地。陈司令听了耿协玉的汇报，十分感动，也学着耿协玉的大鼓书话赞扬说：

难为你了好老表，
百里送信受煎熬。
眼盲心亮来报讯，
军民情谊比天高。

陈少敏政委率警卫排当夜经七里坪向鄂西安全转移，耿协玉黎明前回到家里，没想到第三天被抓进礼山县监狱。原来是小头目被保丁举报他放走红军通信员，因犯通共罪被刑拘；耿协玉这个名副其实的红军通信员被关押了三个月，因证据不足而释放，皮肉虽受过刑讯之痛，但心里却有一个最大的"值"！

故事三："编外会计"

中华人民共和国成立后，耿协玉享受烈士家属的待遇和政府补贴，吃喝住用都不用发愁。但生性好动不好静的他仍操旧业。闲生时，他带上一个小徒走村串户地说大鼓书，很受五里三乡的公社社员欢迎，也活跃了乡村的文化娱乐生活。大忙时，他为生产队的队长出谋划策，怎样计算社员工分，体现并鼓励多劳多得的分配原则。他特别精于数字计算，大到亿斤粮食产量，小到分分钱钱的社员收入分配，都逃不过他的精确计算。

我记忆中的耿协玉，50出头年纪，中上等身材，不胖不瘦，白面无须，穿着整洁，长年喜戴瓜皮帽子，想象他年轻时一定是个美男子。若不是眼瞎，他肯定能在当年的红军队伍里当个师级参谋长。听说新中国成立后，让他当县政协委员，被他以眼盲谢绝。他终生未娶，只是过继了堂兄弟的儿子和孙子承欢膝下。

我对耿协玉常怀感念之情。那是20世纪60年代末期，我所在的生产队缺会计，我的父亲读过两年私塾，会打算盘，在队里算是个文化人，加上我家成分好，父亲更是出了名的忠厚老实人，从不侵占公家丁点便宜，便选他当小队会计。可是父亲视力差，不愿接任。这时的“文王”耿协玉便给队长和我的父亲出了个主意：让父亲当名誉会计，让上高小后当民办教师的我兼任实际会计。因为当时搞“文化大革命”，升不了学，几个年级的学生合班并学，我愤而回乡务农，被大队支书聘为农扶寺小学民办教师。当队长和父亲征求我的意见时，我自信满满地说：“我的算术曾位列全校第二，算盘在全校比赛中夺魁，此乃小事一桩，有何不可。”谁知，第一次给社员分配稻子时，我却不知道稻子和工分谁作除数、谁作被除数，鼓捣半天，分不下去。父亲气得大骂我说“没有那个金刚钻，就别揽这个瓷器活”，还把我手里的算盘扔出老远，急得我大哭起来。就在这时，耿协玉笑眯眯地来到我身旁，拍着我的肩膀说：“小叔，莫哭莫急嘛。我问你：是粮食数字大，还是工分数字大呀？”我回答说：“当然是粮食数字大。”接着他循循善诱地对笔者说：你把全队人的工分作除数，把粮食总产作被除数，求得二者的“值”后，再用各家社员的工分去乘“值数”，就能得出各家应分配的粮食。真是一语点醒梦中人。按照他教我的办法，我很快完成了小队数10户人家的劳动所得的分配计算，成为名副其实的小队会计。

还有一次分夏粮，我看到现役军人耿显根家人口多、劳力差、工分少，是队里最出名的缺粮户，就有意地给他家多算了100斤稻谷。事后，耿协玉找到我说：“小叔哇，你这次分粮多给耿显根家100斤稻谷吧？我知道你很同情照顾烈军家属，这本身没有错，但要说在明处，不能暗箱操作，不然的话，上级要来审查账目，你就说不清了。而且被关照的家庭也不知道是你送的人情，既不填你的情，也不感政府的恩，划不来呀！”我被他说得目瞪口呆，既惊奇他的心细，也觉得他说得有道理！当即表示承认错误，弥补过失。不料，他笑着说：“小叔，这事过去就算了。显根当兵为国尽义务，他家是特困户，多分一点粮食也是应该的。”我从内心感激他的教诲，并从此事真正领悟到了做官与做人、做事的道理，这对我以后踏上仕途之路，真可以说是终身受益。

（文/张锡辉、耿显榜）

篇五
一个儿童团团员的机智与心愿

故事一：儿童团团员智送鸡毛信

1947 年 7 月下旬，刘邓大军挺进大别山，建立鄂豫皖根据地后，主力部队继续南下歼敌，留下约有一个排的兵力驻在鄂豫皖边界的柴山保老区（即今新县陈店乡）一个名叫下崔湾的村子里。他们的主要任务是肃清残敌，帮助地方党组织建立农民政权，并动员逃到外地的群众回家乡参加土地改革。在解放军的支持和帮助下，柴山保的乡村很快建立起基层政权组织，并成立了农协会。该村也组建了贫农团和儿童团，其中有位名叫崔昌记的儿童团团员，特别聪明机灵，部队和地方领导都很喜欢他，有什么任务交给他，他总是愉快地接受，并完成得十分出色。崔昌记的继父崔世祥曾是红军时期的著名交通员，人称“万事通”。此人机智勇敢，数次为柴山保驻地的红十一军传递情报，购买枪支弹药，还曾不远千里到过井冈山，带来朱毛红军的消息，屡立奇功，备受鄂东北特委和红军党代表戴克敏、参谋长曹学楷的信任，后在红军营长任上壮烈牺牲。耳濡目染之下，崔昌记对解放军十分亲热和崇拜，经常跟湾下甚至和柴山保的许多儿童团团员介绍说：“解放军就是当年的红军啦！他们从遥远的北方打到我们这里，就是要帮助穷苦人打天下，过上好日子。我们虽然是儿童团团员，也要尽力帮助解放军多做些事情。”

那时的老区虽然解放了，但敌情仍十分严重，有时解放军前脚走，敌军就随后跟进，特别是当地的小保队和土匪恶霸尚未完全消灭，时常给敌军通风报信，甚至明里暗里地杀害当地党政领导干部和革命群众。为随时掌握敌人的动态，这支小部队在该村驻了 10 多天撤离后，留下王江波、崔世杰，还有一个姓吕的 3 名解放军战士继续协助地方工作。一次，王江波为掩护下崔湾老百姓转移，与 20 多名土匪敌特英勇战斗，不幸壮烈牺牲。这件恶性事件更加引起当地党组织和游击队的高度重视，除了加派民兵保护解放军留守人员外，还特别注重发挥儿童团的作用。

9 月底，工作队在柴山保下崔湾毗邻的八房洼召开群众大会，揭露和声讨敌特分子的罪恶行径。散会后，农协会主席李念芳、儿童团团长李家舜把崔昌记和同村的儿童团团员崔天庆留下，李念芳对他俩说："现在交给你俩一项重要任务，马上把这封信送到檀树岗朱林岗村，那里驻扎有解放军的医院，一定要把这封十万火急的信件当面交给首长，要做到万无一失。"说完把一张纸信交到崔昌记手里，并让他藏好后才放心地让他与崔天庆一起跑步赶路。

崔昌记和崔天庆当时只是十来岁的孩子，虽然知道通往朱林岗的大体方向，约有 20 里的路途，但却不知道朱林岗在什么地方，如果逢人就问，大摇大摆地走路，肯定会碰到坏人。聪明机智的崔昌记想到一个好办法，他对崔天庆说："我们俩装扮成叫花子吧，到时问路不会引人注意。"崔天庆赞同说"好主意!"于是，二人把本就破旧的衣服涂上泥沙，把头发和脸上弄得脏兮兮的，手里拿着竹棍，完全是一副讨饭的模样。他们到达檀树岗后，专门挑选穷苦人家问路，很快找到了朱林岗村。这是一个山环水绕、道路崎岖、非常隐蔽的小村落。一进村口，就碰到两个放哨的解放军战士发问："小孩子，来这里干什么呀?"崔昌记回答说："我们是柴山保老区的儿童团团员，专门来给部队送信的，要面交你们这里的首长哩。"

其中的一个战士说声"好!"便把他俩领到一间宽阔的房子内，只见房内有很多伤员正在救治，场面凄惨，看得他们身子发抖。见到医院首长后，崔昌记赶紧从内衣角里取出一张纸条交给那位领导，并说："首长，给我们打个收条吧!"那位领导看完信后，高兴地说："小鬼，谢谢你们带来的紧急军情，我打个收条给你，你俩快些回去吧，路上千万小心。代我向你们的领导表示感谢。"

完成这件重要任务后，他俩兴奋得忘记了饥困，一路蹦蹦跳跳地赶回了村里。当崔昌记把收条交给李家舜并转到李念芳手里后，李念芳先是严肃地说："你俩晓得送去的纸条有多重要吗？敌军要突袭我们军队的医院呢，倘若大人送信，难免路上遇到麻烦，你们小孩子反而不会让那些坏蛋们察觉。现在鸡毛信送到了，我们的部队就会安全转移。”接着，他抚摸着崔昌记的小脑袋，夸奖说：“你俩腿脚快、有心计，任务完成得非常好，不愧是红军的好后代，我要给你们记一功!”

故事二：一个儿童团团员的心愿

“王江波烈士为掩护我们几个村的老百姓壮烈牺牲，尸埋荒山野岭，我在儿时曾发誓一定要找到烈士的亲属，让他魂归故里，否则，我一辈子都会寝食难安。”这是我们在新县陈店乡胡子石村下崔湾采访 80 多岁的老村支书崔昌记时，他不无感慨地讲述的一段往事。好在这个儿时的心愿在他苦寻烈士亲属 20 多年后已经了却。我们注意到，回忆起这段往事时，老支书的眼角是挂泪的，却也是欣慰的。

老支书讲述的故事发生在 1947 年的初秋。当时，刘邓大军挺进大别山后，主力部队南下作战，在柴山保革命老区只留下李德生率领的十七旅某团宣传干部王江波与战友崔世杰和小吕，他们作为解放军留守人员进入下崔湾村，帮助当地建立基层政权和从事土地改革工作。他们在地方召开群众大会，讲明现在的解放军就是当年的红军，是共产党领导下的解放穷苦人的队伍，动员逃到外地的群众都回家来参加土地改革，还成立了贫农协会和儿童团。那时，崔昌记只有 10 多岁，出身苦大仇深的红军家庭，人又聪明伶俐，是工作队培养发展的重点对象。王江波很喜爱崔昌记，让他参加了儿童团，有时白天或夜晚出去开会，就让他跟着一起，还经常教他读书认字，给他讲解革命道理，使崔昌记对王江波非常爱戴，建立了深厚的感情。

柴山保地处大别山腹地，解放前胡子石村更是沟壑纵横，山林茂密，交通十分闭塞。刘邓大军六纵解放鄂北和豫东南后，直接威胁到国民党统治的重镇武汉和南京。因此，蒋介石、白崇禧为了消灭刘邓大军，在大别山区策划了“总体战略”，一方面调动多路大军围堵刘邓部队，一方面诱使当地的小保队和特务、土顽，采取明里或暗里的手段，对我地方工作人员和干部群众进行疯狂的搜捕、杀害。对于当地小保队的可恶之处，崔昌记记忆犹新。他说，小保队就是土地革命时期的反动民团演变而来的，是国民党基层的眼线和武装力量，由于他们生活在当地，人熟地熟，因而破坏作用很大。他举例说：1946 年春耕季节，小保队 10 多人在胡风云的带领下到他家搜查，他母亲把他和姐姐藏在邻居二奶奶家的水缸里才逃过一劫。胡风云把他家翻了个底朝天，什么也没有得到，最后看到墙上挂着一个破草帽也不放过，拿着那个破草帽扬长而去。因此，为了防止小保队的偷袭，王江波队长安排下崔湾群众在他们湾的长岗岭上栽了一棵消息树，约定敌人从哪方来树就向哪边倒。

1947 年 11 月的一天上午，当地小保队 30 余众，从新集出发，抄小路途经三寺门、王湾，由北向南突袭下崔湾，意在捉拿或杀害 3 名解放军留守人员和革命群众。看到长岗岭上的消息树向北倒了，下崔湾的群众崔世得将这一情况火速报告给驻村工作的解放军队长王江波。王江波心系北边几个村的群众安危，当即命令解放军干部崔世杰和战士小吕带领下崔湾的群众到东南方向的山上隐蔽，自己则掏出手枪迎着敌人来的方向冲上去。他一边开枪还击，一边奔跑着引导敌人的火力转向北部山地。在击毙几名匪徒之后，他在一个叫下冲的地方不幸中弹，身受重伤。小保队原本想把王江波活捉，以此作为向上峰邀功请赏的筹码，不料想把他拖到东屋咀村时，王江波队长因伤势过重而壮烈牺牲。气急败坏的敌人把他的尸首抛在村头的路沟里，迅速逃离。闻讯赶来的刘名榜游击队员考虑到敌情严重，不便举行追悼会，便从东屋咀村的一户群众家中购买了一口棺木，把烈士安葬在东屋咀村的楼子洼山坡上，同时安排工作队员崔世杰和小吕跟随游击队离开了下崔湾。听到王江波队长牺牲的消息，崔昌记非常悲痛，哭着跑到安葬他的坟前跪拜，并暗暗发誓：一定要给烈士报仇，并找到烈士的亲属，以告慰王江波队长的在天之灵。

不久，经扶县全域解放，根据刘伯承司令员的意见，经扶县改名为新县。崔昌记因表现突出，于 1952 年加入了共青团，1956 年加入了共产党。先后选调到柴山保乡高级社当粮食保管员、农村信用社当会计。1958 年后，随着柴山保更名为陈店人民公社，他任公社民兵连连长。因经常接待县乡领导干部，从他们那里了解到王江波队长是湖北省麻城县人，在李德生十七旅任团政治处宣传科科长，原是要选配到新成立的潢川专区担任领导职务的，可惜“出师未捷身先死”。另外得知，杀害王江波队长的一众匪徒在逃往麻城县附近时被解放军尽数歼灭。当年带队突袭烈士的小保队队员也多数被歼，少数人也在“文化大革命”中被群众揪出来判了刑。

为烈士报仇的心愿虽已了却，但寻找烈士亲属的愿望却一直挂在崔昌记的心头。1967 年，他任陈店公社党委常委兼胡子石村党支部书记后，曾向麻城县民政部门发出了信，但未有结果，又多次派人到麻城县打听，也是大海捞针，无功而返。但他并没有放弃希望，而是委托他在麻城县的姐姐和姐夫利用在麻城县的人脉关系继续寻访。功夫不负有心人。1975 年的春节，崔昌记的姐夫到他家拜年时提供了一个重要信息，麻城县纺织厂有位妇女张贴过寻人启事，说她丈夫名叫王剑波，是刘邓大军南下时的团级领导干部，听说牺牲在河南省光山县，但究竟是哪个地方，未能找到。

“王剑波会不会就是王江波?”崔昌记获知此信，大有“踏破铁鞋无觅处，得来全不费工夫”的意外之喜，当即带领下崔湾的民兵队队长崔锡贵辗转赶往麻城，结果大失所望，与他寻找的王江波不是同一个人。于是，他们到麻城县民政局查找有关英烈牺牲的档案，终于找到了王江波烈士的籍贯和亲属信息，并了解到他妻子和儿子现住在武汉，妻子在武汉维生素研究所工作。崔昌记立即将这些情况报告给公社党委书记刘忠国，刘书记当即安排由民政所孔姓助理具体负责联系。根据崔昌记提供的线索，民政所助理终于联系上了王江波同志的妻子。按照两地风俗习惯，确定在清明节前后，实施迁葬，让烈士魂归故里。

1975 年清明节前，一个细雨纷纷的日子，麻城县民政局的领导带着王江波烈士的遗孀和儿子乘坐麻城县武装部特派的吉普车来到胡子石大队村部，相会了久盼中的崔昌记。陈店乡民政所助理老孔对崔昌记说：“这就是你多年寻找的江波同志的爱人和儿子。”烈士遗孀紧紧地拉着崔昌记的手泣不成声地说：“谢谢您崔支书！谢谢你们在百忙之中不厌其烦地为我和孩子寻找到亲人的坟茔！我叫林声，这次来就是把他的遗骸迁到故乡烈士陵园安葬。”

紧接着，大家怀着沉痛的心情走到埋葬烈士的荒坡上，举行了简单的追悼开棺仪式，然后收敛起烈士的遗骨装进木框，准备迁往麻城县烈士陵园安葬。

烈士的爱人和孩子捧着遗骨哭得昏天黑地，参加追悼的两地干群也无不泪流满面。烈士的亲属再次对崔昌记表达感谢，两县的民政干部也为崔昌记坚持不懈地寻找烈士亲属大受感动。而崔昌记却噙着热泪动情地说："王江波烈士不仅对我有教育培养之恩，而且是为了掩护我村群众安全转移而英勇献身的，这种革命的大义、舍己救人的牺牲精神，使我铭刻肺腑，终生敬仰！我只是尽了一个共产党员应尽的责任，践行了当年的一个儿童团团员的誓言。我们今后更应当继承革命先烈的遗志，治贫治愚，努力把烈士战斗过的家乡建设好，无愧于烈士的初心愿想！"

（上述两则故事根据84岁老党员、新县陈店乡胡子石村原党支部书记崔昌记的口述整理）

篇六

新县红军洞的故事

故事一：昭示后人的莲花洞和燕子洞

新县多高山，山山有石洞，大小足有1000多个。这些自然形成的石洞，或藏身于深山老林，或藏身于悬崖峭壁，或隐身于乱石堆中，或隐身于山涧溪旁，而且形状怪异，深浅莫测，在战争年代最艰苦的岁月里，这些石洞在保存我革命有生力量、掩护伤病员等方面，都发挥了重大作用，当地群众敬仰地称之为“红军洞”。中华人民共和国成立以后，新县人民政府依照全县人民的意愿，将战争年代发挥作用最大的红军洞——莲花洞和燕子洞，首批定为重点文物保护单位，立碑纪念，昭示后人。

莲花洞，位于新县箭厂河乡东马岗山上。这是一个天然溶洞。洞四周松杉翠竹覆盖，怪石突兀嶙峋，若不是纪念碑作标志，谁能知道那里有洞呢？石洞深约20米，高约7米，宽约5米，洞壁奇形怪状，洞底较为平坦，主洞四周，还拥有6个小洞，从整体上看，形如莲花。大概是这个缘故吧，当地群众称为“莲花洞”。如今的莲花洞已成为远近闻名的红色遗址，它记录着很多感人肺腑、催人泪下的革命故事：

1932年10月，红四方面军主力撤离鄂豫皖边区后，国民党调集30万兵力“扫荡”大别山区，地方反动势力也趁机疯狂报复。一时间，白色恐怖笼罩着新县，无数革命者死于敌人屠刀之下。当时留任鄂东北游击总司令的吴焕先，与敌人巧妙地周旋，经常带领几十名游击队员隐居于这个山洞中。他们睡石板，盖芒草，食野果，饮泉水，条件异常艰苦。吴焕先为鞭策自己，鼓舞战友，曾在这个山洞的石壁上，刻下了“石洞是我房，石板是我床，志士吃得天下苦，坚持斗争不投降”的诗句。就是在这个石洞里，吴焕先以石板当桌，亲笔向省委起草了《关于重建红二十五军的报告》，得到了省委的高度赞赏。接着，他利用夜晚，走乡串村，将忠心革命的青年组织起来，短期内，重新组建了红二十五军，同“清剿”之敌展开了殊死斗争，相继夺取了郭家河大捷和仰天窝突击战的巨大胜利，从而震慑了反动派，鼓舞了革命人民的斗争精神。

在白色恐怖异常严重时，中共红安县委、县苏维埃和紫云区委以及后来成立的鄂豫游击总指挥部，也都在这山洞办公，领导和指挥当地群众的革命斗争，还有百余名伤员在这个山洞疗养，康复后重返战场。

燕子洞位于新县郭家河乡湾店村背后的刀背山中，藏身于乱石窝中。洞深60多米，较莲花洞宽敞明亮。主洞两侧各有10多米较为低矮狭窄的小洞。如果将此洞画成平面图，俨然是一只展翅飞翔的海燕。当地群众依其形状，称之为“燕子洞”。

燕子洞和莲花洞一样，在艰苦卓绝的战斗岁月里发挥了重大作用。它用自己的身躯掩护了鄂豫皖边区的党政领导人，掩护了1000多名游击队员。红二十五军奉命北上后，刘名榜受命组织成立了中共罗礼经光中心县委。在敌强我弱的困难情况下，中心县委的负责同志经常住在燕子洞，他们在这里分析革命形势，研究打击敌人、保存自己、发展自己的斗争策略，指挥罗礼经光四县人民坚持武装斗争。在这个山洞里，刘名榜根据大敌当前的非常形势，毅然作出决定，将游击队伍化整为零。白天，他指挥几百名游击队员集合起来，或远程奔袭，或化装奇袭，或骚扰敌军，或打富济贫，神出鬼没，闹得敌人防不胜防。1934年4月，刘名榜在燕子洞里研究了作战方案，指挥游击队，夜间偷袭凌云寺，全歼敌军一个团。之后，又接连拔掉了浒湾、油榨河等20多个民团据点。他还采取出敌不意，攻敌不备的战术，相继夺取了大竹园、青山店战斗的胜利。中心县委以燕子洞为依托，有力地领导了大别山区人民的武装斗争，这种斗争一直坚持到刘邓大军南下中原。

红军洞，不平凡的洞。它在特殊环境里所发挥的特殊作用，给人们留下了许多可泣可歌的光辉业绩，将世世代代为人们所纪念、传颂。中华人民共和国成立几十年来，新县人民几乎都拜谒过她的英姿；难以数计的他乡异客，先后瞻仰过她的尊容；不少作家和诗人，以她为题材，创作出了感人至深的篇章。

原全国政协副主席程子华，在重访大别山时，游览过红军洞，并留下不少赞美之辞。原省委常委刘名榜，生前多次游过红军洞。他每次游览，都躬身洞内，手抚遗迹，回忆当年，泪流满面。他还一再叮嘱家住湾店村的红军后代——共产党员张爱华，一定要守护好这些浸染过革命烈士鲜血和生命的山洞，让红色的血脉代代传承下去。

让人感动和钦佩的是，张爱华夫妇果然不忘革命前辈的嘱托，自接受任务至今的55年来，风雨无阻，巡山修路，排除种种困难和干扰，坚持呵护着这片精神火种，受到社会的广泛赞誉。

故事二：光荣的历史　血写的春秋

在新县的崇山峻岭之中，有数以千计的天然山洞，其中有些山洞，当地群众称它们为“红军洞”。1934年，鄂豫皖边区主力红军北上抗日后，国民党反动派在这里制造白色恐怖，进而发展到对老苏区军民实行烧光、杀光、抢光的“三光政策”。在这危急关头，我党留下来坚持斗争的红军游击队被迫转入这些山洞，昼伏夜出，伺机下山袭击敌人。游击队员在洞内用树枝铺床歇息，做饭时用几个石头支起一口锅或架起一个吊罐，下面用柴烧。石壁缝成了大家的“小衣箱”，还可以储藏从山下搞来的粮食。洞中放一块平石做桌子，夜晚洞顶吊一盏油灯，大伙围着石桌子计议斗争策略。虽然斗争艰苦，但是大家非常乐观，游击队员还编了一首歌唱道：

山林岩洞是我房，
青枝绿叶是我床，
野菜葛根是我粮，
共产党是我亲爹娘……

白狗子和“清乡”民团经常放火烧山，山沟里的竹子烧得噼里啪啦直响。火虽然烧不到山洞口来，但那一阵阵浓烟，不停地灌入洞内，又闷又呛，呼吸十分困难。大火过后，敌人又开始搜山，我红军战士就从这儿的山洞转移到别处的山洞，同敌人周旋。每到一个山洞住上一夜，第二天转移时，就在洞外放一些容易被人踢倒的障碍物，如洞口立一根干树枝啦，放三个摆在一起的小石块啦，等等，要是敌人发现了这个洞，走进来一定会把树枝碰倒，把石块踢乱，这样游击队下次再来就不住这个洞，以免危险。可是野猪、狼、豹子进洞来，也会把游击队设置的障碍物弄乱，所以，后来就改为走时在洞里较明显的地方放一块银元，敌人都是见钱眼开的，谁第一个进来，肯定要偷偷地把银元装到荷包里。红军回头发现银元不见了，就知道是敌人来过，不再住宿此处。

那年月，红军战士就是以山洞为据点，进行艰苦卓绝的斗争的。夜晚一到，他们如神兵从天而降，打一个个山洞里冲下山去，抄敌人的营盘，袭杀白军和反动民团的首恶分子以及民愤很大的土豪劣绅。战士们自豪地把这叫作“摸西瓜”，吓得敌人丧魂落魄。

不过，“红军洞”虽然是掩护红军的天然屏障，是杀敌的前沿阵地，却也是英雄埋骨的悲壮场地。女英烈晏春山为给藏在“红军洞”里的伤病员送饭，遭敌人逮捕，敌人逼迫她带领上山寻找“红军洞”里的游击队员，她却把敌人引向远离游击队的鸡公寨顶，并纵身跳下悬崖，壮烈牺牲。

1946 年的冬天，罗礼经光游击队在大山里一连几天吃不上一点东西。为了给队员们搞点粮食，肖先发带领两名队员下了山，年近半百、身体衰弱的肖先发拄着木棍在前面探路，在翻越陡峭的小龙王山时，不慎跌入悬崖壮烈牺牲。

大别山上的“红军洞”是红军执行灵活机动战略战术原则的见证，记载着我苏区军民艰苦奋战的光荣历史，却也是血写的春秋，珍藏着一幕幕英勇悲壮的红色故事。

篇七

信守承诺护红址　痴心不改两老人

在大别山腹地的新县郭家河乡与湖北省红安县七里坪接壤处，有一个名叫湾店的美丽小村庄。村子不大，却是远近闻名的红绿古旅游胜地。这里溪水悠悠，沿山流淌，沙滩草坪，鸥鹭成群。一年四季，来此观光游览、拍照留影的人群络绎不绝。近年来，因为居住在这个小村子的两位老人——张爱华与丈夫潘国章在此义务看管红军洞近六十年如一日的感人事迹广泛传扬之后，更使这个旅游胜地火爆全国。

那么，这两位老人因何信守承诺达半个多世纪，痴心不改护红址呢？这得从她们的家世说起。

红军给了张爱华第二次生命

张爱华的父亲张贤盛是跟随刘名榜闹革命的红军老战士，母亲黄本英也是罗礼经光游击队的队员，父辈为了免除下一辈的苦难，英勇作战，前赴后继，把热血抛洒在大别山的厚土上，真可谓是山山埋忠骨，岭岭皆丰碑。张爱华对革命先烈有着深埋骨子里的敬仰。在她的记忆里，共产党救过她的命，培养她成长。

那是 1947 年，由于父母均参加红军不在身边，有一次，国民党军队和地方民团“围剿”红军进了湾店村，得知 7 岁的张爱华是红军的女儿，便逼她说出父母的藏身之处，张爱华装傻充愣，摇头不知，气急败坏的敌兵头目把她扔到了河里。好在敌军很快撤走，她被从红军洞里下山的游击队员救起，但一直高烧不退，直至昏厥。待她醒来时，发现自己躺在医院的病床上，眼前都是戴着“红星帽”的女军医。自此，她对红军充满了感激和热爱之情。

中华人民共和国成立后，她被送进学校读书。在上学 8 年多的时间里，她的衣食来源、书本杂费都是靠党组织帮助解决的。1961 年，张爱华被安排到陡山河乡小宋湾村教书，随后又调回到湾店村王湾组，期间，她既当教师，又当村计生干部，并光荣地加入了中国共产党。1963 年，张爱华与同为村干部、大她 4 岁的潘国章结了婚。

“是党救了我的命，是党教会我做人，是党给了我一切。我要用一生的精力和生命来报答党的恩情。”——这就是张爱华发自肺腑的报恩心理和痴心不改守护红军洞的思想动因。

革命前辈的殷殷嘱托

湾店村的门前屋后都是重重叠叠、耸入云端的群山，其中房背后的鸡公寨，有一片山洞群，正是红军战士的藏身之所。因此被当地群众称为“红军洞”。

在当年残酷的对敌斗争中，就有很多战士牺牲在山上，红军洞周围有不少烈士墓。1933 年，40 岁的女共产党员晏春山不幸被捕。面对敌人灌辣椒水、钉竹签等酷刑，她始终不透露游击队的去向，最后将敌人引至远离游击队的大花台，高呼“中国共产党万岁”后跳崖牺牲。

这里还有宁死不屈的陆汉婷夫妇，雪夜寻粮摔下悬崖的肖先发，等等。1946 年解放战争时期，中原部队主力胜利突围后，留下坚持大别山斗争的刘名榜、肖先发、邱进敏等人，组成罗礼经光中心县委，为躲避敌军的突袭，县委机关就设在山洞里，这里也是中共大别山工委纪念地。

被称为大别山“红旗不倒”标志性人物的刘名榜，从参加革命到全国解放，一直战斗在大别山长达 20 多年。由于他的卓越贡献，毛泽东、刘少奇、朱德等党和国家领导人亲切接见了他，并称赞他是“坚持大别山斗争的一面旗帜”。刘名榜也出生在郭家河，与张爱华是同乡，又是张爱华父母的老领导。

1964 年，老革命刘名榜重返故里，用拐杖指着“红军洞”和晏春山跳崖地等一片革命遗址，郑重地对张爱华说：“新县是革命的老蔸蔸（蔸，指植物的根），晏春山就是从这里跳下去的。这里还有红军打游击的红军洞，这一块你要看好了！这里也有你父辈的足迹，是烈士们安息的地方，也是历史的见证，你一定要保护好啊。”

“放心吧，刘伯伯，我一定要像爱护自己的眼睛一样守护好这块革命遗产，传承好这份红色基因。”

老革命家的殷殷嘱托，是责任，她义无反顾地扛在肩上；是义务，她以奉献精神接受了这项任务。

巡山修路风雨无阻，排除干扰以命相拼

为了践行革命前辈的一句嘱托，张爱华付出了自己的心血汗水和青春年华。

从 23 岁到 80 岁，57 年过去了。桃花谢了又开，杨柳枯了再青，物是人非，初心不变。在爱人潘国章的协助下，57 年来，巡山修路、祭奠英烈、保护文物、宣扬革命史，她凭着一颗丹心和一腔痴情，呵护着这块精神家园，阻挡着来自各个方面的破坏，使“红军洞”这面革命的旗帜永不褪色、损毁。

20 世纪 70 年代初，为了给革命遗迹“正名”，张爱华整天往县文物局和乡政府跑。终于，“红军洞”于 1979 年被列为新县重点文物保护单位。

1981 年，新县文物局为张爱华颁发了一个“红本本”——义务文物保护员证。张爱华觉得责任更大担子更重了。

20 世纪 90 年代，曾经有一位村民想承包集体山林，山林范围包含“红军洞”。看到合同，张爱华拒不签字。承包人欲给“好处费”，张爱华立刻翻脸，对方知道拗不过张爱华，只好知难而退。

另一次，一名商人想开矿，将挖土机、钻探机等都开到了山上。张爱华与潘国章轮流值班，每天都上山察看。商人想用炸药开山，正好被张爱华碰到，她不由分说立刻扑上去阻止。见张爱华软硬不吃不怕死，商人无奈只得放弃。

寒来暑往 55 载，张爱华制止各种损坏革命文物旧址行为 20 多次。期间，有人怪她“多管闲事”，她却总是笑脸相迎，因为她深知：不管别人怎么说，自己无悔于事、无悔于世。57 年的奔波练就了老夫妻的精气神。山路虽然崎岖不平，如今已是耄耋之年的老夫妻依然步履平稳，不喘不吁，轻松自然。

一本日记，诸多文物，传递着红色基因

张爱华和潘国章的家现在成了革命教育基地。白色外墙上挂着一块木牌，上面写着“大别山干部学院体察民情教学点”。她家旁边就是“新时代文明实践站”。走进去，就走进了大课堂。张爱华已记不清在这里给多少人讲过多少次党课，反正她有讲不完的红军故事，对革命烈士她有讲不完的话。

“‘保密洞’是红军开会的地方，‘休闲洞’是伤员们养伤的地方，‘小亮洞’是警卫站岗的地方，‘穿洞’的好地势适合打游击战。”在家门口的红色文化长廊里，张爱华已忘记跟多少人介绍过“红军洞”。

沧桑不改红色印记，革命火种永世相传。为让更多人了解“红军洞”，一有时间，张爱华就到郭家河乡八一希望小学为孩子们讲故事。

“红军钻山洞和敌人打游击”“百姓冒死为红军送红苕”“村民偷偷为游击队伤员打井”。老人讲得绘声绘色，孩子们围坐一起听得满脸尊崇。

时光漏进的林荫酿成了岁月，红色故事也随着流传下来，化作了精神信仰的种子。

2014 年 8 月 2 日，张爱华的精神信仰得以升华——“红军洞”纪念碑建立。那一天，她激动得流泪，并在日记本里这样写道：“青枝绿叶一遍山/无数石洞在里边/这是当年革命的重要地/住过英雄无数千/首长面交我看管/我黑发离去白发添/我坚守老前辈们在这里流过的血和汗/今年整整 50 年/今日政府把碑立/让英雄事迹代代传扬。”

“今日小雨，为了修通往红军洞的山路，男男女女们齐上阵；刚吃完早饭，几佰（百）名学生来到烈士纪念碑前敬献花圈；拉水泥的车子来回跑，路上人儿哈哈笑，今天乡村公路开工了。”

数十年来，张爱华坚持写日记，她说她喜欢记录自己的人生和山乡的变迁。在另一篇日记里，张爱华写道：“这辈子几乎没有走出这个村庄和这座山，舍不得离开一天，在我的眼里这里最美丽。”

斑驳的日记本夹层，一直存放着几份“征集文物收据”，上面记载着她和村

民们向文物部门交献的文物。吴焕先的怀表，刘名榜的碗，何耀榜的酒壶，红军战士们用过的马镫子，等等，多年来，她数不清向文物部门交献多少文物，只知道有些陈列在新县鄂豫皖苏区首府革命纪念馆，有些珍藏在河南省国防教育基地展馆。

新县境内现存有360余处革命遗址遗迹，正因为有了众多像张爱华这样的人，革命火种才得以留存，大别山精神才能源远流长。2012年，张爱华被评为河南省“优秀文物保护员”，2017年被评为“第三届信阳市道德模范”，2018年被中共信阳市委评为“优秀共产党员”。2019年8月，她获得“中国好人榜”诚实守信奖。

篇八

商城县金刚台的故事

金刚台位于河南省信阳市商城县东南 7 公里处，地势险要。国内革命战争时期，中共豫东南道委，中共皖西北道委、中共赤城中心县委、中共商南县委都曾以此为驻地，留下了以朝阳洞、观音洞、水帘洞、女人洞等为代表的一批红色洞群革命遗址。这些红色洞群由大小近百个洞穴组成。其中以“朝阳洞”最为著名，系天然岩洞构造，可容纳百人，洞口悬于绝壁中央。“女人洞”曾是当年的红军医院。水帘洞、观音洞等散布于山林之间，幽深莫测，原始神秘。正是这些高峰绝崖上的天然洞穴，见证了当年革命的峥嵘岁月，革命先烈以此为根据地，与敌人坚持三年多的游击战，赢得“金刚台三年红旗不倒”的赞誉，创造了鄂豫皖游击战争史上的奇迹。

故事一：张泽礼坚持金刚台斗争

张泽礼是河南省固始县人。他担任中共商城县委第十六任县委书记时，正值大别山区进入艰难困苦的三年游击战争时期。

1934 年 11 月 16 日，红二十五军为策应中央红军转移，奉命以“中国工农红军北上抗日第二先遣队”名义北上后，鄂豫皖根据地斗争环境更加恶化。1935 年 6 月，为适应斗争需要，中共商南县委在铁瓦寺成立，上级决定县委带领商南游击大队、妇女排等武装，以金刚台为依托，开展游击战争，保存革命力量。当县委刚刚在金刚台上安顿下来，敌人就从四面八方围追而至，对金刚台地区实行严密的军事、经济封锁。敌人派出“清剿”部队围山、搜山、烧山，用强制移民并村筑寨、实行保甲连坐，层层包围、砍树断路等手段制造无人区，使中共商南县委与道委，红二十八军失去了联系。敌人在进行军事封锁的同时，还对金刚台地区的油、盐、火柴等生活用品严格控制，抓住为红军送物资的群众立即杀害。用他们的话来说，就是要“放干养鱼的水，捉尽离水的鱼”。在要饿死、困死山上红军的同时，他们还张贴布告，以“一两肉，一两银，一两骨头，一两金”的物资诱惑，捉拿张泽礼和山上的红军。为保存这支革命力量，中共商南县委书记张泽礼没有辜负党的重托，艰难时刻，他和同志们生死相依，风餐露宿，在缺衣少食的情况下，一面同敌人斗争，一面和大自然斗争。面对敌人对金刚台地区发动大规模的反复“清剿”，县委在深山密林中与敌人进行殊死周旋、战斗，残酷的斗争和恶劣的环境夺去了许多同志的生命，张泽礼的爱人晏永香也在一次战斗中不幸牺牲。敌人的凶残、环境的险恶，丝毫没有动摇张泽礼的革命意志。他在斗争中总结经验、摸索斗争方法，创造性地建立了7个灵活机动的便衣队。这 7 个便衣队是战斗队又是工作队，每个便衣队既能随时开展武装斗争，又能在必要时行使苏维埃职权；张泽礼带领便衣队活动于金刚台地区百余平方公里范围内，时聚时分，或长途奔袭，打敌人的土围子，深入匪剿歼敌；或集中力量相机伏击敌人，取敌辎重为我所用。张泽礼因应形势变化，对金刚台地方反动势力采取分化瓦解、争取两面政权、惩治顽敌等灵活的策略开展游击斗争。他们的出其不意、无影无踪，令敌人闻风丧胆，使金刚台地区的地方反动势力不敢再与便衣队作对。就这样，张泽礼带领同志们不仅在金刚台地区站住了脚，而且保存发展了革命力量，坚持了金刚台红旗不倒，扩大了党的影响。

1937 年 9 月，红二十八军政治部主任石裕田、手枪团三分队队长李士焱，带着高敬亭给中共商南县委书记张泽礼的亲笔信和卫立煌督办的通行护照，从七里坪出发，日夜兼程，来商城寻找中共商南县委。经 20 余天寻找，终于找到野人冲便衣队指导员戴文彬和队长沈金堂。石裕田出示高敬亭给张泽礼的亲笔信后被引见县委。由于斗争的复杂性和长期游击在深山老林，与上级又失去了联系，县委不了解外面形势的发展变化。出于对这支革命武装的强烈责任感，张泽礼一度对高敬亭信的真假和国共两党合作产生怀疑。后经反复验证高敬亭的笔迹、印章和石裕田等耐心说明，张泽礼才解除一些怀疑，同意前往七里坪，把商南武装交给党。但他又秘密留下杜立保领导的熊家河便衣队作为革命的种子，以防万一。张泽礼嘱咐留下的同志："要随时了解我们在路上的行动和到七里坪后的情况，假如国共合作是假的，你们要坚持斗争！就是剩下一个人，也要革命到底。"

夜幕降临，中共商南县委书记张泽礼听从党的召唤，率领100多名坚持金刚台斗争的革命武装，踏上了去七里坪的路程，融入了新四军的队伍。

故事二：金刚台上的红色娘子排

1934年冬至1937年秋，国民党反动派趁红二十五军北上抗日之机，对鄂豫皖苏区进行反复围剿。正是在这种恶劣的环境下，中共皖西北道委书记高敬亭为保存革命力量，坚持根据地斗争，决定将红军家属、老、弱、病、残和妇女干部及红军后代共40多人转移到金刚台，编为一个排，由袁翠明任排长。因为这个排只有一个男同志老李，称娘子排。

1935年上半年，鉴于赤城、赤南日趋紧张的形势，为了使党的领导集中统一，将赤城、赤南两县合并为中共商南县委，由张泽礼任书记，史玉清为县委委员，分工负责娘子排工作。从此，娘子排就在史玉清、袁翠明的领导下，坚持在金刚台深山老林里，同敌人进行艰苦卓绝的斗争。

娘子排前脚上了金刚台，敌人后脚就跟上山来，守住了各山路口，随后就不断地上山"清剿"。

同年春，娘子排在西河上面的深山中隐藏。一天上午，突然发现敌人搜山。当时，娘子排对山上的地形还不熟悉，隐藏的地方很不好，已来不及转移，只好原地不动。一时间，敌人漫山遍野，到处都是。娘子排沉着冷静，严守纪律。敌人什么也没捞着，在山上吆喝一通，就滚下山了。

仲秋，娘子排在东河上面的大山沟里隐藏。一天下午，史玉清和老肖、老夏到敌占区西河去买粮食，有个小孩外号叫小团长，也跟着一起下山。小团长一看到清清的河水，就欢天喜地在河里捉螃蟹。这时，突然在小河沟的对面出现一大群敌人。前队离她们只有几丈远，后面看不到尾。敌人又来搜山了，她们顿时紧张起来。这时，玉清灵机一动，大喊一声："团长！"敌人一听到喊团长，误认为山上有红军埋伏，吓得就像掉了魂似的，嚷着：“红军，有红军。”就一窝蜂地向后退了好远。她们利用这点时间，把小团长从河里拖了上来，并且迅速撤回到了山上。老肖提起左轮枪向外跑去，目的是想把敌人引走，不料胳膊上中了一枪，子弹在伤口里未出来，玉清、老夏就用针、兽骨片代替手术刀，取出子弹，用草药包扎好。狡猾的敌人听到山上没有动静，就一拥而上，将娘子排包围了起来。情况已经很清楚，这是敌人策划的又一次大规划搜山。

狡猾的敌人终于发现娘子排不是红军，而是一群女人，而且没有武器，就以为好欺负。一个军官哈哈一阵狂笑，得意扬扬地叫道：“弟兄们，不要打枪，捉活的，谁抓住这些娘们，就给谁做老婆。”兵丁一听这个命令，真的都不打枪了，一个个像饿狼似的向娘子排扑来。好在娘子排个个都是劳动能手，穿山林是她们的拿手好戏，敌人赶不上，累得敌人在后面干着急。

当天下午，何道清同志，因为小脚，加上小孩拖累，被敌人抓去了。陆化宏五个月的男孩也落入敌手。娘子排迅速又转移到另一座山上隐蔽，暂时避开了敌人的追击。

在敌人搜山的第五天，玉清和陈宜清等四个姐妹被敌人冲散，与娘子排排长失去了联系。于是，四姐妹就一起寻找娘子排排长。

夜幕降临了，深山里死一样的寂静。偶尔从山林深处传来野兽的嚎叫声，使人毛骨悚然。玉清怀着沉重不安的心情，走出乱石丛。玉清一面走，一面想着娘子排的同志，当走到娘子排突围的那条山沟时，突然发现有具尸体。夜色灰蒙蒙的，看不清是谁。玉清用手摸到一双粗糙的大脚，才断定是男的，壮烈牺牲了，头被割走了，肚子被剖开了。死得好惨啊！说来奇怪，平时最容易动感情的玉清，这时却只是仇和恨，而没有泪。玉清怀着对敌人的满腔怒火，捧了几捧沙，撒在死者的身上，尽尽同志的心意。

在离这具尸体几丈远的深沟里，玉清又发现了一条黑影子。玉清想，莫非又是一具尸体，到跟前仔细一看，原来是床被单。从这床破被单上玉清知道，刚才被敌人杀害的那个同志是红军家属老李。这时，玉清忍不住地泪水滚了下来。玉清捡起破被单，悲痛地回首向沟下默默望了一会儿，自言自语地说：“老李同志，你为革命英勇牺牲了，我们一定要为你报仇！”

不一会儿，玉清来到了三岔路口，经过观察没有发现敌人，就拉着茅草、小树，很快爬到一座山上，趁天还未亮，就在草窝里睡了一会儿。那该死的山老鼠从玉清身上跑来跑去，闹得她心神不定。

上山途中，玉清发现一棵杨桃树。由于十几天没有吃东西，又渴又饿，水灵灵的杨桃真是一顿美餐。玉清把杨桃摘下来，用破被单包起来，准备给娘子排的同志们吃。这时天快黑了，玉清背着杨桃包向沟下走，寻找娘子排。没走多远，忽然听到不远处有人在说话，而且声音很熟，好像是老肖、老曾的声音。一阵喜悦涌出心头，玉清不由得脱口喊了一声："老肖、老曾！"老肖、老曾听到玉清的喊声，马上向玉清跑来。当看见玉清时，真是又惊又喜。玉清问娘子排还有多少人在，她们说大多数人都还在。玉清很高兴，娘子排又胜利了。敌人妄图一举消灭娘子排的计划又破产了。

这时，玉清不由得想起老李和陈宜清三姐妹，控制不住内心的难过，泪水夺眶而出。老肖、老曾劝玉清："玉清同志别难过，我们一定为牺牲的同志报仇。"并扶玉清慢慢来到娘子排的宿营地。

娘子排还有 30 多人，大家和玉清一样，衣服挂破了，头发拉掉了。同志们告诉玉清：你和宜清等四姐妹失散后，袁翠明和红军家属老李去找你们。找到了你们隐蔽的山沟时，被敌人发现了。老李不幸被杀，陈宜清等三人被捕。袁翠明躲在石缝里，敌人没有找到。敌人所说的"大姑娘"就是指袁翠明同志。

敌人这次搜山持续半月之久，最后实在捞不到什么，只好滚下山去。但是，被抓去的同志却受尽了折磨，她们坚贞不屈，没有一人泄露机密。从这以后，敌人对金刚台的搜剿更加频繁。由三个月"清剿"一次到两个月一次，一个月一次，后来就不定时了。

在山洞里安置伤病员，最困难的问题是如何找到粮食和药品。一次，县委陆化宏带便衣队到敌占区去搞粮食，途中与敌人遭遇，战斗中头部负重伤。因缺医少药，头肿得很厉害，生命垂危。这时，县委决定史玉清和炊事员老王到窑沟去找护士。到窑沟要经过敌人的封锁线，随时都有被捕的可能。

当她俩走到半山腰时，发现一间破草屋，里面有一对中年男女和一个十四五岁的男孩。他们正注视着玉清、老王的举动，老王向他们要了点水喝。不一会儿，转眼发现小男孩不见了，玉清就借出来小便的机会，去观察小孩子到哪里去了。因为玉清不知道这家人是好是坏，怕那个孩子给敌人送信。当玉清出来后看不到孩子时，就赶快向三岔路口跑去。忽然，玉清发现这个孩子正在离三岔路口几十米远的树林里为她们站岗放哨哩！这时，玉清才放下心来，而且深深地被老区人民关怀子弟兵的精神所感动。这对夫妇给她俩做了干饭吃，还想方设法为她俩闯过到窑沟的最后一道封锁线做准备。

到窑沟，首先要通过两山之间的三里多路。玉清、老王刚走到小山的背阴处，山下突然传来敌兵的叫嚷声，果然敌人来搜山了。说时迟，那时快，敌人距玉清、老王越来越近。她俩无处藏身，急得一头大汗。只见那些敌兵用枪尖子挑着从老百姓家抢来的鸡鸭，呼达呼达地向山上走来。她俩急忙绕到一个山嘴子边，发现下面有个三四尺宽，三尺多深的小凹坑，就飞快地顺着竹林滑到小坑里，隐蔽下来。这时，天上乌云密布，不一会儿下起了大雨。这真是一场救命雨呀！

搜山的敌人怕雨淋，争先恐后地蹿下山去了。于是，玉清、老王就抓紧时机，冒着风雨，闯过这最后一道封锁线。这时，天近黄昏，雨已停了，密林里一片漆黑。老王记不清红军医院在哪个山洞了，正在发愁的时候，附近突然传来人声，从暗处观察，只见一个人来到山洞边。这人不像是搜山的敌人，倒像是自己人。玉清、老王就主动来到她的身边，仔细一看，原来是医院的护士汪乃琴。

汪乃琴告诉玉清、老王：前两天敌人突然包围医院，同志们转移时被打散了。于是，玉清、老王和汪乃琴也顾不上休息，匆忙返回，直奔金刚台。

汪乃琴来到金刚台后，悉心为陆化宏治疗。陆化宏的伤势很快得到控制，慢慢就痊愈了。

是年冬，金刚台下了一场历史上罕见的大雪，碗口粗的大树不时被雪压断。这时，娘子排隐蔽在马坊一带的深沟里。便衣队给娘子排粮食，几次都因敌人阻拦，送不上来。娘子排经常挨饿，只好在雪地里挖一些草根充饥。就在这时，史玉清向大家传话说："前面发现敌人，大家就地隐蔽！"晏永香将不满周岁的小男孩送到张敏怀里说："这是你的亲骨肉，你娘俩亲热亲热吧！"一阵西北风刮过，单衣破衫的娘子排同志们，个个都被吹得直打寒战，婴孩连饿带冻发出了微弱的哭声，张敏连忙将干瘪的奶头塞进儿子嘴里，可因为没有奶水，仍是哭泣不止。这哭声使张敏心如刀割——她不是心痛孩子饥饿，她担心万一被敌人听见了，娘子排就整个完了。她轻声对儿子说："不是娘不疼你，实在不能留你了!"便用力将孩子小嘴按在乳房上。一会儿工夫，小男孩不哭了，也不动了，直挺挺地躺在了妈妈怀里。这时，张敏默默地流着泪把亲儿子放在一个草丛里，脱下一件褂子盖上。到天亮时，搜山的敌军撤走了，大家才发现小男孩也夭折了，30 多位"妈妈"责备张敏，没有一个不流泪的。史玉清和袁翠明怀着对敌人的满腔仇恨，在雪地里挖了一个坑，掩埋了这个可怜的小男孩。这一天"妈妈"们无限悲痛，像默哀似的没说一句话。

大雪封山 20 多天，县委担心娘子排在山上饿死，派了三个便衣队员想方设法上山找娘子排。亲人重逢，格外亲切。三个便衣队员倒下身上米袋里的米，第二天又回便衣队去了。县委和便衣队得知娘子排还活着，都很高兴。但是，狡猾的敌人却因此发现了目标，跟着追上山来。于是，娘子排又在冰天雪地里同敌人周旋。

山上一片洁白，目标容易暴露。天一亮，便有一个营的敌人向娘子排隐蔽的地方进行搜捕。晏永香一看，带头的是杨良臣，这家伙是当地人，地形熟悉，晏永香心想，这个石洞他一定知道，便和史玉清带领姐妹们向铁瓦寺方向撤退。可是，敌人已发现了她们，一个劲地穷追不舍。敌人看她们不打枪，只是跑，便大叫："弟兄们！红军婆子没子弹了，抓活的呀!"

在一个山角处，晏永香对史玉清说："你带大家向西，我向南，分散突围。"没等史玉清回答，她便向南跑去。史玉清带娘子排向西边大树林隐蔽，敌人转过山角，正不知向哪追，只听晏永香大声喊道："你姑奶奶在这里，有种的来吧!"敌人一窝蜂似的追了上去，晏永香站在永峰岩上，看敌人到了自己面前，大声笑道："有种的跟我来吧!"纵身跳下悬崖，献出了她的青春。大家齐声呼喊着她的名字，可是哪有一点回声呢，只有北风卷着喊声在峡谷里回响。大家都为她难过，也更加激起了娘子排对敌人的仇恨。

到了新的宿营地，一无山洞，二无草铺，只好在深沟里烧几堆火，姐妹们背靠背地休息。身下垫的还是刺骨的冰雪，阵阵寒风吹来，大家怎么都睡不着。有的低声唱起了《八月桂花遍地开》，有的谈起对革命和当前形势的看法，还有的说红军一定会打回来，共产党一定会胜利。大家表示：万一红军暂回不来，也还要干革命，就是死在金刚台上也要革命到底。革命必胜的决心和激情，使娘子排忘记了饥饿和寒冷。

没过多少天，便衣队又给娘子排送来了一点粮食，娘子排又在雪地里拾了些干野菜和草根，凑合着度过了这个不平凡的冬天。

山沟石洞是我房，树枝稻草盖身上；

山菜野果能当粮，三天不吃打胜仗。

就这样，一个还有 30 多人的娘子排，活跃在金刚台上。以敌 11 路军 4 个团的兵力 5000 多人，搜不着、剿不住，并不时遭到娘子排的打击。在 3 年游击战争的艰苦岁月里，娘子排在金刚台上吃野菜，嚼草根，穿密林，卧冰雪，机智勇敢地同敌人周旋，克服了难以想象的困难，牵制和阻截了大批敌人，有力地配合了商南县委和游击队、便衣队坚持根据地斗争，保卫了这块红色的根据地。直到 1937 年 9 月接上级通知，红色军娘子排才到黄安七里坪集中参加新四军第四支队。

新中国成立后，娘子排的幸存者史玉清、袁翠明、范明、彭玉兰、吴继春、方礼明、胡开彩、陈发新被人们誉为“金刚台上红色娘子排”。

故事三：难忘金刚台上那段艰苦岁月

有位名叫孙文坡的老人，今年 68 岁，是南阳市鸭河工区皇路店镇人。他说，看了报纸上关于信阳市商城县金刚台妇女排故事的报道，想起了自己一位已故亲人——老红军叶善英。他非常想把叶善英在金刚台上经历的那些革命故事分享与人，并想以此教育他们的后代，把传承红色基因融入工作、生活中，心存感恩，忆苦思甜，更加珍惜今天的幸福生活。

孙文坡说，她的舅妈叶善英是老红军，已于 2010 年去世，生前为人低调，很少向外人讲起自己的故事。但舅妈叶善英却始终忘不了，也一直在苦苦寻找曾经救过她的干爹干妈——老红军曾少甫和张敏夫妇。

叶善英所说的曾少甫当年是信阳商南县便衣队队员，张敏是曾少甫的妻子，早年带着幼子随丈夫上了金刚台参加革命。

当年叶善英全家参加革命，1931 年左右，她的父母、哥嫂全部被反革命势力杀害，而年幼的叶善英侥幸逃脱。亲眼目睹了全家被杀的惨烈现场的叶善英每次跟孩子们提起时都悲痛不已，但庆幸的是，是红军最终救了她，让她活了下来。她念念不忘救命恩人，直到 1972 年，叶善英 49 岁那年，她寄出去寻人的信件终于有了回音。有人告诉她，当年对她有救命之恩的干爹曾少甫还活着，并且在她的故乡——固始县还有个堂弟。也是在那年的 4 月，叶善英回老家探亲，人们才知道叶善英满门忠烈，她自己也是一名红军失散人员，而她当年为何上了金刚台也有了答案。

原来，叶善英是固始县段集镇青峰村人。当年叶善英全家参加革命，1931 年左右，曾少甫听说叶家一家四口被杀害的消息，便设法找到叶家唯一的幸存者叶善英带回去认作干女儿，并把她带上了金刚台，让妻子张敏照顾。

20 世纪 30 年代初，鄂豫皖边区的革命斗争进入极其艰难的岁月，国民党军加紧对商城、固始一带仅有的几块苏区进行“清剿”。为了达到彻底摧毁革命力量的目的，国民党军七十五师等进占苏区后，疯狂杀害红军伤病员和革命群众。在敌强我弱的情况下，为保存革命力量，鄂豫皖边区的革命武装力量按上级指示，带着红军伤病员、家属转移到金刚台开展游击战争。张敏当时就在金刚台上负责照顾红军伤病员。

面对一心要为全家报仇的叶善英，张敏开导她说：阶级仇、民族恨，不只是你一个小女孩所承担得了的，而是我们所有红军和革命群众的共同责任。你留在山上挖菜、送饭、送信、送药，让金刚台上的伤病员早点恢复健康，要比你一个人杀敌的力量强大。自此，叶善英便跟随着张敏留在金刚台上，给伤兵擦药、熬药、送信、送饭。

当年金刚台上有很多石洞，但是面临敌人的疯狂搜山，石洞成了最危险的地方，她们常年露宿密林草丛中，天当被，地当床，平时靠野菜、野果充饥，冬天只能吃草根嚼树皮度命。一次遇到敌人搜山，叶善英和战友们一起转移，途中她跑掉了一只鞋，脚踩在布满尖锐石头的山道上，疼痛难忍，但为了不暴露战友的目标，她咬破嘴唇也没哭出声。一次敌人搜山时，叶善英与几名战友一起被捕，押送至商城监狱。经过酷刑折磨，很多战友为保守红军伤病员和妇女排的藏身地英勇牺牲了，而机敏的叶善英凭着年纪小跟敌人装傻充愣。直到一个多月后，有一名理发匠到监狱给守监狱的人理发，有人想拿她换几块大洋，于是叶善英被卖给理发匠，这才出了监狱。

出狱后，她找机会逃跑并重返金刚台找部队。她们在山上吃野菜，嚼草根，穿密林，卧冰雪，机智勇敢地同敌人周旋，克服了难以想象的困难，牵制敌人，有力地配合了商南县委和游击队、便衣队坚持根据地斗争。后来金刚台上的武装力量跟随大部队西征，行至南阳南召境内时，叶善英实在跟不上队伍，就被部队首长安置到南召县一农户家寄养。

20 世纪 80 年代初，叶善英的红军身份被揭开后，民政部门每月给她发了 30 多元补助金，直到 2010 年去世前，每月补助提高到 300 多元。有人说我的舅妈全家献身革命，这个补助不多，可舅妈却说这是党和国家对她们这些红军老战士的关怀和信任，是一种崇高的荣誉啊！比比那些为革命牺牲的姐妹，我真是太幸运了。舅妈直到逝世的那一刻，还念叨着要感恩共产党，要求子女们和亲属莫忘初心、牢记使命，为捍卫好无数革命先烈用生命换来的红色江山做出自己的贡献。

篇九

讲述姥姥范明和姥爷胡继亭的革命故事

张帆是红色女医官范明和抗战英雄胡继亭的亲外孙，他说："我从小是姥姥范明一手带大的，姥姥经常给我讲起她和姥爷胡继亭在大别山战斗的往事。我记得姥姥经常说红军便衣队，经常提到熊家河、苏仙石、金刚台、伏山、金家院子等地名。我之所以记得很清楚，是因为这些地名很有特点。很小的时候，听见姥姥说起这些地名，我就在心里产生很多疑问：比如，熊家河有熊吗？苏仙石有仙吗？金刚台有金子吗？金家院子到底有多大？我小时候总是向姥姥问这些问题，后来才知道这是他们当年打游击的地方！"

根据张帆的讲述，现将范明和胡继亭夫妇的英雄事迹做如下整理。

故事一："花木兰"式的红医官范明

范明，又名范来香，1915 年出生在河南省新县陈店乡一个贫苦农民家庭。被人们称为红军"花木兰"、人民好医官，她的故事至今仍然广为传颂。

（一）崇尚英雄去参军

范明自幼聪颖，天真活泼、爱学好问。她最喜欢看皮影戏，尤其是花木兰从军、穆桂英挂帅这些女英雄的故事，她是百看不厌，非常入迷。她崇敬花木兰、穆桂英这些女英雄，在她幼小的心灵中萌发了长大也要像花木兰那样女扮男装去参军的念头。范明的家乡是著名的柴山保革命根据地。在列宁小学上学的范明参加了儿童团，她带头学唱革命歌谣并到群众中去教唱，不仅教育了群众，也教育了自己，使她懂得了更多的革命道理。1930 年初，范明的姐姐范仕芝参加了革命，同年加入了中国共产党，担任光山县波河区妇委会主席。接着，她的哥哥范仕德也参加了红军。这让范明参加红军的念头更为强烈。7 月的一天，范明家来了一个红军战士，姓戚，是范明母亲的一个远房舅舅，在红一军总医院当交通员。范明趁母亲去烧饭的机会悄悄地问："舅姥爷，你们医院可有女的当兵?""有，有几个女孩子当看护。"范明兴奋地说："我想去当红军，你带我去吧!"舅姥爷唤着她的乳名说："来香，如果你真的要去，我就带你到医院学医。"范明高兴极了。她急忙跑到学校把书盒拿回来，又偷偷地将自己的衣服、鞋子包好，藏了起来。吃过饭后，范明的母亲为舅舅送行。范明将包袱隐在背后，跟在母亲的后面。送到大路的一个陡坡处，范明见舅姥爷与母亲道别下了坡，就冲下坡跑到舅姥爷的前面大声喊道："妈妈，我参加红军去了，到医院学医去了。"范明的母亲被这突如其来的事情惊呆了！她急切地哭喊道："来香，不行啊！你年纪小，没有离开过家呀，妈不放心，你快回来!"范明边走边说："妈妈，你不要想我，过些时候我会回来看你。"范明的舅姥爷也说："孩子要去，就让她去吧，有我在，你放心好了。她到医院学医，将来当个医生不是很好吗？以后我会送她回来看你的。"范明的母亲是小脚，想追范明又下不了陡坡，只好抹着眼泪看着范明渐渐走远了。就这样，范明来到了在黄安姜家岗的红一军医院参加了红军。范明高兴极了，她的愿望实现了，她和花木兰一样从了军。她决心要像花木兰一样成为有本事的女红军。

（二）忍辱负重担责任

1932 年 10 月，红四方面军主力离开鄂豫皖革命根据地西去川陕后，皖西北地区又迅速组建了红二十七军，并组建了红军医院，范明就在医院当医官。在敌强我弱的情况下，红二十七军转战边区 13 个县，钳制敌人 5 个师以上的兵力，经历大小战斗数十次，战胜了敌人的围追堵截。军医院随军行动，范明在战斗中抢救伤员，出色地完成了任务。11 月底，红二十七军番号撤销，又重建了红二十五军。军医院也随之改为红二十五军总医院，开始设在金寨境内的熊家河，继而迁至葛藤山，并在熊家河和赤南各设了一个分院。范明开始在总医院工作。由于她刻苦钻研医疗技术，对伤病员满腔热情，工作认真负责、任劳任怨，受到了各方面的好评。1933 年冬，红二十五军在皖西北红军总医院召开医务扩大会，范明作为"模范医务工作者"受到表彰。1934 年 1 月，范明由共青团员转为中共党员，实现了多年的夙愿。她决心为革命拿好手术刀，为党的事业做出新贡献。从此，她对自己的要求更高了，工作劲头更足了。不久，上级决定范明担任第一分院的院长。后第一分院与总医院合并，范明又担任了总医院院长。为不负组织信任，挑起更重的担子，她没日没夜地投入救护工作。1934 年冬，皖西北“肃反”扩大化的灾祸降临到她的头上。她被冠以“AB 团”的罪名遭到逮捕，关进了医院边的茅棚里，审讯人员硬逼着她交代其他人的问题。面对冤屈，范明只有一个想法：我不是反革命，我相信组织上会弄清我的问题的。不能做出对不起党、对不起同志的事，宁可自己吃苦受刑，也不能乱咬乱供。在一个多月的折磨中，范明坚持说实话，宁死不承认自己是反革命。一天，审讯人员将范明进行严刑拷打后，将她押往一个山洼里准备处决。范明想到自己蒙冤死去再也不能抢救伤员再也看不到战友了，她心里十分难过。就在这千钧一发之际，远处突然传来了喊声：“范医官不能杀！范医官不能杀！”原来是几个轻伤员听到范明将被处决的消息后立即跑过来说情。接着重伤员又一致联名担保恳求，范明终于免于处决，死里逃生。范明被放出来后，由于受了重刑和刺激，身体虚弱，精神一度不正常，过了一段时间才恢复。尽管遭受这样重大的打击，范明并没有因此而消沉。她重新振作起来，投入到艰苦的工作中。

（三）救死扶伤攻克万难

1934 年 11 月中旬，红二十五军长征走后，为让大别山红旗不倒，鄂豫皖边区的党组织和人民再次组建了红二十八军和地方武装，坚持同敌人展开游击战争。当时的环境极其恶劣，有时整天饿着肚子。在岳西鹞落坪，范明等红军战士几个月没有吃到一粒盐，主要靠野菜、野果充饥。野菜野果吃完了，就吃观音土（一种白色的黏土）充饥，吃后肚子特别难受。但为了生存和战斗，范明和同志们不得不咬着牙咽下去。冬天特别难熬，没有棉衣、棉被、棉鞋和袜子，范明和大家一样赤着脚、穿着草鞋，能找块旧布将脚包起来就很不错了。敌人不断“追剿”，红军不断游击转战。通过敌人的封锁线时，范明和大家就隐藏在雪地里等侦察员回来，等久了全身都会冻僵、四肢麻木、失去知觉。特别是夜行军，饥寒交迫、饥累交加，稍不留神就有掉队的危险。由于极度疲惫，一停下来人就会睡着。范明为了使自己不掉队，再累也不躺下休息，只是用头顶在前面同志的背上打个盹。这样，前面的同志一走，她就能立刻惊醒。雪地行军，范明身着薄薄的单衣，头发上和衣服上的水汽都结成了冰霜，但她从来没有叫一声苦，也从来没有动摇她的革命意志和决心。1935 年春以后，红军总医院基本上不存在了，范明等 10 多名医务人员化整为零，分散行动。在流动性很大的游击战争中，范明这些医务人员的任务更为艰巨，困难也更多。打仗时，医务人员要到前线抢救运送伤员；部队休息时，医务人员要安置护理伤员。特别让范明感到最难的是搞不到药品。为了抢救伤员的生命，范明千方百计地收集民间单方，用中草药和土办法为伤员治疗。1935 年冬，红二十八军手枪团在蕲春将军山与敌人遭遇，战斗十分激烈。一个伤员被抬了下来，由于失血过多脸色苍白，范明掀起衣服一看，不禁倒吸了一口凉气，伤员肚子上有一条几寸长的口子，肠子被拖在外面，还沾满了灰尘。范明看着伤员痛苦的神情心急如焚，在同志们的帮助下赶紧救治。她先让伤员口服自己调制的草药稳住生命，然后用盐水清理伤口，用竹片、竹夹等土工具将肠子推回腹部，最后用开水消毒的细棉线，将其腹部伤口缝合，最后用熬出来的南瓜瓤子和草药混合物覆盖住伤口消炎止血。在她的精心救治下，硬是让这位年轻的班长活了过来。据说中华人民共和国成立后，这个伤员被授予少将军衔。

范明对医术精益求精，甚至把伤员的生命看得比自己的生命更为宝贵。一次，在飞旗山的战斗中，范明冒着敌人的枪弹到阵地上抢救伤员。敌人一颗炮弹打来，范明头部受伤，顿时失去了知觉。当同志们把她救下来时，她手中还紧紧抓着绷带。一次遭遇袭击，敌人见范明背的草药包鼓鼓的，以为是钱财，拼命地追她。范明急中生智，将草药包丢在地上。敌人见东西丢下，就停住脚打开包查看，范明乘机脱身。可丢了草药包，范明感到揪心地痛，虽然草药可以再采，但需要花费时间啊！敌人走后，范明抱着侥幸的心理到原地寻找，没想到居然还找到了！草药包被敌人翻了个底朝天，草药撒得遍地都是。这些东西，敌人看不中，没要；范明喜出望外、如获至宝。在三年游击战时期，范明和医务人员在鹞落坪的深山密林里搭了 20 多个棚子来安置伤病员，办起了“山林医院”。在范明和医务人员的救治下，一批批伤员伤愈归队。每当伤员归队时，范明都感到特别欣慰。

（四）女扮男装传佳话

范明不仅为部队的伤病员治疗，也为当地的群众治病。随着她医术的不断提高，名声也越来越大。一位老乡的眼睛几近失明、苦不堪言。范明为他做了手术，解除了他的痛苦，重见光明。这个老乡感激不尽，逢人就说红军的女医官是个神医。这样，一传十，十传百，传到了敌人的耳朵里去了。敌人为了抓住红军的女医官，使红军伤员得不到救治，便一面贴出告示悬赏捉拿，一面派出便衣四处侦察伺机捕杀。范明为了掩人耳目、不被敌人发现，从 1935 年 5 月开始便女扮男装，随队伍一起，主要在赤南、蕲春、太湖一带活动。女扮男装给范明的生活带来诸多不便，但她都想办法一一克服了。平时，她像男同志一样刚强勇敢，凡是男同志能做的事，她都尽力去做，再艰苦的工作她都拼命地干，让人看不出一丝女性的柔弱。由于当时伤员分住在各个村庄，医护人员每天都要翻越一座又一座的高山去为群众治病。时间一长，就容易暴露目标。一次，范明等红军在蕲春将军山活动时被敌人发现，敌人立即出动队伍搜山。听到枪声，范明赶紧背着医药包冲出村子上了山。将军山有大小山洞 70 多个，范明想到敌人肯定会首先搜山洞，那里去不得！她观察到一块大石头下面长满了荆棘，她不顾荆棘扎人，钻进大石头下面藏了起来。敌人果然挨个搜山洞，有几个敌人还站在范明藏身的石头上边向山沟树林中扔石头边叫喊："快出来吧，我们不杀医务人员！""你出来吧，到我们这里来干，你要什么待遇就给你什么待遇，要多少大洋就给你多少大洋！"范明听到后，心中骂道："瞎了你们的狗眼，也不看看红军是什么样的人！"敌人在山上折腾了半天，什么也没发现，一无所获，只得垂头丧气地下山走了。

1936 年秋，范明随便衣队送 3 个伤员到蕲春县仙人冲一个保长家安置。这个保长明里是为敌人做事，暗中却在保护我们的同志。保长将伤员隐藏在他屋后高山上的一个隐秘山洞里，让范明住在他家。他见范明是个"男"的，就让范明和他家男孩住在一起。范明借口说他们家经常有人来，容易被敌人发现。保长就改变了主意。一天傍晚，范明护理伤员回到保长家，刚准备吃晚饭，忽然听到有人问话。范明一听口音不对，知道是敌人来了。她赶紧从后门跑到山上。敌人开始搜查，并审问保长的老伴，又打又骂，要她交出红军的医官和伤病员来。保长的老伴被打得哭叫不止，坚持不说。敌人在山下不断打枪，并用手电筒乱照。为了伤员的安全，范明拼命向山洞相反的方向跑去。由于天黑看不见，范明一脚踩到了一个野猪窝上，野猪嗷嗷乱叫要咬她。范明慌忙转到一块岩石背后躲藏起来。敌人在山下闹了一夜，范明只身在山上躲了一个晚上。第二天早上敌人撤走了。范明没有立即下山，先绕道去看伤员，看到伤员们安然无恙，范明高兴得忘了饥饿和劳累。下午，范明下山路过昨晚躲野猪的岩石边时，不禁大吃一惊。原来岩石下面是深不可测的悬崖，她昨晚只要再向前迈一步就没命了。范明在这个保长家住了半个多月，保长一点没看出这个医官是女扮男装的。直到 1937 年 8 月，鄂豫皖边区实现了国共合作抗战，范明才恢复本来的面目，重新现出女儿的风采。很多同志都大吃一惊，他们惊讶地说："没想到范医官原来是个'花木兰'!"

抗日战争时期，范明在新四军任医务所所长，后改做政治工作。中华人民共和国成立后，范明在华东军区后勤生产部政治处、南京军区后勤部工作。1988 年，范明荣获二级红星功勋荣誉章，1997 年离世。

故事二：能文能武的抗日英雄胡继亭

胡继亭（1916—1944），又名胡继庭，安徽金寨人，出身于贫农家庭，1929 年参加革命，次年加入中国共产党，后任皖西北道委书记郭述申的秘书。1934 年 10 月，中共鄂豫皖省委和红二十五军开始长征，胡继亭继续留在皖西北道委工作，坚持鄂豫皖根据地的斗争。1935 年初，红二十八军建立，胡继亭任军委秘书，参与高敬亭主持的党务、军务等决策工作，为红二十八军起草了很多重要文件材料，对红军队伍的建设起了重要作用。

1935 年冬，胡继亭任鄂东道委书记，他致力于恢复发展党的组织和地方政权，组建便衣队，开展反"围剿"斗争。1936 年夏，胡继亭回红二十八军军部工作，为粉碎敌人的"三个月清剿"，他提出"必须发展和加强便衣队建设"的建议，得到了高敬亭的重视与采纳，鄂豫皖边区的便衣队得到了很快发展，成为配合红军作战、掩护伤病员、反击敌人"清剿"的一支武装力量。

抗日战争爆发后，红二十八军根据党的指示，与驻鄂豫皖边区的国民党军卫立煌部进行停战谈判，胡继亭参与研究方案，协助高敬亭妥善处理军政事务，使谈判得以顺利成功。1938 年 2 月，红二十八军改编为新四军四支队，胡继亭任新四军四支队第七团政治处主任，随军东进抗日前线。9 月，胡继亭率七团三营配合四支队特务营，在安庆至桐城公路沿线的棋盘岭、铁铺岭 3 次伏击日军向西进犯的运输队，共毙伤日军联队长以下官兵 185 人，炸毁汽车 54 辆，缴获数十支长短枪及大批军用物资。9 月 2 日夜，他又率队从挂车河出发，拂晓进抵安徽省安庆至桐城公路上之棋盘岭埋伏，历经半小时战斗，共击毁日军汽车 50 余辆，击毙日军 70 余人，缴获步枪 21 支、子弹 700 余发、小太阳旗百余面、防毒面具 20 余套、指南针 20 余个、文件两挑、照相机两架、食品罐头 200 余箱及其他用品。新四军仅牺牲干部 1 人、班长 1 人，伤 7 人。

此次伏击取胜后，日军由桐城派出装甲车两辆，载步兵 1 个中队（100 余人），每天来往巡查桐城至新安渡间公路。新四军第七团第三营于 9 月 17 日再次在棋盘岭设伏。战斗持续 1 个多小时，击毙日军联队长、中队长等军官 4 人、士兵 80 余人，伤 6 人，击毁装甲车两辆，毙马 4 匹，缴获步枪 38 支、手枪 5 支，左轮枪 2 支、军旗 12 面、子弹 2000 余发。

11 月，胡继亭又率队在棋盘岭狠狠地袭击日军装甲车队。这次袭击，消灭敌军官 4 人、士兵 80 多人，毁装甲车两辆，缴获大量军用物资。由于作战有功，胡继庭受到了嘉奖，不久，调任九团政委。1939 年 6 月，胡继亭被调往军部学习，后调到二师工作。1943 年 3 月，他率小分队掩护有关人员渡江时，被日军所捕，囚禁于铜陵监狱。被营救出狱后，任新四军沿江支队参谋长兼中共桐（城）怀（宁）潜（山）中心县委书记。期间，他不仅领导部队对日、伪、国民党军作战，还全力开展桐、怀、潜抗日根据地的建党建政工作，贯彻执行党的抗日统一战线政策，为争取抗日战争的胜利做出了贡献。1944 年 2 月，国民党顽固派向桐城东乡抗日根据地发起进攻。2 月 12 日，胡继亭在陈瑶湖钟泊地区指挥作战时，受到敌军 200 多条船只的围攻，他率部奋力抗击，终因敌众我寡，不幸壮烈牺牲，时年 28 岁。

张帆说，他为自己能有这样英雄的姥爷、英雄的姥姥而骄傲而自豪！张帆还说，他和父亲张黎、母亲胡曙光、弟弟张狄以及他们全家，对姥姥、姥爷都充满了无限的怀念和敬仰！此前，他们曾向安徽烈士陵园捐赠了姥爷留下的一些文物资料，并且带着第四代的孩子们爬上了金刚台、追寻先辈足迹、传承红色基因。他们将永远继承先辈的光荣传统，在新的长征途上，不忘初心、牢记使命，为把我们伟大的祖国建设得更加强大、更加富裕、更加美好而不懈奋斗！

篇十
屡建奇功传佳话

在大别山的第一块红色区域里，活跃着这样一位传奇人物，他叫崔世祥，职务不高本事大，屡建奇功传佳话，人们称赞他是无所不能的“万事通”。

崔世祥，1892 年 8 月出生于柴山保（今新县陈店乡）下崔湾村。因家境贫寒，8 岁时就给地主放牛，混口饭吃。苍天不弃贫苦人。10 岁那年春天，当他在山上放牛时，遇到东杨家老中医上山采草药，不声不响中，他送给老中医一捆柴胡，一箩筐苍树和十几个桔梗，老中医很是惊讶，问他小小年纪怎么识得这么多药材？他说这都是随父亲和乡亲上山打柴和放牛时教他认的，老中医见他长得敦敦实实，憨厚诚实，甚是喜爱，不仅行医时常在乡亲们面前夸他，还时常教他认药认字。几年时间，他认的字比那些读私塾的人还多。20 岁时，他已有一儿一女，父母亲年老多病，全家 6 口人的生活担子全压在他一人身上。为了生存，他每年的春秋二季给地主打工，夏秋两季就跟着本姓保长一起往返安徽省的六安、湖北省的武汉、黄安（红安）、麻城等地做一些小生意，有时挑瓦缸瓦罐，有时贩卖茶叶，有时贩卖些小百货等。因其吃苦耐劳，为人忠厚，乐善好施，在方圆百里之地享有一点小名气。1926 年春，当他去离家二里多地的湖北省黄安县（今红安县）刘家园村走亲戚时，被共产党派到家乡从事秘密工作的曹学楷见到，曹学楷当时是以办学的名义回家乡宣传共产主义，发动人民群众闹革命的。他对崔世祥早已熟悉，加上回乡后听到不少崔世祥的事情，认为他是较好的发展对象，就找崔世祥攀谈，向他讲解共产党的道理。崔世祥对共产党早有耳闻，对与自己住地仅一山之隔的吴焕先也很熟，在夜晚还听过他讲的宣传共产主义的课，也经常思考自己的家庭境况和人生经历，想着只有共产党的主张才能使贫苦老百姓过上好日子。经过曹学楷的引导，他明白了只有共产主义才能解放劳苦大众。在曹学楷的教育引导下，经曹学楷、戴克敏二人介绍加入了中国共产党。

在崔世祥履行了必要的入党手续后，曹学楷和戴克敏代表党组织向崔世祥宣布了对他工作安排的决定："暂不公开党员身份，回家乡秘密开展工作，发动群众，壮大革命力量"。

1927 年，在党的八七会议精神鼓舞下，党组织领导箭厂河的农民群众举行了"九月暴动"，11 月又举行了著名的黄麻起义。黄麻起义失败后，部分党和军队领导人转移到黄陂县木兰山开展游击活动。由于环境恶劣，条件艰苦，有少数干部战士经不起考验，想扔枪回家，有的甚至直接提出解散部队。面对严峻的革命斗争形势，曹学楷、戴克敏找来崔世祥，向他了解柴山保地区的情况，征求部队去向和今后发展的意见。听了两位领导介绍的斗争形势，崔世祥根据自己在柴山保开展工作了解到的情况，积极建议部队进驻柴山保，并摆出了多种有利条件。

听了崔世祥的汇报和建议，曹学楷、戴克敏喜出望外，当即向吴光浩、吴焕先和徐朋人等党和军队其他领导人做了汇报。大家一致认为崔世祥的建议可靠可行，并于 1928 年 6 月 2 日，在柴山保的清水塘举行会议，正式决定进驻柴山保，从而创建了鄂豫皖边第一个革命根据地。

工农革命军第七军进驻柴山保后，为帮助部队迅速解决给养和兵员等问题，崔世祥走村串户筹粮筹款，动员二哥和四弟参加红军以带动亲朋乡亲参加红军。还侦察敌情，一方面使部队防止敌人围剿，另一方面为部队寻找打击敌人的机会。1928 年 6 月 5 日，崔世祥获得桂系十八军的一个营计划从七里坪绕到檀树岗经刘家园然后到河南塆突袭，箭厂河的清乡团翻越木城寨经三背湾合围的情报，七军领导立即部署反击，一举把突袭的敌人击溃，震慑了反动势力，提高了七军的声誉，鼓舞了群众斗志，为开辟柴山保举行了一个奠基礼。在这次战斗后，部队和地方党组织认识到做好地方和群众工作的重要性，决定崔世祥配合曹学楷开展地方工作，崔世祥的地下党员身份仍不公开。为做好地方工作，崔世祥向曹学楷介绍了柴山保的风土人情和各方势力的分布情况，陪同曹学楷接触或拜访一些当地有影响的人物，同时建议地方党组织一方面对柴山保地区的上层分子采取分化瓦解，区别对待的政策，提出了著名的"为绅不劣，有土不豪者不杀”的口号，争取了朱香洲等一批中小地主保持中立，与大地主吴文璐也暂时建立了联盟，利用他的力量搞垮了大地主陈日辉的武装。崔世祥还打入“红枪会”内部，争取会众，使大量受蒙蔽的贫苦农民提高了阶级觉悟，转变到革命方面来，经过艰苦细致的工作后，柴山保地区的上层分子逐渐分化，王岗的红枪会、程七塆的扇子会，以及大张家的黄枪会被改造成了革命的地方武装。在瓦解反动武装力量的同时，崔世祥还利用人地两熟的有利条件，深入群众搞串联，积极建立农民委员会，发展党的组织，发动农民抗租抗债，得到了群众的信任和拥护，第七军很快在柴山保站稳了脚跟。

为加快革命武装的发展，第七军在改编为中国工农红军第十一军三十一师后，决定在黄陂、黄安两县边界设立购枪点，并指定这两个购枪点都由崔世祥负责。崔世祥以做生意为掩护，一边安排人到国民党部队联系枪源，另一方面把当地的茶叶、花生油、板栗等土特产运到武汉等地贩卖筹集资金，购买汉阳造 100 多支，子弹 15000 多发，到 1929 年 3 月，红三十一师发展到 400 多人，成立了五个大队，成为鄂豫皖边界地区中国工农红军的重要武装力量。

在创建柴山保革命根据地的过程中，还听说有这样一个传奇故事：中共鄂东特委书记王秀松和红十一军军长吴光浩、党代表戴克敏等主要领导都在广州尤其是在武昌农民运动讲习所学习过，称得上是毛泽东的学生，并且知道毛泽东创建了井冈山根据地，因而拜师取经的愿望十分迫切。柴山保革命根据地创建以后，该怎么发展，怎样做好土改、扩红、建立党政群组织工作，等等，迫切需要向老师请教，获取井冈山的经验。于是特委和师党委经研究协商，便作出一个重要决定：让崔世祥想方设法与井冈山革命根据地取得联系。崔世祥接受任务后，穿上丝绸大褂，戴上礼帽，把自己打扮成富商模样；因路途遥远，又购买了一匹高头大马，或以药商为名，穿行于武汉和南昌、吉安等城市，或以行医为名，背着药箱子，穿行于罗霄山脉的乡村崎岖山道，虽然无缘见到毛泽东，但他却见到了湘赣边特委委员何长工，并从何长工那里得到了井冈山的经验。当他把毛泽东的一些重要讲话材料的油印件，如现在收录于《毛泽东选集》第一卷的《井冈山的斗争》《关于纠正党内的错误思想》《星星之火，可以燎原》等带到根据地时，王秀松、吴光浩、戴克敏等领导如获至宝，无不夸奖崔世祥是个特殊的人才，真有本事，是无所不能的“万事通”。

由于崔世祥办了很多人办不到的事情，他的秘密的中国共产党党员身份再也隐瞒不住了，工作也由地下转到了地上：1929 年初，他随曹学楷进入军队，在红三十一师任连长，后被编入红二十五军，任红二十五军一团一营营长，1931 年秋在安徽省境内的一次战斗中为掩护主力突围壮烈牺牲，时年 41 岁。

链接

“心底无私天地宽”的老红军寇庆延

河南省新县籍的老红军寇庆延，在 105 岁（1912—2016）故去。在他病重期间和逝世后，时任中央七常委、八位退休常委都曾前往医院看望或通过各种形式对寇庆延逝世表示沉痛哀悼。

寇庆延何许人也，他为什么值得几任中央领导同志的关心关注呢？

寇庆延出生在新县陡山河乡白马村一个贫苦农民家庭。1931 年 2 月参加红军，同年加入中国共产党。他跟随红四方面军转战鄂豫皖，参加长征和创建川陕革命根据地。抗战和解放战争时期，他先后任八路军一二九师教导团政治处秘书、冀鲁豫军区政治部锄奸部副部长、第二野战军二纵五旅政治委员等多职。

1951 年，由湖北省委社会部第一副部长调任广东省公安厅副厅长、厅长。1952 年，他指挥抓获了企图暗杀时任中共华南分局第一书记、广东省人民政府主席叶剑英的台湾国民党保密局情报站少将站长赵一帆，还受到周恩来的称赞。

在广东省工作期间，寇庆延一直在政法部门任主职。1983 年 3 月至 1985 年 7 月，任广东省顾问委员会主任，享受正省长级待遇，1990 年 3 月离休。他是第三、四、五、六届全国人大代表。

寇庆延无私奉献，严格家教。他离休后曾撰文谈自己的养生经，“若要长寿，人生有度”。寇庆延在文中谈道，我对我的子女说：“不要靠老爸。要靠就靠组织、靠领导、靠同志。”在他的六个子女中，他没有为一个说过话，没有一个享受副处级待遇。他的第五个孩子 44 岁下岗，周围的同志很同情，让寇庆延给老部下打个招呼。他说："工人农民的子女能下岗，我的子女为什么不能下岗?"

1994年，寇庆延回故地探亲，发现这里教学设施简陋，很多孩子上学困难。他经过多方奔走呼吁，给这里建了一所希望小学。他还和老家的贫困学生建立了长期帮困助学关系，先后有几百名学生在他的资助下背起书包重返校园。

篇十一

红色情报员 “石先生”

大别山区物华天宝，人杰地灵，英雄辈出。1928 年 6 月，随着柴山保革命根据地的正式创建，涌现出了两个奇特的地下交通员，一位是被称为“万事通”的崔世祥，一位是被誉为红色情报员的“石先生”，即石健民。前文已简述过“万事通”崔世祥的事迹，本篇再讲讲“石先生”石健民的传奇故事。

石健民，1905 年出生于河南省新县箭厂河乡石岗（原属湖北省黄安县紫云区）一个贫苦农民家庭。幼时念过几年私塾，后到七里坪一家中药铺当学徒。1926 年加入中国共产党，1927 年 11 月参加黄麻起义，是转战黄陂木兰山的 72 位游击英雄之一，也是创建柴山保革命根据地的功臣之一。1928 年后，与郑必高村的郑行藻（即郑老四）、七里坪的郑植、柴山保的崔世祥等，共同担任中共黄安县委、鄂东特委、鄂东北特委、鄂豫边特委、鄂豫皖边特委和鄂豫皖（临时）省委交通员。

有关石健民的传奇故事太多，本篇着重讲述三件事。

第一件事，安全地把成仿吾送上火车

1933 年 10 月，红四方面军主力西征后，鄂豫皖苏区面临着十分险恶的形势。如何坚持大别山区的武装斗争，急需得到中央的指示。同时，重建后的红二十五军也需要配备得力的军事领导干部。为此，中共鄂豫皖省委在鄂豫边紫云寨召开第三次扩大会议，决定派石健民护送省委常委、宣传部部长成仿吾去上海向中共中央汇报工作，揭露张国焘大搞“肃反”，残杀根据地领导人的罪行，并请求中央派军事、政治干部到鄂豫皖苏区工作。临别之际，躺在病床上的省委书记沈泽民，用颤抖的手，在成仍吾的衣角上面，用米汤密写“派成仿吾同志到中央报告工作”几个字，署名时用的是英文。这是成仿吾随身携带的唯一凭证。

石健民带着孝北地区的特务四大队，身着便衣，趁黑夜护送成仿吾越过封锁线，来到平汉路上的柳林车站。敌人盘查非常严格，硬闯势必暴露。成仿吾等人始终无法靠近车站，只好骑着毛驴，辗转游击于大山之中。怎么办？观察了几天之后，石健民计上心来，经过周密的筹划和部署，他立即让成仿吾化装成阔商，他和手枪队扮装成随从人员，从一户大土豪家找来一抬阔气的轿子，将成仿吾打扮一新，戴着崭新的礼帽，换上长袍大褂和新鞋，再加上成仿吾的书生气质，一看就是一位有派头有文化的乡绅。敌人盘查时，他以管家的身份与其周旋，其余成员两人一组，保持一定距离，紧随附近。石健民等在轿子前后不断的吆喝，让行人避让。看到这样的阵势，敌人简单地问了几句便放行通过了。成仿吾很顺利地进了车站，坐上了火车，由柳林站乘火车至汉口，又从汉口乘船到达了上海。

第二件事，护送程子华安全到达鄂豫皖苏区

成仿吾于 1934 年 1 月到达中央苏区瑞金后，向党中央报告了红二十五军的斗争情况。根据成仿吾的汇报，周恩来经过反复考虑，决定派红二十二师师长程子华经上海到鄂豫皖苏区工作。是年 8 月，省委再次决定让石健民去迎接程子华。他接受组织安排，秘密前往上海与程子华接头。经过周密准备，他俩都扮装成普通客商，搭乘轮船沿长江逆水而上，直抵武汉。乘火车北上时，机警的他考虑到两人年龄相仿，口音却不同，走在一起极易引起敌人的怀疑。于是他装扮成老百姓，程子华仍装扮作地道的商人。两人一前一后，互相照应着进入汉口车站。他走在前面，很快就穿过检票口，慢步走向站台。突然，程子华被两个军警人员拦在一旁，盘查搜身没完没了。石健民急得火上燎油：程子华在中央苏区作战中负过枪伤，左手腕留下一块明显的伤疤，若被敌人发现，后果难以设想！这时，心思缜密的他灵机一动，急忙给程子华做了个扇扇子的手势。程子华心领神会，趁敌人翻箱检查的当儿，不慌不忙地从腰里掏出一把折

纸扇扇起来，敌人一番盘查，并没有发现什么。程子华拎起皮箱从容地登上了火车。

他们在信阳柳林站提前下车，又机智地通过几道封锁线，然后抄小路往东进入了苏区，平安到达鄂东北道委所在地卡房，见到了鄂豫皖省委常委、鄂东北道委书记郑位三。程子华向郑位三传达了周恩来关于红二十五军主力实施战略转移、创建新的根据地的指示。石健民将藏在身上的 3 份机密文件交给了郑位三。郑位三立即向省委和红二十五军写信，派人送往皖西，建议省委火速来鄂东北共议北上抗日大计。1934 年 11 月 11 日，省委及红二十五军回到豫南，在光山花山寨召开常务会议，根据党中央和周恩来的指示精神，决定红二十五军组成中国工农红军北上抗日第二先遣队，由吴焕先任政委、程子华任军长、徐海东任副军长。而后开始了孤旅长征。

第三件事，为红二十五军的走向带来了希望之灯

1935 年 7 月，红二十五军历经千里转战，生死搏杀，胜利到达陕南，创建了新的鄂豫陕边革命根据地。但此时的吴焕先等军领导仍然非常焦急：自从撤离鄂豫皖，红二十五军已同党中央失去联系达七八个月之久，完全处于一种“与世隔绝”的状态。出路何在？何去何从？在此紧急关头，石健民再次追随红二十五军的脚印，及时来到终南山下。

“六月十三，红军出山。”这句民谣当年曾在陕西终南山一带广为流传。1935 年 7 月 15 日，一位貌似朝山香客又像江湖郎中的外乡人，一路跋山涉水，闯过道道封锁线，历经了千难万险，从西安城的西关赶路而来，径直奔往红二十五军驻地。

“政委，你看谁来了？”军政治部的程坦和刘华清领着那个人走进屋来。吴焕先一见，不由“啊”了一声，惊喜地扑上前去，亲切地摇晃着来客的肩膀喊：“石健民！哈哈，看你这么一副打扮，是哪一门的先生哪！”石健民见到老相识咧着嘴巴直笑，一坐下就脱掉那双不大可脚的黑鞋子，诡秘地笑着说：“我带来的两件东西就缝在鞋子里面。呵呵，切莫见笑。”说着，石健民又将那把半新不

旧的油纸伞递给吴焕先："伞把子里还有两份密码本。"吴焕先喜出望外："你来得太及时了。我们就像一群没爹没娘的孩子。这下可有盼头了。"

石健民带来的情报，无异于雪中送炭。根据他带来的中央文件和中央红军的消息，当晚，在长安县沣峪口，吴焕先连夜主持召开省委会议，根据石健民带来的确切消息，站在全局的高度分析了形势，决定留红七十四师在陕南牵制敌军行动，以主力西征迎接党中央。这一独立自主的战略决策，完全符合当时中国革命形势的发展，符合党中央把革命的大本营放在西北的战略意图。石健民送来的文件与消息，为促成红二十五军走的这招果断坚定、举足轻重的战略棋子起到了非常重要的作用。

两天以后，吴焕先在一座古庙里，借着一束微弱灯光，向党中央写了一份长达 8000 余字的书面报告，他就红二十五军的作战行动、有关斗争策略以及省委工作中的进步和缺点，如实向中央作了反映。末尾附有两句落款："鄂豫皖省委吴焕先签；7 月 17 日夜，下三点半。"激战间隙，盛夏之夜，蚊虫叮咬，竟能疾书而成如此长篇报告，足见吴焕先忠诚革命之精神，渴盼党中央领导之愿望。

吴焕先把写好的报告连同省委关于进行西征北上及创建新的鄂豫陕革命根据地的几份决议案，都交给石健民，让他送呈党中央全面审查。临别时，石健民激动地对吴焕先说："只要我姓石的活着，就一定能准时把你的心愿报告给党中央。"吴焕先抱起双拳，微笑地说："好，好，但愿马克思的在天之灵保佑你一路平安。"吴焕先那充满血丝的眼眶里面，不禁又淌出了几滴晶莹的泪珠。

至于石健民是如何将吴焕先交给他的信件送到中共中央的，至今成谜。但原红二十五军老战士、新中国成立后曾担任内务部副部长的程坦曾回忆说："一个任务来了，只要交给石健民，天大的困难他也能千方百计地去完成。"为了完成党交给的各项任务，他真正做到了披肝沥胆，万死不辞。他无愧于"红色交通员"这个光荣称号。

尾声：英雄被害无为县

抗日战争爆发后，石健民被任命为平汉铁路工人破坏大队政治委员。1939

年春调到确山县竹沟抗日干部训练班任教员。同年秋，任新四军江北指挥部特工部长。1940 年 3 月 22 日，新四军副军长张云逸之妻韩碧与儿子张远志要去安徽庐江江北新四军指挥部工作。此时，国民党正发动第一次反共高潮。石健民亲自带领 24 名干部战士护送，当行至安徽无为县刘家渡时，遭到国民党武装部队包围并被无理扣押，送至无为县襄安镇保安第八团，后又将他们押送到安徽省金寨。石健民的真实身份最终被狡猾的敌人确认。敌人把他吊起来拷打，逼他说出党的机密，他只是闭目微笑，一字不吐。敌人又对他施以电刑、老虎凳等酷刑的折磨，四肢全被打断。但他仍然守口如瓶。临刑前，他告诉了同狱的一位难友，要他设法转告党组织："我已经为党做了一定的工作，问心无愧，虽死无憾!"当时在重庆的周恩来得知情况之后，提出严正抗议，要求国民党当局以国家民族大义为重，尽快释放新四军官兵及家属以利抗战。党组织也千方百计地对他们进行营救，但最终没有成功。直到 1940 年 9 月，除韩碧母子被释放及一名新四军战士侥幸脱险外，被扣押的石健民等新四军官兵共 23 人遭敌活埋，壮烈殉难。

篇十二
朱砂掌夺保“列宁号”飞机

土地革命战争时期的鄂豫边区，出现了两位了不起的少林英雄，一位是上将许世友，一位是中将钱钧，毛泽东曾戏称他俩是“不当和尚当将军”。钱钧在少林寺除了学会飞檐走壁和“狮子吼”的武功外，最拿手的绝活就是“朱砂掌”。据说，20 厘米厚的石头他一掌就能劈碎，61 岁时还能单手托起老战友陶勇将军。离职后又总结出《朱砂掌功法》，丰富了我国武术宝库。本篇着重讲述钱钧将军当年是如何凭借一双“朱砂掌”，勇敢夺取并保住“列宁号”飞机的故事。

那是 1930 年 4 月 16 日的早晨，时任鄂豫边区手枪队队长的钱钧正和队员们在驻地陈家坪吃早饭，突然外面传来了轰隆隆的马达声和群众的呼喊声，他立即提起手枪，喊了声“跟我来!”冲了出去。顺着群众指引的方向，他发现一架银灰色战斗机正摇摇晃晃地向下降落，最终落在了一块平展的草滩上。钱钧看见一个人从驾驶舱里钻出来慌慌张张地向东猛跑，便大喊一声：“快追，要活的!”飞行员自知难逃，便停下来举起了双手。钱钧知道这是一件难得的战利品，便急忙向群众说明保护飞机的道理，同时让人把飞机伪装起来并派专人看护。

随后，钱钧把这个飞行员带到一间小草房进行审问。审讯前，他掏出笔记本，先写上日期“1930 年 4 月 16 日”，然后用和蔼的语气问他叫什么名字，多大年纪，哪里人，因何将飞机迫降在这里。经过询问，了解到飞行员名叫龙文光，30 岁，四川人，时任国民党军政部航空处第四大队中校队长，奉命驾机由武汉飞往河南开封，执行紧急空投通信任务。返航途中，遇大雾迷失方向，油料耗尽，只能迫降。机型是美制“柯塞”式飞机，价值 6 万元。问明情况后，钱钧马上想到红军没有飞机，更没有飞行员，如果能把龙文光感化过来，使他成为红军飞行员，那将是天大的好事。于是，他一面派人向上级报告，一面向他宣传党的政策，还安排午饭款待了他。

红军缴获飞机的消息很快就传到了敌人那里。4 月 19 日，国民党当局指示当地民团兵分 3 路向陈家坪冲来，企图炸毁飞机，带走或杀掉飞行员。钱钧闻讯后，立即带领手枪队和农民武装三面阻敌，他自己更是一马当先，正面迎敌。只见他动如脱兔，跳跃如飞，远射近劈，吼声如雷，特别是一双铁掌上下翻飞，触着即伤，挨着必死，吓得敌人胆战心惊，非但不敢上前炸飞机，连枪都拿不住，连滚带爬地逃走了。

鄂豫皖军委负责人徐向前得知消息后，立即指示把飞行员带到指挥部，并要求钱钧带领手枪队员把飞机拆卸开，以蚂蚁搬家的方式把它运到宣化店以东卡房山林中隐藏起来。

1931 年，随着红军队伍的壮大与战斗力的提升，鄂豫皖特委和军委决定成立鄂豫皖航空局，由弃暗投明、参加红军的龙文光任局长，钱钧任政治委员。不久，这架飞机又由卡房搬到箭厂河附近的任家畈重新组装起来，并被命名为“列宁号”，曾多次参加对敌作战，为红军夺取胜利发挥了重要作用。

篇十三

瞒天过海运枪械

说起周纯全，大别山的人都知道他在长征途中负过伤，失去了右眼，因此，战友们都亲切地叫他“周瞎子”。1955 年他被授予上将军衔后，人们又管他叫“独目将军”。看过《跨过鸭绿江》的电视剧，其中有段彭德怀“扣留”周纯全，要他参加赴朝作战，担任东北军区后勤部部长的故事情节，人们便会知晓周纯全不仅是个能文能武的大将军，更是一个精通后勤管理的奇才。而这种才干并不是天生就有的，而是在长期的革命战争中锻造出来的。因此，本文仅就柴山保革命根据地初创时期，讲一段“周纯全设下瞒天过海计，为游击队巧运枪支弹药”的故事。

周纯全，1905 年 10 月出生于湖北省黄安（今红安）县八里湾附近的雷家田村一户贫寒人家。14 岁时他就只身到武汉谋生，先是在茶楼做杂役，不到 16 岁进了汉口惠工织布厂当工人。1923 年前后，周纯全开始接受进步思想，积极参加党领导的工人运动，被工人们推选为“二七”后援会负责人。1928 年工农革命军第七军在柴山保创建大别山第一块革命根据地后，随着游击战争的扩大，参军参战的革命群众日益增多，迫切需要武器弹药。鄂东特委书记王秀松和七军领导人吴光浩、戴克敏等人经研究商议，决定派熟悉武汉情况的周纯全到汉口购买一批机械，并想办法运到柴山保区。

汉阳兵工厂是全国有名的军工武器厂，被人们称为“汉阳造”就是从这里生产出来的。

周纯全在武汉几家工厂干过，黄安县的老乡特别多，他通过熟人从兵工厂买了 30 支步枪和一批弹药，可是，怎么把它运出武汉，送到 200 多里地的根据地去呢？

当时国民党的军警宪特盘查特别严密。前几次，地下党组织人员往游击区运送军用物资，都没有成功，还牺牲了不少同志。这次是硬邦邦的枪支弹药，是禁运物资，其困难程度不言而喻。怎么才能安全运出去呢？周纯全和武汉地下党取得联系后，想出了一个瞒天过海的计策。

他们买了一口棺材，把枪支弹药装入棺材封好钉死，上面盖着黑布，棺材上还绑着一只大红公鸡。由地下党的同志抬着棺材，还有一些同志扮作死者的家属，披麻戴孝，手持纸幡纸钱，一路号啕大哭着护送棺材出了武汉城。

在市郊，有几个巡逻的军警挡住了他们的去路。其中一个瘦高个警官转动着一双狡诈的大眼，诡谲地盯着棺材："抬的什么人？"

周纯全赶紧凑上前："老总，这是我家的老太爷，大前天去世的！"

"哼，真的吗？"

"死人还能骗人吗！他得的是结核病，医院怕传染，叫赶紧埋葬……"

"传染？"警官有点惊恐。

"可不是，要不我们起码得停丧一个星期呢，周围邻居都不同意，怕被传染，所以才急忙急速地抬出城外，择地安葬。"

警官一挥手："快走，快走！啰唆什么！"

再过一个公路口就进入黄安农村地段了。周纯全刚想松一口气，抬眼发现老远又似有一道哨卡。他不放心，走到高处手搭凉棚观瞧，暗叫一声不好，又有麻烦来了！

哨卡越走越近，周纯全眉头一皱，计上心来。他悄声嘱咐大家："一齐放声痛哭，闯过哨卡。"

于是，送丧的男女老少一起大哭起来。

"太爷呀——你生逢乱世，得这种麻风病，哪里也治不好啊……"

"哇——爷呀，您没享一天福，就这样扔下我们走了……"

哨兵上前问话，谁也不搭理，所有的人只是一个劲儿地哭喊。

"爷啊、伯呀、大呀……"弄得哨兵云山雾罩，不知如何处理，只好移开路障，摆手放行。

就这样，他们闯过了道道路卡，机智地躲过敌人的盘查，把武器弹药安全地运到了鄂豫边界的革命根据地。

篇十四

巧送传单进商城

我叫卢家友，商城县人，生于1921年。我讲的故事是“巧送传单进商城”。

1928年秋的一天，父亲叫我跟他送传单进县城，父亲挑担松椏子，叫我挑两大筐松球子，传单放在里面，我挑不动，父亲就找个人挑，送到城东门槛才叫我挑，我挑起了松球子，走路歪歪蹉蹉的，走到城东门，站岗的民团兵没有盘问检查我，安然地进了城，在不远的地方，放下松球筐假装擦汗，实是等父亲。可父亲被站岗民团小头目范麻子拦住了，非要父亲放下松椏子让他们搜查身上、松椏子里面有什么东西没有？父亲没法，只好放下松椏子，让他们搜查，结果什么东西也没有。范麻子就问：你是干啥的？父亲答：是卖柴草的！又问：是哪里人？答：刘坪卢家大湾人！问：姓啥，叫什么名字？答：姓卢，名传启！范麻子歪着头斜着眼，一直看着父亲的神色有无变化。可父亲神态自若，凭你怎么搜查，怎么盘问，对答如流，毫无改色之绽。范麻子非常狡诈，总想能在父亲身上发现什么破绽似的，就让父亲伸出双手让他看，父亲毫不犹豫地伸出双手，范麻子很仔细地看了又看，摸了又摸，没有什么可疑之处，像个种田的，这才准父亲将松椏子挑进城。

这时，我那颗畏惧之心才慢慢地平静，一身惊汗也才慢慢地停出。父亲来到我面前轻声地说：毛（乳名）！你害怕啦？我说：多吓人呀！我的心怦怦地直跳，凉汗直往外冒，你要是进不了城，我怎么办呢？父亲好像若无其事地说：这怕啥！我不是也进城了吗？听父亲这么一说，我才由惊悸之心变为喜悦之情。挑起松球筐子，跟着父亲到古巷那个叔叔家，将松球子倒在地上，一卷卷传单交给了他。那位叔叔问父亲：你们是怎么进来的？父亲指着我说：就是小毛挑进来的。并将在东门发生的情况述说一遍。那位叔叔高兴地拍拍我的头，说：好样的！好样的！任务完成了。父亲和我挑起松椏子、松球子上街卖，那位叔叔送出门，微笑着挥手致意。

松桠子、松球子很快卖掉了，父亲买几斤盐，还买个大烧饼给我吃，我可高兴啦！回家的路上，父亲对我说：孩子！我们穷人要想翻身，就得跟共产党闹革命，闹革命就得有个胆子呀！以后再要你送传单，既要胆大又要心细，懂吗？这是我第一次听到父亲说：翻身、共产党、革命。因为我是个小孩，不懂父亲说的这些话，就只好嗯了一声。

快要到家了，我就看见常在我家写刻印传单的那位叔叔，依门微笑迎接父亲和我。当父亲和我来到门口时，他笑着问：你们回来的可快呀？进城门发生麻烦没有？传单送到地点没有？父亲进了屋，就将我们如何混进城，他如何从容不迫地对付范麻子的搜查、盘问，把传单安全地送到了地点的经过，一五一十地做了汇报，那位写刻印传单的叔叔，听着，头不断地点着，当他听完父亲的汇报之后，双手抱着我笑嘻嘻地说：孩子！你今天完成了一项重要的任务，表现得很好，让叔叔亲亲嘴！以后要像你父亲那样，好好地干，我们穷人才有出头之日。我说：听叔叔、爸爸的话，叫我干啥就干啥！

那位写刻印传单的叔叔是皂靴河狮子头人，中等个，字写得漂亮，跟父亲年纪差不多，后来听说他是商城地下共产党负责人呢。

1929 年 12 月，红军解放商城，后建立县区乡村苏维埃，我父亲任何店村苏维埃主席，1931 年秋跟随红一军转战大别山，至今下落不明。我当上了童子团，和小朋友们每天扛着小红棍，在路口站岗，盘查来往行人，有路条的就放走，无路条的就将其送到村苏维埃审问。

不久，共产党和红军撤走了，我因只有 12 岁，父亲不带我，母亲也不准我走，才留在当地。国民党军队重占商城后，豪绅、地主们也回来了，大肆进行阶级报复，捕杀共产党人、县区乡村苏维埃干部和红军家属。我母亲被诬为“党婆”，受罪不轻，眼睛哭瞎了，家里无法蹲了，就逃到外边帮工、当学徒，一直到刘邓大军挺进大别山，解放了商城县，我们一家才回到了老家卢家大湾。中华人民共和国成立后，我也被党和政府安排在城关合作理发店当了职工，从此过上了幸福生活。

篇十五

六次组建红军独立团

翻开鄂豫皖的革命历史，回望大别山区红军部队和地方武装的发展壮大历程，无不与一个人的名字密切相关。他叫熊先春，生于1907年，是河南省光山县殷棚乡长安村周洼人。他曾6次组建红军独立团，为大别山的红军主力部队送去源源不断的新生力量，为坚持大别山红旗不倒，火种不灭作出了重大贡献，建立了不朽功勋。

熊先春，1926年2月，在光山县殷区经熊少山、殷仲环介绍加入中国共产党，同年10月，任中共殷区支部委员。1927年3月任殷区农民武装工作组组长，5月，参加了信阳农民自卫军训练所学习。是殷区农民运动的领导之一。曾在罗南宣化店一带发动农民运动，被大豪绅、官僚世家丁印坤派出的地主武装打残右腿。但他身残志更坚，坚持发展农民武装，同地主恶霸作坚决斗争。

1927年11月，熊先春率领农民自卫队到黄安参加了黄麻起义。不久，回殷区任农民自卫军队长。1929年2月，中共光山县委建立后，熊先春历任县委交通队队长，赤卫军队长，县苏特务队队长。同年4月率赤卫军攻打黄陂站熊吉安民团，6月又率赤卫军攻打卡房黄吉安、林用之两股民团，参加了光山白沙关暴动、卡房暴动。8月率赤卫军参加了宣化店枣林岗起义，并率领光山地方武装参加了反"罗李会剿"，反"鄂豫会剿"，反"徐夏会剿"的斗争。

1930年4月，熊先春领导和参加了光山殷区起义，拉起了一支数百人的队伍，这是他第1次组建起的光山独立团，后编入罗明高领导的光山独立师。

1931年2月，熊先春根据鄂豫皖特委指示，利用他在光山、罗山、潢川一带的威望，让他组建鄂东北独立团，并任团长。在他的实战训练下，该团军政素质很高，善打夜战、恶仗，名气很大。根据上级指示，该团于当年10月被编入红二十五军手枪团，他卸去团长职务，仅带两名警卫员回到豫东南。这是他第二次重组红军队伍。

1932 年 6 月，熊先春奉命第二次组建鄂东北独立团。是年 11 月，该团又被红二十五军长征时带走。由于他的腿残，不便跟随主力部队长途行军，只好孤身一人返回家乡。但他并没有因此灰心丧气，而是走村串户，宣讲“不参加共产党领导的红军队伍，同国民党反动派真刀真枪地斗争，就没有活路”的道理，激发苦大仇深的农民子弟参加游击队。仅经过半年多的努力，他又于 1934 年 7 月第三次组建起鄂东北独立团。12 月，由少共鄂东北道委书记方永乐带往皖西，后编入红二十八军（现在仍然健在的万海峰老红军战士、上将万海峰，就是在熊先春的教导下编入鄂东北独立团，后成为高敬亭政委的警卫员）。

1935 年春，熊先春第五次组建了鄂东北独立团，5 月底又被编入红二十八军。接着，熊先春又奉命第六次组建鄂东北独立团，10 月，熊先春由鄂东北独立团团长调任鄂东北道委交通队队长。熊先春长期坚持武装斗争，身经百战，屡次负伤，腿残而行军如常，手残而枪法百发百中，一次组建光山独立团，五次组建鄂东北独立团，一直任该团团长。

总之，从 1930 年 4 月至 1935 年 10 月的短短 5 年多的时间内，熊先春相继组建起 6 个团（红一军时期一次，红二十五军时期两次，红二十八军时期三次），拉起了上万人的红军队伍，不仅为红四方面军、红二十五军和红二十八军补充了新生力量，而且由他数次组建的鄂东北独立团是红四方面军长征后鄂东北地区长期坚持游击斗争的地方武装主力之一，更是红二十八军的骨干力量。

然而，就是这样一位赤胆忠心、为革命立下大功的领导人却为党内“左”倾领导人所不容。1936 年 2 月，他因遭到“肃反”的错误蒙冤，即将处死，在众多战友劝说下被迫离队，继续在豫南开展同敌人的殊死斗争。2 月 18 日，被数百名国民党军包围，弹尽被俘，在信阳壮烈牺牲。

篇十六

小号长代替团长指挥打胜仗

历史上总是不缺将帅之才，缺的是展示军事才能的时机，以及找到展示机会的眼力，或者是可以遇到识才的伯乐，展示才能的勇气。故能够名留青史的人总是不多，只有少数人成为历史星空中的耀眼明星。历史上的名将韩信，曾受胯下之辱，是因其遇上了萧何，才得以登台拜将，施展十面埋伏之计，逼得西楚霸王自刎乌江。

我党我军历史上的名将粟裕、许世友等，皆因毛泽东慧眼识才，委以重任，才使得他们的军事才能得以充分展示，留名青史。在红四方面军西进川陕途中，也有这么一个毫不起眼的小号长，在关键时刻毛遂自荐，愿意代替团长指挥，并且取得了胜利。而这位团长也是爱兵如子，不但放心放权，为这位小号长提供施展才华的天赐良机；而且在他九死一生之时，不离不弃，把他带出雪山草地，使他大难不死，终成将才。

这位小号长，就是刘伯承的爱将、被誉为王疯子麾下“三剑客”之首的肖永银。

那是 1935 年春。

17 岁的肖永银跟随红四方面军进入了川陕，因天天行军打仗，他被莫须有戴上的“改组派”罪名被取消，从劳改队重新回到红十一师三十三团当号长(排长)，做回了他在大肃反以前的“官”儿。连续几天的恶仗，使他非常困倦，利用枪炮声暂停的时机，他在战壕里打个盹儿。突然，一阵激烈的枪声和哇里哇啦的呐喊声把他惊醒了，他一骨碌翻身爬起，揉揉眼睛，一看，呀，敌军已经快要攻上山头了！

他所在的三十三团奉命上了江油西边的大岗山，阻击敌军一个多星期，部队伤亡惨重，连营排长们伤的伤，亡的亡，眼看敌军像潮水一般往山上涌来，团长张昌厚两眼冒火，准备操起长枪与敌肉搏。就在这时，一个稚嫩的声音在他身旁响起：

“团长，你把部队交我，我给你打下去!”

团长一回头，小号长站在他面前，一双虎虎的眼睛望着他。团长一愣：你这个小娃子真有胆，你还没有领兵打过仗呢——当然，号吹得不错，可吹号能把敌人吹跑吗？团长犹豫着。

“团长，你让我打，打不下去，你杀我的头!”

小号长一点不开玩笑，焦急地立下军令状再次请求道。团长一听，眼睛倒亮了一下，平时他就很喜欢这个小鬼，这小鬼脑瓜子挺灵，说是个号长，其实，又是团长不挂名的文书和不挂名的参谋，论起用兵之道来，有时能让团长听得竖起大拇指。而且，这个小鬼是箭厂河人，与自己的故地柴山保山背湾只有十几里地，就让他这个小老乡表现表现吧。说不定能扭转战局呢。

“好吧，给你两个连，你给我把敌人打下去。”

“是!”

小号长响亮地应了一声，立即指挥着两个连从两侧向敌人猛扑过去。团长站在山头上观战，望远镜里，敌军屁滚尿流丢盔弃甲地溃退了。肖永银飞身跃出战壕，指挥队伍赶着敌人下山，一口气撵到半山腰，敌人慌乱了，满山满岭地四下逃散。

“好哇，打得好!”团长兴奋地叫道。肖永银一时打得兴起，撒开脚丫子猛追，军号在他的屁股上一蹦一跳，他边跑边射击，他的前边，跑着一个敌军指挥官，手里一柄崭新的快慢机盒子吸引着他的注意力，不提防迎面飞来一弹击中了他。他感觉有人朝着他的胸口“噗”地吹了口热气，瞬时间，整个战场停止了喧嚣，驳壳枪和敌军指挥官也最后在他眼前一闪而过……

团长暗叫一声不好！只见小号长中弹了，身子摇晃两下，就扑地倒在山坡上。

肖永银被抬了下来，团长俯身看去，小老乡苍白的圆脸上和瘦小的躯体上几乎没有了生命的迹象。团长默默地直起身子，卫生员告诉他：一颗子弹在号长的左肺上穿了个洞，从前胸穿透后背，直进直出，连弹头都没留下……

团长皱皱眉，骂了句："娘卖巴子的，光顾着向前冲，不注意防，太不要命了！"

——生命太脆弱了。假如这个叫肖永银的号兵排长死于他第一次指挥的战斗，那么，他的团长定会感到，这小鬼实在太可惜了。因为，他的这第一仗指挥得确实漂亮，团长看得出来，小鬼是个将才；如果不幸殒命，那可真像一颗流星刚在夜空划过一道炫目的光，就倏然间坠入永恒的黑暗中……

但肖永银活着。只是昏睡了三天三夜，经过卫生员的抢救，奇迹般地活过来了。

江油一战后不久，部队转移到茂州，很快就要进入雪山草地了。这时，上级下了一道命令：所有团以下的重伤员就地安排在老乡家里。快要行动，队伍往前开，担架往后抬，当抬着肖永银的担架从团长身边经过时，团长叫了一声：

"停下！"

团长两手叉腰，绕着担架一连转了三圈，望着躺在担架上昏迷不醒的小老乡，越看越舍不得丢下。恰在这时，四军军长许世友走过来了，见团长这样，不由有点奇怪，望一眼担架："谁呀？"团长歪着脑袋盯着小鬼，嘴里嘟哝一句：

"这小鬼，让人舍不得丢哇。"

许世友肥厚的巴掌往团长肩上一拍，爽朗地挥挥手：

"舍不得？舍不得你就抬上走嘛！抬上，抬上！"

军长一句话，难题解决了，肖永银被抬上了雪山草地，踏上了漫漫长征路……

三十三团团长张昌厚爱才，军长许世友偶然的一句话，竟改变了肖永银的命运。当年在长征前夕，被安排在茂州一带老乡家里的伤病员，在红军撤离后，绝大多数被搜出来惨遭杀害，极个别的幸存者，也从此脱离部队，成为游击队员或地方干部。肖永银当时伤势沉重，理应被安排在茂州附近哪位老乡家里，其后的命运就不得而知了。30 多年后，肖永银成了许世友的副手，两人闲聊，偶尔提及当年这桩往事，许世友哈哈大笑："我做梦也没有想到，躺在担架上那小鬼会是你哟！"

篇十七
电信人生铸传奇

20世纪二三十年代，虽然红军部队因经济匮乏、技术落后，指战员的文化素质普遍较差，特别是使用的武器没有摆脱冷兵器的困扰，但英明的红军决策中枢却知晓以无线电通信为主的信息技术在战争中的重要地位和作用，因而他们总是想方设法地去培养电信人才，以便在对敌斗争中真正达到知己知彼，百战不殆的效果。正是基于近现代战争的特点考虑，红四方面军总指挥部决定培养出一批精通电子信息技术的人才。耿锡祥就是其中的一位。

从游击队队长到通信训练班班长

1931年8月初，身为游击队队长兼赤卫军连指导员的耿锡祥率部在东乡打了一个漂亮的歼灭战，刚刚回到营地，区委书记汪学权就来到队部告诉他："组织上决定调你到彭（湃）杨（殷）军政学校学习。"耿锡祥问："学什么?"汪学权答道："学炮兵。"耿锡祥一听，高兴得跳了起来，说："服从组织决定。"

8月11日，年仅20岁的耿锡祥离开了与战友们日夜浴血奋战的家乡，离开了他亲手带领的游击队，经区、县介绍来到鄂豫皖中央分局军委所在地河南新集（今河南新县），并由组织部介绍到南街参谋处招待所报到。两周后，参谋处一位同志找到他，问："你是不是有点文化基础?"耿锡祥答："我从小帮人放牛，表兄们读私塾，我在放牛时经常听他们念书，我也跟着学，因而认了几个字。"参谋说："好，我们正需要认字的年轻人，组织上决定让你去新组建的通信训练队学习通信。"耿锡祥"叭"的一个立正，庄严地向参谋表态："坚决服从组织决定，我一定好好学习。"

通信训练队设在新集北街、军政学校右侧一个破落不堪的小院里，几间土房漏风漏雨，十几张桌子缺胳膊少腿。耿锡祥报到后立即投入紧张的维修筹备工作中，经过一个月的维修和筹备，训练队如期开学。学校开设有线电通信和无线电通信两个专业，全队编成 5 个班，学无线电的 10 人编 1 个班，学有线电的 40 多人，编 4 个班。耿锡祥被编在有线 1 班任副班长，后任班长，同时任训练队党委委员。训练队学习的课程很多，公共课有军事常识、政治常识、文化和公文程式、英语简语、电工常识；业务课无线电班主要学习报务，有线电班主要学习电话单机的原理构造、线路架设、话务等专业知识。

训练队的学习生活异常艰苦，每人每天只有 3 钱油，4 钱盐，大别山区冬季非常寒冷，学员们都身穿单衣，脚穿草鞋，睡木板，一块油布保暖。尽管条件艰苦，但学员们情绪高涨，凭着顽强和勤奋，在短短的两个多月内，耿锡祥学会了英文字母、简单英语单词简语、算术和公文程式、电工常识、有线维修、电话机结构原理和有线电话工作原理、线路架设集和通信组织指挥等基本知识。

1931 年 11 月上旬，红军主力南下七里坪，成立了红四方面军，并决定包围攻打黄安县城。为了迅速沟通前后方的电话联系，保证战斗指挥的通信畅通。他和电线班的很多同学被抽出来完成这项艰巨任务。按照徐向前总指挥的命令，克服许多困难，圆满地完成了迅速架通由新集军委到黄安县方面军前线总指挥部的电话线。徐向前高兴地对耿锡祥说："这次你们可帮了部队的大忙。"

深入虎穴买器材

随着部队的扩大，战斗的频繁，对扩建电台和通信器材提出了紧迫要求。可在当时特务横行、警察林立的大、中、小城市，要购买到这类"违禁"货物，何其困难。耿锡祥是黄安县人，他在四处游击活动中知晓位于黄安与大悟交界处的河口镇，正处在武汉往北的交通线上，尽管敌人对苏区和郊县封锁得十分严密，但这里却有时成了敌人失控的"真空"，加之这里的商贩头脑灵活，沿线关系畅通，说不定可以从这里下手。当他把这一想法告诉当时电信工作的负责人之一孙光明后，孙光明是个急性子，当即表示同意。于是，两人立即赶赴河口，但商贩们害怕受牵连，都不敢承接买电讯器材的事。

面对商贩的拒绝，孙、耿二人决定，自己穿过封锁线，利用这一采购渠道，到武汉去购买。他们把这一想法报告了总指挥部，总指挥部十分赞同耿锡祥的建议，决定把到武汉搞电台器材的任务交给军区特务队，并把耿锡祥调到特务队工作。

武汉当时是国民党的统治中心，表面上市场平静，贸易繁荣，实际是军警密布，特务便衣随处可见，常常在深夜对客店旅馆进行突击盘查，红军要在这里购得一定数量的电信器材，实在是充满困难和风险。特务队在花园车站东约 15 里的一个叫青石板的地方落脚后，耿锡祥带领队员进行了紧张的准备。

为了不让狡猾的敌特怀疑或识破，耿锡祥通过仔细观察分析市民和小商贩的外部特征后，要求特务队员化装成市民和小商贩的模样：或穿白色的裤褂，或戴圆形草帽，梳成“鹅头”，还练习了点头哈腰，阿谀奉承的商人习气。同时在当地党组织的配合下，物色了一名热心为红军服务的商贩。

5 月中旬，耿锡祥和特务队及小商贩一行 4 人绕开铁路，拐进靠江近堤的小巷，住进了一家商贩经常出入的小店。刚一住下，耿锡祥就急着外出了解电信器材情况，汉口的街道上“清除共党”“消灭共军”的大字标语随处可见，洋行、洋布、洋烟的“洋”字招牌分外刺眼。

一路上，他们故意装成悠闲自得的样子，大摇大摆地穿大街，过小巷，内心却十分警惕地防范着。他们还有意在江堤上买了一些小咸鱼，作为小贩采购的货物招摇过市，并有意让店主瞧见。一天深夜，果然遇上了武装巡警来查店，因耿锡祥早有准备，说自己是贩卖咸鱼的，店主也出面作保，终于平安过关。

经过几天的明察暗访，他们终于在几个电器商行把所要买的货物找到了，并仔细查看了商标、型号，包括 15 瓦、50 瓦、100 瓦的直流发电机，6 伏酸性蓄电池，各种电子管及其他元件，特别是组装 50 瓦电台的全套元件。耿锡祥向同行的商贩——做了详细交代，并付了银元，商定由商贩们出面采购并运出汉口送到青石板的特务队驻地，当这批器材全部到货后，耿锡祥马不停蹄地率领特务队和搬运队一起星夜赶回新集。没过几天，他又奉命返回特务队，通过商贩买回了电话机、手摇马达、耳机等几批器材。自此，鄂豫皖中央分局的电台迅速扩建，通讯能力迅速增强，为粉碎敌人的一、二、三次反“围剿”的胜利提供了有效的通信保障。

此后，耿锡祥参加了长征。抗日战争爆后，他调到中央军委三局机要室工作，承担起由维修组装电台到组建党中央无线电集中台的艰巨任务。他凭着坚忍不拔的革命意志和科学求实的工作态度，带领同事攻克了一个又一个难关，终于成功组建了延安无线电集中台，为党中央和毛泽东指挥全国抗日、及时了解全国各抗日战场情况提供了可靠的通信保障。

篇十八

受毛泽东委托重返七里坪

西安事变后，在我党抗日民族统一战线政策的推动下，全国人民团结抗日形势不断向前发展。1937 年 7 月，在延安抗日军政大学学习即将结业的程启文，接到通知：毛泽东要接见他们。

2 日上午，程启文跟随郑位三、肖望东和张体学来到毛泽东的住处。

毛泽东起身迎接他们，操着湖南口音说："欢迎你们。"并与他们一一握手。程启文站在毛泽东身边。毛泽东顺手拍着他的肩膀问，你是哪里人，多大年纪，参加红军几年了？程启文一一作答。郑位三向毛泽东介绍说："程启文和张体学都曾在高敬亭的手下工作过。高敬亭对他们很熟悉，很信任。"毛泽东说："那太好了，我们正需要这样的同志。"

沉默半晌，毛泽东又说："我们还有大批留在南方坚持游击战争的同志。他们在极端困难的条件下与敌人作殊死的斗争，很不容易呀!"毛泽东这么一说，勾起了程启文他们对远方战友的眷念。

"这次请你们四位来，就是派你们到鄂豫皖去找红二十八军政委高敬亭。你们四人先去，中央随后再派一些干部去红二十八军工作。"毛泽东指着郑、肖二位说："你们两个作为党中央的代表，要争取尽早向鄂豫皖区的同志传达党中央有关抗日的主张和指示。"毛泽东望了望程启文和张体学说："你们两位先行一步找到高敬亭，联络好后，再接位三、望东去与敬亭同志会合。"接着，毛泽东又讲了程启文一行到红二十八军如何开展工作和注意事项。程启文聆听着毛泽东的教导，认真地默记着他的每一句话。最后毛泽东问："你们还有什么要说的，大家都说一说。"大家都一致说："坚决按照毛主席的指示，做好工作。"毛泽东高兴地说："今天就谈到这里，祝你们工作顺利，一路平安!"

午后，程启文和郑、肖、张三人讨论毛泽东的指示。程启文心想，毛泽东交给的任务太重要了，为什么让我这个小干部去执行呢？程启文就问郑位三："我去能起多大作用?"郑位三说："红二十八军与党中央长期失去联系，必须有一两个高敬亭所熟悉和信任的同志随我们一起去。你与张体学都在高敬亭身边工作过，是他最熟悉的、信得过的人。你和体学同志去最合适了。"

8 月上旬，程启文和张体学跟随郑位三、肖望东一行，几经辗转，到达南京八路军办事处。叶剑英接待了他们，并给他们开了到安徽六安督办公署的接洽信和相关手续。数日后他们到达六安督办公署、国民党的一个处长说，红二十八军三天前在岳西同国民党军队达成停战协议，开始向七里坪、宣化店集结。得知这一消息，他们立即上路。经正阳关、三和尖、固始县到达潢川。

第二天，程启文和张体学换上雪白的学生装，兴致勃勃地从潢川出发，经新集直接走到了七里坪。七里坪对于他们两人来说太熟悉了。这里既是他们的故乡，又是曾经战斗生活过的地方。看到那巍巍天台山，涓涓倒水河，心情难以平静。正当他们感慨万分之时，几个红军战士走来。他们见程启文两人一身学生打扮，觉得新鲜，便问："你们来这里干什么，找谁?"程启文忙上前跟红军战士打招呼，请你给高政委打个电话就说，"葫芦"和"富农"来了（"富农"是程启文的化名，"葫芦"是张体学的化名)。高敬亭接到电话后，高兴极了，让他们迅速去蔡家祠堂会面，到了蔡家祠堂，程启文远远地看见高敬亭正大步流星地向他们迎过来，连忙立正，准备向这位分别了 3 年的老首长敬军礼。没想到高敬亭却一把就将他俩紧紧抱在怀里，左看右看，上下打量，笑着说："都长大了，长高了!"说着，就把他俩拥抱着进了门。

程启文把一封密写的信递给高敬亭，还交给他一瓶碘酒。高敬亭一看这瓶碘酒，赞赏地说："中央领导同志和位老想得真周到呀!"程启文说："郑位三同志让我们先来与您联系上，然后再到潢川去接他们。"高敬亭问："中央一共派了几位同志到这里来?"程启文说："一共来了 5 位同志，以后中央还要派其他同志来此工作。"高敬亭兴奋地说："太好了，今晚我们 3 人好好地叙叙旧事。"

正说着，一个干部把高敬亭叫出去。高敬亭回来时说："你们的介绍信还没显现出来，不过这没什么，我是相信你们的。"程启文怕高敬亭生疑，朝张体学腰间捅了捅示意。张体学连忙从衣包里取出一把扇子，高敬亭一看扇子上的题字，就认出是郭述申的笔迹，放心地说："好哇，你们真有心眼。"程启文笑着说："高政委，如果不是我们先来联系，要是换个不相识的人，你打算怎么办?"高说："要是换个人，我不会杀他，也要把他关起来。"3人相顾，一阵大笑。高敬亭笑罢，认真地说："这是没有办法的办法，我们的斗争太复杂。"革命战友久别重逢，谈着谈着，不知不觉，东方已露出鱼肚白。随着一阵阵嘹亮的军号，指战员们迈着整齐的步伐出现在训练场上。高敬亭派张体学带一个分队去潢川接郑位三、肖望东；让程启文留在七里坪，协助皖西特委书记何耀榜同国民党谈判代表刘刚夫打交道。程启文感到肩上的担子沉甸甸的。

9月下旬的一天，在七里坪镇南头的场地上举行了军民祝捷大会，欢迎八路军出师抗日，首战取得平型关大捷。会上，郑位三分析了全国抗日战争的形势，传达了党中央关于国共合作的指示；布置了红二十八军将要改编整训、东进抗日的任务；表彰了红二十八军坚持三年游击战争所作出的巨大贡献；号召大家在新的历史时期更加紧密地团结起来，打败日本侵略者。他的讲话让全体指战员扬眉吐气，信心百倍。

不久，延安派来30多名干部，协助高敬亭同志对红二十八军进行整编。将部队改编为新四军第四支队，高敬亭任支队司令员，下辖七、八、九团，手枪团，特务营，教导队。1938年2月，四支队主力东进后，我党在七里坪设立了四支队留守处，郑位三、肖望东带领程启文留下处理一些善后工作。虽然留守处干部和警卫战士不足200人，但国民党顽固分子却天天在制造摩擦，非把这支小队伍撵走不可。郑位三觉得此地不能久留，便派程启文到汉口八路军办事处去请示。

4月18日，程启文来到武汉，把郑位三给周恩来的信交给办事处处长钱之光。19日清早，周恩来和钱之光接见了程启文。周恩来紧紧握住程启文的手说："你就是程启文同志，这次又辛苦你了!"

程启文感到十分吃惊。他心想，周恩来怎么会知道我呢?原来，半月前程启文来办事处，正好200多名东北军伤病员与溃散人员从抗日前线转到汉口，无处安置。钱之光经过请示周恩来，叫程启文把他们带到七里坪治伤。岂料国民党顽固派在途中设卡，纠缠不放。程启文经有理有利有节的斗争，终于将东北军伤病员带到了七里坪。东北军伤病员给周恩来写信，感谢程启文。

程启文不好意思地赶忙说："不辛苦。"

周恩来说："这次又辛苦你了，你必须立即回去。"说着，便把一封亲笔信递给程启文，交代说："位三同志的信我看过了。请你回去告诉他，七里坪的新四军四支队留守处必须立即撤离，撤离了对我们有利，对抗日形势有利。"他用深邃的目光看着程启文说："七里坪是大别山的门户，是鄂豫皖苏区的中心。我们现在的'朋友'，曾在这个地区同你们进行过较量。现在一支公开合法的新四军队伍在这里继续活动，他们总会感到如鲠在喉，特别是位三同志目标很大，他们是不会容忍我们存在的，总想千方百计地整掉我们。你这次回去后，告诉同志们要切切记住这一点。"

情况紧迫，程启文又马不停蹄地返回七里坪，向留守处的同志，转达了周恩来的指示，留守处结合实际情况，迅速将留守处迁出七里坪。从而避免了与国民党顽固派的摩擦。

（文/彭海华）

链 接

程启文少将

程启文（1915—1994），湖北省红安县人。1929 年参加中国工农红军，1932 年加入中国共产党。土地革命战争时期，任红二十五军第七十三师第二一七团总支书记。抗日战争时期，任新四军第四支队政治部总务科科长，新四军江北指挥部独立第四团副团长，新四军第二师第四旅第十团副团长、团长，淮南军区路东军分区来（安）六（合）支队司令员，第二师第四旅第十二团团长。解放战争时期，任东北松江军区哈东军分区参谋长，哈北军分区副司令员，东北民主联军独立第七师副师长，第四野战军第三十九军第一五二师副师长。中华人民共和国成立后，任广西军区玉林军分区副司令员、师长、副军长，解放军体育学院副院长，湖南省军区副司令员、顾问。1961 年被授予少将军衔。

篇十九
一身是胆的“当代赵子龙”

1931 年深秋，随着中共鄂豫皖首府定址新集（今新县城关），位于新集北端的八里畈洋溢着浓厚的革命氛围，特别是由 30 多名儿童组织起来的童子团队伍，手持木棍，为保卫苏维埃站岗、放哨、查路条、贴标语，还往返于新集传递信息，配合红军作战护送伤病员。担任这个儿童团团长的少年就是张体学。

然而，志向远大的张体学并不满足于当个“孩子王”，他要参加红军上阵杀敌。好在他个子高，有把子力气，多次在护送红军伤员转送到地方医院的过程中表现突出，先后入团又入了党。第二年 8 月，他如愿以偿地参加了红军，被编入红二十五军独立营当战士。1933 年 9 月，他所在的独立营在向鄂东北转移时，遭敌截击，被迫退返皖西，随后被改编为八十四师。随后与皖西的八十二师合编为红二十八军。由于张体学机智勇敢，人又长得英俊，很受军长徐海东的喜爱，就调他给自己当贴身警卫员、交通员。那时，部队没有专职的后勤机关。军部的银元等贵重东西都交给张体学管理。因此，无论是行军打仗，还是野外宿营，张体学除了腰挂手枪和手榴弹外，还要斜背着两条长形布袋。一条装粮食，一条装银元，而他背负的两个袋子装的全是银元，这是红二十八军军部掌握的公款。

1934 年 3 月，根据鄂豫皖省委指示，红二十八军向豫南转移，以便与吴焕先率领的红二十五军合编。当徐海东率部向豫南转移时，又遭到国民党正规军和民团数倍兵力的突然袭击。有一部分敌军，还包围了红二十八军的军部，形势十分危急。当时，军长徐海东亲临前线，指挥部队突围。经过浴血奋战，到天黑时，大家终于冲了出去。可第二天早晨，部队在豫皖交界的高山寨清点人数时，首长和同志们才发现：背着两袋银元、带着两支驳壳枪的张体学失踪了。

“哟，他是不是没冲出来啊？”

“这，你莫担心，他那个机灵劲，就是天罗地网也能钻得出来的！”

“这儿离他的老家槐树湾不远，家里又有老娘老爹的，该不会溜回去吧？”

“那不得，那不得！”

“难说呀，又是银元又是枪，回去能发大财呀！”

“混账话！”好多人争着说：“别人不敢讲，张体学我敢担保：一不怕死，二不贪财。只要他没牺牲，肯定会回来的！”

可是，一天过去了，张体学没赶回来；三天过去了，他仍然没回来，好多人在行军途中，不断地往回望：张体学呀，张体学，你在哪里？就是平素最喜欢他、最相信他的徐海东军长，现在也不断念叨：这小鬼，该不会出事吧？军部需用的款子都在他身上啊！

那么，张体学到底冲出包围圈没有呢？在突围最激烈的时候，他一面背着两袋子银元，一面提着驳壳枪，利用地形，边射击边巧妙地迂回前进，眼看就要突围出去了，忽然离他不远的一个战士受伤倒地。他连忙跑过去，为这个战士包扎，并掩护别的同志把伤员抬走。在这一瞬间，敌人一窝蜂地冲了上来，他立即向敌群甩了颗手榴弹，迅速背起两布袋子银元，钻进了密林。等大批敌人撤走，他出来一瞄，自己的队伍不知往哪里去了。

一连几天，张体学独自一人，背着沉重的担子，沿着羊肠小道，在大山里寻找自己的队伍。渴了，到沟涧里捧几口水喝；饿了，寻棵野柿子树摘几个麻嘴的柿子充饥。为避免暴露目标，山下平坦的大路他不走。布袋里的银元，他也一个不动。这是徐军长和全军同志交给他保存的伙食啊。

一天黄昏，正在行军的红二十八军指战员，忽然个个都朝左侧的山洼里瞄：一个黑点，不，一个人，还是一个背着袋子的人，正跌跌撞撞地奔来了。哟，他摔倒了；看，他又站起来了，匆匆地向队伍赶来了，赶来了……

“乖乖，是小张！”“是张体学！”

“我说他一定追得上吧，怎么样？”

“真有股狠劲呢，这小家伙！”

当大伙迎上去接他时，他一下扑倒在同志的怀里。这个青年人已经好几天没吃一口正经粮食，没睡一个囫囵觉了。

身材魁梧的徐海东走到张体学的面前，见他又累又饿又黑又瘦的样子，既心疼，又大受感动。他把周围的同志叫在一起，大声地给大家讲了一个故事。

他说：三国时期的刘备有个爱将名叫赵子龙，他为了救出刘备的儿子，大战长坂坡，单枪匹马地反复杀进曹营，如入无人之境。曹操的数十万人马奈何不得，任其杀出重围，救走阿斗。诸葛亮多次赞扬“子龙一身都是胆!”我们的张体学像不像赵子龙呀？我看他就是“当代的赵子龙——浑身是胆啊”!

链接

“张体学真是个难得的好官、清官”

张体学在湖北省主政多年，公私分明，清正廉洁，决不收人钱物。“文化大革命”中，造反派贴出打倒张体学一人多高的横幅标语“张体学是老虎屁股也要摸一把”。他们成立专案组，兴师动众，内查外调，但硬是摸不到他的丁点反面材料，更别说是什么贪赃受贿，连占公家便宜的事也没找到一星半点。造反派可以打倒他，但对他这个“走资派省长”的人品却也不得不暗自叹服。当年湖北省造反派一号头头朱鸿霞就曾亲口对人说过“张体学真是个难得的好官、清官”。

有一位曾在湖北山区任过副专员的老人讲过张省长唯一的一次“收礼”情况。他说：“那是我来省里参加一个小型的座谈会，散会后，体学省长叫住了我，问我脚上的草鞋是买的还是自己打的？这双草鞋是我临来开会时在农村集市上买的，便宜得很，是用牛皮和一种很有韧劲的草编的。他低头看了半天，说这草鞋打得不错，比他在战争年代穿的草鞋要结实得多，也好看得多。我开完会回去后，就又去集市上买了两双草鞋，托人给体学同志捎了去。来人回来，给我带回一罐泡菜，说体学省长说了，不能白要我的草鞋，这是自己家泡的泡菜，送我一罐尝尝。”

篇二十
皮旅突围显神威

在中国历史上，素有“得中原者得天下”的说法。正是因为中原解放区活跃在中原地带，威胁到国民党统治的武汉、南京，成了蒋介石的心腹之患。于是，1946 年 6 月，在国共停战谈判期间，蒋介石就调集了 11 个军 26 个师，30 余万人的正规部队，构筑起 6000 余座碉堡，将中原军区 6 万之师团团围困在以宣化店为中心方圆不足 50 千米的狭窄区域内，妄图速战速决，一举歼灭。

一时间，中原一带战云密布，形势万分危急。在这种情况下，中原局遵循党中央、毛泽东提出的“立即突围，愈快愈好，生存第一，胜利第一”的电嘱，决定主力分左右两路于 6 月 26 日开始，向西突围；由第一纵队第一旅伪装主力，向东佯动，掩护主力向西突围后，根据实际情况选择方向自行突围。这个第一旅又称皮旅，旅长就是皮定均。

24 日，中原军区副司令员兼第一纵队司令员王树声将第一旅旅长皮定均和政委徐子荣叫过来，对他们说：“主力今晚开始向西行动，你们赶快回去布置，要用一切办法拖住敌人、迷惑敌人，使敌人在三天内弄不清我们主力的行动方向。主力越过平汉路，就是突围的初步胜利，你们掩护的任务就完成了。至于你们下一步的突围方向，有三个去向，一是西追主力，二是就地打游击，三是到华中苏皖解放区去。到时候，全凭你们自己拿主意了。”

说白了，这就是要丢卒保车，宁可牺牲该旅，也要确保掩护军区主力突围。这无疑是一项艰巨的重任。当时皮旅的防区白雀园位于中原解放区的最东面，是国民党军进攻的重点，是保障主力西撤的屏障。皮定均凭着赤胆忠诚和雄才大略，率领皮旅开始了抗击敌人的阻击战。他部署部队构筑阵地，加固工事，调拨弹药，储备干粮。为造成敌人的错觉，抽出一些部队黑夜秘密向西转移，白天又向东开进，制造部队正向东集结的假象，把敌人的注意力吸引到东面来，以掩护主力西进。

因此，敌军判定中原军区部队将向东突围，便在东面张网以待。敌军等了两天，不见解放军突围，乃于 26 日向皮旅阵地发起猛烈进攻。皮旅指战员依托工事顽强抗击，为主力部队的突围赢得了宝贵的时间。

掩护主力的任务完成了，皮定均这才开始考虑“皮旅”的突围问题。四面都是敌人，皮旅到底该何去何从？一是西追主力部队，但与主力前进方向一致，很容易暴露我军总的意图，于大局不利；二是就地分散、上山打游击，但也不能从根本上调动敌人；三是向东突围到华中苏皖解放区去，这样才能从根本上减轻主力部队的压力。即便是在自己生死存亡的危急关头，皮旅首先考虑的仍然是大局！于是，出乎敌我双方的预料。皮定均最终选择了一条危险最大、困难最多的突围路线——东进！

东进刚开始，皮定均又一次巧施疑兵之计，先虚晃一枪，佯装追随主力向西急行军 20 公里。在敌人大举向西追击他们时，“皮旅”又突然折向东南，顺利地进入大别山腹地。紧接着，又人不歇脚、马不解鞍，以连续作战的毅力和顽强作风，强越松子关、智取青风岭，胜利地走出大别山，进入坦荡的皖中平原。

然而，迎接他们的并非坦途，而是敌人的 3 个正规师、十几个保安团，正张网以待，妄图利用有利地形消灭他们。“狭路相逢勇者胜”，皮旅又以迅雷不及掩耳之势，血战津浦路，击退多路合围之敌，冲破了敌人的最后一道封锁线，于 7 月 20 日胜利到达苏皖解放区盱眙根据地。至此，历时 24 天，经过大小战斗 23 次，跨越河南、湖北、安徽、江苏四省行程达 750 公里的皮旅中原突围圆满画上句号。

皮旅突围前有 7000 人，最后仅以大约伤亡 300 人、安置老弱伤残 1700 人的损失抵达苏北，抵达后还有 5000 人。在整个突围过程中，该旅基本上是处于孤立无援的险况，加上补给相当困难，有时一天只有一顿饭，有时仅前卫部队有点饭吃，后部队只能从老乡那里买些生瓜果、玉米充饥。除了打仗就是强行军，特别是皖中平原的五天五夜强行军，部队是边走路边睡觉休息的。在挑战人的生理极限时，许多干部战士宁可拼命牺牲也不想多走一步了。在这种情形下，不怕疲劳比不怕死更难做到。

由于皮定均在中原突围中作出特殊贡献，展示出非凡的指挥和应变能力，在1955年的评定军衔时，论资历皮定均只能定少将，毛泽东说："皮有功，少晋中"，结果，被授予中将军衔。1969年，在党的九大期间，毛泽东同皮定均谈话，在讲到著名的"一不怕苦，二不怕死"这句口号时，特别强调说：如果怕苦怕死，革命是搞不出什么名堂来的，就要有像你们中原突围时那种冲锋陷阵的拼命精神。

链　接

皮定均将军：爱兵如子，治军严明

皮定均将军不仅英勇善战，而且在严肃军纪方面也极具传奇色彩。

据原南昌步校副校长刘炳耀回忆，1964年，福州军区某师一个团由于管理不严，一名通讯员擦枪时不慎走火，将一名战士打死。时任福州军区司令员的皮定均弄清情况后，责令该师长和团长等师团干部抬棺为战士送葬，并按级给有关人员以纪律处分，还将情况通报全区。皮定均说，战士的父母把子女一把屎一把尿拉扯大，不容易呀！又把他们送到部队保家卫国，切不可因为我们工作中的失误而造成不应有的牺牲。

还有一次，某师发生了一起翻车导致战士身亡的事故，师长、政委为此写的检讨有10页纸之多。皮定均看后，对秘书说："通知他们，战士丧事一定要办好。师长抬棺材，政委致悼词，并将事故通报全区。"

秘书有些犹豫："首长，师长、政委都是老八路，我看这检查写得蛮深刻……"

皮定均毫不客气地说："检讨有什么用？检讨再好也只不过是一张擦屁股纸！不生孩子不知疼，老乡把孩子从小养大，一把屎一把尿地养大多不容易！"

皮定均之所以坚持这样做，就是要使出事故部队的主要领导有刻骨铭心的切肤之痛，让全军区领导干部思想上真正受到震动，并引以为戒，杜绝事故的再度发生。这件事使全军区指战员深刻感受到，皮将军是一位爱兵如子，治军严明，军政兼优的指挥员，是思想政治工作的大师。

第四章 红色少年　光彩人生

链接

张池明将军诗及书法一瞥　（篇四）

“三怪”将军戴克林　（篇六）

“蛮子”将军戴克明　（篇六）

篇一

钱钧找党

在半封建半殖民地的旧中国，大别山区的劳苦大众深受帝国主义、封建主义和官僚资本主义三座大山的压迫，过着缺吃少穿、牛马不如的悲惨生活。尽管有不少仁人志士、英雄好汉扯旗造反，但包括孙中山领导的辛亥革命都没有成功。自从1919年爆发了五四运动，把苏俄的十月革命消息和马克思列宁主义传播到中国大地，进而于1921年诞生了伟大的中国共产党后，才使中国革命的面貌焕然一新，也才使广大的中国人民看到了中国的光明与希望，找到了翻身解放的出路。因而，找党，已成为那个年代无数的穷苦百姓特别是革命青年的梦想与追求。

本文在这里着重讲讲少林弟子钱钧找党的故事。

钱钧，原名钱运彬，1905年出生在光山县殷棚乡土楼村一个贫苦农民家庭。10岁起就开始给地主岳老六家放牛，经常受到地主老婆的无端打骂。有一年天旱无雨，岳老六竟然把钱钧的妹妹当作送子娘娘的“玉女”，淹死在河里。钱钧一气之下，抄起一把斧头砸碎了“送子娘娘”像，这下子闯了大祸，在那个封建迷信盛行的时代，还犯下了众怒。家里是待不下去了。于是，他偷跑到湖北省宣化店，在一家临街的画店里给一位老画家做饭、扫地、洗衣服、倒尿壶。有时，也跟着画家学画孙悟空大闹天宫、狐狸大仙救苦解难、岳飞精忠报国。画着画着，他眼前总是出现本村岳老六欺压穷人的狰狞面孔，妹妹被扔下河时的哭喊。他想，要报仇雪恨，光习文不行，一定要练武。

他听说登封县（现为登封市）有个少林寺，里面有千名和尚能飞檐走壁，刀枪不入，用一个指头就能把人点死，用两个指头就能把人的喉管捏断。他听得如痴如醉，心想：若能学到少林武艺，非把天下所有的岳老六捏死，看谁还敢欺负穷人。

耳听是虚，眼见为实。刚满13岁的钱钧告别画师，辗转月余，终于找到了古树参天的少林圣地。时值隆冬，但见几个和尚围起来烤火，碗口粗的木头，他们用手劈去就如刀砍一般；又见几个武僧练习棍法，前打后挑，舞得虎虎生风。钱钧看得出神，拍手叫好。经软磨硬缠，老方丈终于收留了他。自此，他便跟着师兄弟们从基础功夫练起，不仅学会了舞刀弄枪和提纵术，而且掌握了狮子吼和朱砂掌两门功法，5个春秋的艰苦磨炼，他已由瘦骨嶙峋的孩子变成膀宽腰圆武艺高超的男子汉。

很久没有回家了，他惦记着年迈的父亲和哭瞎眼的老娘。他多想回家看看，找岳老六报仇雪恨，可一想到岳老六有民团护卫，真刀真枪，纵使自己有一身功夫，但双拳难敌枪弹，不是人家的敌手，而且搞不好会牵连父母。咳！穷人的出路在哪里？

老方丈早已看出了他的心思，有一次，似有意对他指点迷津地说："钱钧啦，听说武汉在闹红呢。好像有共产党人在领导农民造地主豪绅的反，热闹得很呢！"真是一语惊醒梦中人。他等不及与方丈和师兄弟们道个别，便趁夜从后门溜了出来，边走边问，几天的工夫便来到了汉口。

第一次看到这么大的城市，他既兴奋，又感觉茫然。到哪里去找共产党呢？无巧不巧，一天他在江岸溜达时，正好碰上在董必武创办的武汉私立中学读书的同乡殷仲环。殷仲环见这个小老乡长成了大小伙子，鼻直口方、威武雄壮，觉得他将来一定有出息，便介绍钱钧在汉口一家翻砂厂当工人，先定居下来再说。不久，随着他们的关系越来越密切，钱钧把来武汉找党的事给他说了。殷仲环大喜过望地说："老弟呀，你算找对人了。你知道我们学校的校董是谁吗？回头我领你去见见他。"

1924年冬的一个夜晚，殷仲环与同乡熊少山、杜彦威三位同学领着钱钧到武昌城西北角涵三宫（武汉中学）（有说是在大悟县）去拜见董必武。当时的董必武40岁出头，脚穿浅口布鞋，身着灰色长衫，外套一件黑布马褂，头顶上的瓜皮小帽上还缀着个红色小疙瘩。最突出的是他嘴上那两撇儿胡子修剪得齐刷刷的，很像个教书先生。

殷仲环见董必武的办公室亮着灯光，便走近去敲门，并喊了声"报告"。董必武正在伏案疾书，回应一声“请进”！待他们推门进室后，董必武见是他们几个学生，便高兴地说：“你们即将毕业了，返乡后要学用结合，有所作为啊！”紧接着，盯着钱钧问：“这位小伙子是谁呀？”钱钧赶紧俯身向董必武行了个 90°的鞠躬礼，回答说：“晚辈钱钧，与他们三位兄长是同乡。”

“呵呵！‘老乡见老乡，两眼泪汪汪。’黄安与光山山水相连，我们也是老乡呢。”董必武上下打量了一下钱钧，和蔼可亲地说：“你到我这里来是想读书吗？可惜啊，当局不让继续办了，我恐怕在武汉也待不住了。”

钱钧是个直性子，也没有社会经验，不等几位老乡说明来意，他就心直口快地说：“我是来找党的，你是共产党的头吗？”

几位兄长虽然已在学校加入了共产党，但让钱钧这样毫不掩饰地道明来意，还是吃了一惊。

“哈哈！”董必武很喜欢这个直言不讳的小伙子，笑着问：“你为什么要找共产党呢？”

“我听说共产党是穷人的党，领导穷人闹革命，要打倒地主土豪，给穷人分田分地，谋幸福的。所以，我也想参加这样的党。”

董必武望着小伙子坚毅的目光，点点头说：“小伙子，你有追求、有愿望、有志向，这是很好的，值得称道。但你要参加共产党，确是有条件的呢。譬如说，要守纪律，保守党的机密；要服从组织分配，听从党的指挥；要不怕苦、不怕死，危险时刻冲得上去呢。特别是要有为共产主义事业奋斗终身的思想准备和行动表现，你做得到吗？”

“保证做到！”钱钧语气坚定地回答说：“我给地主放过牛，受过压榨，对敌斗争坚决；我还在少林寺习过武，不怕吃苦，更不怕死！”

“那你现在从事什么职业呢？”董必武问。

殷仲环接过话回答董必武说：“我已介绍他到汉口翻砂厂当工人呢。”

“啊，好哇！工人阶级的一员嘛，离共产党更近了。”董必武接着说：你在砂厂做工，不但要学好技术，干好工作，还要积极参加厂里工会组织的各种活动。说不定那里也有党的组织活动，你要在厂里自觉接受党组织的考验。

时间不早了，离砂厂的居地也很远。钱钧依依不舍地走出董必武的办公室，在返回的路上，三位兄长又给他讲了很多革命道理，灌输了马克思列宁主义，直接送上了江边的轮渡。董必武和三位兄长的话像一股温暖的春风，滋润了钱钧的身心，又像是在黑夜里的一盏明灯，照亮了他前行的方向。

自此，钱钧不仅与砂厂的工会和党组织取得了联系，而且董必武在指导黄麻地区开展革命活动时，也让钱钧去送信，找人，下通知，当警卫。董必武的言传身教，使钱钧的思想境界有了质的飞跃。

1927 年，有人下令要武汉工人纠察队把所有武器全都交给国民党。当时钱钧是纠察队的小组长，发了一支匣子枪。枪是穷人翻身的命根子，要命一条，缴枪不行。钱钧跑去见董必武，表示死也不缴枪。董必武点头表示赞同。

这天夜里，钱钧拿出事先准备的一把剃头刀和十几斤草纸。他先把草纸分成几叠，按照匣子枪的轮廓，用剃头刀在纸上刻出像枪那样厚的一个深槽，把枪放进去，再用纸盖严，四周弄得整整齐齐，然后用绳子捆好，一点儿也看不出破绽。20 发子弹也是用这个办法藏到了纸里去的。为了掩人耳目，他借了一件长衫和一顶礼帽穿戴起来，就这样大摇大摆地从门岗的眼皮底下走了出来。第二天，董必武得知后十分满意，称赞他机智勇敢有胆识。就在这一天，董必武告诉他一个地点并规定了一个日期，让钱钧前往。

钱钧的心像燃烧的杜鹃花一样火热。他翻山越岭，长途跋涉，终于在鄂豫交界的河口村的一间茅屋里找到了董必武。

吃过饭，董必武很郑重地说："共产党的事业，不是三年五年，也不是十年八年，也可能是我们一辈子都完不成的事业。你有信心吗?"

钱钧点了点头。

"当党员，干共产党的事，是要把脑袋别在腰带上的，随时要做好流血牺牲的准备。你怕不怕?"

"不怕!"钱钧坚决而有力地回答。

"那好!"董必武满意地笑了。接着，董必武小心翼翼地把夹在书里的一张半身列宁像拿出来贴在墙上，把一面镶有镰刀和锤头的党旗挂在列宁像的上面。看到这庄重的场面，钱钧知道，马上就要"拜列宁"了，拜了列宁就是党员了。多少个日日夜夜想着要"拜列宁"、在党旗下宣誓，这个庄严时刻终于来到了，钱钧的心里因激动而“扑腾扑腾”直跳。

董必武向钱钧讲述了党员的义务和权利后，庄重地站在列宁像和党旗的左边，要钱钧成“立正”姿势面向列宁像和党旗站好，然后两人举起右手庄严地向党宣誓：“牺牲个人，服从组织，严守秘密，永不叛党！”

董必武放下右手走上去握住钱钧的手激动地说：“祝贺你，钱钧同志。从现在起，你就是中国共产党的党员了！”

钱钧紧紧地握住董必武的双手，禁不住泪如泉涌，放声痛哭。

篇二

“红小鬼” 参军的故事

1929 年至 1930 年，是鄂豫皖红军大发展的时期。除了军队人数呈几何级数增长外，还有一点最为宝贵，就是部队招收了一批红小鬼，这群小细伢在徐向前总指挥的培养教育下，几年后成长为红四方面军的军师级骨干，中华人民共和国成立后，他们的最低军衔在少将以上。

这群红小鬼除了年龄小、机灵外，还有一个共同的特点就是意志坚定，他们都是主动投军，一次、两次甚至三次、四次，有的干脆要泼赖在部队上。为了达到目的，他们使出了各自的独门法宝。本文综合有关材料，分别讲述他们报名参加红军的绝招。

故事一：王宏坤参军靠“赌”

王宏坤，原名王宏春，1909 年 1 月出生，湖北省麻城县乘马岗石槽冲人，为王树声堂弟，创建人民海军的领导人之一。1955 年被授予上将军衔。

王宏坤，一生充满传奇，他不识字却精通军事，不嗜赌却技可通神。1927 年他作为王树声领导的麻城农民义勇军队员参加了黄麻起义。在起义失败后逃难的将近一年时间里，三次靠参加赌场赢得赌资，为寻找部队筹集了经费。

他在《我的生涯》回忆录中写道：

有一天夜里，我到一个村子里去联络战友，为了掩护，我也拿出 500 钱装作是来赌博的，500 钱分五注下着，我当时想，即便输了也只有这 500 钱。真是奇怪。我下一注赢一注，下一次赢一次，连续赢得好几块。我到另一个村，同样是为了联络，这里同样有赌场，自然也参加了一会儿赌博，连续换了十几个地方，结果连续赢得了数十吊。

1927 年年关，王宏坤从赢来的钱中拿出一部分给母亲，告诉她：“我在家乡待不下去了，我们几个人合计好了，先到外面投军，学些本事后回来报仇。”母亲急得直哭，不知所措。拉着王宏坤的手说：“儿啊，你父亲参加农会后被通缉，下落不明，现在你又要寻找部队，叫我和你的几个小弟弟怎么生活？”

“天不生无路之人，一颗露水养一棵草，日子总是要过下去的。”王宏坤说，“我们会活下去的，你们也要咬牙熬过去，大不了你带着弟弟们去讨饭。”

王宏坤与伙伴们离开家乡，来到汉口，参加了桂军的一个部队，参加了几个月新兵训练和实战，学习如何掌握枪械知识和射击要领，如何爬山过河和野外生存，如何利用地形、地物，如何安排前哨、尖兵等战术。王宏坤不识字，但是人特别聪明，不仅个人军事素质过硬，也粗略地掌握了练兵的基本方法。

新兵训练结束后，王宏坤随着桂军四处清剿。在沔阳，他的赌技再次大显神威。

沔阳这个地方比较繁荣、富裕，一些地主豪绅为了保住家产，纷纷组织武装，不少人带着钱款到队伍上采购武器，而队伍上不论军官、士兵，每到一地摸牌赌博是常事，所以当兵的和地主们在一起赌的事不少。王宏坤当兵 8 个月，刚发了 8 个月的薪饷，共 8 块钱。他拿出 5 角钱去赌，心想赌赢了可以做开小差的盘缠，输了，也不可惜。结果，赌了一夜，他赢了 100 多块，同桌的还有他们的排长，他们搞了假家伙，将两个准备买武器的地主输得精光。不久，队伍移防汉川。在一次赌博中，王宏坤又赢了 100 多块大洋。

赌技既给王宏坤带来名声，也招来杀身之祸。一天，连长把他叫到连部，阴着脸，问：“听说你赌博？”

“是。”

“赢了多少？”

“五六十块。”

“就这么点？我听说你一赢就是上百，场场不落，手手不空。你知道吗，赌博是军队明令禁止的。”连长开始召唤卫兵。

王宏坤急中生智，忙说：“连长，我知道赌博是不对的，而且这么一笔钱放在我身上更加不该，这样吧，这些钱我存在您这里。”

“存在我这里？”连长一愣，想了想，说，“也好。”

王宏坤察觉到了危险。不仅连长盯上了他，连里的几个排长、班长“欠”了他的钱，心里恨得痒痒的，劝连长用“军规”除了他。

一天夜里，王宏坤开小差逃出了军营，悄悄回到家乡，母亲又惊又喜，一位远房奶奶拖着小脚跑来告诉王宏坤：“游击队就在山上，你哥（王树声）要你快去。”

王宏坤按照她说的地点，找到游击队，王树声见到他，高兴地说：“终于把你等来了，不要走了。”

王宏坤回到部队后，很快显示出练兵带兵的军事才能，从班、排、连、团、师长，一直做到红四方面军的军长。

故事二：陈锡联参军靠“哭”

陈锡联与李先念同为黄安县高桥区人，两人为前后湾，相距不足半里地。陈锡联出生于 1915 年，比李先念小 6 岁。12 岁那年，陈锡联带路锄奸，表现出过人的胆识，令李先念对这位小老乡刮目相看。

那是 1927 年的一个冬夜，黄安县城失守后，李先念带领游击队准备锄杀高桥反动联庄会头目陈芝斌。陈芝斌是陈锡联的远房叔叔，不仅在乡里为非作歹，还经常欺负陈锡联母子，嫌他们讨饭丢人。有次陈母还了句嘴，便被毒打得下不了床。李先念最初的想法是让陈锡联的母亲诱门：“你去敲门，就说是借粮，他不会怀疑。”

“我去！”陈锡联一骨碌从床上爬起来，“我是细伢，敲门他更不会怀疑。”

李先念从腰里抽出一把寒光闪闪的杀猪刀，吓唬道：“我们是去杀人，白刀子进去，红刀子出来，你不怕？”“你肯让我动手吗？”

李先念摇头：“你太小，杀不了人，你的任务就是骗他开门。”

陈锡联家里穷，冬天还光着脚丫。他带着游击队员来到陈芝斌宅院前，“咚咚”地敲门。

陈芝斌警觉地问：“谁呀？”

“我，联娃。家里揭不开锅了，姆妈要我来借点米。”

“穷鬼，天天借，是金山也会掏空。”陈芝斌边骂边开门，门一开，李先念的刀就捅了进去，陈芝斌立刻毙命。

陈锡联产生了投奔红军的念头。母亲哭着劝道：“锡娃啊，你3岁时父亲就去世了，家里只有两个姐姐、一个弟弟，姐姐胆小，连讨饭都不敢，弟弟才八九岁，家里只能指望你了。你走了，我们怎么办啊？”

为了防止陈锡联悄悄溜走，每天夜里，陈母盯着儿子，等他睡着了自己才躺下，这样还不放心，又将一根细绳一头拴在儿子的手腕上，另一头握在手中，只要儿子一动弹，她就会被绳子扯醒。

这样严密的防范措施难不倒人小鬼大的陈锡联，他决心出走。一天夜里，他装着睡着，听到母亲打起呼噜，姐姐弟弟也已熟睡，便悄悄起身，从手腕上解开细绳，拴在椅子把手上，轻轻打开屋门，回身虚掩，然后撒开脚丫跑了。

他先是参加游击队，后来随游击队改编为红军。改编地点设在鄂豫交界的柴山保红区尹家嘴。红军连长按花名册叫人：“陈锡联。”

“到。”陈锡联昂首挺胸出列。

连长见他又小又矮，问道：“几岁？”

“15岁。”陈锡联夸大了一岁。

连长还是摆手：“这么小？不要，不要。”

陈锡联央求半天，队长也不松口。他急了，号啕大哭，嘴里滔滔不绝地诉说：“我偷着跑出来，就是为了参加革命，不让参加红军，游击队也没了，家乡的地主都晓得我‘通红’，我怎么活呀？”

连长想了想，说：“那暂时留下来吧，替我喂马。”“喂马就喂马，只要能留在部队里。”

过了一段时间，陈锡联跟连长混熟了，提条件：“我在家里放牛，当了红军喂马，刚放下牛鞭子又拿起马鞭子，放牛与喂马有什么不一样？我要当真正的红军，冲锋打仗。”

连长喜欢他的机灵劲，同意他正式入伍，编入红十一军第三十一师第八大队，跟着大队长詹才芳踏上了革命征程。

故事三：李德生参军靠“赛”

李德生，学名李发学，1916 年 5 月出生在柴山保（今河南省新县陈店乡）一个叫李家洼的小山村。由于家境贫寒，房无一间，地无一垄，加上母亲逝世早，他在 8 岁时就给族叔家放牛，经常忍饥挨饿，吃尽苦头。1928 年 6 月，工农革命军第七军（不久改为红十一军第三十一师）来到柴山保建立革命根据地，并在李家洼村组建了贫协会和童子团，推举李德生为童子团团长，他带领团员们站岗放哨，盘查行人，砸庙子，搞游行，忙得热火朝天。由于他是团长，还肩负着为红军送信的任务，看到红军队伍里也有不少小兵，他们戴着红星帽，腰间的皮带背后插着用红绸扣尾的小马刀，十分威武，令他羡慕不已，因而当一名红军战士的强烈愿望油然生起。

1930 年 2 月的一天，有一个红军营长找乡苏维埃胡主席联系工作，李德生在其族叔和乡主席的引领下面见那位营长，把李德生想当红军的事做了汇报。那位营长看李德生年龄小，个子也不高，本不想带，又觉得他小小年纪能当童子团团长，说明比别的儿童更优秀。在左右为难的情况下，这位营长顿生了一个主意：

“你叫什么名字？”营长问。

“报告首长！我叫李德生。”

红军营长更增添了一份喜悦：“这小家伙很有礼貌，竟然懂得喊报告。”

营长琢磨一会儿，然后指着他的通信员对李德生说：“你跟他赛跑，你要是赢了他，我就带你走。赛输了，就等下一年吧。”

“真的！”李德生欣喜若狂地拉着那个通信员就去赛跑。通信员把枪递给营长后，就跟李德生跑了起来。李德生因从小放牛，练就了一双铁脚板，爬山路不在话下，而通信员背着子弹带不大方便，结果，李德生把通信员落了很远的距离，很轻松地赢了。

营长看李德生那认真的样子，哈哈大笑，乡苏维埃的胡主席也笑了。

笑完了，红军营长问他：“你跑的时候听到什么声音没有？”

李德生愣了一下，想了想，说：“好像有敲什么东西的声音。”

“敲了几下？”

“3下。”

红军营长又问：“你跑的时候，在路上看到什么特别的东西没有？”

这，有点难，李德生仔细回想了一下，说：“没看到有什么特别的东西，只是路中间写着两个字。”

“什么字？”

李德生说：“是‘红军’吧。”

“完全正确！”营长满意地拍了拍李德生的肩膀，说，“好样的。”

乡苏维埃主席也笑着拍了一下李德生的肩膀，说：“你的赛考成绩优秀。”

就这样，李德生正式走进了中国工农红军的行列，成了一名红军战士，开始了漫长的革命生涯。

故事四：王必成参军靠“唬”

王必成，1912年2月出生于湖北省麻城县乘马岗镇小寨村，读过两年私塾。从12岁起就扛着红缨枪，跟着大人打土豪、分田地。农协主席问他：“你个细伢，不知深浅，打土豪是要掉脑袋的，不怕呀？”他套用戏文上的词：“怕啥呀，脑袋掉了不过碗大一个疤。”

王必成父亲病亡后，母亲带着他和尚在腹中的妹妹投奔伯父。

1929年，家乡扩红。县苏维埃主席带着上千名刚刚分得田地的翻身农民举着“拥护红军”“苏维埃万岁”的大幅牌匾，抬着猪羊前来慰问红军。同时，在慰问现场搭建了一个戏台，由红军女战士表演独唱《听我唱个红军歌》等节目，把扩红场面搞得热热闹闹。

在同村好友丑伢的鼓动下，王必成跑到报名处报名，可主持报名的红军班长对他说：“当红军可不是说当就能当的，必须要家里同意，还要有县以下各级苏维埃的介绍信才行。”碰了钉子的王必成不泄气，跑回家先做母亲的工作，母亲犯愁说："成伢，我只有你这么一个儿子。你父亲去世早，妹妹还小，家里靠谁来支撑啊？"

王必成很坚决："不打倒地主老财，我们穷人永远不能翻身。"老娘爱抚地摸了摸他的头说："去吧儿子，娘也盼你有出息！"

第二天，他与丑伢等 8 人到乡苏维埃去开介绍信。

乡苏维埃主席朱锡永批准其他 7 个参军，就是死活不给王必成开介绍信。

"成伢子，我知道你家里的情况。"朱锡永苦口婆心地劝道，"你是两房共一子，不符合当兵的条件，回去吧。"

王必成年龄虽小，但词锋逼人："我不符合当兵的条件？地主老财三妻四妾，生的孩子多，一房多子，让他们去当兵？你这个乡苏主席怎么当的，一点头脑都没有。不给我开介绍信，我告你去！"

朱锡永缠不过他，只好开了介绍信。那年，王必成 16 岁，与他同时参军的 7 个伙伴，到解放时全部牺牲。新中国成立后，王必成被授予中将军衔。他有句名言："烈士替我们死了，我们替他们活着。"

故事五：周志坚参军靠"乖"

周志坚，1917 年出生于湖北大悟县夏店镇周家湾村。长辈给他取名周裕发，希望他富裕发财，但是贫苦和困厄如影随形地伴随着他。1 岁时父亲被国民党抓进大狱，折磨而死，8 岁时母亲因病去世。他排行第五，4 个哥哥都不肯收留他，他只好给地主当小长工过活，受尽欺凌。1930 年，徐海东任师长的黄陂县红色补充军在其家乡动员穷人参军。13 岁的周志坚从人缝中挤到前面，对负责招兵的人说："叔，我报名。"

那人把他从头到脚看了一遍，问："多大了！"

"叔，我今年 13 岁。"

"还小，先到少年先锋队吧。"

"叔，我早是那儿的人了。"

"那就安心地再等几年吧。"

“叔，我从 8 岁起就在地主家当长工，吃不饱饭，再等一年会饿死的。”

“打仗很苦呀。”

“叔，能苦得过当长工吗?”

那人一时语塞。

周志坚反问：“叔，你是红军的官吗?”

“是呀。”

“叔，我参军后就跟着你，先当勤务员，大了当警卫员。”

周志坚一口一个“叔”，又是当勤务员、警卫员，哄得那人开心，破格收了他。那年他才 13 岁，是部队中年龄最小的勤务兵。后来在参加延安抗大学习毕业后，他把原名周裕发改为周志坚，意味“志坚者，功名之柱也。登山不以艰险而止，此必臻乎峻岭”。果然，“自古英雄出少年”。昔日的放牛娃，心存凌云志。在血与火的沙场中，他久经战阵，百炼成钢。成为红军中“三野十虎将”之一。中华人民共和国成立后，他被授予中将军衔。

故事六：胡奇才参军靠“茧”

胡奇才，原名胡其财，1914 年出生在湖北省黄安县高桥乡一个农民家庭，与李先念、陈锡联是老乡。

1930 年 8 月，秋风送爽，正是收获的季节。

胡奇才和几位伙伴与往常一样在山上站岗，忽然瞧见儿童团的大队长樊盛贵匆忙跑上山的身影。胡奇才迎上去，询问其出了什么事，樊盛贵喘着粗气说：“咱们高桥区的书记兼苏维埃主席李先念正在派红军在乡里扩红，你不是想参加红军吗？现在我们赶快去报名吧!”

话音刚落，胡奇才当即跳了起来，激动的心情溢于言表。

前几年，县里的农民运动办得风生水起，他想要参军，可因为年龄太小，多次被拒绝，如今机会摆在眼前，他说什么也得抓住。

他们几人迈开脚步就往山下赶，跑到人行大道上，突然正在田里割稻子的父亲喊住了他：“这么起劲往哪里跑?”

胡奇才本想先斩后奏，报上名再告诉父亲，哪知知子莫若父。一番追问之下，胡奇才还是把要去参加红军的事和盘托出，其父一下子陷入了沉思。

一方面，胡家有7口人，过去靠给地主打长工艰难度日。以前，家中还有夫妻俩共同应对，可自老伴去世后，又当爹又当妈，不仅要干繁重的农活，连做鞋袜的针线活，都要他亲手去做。看到父亲为难的样子，胡奇才开导父亲说："红军帮助我们分了田地，您才能有田可种。倘若不消灭反动派，地主返乡团回来，穷人的好日子不就鸡飞蛋打了吗。"

父亲长叹一声说："儿啊，去吧，好好干。"

得到父亲的同意，胡奇才心中高兴，一溜烟的工夫就跑到了扩红现场。因来得晚，前面排起了长队。好不容易轮到胡奇才报名了。胡奇才上过两年私塾，识文断字，他快速地环顾了一下县苏维埃政府参军的三大要求：必须是农民，要有劳动磨出的厚茧，还要能吃苦跑路。走到负责人跟前时，他第一时间把自己的手伸了出去，解释道："我手上有厚茧。"

对方打量了一下胡奇才，才发现这个娃娃穿着不合身的灰白色衣衫，裤子不长不短，还光着脚。

那人问道："今年多大？一口气能跑二三十里路吗？"

胡奇才拍了拍胸脯说："今年16岁，跑路绝对没问题。"

"有力气吗？"

"有。我在老财家天天推磨碾米，老财说我力气比驴大，把驴都卖了！"

连长被逗笑了，笑过后说："还是太小了，过两年再来，我收你。"

"有志不在年高，无志痴长百岁。打仗又不是靠年纪，靠的是能跑路，肯吃苦，不怕死，你看我的手，全是老茧，都是干苦活干出来的。"胡奇才再次伸出结满厚茧的双手。

连长被感动了，递给他一把钢枪："这是一个大个子留下的，他刚牺牲，背着吧。"

就这样，胡奇才凭着一手厚茧，成功地被录取了，被分配到红一军第一师一团一连三排九班当战士。

当天晚上，他抱着那把枪，夜不能寐，发誓要杀敌立功，为穷人打天下。

第二天上午，他利用部队休整的间隙，背着枪去理发，刚理到一半，队里吹起集合号。他起身就跑，把枪落在剃头师傅那里。连长看他理个阴阳头，两手空空，气不打一处来："怎么这个鬼样子？你的枪呢？"

"啊呀！"胡奇才蒙了，语无伦次，"连长，我的枪不见了！我的枪呢？"

连长吼道："刚给你一支枪，转眼就不见了。你知道这枪是怎么来的吗？它是大个子用命换来的。还是年纪太小了，不懂事，你回家吧。"

胡奇才吓得哭了起来。幸亏剃头师傅是个老好人，及时把枪送到部队来了。否则，在新中国成立后的解放军的将星群中，就会少了一位中将星座。

故事七：周希汉参军靠"磨"

周希汉，原名周祖荣，1913 年出生在湖北省麻城县周家坳。他父亲 40 岁时才求得这个儿子，视为掌上明珠，请风水先生看相。风水先生见他身材瘦小，眼光上视，嘴角下斜，若藐视态，直摇头："此子有王侯之相、傲物之形、奔忙之命。"

16 岁那年，周父为拴住儿子的心，为他办婚事。洞房那夜，他借口送客，直接开溜，跑到红军团部。团部有位首长模样的人在一旁打量他，说了声："太瘦了。"

周希汉傲气上来了，回道："将在谋而不在勇，关云长身材高大，不也打败仗吗？诸葛亮、庞世元长得如何？一个文弱，一个矮小，不也打胜仗吗？"

首长听了，刮目相看："小小年纪，熟悉三国，不简单啊。看得懂地图吗？"

周希汉说："现在看不懂，你教我，保管一教就会。"

首长笑道："一块好料，收下吧。"

事后，周希汉得知这位首长就是副军长徐向前。

周希汉身材奇瘦，脾气忒大。他后来的搭档陈赓曾经替他批过八字："这家伙是癸丑年生的，'癸'不得了，天在人头上，他这个家伙敢叉开双腿，把天骑在下面。这么大的脾气，谁敢惹他？"

入伍一个月，有人告了阴状，说他家是富农。团部令他交回军装、枪械，给他开了一张路条，上面写着："周希汉富农出身，开除回乡生产，沿途放行。"

周希汉离开部队，回到麻城，找县苏维埃政府给自己开贫农的证明。周希汉家境尚可，家里有田，同时又租佃地主家的土地，按成分划富农高了点，划中农低了点，县苏维埃负责人很为难，拖着没办。周希汉就天天磨他，形影不离地跟着他，最后搞烦了，给他开了证明："周希汉家自田半亩，佃田 1 亩，靠佃田为生，是贫农，不是富农。他要求回红军，特此证明。"

他揣着证明回到团里，团里仍然不肯要他。周希汉也不离开，跟着炊事员帮厨。一天，正在打扫卫生，外面进来一人，问："还有饭吗?"

周希汉抬头一看，眼圈都红了，是徐向前。

徐向前一愣，关切地问："是你这个小鬼呀？怎么搞成这个样子?"

周希汉从怀里掏出证明，眼泪汪汪地说："我不是富农，我把证明都带回来了，他们还是不要我。"

徐向前看了证明，说："你就留在我身边吧，当书记员、当参谋!"

周希汉跟着徐向前学当参谋，几年摔打下来，军事素质进步神速。参谋主任舒玉璋称他是"稀罕之才"。

中华人民共和国成立后，周希汉被授予中将军衔。他身经百战，身上没有一处枪伤，他戏言："人瘦，目标小，敌人打不着。"

故事八：王近山参军靠"疯"

王近山，湖北省黄安县桃花乡人。15 岁时，他离开家乡，走了百十里路，找到当时担任营长的詹才芳，要求参军。大革命时期，詹才芳以裁缝的身份，在桃花乡一带发动群众，与王近山的姐姐认识。詹才芳见他年纪小，不愿意收他，又怕他离开部队走丢了，暂时收留了他，打算部队转回黄安时交给他姐姐。

詹才芳没有想到，这个身材尚未发育成熟的半大孩子，留队的第二天就参加了战斗，而且一战出名。

那天詹才芳带着部队攻山头，与守敌展开肉搏。王近山拿着一把大刀，与一个大个子敌兵对上了。他像疯了一样，只攻不守，连砍数刀，刀刀落空。大个子敌兵露出蔑视的目光，边挡边退，嘴里还说垃圾话："小屁孩，毛都没长齐，就急着投胎。老子让你砍，累都要累死你！"

"砍不死你，摔死你！"王近山两眼通红，大叫一声，"砍不死你，摔死你！"说着，把大刀一扔，纵身向前，将大个子抱住，滚下悬崖。

两人从十几丈高的悬崖上摔下。大个子摔在一块石头上，昏了过去；王近山落地，脑袋被一块尖石头戳了个洞，血流满面。他挣扎着起来，捡起大个子的枪，"当""当"两枪，将敌人打死，仍不解气，说道："看谁弄死谁！"

这一幕被詹才芳看到，赞道："这真是一个不要命的小疯子！"

"王疯子"的外号就此传开。他不仅留在了部队，而且因作战勇敢不断升迁，一年下来，就由詹才芳的警卫员升为连长。那年，他才 16 岁，是军中最年轻的"连长"，人称"小连长"。

由于王近山在红军时期、抗战和解放战争时期的卓越贡献，被誉为"二野朱可夫"，同陈锡联并称为"二野两朵花"。

故事九：吴华夺参军靠"缠"

凡是读过小学课文《我跟父亲当红军》的读者，都知道作者吴华夺将军是靠"缠"而参加红军的。因为那时他只有 12 岁。放在现今，12 岁的孩子恐怕还骑在父兄的肩上观赏风景、撒娇贪玩呢。

那是 1928 年 6 月，工农革命军第七军来到鄂豫边界的柴山保区，并在这里创建了革命根据地。通过深入发动群众，推进土地革命，改造红枪会，使吴华夺的父亲吴文保和哥哥吴华高都加入了中国共产党，他父兄领导的红枪会也被编为中国工农红军红色补充军第二团。吴华夺的父亲出任该团党代表（后任红四方面军第十师经理处处长，长征途中牺牲），他的哥哥吴华高，担任该团团长（后在保卫柴山保根据地的战斗中壮烈牺牲）。受革命思想熏陶和父兄言传身教的影响，年仅 12 岁的吴华夺就萌生出参加红军的强烈愿望，并跟在父兄的队伍里不愿离开。

华夺年纪小，长得瘦弱，生怕人家不要，处处尽量装着个大人样。父亲在前面走，他穿着一双不跟脚的鞋跟在后面，模仿着父亲那样一大步一大步地往前走，走着走着就被落下了，只好踢踢踏踏地跑一阵撵上去。父亲听到这踢踢踏踏的声音，就习惯地回头看看，他也装着没事一样看看父亲。开始还可以，以后越来越吃力。父亲终于开口了，说："你快给我回去吧，跟一路还不够垫脚板的。"他鼓鼓嘴就是不回去。父亲沉下脸色说："你非给我回去不行！"他看拗不过，就离开队伍嘟嘟囔囔地往回走。走不多远趁父亲不注意，又钻到队伍里。过了一会儿，不知怎么被父亲发现了，又把他赶出来，而且还在一旁监视着。华夺生气也没办法，蹲在路边，眼看着大伙都神气活现地走过去了真急死人。忽然有人叫父亲到前面去，他又趁空钻进了队伍。

这时正值寒冬季节，大雪飘飘，风也刮得刺眼睛，人们都耸着肩，缩着头。约摸快到中午，父亲到后边检查行军情况又发现了他，还是赶他回家。华夺说冻死在外面也不回家。父亲没法，就从身上脱下了件单衣给儿子包住头。华夺嘴里说不冷，其实两只耳朵和脸上像刀子割般疼，怎么也止不住上下牙打架。本家吴华官大哥对父亲说："你到前面去吧，我来招呼他。"父亲瞅了儿子两眼就上前面去了。

经过一天一夜的行军，部队到达八城区南村，准备攻打龙盘寨和李山寨。走到李山寨正西 6 里的李家楼时，天将拂晓，民团还在睡大觉。打了几枪，他们就吓跑了。团部就留在这里，小歇一会儿，部队都上山围寨子去了。华官和文谋叔叔忙着杀猪做饭，华夺帮忙烧水。他到柴火堆上去拉柴火时，发现一根皮带，顺手拉出一看，原来是只汉阳造步枪。华夺高兴极啦！中午，华官给部队送饭时，将这个事告诉了父亲。父亲即刻派人下山来把枪要去看看，华夺也跟去了。到了那里，哥哥华高团长看了枪，笑着说："好，我们团又多了一支钢枪！"父亲要华夺回团部去，把枪留下，他说什么也不肯。父亲说他不服从命令，要揍他，华夺这才被吓跑了。

1929 年春，部队到油炸河以北的小村庄驻守，防止大山寨的民团扰乱根据地。这时，全团已从敌人手中缴获了 9 支步枪，上级又发来两支掰把枪，是给团长和党代表的。有一次，趁他们不在家，华夺偷偷地拿着枪玩，不知道有顶膛火，一拨弄，"啪"的一声，把老百姓的一头老黄牛打死了。他吓得要死，急忙去找团部司务长。司务长是个老实人，平时最喜欢一帮小细伢，他看华夺吓得那个样，又好笑又好气地说道："你们这些小伢呀，光给我找麻烦，你知道，赔老百姓一头牛要 14 块光洋呢。"说着就找老乡去了。

过了不大一会儿，他父亲回来了，一听此事，可发了大火，顺手甩了儿子两耳光，又把他关起来，不给饭吃，非要他回家不行。虽然脸上火辣辣的，但华夺自知做错了事，就该挨打关禁闭，只要不让自己离队就行。正想着，华高团长来了，他训了弟弟几句，就把华夺放了出来。这下华夺可高兴了，急忙又去烧水。谁知一锅水没烧开，父亲又来气呼呼地说："三番五次地说你年岁太小，跟着尽捣蛋，要你等两年再来，你就是不听!"华夺苦苦哀求父亲说："去年都跟上了，今年还不行吗？你枪里上了顶膛火，我以为是空枪才弄响的。今后好好干，听您的话，还不行吗?"刚说到这里，华高带着许多人拥进来，一齐要他唱歌。华夺估计这可能是替他解围的，偷偷地看了父亲两眼就大胆地唱起歌来：

正月是新年，家中断米面，
衣衫破了没衣换；
——哪嗨哟，衣衫破了没衣换。
富人穿得好，鱼肉吃不了，
珍肴美味白炭火烤；
——哪嗨哟，珍肴美味白炭火烤。

他越唱越带劲，一面唱一面就表演起来，累得满头汗，呼呼直喘。大伙哈哈大笑，他看到父亲也扭过脸去偷偷地笑了。最后，他转过身来，又板起面孔对他说："从明天起，每天除了工作外，要学会两个字，再胡捣蛋，非叫你滚回家去不可。"他伸了伸舌头，连声说好。

半个月以后，部队改编。华高他们都到二十八团去了，父亲调到红四方面军军部工作。华夺年龄小，被分到少先队当小兵，也没有枪。三四十个小鬼在一起，除了行军，就学文化，上政治课。什么是阶级，穷人为什么穷，富人为什么富？这些最基本的革命道理，很深地印在他脑子里，更坚定了他要干革命的意志。

一个多星期后，父亲和来选刚同志一道来找华夺，父亲说上级要他到光山县东区去工作，要华夺同他一道回去上学念书。华夺说："你回你的，我是不回去。"还说："这里人多热闹，每天也都在学习，哪里的学校也赶不上红军这个大学校。"父亲看他很坚决，也就不再劝了，但是要华夺每个月给他写一封信。华夺爽快地答应了。父亲走了不一会儿又回来了，拿出刚买的一双布鞋，亲手给儿子穿上，摸着儿子的头，又看了看儿子的脸，说："以后千万要听同志们的话。"华夺"嗯"了一声，不知怎的哭起来了。父亲的眼中也充满了泪水，但没掉下来。他转身向送别的同志交代了几句话就走了。从此以后，华夺再没有看见过父亲。

1936 年，华夺随红二十五军长征到宁夏花马池与红四方面军会师后，就到处打听父亲的去向。后来见到了熊起松、吴华江两同志，他们告诉华夺说，你父亲在豫西牺牲了。

华夺抑制不住心中的悲恸，就偷偷地跑到村外，坐在一棵大树下哭起来。就在这时，党的总支书记来到他的身旁，语重心长地说："华夺，不要哭了，我们手中有枪，要向国民党反动派讨还血债！"他拉着华夺的手站起来说："回去吧，同志们都在等着你。"黑暗里，华夺跟着这位关怀体贴备至的领导走回部队，使他又感受到了慈父般的温暖，这是巨大的党的温暖！父亲倒下了，党把华夺抚育成长为开国将军。

故事十：潘焱参军靠"带"

潘焱，1916 年 2 月出生在河南省新县（原属光山县）卡房乡潘家下湾一个农民家庭。原名叫潘受美，曾用名潘少卿，参加革命后改名潘焱。

潘焱虽出生在山高路远、穷乡僻壤之地，但也称得上是书香之家和忠烈之家。他的曾祖父考过香番（仅次于秀才）。正因为受这种书香之家的熏染，纵使到了他的祖父和父亲一辈，家境贫苦，兄弟姐妹多，仍然省吃俭用，让潘焱读了 6 年私塾，又在族人的支持和帮助下，读了两年公学，这在与他同期参加红军的青少年中算得上是文化兵了，这为他日后在部队中当教官、当参谋长打下了良好基础。同时，他的家庭也是满门忠烈。他的父亲潘锡畈 1928 年参加工农红军，屡立战功，不幸被“左”倾“肃反”路线迫害致死。他的爷爷因是红军亲属，在 1934 年国民党“围剿”苏区根据地时被迫害致死，他的一个哥哥和一个弟弟也同期遇害。只有他和堂兄潘寿才参加红军后，南征北战，九死一生，活到中华人民共和国成立后，兄弟二人都在 1955 年被授予少将军衔。

正是怀着对国民党反动派的刻骨仇恨，在家乡农民革命运动的感召下，潘焱在 12 岁时就参加了儿童团入了少先队，不久又参加了游击队。1929 年，戴克敏、徐向前领导的红十一军三十一师攻克了白沙关，又帮助卡房党组织成功地实施了卡房暴动。红三十一师在潘焱家乡做短暂驻扎时，军纪严明、买卖公平，理个发还照价付钱……潘焱目睹正规红军备受群众赞誉的事实，暗暗发誓要找红军领导，申请参加正规红军队伍。可是，第三天起床去部队驻地一看，除了房东住院和村里的街道被打扫得干干净净外，连一个红军的影子都未见到。经询问房东，得知红军为不惊扰老百姓，在天还未亮就悄悄地开走了。

“红军去了哪里?”潘焱急得哭了起来。卡房山道崎岖，离县城又远，素有“小西藏”之称，到哪里去找到红军呢?

正所谓“天无绝人之路”。正在苦恼犯难之际，湾子里的一位潘玉昌爷爷（论潘氏辈分叫爷，论年龄，只大 10 岁）找到潘焱说：“明天我要去参加红军，你不是早就想离开游击队吗？我们一块走吧!”

“那敢情好！我正愁找不到门路呢。”潘焱欣喜若狂地回应说。

想着就要离开母亲，潘焱又一阵心里难过。当他回家向母亲讲述明天要同玉昌二爷去参加红军时，开始母亲有些犹豫：“儿啊，不是母亲不舍得你走，可是想想你父亲的遭遇，我还是不放心啊!”

母亲的不放心是有理由的。那么好的爸爸，参加革命后忠于职守，竟然因为给某些领导干部提意见就遭到杀身之祸，真是太不可思议了。但是，潘焱相信，党和红军中的绝大多数领导干部是好的，“左”倾错误路线是会得到纠正的。他亲身接触过徐向前总指挥，他是那样的和蔼可亲、关爱下属。想到这里，他对母亲说：“娘啊，不管怎么说，红军毕竟是咱穷人的队伍，不参加红军，打倒地主豪绅，我们就没有出路，没有活路啊！原谅儿不能在家尽孝了。”

母亲是位开朗、通情达理的人。听了儿子讲的理由后说："参加红军是你的心愿！哪能不让你去呢，去吧！有二爷带你去，为娘就放心了！"

妈妈还对他千嘱咐万叮咛："儿呀，老人说得好，在家靠父母，出门靠朋友，到红军中应与兄弟们讲和气，切不可和他们打架，还要尊敬上级。不论到哪里，都要为穷人着想……"

就这样，铭记着妈妈的嘱托，第二天清晨，潘焱就在二叔的带领下，翻山越岭赶赴新集，正式参加了徐向前率领的红军队伍。

篇三

徐向前批准我当红军

童年，这个美妙的字眼，从古至今，人皆有之。而这美妙的人生开篇，在我的一生中涂上了时代的色彩，播下了革命的种子，让人永难忘怀。

记得，那是在土地革命的年代里，我们大别山一带到处点燃了工农武装斗争的烈火。1929 年，我 11 岁那年，不知怎的，我家乡豫南新县白沙关，这个大别山深处的小关隘，突然一反往常，革命之风把它从沉睡中唤醒过来，群众的情绪像点燃了的火把，像烧开了水的锅。白沙关一下子热闹非凡，大人们在夜晚、雨天、空暇，一得空便三五成群，聚集一堆，背着小伢轻声细语，论长道短，神秘极啦!

大人们越是背着我们伢子，我就越想瞄到。赶巧，一次黄传福、潘孟发等十几个人在街北头一间破屋里密谈，让我瞧见，便小猫似的溜到屋旁偷看，这下子全明白了，原来他们在开密会。一个穿长袍、像教书先生模样的外乡人，小声有力地宣讲什么“我们要革命”“穷人不还富人的债”“打土豪、分田地”“要斗争就要组织农民协会”。

听着听着，我情不自禁地拉长嗓子拍着巴掌喊：“噢——知道了新鲜哟，要革命哟!”一溜烟地跑了。

1929 年 7 月 1 日，光山县南部的农民在柴山保红军配合下、举行了起义，一举攻下了我们白沙关。

在欢迎起义队伍时，我看到红军战士一个个精神抖擞，身穿蓝布军装，头戴八角红星帽，脖子上系根赤化（色）带，手握钢枪，好不威风。走在起义队伍前的是一个二十四五岁的英俊青年，他腰间缠着一条又宽又厚的皮带，带囊装满了铮铮闪亮的小子弹。他肩头斜挎着一支驳壳枪，走起路来，枪上的红绸子一飘一闪，越发引人注目。

一天中午，王树声正在给村里几个青年讲穷人要翻身的道理，我便冲进门，红着脸怯生生地央求说：

“王代表，你们要不要我？”

“干什么？”

“当红军。”

王树声打量一下我，问：“你几岁啦？”

“都十一岁啦！”我挺挺胸脯，抬抬脚跟，显示高大地大声答。

“啊——才十一岁，太小太小。”

“那你说多大能行？”

“小兄弟，这样吧，再等一年，待下次部队转过来怎么样？”

听了宽慰话，我也就满意地连蹦带跳地跑出了门。

一年，说起来轻巧，可等起来，真难熬呀！

说来也巧，事过半年，王树声的队伍又来到白沙关。王树声和勤务员小汪又住在我家临街前屋。同时，来前屋住的还多了一位比王树声略大两岁的陌生人，长得细高挑，瘦脸庞，高高的鼻梁，亮亮的大眼，说话虽听不大懂，可温声柔腔很亲切。开始，我很腼腆，不敢接近他。后来看他和战士们很融洽，王树声叫他“徐老师”。我想这人准是个大官。果然，秘密让我瞄到了，原来他是王树声的上司，红三十一师的师长，名叫徐向前。徐向前闲时还常逗我玩，慢慢我对他也和对所有红军战士一样亲近了。

看到徐向前、王树声那么和蔼可亲，我想当红军的念头又在心里翻腾起来，对说好的一年期限我不能信守了，我央求妈妈和姐姐给我帮腔，她俩很赞同。

一天，徐向前、王树声正在谈论扩大红军的事，我便憋不住地脱口而出：“徐师长、王代表，你们这回总该要我当红军吧？”

“咦——”王树声扭过头，冲我问：“咱们不是说好一年吗。”

王树声又把半年前我要求当红军的事，向徐向前说了一遍。

徐向前温情地点点头，瞅着我说：“这小鬼，别看人不高倒还想得高。”

“徐师长，”我抢着说，“是王代表不守信用。他要赖，他说过的下次来一定带上我。”

“噢——这小鬼还蛮会钻空子哩。”

我嚷着说：“我没钻，我没钻，不不，我就要钻，偏要钻。”

听着我耍赖、撒娇的话，逗得两位红军首长都乐了。

徐向前和蔼地问：“你能扛动大枪吗？”

“我不要大枪，我要吹号、送信。”

“那你跑得动吗？”

“我不吹牛，有一回还撵上过兔子哩。”

“好家伙！你有这么大能耐，我不信，”徐向前逗着说，“我看八成准是只死兔子。”

话落，三人都开心地笑了。

“还是再等半年吧！”王树声说。

我拨浪鼓似的摆着头，赌气地说：“都快把人急死了，要是不答应，你们走时我就拽住马尾巴不让走。”

“嘿，小家伙真倔。”

两位首长交换了一下眼色，徐向前赞同地对我说：“你妈让你走吗？”

这话有门儿，我赶忙答：“一百个同意，不信你问去！”

话落，我又怕他不去问，误了事，就赶紧扯着大嗓门，朝正在后屋烧饭的妈喊：“妈！你同意我当红军吗？”

“同意——”

“你听你听，我没骗你吧。”

“那好，我们就收下你这个小鬼。”

王树声刮了一下我鼻子说：“哎呀，你这个小兄弟，硬是‘赖’上革命啦！”

接着，徐向前又告诉王树声，把我编到大队部当勤务员。

我当勤务员后，心里高兴，干得欢快，整日里除扫地、打水、送信外，我还抽空到塘堰、河沟摸鱼、捞虾，送到食堂，给首长和同志们打牙祭。大家称赞我，我心里甜蜜，干得更欢。

日月流逝，转眼到了旧历年关，几个月的红军生活，我心里有九十九个顺心和快活，唯缺一个不顺心，那就是还没摸上枪。没枪哪像红军样，所以，我心急万分，一打仗就要求参加，总想碰个机会也同大人一样夺支枪。

腊月二十八日那天，我团（大队改为团了）奉命去打陡沙河。当时天正下着鹅毛大雪，天冷、雪厚、路难走，首长和同志们让我留“家”，可我心揣小九九，硬是赖着要去。

陡沙河在我军两天的打击下，守敌招架不住，等援军解救又无踪影，无奈，只好趁着夜幕出东门，向连塘方向逃跑了。

部队从陡沙河撤出后，又去扫除崩河坎，这是一个巴掌大的小山寨。寨内是清一色的土豪劣绅，顽固极了。我军围寨子后，先是喊话、劝降，死硬的敌人不仅不听劝，还进行谩骂。气得大伙儿立刻切断他们的水源，王树声一声命令下，战士们一阵猛攻，攻下了寨子。清点战利品时，我一眼看到有支小马枪，顺手操起和我个子比，恰好矮一头。我想：这也许就是徐师长说的那种不大不小的枪吧。于是，我便把小马枪紧紧搂在怀里。这事，正好被王团长看到了，他问：

“想要吗?”

“想!”

“好吧，我代表徐师长把这支小马枪发给你，希望你不忘徐师长对你说过的话，用它好好为穷苦人打天下，战斗到底。”

听到王树声的话，不禁使我想起缠着徐向前要枪的情景。那是我穿上军装的第二天，心想手里没枪不像战士，可长枪太沉太长扛不动，于是，便瞄准了徐向前腰间的驳壳枪，就赖着死命要。徐向前缠不过我，许诺地对我说：“咱红军战士的规矩是枪得从敌人手里夺，用着才有意思。你年龄小，自己缴不到，我告诉王代表让他负责给你从敌人手中缴一支不大不小的枪。”

打这以后，徐向前说的那种不大不小的枪，总在我脑海里浮现着，今天，实现了，王树声把新缴来的小马枪授给我，自然心比蜜甜。我暗暗下了决心：小马枪呀小马枪，你是革命的命根子，我决心带着你按照徐师长的指示，好好干，革命到底。

（作者：游正刚（1916—1992），系河南省新县陡山河乡白沙关村人。1955 年被授予大校军衔）

篇四

讲述大伯张池明中将的故事

15 岁的英俊少年，成为一名红军战士时已有 5 年革命经历

自我很小的时候起，每年过年，我最高兴的事除了接受爷爷奶奶奖励的“红包”外，就是听爷爷讲述他的堂兄、我按家族排辈叫大伯——张池明的故事。

我的大伯张池明，1917 年出生于新县香山湖管理区傅山村傅家洼（原属泗店乡）的一户贫苦农民家庭。家庭五口人，分别是祖父、父母和他姐弟两人，租种三亩稻田，仅够勉强维持生活。

大伯 8 岁时，家里人省吃俭用，送他进了私塾，先生周清恩十分器重他，给起了一个学名叫张家相。看到他很快学会了《三字经》《百家姓》《千字文》以及简单的珠算，先生就常在人前夸奖说：“家相聪明，悟性好，将来必能成大器。”大伯也不负老师厚望，他的毛笔字写得工整，习字本上常被先生画满了红圈圈。

1927 年的秋天，为了减轻家庭负担，他刚满 10 岁便告别了老师和同学，跟随他叔父张柱邦参加农民运动，宣传革命道理。因为他毛笔字写得漂亮，被时任鄂豫皖省委书记的沈泽民称为“童子学干”，继而就吸收他加入了赤色儿童团。这年冬天，还被选派到鄂豫边苏维埃政府创办的第一所列宁小学学习深造。

1928 年 11 月，大伯加入共青团后留在少共光山县委工作，很快就担任光山县儿童团总队长。1929 年冬，大爷参加了在柴山保召开的鄂豫边区党代表大会。1931 年 2 月，他奉中共光山县委指示，带领一支儿童队伍组成前线慰问团，由柴山保赶到新集附近，慰问攻打新集的红军战士。攻克新集后，他被留下继续从事儿童团工作。

1931 年 5 月，中共鄂豫皖中央分局成立，张国焘任书记兼军委主席。同时成立了少共鄂豫皖中央分局，陈昌浩任书记。大伯因为从事文字宣传工作，经

常跟陈昌浩外出巡视，曾几次到郭家河、宣化店、河口镇、七里坪、箭厂河等地检查各地的列宁小学，动员和督促少年儿童入学，指导儿童团站岗放哨、识别检验路条以及军事操练。每次外出巡视，他都要带上《少年先锋》《赤色儿童》油印报纸分发给儿童团员阅读，或把儿童团员召集在一起，唱革命歌曲，宣讲革命道理。

因为大伯的聪明机智和工作中的出色表现，当时的军委主席张国焘很喜欢这个经常在鄂豫皖中央分局进进出出的年轻后生。一次和他聊天时还拍着大伯的头说："小鬼很能干呀，思想觉悟高，说明我们张姓的都不差嘛。但'家相'这个名字没有充分显示革命者的意志嘛。我叫'国焘'，你就叫'赤民'吧"。大伯当时很佩服能说会道的"张主席"，于是就改名为张赤民。后来因为张国焘投敌叛变，为与张国焘划清界限，又按辈分更名为张家驹，但是由于他长期在军部工作，大家都习惯喊他"赤民"，为了方便联络，抗战后期他就一直采用了"赤民"的同音字"池明"——此是后话。

1932 年 2 月起，由于国民党发动第四次"围剿"导致新集失守，大伯跟随分局和省委机关转移到皖西北区，被省委宣传部部长成仿吾派往红军独立第十三团担任少共团委书记。从此，他开始了真正的戎马生涯。是年，他刚满 15 周岁。

在红二十五军军部机关工作 5 年后，
19 岁就成为司令部作战科代理科长

到了红军部队后，大伯随红二十七军从内线转到外线，行程 2000 多公里，在敌人侧后 10 多个县转战，大小战斗数十次，歼敌 4000 多人，牵制了敌 5 个多师的兵力。

红二十八军到鄂东后，大伯所在的团即编为红二十五军第七十三师。在准备七里坪战役期间，省委对红二十五军进行了一次大的"肃反"，上至军长下至战士都要接受审查。大伯因有文化，曾担任过苏区团委书记，被定罪为"AB 团的头儿"遭到逮捕关押。危急关头，军长吴焕先将他从牢房中解救出来。因为他早就听说了这个"童子学干"很能干，有文化、出身好，参加革命早，就将

大伯调到军部当秘书。

在军部，为了当个称职的秘书，他给自己立了“多思、谨慎、勤奋”的六字规矩。军部秘书的日常工作就是分派通讯员发通知，拟口令，打收条，带向导问路线，找群众做社会调查，等等。由于军部没有电台，外边情况了解很少，所以捉到俘虏总要问问敌情；到了白区就千方百计搜集报纸，很多消息都是这样知道的。

1933 年 5 月初，由于省委书记沈泽民执行“左”倾路线，强令红二十五军集中力量攻打七里坪，导致全军由 12000 余人减至 5000 余人。军部撤到鄂东北后，省委命令红二十五军在内线分兵进行游击活动，结果又被敌人各个击破。最后只剩下 1000 余人突围到天台山、老君山一带活动，开始了一年艰苦卓绝的游击战争。

1934 年 11 月，大伯跟随吴焕先、程子华和徐海东的军部，一路从豫西转战到陕南，多次到前线收集敌情和部队战况，写成文字材料交给吴焕先，可以说是既当随军记者，又当战斗员，工作极其辛苦而危险。1935 年 8 月 21 日，红二十五军行至甘肃泾川地区，突然连降大雨，泾河河水猛涨。当部队抢渡泾河时，敌三十五师二〇八团又从我军背后袭击，吴焕先在指挥部队抢占制高点的战斗中不幸中弹牺牲。我的大伯为痛失这位救过自己的命又对自己耳提面命的好首长哭了好几天。

9 月 15 日，红二十五军到达陕北苏区延川县永坪镇，与刘志丹率领的红二十六军、二十七军胜利会师，并成立统一领导的陕甘晋省委与成立统一指挥的红军第十五军团。从这时起，大伯兼任作战参谋工作，直接参与了榆林桥战役和攻克定边、盐池战役。

1936 年 11 月初，毛泽东到了道佐铺军团部，在一间大房子里接见了军团领导人。徐海东汇报前边战况时，毛泽东要看地图，大伯送去一张军用地图，这是他第一次见到毛泽东，心里十分激动。随后，大伯参加了由毛泽东、周恩来亲自指挥的直罗镇战斗。

1937 年 3 月初，大伯离开军团部，绕过西安到延安抗大学习。他对学习军事、政治这两门主课非常珍惜。经过半年培训，大伯的思想理论和战略策略水平又有了进一步提高，为他以后的军事指挥打下了坚实基础。

驰骋沙场　南征北战　18年战火锻造出共和国最年轻的中将

抗日战争全面爆发后，红军三个方面军改编为八路军三个师。大伯从延安赶到三原附近时，所在部队已改编为一一五师。总部令他赶回三四四旅，旅长徐海东要他继续担任作战科代科长，随后东渡黄河进入山西，参加了著名的平型关战役。

1938年4月上旬，大伯离开旅部，调任六八八团参谋长。从这时起，大伯先后跟随徐海东、陈赓和杨得志旅长转战太行山、鲁西北，挺进冀鲁豫的抗日战场。随着部队的不断改编，他由团参谋长到大队政治部主任，再到团政治委员。皖南事变后，大伯被提任八旅兼盐阜军分区政治部主任。在此期间，他参加了皖东北、苏北的反扫荡、反蚕食、反顽军作战。大伯一边指挥打仗，一边总结对敌斗争的经验，1940年1月3日在延安八路军《军政杂志》上发表了6000余字的文章——《一年来敌人对冀鲁豫边的“扫荡”与我们反“扫荡”的斗争》。1944年6月6日在延安《解放日报》上发表了7000多字的长篇报道——《郑探口之战》，当时很多首长都称他是“能文能武”的将才。

1943年初，新四军决定抽调一批团以上干部到延安学习，大伯是其中之一。这是他第二次赴延安中央党校学习。9月底他历尽艰难困苦到达延安，被编入十二支部任支部书记。1945年4月，他作为一名正式代表参加了我党在延安召开的第七次全国代表大会。

抗日战争胜利后，内战风云又起。大伯根据党中央“向南防御、向北发展”的战略方针，奉命从延安赴东北工作。东北局组织部部长林枫与他在临时招待所谈话，征求工作意见。大伯提出去北满，随后便搭上苏军火车到哈尔滨任松江军区政治部主任。1946年4月，北满分局、军区、松江省委同时进驻哈尔滨，大伯任哈东地委第一书记兼哈东军分区政治委员。在这里，他指挥东北军民共歼敌4万余人，削弱了蒋军的机动力量，彻底粉碎了敌人“先南后北”的战略计划。

1947年5月，部队回到松花江北，大伯任东北野战军第六纵队第十六师（原新四军三师七旅）政治委员。1948年8月又调任东北人民解放军第六纵队政治部主任。1948年5月下旬，开始攻打长春，六纵首先出发。9月发起辽沈战役，六纵移到长春以南，以后陆续攻占锦州、营口一带，经过 2 年又 10 个月的战斗，东北全境解放。后大爷又随师入关参加平津战役和渡江战役。

1949 年 4 月 20 日晚，二野、三野突破敌人长江防线后，十五兵团政委赖传珠传达对四十三军干部做了调整，李作鹏为军长，大伯为政治委员。5 月 14 日，四十三军分五路向江北的黄冈等地之敌发起进攻，当晚扫清了 100 余公里地段的敌人，15 日横渡长江后又奉命南进，参加了湘赣战役与广西战役。1950 年 2 月，大伯又参加了解放海南岛的战役。海南岛解放后，大伯任海南区党委第二书记。1952 年 5 月调中南军区后勤部任政治委员兼部长。1955 年 7 月调任总后勤部参谋长，后任总后勤部政委、炮兵政委。

1955 年 9 月，大伯张池明在我军首次授予军衔时被授予中将军衔。此时他年仅 38 岁，是中国人民解放军历史上最年轻的中将，也是文武兼备的战将。他离休后不仅撰写过诗集，而且出版了《张池明墨宝》一书。

（本文根据张玲莉口述、胡明桥整理的文章改编）

链 接

张池明将军诗及书法一瞥

1985 年 10 月，张池明将军回到阔别 50 多年的家乡，感慨万端，回京后赋诗一首：

巍巍大别山，绵延三省边，
革命摇篮地，丰碑在人间；
英雄大别山，战斗历艰难，
前赴而后继，血染红杜鹃；
人民大别山，今朝更好看，
老区换新貌，勤奋建家园；
常忆大别山，屈指六十年，
继往又开来，鬓霜志未衰。

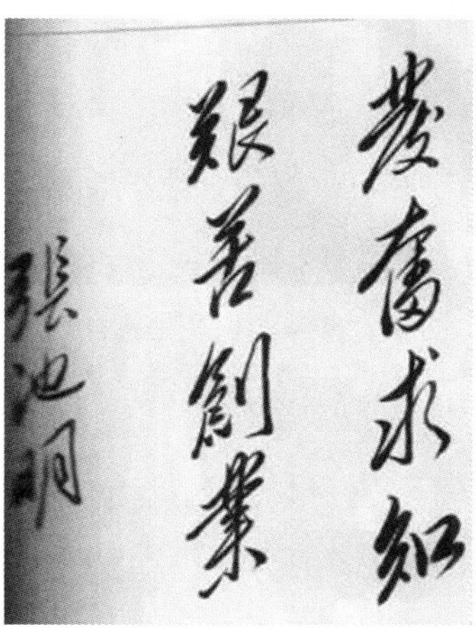

篇五

万海峰改乳名的故事

万海峰，1920 年 9 月出生于河南省光山县槐店乡万河村一户农民家庭。父亲万田润老实巴交，辛苦了一辈子，仍然地无一分，田无一垄，只有两间破草房。万田润早先育有两女，自喜得贵子后，脸上总是挂着笑意，一心想着给儿子起个响亮的名字，好使他长大有出息。然而求人起名要花银子，夫妻俩一合计，就起了个乳名叫“毛头”。

毛头 3 岁那年，母亲肖氏积劳成疾，过早离开了人世。全家的重担压在万田润身上，他拖着残腿到光山县城给一财主打长工，全家仍难糊口。为养活全家，他只得将两个还不到 10 岁的女儿送人当童养媳。毛头 7 岁时，奶奶过世了。父亲在外帮工，家里只剩下孤苦伶仃的毛头一人，幸得隔房的二姑收养。已经懂事的毛头，一心想为姑妈减轻点负担，他放牛、割草、打柴、担水，见活就干。乡亲们夸他懂事、勤快、机灵、有出息，他自然得到姑妈的怜爱，在姑妈的抚养下度过了悲辛的童年。

1933 年 7 月初，万海峰在外帮工的二叔万田坤，不堪忍受地主恶霸的欺压，决心投奔红军。万海峰也想随二叔一起去当红军。二叔、二姑妈感到他年纪太小，不忍心让他去，可是穷得没有活路了。于是，年仅 13 岁的万海峰在二叔的带领下，闯过国民党军的道道关卡，终于找到了仍转战于天台山的光山独立团，于 7 月 12 日这一天正式成为一名红军战士。

万海峰从小失去母爱，来到红军部队后，大家待他像亲弟弟一样，使他感受到了革命大家庭的温暖。他虽年小体单，但毫不示弱，争着站岗放哨，公差勤务也要和大人们比个高低。

谁知，到光山独立团不久，万海峰的二叔由于体弱，加之劳累过度，突然病倒。那时，独立团正处于国民党军残酷的“围剿”之中，没有条件照顾重病号。团领导决定将他二叔送回光山老家。

部队驻地距万海峰老家100多公里，绕道要走200多公里。这一带又是国民党军对红军进行反复“围剿”的重点地区，要是几个小伙子护送一个病号在山地行走，肯定会引起国民党军的怀疑。团领导认为，万海峰人小机灵，好做掩护，遂将护送病重的二叔回乡的艰巨任务交给了他。

8月底，万海峰扶着二叔，依依不舍地离开了部队驻地。他们不敢走大路，而是沿山路穿行。叔侄俩在山林中忍饥受累，昼夜兼程。好不容易走到光山县境，他的二叔就一头栽倒在路旁，再也没有醒过来。万海峰怕被人发现，抱着二叔泪如泉涌，又不敢哭出声来。许久，他才将二叔掩埋在路旁的坡地里。那年，毛头只有13岁，却要作出人生最重要的选择，是回家还是寻找独立团继续当红军。

筋疲力尽的毛头，以乞讨为掩护，历尽艰辛，辗转走到了商城与金寨交界处，意外碰到了原光山县独立团的老领导熊先春，始知鄂东北独立团已与高敬亭领导的红八十二师合编为红二十八军。在这位老乡领导的引荐下，他荣幸地见到了新重建的红二十八军政委高敬亭，再次圆了他的红军梦。

可是，作为一名红军战士，总不能让人家叫自己的小名毛头吧。于是，他鼓足勇气央求高敬亭给自己起个大名。高敬亭看到这个小战士聪明伶俐，既精干又大胆，便喜欢上了这个小战士。他对毛头说：“红军战士怎能叫毛头呢？我们从四面八方汇集而来，这个战斗集体，像海洋一样大，像山峰一样高。毛头，你就改名为海峰吧！”不仅如此，高敬亭还把他调到师部警卫队，作为一名随身的警卫员。

自此，万海峰便跟着高敬亭进行了艰苦卓绝的三年游击战争。在战争中，他亲身体察这位红军政委是如何带兵打仗，如何总结经验提高指挥艺术的。这些都为万海峰日后在抗战时期著风流、在解放战争时期显身手、在抗美援朝战争中建功勋打下了坚实基础。

中华人民共和国成立后，他任北京军区副司令员、成都军区政委等职。1955年被授予大校军衔，1988年被授予上将军衔。

篇六

一门双虎将，兄弟两将军

1939 年 7 月，戴克明作为新四军四支队的代表出席了在皖南泾县云岭石头尖村召开的中共新四军第一次代表大会。报到后，戴克明与新四军三支队一位名叫戴克林的侦察参谋分在了一间房子里同住。他内心感到很奇怪，怎么这位同志的名字与自己只有一字之差。这个世界上的事还真是“巧”！但接下来的事就更“巧”了。

戴克明进屋后，戴克林已经住进来了。双方在打过一声招呼后，都相互打量起对方。也许在戴克林的心里同样也感到奇怪。还是戴克林主动给戴克明递了一支烟，打开了话匣子：“伙计，听你的口音我们好像都是湖北老乡啊！”

“是啊，这么说你也是湖北人了？”戴克明顿时觉得双方的关系又近了一层。

“是啊，湖北黄安的，1932 年随红四方面军去了川陕，就再没有回去过了！”戴克林感慨道。

“哦？那你是黄安哪个地方的人?!”戴克明更加惊奇了。

“紫云区檀树乡戴家塘村。唉！别提了，全家人当年被国民党差不多杀光了，有 1 个小堂弟被我带出来参加革命，也不知道还在不在这个世上!”戴克林显然被戴克明的问话激起了强烈的思乡之情。

“你是道驹哥哥吧?”戴克明简直都不敢相信自己的眼睛。

“道奎兄弟!”戴克林上前一把抱住了弟弟。

戴克明原名戴道奎。戴克林原名戴道驹。按红安的话说，两个人是共爹(大别山人将爷爷称为爹）的兄弟。大革命失败后，戴家由于参加革命的人多，家里的妇孺老幼被国民党杀了一大半，戴克明与母亲侥幸逃出，保住了性命，四处流浪，1929 年才回到故乡。不久，已经参加红军的戴克林在回乡时，将戴克明从家中带出来参加革命。可自从戴克明到黄安县委参加工作后，近 10 年的时间，两位堂兄弟因不在一个部队，就再也没有见过面。10 年中，兄弟两人都分别更名为克林、克明。相隔千山万水的兄弟，更改的名字竟也如此接近，这不能不说是一种亲情的感应。兄弟团聚时刻，他们不曾想到：25 年后，二人竟再次出现惊人的雷同。那就是他们同时由解放军大校晋升为共和国的少将。

这种“一门双虎将，兄弟两将军”在大别山区虽不算特殊，但在中国革命的历史上还真是不多见。

链接

“三怪”将军戴克林

戴克林是军中有名的“三怪”将军：一是每逢硬仗必喝水；二是因头部负伤，长年戴帽；三是性情开朗，笑语随行。

戴克林（1913—1990），原名戴道驹，湖北省红安县人。1928 年参加革命，土地革命战争时期，任红九军第二十七师第八十团连指导员、副营长。抗日战争时期，任新四军第三支队司令部侦察参谋，江南抗日义勇军第一支队支队长，教导旅第二团团长等职。解放战争时期，任山东野战军第一纵队第二旅第五团团长，第三野战军第二十军第五十九师参谋长、副师长、师长。中华人民共和国成立后，任中国人民志愿军第二十军第五十九师师长，第二十七军副军长，浙江省军区副司令员等职。1964 年被授予少将军衔。

“蛮子”将军戴克明

在长期革命战争中，戴克明作战勇猛，人称“戴蛮子”，敌人闻之丧胆，而老百姓对他赞不绝口。

戴克明（1915—1986），湖北省红安县人。1929 年参加革命，同年加入中国共产党。土地革命战争时期，任黄安县特务大队大队长，光山县委书记。抗日战争时期，任新四军伊川县委书记兼县独立团政治委员。解放战争时期，任鄂豫军区潢川军分区第四团政治委员、军分区副司令员，洛阳军分区副政治委员。中华人民共和国成立后，任信阳步兵学校校长，湖北省军区副司令员等多职。1964 年被授予少将军衔。

篇七

英雄父子两代人　践行初心担使命

——讲述叶建民、叶爱群父子两代人的故事

在大别山区，在粤、鄂、鲁、豫大地，传颂着“父是英雄儿好汉，青出于蓝胜于蓝”的感人故事。这个故事的主人翁就是曾任广州军区副司令，1955 年被授予少将军衔的叶建民和他的儿子，曾任某集团军军长、广州军区参谋长、济南军区副司令员，1994 年 7 月晋升少将军衔，2003 年 7 月晋升中将军衔的叶爱群。

三负重伤不离战场的叶建民

叶建民，1918 年 10 月出生，原籍河南省新县卡房乡老叶湾，后迁居湖北省大悟县宣化店黄家大洼。幼时家境贫寒，只读过一年私塾。1931 年参加中国工农红军后，有三次身负重伤仍不离火线的战斗经历。

第一次负伤。1931 年，不满 13 岁的叶建民参加了红军。这年秋天，入伍才几个月，个子还没有枪高的叶建民便投入了鄂豫皖革命根据地保卫秋收的斗争。

一天，奉上级命令，叶建民在班长的带领下到天子岗巡逻。他在不经意间发现 100 米外的山头上有人影在晃动。他警觉地拽拽班长的衣袖，悄声说：“班长，你看！对面山上有人，还有枪……”叶建民的话音未落，敌人也发现了他们，并“嗷嗷”叫着先开了火。顿时，敌人的子弹像一阵狂风夹着刺耳的尖啸向他们射来。

这场遭遇战，是叶建民有生以来第一次与敌人真枪实弹地战斗，也是他第一次打枪，不免又急又慌。班长引导他翻身滚到一块石头后面，教导他说：“先把敌人看清楚，瞄准目标后再扣动扳机。”

叶建民按照班长教的办法，推子弹上膛，朝着忽隐忽现的敌人，扣动扳机。“叭”的一声，接连打出了好几发子弹。

班长环视了一下附近的地形，正准备带领全班迂回到敌人侧后，敌人扔来的手榴弹在身边爆炸了。随着几声巨响，班长和两个战友倒在血泊中。

“班长!”叶建民忘记了危险，大声呼喊着扑向班长。突然他感到左脚一阵撕心裂肺的剧痛，紧接着浑身颤抖起来，豆大的汗珠从头上滚落下来。原来他的左脚外踝部被弹片炸伤了！鲜血从伤口涌出来，染红了裤脚，也染红了脚下的秋草……

这时连长带着部队赶到，将敌人击溃。

第一次参加战斗就负了伤，又痛失了班长和两位战友，叶建民心里真不好受！回到驻地，叶建民呆呆地望着天子岗上那一片火红的枫叶，忍不住痛哭起来。后来，叶建民被送到郭家河红军洞医院养伤。未等伤全好，就提前回到了部队。

第二次负伤。跟随红二十五军长征到达陕北后，进入了抗日战争时期，叶建民被任命为八路军第一一五师三四四旅六八八团司令部通信参谋。

1937 年 12 月底，叶建民所在的六八八团奉命在滹沱河北岸阻击疯狂向洪子店进犯的日军。日军凭借武器装备的优势，用大炮猛轰六八八团阵地。经过数十次拼杀，日军始终未能突破。敌人发现了团指挥所，集中炮火进行轰击。一排排炮弹铺天盖地砸了下来，团指挥所被淹没在硝烟火海之中。叶建民和几位参谋都被压在乱石之中。

在硝烟弥漫中，一队日军突破三营阵地，向团指挥所阵地冲击。一群日军的三八大盖枪瞄准了正在观察敌情的团长。

“危险!”叶建民大叫一声，从压在身上的石土中“腾”地跃起，扑向陈团长。但他突然感到右胸部猛地一热，眼前的景物急速旋转起来，随即便失去了知觉……

当叶建民从昏迷中醒来时，发现自己躺在临时战地收容所。他负了重伤，鬼子的子弹从他右胸乳下射入，贯通胸部，从右背部的肋间穿出，殷红的鲜血浸透了军衣……

抗日根据地的老百姓将昏迷的叶建民抬着送往野战医院。担架上还特意插了一缕鸡毛，这是乡亲们对危重伤员表示要紧急护送的标记。

途中，六八九团供给处政委田养泉和卫生院队长章少卿看到插鸡毛的担架，便拦住查看，发现叶建民面色苍白，身上缠满了浸着血迹的绷带，知道伤情严重，便在半路上实施紧急抢救。章少卿迅速用手术刀划开叶建民的上衣，在他胸部右乳下找到真正的伤口。只见伤口周围已经发炎，章队长决定当即清洗伤口。

由于叶建民是贯通伤，清洗伤口需要比较长的医疗器械，紧急中他只好把步枪上的“通条”卸下来，消毒后代替探伤器械。当章少卿用“通条”探查清洗伤口时，每动一下，叶建民都疼得浑身颤抖，黄豆大的汗珠顺着脸颊流下来。他紧紧地咬着牙，闭着眼睛，一声不吭地忍耐着、坚持着。

剧烈的疼痛耗尽了叶建民的精力，他昏迷过去了。

当叶建民再次醒来时，已躺在耿镇八路军医院的病房里了。在医护人员的精心护理下，经过 70 多天的治疗，叶建民的伤基本痊愈了。在出院的前一天，医院领导找到叶建民，说：“叶参谋，我们想请你把三四四旅痊愈出院的伤员带回部队去。”

叶建民立即表示：“可以。请医院领导放心。”

在叶建民的带领下，这批痊愈的伤病员冲破了日军的重重封锁，克服了种种困难，艰难跋涉上百里，安全地回到了部队。

一听说叶建民回来了，80 多个伤愈归队的指战员回来了，旅长徐海东、政治委员黄克诚非常高兴，前来看望他们。

叶建民向两位首长汇报了沿途行军、穿过封锁线的情况后，把《归队人员花名册》交给了徐海东旅长。

徐海东一边翻阅花名册，一边笑着说：“好啊，这 80 多人都是老红军、老红二十五军的骨干嘛，是部队的宝贵财富呀！你辛苦了！”

六八七团团长田守尧拍着叶建民的肩膀深情地说：“当时从油印的《抗日阵亡烈士名册》上得知你牺牲了，我真难过……嘿，现在好了，大难不死，到我们团来吧，我们一起向鬼子讨还血债!”

“谢谢首长和同志们!”叶建民抹去兴奋的泪水，坚定地说：“小鬼子想要我的命，没那么容易。”

第三次负伤。1946 年初，27 岁的叶建民担任东北野战军直属二师五团团长，已经走上了指挥员的岗位。5 月 18 日，叶建民奉命率部撤出四平，连夜向吉林方向转移。

第二天，当部队到达一处树林茂密的山地时，前卫营与敌遭遇了。顿时，枪声、炮声和喊杀声响成一片。敌人来得很突然，又有坦克打头阵，显然不是散兵游勇。叶建民心里清楚：“东总”机关及部队正在向东北方向转移，如果不坚决打退敌人，整个部队的大转移将直接受到威胁。

“必须赶快查明敌情!”叶建民一边说着，一边立即带警卫人员跑上附近一处制高点，跳上两米高的土围墙，居高一看，原来这股敌人是由火石岭方向而来。密密麻麻的敌人一窝蜂似的冲来，敌人的坦克已经冲入五团直属队中。双方交织在一起，激烈地拼杀。

情况紧急！叶建民果断地指挥部队投入战斗。突然，一排炮弹在围墙附近爆炸，叶建民脚下的围墙倒塌了，他被摔在碎砖乱石中。他感到左肩部一阵剧痛，全身瘫软，站不起来。参谋和警卫员立即叫来担架，将他放在担架上。

叶建民虽然痛得一身冷汗，但他的头脑仍非常清醒，他对参谋说：“你快去告诉一营，叫他们坚决打退这股敌人！要特别注意敌人坦克!”紧接着，叶建民又命令二营、三营：“坚持把敌人打退，赶快收拢部队，尽快撤离战场，不要与敌人纠缠!”

战斗仍在激烈地进行，在混战中，各营打得勇猛顽强，先后割裂了敌步兵与坦克的联系，使敌人只有招架之功，毫无还手之力。渐渐地敌人支持不住了，开始出现混乱。

身负重伤的叶建民，咬紧牙关，坚守在指挥位置上。他叫人把自己抬上一个山坡，侧身躺着，继续用可以活动的右手举着望远镜观察敌情，指挥战斗……

敌人开始溃逃了。

叶建民见敌人逃跑了，只剩下一辆坦克昏头昏脑地到处瞎撞，命令道：“快，告诉翟副团长！叫他立刻去一营，组织一营掩护，其他各营立即撤出战斗，迅速追赶大部队！”

不一会儿，骑兵通讯员来报告：翟副团长已指挥一营完成了阻击敌人的任务。其他各营都安全转移了。

叶建民这才放了心，由同志们抬着他转移。一路上，叶建民似乎忘记了伤痛，满怀兴趣地问：“敌人的坦克跑了没有？”

“跑了三辆。”骑兵通讯员答道，“还有一辆被我们炸毁了。”

“好！”叶建民忍着伤痛艰难地笑了。

部队正有条不紊地向目的地转移，突然天空中出现四架敌机。

叶建民敏感地意识到敌人是想破坏前面不远的小丰满水坝，如果敌机炸毁了水坝，那部队岂不要被阻在这一带了吗！“决不能让敌人的阴谋得逞！”叶建民命令：“部队不要停！拉开距离，跑步通过小丰满水坝！”

部队刚开始跑步，电台就收到师指挥所的命令：令你部迅速通过小丰满水坝。参谋们惊讶地说：“团长，你真料事如神呀！”

就这样，部队在叶建民团长指挥下，一边对空射击，一边急速奔跑，很快通过小丰满水坝，追赶上了一师师长罗华生率领的大部队。

罗师长听说叶建民左肩骨折，负了伤，立即赶到担架前，关切地说：“叶团长，我看你伤得不轻，直接送你到后方医院吧！”

叶建民强忍住剧痛，镇静而又坚定地回答：“没那么严重，我还能坚持。”

“可你不能总是躺在担架上指挥呀。再说，治好了伤再揍敌人也不迟嘛！”罗师长说。

“唉！”叶建民极不情愿地用右手狠捶了一下担架……

就这样，在血与火的战场上，叶建民以大无畏的革命英雄主义精神，书写出人生灿烂的光华。中华人民共和国成立后，又参加了抗美援朝战争，任中国人民志愿军第四十七军师长、军参谋长、第一副军长兼参谋长，荣获朝鲜民主主义人民共和国一级、二级国旗勋章。回国后，任广州军区装甲兵司令员，广州军区副参谋长，广州军区副司令员。1955 年被授予少将军衔。1988 年 7 月获一级红星功勋荣誉章。著有《百战情思》《信念》。1998 年 9 月 18 日病逝于广州，享年 80 岁。

红色基因在叶爱群身上延续

与父亲有着同样血性和柔情的叶爱群，1945 年 10 月出生在山东，他伴随着父亲的枪炮声诞生，在火热的解放军军营中成长，父辈的英雄事迹使其耳濡目染，父亲与母亲的红色基因在他的身上延续。他深知，践行初心，为人民打江山不易，需要付出巨大的流血牺牲；担当使命，守护红色江山更难，同样需要发扬一不怕苦、二不怕死的革命精神。他是军中的雄鹰，一生戎马，历经风云，忠心赤胆；他在“暗淡了刀光剑影、远去了鼓角争鸣”的和平年代，勇斗歹徒，一线抗震救灾，无数次救群众于危难之中，谱写出为民爱民的新章篇。

请看下述事迹：

曾为抗美援越作出过很大贡献的叶爱群，目睹过忘恩负义的越南在我边疆烧杀抢夺，义愤填膺的叶爱群于 1979 年参加对越自卫反击战，给予侵略者以迎头痛击，他所在的团司令部和他个人均荣立三等功。

1993 年 8 月 5 日，深圳市清水河危险品仓库连续两次发生大爆炸，时任四十二军参谋长的叶爱群奉命连夜率部队赶赴现场救援，奋战一夜扑灭了大火，避免了爆炸事故的再次发生。

1998 年 8 月 6 日，时任四十二集团军军长的叶爱群率军奔赴湖北长江地区抗洪抢险，防守在 1600 公里险工险段。在一个多月的抗洪抢险战斗中，叶爱群沉着冷静、运筹帷幄，迎战第五、六、七、八次洪峰时，他昼夜不休，坚持跑遍每一个险工险段，并亲自指挥焦家铺大决战，直到抗洪全面胜利。被国家防总、人事部、总政治部联合评为“全国抗洪模范”，被四总部表彰为“抗洪抢险先进个人”。

2007 年 8 月 17 日，山东新泰煤矿发生透水事故，时任济南军区副司令员的叶爱群奉命速率部队赶赴现场，巧用舟桥、汽艇快速封堵溃口，为开展井下积水抽排和人员救援争取了时间。

2008 年“5・12”汶川特大地震发生 26 小时后，叶爱群率济南军区前线指挥部和近 5 万官兵紧急赴川抗震救灾，经 90 多天的奋战圆满地完成了抗震救灾任务。

“作为一名老兵，率军进川救民于水火之中既是一种责任也是一种荣耀；作为一名高级指挥员，我的岗位就应该在抗震救灾的第一线。”于是身为红军后代的叶爱群欣然领命，率先奋战在灾区现场。

鲜为人知的是，当时叶爱群身体健康状况并不好，而且在2008年底就要达到最高服役年限。但当地震发生时，他主动请缨前往灾区，担任四川抗震救灾副总指挥、济南军区抗震救灾前线指挥部总指挥。为了更好地掌握灾情，他不顾现场环境恶劣，坚持把指挥所设在都江堰险址，与人民共进退。

赤子忠诚，一心为民。哪儿有灾情哪儿就有他的身影。哪里群众有需要，哪儿就有他的身影。当初父亲叶建民为其取名“爱群”，正是应了“爱护老百姓，爱护人民群众”之意。而叶爱群也一直没有忘记父母对自己的期望。

1995年叶爱群在广东增城驱车经过车祸现场，他立即叫司机停车抢救遭遇车祸小腿骨折的女教师，将伤者送去医院且确保人员脱离危险后，才放心地离开。而3年后，几乎同样的一幕再次出现在广东增城，只是这次是两名遭遇车祸负伤的农民……

这样见义勇为的事情还有不少。2005年，叶爱群在某晚下班回家途中，巧遇被摩托车抢劫财物的情侣，他立即命令司机追赶，并从急速行驶的车中伸手去抓歹徒，最后和司机一起将摩托车逼停，经过一番激烈搏斗，将两名歹徒制伏。“将军街头勇擒歹徒”的事迹传开后，当地群众纷纷称赞。山东省见义勇为基金会闻讯，特向叶爱群颁发5000元奖金。他当场将全部奖金捐出，说：“用它去奖励其他见义勇为者吧。这样的人多了，人民群众就更加安全了！”

叶爱群决战岂止在战场，和平年代的奋不顾身更见精神。

如今荣休的他特别低调，对于自己曾经的英雄事迹总是轻描淡写的一句——“没什么可说的”。众多记者采访他的事迹，并不出于他之口，而只能从其妹叶爱平所收集的剪报中略知一二。

铮铮铁骨情，拳拳赤子意。与众多爱国英豪一样，透过一页页历史，我们从叶爱群的坚守与献身中，看见的是他的血气方刚和赤胆忠心，更是炽热的爱国情和豪迈的报国心，同时也感受到“为人民服务”绝不是一个口号，而是根植于心的使命、责任与担当。

第五章 长征花絮 烂漫征途

链接

红军长征路上的传奇数字 （篇三）

《牛皮腰带歌》 （篇六）

《长征——前所未闻的故事》 （篇七）

张茶清——红西路军女战士的悲壮人生 （篇九）

陈赓调侃蒋介石 （篇十三）

毛泽东建议文学工作者要学习鲁迅 （篇十三）

篇一

誓死不愿离队的“红军女”

举世闻名的二万五千里长征，是中国工农红军以血肉之躯谱写出的人类历史上无与伦比的英雄史诗。在长征途中形成的勇往直前的大无畏革命精神和坚忍不拔的革命英雄主义气概，亦即长征精神，是我们党和军队的宝贵精神财富，也是我国开启全面建设社会主义现代化国家新征程的强大精神动力。

在从 1934 年至 1936 年的漫长征途中，先后有 4 支红军队伍完成了长征——中央红军（红一方面军）、红二方面军（红二、六军团）、红四方面军和红二十五军。在大别山区走出的这两支红军队伍中，又以红二十五军出发最晚却率先到达陕北，这不能不说是大别山人的骄傲，是大别山区对中国革命的巨大贡献。

本文仅从大别山红军的长征史迹中，采摘几朵花絮，记录如下。

在红二十五军中，有 7 名女战士显得格外惹眼，她们就是被称为“七仙女”的红军医院女看护：周东屏、戴觉敏、余国清、田喜兰、曾纪兰、张桂香、曹宗楷。

长征的命令下达后，军政治部考虑前有阻敌、后有追兵、军情紧急，怕 7 名女同志在急行军中掉队出危险，就派医院政委苏涣清来动员她们留在根据地，并给她们每人发了 8 块大洋。

面对这突如其来的决定，她们手里攥着沉甸甸的大洋，心情十分沉重，大家意识到，拿走了大洋，就意味着脱离了部队，而离开了朝夕相随的部队，就没有自己的活路。因此，大家都不愿意要银元，坚决请求跟随部队走，有人甚至哭着求苏政委收回大洋。

苏涣清没办法，只好把这一情况报告给军参谋长戴季英。戴季英是个讲原则而不善变通的人，他走过来讲明不让她们跟队的理由，然后板着面孔强令她们接受大洋走人。

正在僵持之际，军政委吴焕先和副军长徐海东恰好路过这里，她们不约而同地围上去，七嘴八舌地表示决心：我们死也要死在红军队伍里！红军走到哪儿，我们就跟到哪儿！活是红军的人，死做红军的鬼！看到她们如此坚决，军政委吴焕先对戴季英说：“老戴呀！这些女战士都是无家可归的孤儿，离开红军队伍，又能到哪里生存呢？她们都是医护人员，说不定跟着部队会发挥很大作用呢。”徐海东插话说：“把她们留下来，举目无亲，难有活路嘛!”然后，不等戴季英表态同意，果断地把马鞭向前一指：“快去排队集合吧!”顿时，姑娘们个个破涕为笑，交上银元，快速地整装出发了。

部队出发以后，为了甩开敌人，跳出敌人的追堵合击圈，每天都要急行军 40 多公里，有时 50 多公里。为了隐蔽，部队常常夜间行动，7 名女战士就把绑腿解下来，结成一条长长的带子，互相牵引着摸索前进。为了防止掉队，每天行军，她们都提前出发，最后到达宿营地，一天下来，全身就像散了架一样。尽管这样，她们还是坚持给伤病员送药，争着去做护理工作，发挥了特殊而重要的作用。

这 7 名女战士中除了曾纪兰、曹宗楷牺牲在长征路上，其他 5 人都到达了陕北，并且有了好的结局。例如，徐海东军长身负重伤后，多亏了周东屏的悉心照料，才较快地恢复了枪伤，并成就了他们两人的美满姻缘。著名烈士戴克敏的妹妹戴觉敏，热情、泼辣、活跃，医术过硬，1955 年被授予少校军衔、副军职离休干部，是中将饶正锡的夫人。

篇二

见证红二十五军长征的标志物

故事一：何氏祠堂门前的“红军魂”

1934 年 11 月 16 日，红二十五军 2980 名将士高举“中国工农红军北上抗日先遣队”的旗帜，整装列队在罗山县何家冲何氏祠堂门前，等待军首长的一声令下出发。然而就在部队集结时，天降大雨，一道惊雷劈向离祠堂约 100 米的一棵老银杏树（当地人叫白果树），树身被烧得焦黑，并留下了很大的裂痕。当时，有的同志讲迷信说，这是不吉的象征啊！

就在这时，军政委吴焕先大步走向队伍前，用他那有力的大手指向被折断的树杈说：“同志们，我们北上长征意义重大，是惊天地、泣鬼神的伟大壮举。你们看，有雷公擂鼓助威，有电母为我们引路，还有大雨为我们洗尘，我们一定能够到胜利的彼岸。”他的出发动员，给全军指战员以极大的信心和力量。

红军开走后，村里的一些老年人忧心忡忡地讲开了迷信，说是大军开拔，树身断杈，尤似古代的军中折旗，预示着主帅不利。如果此树死亡，当意味着全军覆没。真没有想到，老百姓的胡乱推测竟然不是迷信而是事实。庚家河一战，军长程子华和副军长徐海东身受重伤；刚刚由鄂豫皖省委书记改任鄂豫陕省委书记的徐宝珊病故；特别是四坡村战斗，被誉为军中之魂的军政委兼鄂豫陕省委书记吴焕先壮烈牺牲。所幸这棵被烧毁的白果树到第二年红二十五军长征胜利后又奇迹般地复活了。如今，这株几人才能环抱过来的老白果树身，那道深深的痕迹还在，但仍枝繁叶茂，每年还会挂果。当地的老百姓把这棵白果树誉为“红军魂”，并以此纪念红二十五军军魂的吴焕先。

故事二：月河镇的“红军花”

在河南省桐柏县月河镇的月河桥头，竖立着一个石碑，上书“红军长征转战地”。

当年，红二十五军将士进入月河镇，就靠着老街边房根，静悄悄地持枪和衣而卧一夜，“马不惊蹄，人无声，坚辞不进老乡门”。

在月河镇，红军还留下一个有名的纪念物——“红军花”（一种藤状植物，学名“缠松”）。据说，红军花是红军的草鞋夹带的花种生长起来的，是一种藤状植物，开的花是标准的五角星形，而且是红颜色，和当年红军军帽上的红五星别无二致，故得名。说来也巧，这种名为红军花的植物在镇上并不多见，只生长在红军住过的地方。还有就是县城里的桐柏革命纪念馆，那里种了不少。

1945 年 10 月，李先念率领的新四军五师、王震率领的三五九旅南下支队和王树声率领的河南军区部队 6 万余人在桐柏胜利会师。10 月 30 日，中共中央中原局、中原军区和中原行政公署在桐柏县城郊叶家大院宣告成立。桐柏成为当时中原解放区的核心区域和各级首脑机关。就在李先念、郑位三、王震、王树声等领导居住的院内墙边上，也有一株株藤状植物爬上了墙，并开出了绚丽可爱的“红军花”。

由此可见，万物都是有灵性的。红军的崇高形象和坚韧不拔的精神已把大自然的植物感化。

故事三：罗沟村的“红军杏”

1934 年 11 月 23 日至 26 日，红二十五军从桐柏冲破敌军的阻截，趁夜幕的掩护到达泌阳县铜山乡的罗沟村。在这里的短暂休整中留下“红军杏”的故事。

原来，红二十五军的小战士孙子膜负了伤，又染上“虐子”病，被部队领导安置在村中罗大妈家里养病治伤。红军走后，罗大妈把孙子膜视为自己的亲生儿子，为了给他退烧治伤，她遍寻中草药，还特意从地窖里拿出自己用“土办法”保鲜储藏的山杏给孙子膜吃。就这样，在罗大妈的精心护理下，孙子膜很快痊愈了。他在归队前，特意把山杏核掩埋到村头的荒地里，让其生根发芽，开花结果，以示对罗大妈的怀念。第二年，在罗沟村头这片荒芜的土地里，长出一片茁壮的山杏幼苗，随后逐渐长成了杏树林。但后来杏树林屡遭破坏，至今仅存这一棵山杏树。

这棵山杏树有 80 年的树龄，和红二十五军长征同龄、树高约 12 米，故当地人将它命名为“红军杏”，现已被泌阳县政府公布为首批重点保护的古树名木，并由中州古籍出版社辑录在《中国泌阳古树名木》这一历史丛书中。

故事四：红军路上映山红

“夜半三更呦，盼天明，寒冬腊月呦，盼春风，若要盼得呦红军来，漫山开遍呦映山红。”一首脍炙人口的《映山红》，让池家春老人眼里噙满泪水。

池家春是一位与部队失散的女红军战士，出生于 1918 年，1932 年 7 月在攻打霍邱县城时走散，被老乡打扮成自己的女儿才幸免劫难。事后池家春老人一直在地方坚持革命斗争，直到中国革命取得胜利。在交谈中老人最值得骄傲的就是家乡的映山红，她一提到映山红，就高兴得像回到了 80 年前。那年她才 16 岁，在映山红开满山的时候，她参加了红军，她扎着羊角小辫子，时而卫生队，时而宣传队，她干什么都会得到领导的表扬，还记得一次部队转移时，她在山上采了很多映山红，还没有来得及欣赏就匆匆跟随部队转移。战斗结束时，她从背包里拿出那些已经凋谢的映山红，让她激动的是，虽然没有花瓣了，但树枝依然是那样鲜活、坚硬，她把树枝插在土地上，希望来年这里也是漫山遍野的映山红……

岁月沧桑，一晃几十年过去了，她一直没有忘记那次攻城时被敌人打散的情景，流离失所，背井离乡，一别就是 40 多年，每次在夜里她都会梦见漫山遍野的映山红。

家乡的映山红，年年岁岁，开在池家春奶奶的心里。她说：“我怎么忘得了那一片红色的土地，怎么忘得了家乡的映山红？为了中国革命的胜利，多少大别山儿女牺牲了……”

每年的暑假，来自各地的大学生都前往金寨光荣院看望老人们以及池家春奶奶。每次都能看到她那深邃的目光，灿烂的笑容。或许此时此刻，在她的眼前，家乡那延绵起伏的山岭上，又盛开了一簇簇灿如云霞的映山红。

篇三
“军史布衣第一人”

1934年12月4日，红二十五军长征越过伏牛山进入豫陕边界的卢氏县。要从卢氏入陕，必须经过两个隘口：朱阳关、五里川。蒋介石为了防止红二十五军进入陕西，早在半个月前就命令驻守在开封的国民党第十九军六十师，沿陇海线西下，提前3天赶到这里，堵死了入陕通道。不仅如此，敌“追剿队”第二支队也跟踪到栾川、庙子一线，使红二十五军面临前后夹攻、腹背受敌的危急情况。连蒋介石也坚信，此次红军是“插翅也难逃”。

就在这种危急关头，一位名叫陈廷贤的货郎挺身而出，他说：“我为了避开国民党的哨卡盘剥，常走偏僻小路到陕西贩卖小东小西，故此知道有条捷径可直接入陕。”

于是，在这位货郎的引领下，红二十五军神不知鬼不觉地出豫入陕，让国民党的围追堵截全都落空！因此，他是载入红二十五军军史的唯一一位“老百姓”，被誉为“军史布衣第一人”。

那么，货郎陈廷贤是怎样遇到红军，并心甘情愿地为红二十五军带路的呢？

根据时任红二十五军军长程子华与军政治部宣传科科长刘华清的回忆，红二十五军从伏牛山进入陕西后，前有敌军堵住通道，后有追兵赶至。红二十五军要出豫入陕，必须尽快地找到一条安全的入陕之路。但红军人生地不熟，加上卢氏百姓常遭拿枪人的洗劫，不敢和当兵的接近。怎么办？

真是天无绝人之路。当红二十五军派出探路的多路侦察员失败而归时，一个偶然的巧合，程子华军长在山道上碰到了一位货郎，经询问，他名叫陈廷贤，山西人，流落在卢氏县后，经常走村串户，到豫陕一带卖些针头线脑的东西，以此养家糊口。

程子华热情地对货郎说：“哎呀！我也是山西人，咱俩是老乡呢。老乡见老乡，两眼泪汪汪啊！”

毕竟是见过大世面的人，面对腰插手枪，头戴红星帽，说话非常和气的程子华等一众官兵，陈廷贤不但不害怕，反而有一种亲近之感。他大着胆子问：“老乡官爷，你们这是要往哪里去呀？”

程子华指着头上的红星帽说：“老乡，我们是工农红军，是老百姓的队伍，不要叫我官爷，称同志或叫老乡吧。”接着说：“我们要到陕北去打击日本侵略者，可蒋介石自己不抗日，却要消灭我们这些抗日的队伍。现在他们在前面布上了口袋阵，后面又派来了大量追兵，不知道你有没有办法给我们指出一条生路，摆脱面前的这种困境呢？”

“老乡同志，你算问对人了。”货郎陈廷贤不紧不慢地说：“我早就知道红军是我们穷人的队伍。早些时，贺龙率领的红三军路过卢氏，我还为他们领过路呢。”

“那太好了老乡！”程子华与陈廷贤越说越近，越说越投机。警卫员走过来告诉陈廷贤说：“这是我们的军长程子华。”

“哎呀！你这么大的官，还这样心平气和地与我这个草民说话，要是国民党军，早就拿枪顶着我的脑袋问话了！没说的，我知道有条小道直通陕西。我给你们带路。”

就这样，红军在他的带领下，走了一条敌人根本想不到的“油盐小道”，爬山涉水，披荆斩棘，穿越大石河、水峪河、文峪峡谷，又冒着卢氏守城敌军的枪林弹雨快速西进，最终顺利地进入陕西商洛地区。

陈廷贤为红军带了三天三夜的路，临别时，程子华军长拉着他的手说：“小老乡，谢谢你！你现在已经是我们共产党的人了！”就这一句话，让陈廷贤记了一辈子！中华人民共和国成立后，直至 1983 年红二十五军战史编写组再次提起此事，把调查地扩大到晋冀豫，最后才获悉陈廷贤是山西晋城市巴公乡阴村人，少时流落卢氏，以做小买卖为生，新中国成立后为县副食品公司职工。

当调查人员焦急地赶到卢氏，与县党史办人员找到了这位记住“我是共产党的人”50 年的货郎时，他已患重病卧床不起了。他艰难地配合有关人员回忆了那段艰苦岁月中的传奇历史后，不幸于 1984 年农历正月十二日撒手人寰，享年72岁。

临终前，他向老伴儿、女儿们留下遗言："我死后你们要将我埋到县委党校旁。我要头枕党校，面朝红军走过的路，永远看下去。"党和政府满足了他最后的要求，并为他树碑立传，以示永久纪念。

链 接

红军长征路上的传奇数字

一、红军的长征时间

中央红军（即红一方面军）：从1934年10月10日由江西瑞金出发，至1936年10月22日到达陕甘根据地吴起镇，胜利结束长征，历时2年零12天。

红二方面军（即红二、红六军团）：从1935年11月19日由湖南省桑植县的刘家坪出发，至1936年10月22日在宁夏西吉县的将台堡、兴隆镇与红一方面军会师，历时将近一年时间。

红四方面军：从1935年3月西渡嘉陵江到1936年10月会宁大会师，历时1年零7个月。

红二十五军：从1934年11月16日由河南罗山县何家冲出发，至1935年9月15日到达陕西延川永坪镇，与刘志丹率领的红二十六军、红二十七军胜利会师，用了10个月时间，成为四支主力红军长征中最先到达陕北的孤旅。

二、长征队伍的平均年龄

中央红军、红二方面军和红四方面军平均年龄为20岁左右；红二十五军队伍的平均年龄为13至16岁，被人们称为"儿童军"。

三、长征经历的重大战役战斗次数

红军在长征途中，一共发生了600余次重要战役战斗，在极为艰苦的条件下，红军凭着坚定的理想信念和无坚不摧的革命英雄主义精神，冲破了国民党军的前追后堵，谱写了人类战争史上的奇迹。

四、长征跨过的山脉草地及江河险阻

红军是一支特别能战斗、特别能吃苦的队伍。在长征途中，先后翻越了40

多座崇山峻岭，海拔大多在4000米以上；其中，5座大山终年积雪，天寒地冻。同时，走过了渺无人烟的茫茫草地，跨过100余条江河，包括世界上最汹涌险峻的峡谷大江。最为有名的是，血战湘江、强渡大渡河、飞夺泸定桥，以及血战漫川关、庚家河、强渡嘉陵江等战役战斗，杀开了一条血路，使红军走出了灭顶之灾的危险地段。

五、长征用双脚走过的地域及里程

据考证，二万五千里是红一方面军（中央红军）走过的里程数，但并不是各路军队长征的总里程数。各路红军长征的路程加在一起约为六万五千里，全军平均每天行军74华里。其行军路线从东南至西北跨越大半个中国，按现行行政区划分，途经15个省市，分别是：

江西、福建、广东、湖南、广西、贵州、重庆、云南、四川、青海、河南、湖北、甘肃、宁夏、陕西。

六、长征牺牲的人数

长征是血与火的征程，灵与肉的考验，生与死的抗争。在长征途中，平均每前进300米，就有一名战士牺牲。各路红军出发时，总人数为20.6万人，沿途补充4.2万人，最后达到陕北的只有5.7万人。

篇四

一张珍藏了 80 年的借条

河南省卢氏县官坡镇高河村，现名兰草村，是由豫入陕的一条通关要道，由村后的铁锁关入关可到陕西洛南、丹凤等地，地理位置极其重要。这里自古繁荣发达、商贾如云，颇有名气。红二十五军长征到达这里时，曾留下许多感人的故事，其中，一则发生在兰草村的农民李明山家里珍藏的 80 多年的红军借条，就是一例。

珍藏在李明山家里的这张借条和一枚子弹壳，虽然历经 80 多年的时空摩擦已经泛黄陈旧，但借条上面的字迹仍清晰可见，借条上写道：

“今借到高河村李大娘苞谷五斗食盐叁斤，工农红军手枪连。甲戌年冬月十三日（按公历是 1934 年 11 月 13 日）。”

这是当年红二十五军部队的手枪连向李明山的奶奶项小翠打的借条。说起这个手枪连，可是不简单。这个手枪连实际上是红二十五军手枪团的一个连队，清一色的短枪手，都是由机智勇敢、精干老练的小伙子所组成，在战斗中常常担负侦察和开路先锋的任务。当年红二十五军主力随货郎陈廷贤秘密入陕，而手枪团则佯装主力，当夜经窑子沟、双庙、韩家山、大干一线翻越熊耳山，抵达朱阳关以南黄沙一带，虚张声势地找房子、贴标语，从而给当面之敌造成了红军入陕将由此来突破防线的错觉。而当他们完成诱敌任务后，便也辗转来到这个必经之地的村子里。由此出现借条一事。

故事的梗概是，手枪连借住在李家做饭时发现粮食不足了，便向房东项小翠暂借一些，打算第二天筹得粮后就归还。没想到第二天，红军筹来的粮食太少，一位被称作指导员的红军对项小翠说：“今天搞来的粮食太少不够还你们，我给您写个借据，以后再还。就是我们不过来，只要是红军的队伍从这里过，不管是哪支队伍，借据同样管用。红军绝不欠老百姓的账。”说着，这位红军指导员便找来纸笔写了上述借条交给项小翠，并再三叮嘱千万不要张扬，要妥善保管，以免带来麻烦。

手枪连的红军走后，尽管不久遇到过多路红军在这里活动，但项小翠一直没有说出去，并把这张借条藏了起来。

直到 1959 年项小翠老人已 80 岁了，在弥留之际断断续续地告诉孙子李明山："……红军在咱家住时，借过咱的粮食和盐巴，还写了借条，现在解放了，以后就别提这事了，算是咱家给国家作贡献了……"直到去世，项小翠老人始终没有说出借条的下落。

2007 年卢氏县遭受洪灾，李明山家的老房子也因漏雨开始整修。就在整修过程中，他意外地发现楼上粮仓下有一个被泥巴糊着的青瓦，揭开青瓦，一颗子弹露出来。他小心翼翼地拔出子弹头，没想到这颗子弹壳里没有火药，倒出来的却是一张皱巴巴的纸条。他知道了，这就是奶奶提起的那个借条，由于是藏在子弹壳内，得以长期保存下来。

当时文物管理会的领导动员李明山，本着自愿原则，革命文物可以上交保管，并给予他捐献证书和经济补偿。但李明山舍不得奶奶珍藏的红军借条，提出有生之年希望自己珍藏，捐献时也不要政府任何物质补偿。李明山说，他是在完成奶奶的遗愿，将来红二十五军长征纪念馆旧址扩建后，愿意无偿捐献给国家。李明山还说："我不能太自私了，那段红色历史要和大家一起分享。"

这就是兰草村李家珍藏了 80 多年的红军借条，却不要任何回报的感人故事。

篇五

“陈松庭精神”

1932年12月15日，红四方面军在钟家沟召开了团以上干部会议，讨论了进军川北、创建川陕革命根据地的方针，决定立即翻越巴山，首先占领通江、南江、巴中地区。

当时盘踞川北及川西26个县的军阀田颂尧，拥有50个团，数十万人的兵力，并自恃“巴山天险”难过，对北面的防御并不严密。于是方面军计划翻越大巴山，出敌不意抢占两河口，直下通、南、巴。这一进军路线是一条入川的捷径，但却十分险峻。

大巴山位于四川与陕西交界地区，全程210里，海拔1500余米，群山莽莽，巍峨陡峭，当地民谚称：“雄鹰双展翅，难过巴山顶。”进军川北，必须翻越人迹罕至的大巴山。在严冬时节翻越大巴山，更是挑战人类的极限。

当地山民听说红军要在隆冬翻山，惊讶不已：“疯了！”

一位好心的老大爷劝阻许世友说：“你们要过大巴山，是在找死啊！巴山沿途都是羊肠小路、悬崖峭壁。眼下大雪封山，连个插脚的地方都没有，你们怎么走法？”

许世友哈哈大笑说：“还没上景阳冈，你就贴出三碗不过冈的告示了。”

“不是吓唬你，这是真的。我在这里住了几十年了，没见过哪个部队敢在冬天过大巴山！”

“我们红军连死都不怕，还怕一座大巴山吗？”

望着老人忧心忡忡的神情，许世友心里也打开了鼓。天寒地冻，漫天皆白，红军指战员身上穿的全是单衣，衣裤上满是补丁或破洞，脚上穿着草鞋，有的甚至打着赤脚。由于长途行军，许多战士脚上伤口化脓，最严重的特务团，80%以上干部战士脚上因伤感染，化脓流血。这真是生死攸关的考验与生理挑战呢。

为了战胜巴山风雪，克服山道险阻，部队进行了深入的动员和可能的物质准备。徐向前为解决翻越巴山的御寒、照明和引路问题，费尽了苦心。他规定每人带一把稻草，准备黑夜当火把联络用，并用于在冰雪路上防滑铺垫。徐向前还叫衣服单薄的人用稻草编成蓑衣披在身上，并说："路上散落的稻草，可以给走在后面的人做路标。"

准备工作就绪后，徐向前到红七十三师二一七团做了检查和动员。因为他们是先遣部队，担负着为全军开路的光荣任务。

广大指战员冒着寒风大雪，互相鼓舞，彼此扶持，在陡窄冻滑的山路上英勇挺进。共产党员和干部更是以身作则，带头替有病或体弱的同志背东西，冒着生命危险在险段上抢救和拉扶战友。

夜间休息时，部队就刨开积雪，铺上稻草，烧着篝火，度过风雪之夜。在这样艰难的进军中，涌现出了许多可歌可泣的英雄事迹。共产党员、优秀的红军战士陈松庭，就是一个例子。一路上，陈松庭经常替年幼的战士背东西，并把自己的干粮让给别人，休息时又协助班长在风雪中为全班战士拾柴生火。深夜，他睡在草棚门口，用自己的身体为大家遮风御寒。第二天天亮时，战士们发现，这位平凡而伟大的共产党员已献出了宝贵的生命。

红四方面军正是凭着这样一种藐视一切困难的革命英雄主义和团结一致的精神，战胜了天险巴山，好似神兵天降，突然出现在川北。1957 年，徐向前在谈到这段往事时，深有感慨地说："我们当年能从大巴山跨过来，正是因为有陈松庭同志这种精神！"

篇六

靠老班长的“赠礼”翻过大巴山

朱致平将军生于1914年，是河南省新县泗店乡大畈村人。1930年，他这个16岁的放牛娃和姐姐一起加入了中国工农红军。在此后戎马生涯中，他参加过二万五千里长征，同侵华日军、国民党军队乃至朝鲜战场上的美军都交过手，浑身弹痕累累，还被打伤了肺部，造成左侧肺萎缩。

朱致平之女朱敏说，她父亲在长征时期是红四方面军的敢死队队长，曾三过草地、两爬雪山，历经千难万险。尤其是在穿越人迹罕至的大巴山时，父亲靠班长送给他的“一件红花袄”救了命。

1932年12月，红四方面军总部决定翻越大巴山，朱致平所在的七十三师二一七团在王树声的带领下，作为全军先遣队出发。先遣队的主要任务是侦察敌情，勘察标示路线。一路上，他们每隔5公里就要搭起一些简陋的小棚，作为后面大伤病员的临时救护站和体弱战士的休息处。当时，朱致平就是先遣队的一个营长。

朱致平和战友们跌跌滑滑地在冰山中艰难地爬行着，临近黄昏，他们才在风雪中前进了不到两公里。战士们的衣服冻成了坚硬的“冰甲”，干粮没有了，有的战士冷得直哆嗦。于是，朱致平带领十几名战士，踏着皑皑白雪，到处找取暖的东西。在他们艰难的搜寻中，终于发现半山腰几户人家门前的打谷场有几个草垛子。朱致平他们每人抱着一捆稻草返回队伍中，将这些稻草分给每一位战士，让他们每人编一个草帘披在身上保暖，其余的都带在身上。

在搬运稻草的过程里，朱致平碰见了自己的老班长，他问：“小伙子，你抱着这些干什么?”朱致平答，过雪山时做成蓑衣披在身上。班长见状摇摇头说，“上下大别山足有210里地，我给你找件棉袄吧。”当一件大红花棉袄递到他面前时，朱致平心里很是别扭：“穿上花棉袄成什么样子嘛!”老班长却说：“你别逞强，带上！到时候就知道这件棉袄有多重要了。”

朱致平后来在回忆录里写道，险峻的雪山越往上攀登，气候越恶劣，棉花球般的大雪变成了冰雹，伴随着狂暴的山风，猛烈地向他们袭击，不少同志被打得鼻青脸肿。山上的积雪越来越深，从脚面渐渐没及腿肚，滑得难走。而每在雪山夜宿一晚，第二天就会损失大量的战友。靠着老班长给他的这件棉袄，朱致平最终战胜了风雪，走出了大巴山。

朱敏说，因部队在战争时期经常变动，领导之间的职务也随时上升或下降。父亲与那位老班长失去联系。长征结束后，父亲一直想亲自向那位老班长道谢，但一直没有打听到对方的下落。直到新中国成立后，他有一次到石家庄的华北军区烈士陵园参观时，无意间发现了老班长的墓碑。当时，朱致平泪流满面地凝视着恩人的碑文，内心百感交集。

链接

《牛皮腰带歌》

老红军战士寇庆延在回忆长征中最艰苦的岁月时说：“长征不仅仅是对肉体的煎熬与磨炼，更是对意志的考验。”那时最难最苦的问题，“是不分白天黑夜地打仗，是吃了野菜、野草、皮带后仍然难挨的饥饿”。“有的野菜有毒性，吃下去全身发肿，嘴唇发乌。到最后，把牛皮做的腰带、马鞍和皮鞋都煮着吃了。”

当时，部队流传着一首《牛皮腰带歌》：

牛皮腰带三尺长，草地荒原好干粮；
开水煮来别有味，野火烧熟分外香。
一段用来煮野菜，一段用来熬鲜汤；
有菜有汤花样多，一段留给战友尝。

在年老之时，寇庆延不允许有剩菜剩饭。有时候出去吃饭，餐盘中剩一点菜没有吃完，他就对身边的女儿、秘书说：“吃掉它，别浪费。”

篇七

组建特骑过草地

对于两爬雪山、两过草地的红四方面军广大指战员来说，那真是不堪回首的梦魇：一些生龙活虎、患难与共的战友，不是倒在与敌人拼杀的战场上，而是倒在恶劣的自然环境里，特别是缺吃少穿、缺医少药问题使部队陷入空前困境。张国焘在南下还是北上行动方针上的举棋不定，导致部队的急躁、愤怒和抵触情绪很大。时任红四军军长的许世友跑到总部质问张国焘："走又不走，打又不打，待在这个鬼不生蛋的地方不是等死吗？你们是怎么指挥的？"

"这还了得！竟敢大胆犯上！"盛怒之下的张国焘、陈昌浩当场撤了许世友的军长职务，让他到刚刚组建的骑兵纵队当司令（实际上是骑兵师师长，降了好几级）。许世友对职务的升降并不放在心上，只要有仗打就行。徐向前走过来告诉许世友说："世友哇，沉住气，不要闹情绪。为迎接红二、红六军团的到来，共同北上，还要准备三过草地呢。让你当这个骑兵司令，其主要任务是，为北上红军侦察路线，筹集粮食，并对付当地反动土司的骑兵袭击，确保大部队顺利地走出草地。"

"是！保证完成任务！"

许世友领受新的任务后，紧锣密鼓地做好筹备工作，很快组建起 3000 多人的骑兵队伍。经过短期的训练，骑兵师终于在 1936 年 5 月上旬的一天，于炉霍寺庙前的大草坝上，隆重地举行成立大会。这天，天空格外晴朗，鲜艳的红旗在蓝天、白云、绿草地的映衬下，显得耀眼夺目，红旗下，一队队精神抖擞的骑兵，整齐地排列在草坝中间，威风八面、战力倍增。

会上，朱德总司令、刘伯承总参谋长，在许世友的陪同下，检阅了红四方面军这支新生的骑兵部队。之后，朱德总司令、红四方面军政委陈昌浩分别讲话，鼓励他们做北上的开路先锋，团结奋战，为北上与党中央会合作出贡献。

这支让全军上下寄予厚望的红色铁骑在执行任务的第一天，就显示了它的威力。成立的当晚，骑兵师就前往一年前曾来过的被誉为大粮仓的噶曲河地区筹粮。当地藏民得知“穷苦牧民的队伍”又回来时，纷纷打着火把送来青稞、酥油等物品。当听说红军需要大量粮食时，第二天，他们就给红军筹集到400多头牛和1000多只羊及不少粮食。骑兵师初次筹粮满载而归。

当大家还沉浸在“大有收获”的喜悦之中时，夜晚，后山上骤然响起密集的枪声。枪声就是命令。骑兵师立即紧急集合。

原来是反动土司武装的袭击，他们仗着人地两熟，又有利刀良马，疯狂地叫喊着扑来。骑兵们一看敌人送上门来，格外兴奋，早憋足劲儿，要狠狠地教训他们一下。当敌人就要冲到阵地前时，冲锋的号角响彻山谷，勇猛的骑兵们举着雪亮的大刀，以排山倒海之势，一齐冲向敌群。片刻工夫，就杀得他们丢盔弃甲、四处逃窜。

不久，骑兵师挺进到阿坝地区。这里，反动土司武装经常出没，骚扰红军。根据这严重的敌情，骑兵师充分利用其地形、地物等，大力开展伏击战、奇袭战，狠狠地打击了这一带反动土司武装的嚣张气焰。更为重要的是，为红军大队人马扫清了阿坝经查理寺的重要通道。

接着，骑兵纵队乘胜向前，渡过噶曲河后，便踏入了有许多战友长眠于此的松潘大草地。

为保护主力红军安全过草地，骑兵师由第二和第三团，第一团和师部，分别组成了相距10里地的左翼和右翼纵队。在过草地的许多时候，骑兵们往往一边左右冲杀，护卫开路，一边前后奔波，来往接应，不知过了多少回草地！

骑兵们为保证执行任务的需要，平时行军都不骑马，总是牵着马走。他们爱马如命，每到宿营地，无论多么疲劳、饥饿，也总是找水草丰盛的地方歇马、让马吃饱。同时，骑兵纵队的同志公私分明，团结友爱。经常是“一块牛皮分着吃，一碗野菜汤匀着喝”，从不动用为部队筹集的一粒粮食、一块牛羊肉。由于环境甚为恶劣，伤病员越来越多。许司令给纵队发了一通命令：以排为单位、组织好驮运组，把所有的伤病员驮出草地，不准丢下一个人。这在当时，不知抚慰了多少颗对生命已绝望了的心。

全军走出草地后，骑兵师又于 9 月中旬执行新的任务，协同第九军、第三十军作战，继续打通北上通道。多日之后，骑兵纵队终于与红一方面军在半格镇首先会合。

9 月底的一天，这是令骑兵纵队的战士难忘的日子。在甘肃通渭县，曾与骑兵战士生死与共的司令（师长）许世友，在团以上干部会议上郑重地宣布了总部的命令：撤销骑兵纵队。他激动地说："我们骑兵纵队成立 5 个多月来，历经大战血战近百余次，既有功劳，更有苦劳。如今我们已胜利地完成了任务。现在骑兵队伍虽然解散了，但大家的革命精神不能散，应继续以高昂的斗志投入新的战斗中去。"

这支红色铁骑，不愧为北上的开路先锋。

链 接

《长征——前所未闻的故事》

1937 年 7 月，美国著名记者斯诺先生历尽千辛万苦撰写的《红星照耀中国》出版后，在全世界引起了巨大反响。它为世人了解长征、了解共产党的队伍提供了宝贵资料。他把长征誉为"当今时代无与伦比的一次史诗般的远征"，"是历史上最盛大的武装巡回宣传"。

半个世纪后，另一位美国记者兼作家哈里森·索尔兹伯里写出了《长征——前所未闻的故事》，同样轰动全世界。在《长征——前所未闻的故事》中，他以崇敬的笔调写道：长征"是考验中国红军男女战士的意志、勇敢和力量的伟大史诗"，"它是一曲人类求生存的凯歌"，"长征终于为毛泽东和共产党人赢得了中国。在本世纪没有哪一个事件如此地触发世界的想象，如此深刻地影响世界的未来"。他赞颂长征，将成为 20 世纪"人类坚定无畏的丰碑，永远流传于世"。

最令人敬佩和感动的是，索尔兹伯里当年已是 74 岁高龄，且患有心脏病。他不顾年迈体弱，怀揣心脏起搏器，带着打字机，沿着当年红军走过的路线，前后用了近三个月时间，行程一万一千五百多公里。抵达延安后，他兴奋地说："只有走过了这样的路程，只有吃过这样的苦，才能理解红军长征的伟大。"

篇八

纺织毛衣送战友

1936 年 5 月，为迎接红二方面军的到来，作为迎宾方的红四方面军第三十军乐翻了天。又是准备招待宴会，又是准备歌舞。有人提出，要是有点礼物送给战友该多好啊，哪怕是一条新毛巾，或是一双好点的草鞋，但在那困难的日子里，又谈何容易，就是连块破布都很难找到。

正在大家为送礼物的事发愁的时候，一天晚饭后，司令部的全体人员集合了。这时，军政委李先念乐呵呵地走到队前，对大家说："同志们，二方面军老大哥跋涉千里，辛辛苦苦赶到我们这里来了。他们现在没有衣穿，我们当弟弟的要帮助哥哥。怎么个帮法呢，我们纺毛线，织毛衣，全军动手，每人赶制两套。羊毛哪里来呢？当地政府慰劳我们的。也许有人说，咱们粗手笨脚的，干不了那细活。这好办，不会就学，请教群众嘛！"听了这番话，大家拍手称好。

随后，大家很快行动起来。军部的指挥机关顿时变成了毛纺厂。屋里屋外，床上床下，处处堆放着银丝般的羊毛。找来的纺车"吱吱嘎嘎"纺个不停；找来的铁丝、竹片，都快速磨成了毛衣针。总之，每个人的脸上，都带着掩饰不住的喜悦。

瞧，有的嘴上糊着羊毛，有的身上粘着羊毛，还有的眉毛、胡子和头发都挂着羊毛，整个一个羊毛的世界。一眨眼，人们仿佛都变成了七八十岁的"老爷爷"。军政治部主任李天焕卷着毛线，风趣地说："嘿！天上的老寿星都下凡了。"逗得大家笑个不停。其中，被称为"精灵鬼"的战士接着说："喂！谁有木棍赶快献出来，好给咱们的寿星主任当龙头拐杖！"李天焕听了这话，故意做出老态龙钟的样子，惹得大家又是一阵笑声。

一天生，两天熟。大家越干越有经验，起初是说纺，大家一起纺，说织，大家又一起织。后来，还是军长程世才想出了一个妙法：善纺者，专纺；善织者，专织；能纺会织的，被推举为技术指导。这样一来，纺织进度大大加快了。

自从掀起纺织热潮以来，大家都憋足劲儿多纺多织。首先，军首长带头。

一天深夜，战士们意外发现，军部的房子灯火通明。受好奇心的驱使，他们忍不住悄悄地摸过去，透过门缝往里一看，嘿！这小屋挺热闹。在酥油灯火苗的欢快跳跃下，军政委李先念正一针一线地织着；军长程世才一声不响地编着线团；主任李天焕弓着腰在床头认真地清点着已织成的毛衣。好一个“流水作业”。

打那以后，每当夜幕降临的时候，战士们的屋子也亮了起来。

战士们盼望的日子就要来到了。5 月 30 日，这一天风和日丽。每个人都捧着用自己的真诚和心血精心纺织成的羊毛制品，列队在旁，用那熬红了的，激动、期盼的目光，焦急地等待着红二方面军战友的到来。

突然，一面鲜艳的红旗，跳入战士们的视线，随之，浩浩荡荡的队伍，如同潮水般地涌来。“来了！来了!”战士们情不自禁地喊着。热烈的掌声、口号声和歌声响成一片：“欢迎二、六军团!”“向二、六军团同志学习！致敬!”

双方战友忘情地拥抱着、叙说着。这时，红四方面军战友把夜以继日赶制的礼物，递到了亲爱的红二方面军战友的手里。望着沉甸甸的礼物，红二方面军战友的眼睛湿润了……

不久，两支铁流汇成一道，共同踏上北上征程。

篇九
高厚良诗话 《雪山草地行》

在纪念红军长征胜利 80 周年的日子，我们曾有幸拜见过家乡的老红军战士——解放军空军原政委高厚良将军，并亲身聆听过老将军诉说“两翻雪山、三过草地”的艰苦历程。

高厚良（1915—2006），河南省新县箭厂河乡人。1930 年参加革命，1932 年 10 月，跟随红四方面军西征川陕，12 月翻越大巴山。当时高厚良是个“红小鬼”，陡峭的冰坡将他的双脚割得鲜血直流，他是拽着首长的马尾巴才翻过大雪山的。

1935 年 1 月，高厚良调任川陕省少年先锋队总指挥部指导员兼少共省委书记，时年 20 岁。红一、红四方面军在懋功会师后，高厚良任军委通讯营二连指导员。

1935 年 8 月，高厚良在长征中开始第一次过草地。草地，当人们还没有接触它、认识它时，或许被它那带有诗情画意的外观所吸引，以至痴情神往。那里没有硝烟，没有枪炮声，没有喧闹声，沉睡了千万年的草地，始终保持着死一般的寂静。然而，对高厚良和长征战士来说，它却不是友好的“主人”。当红军战士踏入它的领地后，草地就像一头饥饿的野兽，张开血盆大口，凶猛扑来，其凶狠不亚于敌人的围攻。茫茫草原，野草丛生，沼泽遍地，一片荒凉，没有人烟。走着走着，一不小心，就有陷入沼泽泥潭被吞没的危险。

好不容易翻过了雪山、走出了草地，大家期盼着跟着党中央北上抗日，一定会迎来光明的前景。不曾料到，张国焘仗着枪多人多，竟然强令左路军停止前进。而后密令右路军同左路军全部南下，再次穿越自然环境极为恶劣的草地。9 月中旬，第二次过草地时，已到秋季。寒冷与饥饿的死神再一次降临到红四方面军广大指战员的头上。

此时瘦弱的高厚良只穿单薄的衣衫，又饿又冷，连野草都没得吃，体质每况愈下。他随右路军到达阿坝时患上了伤寒病。当时红军缺医少药，部队还要继续行军。按照张国焘的意见，就是把不能行军的一些伤病员丢在阿坝算了。可是人不该死终有救，高厚良遇上了好心的曾大姐相助，才渡过了劫难。

曾大姐名叫曾广澜，是原红二十五军军长蔡申熙的夫人。蔡军长在同国民党反动派对鄂豫皖苏区第四次“围剿”的河口战斗中，身负重伤而光荣牺牲。曾广澜是个贤妻良母型的医务工作者，跟随红四方面军长征。她没有孩子，对于年轻战士像慈母般关心爱护。她置张国焘的指示而不顾，硬要收留高厚良这个“红小鬼”，日夜守护着他，给他喂水喂饭，熬草药汤给他喝。由于曾大姐精心照料，高厚良休养一个多月后痊愈了。而后，高厚良怀着对曾大姐救命之恩的感激之情去追赶主力部队。在丹巴找到了红军总司令部，任一局一科参谋。

1936 年 5 月在长征途中，高厚良进入炉霍红军大学学习。炉霍处在草地边缘，交通不便，气候恶劣，经济条件很差，粮食被服缺乏。学员们还要自制毛衣，学烧牛屎，解决寒冬取暖问题。在这里，高厚良经常聆听朱德总司令讲军事课，讲红军纪律和北上抗日的意义，还学习纺织毛衣、毛袜等针织活，更加坚定了北上抗日的信念。

1936 年 7 月 1 日，红二方面军在甘孜与红四方面军会师。在各方面的压力下，张国焘被迫宣布撤销自立的“伪中央”，同意北上与党中央会合。接着两个方面军组成左、中、右三路纵队北上。高厚良跟随军总部再次踏上了艰苦的征程。由于有了前两次的经验和路标指示，再过草地时陷进泥潭的事故少了，但草地空气稀薄，气候变化异常，刚刚晴空万里，刹那间，一阵狂风过后，暴雨夹着冰雹倾盆而下。一会儿，风停雨止，又是骄阳似火。草地没有粮食，广大指战员就以野菜、草根充饥；没有房子，就在水草地上宿营。

就这样，高厚良跟朱总司令一起，经受了严峻的考验，向着北方，向着一个共同的伟大目标前进。经过将近一个月的长途跋涉，终于走出了草地。1936 年 10 月，红一、二、四方面军三大主力红军，终于在会宁会师，胜利结束了艰难而又曲折的伟大长征。

1996年，81岁高龄的高厚良将军豪情未了，在回忆当年红军爬雪山、过草地的艰难情景时，写了一首《雪山草地行》寄给新县文联，我们认为这是弘扬红军精神，对干部和青少年进行革命传统教育的好教材，于是，将老将军的诗文刊登在《新篁》报上，引起了良好的社会反响。老将军的诗文如下：

雪山草地行

（一）

雪山草地气候恶，风雨冰雹无处躲。
衣单露宿湿草地，高山缺氧难爬过。
野菜充饥难寻找，冻饿而死战友多。

（二）

诚心立志干革命，团结互助苦也乐。
艰难险阻无所惧，一路行军一路歌。
长征精神代代传，建设富强新中国。

链 接

张茶清——红西路军女战士的悲壮人生

1936年11月至1937年4月，由原红四方面军的第三十军、第九军和原红一方面军第五军组成的西路军，兵败河西走廊之后，不仅牺牲了2万多名优秀红军指战员的生命，也改变了很多优秀红军女战士的命运，张茶清就是其中典型的一位。

张茶清，红安县永河镇西张元村人，15岁就参加了红军。1932年10月，她跟随红四方面军从鄂豫皖转战到川陕苏区，先被分到红十二师医院做护理工作，后调到总供给部被服厂，与林月琴、王泽南、刘伯兴等女战友共事过。部队为扩建被服厂，指示张茶清等到恩阳河扩红招兵。那天正逢赶集，姑娘们三五成群地背着背篼在街上卖山货，她抓住这个好机会，大声讲开了参加红军、跟着共产党干革命的道理。在她的鼓动下，当即有80多名妇女报名参军。部队领导将这80多名妇女组成一个连，由张茶清任连长，张正富任指导员。

随后部队开始了北上长征，张茶清带领全连女兵，每人背负五六十斤重的东西行军。爬雪山过草地时，有人冻饿而死，有人掉进了沼泽地，而她和众多女红军战士凭着坚定的革命信念度过了那段艰难困苦的岁月。

不久，张茶清跟随张琴秋、王泉媛领导的西路军后勤机关进入河西走廊，遭遇了血战高台的生死拼杀。她说：我是亲身经历过高台战斗的幸存者，虽然几十年过去了，但想起那场血淋淋的战场情景，至今还是心有余悸。当时，我们在进入高台县城后，还没等到喘口气、吃顿饱饭，就遭到马家军的疯狂进攻。我们女兵也加入了坚守高台的战斗，子弹打完了，就扔石头、瓦块、砖头阻击敌人。马家军进城后，展开了巷战。我拿起刺刀向敌群冲去，刺死两个敌人后，我被敌人的枪托砸倒在地，昏厥过去。等到清醒过来后，已被马匪军押送到青海西宁被服厂来了。

西宁被服厂有十几个被俘女红军在那里做苦工，在马匪的监督下，没白没黑地给他们缝衣服，做子弹袋。张茶清回忆说："我去以后，没白没黑地干活。马家军把我们当成战利品，动不动就到被服厂来拉人，给他们当妻小、丫环。马家军要我嫁人，我死也不从，后在一个好心人的帮助下，我改扮成一个男师傅，逃出了这个魔窟。后来，在八路军兰州办事处同志的营救下，我终于回到了延安母亲的怀抱。"

1952年，张茶清来到了北京，由于头部的两处伤残，她没有参加工作，以一个红军伤残军人的身份低调地生活着。长征胜利60周年时，张茶清与开国大校林月琴等老红军参加了一个主题为"长征女红军签旗聚会"的纪念活动，她和林月琴的照片登在《光明日报》上，尽管她们都80岁了，但看上去精神矍铄。这面签有50多位经历长征的女红军名字的军旗，表述着西路军红军女战士的苦难与荣光，也见证着这位女红军战士饱经沧桑的悲壮人生。这面军旗，现被珍藏在延安革命历史博物馆中。

篇十

红四方面军的三大筹粮高手

1935 年 5 月，红四方面军与红二方面军在甘孜会师后，准备第二次北上。刘伯承、李先念率三十八军八十九师先行，为全军开路。当部队进入炉霍、道孚等藏民居住区后，一个艰巨而困难的问题摆在面前，就是如何为数十万大军筹集到粮草。因为甘孜、炉霍、道孚一带地广人稀，是个不长粮食的游牧区，藏族居民中的贫苦群众，深受层层剥削压迫，早已一贫如洗，连糌粑也吃不上。更为困难的是，大军初到，与藏民语言不通，由于国民党大汉族主义在藏民中散布的恶劣影响，使许多藏民都对红军存有戒心。上层土司则是一听红军到达，就将牛羊赶得远远的。指战员一个个面黄肌瘦，部队迅速减员，一个军的伤病员多达上千人。

为了解决生存危机，方面军总部指定李先念、何长工、李天焕、曾日三等人，组成粮食委员会，负责全力筹集粮食和牛羊肉（制成肉干），要求备足每人 15 天需要的数量，以备北上。

为生存开战，筹粮即是打仗。方面军围绕筹粮各显神通。在这场比智力、比水平的竞赛中，有三个人脱颖而出。

第一个筹粮能手是刘伯承。1935 年 5 月，刘伯承率领中央红军先遣队路经冕宁，与彝族治基家首领小叶丹结为兄弟。他们彝海结盟的佳话传遍藏区，刘伯承获得藏区人民好感。刘伯承率部攻下炉霍后，向上层首领和宗教界领袖宣传民族平等、藏汉一家的政策，通过和平谈判，同藏族武装达成和解协议，用借贷的方式，购得粮食一万石、羊毛十万斤、食盐四万斤和一大批贵重药材、毛毡。甘孜西部的大土司德格还慕名捐献大批粮食和牛羊。

第二个筹粮能手是余洪远。他熟悉藏民的放牧习惯，专找过冬的冬草场做大买卖。他做的最大一单生意是一次购买牦牛 7000 头。他认为买牛不难赶牛难，因为牛是买来了，可各个土司的牛赶到一起怎么也不听召唤，这一群打那一群，奔腾咆哮。特别是那些叫作“骚包子”的公牛，见了生人或生牛就鼓起红眼，挺起犄角，扬起四蹄冲过去拼个你死我活。他们一千多人东奔西跑地“劝架”，仍然有些牛打得两败俱伤，甚至肝脑涂地。不少战士受了伤，有的还被撞断了肋骨。为了让牛群增加“了解”，“和睦共处”，加上有些战士得了雪盲，他们不得不在这里住了一个星期才往回走。回来的路上，他们把母牛绑上毯子驮伤病员，对那些实在不听召唤的“骚包子”或者企图逃跑者，就开枪打死，把肉穿在木棒上烤着吃，吃不完的驮着走。烧牛肉没有盐很不好吃，有的同志吃下去还解不出大便。就这样走了十来天，好歹把牛赶回金川时，只剩下 5000 多头，总算完成了任务。

第三个筹粮高手是洪学智。他的办法是攻心为上，以购粮为条件，帮助头人解除心结，达到双赢。洪学智了解到当地有个头人叫巴顿多吉，此人是当地的万户，打劫了国民党民族委员会委员、西康宣慰使诺阿的随身财物和他警卫连的武器，感觉骑虎难下。如果把诺阿和警卫连弄死，国民党查究起来，不好交代；如果释放他们，就得把弄到手的财物和武器归还，实在舍不得。于是，他想出将诺阿交给红军，由红军担下“袭击”的责任。

洪学智派民运部部长周干民去谈判。经过周干民的单刀赴会，达成了双方的意图。紧接着，洪学智亲自与巴顿多吉到瞻化会面，喝血酒盟誓，拉近与巴顿多吉的距离，请他做三件事：第一，成立瞻化革命委员会，请巴顿多吉当主任，在当地开展工作；第二，通过巴顿多吉，与瞻化地区另外两个万户结成盟友，相互不交战，相互不侵扰；第三，由巴顿多吉和另外两个万户供应红军所需要的 28 万斤粮食。

就这样，仅用了一天一夜的时间，巴顿多吉就派人送来粮食，有拉的有推的，男男女女，热热闹闹，把所需的粮食、牛羊送齐了。

篇十一
终生难忘的懋功会师

对于戎马一生、南征北战、出生入死的韩东山将军来说，红一、红四方面军在懋功胜利会师及为会师奠基的战斗，是他永生难忘的记忆，也是他一生最感荣幸的事情。

徐总指挥的谈话让他热血沸腾

1935 年 6 月初，时任红四方面军第九军二十五师师长的韩东山率部队在四川西北的汶川活动。一天，一个紧急电话命令他立刻赶到指挥部去。

韩东山赶到总指挥部，总指挥徐向前正在等他。徐总指挥满脸春风地对韩东山说："告诉你个大喜讯，我们马上就要和中央红军会师了！"

"真的？"韩东山疑惑的眼睛却按捺不住内心的喜悦。

"真的！"总指挥坚定而有力地笑着说，随后，他收敛了笑容，神情严肃地说道："有项重大的政治任务交给你，你师立刻做好战斗准备，为中央红军进入懋功打开通道。会师后，向中央首长汇报我们四方面军的情况，还要掩护中央红军安全通过夹金山。"

徐总指挥在讲了会师的意义后接着说："这是一个具有伟大意义的历史时刻！你韩东山是迎接毛主席的第一个红四方面军的代表，说不定将来还得给你上书呢！"

韩东山感到自己要被火焰燃烧一样周身燥热起来，血脉里的热血高速流动着。两个小时在谈话中不知不觉悄悄地过去。

回到驻地，韩东山顾不得喘口气，立即向全师传达了徐总指挥的指示。他那激动的神情，感染了全师指战员，顿时驻地沸腾了！像庆祝盛大节日一样，很多连队当天晚上就自发地举办了文艺晚会，战士们跳起只有自己才能理解的舞蹈，放开粗喉唱着只有自己才会欣赏的歌。不少干部用大碗当杯，以水代酒，纷纷敞怀痛饮。这大概是中国革命军人表达情感的特有方式吧。

用鲜血和生命赢得两大主力红军会师的来临

第二天凌晨，部队开始了急行军，向懋功县城挺进。

行军路上，敌人穷缠不舍，肆意骚扰。韩东山心里很清楚，争取时间就是争取胜利。他无心恋战，带领部队快速前进。这一路，大大小小打了 20 余仗。

部队到达懋功东北十余公里的抚边镇时，遭遇到四川军阀邓锡侯部队的拦阻。“消灭敌人，确保中央红军顺利翻越大雪山。”韩东山当即果断决定。

抚边镇南靠群山，北临大河。红军与敌军隔河对峙。

夜间强渡开始了。担负尖刀的战士们冒着敌人的密集炮火，托搭浮桥，冲过大河。接着，斗志昂扬的全师将士风卷残云般地冲向致军，不到半小时便一举攻克了懋功。这一仗，歼灭敌 700 多人，韩东山命令两个营据守懋功县城，其余部队星夜兼程，又奔赴县城东南的达维镇。

部队 3 天走了 150 公里，为完成任务争得了宝贵的时间。

次日拂晓，韩东山命令七十四团作为先遣团，由团长杨树华带领三营向夹金山进发。他们有两项任务，一方面警戒灌县之敌，另一方面寻找中央红军。

三营行进到巴朗地区时，与敌人遭遇了。战斗中全营上下争先恐后，奋不顾身向敌人冲去。大家只有一个念头：消灭敌人，用胜利迎接毛主席！

战斗胜利了，但仗打得很艰苦，营长陈玉清等六十几位同志牺牲了。这是会师前的最后一仗。三营牺牲的同志，虽没能看见中央红军，可他们用鲜血赢得了两大主力红军会师的来临。

6 月 10 日中午，一个参谋跌跌撞撞地跑进师部驻地，人未到声先至：“师长，师长，七十四团打来电话，与中央红军会着了！”

喜事像长了翅膀一样，很快飞遍了全师驻地。用不着首长下达命令，战士们自觉地争着抢着清整驻地，挑水做饭，张贴标语。当天晚上，达维镇内外到处是三三两两的人群，人们议论着，猜测着。有不少战士站在镇外的几处高坡上，向着朦胧中的大雪山——夹金山方向久久地眺望。

这是他一生最幸福、最难忘的日子

达维镇，这个坐落在寂静的群山中的小镇多少年来一直默默无闻。由于中央红军的到来，这里一时间成了一座喧闹的“都市”。

6 月 12 日这天，韩东山的心情十分激动，显得有点坐立不安，他在等待那一刻尽快到来。这一天将是他革命生涯中最难忘，也是他终生最应该记住的日子。

这一刻终于到来了。下午，毛泽东、周恩来、朱德和刘伯承、王稼祥等中央军委首长率一方面军胜利翻越终年积雪的夹金山，向二十五师驻地走来时，达维镇沸腾了！

震天动地的欢呼声响彻了达维镇，欢呼的声浪覆盖了沉寂的山野，群山点头，张开它温柔的双臂，迎接远方来的客人。

韩东山双手习惯性地正了正近似白色的军帽，拉平了缝满了补丁的粗布军衣，挺了挺沾满硝烟的身躯，他那洒满春意的脸上掩饰不住内心的紧张。他急忙快步迎了上去，可首长们他一个都认不得，只好挨个儿一一敬礼。

正当他焦急万分的时候，他的老师长陈赓突然出现在他面前。韩东山像是见到了“救星”，心里甭提多高兴了。在陈赓介绍下，韩东山才认识了毛泽东、周恩来等中央首长。

这时，红一、红四方面军的指战员就像久别重逢的亲人一样，紧紧地握手，热情地拥抱在一起。韩东山领着毛泽东等中央首长走进一座寺庙。这座寺庙在达维镇算是最好的建筑了。毛泽东等中央首长也没有休息，立刻让韩东山汇报情况。

毛泽东亲热地让韩东山坐在身边，关切地询问起部队的情况来。

首长们问得非常仔细。面对面地向中央首长汇报工作，这种场面是韩东山有生以来第一次经历。他心情十分紧张，生怕说错了话。首长们看出他的紧张情绪，让他慢慢讲，有意缓和一下气氛。

周恩来站起身，爽朗地笑着，给韩东山递过一碗水，和蔼地说："师长同志，讲得很不错嘛，别慌，别慌。"看见毛泽东亲切的目光，周恩来和蔼的笑容，朱德等都在认真地记笔记，韩东山的紧张心情渐渐放松了下来，把他知道的红四方面军的情况都扼要地讲了出来。

最后，韩东山干脆站了起来，激动地说："我们师的指战员都是来自鄂豫皖和四川的贫苦农民，打仗都非常顽强勇敢，一上战场没有一个怕死的，都是拼命地往前冲。"毛泽东满意地笑了，从座位上站起来，大手一挥："是啊，这就是红军的作风！我们从江西出发那天起，飞机在头上飞，敌人在地上追，我们还是闯过来了，而且胜利地与你们红四方面军会师了。"毛泽东把两个拳头举到胸前，有力地合到一起："更发展了，更壮大了！"

"嗯？哈哈！"屋内的首长们都会意地笑了。

第二天，韩东山带着团以上干部去看望首长，返回的路上遇到陈赓。韩东山最了解老师长，他总是那样朝气蓬勃、乐观豪爽，说起话来风趣幽默。陈赓一把拉住韩东山，半认真半开玩笑地说："老韩啊，中央首长都到这儿了，不弄点好吃的，说得过去吗？伙计，怎么官越大越小气啦？"

听了老师长的玩笑话，韩东山也开起了玩笑："老师长，尽管这个地方荒凉得鸟不下蛋，但听说你来了，有两条不走运的牦牛跑到我们的驻地，让战士们逮着剥皮剔骨，正炖在锅里呢。"

陈赓哈哈笑着说："这还差不多！东山，有进步！"

会师当天晚上，红一、四方面军召开了隆重的联欢晚会。晚会上唱的那首《红军两大主力会师歌》，让韩东山刻骨铭心，感动得热泪盈眶。

万余里长征，经历八省险阻与山河。
铁的意志，
血的牺牲，
换得伟大的会合。
为着奠定中国革命巩固的基础，
哎！为着奠定中国革命巩固的基础，
高举红旗向前进！

晚会结束后，毛泽东不顾劳累，还专门找来韩东山谈话，勉励他既要学习军事，提高军事指挥艺术和斗争策略，更要学习文化和政治，坚定理想信念，明确前进方向，做能文能武的指挥员。与毛泽东的谈话，让他终身受教，到老未忘。

篇十二

周恩来智救廖承志

1936 年 10 月，张国焘被迫解散“第二中央”，硬着头皮北上后，周恩来代表中共中央政治局在河连湾恭候张国焘、朱德一行的到来，并与张国焘交谈。

周恩来此行还有一个目的就是搭救曾中生、廖承志，这是张国焘的两个“反对派”，中央一直担忧他们的生命安全。8 个月前，中央曾以中共驻共产国际代表团的名义致电张国焘，提出：

张：

鄂豫皖肃反颇多“左”的错误，扩大化，至一营一连的被捕，地方组织全部塌台。四方面军先后破案中涉及兄处高级负责人为托派，是否属实难判明。鉴于历史教训，盼兄负责检查，使扩大、偏见与单凭口供刑讯等错误早告肃清。廖承志、曾钟生（曾中生）即使有反动嫌疑，亦须保全其生命，并给以优待。此为代表团所切瞩。

张国焘接到电报后，不作答复，这让中央更加焦虑。周恩来来到河连湾，频繁接触四方面军人士，从侧面打听这两人的消息。有人悄悄告诉他，曾中生已死，没有听说过廖承志这个人。

周恩来灵机一动：“那你们知不知道何柳文呢?”

“何大才子呀！他被张主席拘禁着。”

何柳文即是廖承志。

廖承志是黄埔军校第一任政治部主任廖仲恺的儿子。1933 年 8 月，廖承志从上海来到川陕，带来中共中央给红四方面军的指示信和一本国民党军队密码破译法。

当时负责接待廖承志的傅钟回忆：“那本密码电报破译法万分宝贵，敌军的兵力部署和行动企图，我们都了如指掌。1935 年春天，当一方面军为了冲破敌人的围追堵截进行四渡赤水战役时，情况极度紧张，常常难以架设侦察电台，也多亏有了承志同志带来的破译法，才得以把我们的侦察电台截获的敌军情报，按中央军委指示，及时转了过去。”

到达根据地后，廖承志先后担任中共川陕苏区省委常委兼川陕总工会宣传部部长、红四方面军总政治部秘书长。由于他对张国焘的一些“左”的做法提出过意见，被张国焘扣上“国民党侦探”的罪名，关押起来，由政治保卫局押解着参加长征。

张国焘之所以没杀他，一是他母亲何香凝是国民党左派著名人士，杀了他不好向中央交代；二是廖承志会绘画，川陕根据地印制钞票时需要他刻蜡纸。

身处逆境的廖承志虽然过着朝不保夕的生活，但仍然保持着乐观豁达的心境。他在长征途中写过一首《戴枷行万里》的诗：

莫蹉跎，岁月多。
世事浑如此，何独此风波？
缠索戴枷行万里，天涯海角任消磨。
休叹友朋遮面过，黄花飘落不知所。
呜呼，躯壳任它沟壑填，
腐骨任它荒郊播。
宇宙宽，恒星移，
地球还有亿万年，百岁人生一瞬过。
笑，笑，笑，何须怒目不平叫？
心透神明脑自通，坦怀莞尔心光照；
绳套刀环不在手，百年自有人照料。

他的坎坷经历、磊落情怀、乐观精神感染着每一个人。暗中照顾他的傅钟说：“在此期间，使我感动最深的是，承志同志始终保持了对党忠贞不渝的情操，时时处处以革命大局为重。由于他会写会画，有时部队开大会需要挂马克思、恩格斯、列宁的像，他就出来画好，需要大标语，他就出来写好，任务完成又被关起来。”

“这样的事情不知有过多少次。他从未有过怨言。在川西北草地上，在北上行军休息时，一旦有‘自由’的机会，他就和同志们说说笑笑，甚至放开嗓子唱歌，唱军歌、唱民歌，唱法语的《国际歌》，再不就拿出纸和笔画渡船，画山河，画花草。”

得知廖承志还活着，周恩来喜出望外，但是，他不便直接向张国焘要人。一年前，红一、红四方面军刚刚会师的时候，毛泽东、周恩来、刘伯承轮番向张国焘询问曾中生的消息，结果引起张国焘的警觉，随便找个借口用一根绳索勒死了曾中生。

这次，周恩来不敢再单刀直入，怕枉送了廖承志的性命。

一次，在去宁夏豫旺堡的路上，周恩来意外地看到了廖承志。当时廖承志被人看押着，正低头慢慢地走着，突然听见一阵急促的马蹄声。抬头一看，马上的人竟然是周恩来。廖承志思想上没有一点准备，不知是打招呼好，还是干脆背过脸去。正在踌躇时，周恩来跳下马，走过来，与廖承志握了一下手，也没有说话，然后上马走了。这个奇特的举动被保卫局报告给了张国焘。

当天晚上，周恩来派通讯员把廖承志叫到司令部。屋里坐满了人，张国焘也在，他明知周恩来与廖仲恺的深厚感情，也得知他俩见过了面，还是阴阳怪气地问道：“你们认识吗？”

周恩来没有回答他，而是声色俱厉地问廖承志：“你认识了错误没有？”

廖承志想为自己申辩几句，却看见朱德朝他微微摆了下手，于是回答说：“认识了。”

周恩来接着问：“认识深刻不深刻？”

廖承志回答：“深刻。”

周恩来又喝道：“改不改？”

廖承志明白了周恩来的良苦用心，配合着说：“改！”

几十年后，他在悼念周恩来的文章中，对剩下的事写道：

“周恩来同志便留我吃饭。吃饭时，周恩来只和张国焘说话，也不再理会我。吃完饭便叫我回去。我敬了一个礼就走了。周恩来同志考虑问题很周到，斗争艺术很高超。自从周恩来同志把我叫去以后，我的待遇明显改善。不久，我就被释放了。”

两个月后，廖承志的党籍被恢复。和廖承志一起被关押的原中共四川省委书记罗世文说：“廖承志的生命，在当时，比一根悬着千钧之重的头发还要危险。如果没有周恩来的营救，那他的生命是很难说的。”

篇十三

鲁迅听陈赓介绍长征

鲁迅没有参加过长征，但鲁迅却非常关注红军的一举一动。毛泽东在分析第二次国内革命战争时期我党与国民党的斗争发展时指出：“作为军事‘围剿’的结果的东西，是红军的北上抗日；作为文化‘围剿’的结果的东西，是一九三五年‘一二·九’青年革命运动的爆发。而共产主义者的鲁迅，却正在这一‘围剿’中成了中国文化革命的伟人。”由此可知，鲁迅就是文化战线上的红军战士和长征英雄。

欲知鲁迅是如何关注和赞扬红军长征的，请看他倾听陈赓介绍长征的一段往事。

1932 年，时任红四方面军第十二师师长的陈赓，在豫南扶山寨的战斗中右腿小腿骨中弹，当时医疗条件差，只取出了弹头，未对碎骨进行清理。开始他还能坚持短距离行军，后来伤口恶化，只能骑马指挥行军打仗，再到后来小腿肿得像水桶粗，只能坐在担架上。部队西征前，他不愿拖累部队，化装成小贩，在地方党组织的帮助下，安全地到达上海治疗。鲁迅知道后，就托人邀请陈赓到自己家里，做了一次长时间的促膝恳谈。

鲁迅热切地请求陈赓给他详细谈谈红军和革命根据地人民的斗争情况：怎样以英勇的战斗粉碎了敌人的“围剿”，怎样不断巩固和扩大革命根据地，怎样打土豪、分田地，怎样建立工农民主政权和改善人民生活，等等。当陈赓谈到红军可歌可泣、英勇顽强的斗争情况时，鲁迅问道，根据地人民是怎样支援红军的，红军是怎样作战的，等等。陈赓为了生动具体地说明问题，就把农民出身的徐海东、许世友、王宏坤等战将骁勇善战、赤膊上阵杀敌的故事详细地介绍给鲁迅，鲁迅听得津津有味，不由得拊掌大笑。陈赓还把徐向前总指挥实施的四大战役在一张小纸上画了幅作战形势草图。没想到，这张草图竟被鲁迅视为至宝珍藏起来了。他心中激荡着的一个美好愿望——写一部《铁流》式的反映红军英勇斗争的长篇小说，但由于当时种种条件的限制而未实现。但他翻译了法捷耶夫的小说《毁灭》，来激励和鼓舞中国的红军战士去创造新的业绩。

红军被迫进行二万五千里长征以后，鲁迅身在白色恐怖下的上海，心却随着红军战士的铁脚板，飞驰在湘江、赤水、雪山、草地，无时不在殷切地关注着长征的进程，盼望着革命的胜利。为了及时掌握情况，知彼知己地同国民党反动派做斗争，他每天都让许广平买回好几种报纸来，用“正面文章反看法”进行研究、揣摩，从敌人对红军的诬蔑、咒骂中，得知红军冲破“帝国主义和蒋介石围追堵截”而胜利进军的情况。与此同时，鲁迅也密切关怀着留在革命根据地坚持斗争的红军战士，对陷入铁窗囹圄中的红军战士，他更是想尽一切办法给予帮助。红军抗日先遣队总司令方志敏在战斗中不幸被捕入狱后，鲁迅就在严重的白色恐怖中，冒着生命的危险替他保存、转送了他在狱中写给党中央的信件和文稿。像我们今天看到的《狱中纪实》《可爱的中国》等战斗文章，就是鲁迅在餐蚊成阵、杀机四伏的恶劣环境中，几经波折亲手替方志敏保存下来并安全转给党中央的。所有这些事实，都有力地说明了，鲁迅的脉搏是和中国的革命与红军战士一起跳动的。他在坚持文化战线的反“围剿”战斗的同时，无时不在关切着红军的战斗历程，无时不在怀着兴奋的心情聆听着长征路上的每一个捷报。

红军长征胜利到达陕北后，身患重病而战斗不息的鲁迅，抑制不住兴奋和激动，立即给毛泽东和党中央发了祝捷电报，热情洋溢地说出了中国人民的心里话：“在你们身上，寄托着人类和中国的将来。”尽管当时鲁迅所在的上海还沉浸在国民党反动统治的弥天大夜之中，但是他从长征的胜利中看到了抗日战争即将出现的新局面，想到中国共产党和他领导的红军时，他的眼前便顿时光明起来，仿佛在茫茫夜色中，看见曙光就在前头。这使鲁迅热血沸腾，浮想联翩，情不自禁地在《亥年残秋偶作》里，写下了“竦听荒鸡偏阒寂，起看星斗正阑干”（大意是尽管近处一片黑暗寂静，听不到鸡鸣，但毕竟是北斗横斜，天快亮了！）这样的诗句，以乐观、坚定的情绪，表达了对中国共产党的热爱及对革命前途的坚定信心。为了给毛泽东和红军战士们洗征尘、庆胜利，他买了两只火腿，托人从上海冲破层层封锁捎往陕北，送给党中央和毛泽东，这充分表达了鲁迅热爱党、热爱毛泽东、热爱红军战士的真切心情。

到了1936年，鲁迅在反击托洛茨基派攻击党中央的无耻谰言时，这种真切的心情就表达得更加充分、更加深刻了。他说：“那切切实实，足踏在地上，为着现在中国人的生存而流血奋斗者，我得引为同志，是自以为光荣的。”

链 接

陈赓调侃蒋介石

1933年春，因为叛徒告密，陈赓在上海被国民党当局抓获。后来，蒋介石见到陈赓时说：“陈赓，你瘦了。”

陈赓回答：“瘦吾貌而肥天下。”陈赓说：“校长也瘦了。”蒋介石说：“国家如此，生灵涂炭，寝食不安哪！”陈赓说：“身为一党一国领袖，校长瘦而天下更瘦，这是为何?”蒋介石无言以对。

毛泽东建议文学工作者要学习鲁迅

毛泽东历来重视向鲁迅先生学习。他称鲁迅为“中国的第一等圣人”“现代中国的圣人”，自认“我算贤人，是圣人的学生”。1957年3月10日，在《同新闻出版界代表的谈话》中，毛泽东曾直率地谈起“鲁迅活着会怎样”这个话题。针对参加座谈的人中有人提到“现在的报纸上的东西太硬”，认为“思想性多了，报纸就不活泼”，应该“软些，软些，再软些”的问题。毛泽东直接引用鲁迅的写作来作回答：“你们赞成不赞成鲁迅? 鲁迅的文章就不太软，但也不太硬，不难看。有人说杂文难写，难就难在这里。有人问，鲁迅现在活着会怎么样? 我看鲁迅活着，他敢写也不敢写。在不正常的空气下面，他也会不写的，但更多的可能是会写。俗话说得好：‘舍得一身剐，敢把皇帝拉下马。’鲁迅是真正的马克思主义者，是彻底的唯物论者。真正的马克思主义者，彻底的唯物论者，是无所畏惧的，所以他会写。现在有些作家不敢写，有两种情况：一种情况，是我们没有为他们创造敢写的环境，他们怕挨整；还有一种情况，就是他们本身唯物论未学通。是彻底的唯物论者就敢写。鲁迅的时代，挨整就是坐班房和杀头，但是鲁迅也不怕。现在的杂文怎样写，还没有经验，我看把鲁迅搬出来，大家向他学习，好好研究一下。”

第六章 百战将军 奇闻铁事

链接

篇一

徐向前与李先念的生死友谊

1990 年 11 月 6 日，超美洲豹直升机载着徐向前的骨灰，在河西走廊上空缓缓西行。蜿蜒起伏的群山，浩瀚无垠的大漠，肃立含悲，一阵秋风乍起，卷起片片霜叶，仿佛平地上站立起千万个英灵，迎接他们的总指挥——徐向前回到了他的浴血征战地。

时隔 1 年零 4 个月，超美洲豹直升机又载着李先念的骨灰来到这里，与徐向前同行。

从一个战壕里爬出来，又回归到一个战壕里去，患难与共，生死相依，不离不弃，这就是徐向前和李先念的战友情谊。

1990 年 6 月 29 日，徐向前病情危重，李先念闻讯，急忙赶到医院探望。徐向前听说李先念来了，示意把他请到床前，郑重地讲了三条遗言："我的遗嘱有三条：一是不搞向遗体告别仪式，二是不开追悼会，三是把我的骨灰撒到大别山、大巴山、河西走廊和太行山。"李先念望着行将离去的老战友，心情十分难过，情不自禁地对工作人员说："我也是这三条。"这成了他们最后的诀别，成了他们最后的约定。

在柴山保革命根据地，相知相识

徐向前和李先念相识于 1929 年。徐向前由中央派到鄂豫边革命根据地，接替吴光浩任红三十一师师长，主持军事工作，时年 28 岁。木匠出身的李先念先在红三十一师第五大队任副班长，后到他的家乡红安县高桥区任区委书记和苏维埃政府主席，年仅 20 岁。黄埔军校出身的徐向前，又经过广州起义、海陆丰的斗争，军事上日臻成熟。他率领这支 300 余人的队伍，避强击弱，声东击西，与敌周旋，连续粉碎了敌人对鄂东北的三次“会剿”，即“罗（霖）李（克邦）会剿”、“徐（源泉）夏（斗寅）会剿”和“鄂豫会剿”，队伍不断发展壮大。李先念先参加反敌“会剿”，又在家乡建立农会，处决反动地主，神出鬼没，闹得很红火。1931 年 10 月，李先念率领陂安南县 300 余名青年参加红军，任红十一师三十三团政治委员。从此后，他们共同高擎起武装斗争的红旗，为创建鄂豫皖和川陕两大革命根据地，为发展壮大红四方面军作出了巨大贡献。

在鄂豫皖和进入川陕的历次战斗中，“同声相应，同气相求”

徐向前器重李先念，赏识他的才华，不仅在紧急关头委以重任，危难之时也常同他商量。李先念很快从团政委升任师政委、军政委。李先念尊重、拥护徐向前总指挥，把他视为红四方面军的一面光辉旗帜。他所率领的红三十军，成为红四方面军英勇善战的主力部队。他们共同分享过胜利的喜悦，也承受过失败的痛苦。经过战争的锤炼，他们的友谊炉火纯青，最突出的表现在西征川陕途中。

红四方面军的西征，是一次无后方依托、无群众基础的艰苦长征。方面军主力遭敌前堵后追，屡历险境，迭遭危难。在枣阳新集之战中，我军受敌三面包围，方面军总指挥部被突进之敌逼近。徐向前身边只有机关人员和警卫、通信部队共三百来人。在这千钧一发的时刻，李先念率部驰援，将敌击退，使方面军总部化险为夷。在西安以南的子午镇，担负方面军后卫任务的红十一师被敌人截断。李先念指挥部队顽强奋战，身上两处负伤。徐向前来到红十一师，对李先念说：“你先跟部队走吧，后面我来指挥。”

1933 年 9 月，在川陕根据地长达 10 个月的反六路围攻中，在选择反攻突破口、追击方向、深迂回还是浅迂回问题上，徐向前与张国焘发生了三次争论，李先念坚决支持徐总指挥的意见。开始，徐向前在东线，李先念在西线协助王树声指挥作战。东线取得了万源保卫战的决定性胜利。但由于张国焘在追击方向上固执己见，干扰指挥，因而未能大量歼灭敌人。徐向前又来到西线，决定搞大纵深迂回，吃掉敌人主力。张国焘却坚持浅迂回。这一次徐总指挥横下一条心，不听张国焘的瞎指挥，并说："那是抓兔子尾巴，抓不住的，这回就是犯错误也不听他的，打完仗再说，我负责！"李先念坚决支持徐总指挥的正确决断，说："将在外，君令有所不受嘛！你叫我们往哪里打，我们就往哪里打！我们听总指挥的。"徐总指挥当即命令红三十军等部队从巴中轻装疾进，日夜兼程，终于先敌一步抢占黄猫垭要隘，堵住了敌人的退路。李先念指挥部队与敌反复冲杀，白刃格斗，经一昼夜激战，敌全部就歼。此役共歼敌一万余人。徐向前和李先念顶了张国焘，在张国焘家长式的统治下，担了很大风险。因为打了大胜仗，张国焘才无话可说。

在长征路上，共同维护两个方面军的兄弟团结

1935 年 3 月至 5 月，徐向前、李先念在率领红三十军强渡嘉陵江，到达岷江地区后，积极做好迎接党中央和红一方面军胜利会师的各项准备工作。徐向前和李先念满怀喜悦心情，深夜交谈，详细分析了川西北的敌情，建议中央实行川陕甘计划。徐向前又派人给李先念送去两幅地图转交中央。中央听取李先念汇报后，提出的作战方针，基本上与川陕甘计划一致，深受毛泽东的赞扬。

为支援兄弟部队，经四方面军总部和中共中央批准，从红三十军抽调了 1600 余名指战员补充到红一军团，并派人送给红一方面军许多衣帽、鞋袜、被褥、食品等物资，进一步增强了两军的团结。特别是在包座战役中，在李先念的亲自指挥下打了两军会师以来第一个漂亮仗。包座战斗的胜利，打开了红军北进甘南的通道，对实现中共中央的北上战略方针，作出了不可磨灭的历史贡献。

在长征路上，张国焘搞分裂，李先念坚决支持徐向前同张国焘的分裂主义作斗争。他们支持朱德、刘伯承，并尽己所能，关心照顾他们的生活。在红四方面军从草地南下的路上，两位老战友坐在一个小土堆上休息。徐向前说："我就是不明白，红军和红军闹个什么劲？"对张国焘另立中央，分裂党、分裂红军的做法极为不满。李先念也有同感。他说："这怎么行？一国不能有二主，我们现在有党中央，为什么还要另立中央？这样不是把部队搞乱了吗？"李先念还对部属郑维山说："要注意教育部队，掌握部队，要对党员、对干部进行加强团结

的教育。”

在血战河西走廊时，他们更是同生死、共患难

1936 年 10 月开始执行的宁夏战役计划，对徐向前和李先念来说，更是在他们的戎马生涯中经历的同生死、共患难的历史。在西渡黄河时，红三十军又一次承担了造船、先行渡河的任务。那一天黄昏，徐向前总指挥把红三十军政委李先念找来，传达了中央军委的命令。李先念接受任务后，制造木筏，在虎豹口抢渡成功，为后续部队开辟了前进道路。由于河东形势的变化，中央和军委决定中止执行“宁夏战役计划”。过河部队组成西路军军政委员会，陈昌浩为主席，徐向前为副主席，李先念为军政委员会委员。西路军两万一千余人血战河西走廊，作出了重大牺牲，但吸引了十万敌军西向，有力地策应了河东红军的战略行动。随着河东形势的变化，西路军的任务也多变。他们时而奉命西进，时而奉命东返，时而又奉命就地建立根据地。他们在马家军腹地，与敌反复拼杀，子弹打完了用大刀砍，大刀砍弯了用石头砸，赤手空拳与敌肉搏，最后，弹尽粮绝，惨遭失败。在康龙寺石窝召开的最后一次西路军军政委员会会议上，决定徐、陈离开部队回延安，向党中央汇报。徐向前舍不得离开自己心爱的部队，李先念也不想让徐总指挥离开。最后，陈昌浩强行作出决定：西路军成立工作委员会，由李先念负责军事工作，李卓然负责政治工作；部队分三路分散游击。李先念所带的部队一路忍饥熬寒，忍受了常人难以忍受的艰难困苦，终于穿过荒无人烟的戈壁滩，到达新疆，受到了党中央代表陈云、滕代远同志的迎接。毛泽东高度赞扬李先念在西路军的建树和功绩，说李先念是将军不下马的。徐向前也说：“李先念同志受命于危难时刻，处变不惊，为党保存了一批战斗骨干，是很了不起的。”

在和平岁月，他们经历了政治风浪考验，君子之交虽淡如水，却甘甜如蜜

抗日战争时期，徐向前任一二九师副师长来到太行山区，李先念则受命回

到中原，任鄂豫边区党委军事部部长。直到解放战争，他们驰骋在南北战场上，为中华民族的危亡，为中国人民的解放，携手战斗。

岁月的流逝，没有冲淡两位革命家的诚挚友谊。几十年来，不管在何时，他们都坚定信念，肝胆相照，情同手足。无论地位怎么变化，李先念始终把徐向前视为自己的老上级、老领导，他常常对人说："我一生有两个老师，一个是徐帅，教会我打仗，一个是陈云，教会我管经济。"李先念担任党和国家重要领导职务后，仍经常来看望徐向前，每逢党和国家遇到重大问题时，常常是李先念受中央委托来征求徐向前的意见。他们彼此信任，视为知己，无话不谈。1983 年，李先念受邓小平的委托，撰写了《关于西路军历史上几个问题的说明》，需要征求徐向前的意见，但李先念腰坏了，起不了床，徐向前对前来汇报的李先念的秘书说："我和先念几十年了，我去看他，他躺在床上也没关系。"徐向前去了，李先念坚持起床迎接他。一见面，李先念诙谐地说："你看，你拄了拐棍，我也拄了拐棍。"两位老人笑了，笑得那么亲切，笑得那么畅快。

链 接

蓝天，飞过一串乡音

1984 年初春，红安县二程乡的农民李聚茂，按定货合同将 400 斤团鱼运往北京。在汉口火车站，李聚茂得知 10 天后才有货位，担心团鱼要死个精光。他跑到飞机场民航货运处求助，结果这里根本就不运这种活东西。正当李聚茂焦急、愁苦之际，他的情况被窗外的一位老军人——武汉军区第一政委李成芳将军知道了。此刻，部队派了专机，要送这位身患癌症的老将军到北京解放军总医院做一次大手术。

将军了解李聚茂的难处后对秘书说："你去把他喊来，说这里有个老乡要见他。"

李聚茂来了，认出了从照片上见过的李政委，连忙问了好。李将军拍着李聚茂的肩说："乡亲碰乡亲，说话都好听啰。喂，我到北京诊病，顺路带你一程吧。"

两小时后，飞机升空，向北飞去。机舱里，将军和他的同乡并排而坐。李聚茂把一大堆家乡的新闻说给将军听，将军听得津津有味。这时，保健医生送来了一杯药水，李成芳端在手里，可是他的手哆嗦着，硬是送不到嘴边。药水泼了一身。李聚茂连忙把住了将军沉甸甸的大手，他看着将军苍黄憔悴的脸，几颗泪珠从眼窝里落下来，难过而歉疚地说："您病得这么厉害，我不该打搅您，不该呀……"

"莫扯白，我又不是外人，算不算还是老乡嘛!"将军沉默了一下说道，"这怕是我最后一次为家乡做事了。"

一个月后，李成芳将军病逝了。追悼会上，将军的故乡送来了一个花圈，挽联上写着：好乡亲李成芳政委永生。

篇二

徐海东大将轶事

在《西行漫记》中，美国著名记者斯诺写道："中国共产党的军事领导人中，恐怕没有人能比徐海东更加'大名鼎鼎'的了，也肯定没有人能比他更加神秘的了。"作为一位传奇性人物，徐海东大将的某些人生片段，确实充满了传奇色彩。

改名徐海东

徐海东，原名徐元清，1900 年 6 月 17 日出生于湖北省黄陂县夏店（今属大悟县）一个六代陶工之家。夏店位于大别山脉西段，鄂豫交界处。这里群山连绵，山道弯弯，是个连脚都难以放平的偏僻山区。1928 年除夕夜，身为夏店区委书记的徐元清，组织领导了农民年关暴动。暴动队伍冲进地主豪绅庄园，打开粮仓，把粮食分给断粮多日的农民兄弟。敌军闻讯，立即开过来一个团。年关暴动失败，徐元清的亲友中有 66 人惨死在敌人的屠刀下——从牙牙学语的儿童，到白发苍苍的老人，近亲 27 人，远亲 39 人。为了表示革命到底的决心，徐元清改名"徐海动"，意思是要像哪吒那样，把沉闷的大海搅动起来，改天换地。在黄陂话中，"海动"与"海东"是一个声音。人们叫来叫去，就把他叫成"海东"。他也顺乎民意，索性把名字改成"徐海东"。

与其冤死不如战死

红军初建时，徐海东在战争中学习战争，边打边学，用鲜血交"学费"。他从当队长起，直至当军长，都是在最前线指挥，身先士卒，带头冲杀，先后 9 次负伤，全身留下了 17 个窟窿、16 个弹孔、1 道刀痕。1933 年初春，鄂豫皖省委书记沈泽民听不进二十五军领导人吴焕先、王平章、徐海东等人的意见，强令红军围攻七里坪，激战多日未能攻下，反而损失了 3000 多人。在省委紧急会议上，徐海东指着省委书记沈泽民说："你们这些小资产阶级的领导，只顾自己吃饱喝足，不顾红军战士死活。"沈泽民大怒，当场将其推押出会场，命作检讨反省，并准备以"肃反重点人物"严厉处置。赶巧，国民党军大举进攻的报告传来了。徐海东心想，冤死不如战死。于是，他脱去棉衣，赤膊挥刀，浑身青筋暴突，率领交通队官兵冲向敌阵。国民党部队哪见过这样的阵势，吓得丢盔弃甲，落荒而逃。事后，沈泽民亲自去慰问徐海东，紧握他的手说："惭愧，惭愧，险些误杀忠良。"徐海东爽朗回答："杀了我，谁去杀敌人?"

不久，在皖西葛藤山作战时，徐海东采用机智灵活的战略战术，俘虏了敌代师长兼旅长刘书春以下官兵 1000 多人。刘书春十分佩服地问道："长官，你是黄埔几期?"徐海东摇头。刘书春又问："那你一定是保定军校的了?"徐海东哈哈大笑，说："我是青山大学毕业的。"刘书春不解地挠头："这青山大学在哪儿?"徐海东把手朝门外一指："就在那儿!"

难缠的"臭豆腐"

徐海东还有个虽然不雅但却反映其辛酸家史的绰号——"臭豆腐"。据说，当年的大别山区有一首民歌："黄安有个赵次，麻城有个邱江埔，黄陂有个臭豆腐。""黄陂有个臭豆腐"指的就是徐海东。因为徐海东家里很穷，到 10 多岁了，还没有衣服穿，一身泥巴，他的嫂子们看到他，说简直就像一块臭豆腐，就这样叫开了。

徐海东参加革命以后，由于能征善战，蒋介石打一仗败一仗，就是消灭不了徐海东。蒋介石很气恼，愤愤不平地骂道，徐海东就跟他的名字"臭豆腐"一样，很难缠，粘了就甩不掉了。

1932 年初，在徐海东任红四军第十二师三十六团团长期间，陈赓任师长，是徐海东的顶头上司。一次，红十二师在潢川、商城一带围城打援，徐海东率领三十六团在豆腐店地区执行阻击任务。他带领一个团奋勇当先，冒着漫天大雪，连续打退敌人 20 多次冲锋，同兄弟部队一起，把敌人 10 多个团打得丢盔弃甲，狼狈逃窜。

陈赓高兴得合不拢嘴，对徐海东破例大加赞赏。可是，徐海东一听表扬，大大咧咧地回答说：

“师长，在豆腐店打仗，我徐海东打不赢才怪呢!”

“怎么？在豆腐店，你就一定能打赢？真是岂有此理!”陈赓以为徐老虎又发了哪根神经。

“师长，你不晓得吧？团长他的诨名就是‘臭豆腐’!”这时，团政委哈哈大笑地说。

陈赓笑得前仰后合：“啊哈哈，原来如此!”就这样，他俩的战斗友谊日渐加深，成了最亲密的同志加战友。

1955 年，陈赓和徐海东一起被授予大将军衔。

有一次，陈赓与民主党主席谈及徐海东时，他说：“乖乖，我这一辈子挺光荣的一件事，就是当了几天徐海东的领导，他既是难缠的‘臭豆腐’，又是著名的‘徐老虎’，我当他领导，他没咬我，却帮我打了许多硬仗。老虎哇老虎。真厉害呀。”

“你这个陈眼镜呀，徐海东你敢小看吗？我还不敢呢。”毛泽东也笑着说。

抗美援朝时，有一次，美军 39 辆重型坦克一下子冲到我三十九军阵地，结果全军覆没，一辆都没回去。美国人从来没有这样的败绩，经过一番调查，他们才知道，自己的对手是徐海东旧部三十九军，在调查报告上还特意加了一个括弧，里面写着“臭豆腐部队”。

谦让军衔

1947 年 9 月，中央将徐海东安置在大连文化街 75 号住宅养病（注：当时大连被苏军控制）。为保密起见，徐海东使用化名叫余立仁。苏联军医给他做了 X 光透视，发现他的肺部大部分功能都已丧失，当听到徐海东多年来靠中草药维持生命，对他的生命力钦佩不已。

1951年5月，周恩来专程到大连看望徐海东。他看见徐海东的卧室里挂着洗过的新四军旧军装，就对其夫人周东屏说："这衬衣、裤子、袜子，都是补丁摞补丁啦！不能把我们的猛将军打扮成叫花子嘛。"徐海东却说："我喜欢穿它们。我们刚刚成立新中国，资金短缺，把剩余的钱给那些死难烈士的家属用吧。"后来实行军衔制，中央决定授予徐海东大将军衔，其名字排在粟裕之后，位列第二，十分显赫。徐海东得知后，非常不安。恰巧，周恩来又来大连，并前来看望他。徐海东恳切地说："总理，我长期养病，为党做的工作太少，授我大将军衔太高，我受之有愧啊！"周恩来握着他的手，动情地说："海东同志，毛主席说了，你是对中国革命有大功的人啊！授予你大将军衔，是根据你对革命的贡献决定的，我看不高也不低，恰当！"

徐海东身居高位，但从不恃功自傲。他在大连期间，时时处处严格要求自己。为节约用水，他吩咐工作人员不要将他的洗澡水放掉，而是用来冲厕所；他平常舍不得吃鱼、肉，只是到了周末才改善一次伙食；他吃剩的饭菜从来不许倒掉，而是让厨师妥善保管，下顿热热再吃。

1956年9月，徐海东离开大连，前往北京，住在观音寺一号。但是，他与大连的情谊仍在继续。一次，徐海东咯血不止，中央派出军用飞机，将大连著名中医李寿山请去会诊。李寿山在北京住了两个月，诊脉煎药，使徐海东转危为安。

1969年10月21日，根据林彪签发的"中央军委一号命令"，徐海带着氧气瓶上了去郑州的火车。1970年3月25日，一代虎将病逝。

生死夫妻

在徐海东的人生中，有一位相濡以沫的妻子，她的名字叫周东屏，原名周少兰。徐海东与周东屏的恋爱颇具传奇性。

1935年2月10日，红二十五军在长征途中，在陕南的一个小镇庚家河召开鄂豫皖省委常委会议。突然，枪声大作，敌人奔袭而来，情况万分危急。会议立即停止，全军从军长到炊事员都投入了战斗。徐海东亲率二二三团投入战斗，从中午血战到黄昏，反复冲杀20多次，最终转危为安。可是徐海东负了重伤，伤势严重。医生用药止住了血，可他喉咙被淤血和痰堵塞，呼吸十分困难，医生急得想不出办法。

这时个子不高、年仅18岁的女护士周少兰说："让我来试试。"她就伏在徐海东身上，用嘴一口一口地把堵在徐海东喉咙里的淤血和痰吸出来，不一会儿，徐海东的呼吸就均匀了。

徐海东昏睡了四天四夜，周少兰默默地守着他，没有离开一步。直到这天傍晚时分，周少兰突然听到徐海东哼了一声，连忙伏到他的身边，轻声呼叫："首长，首长。"徐海东才"嗯"了一声，睁开了眼睛。

"醒过来了，醒过来了。"周少兰高兴地向门外叫着，两眼噙满泪花。

大家都为徐海东苏醒而高兴。吴焕先对周少兰说："这几天你辛苦了，以后我就把他交给你，你要好好照顾他，将来我还要给你做媒呢!"

长征结束后，周少兰果然成了徐海东的妻子。只不过，因为徐海东不喜欢兰啊、花啊，不像个战士的名字，周少兰于是改名叫周东屏。徐海东从此有了一个患难与共的伴侣、生死相依的战友。

一次不幸的负伤，换来了一段美满的姻缘，徐海东因祸得福。从此，在几十年的革命生涯中，周东屏始终伴随在徐海东的左右。

1936年，徐海东率部东征，在回师路上，因一个战士突然闯出队列，徐海东从马背上摔下，跌到一块大石头上，头破血流，两颗门牙碰掉，人整整昏迷三天三夜，周东屏不离徐海东半步，精心护理徐海东直至他转危为安。

1939年9月，徐海东结束了在延安马列学院10个月的学习生活，党中央、毛主席决定派他随刘少奇赴华中新四军江北指挥部工作。

1939年9月15日，周东屏抱着小女儿小松子，领着儿子小林子，随着徐海东在刘少奇的带领下，告别了延安，奔向了华中敌后抗日前线。

周东屏，生于安徽六安一个贫苦木匠家庭。参加红军后，当过护士和护士长，参加过长征，1935年与徐海东结婚。徐海东患重病后，周东屏竭尽全力护理、照料，想方设法帮助救治，使徐海东一次又一次战胜了病魔。

1951年，周恩来到大连看望徐海东时，握着周东屏的手说："我代表党中央感谢你，你为党做了很好的工作。海东同志的病能好转，与你精心照料是分不开的。”回京后，周恩来也向毛泽东、朱德汇报了周东屏为党奉献的精神。国庆10周年的庆祝大会，周东屏被邀参加并坐在第一排上将的位置上。“文化大革命”动乱中，她陪伴徐海东走过了人生的最后一程。

徐海东的一生，是一部充满传奇色彩的书，而他的传奇，有许多的章节离不开周东屏。周东屏是徐海东最亲密的战友，也是他最心爱的伴侣。

篇三

长征路上的生死战友：陈锡联与许世友

红四方面军在长征途中，曾流传着陈锡联为掩护许世友负伤，而在过草地时，许世友坚持一定要把陈锡联抬出草地的感人故事。

当时，陈锡联是许世友麾下的师长，他们路过扎窝，突然遭到了反动武装分子的袭击，猝不及防。他们身边只有为数不多的警卫部队，而且很快就被反动武装分子打散了，许世友的处境非常危险。陈锡联对许世友说："军长，你赶紧撤到后面去，我到前面顶着。"说罢，陈锡联扛起了一把机关枪爬到一个高处，向敌人疯狂扫射，陈锡联是站在高处，端着机枪，目标太大，很快把大量的敌人吸引到了自己的周边。敌人集中火力攻击陈锡联，在陈锡联的掩护下，许世友转危为安，成功撤离。突然，一颗子弹击中了陈锡联。这是一处贯通伤，子弹从左背打进来，从右背部穿出去，陈锡联一下子就倒了。警卫员冒死把他背下阵地，陈锡联不知道是哪里负伤了，只觉得胸腹部肿胀难受，他让警卫员把自己的头朝下、脚朝上，倒提起来，血水从伤口里流了出来，陈锡联感觉肚子轻松了许多。为了掩护许军长脱险，陈锡联身负重伤，差点丧命。

陈锡联为掩护自己而负伤，许世友非常难过，非常着急，想着绝不能丢下陈锡联。许世友下了死命令，要不惜一切代价，一定要把陈锡联抬出草地。许世友叫来一位团长，让他挑选几位精壮的小伙子，用担架抬着陈锡联走。团长非常为难地说："大家都是饥寒交迫，自己走路都非常困难，怎么能再抬着一个人走呢?"许世友想想，没有蛮干，让人找来一匹驮机关枪的好马，把笨重的机关枪卸下来，拆散零件，分给同志们携带，把陈锡联扶上马，让马驮着陈锡联走。为防万一，许世友还指定一名同志专门牵马，负责看住陈锡联。许世友还把身上仅有的一小袋大米给了那位牵马的同志，让他一路上照顾陈锡联，给陈锡联煮稀粥喝。陈锡联的身体太虚弱了又流了很多血，在马上根本坐不住。警卫员就让他趴在马上，用一根绳子将陈锡联和马绑在一起，以防止他摔落下来。陈锡联趴在马上，走出了草地，也慢慢养好了伤。若不是许世友，若不是那一小袋救命的大米，陈锡联根本走不出草地。陈锡联为掩护许世友而负伤，许世友救了他一命，他们是一对生死战友。这一对战友在后来的战争中，都成为中国革命的中流砥柱，在中华人民共和国成立后，更是齐头并进，一路领先，都是开国上将、大军区司令员。

链 接

1973 年末，八大军区司令员对调

1973 年末，发生了一件影响非常深远的事——八大军区司令员对调，分别是北京军区司令员李德生跟沈阳军区司令员陈锡联对调；武汉军区司令员曾思玉跟济南军区司令员杨得志对调；福州军区司令员韩先楚跟兰州军区司令员皮定均对调；广州军区司令员丁盛跟南京军区司令员许世友对调。

八大军区司令员对调涉及的人员、区域很广很大，但是完成的时间却是极快。毛泽东要求随行人员不得超过 10 个、期限不得超过 10 天，八大司令员便干净利落地到了新岗位上任。

当时全国一共也就 11 个军区，一下动了超过 2/3，那么剩下的 3 个军区司令员是谁，为什么没调动？

其实 8 人调动与 3 人不调动的主要原因都是在职时间。

像许世友和杨得志，两人分别担任南京、济南军区司令员都已经 18 年了，8 人中在本职最短的李德生也已经两年多，其他的平均下来也有 10 年。未调动的军区司令员是成都军区司令员秦基伟、昆明军区司令员王必成、新疆军区司令员杨勇。他们任职时间很短。

在场人员合唱了一次《三大纪律八项注意》，唱完后气氛渐浓，于是毛泽东说道：“一个人在一个地方搞久了，不行呢。搞久了油了呢！有几个大军区，政治委员不起作用，什么都是司令员说了算。我想了好几年了，主要问题是政治

委员互相调动，军区司令员不走。”

这次调动是当时特殊历史背景下的一次军界高层变动，有力地保障了党中央、毛泽东对军队的绝对统一领导，对当时的政治局面起到了稳定作用。

篇四
一个中将“班长”带出了两位上将

1955 年解放军授衔仪式结束后，一位中将严肃地看着两位上将说道：“战士是上将，班长是中将，这兵叫我怎么带？”两位上将满脸赔笑道：“什么这将那将的，战士到什么时候也得听班长的。”这一幕被几个年轻的解放军战士看到，他们无不惊得目瞪口呆。

这两个被训得服服帖帖的上将，一个是大名鼎鼎的旋风司令韩先楚，另一个是解放军空军副司令员刘震。而教训他们的中将，就是有着“史上最牛班长”称呼的陈先瑞将军。那么，这三位将军是怎么走到一起的呢？

那要先说说班长陈先瑞。

身为班长的陈先瑞，时年不过 18 岁，却已是久经战阵的红军战士了。他出生于河南省商城县金刚台南面的大闫家湾（现隶属于安徽金寨县），家境贫寒。他幼时只念过 3 个月的《三字经》，八九岁就给地主家放牛，饱尝生活的艰辛，15 岁时参加红军，先后给团长、师长当勤务员、通讯员，以及特务大队的特务员。3 年的战争环境考验，使他更加机智勇敢，灵活多变，英勇无畏。1932 年 10 月，他随红四方面军主力撤离苏区，向西转移，在豫陕边界突发高烧，不省人事，被部队留在一座土地庙里。

等他清醒后，发现只剩自己一人，部队早已转移。他有心追赶部队，但不知部队去向，又不熟悉周边环境。无奈之下，他决心孤身一人返回鄂豫皖苏区，继续革命。他找了个讨饭篮子，拄着打狗棍儿，踏上了返程。一路上，他避开大路，专走小路，不进村庄，晚间常常在破庙或柴草堆里过夜，绕过敌人设置的重重关卡。遇到有人盘问，就说自己为国民党军挑行李，因病流落在此，现在返回家乡。就这样，走了半个多月，他终于回到了苏区，找到鄂东北游击总司令部，见到了时任中共鄂东北道委书记兼游击总司令的郑位三。

郑位三详细询问了陈先瑞的出身经历，以及红四方面军西征和他返回途中的情况后，大加赞扬他对革命的坚定，夸奖说：“年龄小，出身好，能够随机应变各种复杂情况，是个执行特殊任务的战斗骨干!”随即将他分配到特务四大队，并指定他先到最为困难的后勤处当炊事班长。

接着介绍刘震进炊事班的经过。

刘震，出生于湖北省孝感县东北的小悟乡刘家嘴，贫寒的家庭环境，使他在 15 岁时参加赤卫军，走进了红二十五军的队伍。在一次战斗中，刘震带领 3 名战士化装攻打敌人在罗田县的金库，占领金库后缴获了大批的银元，为了把这些钱带走，刘震和战友们把敌人的裤子作口袋，装满银元后撤退。敌人穷追不舍，在战斗中，刘震的一条口袋口没有扎牢，丢失了一部分银元，关键是刘震不知道弄丢了多少钱，结果被罚到炊事班背大锅。

最后说到韩先楚，更是奇遇。

韩先楚出生于湖北省黄安县一个贫苦农民家庭，当过放牛娃，学过篾匠，做过短工，14 岁时，在黄麻起义中参加革命队伍，后任排长。有次，上级领导让他处决一名被认定为“奸细”的人，他经过盘问后，发现此人根本不是什么“奸细”，而是一名普通的当地老百姓，就偷偷把他放了。领导发现后，批评他心肠太软，不适合带兵，撤掉了他的排长职务，调到营部管伙食。在一次与敌人的遭遇战中，他与部队失掉联系，被迫逃进山林躲避起来。他在山林里躲避多日，缺衣少食，两腿浮肿，双脚溃烂，不久，遇到了采购食材经过此地的陈先瑞和刘震。韩先楚赶紧招手求援。刘震跑过去，把他拉入了队伍，收容进陈先瑞班后，先是被严格盘问，后被派去当伙夫，背行军锅，每天为大家做饭吃。

历史的机遇如此凑巧，把共和国未来的 3 位将军就这样安排进了同一个班。

陈先瑞所在的特务四大队，主要任务是搜集情报，截获敌人物资，袭击敌人。虽然炊事班的任务是为部队准备饮食，但是枪声一响，炊事班的 3 个人在战斗中的表现最为突出。陈先瑞曾经拿着一把菜刀抓了 5 个俘虏；韩先楚曾用一根扁担堵住逃跑的敌兵，缴获了 7 条步枪；赤手空拳的刘震也曾一口气追敌十几里路，边追边喊，吓得一个敌军团长和两个卫兵举手投降。随后赶来的陈先瑞和韩先楚把缴来的 3 支短枪挂在肩上，笑嘻嘻地返回军营。这时，恰巧被军长吴焕先骑马经过看到了，他问明情况后，高兴地说："你们三个小伢子不简单呢，能担大用，放在炊事班屈才了！"于是，吴焕先把他们编入手枪团，专门担负侦察、"抓舌头"、护送领导等特殊任务。

值得一提的是，陈先瑞、韩先楚、刘震这 3 个出自一个班的红军战士，都没有上过什么军校，连个小学文凭也不曾捞着，但都被称为"革命战争大学"的高才生——红军将领。当然，他们的军旅生涯并没有到此为止，充分发挥和施展军事才能的广阔舞台，还在以后的抗日战争、解放战争及抗美援朝战争时期，那才是更加威武雄壮的值得大书特书的壮丽篇章！其后，陈先瑞随红二十五军转战至河南卢氏县城附近时，被一颗流弹击伤左腿。进入陕南后，尚未痊愈的他，再次错过长征机会，留在鄂豫陕根据地担任游击总司令、红七十四师师长，独立坚持了近 2 年的陕南游击战争。而 1946 年的新四军五师中原突围后，时为十五旅旅长的陈先瑞，再次担负起在陕南重建并坚持根据地斗争的重任。毛泽东对他多次给予高度评价，称他为"陕南游击王"。

1955 年授衔时，原来的战士韩先楚、刘震均被授予上将军衔，而陈先瑞则是中将。陈先瑞笑骂："战士跑到班长头上了。"对此，刘震将军满怀深情地说："你永远是我们的好班长。"

链接

陈先瑞将军

陈先瑞，安徽金寨县人，1914 年生，1929 年参加红军，1931 年加入中国共产党。土地革命战争时期，任红军中队长、营政治委员，鄂陕游击师司令员，红军师长，南路抗日军军长，坚持了鄂豫陕边游击战争。抗日战争时期，任八路军师留守处主任，西北留守兵团团长，富甘警备司令部副司令员，河南军区分区司令员、政治委员等职。解放战争时期，任河南军区副司令员兼独立第三旅旅长，中共河南省委委员，豫鄂陕军区副司令员兼参谋长、第二野战军副军长等职。中华人民共和国成立后，任陕西省军区副司令员兼参谋长，中国人民志愿军第十九兵团政治部主任、副政治委员，北京军区政治委员，成都军区政治委员，兰州军区顾问。任第三、四届全国政协常委，中共第九、十届中央委员，第十一届候补中央委员，中央军委委员。1955 年被授予中将军衔。

韩先楚上将

湖北省红安县人（1913—1986）。1927 年参加革命，1930 年加入中国共产党。土地革命战争时期，先后任红二十五军排长直至师长。抗日战争时期，先后任八路军第一一五师副团长直至新三旅旅长兼冀鲁豫军区第三军分区司令员等职。解放战争时期，任东北民主联军三纵队司令员、四十军军长。他率部从东北黑土地打到海南红土地，一路所向披靡，无坚不摧。部队动作如旋风般快速，故有旋风司令之称。中华人民共和国成立后，任第十三兵团副司令员，中国人民志愿军副司令员、第十九兵团司令员，中国人民解放军副总参谋长兼福州军区司令员和兰州军区司令员。1955 年被授予上将军衔。系中央军委常委和第六届全国人大常委会副委员长。

刘震上将

湖北省孝昌县人（1915—1992）。1929 年参加革命。土地革命战争时期，任红二十五军手枪团排长直至红十五军团师政治委员。抗日战争时期，任八路军第一一五师第三四四旅团政治处主任直至新四军第三师副师长。在解放战争中，刘震指挥三十九军，从东北打到西南边陲，作战 434 次，共歼俘敌军 19.6 万余人。可谓“横扫千军如卷席”。中华人民共和国成立后，先后任中南、东北军区空军司令员，中国人民志愿军空军司令员，中国人民解放军空军副司令员兼东北军区空军司令员等多职。1955 年被授予上将军衔。

篇五
秦基伟将军荣耀背后的辛酸

1953年夏，朝鲜正值金达莱盛开的季节。朝鲜东海岸的兴高山上，是一片花的海洋。

中国人民解放军朝鲜志愿军第十五军军长秦基伟将要调回国内，出任昆明军区副司令。告别会是在山上的军部简易礼堂召开的。全军团以上的干部和战斗英雄400多人参加了这次会议。军长秦基伟着一身褪了色的粗布黄军装，足蹬自己编织的草鞋，逐个和大家握手话别。

他每走到一个干部面前，总是握住对方的手用力颠一颠，似乎在说多保重。当他来到战斗英雄面前时，竟拉住他们的手，久久不肯放开。战士们还是第一次看见军长这样感情缠绵。以往，在战场上的他，向来是眼睛红得吓人。

“军长，我们全团战士要求您留言。”

“欢迎军长给我们讲话。”

秦军长走到台上，微笑着向大家点点头，高声喊道：“同志们，说心里话，我不愿离开你们，更不愿离开这块埋着我们无数忠骨的土地。我们军从淮海到渡江，从广西到上甘岭，哪一步没有我们战士的血，哪一仗没有你们的努力？古人云：‘将帅如舟，兵卒似水。水能载舟，也能覆舟。’是你们使我成为一名将军。没有你们的支持和帮助，我秦基伟是一事无成。”

“大家都知道，我们军是一支年轻的部队，到现在也不过7个年头。但是我们军打得很响。淮海战役，我们打垮了号称王牌部队的黄维美械化兵团，围成了它30里地的包围圈，为全歼这个王牌兵团，创造了有利条件。在两广战役中，我们军作为穿插部队，一夜之间插进了白崇禧的司令部，从心脏往外扩刀子，使号称神机妙算小诸葛的白崇禧全线崩溃，赢得了兄弟部队的尊重。”

“还有，在上甘岭战役中，我们军以2万人的兵力，在极其困苦的条件下，阻击了美伪军 7 万人，数百架飞机，近千辆坦克，400 门火箭炮和 105 枚榴弹炮的进攻。并使他们丢下了 27000 多具尸体，创造了举世瞩目的战果。大家说，我们这支年轻的部队为什么能创造出如此辉煌的战绩呢？”

下面干部纷纷喊道：“是军党委领导得好！”

“军长指挥有方。”

军长脸上的微笑被这股迎面来的“风”吹掉了，他眉宇紧紧拧起，思索的目光注视着人群。突然，他喊了一声：

“张计法连长（即电影《上甘岭》中的那个连长生活原型）来了吗？”

“来了！”人群里站起一位五大三粗、血气方刚的军人。

“你们连从上甘岭上下来了几个人？”

“八人。”

“八人？”军长的眼睛在英模的座席上寻找着，“黄继光连队的人来了吗？”

“黄继光连队的人来了吗？！”

“报告军长。”张计法连长缓缓地向军长敬了个军礼，沉重地说，“黄继光连队，只剩下了一个负了重伤的副连长，还是我死活把他拖下阵地的。我想任何伤员都能留，独他不能留。”

“为什么？”

“我想为这个英雄的连队留下棵苗……”

军长沉默了，他注视着张计法，许久才说出话，“张连长，你做得对。你比我这军长更懂得怎样爱兵。保住这么一个兵，就保住了我们这个英雄的连队。当我看到从上甘岭上抬下来的那些因失血过多和耽误抢救而牺牲的战士，我多么想喊一声：‘同志，军长对不起你……’”军长的眼圈红了。下面许多干部眼里都含着泪水。是啊，谁能忘记，十五军战上甘岭是 2 万人，只下来了几百人。

这场战役的胜利是用多少战士的鲜血、多少寡妇孤儿的泪水、多少父老乡亲的痛苦换来的。

“同志们，只要我们这些人还活着，就要永远记住，我们十五军的光荣，不属于军党委哪个人的，而是烈士们的……光荣永远属于他们……”

篇六
血战沙场　风云政坛的李德生

李德生（1916—2011）是大别山的优秀儿子，是历经革命战争时期炮火硝烟的锤炼而成长起来的开国将军，也是在和平与建设时期，历经政治风云的考验而成为的党和军队的卓越领导人。他一生坚守共产主义革命信仰，对党、国家和人民无限忠诚，无论是顺境还是逆境从未动摇，无论是上还是下、进还是退，始终保持共产党人的政治本色不变，充分展示出无产阶级革命家的坦荡胸怀。

血战沙场　功勋卓著

1930 年 2 月，李德生不满 14 岁，就告别家乡，参加红军，走上了为民族独立和人民解放而奋斗的革命道路。

红军时期。李德生在红四方面军担任过交通队员、党支部书记、政治指导员。他参加过伟大的长征，在战斗中受过重伤。他曾受党内极左路线迫害，被开除过党籍，背负着不公正的处分三过草地雪山。7 年的红军生活，使他历尽了磨难，但也砥砺了他的意志，增长了他的才干，他称之为“仿佛上了一次大学”，“读了一部战斗与生活的百科全书”，“打下了革命一生的基础”。

抗日战争时期。李德生在八路军一二九师的几年中，历任排长、连长、营长和团长职务，先后参加过夜袭日军阳明堡机场、长生口、响堂铺、保卫太行山根据地反敌“六路围攻”等战斗，参加过百团大战，指挥部队参加了最为酷烈的狮垴山、石匣、关家垴等战斗。1942 年 5 月，他指挥两个连掩护了八路军总部突出两三万日军的包围圈。1943 年 9 月，他任太行二分区三十团团长期间，化装成当地百姓，曾深入日军马坊据点侦察，并率 82 名精兵一举端掉该据点，全歼守敌。

解放战争时期。李德生先后在晋冀鲁豫野战军及二野担任旅长、师长。

1945 年 10 月，在上党战役中，他率部在磨盘垴歼敌 3000 人；在邯郸战役中，他指挥冢王村战斗，毙敌 30 师师长；1946 年 8 月，在定陶战役中，他血战国民党嫡系部队整 3 师，打赢了大杨湖战斗，从而保证了战役的胜利；同年 11 月，他率部奇袭上官村，歼敌 4000 余人；在江阴战役中，他生擒盗挖慈禧墓的国民党军阀孙殿英。

1947 年 8 月，在刘邓大军千里跃进大别山中，李德生作为先头部队，曾率十七旅解放新集和红安七里坪，后又参加襄樊战役，并担任主攻。他率部克琵琶山，取铁佛寺，刀劈三关，活捉国民党中常委、特务头子康泽。在淮海战役中，李德生率部力歼黄维精锐警卫部队“老虎团”。不久，李德生任第二野战军三兵团十二军三十五师师长。渡江战役后，他执行中央军委“直插浙赣线，割断汤恩伯、白崇禧集团”的作战计划，在 20 天里跃进千余里，克城 9 座，歼敌 2 万余人，活捉敌少将师长 3 人，在进军重庆时，差半小时就活捉蒋介石。

抗美援朝时期。李德生先后在志愿军担任三十五师师长和十二军副军长，率部参加过第五次战役、金城防御战及上甘岭战役。朝鲜战场的残酷超过了以往任何一次战争。中国军队以简陋的武器打败了装备先进的以美国为首的联合国军队，全凭的是智慧和勇气。3 年的抗美援朝，他又为国家立下了不朽功勋。

正气凛然　中流砥柱

1954 年，十二军圆满完成任务奉命回国。在和平的环境里，已经升任十二军军长的李德生致力于部队的政治文化教育和军事训练，他领导的十二军受到了军区和军委总部的表彰。1955 年，他被授予少将军衔。

狠抓练兵。1957 年，李德生奉调到高等军事学院学习了 3 年，这对于身经百战的将领无异于如虎添翼。回到十二军后，他认真研究贯彻“以我为主”的训练方针，长期蹲在连队，注重发现、培养、推广、运用先进典型，发掘了

“郭兴福教学法”，得到毛泽东和叶剑英等领导同志的高度评价和充分肯定，并迅速在全军推广，由此掀起了大练兵、大比武高潮，成为我军军事训练划时代的创举。

平息武斗。1967 年 7 月 22 日，林彪、江青反党集团在“文化大革命”中提出“文攻武卫”的口号，煽动武斗，企图制造内乱。8 月，安徽省局势开始陷入失控。在武斗最严重的芜湖市，堡垒林立，枪林弹雨，工厂停工，交通中断，人民群众正常的生活秩序被打断，并波及整个华东。南京军区副司令员陶勇被迫害致死；聂凤智被批斗，打掉 8 颗牙齿；司令员许世友愤而出走，住进大别山区皖西 126 医院。

毛泽东、周恩来注视着华东的局势。周恩来在北京召见了十二军军长李德生。

“德生，华东乱糟糟哟，安徽尤甚。中央军委、国务院决定让你到安徽。可以采取有效措施，制止武斗，稳定华东。有困难吗?”

李德生略加考虑。他知道，林彪、江青一手遮天，自己入主安徽势必会惹火烧身。但他以大局为重，坚定地回答：“请总理放心。但我要带十二军入安徽。”

李德生率十二军进驻安徽。他深入武斗严重的芜湖市，不顾双方造反派各持刀枪、剑拔弩张的危险局面，亲自爬到墙头用广播喊话，严令双方立即解散队伍，停止武斗。同时组织所有宣传舆论工具，宣传中央制止武斗的指示，并带着军队拆除堡垒，平息纠纷，恢复工农业生产和人民群众的生活秩序，团结、教育了广大群众。

李德生制止武斗的成功经验，受到了毛泽东、周恩来的赞扬。在党的八届十二中全会上，毛泽东说：“李德生发扬了党的优良传统，大造革命舆论，宣传组织群众工作做得好。”

领袖提名　进入中央核心领导层

李德生迅速平息安徽武斗事件，表明他具有驾驭全局的本领和解决处理复杂问题的能力，因而得到毛泽东主席和周恩来总理的赞赏、信任与重用。

毛泽东的两次当面考察。第一次是1968年10月13日，在党的八届十二中全会的开幕式上。当周恩来念到华东组列席的李德生时，毛泽东突然打断周恩来的话，问道："哪个叫李德生?"这是因为毛泽东虽然在多次文字报告中，熟悉了十二军在安徽"三支两军"的情况，却未见其人。周恩来曾在向李德生交代十二军到安徽执行"三支两军"任务时，见到过李德生，后来又见过几次。他当即介绍说："李德生同志，是安徽省革委会主任、十二军军长。"他随即向李德生招招手，说："李德生同志，请你站起来一下。"

李德生从列席人员的位置站起来。

毛泽东当着众多与会人员，笑着说："不认识你呀，你这个同志。"接着，他又问："你是哪里人?""报告主席，我是河南新县人。"李德生回答道。周恩来问："与许世友是一个县的吧?""德生同志和我是一个县的。"坐在李德生前边的许世友接话答道。

毛泽东这样亲切地询问到会同志，使人们想起战争年代上下级之间、同志之间的亲密关系。毛泽东确实不认识李德生，而李德生当然认识毛泽东，并且从红军时期起，他多次在各种场合见过毛泽东。他对于毛泽东的点名，也感到有点意外。

毛泽东接着问："你今年多大岁数了?"李德生回答："52岁。"

毛泽东转向与会人员，他说："我看安徽的事情办得不错。我们不是通报了他那个整芜湖吗，芜湖整得不错嘛！那个芜湖问题可是复杂了。"

两个月前，毛泽东亲自确定转发十二军"整芜湖"的报告，芜湖制止武斗的经验，他是了解的。现在，他还要直接听听李德生的看法。又问李德生："你们是怎么搞的啊?"

人们掉转目光，准备听李德生介绍经验。不料李德生只说了一句话："就是大造舆论！"大家以为只是开场白，静了一会儿，却听不见下文。这才明白李德生讲完了，隔了片刻，引起一阵笑声。

毛泽东也笑了。他肯定李德生的经验，并且把这一话题引导到我党我军的历史经验："是啊，就是要造舆论。我们共产党人闹革命，几十年了，就是靠造舆论。不然的话，怎么能拉起红军、八路军、新四军、解放军，搞那么多队伍。不做群众工作，你没有群众，也就没有军队，没有党，没有无产阶级政权。”

在宣布编组名单的时候，出现毛泽东同列席人员这样大段对话，在我党历史上是少有的。

毛泽东同李德生的第二次谈话，是在 1969 年 4 月，党的九届一中全会上。这次会议选举产生了中央政治局委员和中央政治局候补委员。周恩来宣布选举结果，在念到政治局候补委员李德生的名字时，毛泽东再次提出：“我再看看李德生同志。”

周恩来示意李德生，李德生习惯性地戴好军帽，站起来敬了一个军礼。周恩来笑着说：“德生同志，请你把军帽摘下来吧。”

李德生摘下军帽，露出一头浓密乌黑的短发，宽宽的额头，微微谢顶。他端庄地面向主席台，十分精神。毛泽东看到这位参加过第二次国内革命战争、抗日战争、解放战争和抗美援朝战争，负过 6 次伤的老红军战士正值壮年，体魄魁梧，红光满面，风华正茂，当时年已 76 岁的毛泽东不禁再次问道：“你今年多大年纪了？”

李德生答道：“我 53 岁了。”

“啊，53 岁，53 岁！”比李德生年长 23 岁的毛泽东，接连重复几遍。

周恩来的电话。1969 年 7 月下旬的一天，李德生突然接到周恩来的电话：“德生同志，中央决定，调你到北京来工作。”李德生推辞不掉，赶往北京面见总理。

周恩来亲切地跟李德生说：“德生同志，调你到中央来工作，是毛主席、党中央决定的。从现在起，你除了参加中央政治局的活动和中央临时交代的任务外，还要参加国务院业务组的工作，同时，仍然兼着安徽省、安徽省军区和十二军的领导工作。”几天后，周恩来还亲自陪同李德生去见毛泽东。毛泽东借史喻今，侃侃而谈，向他讲了党内历次路线斗争，指出今后还有更激烈的斗争。毛泽东博览群书，他也要求爱将们都有渊博的知识。他指示李德生要多看《红楼梦》《通鉴纪事本末》等书。当李德生提出所任职务太多时，毛泽东说：“一个也不要免，一边工作一边学习，三分之一时间在北京工作，三分之一时间学习，三分之一时间到下面搞调查。”周恩来也勉励说：“德生同志，就按主席的指示，大胆地工作。”

夙兴夜寐，忠于职守。1969 年 7 月，面对林彪篡党夺权步伐加快的严重局面，毛泽东、周恩来忧心如焚。如何遏制他们的阴谋，也就是后来说的“掺沙子”，他们首先想到了胆大心细、机智过人的李德生。于是，李德生除参与军委办事组工作外，还担任解放军总政治部主任和北京军区司令员。面对林彪、江青两个反革命集团的猖獗活动，他坚持原则，不受拉拢利诱，努力排除极左思想的干扰，恢复我党我军的优良传统。之后，在毛泽东、周恩来领导下，李德生坐镇空军，参与处置“九一三”事件，组织查获了林彪集团阴谋活动的重要罪证。1973 年 8 月，在党的十届一中全会上，他当选为中央政治局常委、中央委员会副主席。

疾风知劲草　板荡识诚臣

李德生在担任总政治部主任之后，在周恩来、叶剑英的直接领导和支持下，排除重重阻力，落实党的干部政策，被江青诬蔑是“保护坏人的大红伞”。1973 年 9 月，在各大军区负责人会议上，江青信口雌黄，诬蔑李德生“推行林彪路线，上林彪贼船”。1974 年 3 月 5 日，江青、张春桥等人召集几个文艺单位开会，诬蔑李德生是“大军阀”，说什么，你们遭殃了，军阀管你们。提出要“放火烧荒”，还口出狂言，就是要整整军队。面对“四人帮”的恶毒攻击，李德生深感高处不胜寒，郑重地向毛泽东写了辞去党的副主席、政治局常委和政治局委员的报告。毛泽东对李德生说：“你们（包括许世友、韩先楚）是惹不起他们的。”惹不起，躲得起。毛泽东提出保留他的政治局委员一职，与陈锡联对调任沈阳军区司令员。然而，“四人帮”反党集团仍不放过李德生，借“批林批孔”之机，指使其爪牙要把李德生揪回北京批斗。叶剑英知道后生气地质问：“德生同志是前线司令员，你们要揪斗他，这不是要搞乱军队吗?”叶剑英这番话使他幸免于难。

1976 年 12 月，在揭批“四人帮”时，邓小平说，李德生一身清白，在“四人帮”问题上没有牵扯。叶剑英称赞李德生说：“人生贵有胸中竹，经得艰难考验时。”

1980 年，中共中央正式发出文件，为李德生平反，对李德生的一切诬蔑不实之词，一律予以推倒（指“批林批孔”运动中，“四人帮”诬蔑李德生同志上了林彪“贼船”等）；家属子女受到株连的，要做好善后工作，消除影响。

1985 年，历经风风雨雨的李德生从沈阳军区调到国防大学担任政治委员、党委书记，1987 年被选为中共中央顾问委员会常委，1988 年 9 月被授予上将军衔。

链 接

参观李德生将军故居有感

（一）

先贤辞世十余年，只留旧居一间半。
辉煌生平隐村落，路窄屋潮不忍看。
更痛周边秋风扫，红色遗址不复见。
寨城会议碑被毁，八股松树已萎蔫。

（二）

将军一生多奉献，有口皆碑盛德传。
无字丰碑虽伟大，教育后辈缺观瞻。
革命据地柴山保，多少遗存未修缮。
期待红景能开发，老区人民翘首盼。

篇七

幽默风趣洪学智　两授上将佳话传

有人曾概括洪学智将军的一生："出生于双河农家，从戎于商南起义，转战于豫皖川陕，智谋于长征路上，征战于白山海岛，扬威于抗美援朝，彪炳于现代后勤奠基，辉煌于改革开放创新。艰危屡善谋略，曲折愈显忠贞，勇武而见儒雅，刚直而怀柔肠，权重坚守本色，位高心在百姓。"

洪学智将军素描

洪学智（1913—2006），留着小平头，身高一米八五，清癯无须，颀然如玉山屹立。

1955年，洪学智被授予上将军衔，时年42岁；1988年，解放军恢复军衔制，洪学智再次被授予上将军衔，时年75岁。开国将领中两次被授予上将军衔者，唯其一人也，在世界军史上也绝无仅有。

洪学智性和蔼，不温不火；胸宽广，能屈能伸。说话时，常以右手抹下巴，俗言俚语，风趣幽默，尤喜用歇后语。某日，时任总后勤部部长的洪学智召集二级部长开会，有部长一问三不知，将军不悦，曰："怎么搞的？连鬓胡子吃糖稀——理不清辨不明。"又曰："盲人骑瞎马——还能走出好道道儿来？"再曰："离我们的目标是戴着草帽亲嘴——差得远哪！"

"这枚一级国旗勋章应该授予洪学智"

1950年8月上旬，洪学智奉叶剑英之命由广州赴北京，向中央军委汇报工作。8月9日至北京。洪学智下火车后，忽闻"老哥声（湖南称呼）"，急回首，见为邓华。洪学智戏问："你到车站来接我?"不料邓华答曰："正是，你来得太及时了!"由是被邓华"劫持"至林彪家。林彪便餐招待，告之曰："朝鲜战局紧张，中央军委决定你到东北边防去。"洪学智一怔，林彪又曰："吃了饭就走，火车票已买好了。"洪学智即打电话给叶剑英，叶剑英闻之急甚，但无奈。洪学智由此临危受命，随邓华赴东北，继入朝，先任十三兵团第一副司令员，继任志愿军副司令员兼后方勤务司令部司令员。

洪学智曰：事后得知，林彪次日方给当时的代总长聂荣臻写信，大意云，已于电话中与谭政同志商量，他对洪学智去东北无意见，只洪本人同意即行，洪已同意去东北任十三兵团副司令职，本晚即随邓华去东北开会等。此事洪学智回忆录述之甚详。

入朝之初，志愿军司令部驻大榆洞，数次遭美军飞机轰炸。为安全起见，洪学智调一工兵连挖防空洞。某日，彭德怀闻爆破声，不悦，问洪学智："瞎捣鼓什么?"洪学智嘻嘻曰："挖防空洞，保证你的安全。"彭德怀曰："我的防空，不用你管。"洪学智曰："老总，是中央让管的，中央有命令啊!"彭德怀无言。

又一日，志愿军诸领导决定于防空洞中开作战会，彭德怀闻之，曰："你们怕死，你们走，我不怕。我就在这里。"邓华、解方、杜平均不敢吭声，洪学智将军则"嘻嘻"上前，连推带拽，将彭德怀拉入防空洞中。须臾，数架美机飞临，直奔彭德怀住处扔炸弹。洪学智将军回忆曰：其时，毛泽东之子毛岸英不知何时又回大榆洞，因而蒙难。事后，彭德怀端坐防空洞内，支颐沉思，整日无言。谚言：任劳容易任怨难。洪学智任劳不遗余力，任怨不存芥蒂，有童稚之心、长者之量。

抗美援朝第五次战役前某日，六十军前线来电云：部分部队已断炊，请速补给。彭德怀见之大怒，召洪学智问："你这个洪学智，怎么搞的?"洪学智答："粮食早已送到，可保证一个礼拜。六十军电报有误。"彭德怀不信，命随从秘书杨凤安连夜去六十军调查。次日，杨凤安于六十军给彭德怀发电报曰：粮食早已运到，前报有误。彭德怀闻报后，取一梨递给洪学智，曰："吃梨，吃梨。给你赔个梨（礼)!"

1951 年 7 月，朝鲜北部发生特大洪水，不仅冲走了志愿军大量物资，而且几乎冲毁了所有公路，205 座桥梁无一幸免。为确保前线物资及时供应，洪学智和志愿军副司令兼三兵团司令员陈赓紧急商讨，决定除一线部队外，二线 11 个军、9 个工兵团和 3 个工程大队及所有机关勤务人员全部投入抢修。数十万志愿军部队，冒着敌机的轰炸扫射，奋战 25 个昼夜，恢复了全部交通。

正当志愿军部队与洪水搏斗时，美军乘机出动了侵朝空军 70%以上的飞机，在志愿军后方发起大规模的空中“绞杀战”。为粉碎敌人的“绞杀战”，洪学智指示后勤部队对各种物资紧急隐蔽、疏散、伪装，并千方百计恢复交通，抢运物资，不让敌人的阴谋得逞。公路系统的后勤部队创造了许多有效的方法和措施。在隐蔽物资时，除利用矿洞、隧道、树木囤积物资外，还采取设置假目标的方法，以假乱真，迷惑敌人。为预防空袭，在运输线上每隔 1～2 公里设置一个防空哨，昼夜监视敌机，及时报警，使运输车辆迅速隐蔽。同时，在运输部队中实施“分段包运制”和“吨公里制”，开展竞赛活动，极大地提高了运输效益。在反“绞杀战”中，后勤部队共抢修公路 2425 公里，桥梁涵洞 1200 多座，构筑汽车隐蔽部 8000 多处，修建各类仓库 9000 多个，可储备近 6000 车皮物资，建立了一支“炸不烂、打不断、冲不垮”的钢铁运输线。

1952 年 10 月下旬，是志愿军入朝作战一周年，彭德怀前往平壤接受朝鲜民主主义人民共和国授予的一级国旗勋章。回来后，彭德怀在志愿军党委会议上深有感触地说：“如果论功行赏的话，这个勋章应该给洪学智。他们做了大量艰苦的工作，没有他们大量艰苦的后方保障工作，我们就不可能得到这样大的胜利。”

心底无私天地宽

洪学智无嗜好，不打牌，不下棋，不跳舞，亦不善喝酒，不喜看戏，唯以工作为爱好。洪学智任解放军总后勤部部长时，每逢星期六，常对部属曰：“明天是星期天，大家睡个懒觉，九点钟来，加个班，还有几件事要办。”次日八点，洪学智即到办公室等候，故部属从未有八点以后到者。

洪学智出任总后勤部部长时，以营养学之理论，指导改善部队生活，提出

“斤半加四两”伙食标准，即保障每个战士一天能吃上一斤半蔬菜和一两肉、一两禽鱼蛋、一两豆制品、一两动植物油。如此“斤半加四两”，当时全军将士无人不晓。

洪学智晚年口袋里常装一收录两用机，散步时喜手握两用机听新闻。若想到某事要办，即大声录音，以备忘。

1960年初，洪学智因彭德怀事受牵累，被调至吉林任农机厅厅长。“文化大革命”中，又被下放金宝屯劳改农场劳动。洪学智荷锄种菜，扬鞭放牛，点卤做豆腐，年近60岁仍与年轻人比试扛粮食。

诙谐解答两授上将提问

1988年，时年75岁的洪学智再次被授予上将军衔，但是洪学智以平常心对待，他说，与那些在战争中牺牲的人和在“文化大革命”中死去的人比起来，他是幸运的。他认为当官就是要多做事，为人民多做有益的事。

1989年，洪学智随中国党政代表团到朝鲜访问，金日成看到老战友分外亲切，开玩笑地问：“你五几年就是上将，怎么现在还是上将？没有进步？”

按照金日成的思维，在朝鲜人民军内，上将之上还有大将和次帅。在金日成的记忆里，像中国人民解放军1955年授衔时一样，上将之上还应该有大将和元帅——如在朝鲜战争中与他结缘的彭德怀和陈赓。如今多少年过去了，洪学智这位叱咤风云的中国人民志愿军副司令员怎么还是上将？

对于金日成略显疑惑的关心，洪学智想，对中国人民解放军于1988年重新恢复军衔制时关于上将封顶的新设置，金日成可能不甚了解，但是若要说明，又要费一番口舌，于是老将军既郑重又不失幽默地说：“这是中国的特色，三十年一贯制。”

金日成听后笑了。以后，一些老朋友见面，也喜欢问洪学智同样的问题。洪学智总是哈哈一笑说：“这是中国特色，三十年一贯制嘛！”

篇八

“两好”将军受称赞　“三让”故事感人深

徐立清，原名徐映清，安徽省金寨县人。1910 年出生，1929 年参加红军，次年加入中国共产党。在革命战争时期，他驰骋疆场、战功卓著，从任大别山红四军十一师政治部组织科科长，逐步升任至第一野战军兵团政委。在和平年代，他曾任总干部部副部长、总政治部副主任，是一位文能提笔、武能上马的传奇将军。特别是在 1955 年评定军衔时，有人为争衔“男儿有泪不轻弹，只因未到评衔时”，而他却主动“让级别、让军衔、让职位”，这种淡泊名利、大公无私的优秀品质，确实令人钦敬，感人至深。徐立清的高风亮节被毛泽东和彭德怀、罗荣桓赞扬为我党我军的“好同志，好干部”，至今仍有巨大的教育、激励和启迪作用。

让级别——主动申请由正兵团级降为副兵团级

我军在战争年代没有实行等级制度，中华人民共和国成立后，随着正规化、现代化建设步伐加快，建立等级制度就显得越发必要和迫切。1951 年 2 月，中央军委颁布《关于干部评级工作指示》，启动全军干部评级工作，时任总干部部副部长的徐立清主抓这项工作。

评级工作复杂敏感，涉及每位干部切身利益。评级工作一开始进展顺利，不少同志发扬风格，主动提出来要求低定。然而随着评级工作深入展开，也有一些人希望高定。针对这种情况，徐立清明确指示要按评级条件办。他对总干部部的同志说：“不管是谁，咱们要按条件办，按规定办，该定什么级就定什么级。不符合条件，要求照顾的，一个也不能办。”他还说，“我是副部长，如果不把好这个关，工作还怎么去做。”

徐立清在中华人民共和国成立初期就曾任兵团政委，当时又任总干部部副部长，按照评级条件应定为正兵团级，原上报军委的报告写的也是定正兵团级。但他说，现在不少人都在为定高级别托关系、找门子，我本人就不要正兵团了，定个副兵团更好些，“在待遇问题上不能总是往高处看”，主动提出申请降为副兵团级。

时任总干部部部长的罗荣桓、主持中央军委日常工作的彭德怀都不同意徐立清定副兵团级。彭德怀请徐立清到他办公室面谈此事。徐立清说，“我身为干部部副部长，应该对自己高标准、严要求，副兵团也不影响我的工作，反而我会更好地做大家的工作”。彭德怀坚持徐立清定为正兵团级。第二天，徐立清又给罗荣桓写报告说，最好能把正兵团让给别人。罗荣桓不同意，之后彭德怀又专门找到徐立清，明确提出不同意他定副兵团级。最后，在定级的报告书上，徐立清的副兵团级被改为正兵团级。

让军衔——主动申请由上将军衔降为中将军衔

1953 年 12 月，中央军委召开全国军事系统党的高级干部会议，提出在军队实行军衔制、干部薪金制和义务兵役制三大制度。1955 年 2 月毛泽东签发《中国人民解放军军官服役条例》，明确从 1955 年 10 月 1 日开始实行军衔制度。

绝大多数干部对军衔制都有比较正确的认识，但也有的担心军衔评低了面子不好看，有的公开摆资格、列战功，更有的因要求未满足而闹情绪。面对复杂的评衔状况，徐立清开始考虑自己在评衔中的姿态和责任。按规定，徐立清完全符合授上将军衔条件。可他想来想去，授衔工作要符合毛泽东照顾方方面面、不搞山头主义、一碗水端平的思想，还是中将为好。他和妻子党秀玉商量让衔的事，党秀玉明确表态“你要中将我支持你”。于是，徐立清向罗荣桓写报告，要求低授军衔。

几天后，当徐立清看到授予上将军衔名单中仍有自己的名字时，毫不犹豫把名字改到中将军衔名单上。罗荣桓看到名单后用带有批评的口吻对徐立清说：“这是中央军委定的，正兵团级一般都授上将，你的名字怎么能随便划了呢？”

罗荣桓又把徐立清的名字加到上将军衔名单中。名单很快报到了中央军委，徐立清感到十分不安。

这时，时任装甲兵司令员许光达请求把大将军衔降为上将军衔，迷惘中的徐立清认为有了学习榜样，连夜与许光达交流看法。许光达鼓励他说："一定坚持下去，做出榜样来。"于是，徐立清再次给中央军委和罗荣桓写信，恳求批准低授要求，但彭德怀、罗荣桓没有批准。彭德怀还专门找徐立清当面解释原因。徐立清说："我是主管授衔工作的，不能在上将的名额中和别人去争，如果把别人减下去显然不合适，把自己减下去比较符合实际，这也是我的心愿，希望能得到您的支持。"毛泽东听说了这件事后说，不简单呐，金钱、地位和荣誉最可以看出一个人的思想和品格，古来如此！

随着授衔日期的临近，徐立清更加寝食难安。他先后给毛泽东、中央军委和罗荣桓写了好几封信，一再表明决心。周恩来得知此事后，亲自做徐立清的工作。徐立清向周恩来汇报了有人争官争位、不顾大局的情况，认为只有自己低授了，才能理直气壮、挺直腰板去做他们的工作，周恩来反倒被徐立清说服了。在授衔仪式举行的前一天，周恩来又专门与徐立清面谈："主席说许光达是一面明镜，你徐立清也是一面明镜，是难得的一位好同志。"最后，徐立清被授予中将军衔。

让职位——主动申请找一位年轻的同志来接替

1955 年 7 月，我军干部授衔评定工作基本完成后，刚刚 45 岁的徐立清由于过度劳累，心脏病复发，有几次晕倒在工作岗位上，不得不住院治疗。罗荣桓在向毛泽东汇报工作时，曾谈到徐立清的工作态度，毛泽东说，评衔工作很辛苦，管评衔工作的同志更辛苦，徐立清我是了解的，工作勤奋，没有名利思想，他的作风很值得同志们去学习嘛。

这年冬天，徐立清病情加重，连文件都不能看。他为自己有病不能坚持工作而深感不安，曾多次对前来看望他的同志说："我耽误工作很长时间了，最好找一位年轻的同志来接替。"在罗荣桓到医院看望他时，徐立清再次提出找人接替自己的想法。

1956 年初，一些部队干部缺额数很大，干部配备任务很重。徐立清知道情况后，几次要求出院，但医生都没有同意。同时，徐立清也感到自己力不从心，即使出院也不能参加正常工作。于是，在医院的病床上，他给中央军委写信请求让位，建议免去他的总干部部副部长职务，以便及时任命新人。军委对徐立清的建议非常重视，但认为徐立清还很年轻，应抓紧时间治病，最后结论是“放放再说”。

徐立清的建议没有得到批准，他的思想包袱越来越重。当他病情稍有好转时，又直接给彭德怀、罗荣桓写信请求让位，他说：我已住院很久了，不见好转，身体一天比一天差，我思想上极感不安……请求提前退出现役，转业到地方或者到省军区任个副职，做点力所能及的兵役或群众工作，这样比较适合我。彭德怀收到信，和罗荣桓商量后，要徐立清以养病为主，少考虑工作，是退是留由组织上安排确定，让位的事到此才算告一段落。

徐立清的“三让”行为，不仅在全军传为佳话，更推动了评衔工作的顺利推进。当时在正兵团级干部中，徐立清是唯一没有授上将军衔的。一位老将军这样称赞道：“徐立清精神可嘉，人品难得，从古至今，少有少有。”红四方面军的老战友，当时担任华东军区副司令员的许世友来京开会，徐立清和他聊起了这件事，表明了不要上将军衔的态度。许世友听后紧紧握住他的手连声说：“好样的，好样的，我支持你，你是我的榜样。”

链 接

在红色经典中找寻初心，激励使命

红色，代表着时代的颜色，更是国家和民族的颜色，它是力量和信念，张扬而不夸张，含蓄而不隐晦，以其独特的手笔，绽放在记忆的深处，绘成了中国近代革命史的征程和不朽的精神。时代铸就英雄，历史创造未来。在追忆红色足迹、传承红色经典的道路上，让我们体验那段血与火的年代，铭记历史，传承基因，赓续血脉，用创新发展精神书写新时代的新篇章，用拼搏进取精神为实现中华民族的伟大复兴而努力奋斗。

辉煌征程如歌，峥嵘岁月如画。革命历史可歌可泣，令人敬仰，今天我们走进历史，瞻仰革命圣地，缅怀革命先烈，就是要从党的非凡历史中、在红色经典中找寻初心，激励使命，进而形成开拓前进的原动力。

篇九

詹才芳中将的胸襟与影响

在大别山的红军队伍中，论资历与胸襟，可以说没有几人能超过詹才芳的，而要说到名气与影响，詹才芳的大名却是出自1955年评定军衔之后。

詹才芳其人——大别山红军的元老之一

詹才芳，1907年9月12日（农历八月初五）出生于湖北省黄安（今红安）县高桥区黑石嘴一个贫苦农民家庭。父母早逝，靠大姐抚养长大。于武汉谋生期间做过饭馆杂役，因缘际会在董必武的帮助下到私立武汉中学半工半读，成为董老的得意学生。早在1924年，詹才芳就秘密参加革命活动，先入共青团，后转为中共党员，不仅参加了鄂东、鄂北早期历次农民运动，而且成为黄麻起义的重要成员，是大别山红军的前身——中国工农革命军鄂东军的骨干。

黄麻起义失败后，詹才芳和留下来的吴光浩、戴克敏、王树声、陈再道等人，毅然奔向黄陂县木兰山区，坚持武装斗争，成为著名的木兰山72名游击英雄之一。

1928年6月初，詹才芳跟随吴光浩等木兰山战友辗转来到柴山保之后，时任排长的他具体负责发动群众、招兵买马和军政训练等事务。随着根据地的扩大，第七军改建为红三十一师，他很快升任连长，直至第八大队长。此时，李先念、陈再道、王宏坤、王建安、许世友、陈锡联、秦基伟等都是他的下属。1933年，他任红四方面军第九军政委，率部参加了许多重要战役战斗，打了许多大仗、恶仗，战功显著。尤其是在辽沈战役中，率第九纵参加锦州攻坚战，生俘国民党东北“剿总”中将副司令范汉杰，为夺取战役的胜利，立下了汗马功劳。

中华人民共和国成立后，詹才芳历任湖南军区司令员兼第四十六军军长，广州军区副司令员兼广东省军区司令员等职。1955 年被授予中将军衔，荣获一级八一勋章、一级独立自由勋章、一级解放勋章。1988 年获一级红星功勋荣誉。

詹才芳其事——与众多将军有不解之缘

1955 年中国人民解放军实行了历史上第一次授衔，对革命战争时期出生入死的将领进行了评定。从那时起，诞生了我们熟悉的十大元帅、十位大将和 55 位上将、175 位中将、802 位少将。据说，就在当时军衔人员名单宣布之后，出现了奇特的一幕：四位上将纷纷走到一位中将面前大声喊道："老领导好！给你敬礼!"

这四位上将是：许世友、陈再道、陈锡联、洪学智。

更有趣的是，这位中将还是党的元老董必武的学生，徐向前称他为"老战友"，李先念尊称他为"老班长"，华国锋每到湖南，必定请他吃顿"素餐"。

一个中将，带出了一个国家主席、四个上将，推出了伟人毛泽东的接班人，此人的资历之老、影响之大、信誉之高，由此可见。

不仅如此，詹才芳与红四方面军的其他很多将领都有不解之缘。

看见詹才芳必定要敬礼的，还有一位曾经的国防部部长，那就是秦基伟。

詹才芳在红军时职务很高，当过红九军、三十一军政委。当年秦基伟离开方面军总部警卫团后，下到了红三十一军第二七四团当团长，毫无疑问是詹才芳的部下。秦基伟在反"六路围剿"战斗中打得非常好，詹才芳曾代表方面军总部授予第二七四团"夜袭常胜军"奖旗。秦基伟后来成为共和国第七任国防部部长和上将之后，遇见詹才芳都是毕恭毕敬，先敬礼，再握手。

詹才芳除了陈锡联外，还有三位有名的勤务兵，这三位也被张国焘列入了"肃反"名单。詹才芳为了救下他们，只好收作自己的勤务兵。这三位分别是：中将、南京军区司令员聂凤智，少将、副军长谭知耕，少将、军区炮兵司令员甘思和。詹才芳对这几位将军都有救命之恩。后来，詹才芳在谈到此事时曾说："我又不是什么县太爷，要那么多勤务员做什么事？在那种形势下，我只有把这些被张国焘要'肃'的干部收在身边当勤务员，才好保护他们。"

詹才芳除了这些强悍的勤务员外，还有两名后来很有名的警卫员：一是被称为“王疯子”的王近山中将，一是当过军长、军区副司令员的少将邓岳。特别值得一提的是，在过草地时，部队准备放弃一个生命垂危的大个子兵。詹才芳看见后于心不忍，便让警卫员将他的担架绑在马尾上，硬是拖出了草地。1961年，詹才芳路过无锡，被那个时任二十七军军长的大个子热情款待，始知他救的人竟是有名的战将龙太忠。（龙太忠，1955年被授予少将军衔，1988年晋升上将，广州军区司令员，军纪委书记任上退休。）

詹才芳的胸怀——“评中将，我很满足”

1955年，在评定军衔时，詹才芳被授予中将军衔。于是，就有人为他鸣不平。一次，他的一位老下级，某军分区的一位同志来看他，说，“老政委，这次评衔，您亏多了。像您这样的干部，全军有几个？您红军时期就已经是军级干部了，至少也应该评个上将吧！”

是的，论战功、论资历，评个上将并不过分。然而詹才芳不这么想，他笑着对这位同志说：“大家都想评得高一些，这很自然，但是，总有名额限制吧！许光达同志不是提出过降衔的要求吗？还有徐立清同志，他是主抓授衔工作的，却主动提出并坚持做到‘让衔、让级、让位’，这的确是值得我们学习的呢！如果说我的衔低，张广才同志就更低了，他在红军时期也是军级干部，现在才评了个少将，他该怎么办？难道就可以不干革命了？不要眼睛只看评得高的嘛！评中将，我很满足了。革命战争中死难烈士有370余万，在战场上牺牲的有76万人，比起这些烈士来，咱们真是太幸运了，他们对评军衔的事连想都没能想就牺牲了，按你的说法，他们不是更亏了吗？再说，现在还有老红军在农村当农民呢，有许多西路军的官兵还留在西北当老百姓呢！你说他们亏不亏，怨不怨？现在党中央、毛主席已为我们授了衔、行了赏，名誉地位都有了，享受的条件太优越了，还有什么不满足的呢？”

詹才芳的一席话，充分展示了他的博大胸怀，“心底无私”才“豁然开朗”“天地宽”。那位同志听了也觉得入情入理，很受教育。他本人认为自己应评个少将，结果只评了个大校，他觉得有些冤。他原想找詹才芳聊聊天，发泄一下不满情绪，以求得同情，他满以为他的话能引起詹才芳的共鸣，结果，詹才芳反而给他上了一堂政治课，他从心底里佩服老将军的襟怀坦荡，恢宏正气！

篇十
吴先恩中将的“六大传奇”

吴先恩（1907—1987），河南省新县箭厂河乡人。穷苦人家出身，8岁起给地主家放过牛，做过苦力。19岁时参加吴焕先领导的农民协会，任宣传委员、三乡农民协会自卫队中队长，1927年11月参加黄麻起义。1929年5月加入中国共产党，同年参加中国工农红军。从任红军独立师经理处处长起，直至中华人民共和国成立，历任北京军区后勤部部长等职，在长达60多年的戎马生涯中，长期从事军队后勤工作，为中国人民解放军后勤战线的现代化、正规化建设作出了重要贡献。1955年，他被授予中将军衔，获一级八一勋章、一级独立自由勋章、一级解放勋章。

吴先恩的一生，平凡而又伟大、光荣而又充满传奇，他的一生具有很多特殊的经历，概括起来有“六大传奇”。

传奇一：一句话，管一生

1927年11月，20岁的吴先恩带领箭厂河的“敢死队”奔向湖北七里坪，与其他乡的农民自卫队会合，参加黄麻起义。在黄安城保卫战中，吴先恩胸部中弹受了重伤。看着被敌人占领的黄安城，想起身边无数牺牲和受伤的战友，吴先恩问吴焕先（后任红二十五军政委，1935年牺牲）：“今后怎么办？”吴焕先告诉他：“只要死不了就要干革命。”

1928年夏，吴先恩伤愈归队，得知哥哥和弟弟都被敌人杀害了，母亲也死在监狱里，妹妹不知被卖到哪里去了，心头悲愤难平。吴焕先问吴先恩的打算，他坚定地回答：“还是你那句话——死不了就要干革命！”从此，这句话就成了吴先恩的革命信条，深深刻在他的脑海里、渗进他的血液里，让他一辈子始终如一地、坚持不懈地干革命。

传奇二：一商量，征得粮

吴先恩将军生前经常说，做部队后勤工作离不开群众的支持和帮助。在土地革命时期的一次夏收保卫战中，红军队伍一时没有了粮食供应，眼看着战士们就要饿着肚子上前线了，他急忙找到乡苏维埃主席想办法。于是，两人一商量，就在村子里边走边敲大锣，大声喊："乡亲们注意啦！打白狗子的红军现在断粮了，各家做饭的时候多做一点，吃饭的时候少吃一口，省出来支援子弟兵。"于是，到了吃饭的时间，村里的男女老少端着米饭、红薯、南瓜、稀饭等省出的食物，依次倒入红军炊事员的木桶里。看到这"军民一家亲"的动人画面，吴先恩和战士们感动得热泪盈眶。

1934 年 11 月，吴先恩任红四方面军总兵站部部长时，部队长征到了川西北，那里地广人稀，又是少数民族地区，整个部队都面临一个严峻的问题：军粮储备已经严重缺乏，本地青稞产量又很低，怎么办？

吴先恩考察周围藏区的情况时，发现有一处寺庙内香火旺盛，里面的僧侣较为富裕，囤积了大量粮油。他想，何不试试做一做僧侣的工作？

于是，他把自己的想法向时任红四方面军总政治部主任的张琴秋及红三十三军军长王维舟作了汇报。经商量，他们三人决定组成代表团，带着礼物走进寺庙与僧侣"谈判"。他们首先按照藏族的习俗跪拜活佛，然后宣传党的政策，并立下红军队伍一定遵守当地习俗规矩的誓言。最终，他们为部队筹集到牦牛 1000 头、羊 3 万只、青稞 5 万斤、布 500 匹、酥油 20 万斤等，一席话解决了粮食补给问题。

传奇三：一银元，烙在心

1936 年 2 月的一天，吴先恩带领一队红军战士翻越党岭山。党岭山是红军翻越的几大雪山之一。途中，他们看见很多"冻僵"的红军战士的遗体。当时，天上正下着大雪，很多遗体都被大雪覆盖住了。他们忽然发现：在一个雪包当中，有一只手臂举起。吴先恩走上前去仔细查看，只见这只手紧紧地攥着！他用力把手掰开，发现这手里面紧紧地攥着一个党证和一枚银元。他把这个党证打开一看，上面写着：刘志海，中共正式党员，1933 年入党。这个时候，吴先恩看明白了，大家也看明白了，很多红军战士都流下了热泪。

吴先恩默默地说：志海同志，你安息吧！你向党组织交的最后一次党费，我们一定把它交给党组织。这只手臂、这个党证、这幅雕像似的造型，给吴先恩和所有在场的同志留下了刻骨铭心的记忆；这件事让吴先恩、也让很多人受益终身——交党费，是党员的党性观念和组织观念强弱的重要表现。作为一个真正的共产党员，即使是在生死时刻，都要铁心向党、毫不动摇！

传奇四：一件事，益终身

1936 年，红四方面军第三次过草地时，吴先恩是兵站的负责人。面对一批住在兵站的伤病员，他正在为如何把他们安全地带过草地而焦虑万分时，朱德亲自找到吴先恩询问：“你们兵站有多少伤病员?”“600 多。”“有多少担架和骡马?”“有 100 多副担架，200 多头骡马。”朱德关切地问：“有没有能够坚持走路的伤病员?”“绝大多数都不能走。”“你们打算怎么办?”朱德望着吴先恩问。吴先恩沉默了。朱德踱了几步，突然问：“200 匹牲口驮的是什么?”“全部是枪支。”“能不能把枪支腾出来驮伤病员?”吴先恩为难了：“那这么多枪支怎么办呢?”“统统毁掉!”朱德毫不犹豫地说。吴先恩望着朱德说：“按照规定，毁枪是要受处分的。”朱德动情地说：“这个规定好，但是，同志！情况不同了，过去是人多枪少、现在是人少枪多，人是最宝贵的。多一个人，革命就多一份力量，有了人，不愁将来没有枪。”朱德接着坚定地说，“就这么办，要人不要枪。把枪统统毁掉，如果受处分，由我替你顶着。”朱德看到还需要一些马匹才能把所有伤病员带走，就亲自打电话给各部队，要求把能抽出的骡马和牦牛都抽出来，领导干部有两匹牲口的抽出一匹，他自己带头抽出了一匹牲口，最终把所有伤病员带出了草地。

这件事，让吴先恩很受教育，特别是朱德那种生命至上、官兵情深、身先士卒的高尚品质和优良作风，让他钦佩不已、崇尚无比！

传奇五：一个人，孤独行

1936 年 11 月，红四方面军黄河以西的部队改称西路军，开始执行宁夏战役计划。当时，吴先恩担任红九军供给部部长之职。

1937 年 1 月 31 日，西路军在甘肃省临泽县倪家营子与国民党军发生激烈战斗，伤亡惨重。吴先恩带领的一个医院和一个警卫排被围在一个堡子里，与敌人顽强搏杀。最后，他们的子弹、手榴弹全部打光了，就抄起老百姓院子里的锄头、斧子和敌人进行死拼，战斗一直持续了 3 个昼夜，终因寡不敌众，400 多名红军伤病员大部分被敌军杀害，只有六七个人与吴先恩一起冲杀出来。

经过 4 个多月的艰苦作战，西路军几乎全军覆没。3 月 14 日，西路军指挥部决定将西路军编为 3 个支队分开行动。吴先恩被分到副总指挥王树声率领的约 700 人组成的支队。在黄番寺，他们又一次与马家军的两个旅发生激战，多数人牺牲。混战中，吴先恩带着 40 余人冲出重围，迅速通过沙漠，进入祁连山深处。随后，他们向东南翻过两个山头，夺取了国民党军的一个马场，挑选了 40 多匹马，继续转移。在路上，他们再次与一股敌人骑兵相遇。由于红军骑的马没有受过正式训练，打起仗来不听使唤。战至黄昏，人员伤亡过半。突围后，吴先恩身边仅剩下 22 名战士，其中还有 3 名战士是轻伤员。

吴先恩下令杀了两匹马做食物，放了其余的马，改为步行，沿着祁连山继续朝东南方向寻找队伍。3 月底，他们发现山下驻有马家军的一个排，于是，就趁着天黑悄悄地摸进村，没开一枪，就端掉了这个排、补充了弹药。然后，夜行晓宿，边走边打听红军的消息。

为了防止再与敌人遭遇，吴先恩决定让大家化装成要饭的，一边要饭，一边向兰州方向走。4 月中旬，他们走到陕甘交界的一个小山村，再一次被马家军包围，双方战至天黑。晚上突围后，吴先恩身边只剩 12 人，短暂休息后继续前进。走到黄河边时，吴先恩身边只剩 4 个人了。他的警卫员和另一个战士病倒了，只好安置在老乡家。他就带着小战士史明华化装通过黄河大桥，进入兰州城。可是，在这里没有和红军联络上，两人决定经汉中去延安。

到了汉中，史明华留下养伤。吴先恩孤身一人继续向延安方向走去。路上，吴先恩遇到一个姓张的同路人，他们边走边聊。当吴先恩说自己是四川人时，老张就说："在四川有个叫吴先恩的红军大官，正被国民党悬赏好多钱，你要是发现了，是一笔大生意呀！"吴先恩听后，择机离开了那个姓张的人。

6 月中旬，吴先恩历经千山万水、吃尽千辛万苦，终于来到了红军前敌总指挥部所在地——陕西云阳镇，见到了总指挥彭德怀。他紧紧地握住彭德怀的手，激动得不知说什么才好。彭德怀说："你回来就好。留得青山在，不怕没柴烧。"然后，就派车把他送到了西安红军联络处。吴先恩又从西安再搭乘汽车，终于回到了延安。他在路上整整走了 108 天！吴先恩死里逃生，活着回到延安的消息传开后，人们又惊又喜，好多战友都跑来看望他。

时任红军总司令的朱德闻讯，也亲自来看吴先恩。见面后，朱德见他头发很长、身上很脏，马上让人带他去洗澡、理发、换衣服，然后亲自嘱咐说："吴先恩是个好干部，过草地的时候我们在一起，他吃了很多苦，你们要多关照。他需要什么，就给什么！"

传奇六：一封信，见忠贞

1986 年 9 月，吴先恩病危，他对儿子和医生说："我的病可能治不好了。我死后，遗体解剖，把病搞明白，为救治更多的人积累经验。"他还嘱咐子女：丧事从简，能为国家省一点是一点；不准干涉组织对他的评价；不能向组织提出任何要求；叶落归根，将骨灰撒在大别山。吴先恩一直在部队后勤领导岗位上工作，一生都和钱打交道，虽然经手的钱财无数，但从不为自己谋求利益，更没有留下任何遗产。

1987 年 3 月 15 日，吴先恩从昏迷中清醒过来，不顾病痛的折磨，以超人的毅力，用了近两个小时亲笔写下了一封遗书——《向党告别》。

亲爱的党，我是您从苦海中拯救出来的，并把我引进了革命队伍的。60 多年来，在毛主席、在党的领导教育下，锻炼成为一个革命战士。但我对革命工作没有做出成绩，辜负了党的教育，在我将要离开党的时候，我衷心希望中央更加紧密地团结，率领全党全民向资产阶级自由化作斗争，坚持四项基本原则，使四个现代化更快地发展。

我在北京军区党委领导下，做了多年后勤工作，但也没做出成绩，对不起党委，对不起同志们。在我将要离开党的时候，是多么想念党，想念我的战友啊！

吴先恩

1987 年 3 月于 301 医院

这，就是从大别山走出来的优秀儿子在生命垂危之际留下的铿锵遗言；这，就是一位战功卓著的开国将军生命不息、战斗不止的内心表白；这，就是一位优秀的共产党员和领导干部谦虚谨慎、严于律已的表现；这，就是一位革命老前辈不忘初心、牢记使命、心中有党、无私无畏的博大胸襟。吴先恩的一生，为广大党员干部树立了人生标杆，生动地诠释了我们党政治文化的丰富内涵。

篇十一
一生与“三”字结缘的打虎将——郑维山

在中国人民解放军众多战将中，郑维山以骁勇善战、能打大仗恶仗而驰名全军，被誉为“骁将”的他，既是让反动军阀丧胆的“猛将”，让傅作义头疼的“克星”，又是让“联合国军”畏惧的对手，是有名的“打虎将”。对于这位果敢耿直、骁勇善战的部下，毛泽东颇为赞许，曾说“南有许世友，北有郑维山，你们都是风风火火、雷厉风行啊!”本篇仅撷取几个镜头，讲述郑维山之所以被称为“虎将”的故事。

初出茅庐，消灭国民党西北军的“老虎旅”

1915 年 8 月，郑维山出生于今河南省新县泗店乡屋脊洼村的一个贫苦农民家庭。这里地处鄂豫边界，是黄麻暴动的策源地。郑维山的父亲郑国祺是参加黄麻暴动的老战士，暴动后任屋脊洼村苏维埃主席。受父亲的影响，年纪尚幼时郑维山就开始为革命做力所能及的工作。他 13 岁参加儿童团，15 岁加入中国共产党，同年，带着 70 多名赤卫队员参加了红军，从此开始了戎马倥偬的革命生涯。

参加红军后，郑维山在徐向前身边担任过传令兵、通信班长、机炮连指导员。跟随徐向前经历了不少大仗恶仗，耳濡目染之下，这位青年从徐向前高超的指挥艺术中学到了善打硬仗、恶仗、险仗的本领。

1934 年 1 月 1 日，升任红九军第二十七师政委的郑维山，率部夜袭仪陇城南五里墩，打垮敌军 4 个团，在追击逃军时，亲率两个排俘敌 300 余人，追的川军哇哇地口吐鲜血，以至于川军中流传有“红军是飞毛腿，穿有爬山靴，日行百里”。红二十七师指战员交口称赞“新来的政委是个胆子特别大的猛将”，是

“四川的鸭子，呱呱叫哩”。

1935 年 1 月，为了打破国民党政府的“川陕会剿”，迎接党中央北上，红四方面军发起陕南战役。时任红八十八师政委的郑维山作为先头部队，率先进入陕南。此时驻守陕南的是国民党西北军孙蔚如部第三十八军，而其第四十九旅占据二郎山阻拦我军前进。西北军第四十九旅是甲等旅，齐装满员，在军阀混战中以骁勇善战而著称，是杨虎城的精锐之师。旅长王毅武治军极严，是个悍将，人送外号“王老虎”。因此，该旅也被称为“老虎旅”。为了消灭川军“老虎旅”，郑维山亲自带领“夜老虎团”团长、政委到二郎山下侦查：从八十八师到二郎山中间有一条深沟，深达 300 多米，只有一条小路可以通上二郎山，正面敌军阵地上各种工事星罗棋布，王毅武也正指挥着全旅展开互相支援的演习。郑维山对二六五团的指战员们说：“陕军可比川军强多了，这是块硬骨头啊。”

回到师部，郑维山决定采取夜袭的办法。为了保证行动中不被敌人发觉，郑维山对可能出现声音的任何装备均包好和捆绑好，并以跳跃时也不出声为标准，对每个战士做了检查。他亲自带领二六五团于 2 月 7 日夜半时分，从悬崖峭壁攀爬而上，摸到二郎山顶，如神兵天降，一下子出现在敌人面前，打得敌人措手不及。红八十八师师长熊厚发指挥其余部队从下往上夹击敌人，将“老虎旅”一举全歼。旅长王毅武狼狈地换上士兵服装，只身脱逃。后来，逃到西安的王毅武为开脱战败之责，逢人便说：“兄弟我从武十几年，可谓是身经百战，可就是从来没打过这样的夜仗硬仗。郑维山一个毛孩子，一夜吃掉我一个旅，我是真的服气了。”从此，王毅武成了红军的义务宣传员，人送外号“王老鼠”。

1935 年红军两大主力会师后，国民党胡宗南部妄图利用包座的险要地形，扼住红军北进通道。8 月 29 日，包座战斗打响。郑维山负责在包座西北地区打击国民党援军第四十九师。为全歼援军主力，郑维山令部队隐蔽待机。待援军主力沿河两岸进入预伏地区后，郑维山令第二六八团向国民党军发起突然猛烈攻击。他亲率第二六三团占领一侧制高点，居高临下把敌援军前卫团与师部及二梯队团分割。经半日激战，全歼国民党军第四十九师师部和两个团，活捉师长伍诚仁。战后，总指挥徐向前说："包座战斗，红三十军立了大功。"时任军政委的李先念也欣喜地称赞："郑维山，你们打得真狠啊！狼烟滚滚的，连树林子也看不见了。"

驰骋华北，两灭傅作义的"虎头师"

1937 年 7 月，郑维山率部参加了西路军的血战。在历经九死一生的坎坷到达延安后，进入中国人民抗日军事政治大学（简称抗大）学习。1938 年 3 月从抗大毕业后，被派往晋察冀抗日前线，先后任晋察冀军区教导团政治委员、团长。在他的领导下，教导团为军区培养了 2000 多名抗日干部。抗战胜利后，郑维山先后调任张家口卫戍区司令员、察哈尔军区司令员。1947 年 6 月，郑维山本来要随刘邓大军南下，但晋察冀军区司令员聂荣臻极力挽留，并通过朱德总司令劝说，郑维山便留了下来，接替杨成武任晋察冀野战军第三纵队司令员，政治委员为胡耀邦。此后，郑维山率这支劲旅驰骋华北战场，在解放军战史上留下了一系列闪光之点。

1947 年秋，晋察冀野战军司令部计划以围攻徐水为诱饵，歼灭来援之敌。但是，由于两军在徐水实力相当，成胶着状态，野战军司令部决定改变作战计划，将主力撤出战斗，转攻涞水。郑维山和政委胡耀邦、副司令员文年生经过研究，认为北攻涞水，敌极有可能尾追我军，更加被动。可是，性情耿直的郑维山给野战军司令部发了一封言辞激烈的电报："我们的意见是在现地坚持，争取情况的变化。"上级首长也非常开明，采纳了郑维山的意见。正是这一坚守，使国民党军误以为抓住了我军主力，派出其第三军脱离石家庄北上决战。根据战场形势的变化，野战军司令部做了新的部署，决定在运动中围歼敌第三军。在接下来的战役中，第三纵队发挥了重要作用，除一个旅随野战军主力南下歼敌外，另两个旅在郑维山的指挥下就地阻击，激战两昼夜连续打退国民党军整团、整师规模的十几次集团进攻，迟滞了国民党军南下救援的行动，保障了清风店歼灭战的进行。清风店战役取得了歼敌 1.7 万人，活捉敌军长罗历戎的辉煌战绩，获得中共中央的通令嘉奖。

时隔 9 天，郑维山又率第三纵队作为主力部队乘势攻克石家庄，首开我军夺取大城市的先例。

为挽救华北局势，蒋介石亲临北平（现北京市），成立了华北“剿匪”总司令部，任命傅作义为总司令。傅作义闻知郑维山部南下攻涞水，急调其王牌部队第三十五军南下支援，妄图与涞水守军里应外合消灭我华北主力第三纵队。敌之三十五军的第三十二师被傅作义誉为“虎头师”，全师官兵均佩戴绣有虎头的袖标，气焰十分嚣张。得知敌情后，郑维山决定暂缓进攻涞水城、先歼援敌。于是，郑维山命令第九旅抢占拒马河桥，断敌退路；第七旅 3 个团各抽出 1 个营和 8 旅主力撤围涞水城加入围攻庄疃战斗，将敌三十二师团团包围在村内，力求夜战将其歼灭。郑维山亲临战斗第一线，将全纵队所有轻重火炮、机枪集中到庄疃参战。凌晨 5 时，总攻开始，向敌实施炮火急袭，参战部队多路突击。此时的敌师长李铭鼎急忙向鲁英麟求救。但第一〇一师被我第四纵队阻击在距庄疃不足 10 公里处。第三十五军军部只有一个营的兵力也被郑维山指挥部队打得稀烂。

正当战斗进行到白热化之时，敌骑兵第四师在十几架飞机的掩护下越过拒马河兜圈从第五纵队背后杀来。晨光中，马蹄声如雷震动，长长的马刀寒光闪闪。我第三纵队顿时陷入敌军涞水、庄疃、第四骑兵师的三面合围之中。纵队司令部的空气一下凝结起来，所有人的目光都盯着司令员郑维山。“一只羊是放，一群羊也是赶!”郑维山果断命令：“三十二团二营、二十团二营、二十六团二营从侧面出击；二十二团、二十三团所有轻重机枪一线摆开，坚决把敌骑四师打回去!”

战士们掉转枪口，待敌骑四师冲到 300 米距离时，所有轻重机枪一起开火，所有火炮也对敌骑四师一顿猛砸。敌骑四师人仰马翻，被消灭大部，狼狈溃逃。

庄疃战斗进入最后阶段，在郑维山的指挥下，各路部队经过连续爆破，敌三十二师指挥部被攻破，师长李铭鼎被击毙。至上午 9 时，敌“虎头师”7000 余人被全部歼灭。第三十五军军长鲁英麟感到无脸再见傅作义，在高碑店开枪自杀。傅作义闻讯后心痛不已，几天未出办公室。

1948 年 3 月后，华北军区主力出兵平北、绥远，南线兵力空虚。蒋介石与傅作义密谋趁此之机，派遣一支快速突击纵队，携带大量炸药，以闪电战术突袭石家庄及中共中央所在地西柏坡，另以 3 个师为后续梯队跟进策应。获悉这一情况后，中央中央军委急调 250 公里之外位于涿鹿县矾山堡地区的第三纵队火速南下，协同第七纵队拦阻傅作义突袭部队，保卫石家庄。

10 月 26 日中午，郑维山得到命令后，昼夜兼程，终于在 30 日拂晓，提前 18 个小时到达中共中央军委指定位置。然而，此时的傅作义先头部队两个师已突破望都第七纵队防线，在 10 余架飞机掩护下，正向唐河以南突进，第七纵队已转退沙河南岸设防。郑维山闻讯大吃一惊，唐河到沙河 22.5 公里，沙河到石家庄仅 50 公里。如果敌人强行突进而第七纵队又在沙河立足未稳，后果将不堪设想。尽管没有军委新的指示，且部队已十分疲劳，但军情紧急，刻不容缓。郑维山令部队轻装前进，只带枪弹向沙河奔行。30 日夜，郑维山率纵队超越傅作义突袭部队，于 31 日拂晓赶到沙河以北燕赵、东抵村地区，立即展开抗敌准备。第三纵队的突然出现，令傅作义异常吃惊，加之毛泽东为新华社撰稿播发揭露了傅作义的阴谋，傅作义不得不紧急撤回突袭部队，其阴谋最终破产。

随后，郑维山率领的第三纵队又以奇袭、夜战和分割包围的战术，全歼了敌三十五军，敌军长郭景云突围无望，在残垣断壁前举枪自杀。

平津战役结束后，华北军区部队整编，第三纵队改称第六十三军，郑维山任军长。之后，他率部先后参加了太原战役、兰州战役。兰州战役的对手是当年在河西走廊残害西路军的刽子手——马家军。经过激烈战斗，第六十三军和兄弟部队一举将西北诸“马”之首马步芳部聚歼。打扫完战场，郑维山策马来到兰州城外的一座小山上，向着河西走廊的方向，慢慢摘下军帽，立正，深深地三鞠躬，以自己的方式告慰了 2 万多名西路军战友的亡灵。

朝鲜战场上出“奇招”，再打“洋老虎”

1950 年 1 月，中央军委任命郑维山为第十九兵团副司令员，协助杨得志司令员一起率部奔赴朝鲜战场。他先后参加第五次战役、铁原阻击战、开城防御战等战役，挫败敌方夏秋季多次攻势，率部在朝鲜战场西部三八线附近板门店以北地区与“联合国军”形成对峙，使西部战线逐步稳定下来。

1952 年 6 月，根据战场形势的变化，志愿军首长重点加强朝鲜战场东线金城地区的防御。为此，任命郑维山为第二十兵团代司令员，全面负责金城地区正面作战的任务。在 1953 年的夏季攻势中，郑维山策划和导演的一场 3000 多人大潜伏，创造了朝鲜战场上的一个奇迹。

当时，我方阵地呈“凹”字形，敌人阵地呈“凸”字形，宽约 20 千米，纵深近 9 千米，且由东向西有 883.7、949.2 等高地，与我方阵地相比，敌方阵地高出一二百米。美军及南朝鲜首都师“白虎团”防守在此，整个防线从 1951 年夏就开始修建，已经形成了坚固的防御体系。这一线阵地被美军以美国总统杜鲁门的家乡——密苏里州命名，称为密苏里防线。为完成志愿军夏季攻势的战略目标，必须首先攻占敌人的前沿支撑点。为此，郑维山提出了积极防御、改善阵地，创造条件，适时反击，分段作战，夺取金城的总体目标。

在进攻 883.7 高地敌军一个团的阵地时，郑维山通过观察地形，发现敌军阵地前面正好是一片茂密的森林，于是作出了一个大胆的设想：让进攻的第一梯队 3500 人和数 10 门火炮，先一天进入敌前的森林和草丛中潜伏，以缩短进攻距离，进而打掉敌人加强团阵地。

在 5 月上旬第二十兵团召开的作战会议上，郑维山将这一想法提出，与会的兵团各军军长、政治委员和参谋长，新到任的第三兵团司令员许世友、副政委杜义德均未作表态，只有事先通了气的进攻部队第六十军军长张祖谅表示完全支持。有人提醒：“哪怕是一个人动一动就会被发现，后果将不堪设想。”这时，作战室的电话响了，志愿军代司令员邓华来电话，“请郑维山同志接电话。”邓华对郑维山说，“我们考虑了你们的作战计划，我们认为打 883.7、949.2 高地的条件不成熟。我们的意见是不要打，请你们考虑。”郑维山回答：“我决心已定，错了我负责。”挂了电话，郑维山严肃地对与会者说：“这一仗一定要打。错了我负责！杀头杀我的！”第一个支持郑维山的第六十军军长张祖谅说：“我和你共同负责！”郑维山一拍桌子，说：“不要你负责，你只管打你的，错了，有一个脑袋顶着就够了！”刚到朝鲜列席会议的第三兵团司令员许世友会后说：“我打仗素来是大胆的，可是你（指郑维山）比我还大胆。”郑维山说，我作出这个决定虽然是大胆的，却是有把握的。因为我认为敌人决不会估计到我军会展开那样规模的进攻，更不会估计到我军会在其阵地前潜伏。打仗历来是只要有70%的把握就敢下决心。

在郑维山的坚持下，这一大胆设想在会后付诸实施，投入了紧张而有序的备战之中。为做到万无一失，从整个作战计划的制定到大潜伏中可能遇到的种种问题以及相应对策，郑维山都一一过问，抓好落实。部队临出发前，郑维山特意把第六十军担任突击队的连队干部请到兵团部，他把来自祖国的慰问品拿了出来，一边招待他们，一边询问潜伏的准备工作情况，事无巨细，从吃饭怎么解决到有人咳嗽怎么办，再到大小便怎么办，等等。他对张祖谅军长说："3500人潜伏到敌阵地前沿一天一夜，哪一点想不到，哪一个问题不解决，都可能功亏一篑。"

大潜伏的作战计划付诸实施了。6月9日，第六十军的3500多名官兵携带大炮悄悄潜伏到了敌人阵地前沿。突击连离敌人前沿不到200米，最近处只有几十米，危险至极。在成功潜伏20多小时后，6月10日20时20分，我军声东击西的炮火准备开始。山坡下的潜伏部队在我炮火向纵深延伸后，立即向各自目标发起冲击。战士勇猛，进攻神速。突击队的出现，如神兵天降，一下子打得敌人溃不成军。继而，第二十兵团战果持续扩大，在历经5天6夜激战后，以奇制胜，攻占金城以东及东南地区至949.2、933、902.8、883.7等南朝鲜军第一线防御阵地9个要点，首创我军防御作战以来一次歼敌一个团的范例，参战部队受到志愿军总部和中央军委的嘉奖。由郑维山导演，亲自指挥第六十军3500人在朝鲜战场上演绎了一场大潜伏，最终取得胜利，并歼灭了南朝鲜军首都师的"白虎团"。

在夏季第二阶段反击作战的基础上，第二十兵团奉命发起金城战役。在7月13日一昼夜激战后肃清金城以北全部守军，拉直了金城以南战线，为实现朝鲜全线停火做出了重要贡献。1953年7月底，郑维山奉命回国，为表彰他的功绩，朝鲜民主主义人民共和国授予他一级国旗勋章，一级独立自由勋章。

郑维山回国后，于1955年2月底任华北军区（后称北京军区）副司令员、军区党委书记。9月，被授予中将军衔，荣获一级八一勋章、一级独立自由勋章、一级解放勋章。

感人至深的临终给党中央的一封信

1985 年 9 月，郑维山退居二线后，仍关心部队和党的建设，关心老区人民的生活。2000 年 3 月，郑维山住进了解放军总医院。在生命的最后时刻，郑维山再次表现了一个共产党人视人民利益为最高利益的博大胸怀，让人们不能不对这位老将军临终时刻的卓然表现肃然起敬。虽然身体疼痛，但是他情绪很高，风趣地对医护人员讲道：“我这辈子不知为什么与‘三’字结下了不解之缘：过了三次雪山草地，三次与红军主力会师，当了三纵队司令员，三次进军大西北，打了三只‘老虎’（即川军‘王老虎’旅、傅作义的‘虎头师’、南朝鲜的‘白虎团’）。这次住院恐怕又要打三大战役：核战争（放射治疗）、化学战（化疗）、细菌战（感染），我要主动配合你们治疗，争取打个大胜仗噢！”医护人员含笑点了点头，无不为老首长的革命乐观主义精神所折服。

4 月 19 日，医院下了病危通知书。郑维山决定交代后事，他深情地看着床前哭泣的老伴孙景波和郑勤等 6 个子女及身边工作人员，断断续续地口述给中央军委的一封信：

中央军委：

我身体日渐不支，感觉日子不长了。我作为一个 1930 年入党的老党员，能活到今天，看到以江泽民同志为核心的党中央领导下的太平盛世，看到香港、澳门回归，亲自参加了新中国 50 周年大典，已感欣慰和满足了。遗憾的是没能看到台湾统一到祖国的怀抱。但我坚信，在以江泽民同志为核心的党中央的正确领导下，祖国一定会更美好。

人总是要死的，这是自然规律。我郑重请求，在我不行的时候，适时停止对我的治疗，多节约些医疗经费，也是我对党的最后一次贡献。

我一生积蓄无多，请将我最后一个月的工资作为我最后一次党费上交组织，平时积存下来的书籍送给大别山一个学校，供山区的孩子们使用。

丧事从俭，中央早有提倡，我是当年带头签字的老同志之一。我死后，不开追悼会，不搞遗体告别，不进八宝山，也不搞任何形式的送别仪式，尸体供医学单位解剖后火化，骨灰撒在大别山屋脊注的山上。

最后一个敬礼！

一个老共产党员、老战士郑维山

2000年4月19日

5月9日21时10分，一代名将郑维山病逝，享年85岁。

（文/张桂中）

链接

诗赞郑维山

著名军旅诗作家魏巍曾赋诗赞扬郑维山：

赫赫猛将出少年，行似疾风势如电。
今晚出动夜老虎，明朝定有捷报传。
纵横华北称劲旅，金城一战美胆寒。
平生视敌如草芥，豪气冲天斗群顽。

篇十二
巾帼英雄张琴秋

翻开沉甸甸的红四方面军军史，张琴秋这位英姿飒爽的巾帼英雄的高大形象跃然纸上、映入眼帘。她是中国共产党第一代女党员，留学莫斯科五年后回国，先后担任中国工农红军中唯一的方面军女政治部主任、唯一的女师长；鄂豫皖苏区第一位女县委书记，共和国第一代女部长。在革命战争年代及和平建设时期都有出色的业绩。她的传奇人生，永远为后人所敬仰。

鄂豫皖苏区的第一位女县委书记

张琴秋，又名张悟，1904 年出生于浙江省桐乡县一个商贩之家。父母亲节衣缩食，供她上完本县女子小学，又考入浙江省立女子师范学校。1923 年，进入上海爱国女校文科班。她天资聪颖，容貌秀美。思想进步，为同学所瞩目。

在爱国女校，张琴秋通过同班同学孔德沚（著名作家茅盾之妻），认识了沈雁冰（即茅盾）的弟弟沈泽民。两人在革命斗争中结为伉俪。1930 年，他们从莫斯科中山大学学习归国后，秘密回到上海，与中共党组织取得了联系。夫妻二人被派往非常艰苦的鄂豫皖苏区工作。张琴秋任彭（湃）杨（殷）军事政治学校政治部主任。她不是那种娇生惯养的大家闺秀，也不倚仗身为鄂豫皖省委书记沈泽民的关系摆架子、做样子，而是同教学人员一起参加军训。每天清晨，军号一响，张琴秋总是第一个来到操场，腰束皮带，斜挂短枪，英姿飒爽。她以非常标准的军人姿态、丰富的理论知识和雄辩的口才让大家异常佩服。原来，早在莫斯科中山大学学习时，张琴秋便预见到回国可能会带兵打仗，她不仅训练时非常认真，还同男生一样去搞野战训练，从摸爬滚打一直学到连、营、团战术指挥。红军学员们钦佩地说：“张教官不但人长得漂亮，政治、军事更有真功夫、硬本领。”

1931 年 9 月，蒋介石亲赴武汉坐镇，发动对鄂豫皖革命根据地的第三次重兵“围剿”。中央分局从战略需要出发，决定单独设立河口县（当时的黄安、黄陂、孝感各一部分），辖 11 个区苏维埃，县治设在河口（今大悟县河口镇）。张琴秋担任了根据地第一任县委书记。她一到任，一面发动群众进行土地革命，解决群众的迫切要求；一面动员广大革命青年踊跃参军，并积极组建地方武装，使赤卫队、独立团、铁路工程队（专事破坏敌军交通）等人民武装如雨后春笋般地发展起来。她还凭着特有的胆识和才干，组织了一支勇敢机智的便衣交通队伍，经常往来于汉口、宋埠、黄陂、孝感之间，为苏区购运军用物资、通讯器材、布匹食盐等军需品；同时，还收集大量的军事情报，为确保夺取黄安、商潢、苏家埠、潢光四大战役的辉煌胜利、成功粉碎国民党的第三次“围剿”作出了重大贡献。

不让须眉的女中豪杰

1932 年 10 月，第四次反“围剿”失败后，红四方面军主力突围西进，沈泽民作为鄂豫皖省委书记留下坚持游击战争。而此时的张琴秋已担任红七十三师政治部主任，随大部队转移，没想到从此夫妻永别。1933 年 11 月 20 日，沈泽民病逝于天台山，年仅 34 岁。

红四方面军到达川北后，建立了川陕革命根据地，张琴秋任红四方面军总政治部主任，成为红四方面军的主要领导人之一。此时，由于红军形势有所好转，部队得到快速发展，张国焘又开始算起“南下之争”的历史旧账。他明知张琴秋曾支持曾中生、徐向前、刘士奇等人的南下作战战略，反对他的东进冒险错误方针，但考虑她与陈昌浩的夫妻关系，仍亲自找张琴秋谈话，要她揭发曾中生等人的右派活动，并交代与他们的关系。

谁知，生性耿直的张琴秋并不买张国焘的账。她实事求是，据理力争，决不妥协。于是，张国焘当即打击报复，撤销了她的红四方面军总政治部主任职务，调她到通江县担任县委书记。

"是金子到哪里都会闪光"。张琴秋毫不计较职务高低，在通江县委书记任上，她除了领导武装斗争外，还为牺牲的革命烈士建陵园。现存的"四川通江县革命烈士陵园"，便是她当年设计的。

1935 年秋，张琴秋调任川陕省委妇女部长，在省委书记罗克文领导下，一面发动群众开展轰轰烈烈的戒烟拒毒运动，号召毁烟种粮；一面发动妇女，参政参军，组建了一支 2000 多人的妇女部队——红四方面军妇女独立师，由她任师长。这是红军第一支成建制的妇女部队。张琴秋指挥打仗，冲锋在前，英勇善战。一次，她带领 500 名女战士担任护送 300 名红军伤员的任务。在苦草坝附近，遭遇敌军一个团的袭击。在敌众我寡、力量悬殊的情况下，她指挥女战士沉着应战，打得敌人晕头转向。同时，她对敌人展开强有力的政治攻势，组织大家向川军喊话，促使川军士兵哗变，把川军营以上军官捆绑起来，向红军投降。这一仗，使张琴秋文武双全、巾帼不让须眉的英雄形象进一步树立起来。

遇难成祥英名不朽

1936 年 7 月，在第三次过草地之前，张琴秋与红四方面军政委陈昌浩结婚，开始了她的第二次婚姻。1936 年 10 月，红四方面军一部 2 万余人组成西路军，进入甘肃河西走廊。已怀孕的张琴秋作为组织部部长，担负着繁重的干部调配工作。不久，担任西路军军政委员会主席的陈昌浩要西路军政治部主任李卓然把张琴秋送到西路军总医院，以使她能安全分娩。但在临泽守卫战失败后，西路军后勤单位被迫撤离。在撤离途中，"马家军"的骑兵穷追不舍，张琴秋恰巧在这个危急时刻分娩了。由于战场的特殊环境，这个婴儿没有存活下来。这次分娩使张琴秋留下了严重的妇科病，她此后再没能生育。

由于敌众我寡，西路军虽英勇杀敌，但终因弹尽粮绝而兵败。张琴秋也因产后身体极度虚弱，和其他同志一起被俘。开始，张琴秋被囚禁在青海西宁监狱。由于女战士的掩护，敌人误认为她是红军文工团的炊事员。后因叛徒告密，敌人才发现，原来她就是闻名已久的红军女将领，大喜过望，于是立即将她押往南京。

她身陷南京狱中，大义凛然，与敌顽强斗争。抗战初期，由于国内政治形势变化，抗日民族统一战线形成，又经过周恩来向国民党点名交涉，张琴秋才和其他同志一道获释。

到延安后，张琴秋担任了抗日军政大学女生大队队长、女子大学教育长。她经常亲自讲课，向女青年传授马克思列宁主义。她的演讲生动，理论联系实际，深入浅出，易懂好记，深得学员、干部的好评。解放战争期间，张琴秋一直在中央妇女委员会担任秘书长。1948 年，曾与蔡畅率解放区妇女代表团赴东欧和苏联，在国际上宣传中国的妇女革命。

中华人民共和国成立后，张琴秋长期担任纺织工业部党组副书记、副部长，为新中国的工业建设作出了重要贡献。在“文化大革命”中被林彪、“四人帮”一伙迫害致死。粉碎“四人帮”以后，张琴秋得以平反昭雪。1979 年 6 月 23 日，党中央为张琴秋举行了隆重的追悼大会。

女英雄精神不灭，她的英名永远留存在大别山人民的心中。

链 接

张国焘“肃反”时为何没敢动曾反对他的张琴秋

1932 年 12 月 9 日，被迫撤离鄂豫皖革命根据地的红四方面军主力，转移途经小河口时，进行了休整。其间，鄂豫皖特委书记曾中生与红四方面军总部机关干部朱光、王振华等人商量后，打算派人赴沪，向党中央告状，请求党中央纠正张国焘的错误，要求红军停止转移，择地开创新的革命根据地。可因事关重大，他们最后又商定，由张琴秋先去做时任红四方面军政委陈昌浩的工作，以得到他的同情和支持。与此同时，他们又将意见集中写成书面材料，呈给张国焘看。

张国焘了解到当时广大指战员中普遍存在的不满情绪，自感处境孤立，于是在小河口召开干部会议，表示欢迎大家提出批评意见，并决定停止转移、创建新的革命根据地。然而从此，张琴秋等人成为张国焘的心头之恨。

红四方面军扎根川陕苏区之后，张国焘认为“秋后算账”的时机已到，便开始大规模地“肃反”。当时，张国焘把张琴秋叫去谈话，鼓动她“揭露和批判那些右派的罪恶活动”。张琴秋理直气壮、实事求是地说明了小河口会议的原委和她的看法。张国焘碰了钉子，盛怒之下，撤销了张琴秋红四方面军政治部主任的职务，降任新解放的通江县委书记。不久，曾中生、余笃三、王振华等被张国焘下令逮捕、杀害，朱光则长期遭到软禁。

张琴秋之所以幸免于难，据知情者分析，她是从莫斯科留学回来的，被认为是所谓的“28个半布尔什维克”之一，当时王明正掌握着党中央的领导大权，张国焘怕得罪共产国际，因而没敢对张琴秋下毒手。

第七章

顾全大局　勇当前锋

链接

悼念徐向前元帅诗（外一首）　（篇一）

徐向前的诗作《悼伯承》　（篇一）

发展红色旅游的八方面内容　（篇二）

毛泽东写给红十五军团的信　（篇三）

红二十五军创奇迹　（篇三）

在济南大军区当了26年副司令员的范朝利　（篇五）

敬赞刘华清上将　（篇八）

篇一

忍辱负重、顾全大局的徐向前

徐向前是一个顾全大局、善于团结同志的领导者。为了党的事业，他不惜忍辱负重，委曲求全。

1931年秋，正当徐向前在前线指挥作战时，张国焘却在后方大肆“肃反”。一向工作勤勤恳恳、任劳任怨的七里坪区妇女队长、徐向前的妻子、年仅22岁的程训宣也被抓了起来，关押在王锡九村。保卫局将她双手捆绑吊于梁上，严刑拷打，逼她供认徐向前是“改组派”“AB团”，但她始终坚贞不屈。1933年秋，张国焘没有得到她的口供，便下令将她处死。

后来，部队撤离了鄂豫皖根据地。徐向前一直惦念着妻子，到处打听她的消息，却无人告诉他。直到长征到了延安，他才得知妻子已经和王树声的妹妹等一批人被杀害了。他悲愤地质问红四方面军的一位知情人：“为什么把我老婆抓去杀了，她有什么罪过?”这个人此时也只好说老实话了：“没有什么罪过，抓她就是为了搞你的材料嘛!”

张国焘在杀害程训宣的同时，还杀害了她的弟弟，她的大哥也受到了审查。母亲汪秀芝家房子3次被烧，两位老人被迫东躲西藏，受尽了折磨。

徐向前心中的隐痛一直难以消除。多年后他在回忆录中说：“一场革命，人民群众的牺牲是巨大的。不仅对敌斗争要付出血的代价，在党的路线发生错误时，同样会付出血的代价。由此不难理解，坚持党的马克思主义的路线，是多么重要!”

徐向前没有记恨张国焘，但张国焘却常常压制他。谈起与张国焘的共事经历，徐向前说：“在红四方面军与张国焘共事5年多，我们是50%的合作，50%的不合作，有时是两票（张国焘与陈昌浩）对一票，我是孤掌难鸣。”

在困难的局面下，徐向前一方面相忍为党、相忍为红军部队，以光明磊落、顾全大局、维护团结的高风亮节支撑危局；另一方面也对张国焘在军事上的瞎指挥，对其抓捕革命同志和分裂党中央的恶劣行为，进行着坚决而灵活的斗争。

其一，在军事指挥上，他曾多次抵制张国焘的瞎指挥，确保了战争的胜利和红四方面军的生存与发展。

第一次是发生在 1931 年 7 月上旬，围绕红四军是东进还是南下的作战方向上，徐向前、曾中生等前线领导，坚决顶住张国焘强令红军东进、进攻安庆、威逼南京，攻打敌人大城市的错误方针，坚持南下作战，夺取了被敌军占领的蕲黄广老区，取得既消灭了敌人的有生力量，又为部队补充了丰厚的物资给养的重大胜利。

第二次是在西征川陕时遇到的漫川关之阻，红四方面军存亡系于一战。张国焘在前有敌军凭险阻挡，后有敌重兵追击，形成四面包围的危急时刻，几次提出解散部队，分散突围。徐向前怒斥说："国焘同志，你怎么一到关键时候就拉稀呢！须知，握紧拳头才有力量，分散突围会让敌人各个击破，无异于自取灭亡。"在徐向前的坚持下，红军终于斩关夺隘，用 2000 名战士的头颅撞开了一道缺口，避免了数万红军的覆没。

第三次是发生在 1933 年 9 月，在川陕根据地长达 10 个月的反六路围攻中，在选择反攻突破口、追击方向、深迂回还是浅迂回问题上，张国焘坚持浅迂回，抓敌人"尾巴"打仗的错误方针。徐向前和李先念坚决顶住张国焘的瞎指挥，决定搞大纵深迂回作战，结果吃掉了敌人的主力部队，为创建川陕根据地奠定了扎实基础。

其二，在张国焘持续推行"肃反"的问题上，徐向前尽其所能地保护了很多红军指战员。1933 年 2 月至 5 月，张国焘在川陕省委和革命委员会会议上，再次挥舞出"肃反"大棒子，将过去和现在反对过他或在战斗中有过失误的同志，统统抓起来杀害。仅王树声所率的七十三师，就抓了 400 多人，其中团营级干部数十人。恐怖的气氛重新弥漫于红四方面军，一些追随红军长大的青年将领也纷纷掉进"肃反"的罗网，陈海松的遭遇最为典型。他参军时年仅 15 岁，个子还没有枪高，是有名的红小鬼。经过五年的磨炼，他成长为智勇兼备的师级干部，由于他人的"揭发"被列入黑名单。徐向前听说后，气愤地打电话给陈昌浩："同志，你们想干什么？我们的部队从鄂豫皖打到四川，是拼命过来的，哪来那么多'反革命'嘛！现在弄得人心惶惶，仗还打不打呀？命还要不要呀？"徐向前听说张国焘暗杀了旷继勋，又加害曾中生，又气又急，当着张国焘和陈昌浩的面说："曾中生同志没有历史问题，我敢打包票！"徐向前还5次救下战将周希汉，被传为佳话。

其三，在红四方面军与中央红军会师后，徐向前支持毛泽东北上抗日的主张，并协助朱德同张国焘分裂党、分裂红军的错误行为，进行了艰苦的斗争。特别是在有些不明真相的红军干部打电话给陈昌浩，询问中央红军逃走了，要不要拦截阻击时，徐向前斩钉截铁地说："不能拦截，放他们过去，哪有红军打红军的道理？"从而避免了两个方面红军的火拼。

以上情况表明，徐向前既有松树的性格，也有柳树的灵性，是一个顾全大局，相忍为党、相忍为红军的楷模。

链 接

悼念徐向前元帅诗（外一首）

黄埔一期貌不扬，锋芒内敛智谋长。
大别山区经百战，以少胜多创辉煌。
西征川陕赛诸葛，血战河西泪千行。
倥偬受尽万般苦，勤虔一生史留芳。

徐向前的诗作《悼伯承》

1986年10月7日，刘伯承与世长辞，享年94岁。徐向前悲痛之情溢于言表，挥笔作诗《悼伯承》：

日暮噩耗遍京城，泪雨潇潇天地倾。
垂首山川思梁栋，举目九天觅帅星。
渊渊韬略成国粹，昭昭青史记殊荣。
涂就七言染素绢，十万军帐哭刘公。

篇二
胸怀坦荡、 顾全大局的郑位三

曾经在鄂豫皖边区战斗生活过的老一辈革命家，在谈到郑位三的功绩时，除了赞扬他对敌斗争的智慧与艺术，在极其艰苦的战争环境下吃苦耐劳的奋斗精神外，还特别钦佩他顾全大局，不争名位，严于律己，宽以待人，一心为着革命事业和党的团结的优秀品质。有这样几件事特别感人。

第一件事是，不宣布中央对他的任命。1943 年 5 月 17 日，中共中央书记处致陈毅、饶漱石并告郑位三电报："中央决定以郑位三为鄂豫皖区党委书记兼五师政委。"但是，郑位三到职时只传达他是华中局党代表，没有讲任命他为区党委书记兼师政委的事情。1944 年 1 月 12 日，中共中央华中局又致电鄂豫皖区党委："中央决定郑位三为豫鄂皖边区党委书记兼第五师政委。"因中央给郑位三单独配备有电台和机要员，此命令又压在位老手里一直未公布。

直到 1960 年，一位军史编辑问起郑位三为什么不宣布中央 1943 年对他的任命时，郑位三才公开说明原因："我到五师时，中央任命我为鄂豫皖边区党委书记兼五师政委，华中局又派我为华中局代表。我觉得当时李先念同志是区党委书记兼五师师长兼政委，倘若我一到就宣布中央的命令，势将损伤李先念同志的威信而影响工作。因此我没有宣布中央对我的任命，而只以华中局党代表的身份工作。这样做，有利于鄂豫皖边区和五师原领导班子的安定团结。"

从这件事可以看出，郑位三是一位顾大局、讲团结、守纪律，谦虚谨慎，实事求是的无产阶级革命家。

第二件事是，关心他人，无私无畏。1946 年 6 月，中原突围前夕，中原局为了保存革命力量，动员了一大批不适合突围的同志就地复员、隐蔽，在突围过程中又有不少同志被打散掉队。1956 年肃反审干时，这些同志都受到了审查，没有“过关”。后来有的同志直接找当时任中原局书记的郑位三和中原局组织部部长陈少敏，请他们证明当时情况。郑位三听到此事后，当即表态：“好，这件事我们负责，要开除党籍是我们两人（指他和陈少敏——引者注）的事。”并和陈少敏两人联名向中央组织部写了一封信，要求党中央按照当时中原局的决定解决这批同志的党籍问题。信的全文是：

中央组织部：

一九四六年的中原突围前，情况已经很紧急，大批地方工作干部不能随军行动，为了保存力量，我们当时曾作出如下决定：

一、尽可能利用社会关系化装去其他解放区。

二、不能化装去的尽量利用社会关系隐蔽。

三、如果为敌人发现在无法隐蔽的情况下，可以新四军战士或以农会会员的面目向敌人自首，只要不暴露党员身份，不以党员面目自首，以后归队不以自首论；如果以党员身份自首则当别论。

这是在特殊困难的情况下作出的决定，如果这个决定错了，由我们负责。

现在，在湖北的干部中有这种以群众面目自首的人的党籍问题尚未解决，我们的意见是应该按照当时的组织决定办事，承认他们的党籍。

上述意见请予以审核，并请转致中共湖北省委。

此致

敬礼

郑位三

陈少敏

一九五七年五月二十九日

后来，湖北省委根据这封信的精神和中组部的意见，妥善地解决了中原突围时复员、隐蔽和掉队人员的党籍问题，充分调动了这批同志的革命积极性。

第三件事是，赞扬别人，少谈自己。郑位三德高望重，人称“位老”。1949 年 9 月中国人民政治协商会议第一届全体会议，中国共产党代表团成员 18 位：毛泽东、刘少奇、周恩来、林伯渠、董必武、陈云、彭真、郑位三、王稼祥、陆定一、吴玉章、徐特立、刘澜涛、李维汉、李克农、安子文、徐冰、齐燕铭。郑位三排第八位，行政级别定为副总理级，由此可看郑位三在党和国家领导人中的地位是很高的，但他功高不自居，不为名利所动心。中华人民共和国成立后，对于报纸、书籍、纪念馆、博物馆，提不提到他的名字，或将他的名字摆在什么位置，他从不计较。他曾任新四军二师和五师政委，在军事博物馆新四军师长、政委名单上没有他的名字，他根本不在乎。不少单位请他去讲鄂豫皖苏区历史，红四方面军战史，红二十五军军史等，讲到个人时，他不讲自己，总是赞扬别人，例如，“创建鄂豫皖根据地时期，吴光浩、曹学楷、吴焕先、戴克敏贡献最大”“徐海东打起仗来最勇敢”“子恢同志好，党性强”“李先念是鄂豫皖红军的一个优秀代表”等，既不讲自己的功劳，也不讲自己的苦劳。真可谓：

如烟往事俱忘却，心底无私天地宽。

虚怀若谷安若素，高风亮节后人传。

链 接

发展红色旅游的八方面内容

一、反映新民主主义革命时期建党建军等重大事件，展现中国共产党和人民军队创建初期的奋斗历程。

二、反映中国共产党在土地革命战争时期建立革命根据地、创建红色政权的革命活动。

三、反映红军长征的艰难历程和不屈不挠、英勇顽强的大无畏革命精神。

四、反映中国共产党带领人民抗日救国、拯救民族危难的光辉历史。

五、反映解放战争时期的重大战役、重要事件和地下工作，展现中国人民为争取自由解放、夺取全国胜利、成立中华人民共和国的奋斗历程。

六、反映全国各族人民在中国共产党的领导下，建立爱国统一战线，同心同德、同仇敌忾的团结奋斗精神。

七、反映老一辈无产阶级革命家的成长经历和丰功伟绩，以及他们的伟大人格、崇高精神和革命事迹。

八、反映各个历史时期在全国具有重大影响的革命烈士的主要事迹，彰显他们为争取民族独立、人民解放而不怕牺牲，英勇奋斗的崇高理想和坚定信念。

（摘自：2004年12月中共中央办公厅、国务院办公厅印发的《2004—2010年全国红色旅游发展规划纲要》）

篇三

徐海东为被“肃反”的同志伸冤屈

1935 年 10 月 19 日，党中央、毛泽东来到吴起镇。当时陕北红军正在进行内部“肃反”，把一大批陕北红军中的领导干部，统统打成“反革命”，关了起来。毛泽东听说后，要求立即放人，释放了被抓捕的刘志丹、高岗、习仲勋等领导同志，恢复了他们的领导职务。周恩来严厉批评了西北革命军事委员会政治保卫局局长戴季英，撤了他的职。陕北的革命形势一天天好起来，“左”倾错误路线在陕北造成的肃反扩大化问题正在得到解决。可从鄂豫皖转战来到陕北的红二十五军中，仍有 300 多名被“肃反”当作“反革命”嫌疑犯的同志关押着。徐海东决定把这一情况向党中央，毛泽东反映，希望中央能给予解决。

11 月 24 日，中央革命军事委员会扩大会议结束后，徐海东鼓起勇气向毛泽东报告说：“主席，有件事要向您报告，我的部队现在还有 300 多名‘反革命’嫌疑犯，他们的问题应该解决了。”于是，徐海东将鄂豫皖苏区肃反的情况作了汇报。正说着，周恩来走了进来，毛泽东请周恩来一起听听。

徐海东说完后，毛泽东用征求意见的口吻问道：“海东，你看那些人像‘反革命’吗?”

徐海东回答说：“当然不像!”

“不像就应该解决嘛!”周恩来坚定地说。他那双浓眉下的眼睛，闪着激动的光芒，连声重复着一句话，“没有统统杀掉就好啊，没有统统杀掉就好啊!”

毛泽东沉思了片刻，大手一挥，坚定地说：“应该统统释放!”

周恩来也说：“是的，应该马上释放!”

徐海东说：“他们有的是被供出来的，有的是说了不满意的怪话给抓起来的。到底是什么问题，谁也说不清楚。说有的人是历史问题，可又找不到证明人。”

毛泽东说：“我看不需要找什么证明了。他们长征都走过来了，这是最好的历史证明！哪有这样的反革命？党员、团员要一律恢复他们的组织生活，干部要分配工作。海东，你要亲自去办这件事。”

周恩来关切地说：“要好好安慰同志们。”

徐海东万万没想到这样复杂、棘手的难题，这个困扰了他两三年的问题。毛泽东看得这么清楚，解决得这么简单又彻底。

“统统释放”“一律恢复组织生活”，这样干脆利索不留任何尾巴的决定，把徐海东从困惑中解放出来，他几乎是一路小跑地返回了部队。随即，他把毛泽东、周恩来的话传达给军团部的领导，大家听了后，一致拥护。程子华、刘志丹不约而同地说：“还是毛主席英明伟大啊！”

很快300多个“反革命”嫌疑犯集中在军团门外的空地。冷风中，瑟缩着身子，他们谁也不知是凶是吉，个个呆立着，有的衣衫破烂，有的头发很长，面颊清瘦，有的双脚溃烂，包着一团烂布，有的身体拖着病，不住咳嗽。大家不解地看着军团长徐海东……

“同志们！”徐海东一开口，声音呜咽，说不出话来。

面前站的这300多名干部、战士，有的已是两三年的囚犯了。已经很久没有人叫他们“同志”了。他们中有的人因丢了一个枪零件，被当成了“反革命”嫌疑犯；有的人因说了几句牢骚话，被说成“第三党”；有的人也不知为什么稀里糊涂地被指控为“AB团”成员。从鄂豫皖到陕北，长征一路，每天抬伤员，挑子弹箱，背东西，日夜默默地跟红军走路。

军团长一声“同志们”，顿时300多人声泪俱下，有的放声大哭，有的低声抽泣。

“同志们！”徐海东大声说，“我奉毛主席的命令来向大家宣布：你们的事情都了结了，共产党员，共青团员，一律恢复组织生活，战士回到连队去，干部等着分配工作。同志们，我知道你们心里有怨，受了许多苦。要怨就怨我吧，我没有尽到责任。”他的声音低沉，不由得泪水横流。

这时队伍发出一片呼声：“军团长，我们不怨你。”

“军团长你是保护我们的。”

“我要求发给我枪！马上到前线打仗！”

徐海东想再安慰大家几句，可一时竟说不出话来。这时队伍不知谁喊了一句：“多谢军团长，不是军团长我们就没命了。”300多人齐声喊着感谢徐海东，把徐海东围起来了。

徐海东摆摆手，让大家安静，说：“同志们，不要感谢我，我没有这么高的水平和这么大的魅力。要感谢毛主席，是毛主席听了汇报后，立即决定全部解放你们并统统恢复你们的组织生活。我们今后要跟着毛主席好好革命，一切听从党中央、毛主席指挥！”

“一切听从党中央，毛主席指挥！”人们齐声呼喊。在释放的这300多个“反革命”嫌疑犯中，不少人后来成为党和国家的栋梁之材，成为卓越的将军，为新中国的诞生作出了贡献。

链接

毛泽东写给红十五军团的信

1935年11月的一天下午，一封由毛泽东、彭德怀签名的信送到红十五军团团部。原来，毛泽东领导的红一方面军已到了陕甘地区。

“毛主席来信了！”“党中央来信了！”似春风吹遍十五军团。程子华、徐海东、刘志丹忙拆开信，这是一封热情洋溢的信。全文如下：

徐海东、程子华、刘志丹同志：

你们辛苦了！感谢你们的帮助和支援。我们久已听到了红二十六军同志在陕甘边长期斗争的历史，红二十五军同志在鄂豫皖英勇斗争的历史，和在河南、陕西、甘肃的远征，听到了群众对你们优良纪律和英勇斗争的称赞。最近又听到你们会合后，不断取得消灭白军、地主武装的胜利，这使我们非常喜欢。现在中央红军、二十五军和陕北红军这三支部队会合。我们的会合是中国苏维埃运动的一个伟大的胜利，是西北革命运动大开展的导炮，我们表示热烈的祝贺！

此致

敬礼！

中国工农红军北上抗日陕甘支队

司令员　彭德怀

政治委员　毛泽东

红二十五军创奇迹

何家祠堂整装齐，北上抗日亮旌旗。
三千童军踏征途，豪情万丈迎晨曦。
地球一缕红飘带，映红豫陕广袤地。
一路征程血与火，一路血战弹雨急。
一路悲歌声声泣，一路凯歌迎胜利。
狭路相逢靠勇敢，绝处逢生赖民力。
秋毫无犯严军纪，民族政策接地气。
人民公认领袖赞，先锋之旅创奇迹。

篇四
清正廉洁的楷模姚运良

姚运良（1912—1980），湖北省大悟县四姑镇姚家湾人。1928 年参加中国工农红军。1955 年被授予少将军衔。在革命战争年代，他南征北战，出生入死，功勋卓著，成为优秀指挥员；离职休养后，廉洁自律，公私分明，生活俭朴，依然焕发着老党员、老红军的光彩，成为廉洁奉公的楷模。

平凡小事见精神

姚运良将军离职休养后，住在南京五台山上。随着年龄的增长，渐渐感到视力不好，看书、看报很吃力，想下山到市区配一副眼镜。他的妻子刘源想打电话找有关部门要车，被他拒绝了。在姚运良看来，共产党人应该自觉地把自己摆在人民公仆的位置上。他说："配眼镜是私人的事，还是坐公共汽车吧。"下山之后，恰好公共汽车来了，赶路的人很多，他让别人先上车，自己后上。当他一只脚踏上车，另一只脚还在外面时，车子就开动了，粗心的司机险些把将军摔下来。他看电影、买东西，从不要车子；就是战友来了，也从不派车接送。

姚将军后来搬到合肥第一干休所，距他就诊的中国人民解放军 105 医院很远。在这个干休所里，他的级别最高，规定小车优先供他使用。他每次去看病，从不一个人要车子。他说："小汽车只一个人占用，既浪费，又影响别人用车看病。"因此，每次乘车到医院，总要邀上几个人一起去，要等车子里挤上三四个人后，才让司机开车。而且每次用车前，总要先问所长，其他同志有没有急事，如果别人有急事，他就主动把车让出来。他因这种待人诚恳，平易近人，关心同志，爱护下级的好思想、好作风，深得干部、战士的敬爱。

不谋私利人钦敬

姚运良为人正派，从不以权谋私。对自己，对子女，对亲属要求很严。在战争年代，夫人刘源管物资，他从不因为是夫妻，随便要东西。那时是供给制，他不仅没有“近水楼台先得月”，还经常对夫人说：“这些东西都是部队的，是公家的，账目要清楚，少了一点，同样要坐班房的呀！”离休后，有一位老干部因为级别低、工资低，有时在他面前发牢骚，他总是劝道：“我们能活到今天，就很不错了。要比，比贡献，心里就平衡了。”

姚运良严格要求自己的子女。1969 年，大儿子从部队退伍回到合肥，到复退军人安置办报到前，想让父亲给省交通厅的战友说个情，能安排去开车。但是姚运良不仅不说这个情，反而开导孩子服从组织安排。姚运良的大女儿调资评级时，因为学历未搞清而没有调级，女儿很想让父亲为她说句话，可他教育女儿要相信组织。儿子骑自行车上下班，从不迟到早退。不巧一次车子坏了，怕误了上班，想开父亲的车去，姚运良没有开这个先例。为了不影响儿子工作，姚运良夫妇亲自帮儿子修好了自行车。由于姚运良严格要求，孩子们个个遵纪守法，力争上游，被工作单位评为先进。

就是对待家乡的亲人，他也“公”字当头。侄子要当兵、进工厂，将军总是一句话：“组织上需要你，你就来。”

中华人民共和国成立初期，四弟姚运志到上海三十一军招待处找他，姚运良正好到福建去了。四弟又赶到福建。临走前，姚运良问四弟：“你这么远来找我，是有什么紧急事吗？”姚运志说：“弟兄 20 多年不见面了，这次辗转找你，不是要官当，也不是要钱用，就是想哥哥呗。”姚运良说：“想哥哥发个信就行了，用不着千里迢迢嘛！”还说，“现在国家百废待兴，我们家庭也很困难，不必把钱花在路上。”说着，他让夫人把孩子的旧衣服洗干净，缝补整齐，给兄弟带回家，并交代一家给多少件。他说：“我虽然算是个大干部，但家里仍同老百姓一样清贫，没有什么好东西相送，请他们多谅解。”

1964 年搞“四清”，在村大队任党支部书记的姚运志挨了整，到合肥找他。

姚运良说："我听说群众叫你蛮书记，这不好听。我还听说你爱占小便宜，人家送你东西你都收，这不行！你们兄弟几个在家，不要给我抹黑；我在外，也不给你们抹黑。你们生活过得去就行了，不要超过群众。你要是不改，我就跟你一刀两断。"

有一次，他们兄弟俩谈话，姚运志说："大队干部好多是我培养的。"姚运良眼睛一瞪："你怎么说话带我字？不是你，是党！"

打这以后，姚运志记住了哥哥的话。当干部多年，不贪不占，不嘴馋，不讲穿，不摆阔，与群众打成一片。

不享特权高风尚

姚运良历经战争，是从死人堆里爬出来的战将。1952 年体检时，因抽血感染得了败血症，组织上用一切办法抢救，才保住了他的命。按规定，他应该配有汽车、炊事员、警卫员，但他都不要。其间，组织上还是给他安排了一名警卫员，也硬是让他给辞掉了。他说："我好久没有工作，国家给了我这么高的待遇，不能再过多地麻烦组织了。"

1980 年 3 月姚运良逝世，遗体被火化后，人们在骨灰里发现了一枚弹头，直到这时大家才知道姚运良身上还深藏着敌人的子弹头。

那是 1936 年春天。姚运良在红四方面军三十一军二六七团任团政委，率部在四川西部同敌人激战。敌人嚎叫着向团政委周纯麟冲过来。周纯麟抓起一挺机枪，向密集的敌人猛烈扫射，打得敌人抬不起头来。敌人的指挥官看到这挺机枪对他们的威胁很大，便调集了几挺机枪密集地扫射过来。周纯麟只顾向敌人猛打，根本没有发觉自己已处于危险境地。这时，姚运良正好来到周纯麟的身边，发现情况异常，忽地向前一跃，一下子把周纯麟推倒在战壕里。他抓住机枪，正要换个地方打，左臂中弹，倒在战壕里……

在姚运良的追悼会上，时任南京军区副司令员的周纯麟双手捧着子弹头，呆呆地看着，热泪夺眶而出。他说："这个'小家伙'本来是要我的命的，却被老姚抢了过去，打在他的身上。我万万没有想到这粒弹头竟在老姚身上待了 44

年！老姚为了救我，忍受了多少痛苦啊！”

是的，一般人身上扎了一根刺都会坐卧不安，而姚运良身上却藏着一颗子弹头，那痛苦是可想而知的。但是，只要不影响思维和行动，他毫不在意，也不愿意提及，因为他不想给党组织增添“麻烦”！

不矜威自重，无私功自高。姚运良忠于人民的高尚品德和艰苦朴素的优良作风，将作为我党我军清正廉洁的楷模，永放光彩。

篇五

临终前不忘交党费的范朝利

在河南省新县郭家河乡大刘湾村，有一个将军之家。开国中将范朝利和他堂弟范朝福少将，被称为“兄弟将军”。2000 年，他的儿子范震江被授予少将军衔，又被人称为“父子将军”。本篇着重讲述范朝利将军“功高不自居，位高严教子，临终不忘交党费”的故事。

功高不自居

范朝利，1929 年参加工农红军，1930 年加入中国共产党。1935 年参加了长征。抗日战争时期，任八路军一二九师八十五旅七六九团参谋长，1937 年，他和陈锡联共同指挥了夜袭日军阳明堡机场的战斗，炸毁日军 24 架飞机，毙敌 100 多人，取得了一二九师抗日的第一次重大胜利。解放战争时期，范朝利任刘邓大军第二纵队副司令员兼参谋长，千里跃进大别山。中华人民共和国成立后，任川南军区副司令员、第四兵团军长、济南军区副司令员。1955 年被授予中将军衔。

在革命战争年代，老将军浴血奋战、驰骋沙场，那么在中华人民共和国成立以后，他的工作和生活又是怎样的呢？

范朝利任济南军区副司令员 30 年，职务始终没有变动，但他始终兢兢业业，任劳任怨。一直埋头做好自己职责范围内的工作，从不争名誉、争地位、争待遇。

范朝利每次去上班时，腰板都挺得笔直，精神抖擞。但一回到家里，就疲惫地瘫坐在椅子上，闭着眼半天不说一句话。有一次，他的女儿范西红看到父亲那一脸疲倦的样子，就问：“爸爸，您怎么了？是太累吗？”他摇摇头说：“没事，脉搏有点不齐。”范西红说：“请医生看看吧。”范朝利说：“毛主席说过‘药医不死人’嘛！有啥看头。我的计划是活到 60 岁，为党工作 45 年，现在已经超额完成任务了。”

位高严教子

范朝利常说：我能从一个山沟里的放牛娃成长为党的高级干部，既靠部队这座革命大熔炉的自我锤炼，更靠党组织的培养教育。所以任何时候都要摆正个人与组织的关系，在个人的荣辱得失上，不能向党伸手，更不能讨价还价。他经常用党的优良传统教育子女，使他们健康成长。

1979 年，部队机关干部和业务干部定职时，范朝利把在济南附近工作和正探家的子女召集到一起开家庭会，告诫他们说：“战争年代咱们党有个好风尚：争地位自感脸红，争待遇自感耻辱。你们要学习这种革命品德。”他要求孩子们做到，定职高低不计较，在待遇上不攀比。大儿子范献民当兵 20 年，比范献民入伍晚的同志成了他的领导。范献民不计较个人得失，兢兢业业工作，被所在单位评为“模范党员”。长女范西红在部队医院工作，什么活儿都抢着干，同志们送给她“假小子”的绰号。当兵一年后，首批任命的护士名单中没有范西红，范西红委屈得哭了。正好，范朝利路过部队，问清了缘由，微微一笑，平静地对女儿说：“丫头，别哭了，这有什么！人是要比的，比工作、比学习，唯独不能比地位、比名利。做卫生员，做护士，都是为人民服务嘛，只要做好工作就行了。”范西红很想得到一个上大学的机会。范朝利告诉她，古今中外，没有一个真正有学问、有本领的人是靠父母扶起来的，勉励她刻苦自立。范西红牢记父亲的教诲，坚持骑自行车到几十里路外的地方上夜大，毕业考试时每门功课都取得优异成绩。后来由于工作出色，当选为全国人大代表。三女儿范苏红文化程度较低。在父亲的鼓励下，她自修了基础医学、人体解剖学、药物化学、护理学，并运用自学的知识全心全意为伤病员服务，被部队树为“学雷锋标兵”。范朝利有个孩子的爱人在外地工作，想通过他找找关系调到爱人工作的地区去，方便照顾家庭。他知道以后，严厉地对孩子说：“人事调动要服从组织安排，私下找人不符合党的原则。”范朝利有4个子女，都夫妇两地分居，他们都能够正确对待，在各自的岗位上勤奋工作。

临终不忘交党费

范朝利曾是中纪委委员，他深知言教不如身教的道理，事事处处以自己的模范行为影响子女，以高度的组织观念带动子女和周围的同志。

2006年5月底，已是92岁高龄的范朝利因患严重的脑疝，在济南军区总医院做了手术。在手术后的第5天早上，昏迷多日的范朝利终于睁开了眼睛，他醒后的第一句话就是：“交党费。”一直守护在病床边的范西红，最了解父亲的心思。她说：“父亲1930年入党，从来都是在月底交党费，76年来始终如一。按时交纳党费，已深深根植于父亲的潜意识中，成为一种自觉行动。”从这里可以看出范朝利心中时刻有党，这种高度的组织观念，正是值得我们所有年轻党员深刻反思和学习效仿的地方。

链接

在济南大军区当了26年副司令员的范朝利

开国中将范朝利，新县郭家河乡人，正式参加红军那一年才16岁。在红军时期，许世友担任红四军军长的时候，范朝利也在红四军任职，当过团政委、师参谋长，算是许世友的老部下。

抗日战争时期，以红十师为主体改编成立的八路军三八五旅七六九团，团长是陈锡联，范朝利任参谋长。一二九师有个成名之战，那就是奇袭阳明堡机场。战斗打响之前，范朝利和陈锡联一起前去观察地形，并制订了详细的作战计划。因此，奇袭阳明堡机场的胜利少不了范朝利的一份功劳。不久，成立了新三八五旅，陈锡联升任旅长，范朝利是旅参谋长，可以说他是陈锡联的铁搭档。

到了解放战争后期，范朝利在第十军当副军长，又成为第三兵团司令员陈锡联的老部下。中华人民共和国成立后，范朝利参加了解放大西南的战役，在川南军区担任副司令员，1955 年担任第十四军军长，被授开国中将。第二年，范朝利调任济南军区副司令员，当时的济南军区司令员是杨得志。自此，范朝利长期在济南军区担任副司令员，一直到 1982 年，前后长达 26 年的时间，这应该是一个历史纪录。

1973 年，八大军区对调，范朝利又给曾思玉当副手，不过，他已享受大军区正职待遇。2012 年，范朝利病逝于济南，他活了 99 岁。巧合的是，曾思玉也在这一年逝世，活了 102 岁。两位老革命、老搭档，可谓颐养天年。

篇六

舍生忘死　勇当前锋的吴先筹

吴先筹（1907—1930），河南省新县箭河乡郑边村（原属湖北黄安紫云区）人。1926年加入中国共产党。同年冬与吴焕先在箭厂河一带组织群众抗击反动武装红枪会的进攻时，组建了一支农民自卫队，任队长。1927年11月参加黄麻起义，当选为黄安县农民政府委员。黄安县城失守后坚持斗争，是转战黄陂木兰山的72位游击英雄之一。1928年7月任红十一军三十一师三大队党代表。1930年在反“围剿”作战中不幸身负重伤，医治无效壮烈牺牲。

吴先筹烈士的革命生涯虽然短暂，但他顾全大局，舍小家为大家，出生入死，勇当前锋的英雄事迹却光彩照人。

“敢死队，跟我来！”

1927年11月13日，鄂东特委根据党的八七会议精神，发动了“黄麻起义”。吴先筹率领紫云区的农民自卫军，担任主攻黄安县城北门的任务。14日凌晨总攻开始，由于城门坚固，敌人火力又猛，一时没有攻下。于是，他从农民自卫军中挑选10名精明强悍的队员，组成一支敢死队。他紧了紧腰带，一手握着手枪，一手拿着脚鱼叉，说：“敢死队，跟我来!”只见他猫着腰，一个箭步冲上前去，把脚鱼叉“嗖”的一声掷向城墙上正在打枪的敌兵，然后一个鹞子翻身跳到枪垛口下，端起手枪朝里“叭叭”开了两枪，高声喊着：“同志们，冲啊!”与此同时，队员们搭着人梯，攻上了城墙，打开了城门，把工农革命军的红旗插上了黄安城楼，立下了战功。成立黄安县农民政府时，吴先筹同志光荣地当选为政府委员。

不能为了小家，忘了大家

1928 年 6 月，吴先筹跟随工农革命军从木兰山转移到柴山保，开辟了柴山保革命根据地。7 月，遵照中央指示，工农革命军在尹家嘴召开会议，正式改名为中国工农红军第十一军三十一师，下设 4 个大队，吴先筹任第三大队党代表。他同大队长倪志亮紧密配合，团结战斗，充分发挥出党的战斗堡垒作用。12 月，红三十一师已在柴山保站稳了脚跟。经上级批准，吴先筹回家结婚。婚后第二天，他就要回部队去，母亲和乡亲们劝他多住几天，等过了春节再走。他对大家说："一个人应该有两个家：一个小家，一个大家，有了大家，才有小家。我们不能为了小家，忘了大家。要时刻想着革命，想着大家。"他用这简明的道理，说服了母亲和乡亲，很快回到了部队。三个月后，吴先筹的爱人来到部队找他，适逢吴先筹在忙着军事训练，顾不得及时接见，直到天黑训练结束，他才想起爱人还在等他。一见面，爱人不好意思地说："我晓得你忙，本不应来找你。可是，因为俺娘身体不好，她很想念你，叫我来告诉你一下，有空回去看看。"还说："你这军营离家也不远，步行一个钟头就到了，不误事嘛。"吴先筹赔着笑，抱歉地说："我们现在正准备打仗，确实忙得很，一分钟都是紧要的。你回去告诉娘，就说我暂时不能回，叫她老人家不要挂念。你要替我照护好她老人家，等革命胜利了，我一定好好地谢谢你。"就在当天夜晚，他把抹着眼泪的爱人送回家了。

他心里只有战士和部队，唯独没有自己

作为党代表的吴先筹，他心里只装着战士、部队、任务和打仗，唯独没有顾及自己。他对战士关怀备至，体贴入微。行军时，他肩上总是扛两支枪，并风趣地说："我个子高，力气大，多背一点还舒服些。"遇到粮食困难时，他总是让战士们先吃，自己忍饥挨饿。有时战士们硬让他吃，他拍拍肚皮诙谐地说："你看这皮箱子还鼓胀胀的，里面还贮存着不少东西哩，再过两天不吃也没关系。"

1929 年 8 月，在反"鄂豫会剿"斗争中，吴先筹背部负伤，领导和同志们

劝他到后方总医院去休息、治疗，他坚定地回答说："轻伤不下火线嘛。我挂点彩算不了什么。"第二天在临阵动员时，他慷慨激昂地对战士们说："同志们，我们当前面临的形势是：蒋介石令刘峙组织鄂豫两省的反动势力，向我根据地进攻，妄图来个南北夹击，一举将我红军歼灭。俗话说：'养兵千日，用兵一时。'现在，正是革命需要我们的时候。要经得起战争的考验，坚决粉碎敌人的'会剿'，誓死保卫革命根据地，誓死保卫红色新政权。"

这是一次伏击敌人的战斗。根据情报，敌人有一个团的兵力向我根据地进发，途经天台山下五里长的夹山沟。我红军派两个大队埋伏在两面山坡的丛林里，准备将敌人装入口袋一举全歼。待战斗打响后，发现敌人是一个旅的兵力，而且装备精良。敌人轻重机枪一齐上，压制了我军火力，反将我军包围。在这种情况下，吴先筹不顾身上 3 处负伤，一马当先，冲锋在前，他选择有利地势，率领红军战士集中火力杀开一条血路，冲出敌人重围。在突围时，他的脚踝骨被打断了，由一个战士扶着，忍住剧烈疼痛，仍然鼓励战士们说："要革命就不能怕牺牲。共产党员是先锋战士，打仗时一定要冲杀在最前面。"

战斗结束后，吴先筹被送进了红军总医院。因为当时缺乏麻醉药品，只好就地忍住疼痛进行手术。手术时，只见他痛得浑身大汗淋漓，牙齿咬得"咯咯"响，不叫一声痛。他见医生取弹片时，手有些颤抖，就鼓励医生大胆手术。在痛得厉害时，他反复轻声默念着："战斗，战斗，坚持战斗！"充分表现了一个红军战士的坚强毅力和英雄气概。

过了几天，伤势稍有好转，吴先筹就要求出院。他对医生和伤员们说："人在医院，心在三大队。每次做梦，都和三大队的同志们在一起战斗着。"由于当时缺医少药，医疗条件有限，他的伤口一直拖到 1930 年 6 月仍没痊愈。军领导和战友们在战斗间隙去看望他，他总是反复询问着部队的各种情况，并再三对看望的人说："请同志们放心吧，不要挂念我，过几天就会好的。等伤好了我一定还回到三大队和大家一起战斗，夺取全国革命的胜利。"

但不幸的是，吴先筹的这句话竟成了他的遗言。第二天清晨，这位中国共产党的优秀党员、英勇的红军战士，心脏停止了跳动。他为中国人民的革命事业献出了宝贵的生命。

篇七

舍身断臂保战友的廖政国

在新中国灿若星河的开国将领中，有10位将领备受瞩目，他们就是中外将军谱上颇为奇特的独臂将军，廖政国就是其中的一位。

廖政国，河南省息县人，1913年出生，1930年参加工农红军。1955年被授予少将军衔。他，身材高大，目光锐利，眉宇间透着一股坚定的英气，无论是长征时爬雪山过草地还是横渡吴淞江，他都用自己一双坚实的臂膀承担起革命的重任。成为独臂战将，并非他本人所愿，却是他刹那间郑重的抉择……

1940年10月的一天，苏北黄桥镇一所宽敞的农家大院里，新四军第一纵队四团的一群干部战士正围坐在修械所所长周围，听他讲解兵器知识。突然，天井北面的一间平房里发出一声巨响，紧接着，一股浓烟喷涌而出。“那不是团长的屋子嘛!”有人嚷了起来，众人顿时一惊，一个个飞身跃起，一下子就把廖政国的房子围了个水泄不通。冲进屋里的干部战士看到廖政国浑身是血倒在地上，他的右臂，已被炸得血肉模糊了。

“快找军医来!”“军医！军医呢？军医哪儿去了?!”众人都焦急万分。

原来，黄桥战役后，新四军从顽军手中缴获了大批武器，为了给部队讲解一种新型手榴弹的构造、性能及使用方法，廖政国带着修械所所长研究了半天仍不得要领。

修械所所长要拆卸分解，但廖政国怕有危险，不让他去干。这种危险的事情，却坚持带回来自己研究。然而，就在廖政国拆卸分解手榴弹时，手榴弹突然冒出了一缕白烟。“不好，要出事了!”直觉告诉廖政国手榴弹就要爆炸了，他原本可以把手榴弹迅速地扔出屋子，但想到天井里干部战士们在热烈地学习讨论，廖政国毫不犹豫地站了起来，右手高举起手榴弹，硬是让手榴弹在手里爆炸了。

正当大伙儿急切地等待军医到来时，廖政国苏醒了过来，他似乎察觉到了自己的伤情，艰难地环视了一下围在身边的干部战士，气若游丝地说道："我不要紧，就是炸掉了一只胳膊而已，大家没有伤到就好。"话未说完，廖政国又昏死过去。

为了保护战友，廖政国义无反顾地选择了牺牲自己；在断臂剧痛中，他念念不忘的依然还是战友的安危。在场的干部战士见状，无不落下滚滚热泪。

虽然新四军上下为抢治廖政国竭尽全力，但苦于缺医少药，最终未能保住他的右臂。战友们痛惜不已，可廖政国却像没事人一样，一出院就回到了团里。新四军条件艰苦，像他这样级别的干部往往配不了专门的警卫员，考虑到他少了一只胳膊，组织上多次要给他安排警卫员，都被他婉言谢绝了。

他在心里默默地念道："人要是一出生就是一条胳膊，还不是照样吃饭穿衣干活!"他下决心要用一条手臂去完成别人用两条手臂完成的事情。刚开始，廖政国使用左手吃饭总感觉很别扭，不是夹不上，就是夹上送不到嘴里去。于是，他就先试着左手用勺子，等勺子熟练了，筷子也跟着熟练了。一只手洗脸可以，但拧毛巾不行，于是他又想到用牙齿，硬是用牙咬紧毛巾的一头，单手把毛巾拧干。

凭着顽强的精神和坚韧的意志，廖政国不仅学会了单手穿衣、洗脸、吃饭，还学会了左手写字、打枪，而且字写得十分工整，枪也打得百发百中，令人叹为观止。

或许，正是应了古人祸福相倚的名言，"独膀子"给廖政国带来了很多不便，却也成就了他的美满姻缘。廖政国受伤住进新四军野战医院后，17 岁的扬州姑娘、医疗队长史凌与他相识。

史凌听说了廖政国舍身举爆手榴弹的壮举，深受感动，便无微不至地照料起他来。廖政国在与史凌的交往中，也渐渐为史凌的善良和美丽所倾倒，但想到自己是一个缺胳膊的残疾人，搞不好要拖累她一辈子，便将爱慕之情深深地隐藏在了心底。幸好纵队司令员叶飞在探望廖政国时察觉了一些眉目，回去与副司令员张藩一合计，商定由张藩出面牵线搭桥。廖政国与史凌原本就心有灵犀，只是史凌羞于表白、廖政国又难以启齿，现在有了外力撮合，结果自然是两个有情人成功地走到了一起。

"我是断臂换良妻呀!"每每提及此事，廖政国都认为这是自己最幸福的事情。

篇八

刘华清上将轻车简从故乡行

刘华清（1916—2011），湖北省大悟县吕王镇刘垸村人。1930 年参加中国工农红军，1935 年 10 月加入中国共产党。1955 年被授予海军少将军衔，1988 年被授予上将军衔。曾任中国人民解放军海军司令员，被称为“现代海军之父”和“中国航母之父”。他是党的十四届中央政治局常委，中央军委副主席。

1989 年 2 月中旬，巍巍大悟山寒气袭人，澴水河面还浮着薄冰，刘华清不远千里，回到家乡，把党和人民子弟兵的关怀送给英雄的大悟人民。

40 多年前，当革命战争烽火燃烧在大悟山上的时候，他曾经随红二十五军和刘邓大军在大悟山转战 10 余年，先后担任过少共县委书记、旅政治委员，同数十万大悟人民同甘共苦，结下了骨肉深情。40 多年后的今天，任中央军委副秘书长的刘华清，带着对故乡人民的思念，又回到了故乡。

“将军回来了!”

“老将军从北京回来了!”

1989 年 2 月 11 日，刘华清回到大悟县吕王镇刘垸村时，这个只有 100 多户人家的小山村沸腾起来了!

男男女女，老老少少，纷纷涌上村头都眼含着泪花说：“好不容易盼回来，一定要多住几天!”

刘华清不停地挥动着双臂，大声喊着：“乡亲们好！我回来看望你们啦!”

这个老汉要把刘华清拉到自己家去坐坐，那个大娘端来了他爱吃的花生、瓜子。在儿童时代同刘华清一起读过书、放过牛，后来又一起扛过红缨枪的刘宏顺显得格外兴奋，拍着刘华清的肩膀直嚷着：“你在北京那么忙，哪有时间回穷山沟?”

刘华清拉着他的手，风趣地说：“就是千忙万忙，也忘不了大悟山!”

沿着石板路，穿过曲折的小巷，刘华清急匆匆地想去看望老战友刘海儒夫妇。当他得知两位老人已去世时，心情很沉痛地说："我回来迟了，再也见不着他们了！"

刘华清听说两个老姐姐来了，又急匆匆地去看望她们。

刘润湘老太太惊喜地站起来，一把抓住老弟的手，热泪直流。她就是刘华清的叔伯姐姐。当年她同刘华清一起扛过红缨枪，为红军站过岗，送过情报，搞过宣传，现已 83 岁了。

"大姐，还是 1965 年回来看过你，一晃又 20 多年了，就是时间再长，我也忘不了你对革命的贡献啊！"

姐姐仔细打量着刘华清的脸，看了许久，才用颤抖的声音说："三弟，回来看看好呀，我们都想念你。我活不了多久，能见三弟一面就心满意足了。"

同亲姐姐刘润清见面，他心情更为激动。姐姐提出要把大女儿的户口转出来，将军的两眼湿润了。

他记得，在自己还不懂事的儿童时代，是靠姐姐纺线织布挣钱读书的。那昏黄的梓油灯下，姐弟俩一个读书，一个纺线，常常相伴劳作至深夜；在艰苦的战争岁月，是姐姐节衣缩食照顾父母的，她常常饿着肚子，把少得可怜的食物留给双目失明的母亲吃。今天，他又见到风烛残年的姐姐，深情厚谊说不尽，用什么相报呢？刘华清向姐姐赠送了礼品，又安慰姐姐说："都转出去，怎么办呢？没文化，不能工作，给组织上添麻烦。全国这么多农民，都转户口安排工作，国家怎么承受得了？我们为国家工作的人，不能干不符合国家政策的事情。"

姐姐是个通情达理的人，又安慰弟弟说："不合政策就不办。"临别时，姐弟俩还一起合影留念。

人们总认为，凡是当大官的人，一定把家庭安排得很周到，其实不然。革命老前辈，越是官大，越是后天下之乐而乐。在革命战争年代是这样，在和平建设时期也是这样。刘华清 14 岁参加革命，1934 年参加长征，一走就是 14 年，杳无音讯。母亲思儿心切，白天站在大路边眺望，夜晚坐在床边哭泣，加之国民党反动派的残酷迫害，老人家眼睛哭瞎了，身体拖垮了，不久含恨去世；父亲领着全家艰难度日，好不容易熬到中华人民共和国成立，在三年困难时期，与世长辞了。在家的兄弟怕影响刘华清的心情和工作，没有写信告诉他，当然他也就没能见父亲最后一面。两位老人面朝黄土背朝天，养育了儿女，支援了人民子弟兵，培养了一代开国将军，而自己却常常连饭也吃不上，只能喝又苦又涩的苦菜汤。所以，刘华清每次回故乡，总要到父母的坟前走一走，以示怀念！当走到父亲的坟头时，他流泪了，也许是在回顾自己的经历和苦难的家庭，深感忠孝不能两全……

人们还有一个错觉，总认为当大官的外出视察，一定是前呼后拥，可是刘华清"一切从简"，既不让领导陪同，又不准办丰盛的筵席。他这次回故乡视察，只带了一个秘书，一个警卫人员，一个医生。经河口镇时，得知孝感地委书记和行署专员等候迎接，他婉言谢绝了，自己轻车简从回刘垸村。因为他有20多年没有回家乡，家乡人想把生活搞扎实点，刘华清说："家乡菜好吃，做几个家乡菜就行了。"开饭前，有人提出把那黑乎乎的桌面用塑料布盖一下，刘华清却不在乎，筷子照样往上放。吃着家乡的饭菜，喝着家乡的清茶，他感到格外香甜。即使后来到大悟宾馆、孝感宾馆住宿，他仍然要求一切从简，吃家乡风味的饭菜。临行前还要到厨房去同炊事员握手道谢。凡是接待了刘华清的工作人员，都有一个共同的印象：刘华清平易近人，风趣幽默，同他在一起感到轻松、愉快，无拘无束。不管是在车上，还是步行在山间小路上，刘华清都是一路乡音一路情。

链 接

敬赞刘华清上将

少年立志出柴门，参加红军救苍生。
南征北战打江山，开国将军担大任。
忠心护国成勋业，海疆万里筑长城。
身居高位不忘本，两回故乡孺子情。
家国情怀民钦敬，一代将星万世名。

大别山红色故事

下册

本书编委会 编

中共中央党校出版社

图书在版编目（CIP）数据

大别山红色故事．下册/本书编委会编．--北京：中共中央党校出版社，2022.3（2022.5 重印）

ISBN 978-7-5035-7213-5

Ⅰ．①大…　Ⅱ．①本…　Ⅲ．①革命故事-作品集-中国-当代　Ⅳ．①I247.81

中国版本图书馆 CIP 数据核字（2021）第 231390 号

大别山红色故事（下册）

策划统筹　任丽娜
责任编辑　任丽娜　桑月月
责任印制　陈梦楠
责任校对　王明明
出版发行　中共中央党校出版社
地　　址　北京市海淀区长春桥路 6 号
电　　话　（010）68922815（总编室）　（010）68922233（发行部）
传　　真　（010）68922814
经　　销　全国新华书店
印　　刷　中煤（北京）印务有限公司
开　　本　787 毫米×1092 毫米　1/16
字　　数　363 千字
印　　张　23
版　　次　2022 年 3 月第 1 版　2022 年 5 月第 2 次印刷
定　　价　160.00 元（全二册）

微 信 ID： 中共中央党校出版社　　**邮　　箱：** zydxcbs2018@163.com

第八章

血染战旗　英烈不朽

链接

丰碑礼赞　（篇三）

戴克敏遗作——剿灭麻城会匪的经过（摘录）　（篇四）

纪念黄麻起义三十五周年（董必武诗）　（篇五）

埋葬蒋家王朝靠两座山　（篇六）

礼赞“平汉铁路工人破坏队”　（篇九）

缅怀高敬亭烈士（诗三首）　（篇十三）

篇一

大别山的土地血染成

小时候，笔者曾问过当年参加过黄麻起义，不久成为红军士兵的爷爷："我们这里的土山、土地明明是黄色的，塘里的泥巴也是黑色的，怎么老师讲的和课本上写的，都说大别山是红色的土地呢?"爷爷满脸悲怆地告诉笔者说："孙呀，我们大别山这个地方，之所以称为'红色的土地'，是有两个原因：一是因为这里多次爆发过农民起义，诞生过红军，而红军扛红旗，帽子和上衣领两边都缀上了鲜红的红五星和红领章，表示革命者忠心赤胆，似火一样炽热；革命者的信念坚定，如火一样燃烧。因之地主豪绅和国民党反动派谩骂我们的共产党和红军是'赤匪'作乱、'红祸'遍地。二是因为我们这里牺牲的革命烈士太多了，山上、河边、田地里，到处都流淌过革命者的鲜血，这血水呀，都把我们这方土地染红了，所以大别山是'红色的土地，英雄的人民；不屈的烈士，英雄的红军'。"

自此，笔者对"红"的字符、"红"的颜色特别珍爱，对红色书籍更是手不释卷。现在，当笔者翻开大别山的史册，展现在眼前的既是一幅幅大义凛然的英雄壮举，也是一幕幕血淋淋的惨剧——

第一幕，300 多名革命志士血染"红田"

在新县箭厂河乡政府的后背山地，竖立着一块"红田"惨案遗址纪念碑。这里原先是一块稻田，敌人把这块稻田当作刑场，在不到两个月的时间里，先后屠杀了共产党员和革命群众 300 多人。年纪最大的是黄泥塝湾 75 岁的农民高厚建，最小的是四角曹门村 16 岁的儿童团员吴狗娃，还有一部分是来不及撤走的鄂东军伤员。当时，烈士的鲜血染红了稻田，所以叫作"红田"。为了纪念在"红田"惨案中牺牲的革命烈士，弘扬老区人民前赴后继、不怕牺牲的大无畏革命精神，1979 年，新县人民政府在这里建了纪念碑，并镌刻了碑文，让人们永远铭记这段历史。

“红田”惨案发生在 1927 年。黄麻起义失败后，反动地主清乡团勾结敌军一个营进犯箭厂河地区，疯狂镇压革命群众，血雨腥风笼罩着整个箭厂河地区。在这里被害的革命烈士程怀天，是箭厂河熊家嘴人。1926 年参加农民运动，1927 年秋任紫云区防务委员会经济股股长，不仅领导了熊家嘴农民起义，而且为黄麻起义做了大量准备工作。敌军进犯紫云区南部（今箭厂河一带）时，程怀天将征收豪绅地主的公款和账册隐藏后，不幸被捕。敌人将他押到箭厂河审讯，数九寒冬，扒光了他的衣服，施以酷刑，逼他交出共产党的组织名单和账款。程怀天英勇不屈，严词拒绝，只字未说党的秘密。敌人恼羞成怒，把程怀天押到这块稻田，将其四肢钉在门板上，惨无人道地砍掉了他的手和脚，他流尽热血，英勇就义。被害前，他曾在狱中慷慨地写下了就义诗：投身革命两春秋，遗憾壮志尚未酬。烈士骨头钢铁硬，志在救国救神州。砍头只当风吹帽，甘洒热血绘锦绣。

还有一位革命烈士被敌人剖开腹部，把手榴弹放进他的肚子里，手榴弹响了，烈士的内脏被炸得挂在树上，在场的人都咬着牙、闭着眼、扭过头，不忍看这悲惨的一幕……共产党员汪心敏被捕后，敌人活活地挖出他的心炒熟，强迫其叔父吃掉。共产党员毛国兴临刑前高呼：“推翻专制，打倒军阀，打倒土豪劣绅!”用生命践行了自己的入党誓言……烈士牺牲最多的一天，敌人让他们站成一排等着砍头，屠刀的刀刃都被砍翻卷了，就再换上另一把刀接着砍……30 平方米，300 多人，也就是说每平方米至少倒下烈士 10 人，随地抓起一把泥土，都能攥出血来啊！每到清明时节，在这片被鲜血染红的土地附近，总会盛开一丛丛的红杜鹃。这里的红杜鹃总是比别处的杜鹃花开得更红更艳，开得更久。乡亲们都会自发地到这里祭奠先烈、缅怀亲人。人们把这块被鲜血浸透的稻田称为“红田”“仇恨田”。

第二幕，鄂豫皖革命根据地遭受空前浩劫

1932 年 10 月以后，由于红四方面军向西撤走，鄂豫皖革命根据地的党组织

和人民群众遭到了反动势力的疯狂报复和摧残。蒋介石亲自下令，为彻底扫除革命火种，对红区“壮丁一律处决，房屋统统烧光，粮食一粒不留”“驻尽山头，杀尽猪牛，见黑就打（即见人影就开枪），鸡犬不留”，务必“铲除干净，绝尽根苗”。在这种灭绝人性的白色恐怖下，根据地的绝大部分村庄成为“无人区”，从柴山保的木城寨至皖西的金家寨、黄安县的天台山，纵横近百十里的地方，山被烧焦，田被踏平，尸骨累累，哀鸿遍野。

据光山县有关史书统计，国军及“清乡团”等反动派用各种手段残杀的地方干部和群众达 12433 人，烧毁房屋 12325 间，全家杀绝的有 203 户，毁村 439 个，下落不明和失踪 1073 人。泼陂河区张高头村当时 97 人，杀得仅剩 17 人，村庄房屋全部被毁。在泼陂河刘湾，敌人将苏维埃主席刘文根和他的两个孩子一起活埋。在杨帆桥区花山，敌人将一名女村干部和她的三个小孩推下水塘，孩子浮出水面或浮到塘边，敌人又用竹竿捅下去，直至母子 4 人被活活淹死。

“千村薜荔人遗矢，万户萧疏鬼唱歌”，这正是当时大别山区情况的真实写照。

第三幕，大别山人民再遭血洗

要革命、要斗争，就必然要遭到敌人的疯狂绞杀。红二十五军的诞生，就是大别山人民对国民党反动派血腥屠杀的再反抗、再斗争。而随着红二十五军的长征西去，大别山的人民又一次失去依靠力量，敌人的血腥屠杀也随之降临。

这次国民党军队的“清剿”手段更为残暴。在军事上大修碉堡网，广设封锁线，把根据地军民围困在山上，然后进行搜山，企图将大别山区革命力量赶尽杀绝。敌人在熊家河一带，抓去红军女护士 30 余人。在鄂东北卡房一带，红军伤病员也被搜捕去数十人。据开国中将林维先回忆：敌人在“有民就有匪，民尽匪尽”的方针指导下，提出了“驻尽山头，宰尽耕牛，见人就杀，鸡犬不留”的口号，肆意烧、杀、抢、掠。敌人将搜捕到的根据地的革命干部和群众，除部分当场屠杀外，其余都被关进所谓“难民收容所”。在商城、金家寨、宣化店等地均设有“难民所”。这些“难民所”是敌人专为关禁根据地群众而设的，仅在商城县一区就有四个这样的“难民所”，每所关押群众数千人。这些“难民所”实际上是集中营，每天给难民喝掺石灰水的稀饭，因此致死者一日竟达百人。敌人在所外挖一个大坑，死一个丢一个进去。

敌人对被捕群众还实行了野蛮残暴的铡刑。反动民团头子顾敬之每到一处，就大喊大叫要开人肉铺子，他在汤家汇周围百十里内，用铡刀铡死红军战士、红军家属和群众多达万余人。国民党第十一路军一个姓马的旅长，在金寨的柳树庄，挖了一个长达几里路的大沟，一夜之间活埋根据地革命群众 3500 人。在六安六区丁家埠对面河岸，也有不少群众被敌人活埋了。国民党五十四师在上楼房等地枪杀群众后，为了向上级报功，割下受戮者的耳朵达 7 担之多。国民党军践踏之处，房屋全被焚毁，妇女惨遭蹂躏，田园荒芜，尸横遍野，许多地方成了“白天不见人，晚上不见灯”的无人区。更为可恶的是，敌人除了在根据地中心区实行“三光”政策外，还在根据地附近的白区实行“移民并村，严密保甲制度”的政策，利用豪绅地主当保甲长，强化反动统治。国民党当局还唆使各地反动分子残杀根据地的革命干部和群众，在红军游击队经常活动地区的水井和水缸里放毒，在馒头里包炸药等。通过这一系列恶毒残忍的手段，给留存在根据地的红军和革命群众造成了极大的困扰，没吃没喝、缺医少药，时时面临搜捕、杀头的厄运。然而，就是在这样险恶的斗争环境下，大别山区的人民并没有屈服，留下来的红军干部和伤病员仍顽强地坚持斗争。他们有信念、有毅力，坚信主力红军一定会打回来，坚信革命一定会成功。当时群众中流行着这样一首歌谣：“红军都是英雄汉，白匪再多干瞪眼；总有一日天要红，人民定要坐江山。”沦陷区的群众说：“我是苏维埃人，你杀了我全家，我还要革命。”留在根据地的以高敬亭、何耀榜、刘名榜为主要领导人的共产党干部不负人民的期待，他们义无反顾地挑起革命重担，再度高擎起革命大旗，同国内外一切反动势力进行了浴血拼杀，终于冲破了黑暗，迎来了新中国的黎明。

（文/耿显榜）

篇二

大别山的共产党人铁骨铮铮

大别山的共产党人是用“特殊材料做成的”，他们的理想信念高于天，革命意志坚如铁、胜似钢。许许多多的革命志士，面对敌人的酷刑坚贞不屈，面对敌人的屠刀无所畏惧，用血肉之躯，谱写了一曲曲可歌可泣、荡气回肠的生命赞歌。

请看——

故事一：“革命不怕死，怕死不革命”的程儒香

程儒香（1898—1928），河南省新县箭厂河乡杨畈村程湾人，共产党员。1926年参加农民运动，后任箭厂河乡农民自卫军大队大队长。1927年11月，带领农民自卫军参加黄麻起义。黄安县城失守后，留在本地坚持斗争。

1928年1月，心狠手毒的还乡团团总方晓亭勾结国民党军袭击箭厂河，逮捕了程儒香后，企图从他口里得到地下党员和自卫队队员名单，被程儒香严词拒绝。方晓亭恼羞成怒，命令那帮狗腿子割下了程儒香的耳朵，又用棍打鞭抽，把他打得遍体鳞伤，折磨得死去活来。

程儒香同志从地上挣扎起来，站定之后，用手揩了揩流在腮边的鲜血，昂首挺胸，怒目圆睁，两眼射出犀利的光芒，像两把利剑直刺方晓亭。方晓亭吓得两腿筛糠，赶紧后退。程儒香逼进一步，咬着牙，用手指着方晓亭，愤恨地骂道：“方晓亭，你这个恶棍！老子革命不怕死，怕死不革命。想用这一手，叫老子屈服，瞎了你狗眼！”

方晓亭见凌辱和折磨征服不了这条硬汉子，就采用“劝供”的奸计，说尽花言巧语，妄图使程儒香供出他们所需要的情况。结果，又被程儒香骂得狗血淋头。方晓亭见程儒香软硬不吃，便决定对他进行所谓的“公开审讯”，以便达

到杀一儆百的作用。于是，派爪牙强迫一些群众到场观看。在“审讯”中，对程儒香同志再次使用鞭抽、压杠、坐老虎凳、灌辣椒水等10余种酷刑。但程儒香同志仍然坚贞不屈，他以顽强的毅力和意志，忍受着剧痛，利用这个机会义正词严地历数方晓亭压迫人民、霸占土地、奸淫掳掠、草菅人命的种种罪行。他激昂地说：“乡亲们！方晓亭是穷人受苦受难的一个毒根。我们只有跟着共产党闹革命，打倒方晓亭这个土豪劣绅，穷人才有活路。乡亲们！共产党是杀不完的，赤卫队是杀不完的。别看方晓亭凶狠一时，他是秋天的蚂蚱，蹦不了几下子。人民一定要翻身，革命一定会胜利！……”乡亲们听后，个个攥着铁拳，咬紧牙关，怒目对敌。

敌人看到群众愤怒的样子，吓得心惊胆战。“公开审讯”的阴谋可耻地破产后，敌人将他钉在村外的一棵树上，让他承受冻饿疼痛的折磨。两天以后，这位强硬不屈的英雄壮烈地牺牲了。

故事二：“留得头颅在，雄心誓不降”的蔡济璜和刘文蔚

黄麻起义失败后，许多共产党员并没有被吓倒，他们掩埋好战友的血迹，又开始采取公开或隐秘的斗争方式从事革命活动。其中，曾任中共麻城县委负责人的蔡济璜和刘文蔚就是其中杰出的代表。

蔡济璜和刘文蔚都是湖北省麻城市（原麻城县）人，都参与领导了黄麻起义。

蔡济璜（1905—1927），出生于麻城南部的夫子河村蔡家大湾。刘文蔚（1906—1927），出生于麻城北部地区的一个小山村。历经乡塾的“寒窗苦”，1923年春，“蔡刘”双双考上了麻城高等小学，开始了同学生活。在这里，他俩认识了共产党人王幼安老师，开始接受革命思想教育。1925年早春，他俩又胸怀壮志，结伴而行，双双考入省城武汉启黄中学，后在前校友桂步蟾、徐其虚等的影响下，慕名进入武汉中学，渐渐就团结在董必武老师的周围。1926年夏，蔡济璜、刘文蔚接到上级指示，返回麻城，参与中共麻城特别支部的领导工作。1927年，蒋、汪先后发动反革命政变，大肆屠杀共产党人和革命群众，麻城的

地主豪绅也乘机兴风作浪，一手制造了“麻城惨案”。此时，作为麻城县委书记的蔡济璜，立即派出农民自卫军大队大队长去武汉搬兵，在董必武的声援和毛泽东派出300学生军的讨伐下，很快平息了麻城事件。此时，从农讲所学习结业的刘文蔚也随学生军回到麻城县，协助蔡济璜、王树声巩固和发展农民自卫军。1927年11月，蔡济璜和刘文蔚率领麻城义勇军参加了黄麻起义。刘文蔚还兼任鄂东军第二路党代表。

黄麻起义失败后，蔡济璜、刘文蔚和邓天文等，根据上级党组织安排，奉命就地坚持斗争。他们带领少数武装回到了自己最初闹革命的落脚点——伍家冲湾。他们把朱家冲外号叫“凯四老爷”的大土豪抓了。“凯四”的家人连忙跑到县城告状，敌人马上派兵前来。此时，蔡济璜、刘文蔚、邓天文等正在湾头伍家庙开会，幸亏他们镇定机智，才逃脱了敌人的包抄。但他们却从此失去了自己最宝贵的根据地，并将自己的行迹暴露在敌人的眼前了。

敌人出重赏，四处张贴“通缉令”，设关卡，严密搜捕他们。面对险恶的局势，蔡济璜、刘文蔚、邓天文3人相依为命，彼此关怀，相互激励，思想上充分做好了为革命捐躯的准备。在艰难的辗转征途中，披着清冷的月光，踏着浓重的寒霜，他们壮志不已，斗志更坚。蔡济璜代表战友，咏了一首诗，抒发出无产阶级先锋战士对革命忠诚不渝的情怀：

明月照秋霜，
今朝还故乡。
留得头颅在，
雄心誓不降。

几经艰难曲折，他们一行转到了刘文蔚和邓天文故乡附近的林店枣林岗一带。这天，他们派人到陈家河，找大革命时与邓天文有过交往的陈文灼联系，没料到陈文灼已叛变，他如获至宝，立即向当地反动民团头子周朗山告密，蔡济璜、刘文蔚和邓天文，落入了敌人的魔爪。

敌人将这三位共产党要员，绑在林店镇闹市“示众”。他们昂首挺胸，横眉冷对敌人，并向群众慷慨陈词，宣扬革命必胜。林店反动区区长陈仕生，从城内搬来了他的狐群狗党、刘文蔚的舅爷胡某来“会审”。这个豺狼本性的家伙，血口一张，只吐了一个字："杀!"刑场上，蔡济璜、刘文蔚、邓天文高唱着《国际歌》，并且高呼："天下穷人都拥护共产党，共产党杀不完!"被威逼来围观的群众，无不痛心疾首。当地反动民团慑于革命者宁死不屈的威严，无人敢当刽子手。敌人万般无奈，只得用重金买了一个外乡人做了刽子手。

我们的 3 位英雄，在敌人的枪声中倒下了!

巍巍大别山在呜咽，滔滔林店河在哭泣。三位烈士用年轻的生命谱写了一曲气壮山河的英雄赞歌!

故事三：气壮山河的群英杰

据有关资料统计，在大别山三大著名武装起义中牺牲的英烈多达万人，而在随后的革命斗争中遭到敌人逮捕杀害的知名人士也数不胜数，而其威武不屈、富贵不淫的英雄故事，更是不胜枚举。这里再讲几例。

第一位，张南一（1878—1927），湖北省红安县七里坪镇柳河村人。黄麻起义失败后，为了筹措经费，购买枪支弹药，继续坚持革命斗争，时任红安县七里坪防务会宣传股股长的张南一，装扮成打鼓说书的艺人，四乡奔走。由于敌人在各地安插了一些"坐探"，他的行踪被敌人发现。一群众把他藏在一间房屋的夹墙里，敌人挨家挨户搜查，未发现张南一，便把全村 300 多群众全部集中到稻场上，架起机枪，狂叫说："不交出张南一，你们都别想活命!"危急时刻，张南一挺身而出，为保护群众而被捕。敌人用铁丝将张南一的肩胛骨和脚跟穿起来，威逼他交出共产党员的名单。他誓死不讲。敌人恼羞成怒，用刀子割掉了他的耳朵、鼻子，并狂吼威逼他："看你还革命不革命!"张南一大声回答："头可断，血可流，叫我不革命是办不到的!"敌人又割掉他的舌头，不让他开口说话，最后竟惨无人道地在七里坪小南门外河滩上挖坑将他活埋。为了纪念张南一烈士，1930 年，红安县苏维埃政府将七里坪小南门改为"南一门"。

第二位，秦绍勤（1906—1927），湖北省红安县七里坪镇福德院墙村人。1927 年 2 月，被选为七里坪区农民协会主席。在黄安"九月暴动"中，他和郑行瑞等带领工人纠察队，用铜匠工人肖同太制造的第一支单响撇把子枪，镇压了撕毁革命标语的七里坪商会反动会长李业阶。11 月 13 日，他参加了著名的黄麻起义。12 月，国民党第十二军任应岐部向起义区疯狂反扑。秦绍勤遵照党的指示，留在七里坪一带坚持斗争。与他同时留下的共产党员还有邹香山、邹秉银（即邹香山之子）、方忠举（邹香山的妻弟、秦绍勤的姨伯）、张行炳、张心灼等同志。11 月 24 日（农历冬月初一）早晨，秦绍勤按照他们事先的约定到方忠举家商议搞枪之事。因联络点已引起敌人的怀疑，方忠举急忙派其大弟方忠春走西路去拦秦绍勤，派二弟方忠良去张家湾的路上拦张行炳、张心灼，他自己则去七里坪方向拦邹香山父子。谁知方忠春还未来得及出门，秦绍勤就到了，被敌“清乡团”一位装作卖豆渣的秦姓密探发现，密探立即带领几个反动分子，将秦绍勤围困于方家。驻于七里坪的国民党第十二军闻清霖师营长路金川闻讯赶来，将秦绍勤押至七里坪丰裕仓。所幸的是，其他几位共产党员在半路上得到消息，迅速折返，安全转移。方忠举也死里逃生，跑到河南光山百步街打长工，在那里开展革命活动。

敌人知道秦绍勤是共产党的区委干部，满以为从他身上可以大捞一把，将区委和七里坪地区的共产党员一网打尽。敌师长闻清霖亲自赶来提审，软硬兼施，结果被秦绍勤骂得狗血淋头。在 20 多天内，敌人对秦绍勤同志重刑提审了七八次。被折磨得死去活来的秦绍勤始终坚贞不屈，没有出卖党组织，没有出卖同志。敌人的企图落空了，便使用最残酷的手段，于 12 月 19 日把秦绍勤绑赴七里坪北门外，用两寸多长的铁钉将他的手和脚钉在门板上，接着用机枪扫射，剖腹挖心。

秦绍勤就义时年仅 21 岁。群众作歌赞颂他：“英雄秦绍勤，开膛剖肚在北门，愿为革命死，丹心照汗青。”

第三位，程怀天（1901—1927），湖北省红安县七里坪镇熊家嘴人。1926 年参加革命，同年加入中国共产党。1927 年 9 月与程昭续组织发动熊家嘴农民起义，11 月参加黄麻起义。黄安县城失陷后，将管理的公款、账册掩埋，继续坚持斗争。不幸被捕后，面对敌人的酷刑威逼，始终坚贞不屈，被凶残的敌人砍断手脚，凌迟处死。就义前，他说“共产党人是杀不完的”并高呼“中国共产党万岁!”表现了共产党员视死如归、坚贞不屈的英雄气概。

第四位，王吉宽（1906—1928），湖北省红安县高镇王德湾人。1924 年参加革命，次年加入中国共产党。是李先念的入团介绍人之一。1927 年参加黄麻起义，任高桥区农民协会执行委员兼秘书。1928 年 6 月反动民团偷袭农民协会驻地，他急忙焚毁重要文件。当敌人冲进房屋时，他机智地把未烧完的纸片塞进口中。敌人用火钳撬开他的嘴，但嚼碎的文件已吞入肚内。在高桥八字畈河滩就义时，他高呼“农民革命万岁”“共产党万岁”的口号，大义凛然，英勇赴难。

第五位，毛国兴（1901—1927），新县箭厂河乡三甲冲毛岗村人，箭厂河农民赤卫队队长。1927 年 11 月，在担任突击队队长攻打黄安县城中表现突出，受到前线指挥部的表扬。有人还为他编了一段顺口溜，道是：“毛国兴，真神通，打仗有谋又有勇。率先攻城排路隘，衙门挡道用火攻。黄麻起义显身手，鄂豫边区一英雄。”

黄麻起义失败后，他受党的派遣，只身潜入麻城毛家畈坚持地方斗争。不久被敌人逮捕，百般严刑拷打折磨后，将他押至黄安县城。1927 年 12 月底的一天上午，乌云滚动，沉闷的空气令人窒息。黄安县城岗哨林立，戒备森严。匪军将毛国兴拴在马背上，又在他背上绑上一捆燃着了的黄香，巡回全城“示众”。毛国兴知道敌人要下毒手了。他忍受着钻心的疼痛，拚命呼喊着口号：“打倒国民党反动派！”“打倒土豪劣绅！”“革命必胜！”“共产党万岁！”被逼出“观刑”的几千名群众，深为毛国兴宁死不屈的精神所感动，眼角滚动着晶莹的泪珠。“示众”之后，残酷的敌人把毛国兴绑架到城外杀害了。

篇三

英雄血染战旗红

在当年的鄂豫皖根据地，有多少农家子弟和革命知识分子参加革命队伍后，秉持“要革命，不要钱，不要家，不要命”的铁血精神，奋勇冲杀在大别山的战场上，为了人民的解放事业献出了年轻而宝贵的生命，展示出“只解沙场为国死，何须马革裹尸还”的英雄气概，留下许多撼人心魄的革命故事。

故事一：汪奠川参谋长饮恨木兰山

汪奠川（1904—1928），原名世杰，出生于湖北省红安县火连畈汪权村一个地主家庭。幼年在本村读过私塾，后就读于县立第一高等小学。1925 年考入董必武、陈潭秋创办的武汉中学，阅读了《共产党宣言》《俄国新经济政策》《共产主义 ABC》《社会发展简史》等进步书刊，走上了革命道路。

1924 年，董必武指导黄安旅省学生成立了黄安青年协进会。汪奠川加入了该组织。暑假期间，他回到黄安，上街散发革命传单，发表演讲，并参与创办宣传革命的刊物《黄安青年》。他痛恨地主剥削农民，多次劝说伯父汪立仁要减租减息，不要雇工剥削，收到了良好效果。1926 年，光荣加入了中国共产党。

1927 年 3 月，受党组织派遣，汪奠川和戴克敏赴武昌中央农民运动讲习所学习。经过系统的理论学习和军事训练，汪奠川的军政素质有很大提高。在此期间，他参加了平定“麻城惨案”的战斗。同年 6 月，汪奠川从农讲所毕业回到黄安，任中共黄安县委委员、黄安农民自卫军指导员。他运用在武昌农民运动讲习所学到的理论和军事知识，在自卫军中建立和发展党、团组织，加强政治教育和军事训练，增强了农民自卫军的战斗力量。

党的八七会议后，黄安县委在七里坪文昌宫召开会议，传达八七会议精神和省委指示，决定举行起义，武装夺取黄安县城，建立革命政权和军队。会上，成立了黄麻起义指挥部，汪奠川是指挥部成员之一。起义胜利后，黄麻两县农民自卫军合编为中国工农革命军鄂东军。汪奠川任鄂东军参谋长。

为扩大影响，鄂东军举行了隆重的阅兵式，接受总指挥潘忠汝、党代表戴克敏和黄麻特委书记符向一、鄂东革命委员会负责人刘镇一、黄安县委书记王志仁和农民政府主席曹学楷等领导同志的检阅。汪奠川为阅兵指挥。当他发出“立正”的口令时，300多名战士站得整整齐齐，英姿勃勃，精神抖擞。仪式结束时，汪奠川激动地对战士们说：“革命不要缩手缩脚，要为无产阶级流血，要把生命交给无产阶级。”这番话是鼓舞部队的士气，也表达了他忠于革命的决心。

11月26日，汪奠川同潘忠汝一道率领鄂东军一部南下八里湾等地开辟工作。当地农民在鄂东军的支援和鼓舞下，纷纷起来惩办土豪劣绅和没收地主的财产。鄂东军先后给了桃花、八里、尹河等地的反动民团和红枪会以沉重打击，有力支援了南乡人民的斗争。12月5日夜，国民党第十二军任应岐部从宋埠出发，突袭黄安县城。鄂东军和农民义勇队与敌激战4个多小时，终因敌众我寡，城门被敌人突破，部队遭到重大伤亡。汪奠川和其他领导人一道，率领余部，杀开一条血路，冲出了县城。

黄安城失陷后，鄂东军的领导人在黄安县北木城寨召开紧急会议，决定避敌锋芒，除留少数人在当地坚持斗争外，大部分人转移到黄陂县木兰山，开展游击战争。会后，汪奠川和戴克敏、吴光浩、曹学楷等率72名战士，携53支长短枪向木兰山转移。1928年1月，根据中共湖北省委指示，鄂东军改编为中国工农革命军第七军，并成立了军党务委员会。汪奠川任军参谋长和党务委员会委员。

在木兰山游击期间，汪奠川积极协助军长吴光浩、党代表戴克敏，率部袭击长岭岗敌据点、攻打地主堡垒罗家岗，取得了一系列胜利。不久因敌人进攻，他们又率部转战黄冈、罗田等地。由于黄冈、罗田两县的党组织遭到破坏，部队活动异常困难。汪奠川和大家一起风餐露宿，历尽艰辛，于3月初又返回木兰山。部队编为4个短枪队，分散游击，隐蔽活动，等待时机打回黄、麻老区。汪奠川率领1个短枪队，在黄陂、孝感一带活动，采取“昼伏夜动，远袭近止，绕南进北，声东击西”的战术打击敌人。在艰苦的游击战争中，汪奠川还竭尽全力为部队筹款。3月下旬，当他带队在黄陂汪家西湾筹款时，被敌军围困在祠堂里。汪奠川和战士们英勇抗击，与敌激战一天，弹尽粮绝，除副队长戴学诗被俘叛变外，其余全部壮烈牺牲。汪奠川牺牲时年仅24岁。

汪奠川牺牲后，工农革命军第七军曾派人去汪家西湾等地寻找他的尸体。家里得到消息，也派人到木兰山、洪界山一带寻访，均无下落。据说，他被敌人分尸摧残，扔进河里，被大水冲走。

1951年，黄安进行土地改革，要划分阶级。当地政府初拟将汪奠川家划为地主成分。汪奠川的弟媳蒋氏给正在武昌养病的黄安籍党的高级干部郑位三（党的七大中央委员）写信，如实反映情况，并要求证明汪奠川是革命烈士。郑位三当即复信，内容如下：

汪蒋氏嫂：

我总在探听汪奠川同志的家属，接得来信，使我很感动。汪奠川同志是民国十七年在黄安县高桥区（应为黄陂县）打仗牺牲（的），现在记得他牺牲的同志只有上十个人，如戴季英、王树声、周纯全等，不是创始人不知道他。汪奠川是鄂豫皖重要创始人之一。为了土改，我和李主席先念同志（时为湖北省人民政府主席）曾联名写了一封信到专署县府，说明所有烈属是地主者均宜照顾和宽大处理。我在信上列有汪奠川同志的名字，并注明他家过去是地主，现在是否地主还待查明。

此信可以给乡区县政府看。此信请永远保存，因为这是纪念汪奠川同志的。

敬礼

郑位三

四月十七日

故事二：桂步蟾顽强阻敌殉死难

桂步蟾（1904—1929），出生于河南省新县泗店乡王楼村（原属湖北省麻城）一个地主家庭。1925 年考入武昌私立武汉中学。在董必武、陈潭秋等早期共产党人的教育和影响下，毅然走上革命道路，在武汉中学加入中国共产党。曾利用寒假回乡与徐其虚等人共同组建了乘马岗党小组。他是新县早期革命的组织者与领导者之一。

打铁先得自身硬，革命就要己先行。这是桂步蟾常讲的一句话。他言行一致，率先垂范。他和同样是地主家庭出身的王树声等人在王家楼举行会议，当众焚烧了自家的地契，宣布把土地全部交给农民，从此再不收租。他们对在场的群众说："我们这些人家里虽有钱有田产，但都是靠剥削群众得来的，我们要推翻这种不合理的制度，就要从自家革命做起！"农民高兴地说："他们真的和我们一条心了，跟着他们走没错。"

在桂步蟾的领导下，第四乡的农民协会会员很快发展到 1600 多人。他们开始同土豪劣绅作斗争，决定首先捉拿余细洼的大土豪余雅志。结果因保密工作不慎，让余雅志跑掉了。怎么办，桂步蟾果断地说："老子跑了还有儿子，把他的大儿子捉住，逼他打开粮仓，交出财物！"会员们立即行动，将余细洼的大儿子捉起来，打开了粮仓，把财物分给了当地的贫苦农民。接着，大家一鼓作气，又捉拿了 10 多个罪大恶极的土豪劣绅，没收并分配了他们的财产。群众编歌唱道："千年铁树开了花，穷人翻身坐天下。斗倒土豪和劣绅，农友个个笑哈哈。"

不久，桂步蟾和胡静山、王树声、廖荣坤、徐子清等又冒着刺骨的寒风，先后处决了大地主丁枕鱼，捕捉了方家湾的反动区区长王既之的侄子王子历，开仓放粮，救济穷人。群众作歌称赞农运领导人。其中，有 4 句词是歌颂桂步蟾的。内容是："王楼有个桂步蟾，领导穷人把身翻。地主恶霸打倒了，穷人分粮又分田。"

大革命失败后，桂步蟾参加了南昌起义和广州起义，并在海陆丰根据地任工农红军第四师连党代表。1928 年冬，海陆丰根据地的斗争遭到严重挫折。桂步蟾跟随红四师师长徐向前离开东江，经惠州去九龙，后辗转到达上海，临时住在黄浦江边的泰安客栈里，等待党中央分配工作。

1929 年 5 月下旬，中共中央军事部（又称军事委员会）部长杨殷约徐向前谈话。大意是：鄂东北有块根据地，基础不错，那里派特委委员何玉琳来上海要军事干部，中央决定派徐向前和桂步蟾到那里去工作。徐向前回到客栈，将中央的决定告诉桂步蟾。桂步蟾十分高兴。虽然他离开麻城快两年，对黄麻起义和根据地的情况一无所知，但毕竟是重返家乡，兴奋之情，溢于言表。

桂步蟾和徐向前、何玉琳一起，装扮成商人模样，于 6 月上旬由上海乘船至武汉，再乘汽车经黄陂到靠山店附近，下车后沿山间小路行进。这条路是何玉琳到中央汇报工作时走的，桂步蟾也比较熟悉。通过白区地带，没有遇到什么麻烦。一路上，他向何玉琳打听徐其虚、徐子清、刘文蔚、王树声等人的情况，还向徐向前介绍了麻城农民运动的曲折斗争经过。

6 月 11 日，他们一行到达红安县紫云区箭厂河（今属新县），与鄂东北特委书记徐朋人会合。何玉琳旋即回特委工作，徐向前任红十一军三十一师副师长，实际上负责全师的军事指挥工作，桂步蟾任红三十一师第二大队党代表。

桂步蟾刚到红三十一师，就遇到敌人的连续 3 次“会剿”。在徐向前和戴克敏（师党代表）的统一指挥下，他和大队长廖荣坤带领第二大队，采取与敌周旋、避强击弱的作战方针，同兄弟大队一起，先是粉碎了“罗（霖）李（克邦）会剿”，接着又夺取了反“鄂豫会剿”的胜利。第三次是反“徐（源泉）夏（斗寅）会剿”。红三十一师集中兵力，在黄安、光山边境击敌，柴山保根据地的赤卫队和广大人民群众同前两次一样，对敌人展开了大规模的袭扰，使敌人耳目失灵，行动受掣，供应困难，昼夜不安。这时，冯玉祥与蒋介石间的军阀混战发生，蒋介石急忙调兵应战，徐、夏部队相继撤走。喧嚣一时的“徐夏会剿”遂告破产。

当时，地方党的负责同志求胜心切，要求红军乘敌第十三师夏斗寅部撤退之机，消灭他们一部。据地方侦探报告，敌不过四五百人。10 月 13 日，红三十一师决定在卡房铁寨岗一带设伏。但战斗打响后，发现情报不准，敌人的兵力足足有两个团，而且火力很猛，不但有机枪，还有大炮，无疑是难啃的骨头。

尽管情况发生了变化，但桂步蟾想：敌虽数倍于我，但敌方是进攻，我方是防守伏击，敌在明处，我在暗处，还是可以歼敌取胜的。于是决心痛打来犯之敌，经过一天的激烈战斗，打败了敌人的数次冲锋，我阵地寸土未丢。傍晚，敌人又增援了兵力，并集中炮火向我阵地猛轰。在敌我悬殊、弹尽力竭的形势下，桂步蟾为了减少不必要的伤亡，立即决定主力向易家湾转移，并亲自率一排人担负后卫掩护撤退。在激烈的战斗中，他以身作则，奋勇抗击，终因敌军源源不断地冲杀上来，桂步蟾不幸壮烈牺牲，时年 25 岁。同时牺牲的还有郑富东、陶绪元和另一位红军战士。

当地人民为了纪念这 4 位烈士，在他们的牺牲之处竖立起石碑，碑上铭刻着："民国十八年八月在铁岗寨战斗中红军阵亡四烈士纪念碑"。

故事三：从鄂豫边根据地冲杀出来的英雄肖永智

肖永智，1915 年生于箭厂河乡肖湾村。1930 年参加革命，1932 年加入中国共产党。历任县苏维埃通信员、红十师师部通信员、师少共团委书记、宣传科科长、师政治部主任、团政委、八路军新八旅政委、冀南七分区司令员等职。由于他久战沙场，战绩显赫，曾被称为"勇敢善战的青年将领"。

1940 年夏季，一二九师新八旅成立，肖永智担任旅政委。整编后的新八旅，成分比较复杂，干部之间经常发生一些小矛盾。有一天，部队住在一个村子里，有个瓜农见到新八旅的战士路过瓜园不吃瓜，十分感动。他特意挑了一个沙瓤大西瓜送到部队表示心意。全旅战士几百人，一个西瓜怎么吃？肖永智沉思一会儿，叫警卫员请来几名战士当代表来旅部做客。他先把圆圆的大西瓜送到一个战士面前，笑着说："请吃瓜。"这个战士笑了笑递给另一个战士。手捧大西瓜的战士站起来说："政委，瓜不切开怎么吃呀！"肖永智哈哈大笑道："对了，对了。整瓜难吃，切开就容易吃了。"那几个战士吃着切开的西瓜，茅塞顿开，都说："政委，过去我们做了一些不利于团结的事，今后一定改，要亲密团结，团结得像一个大家庭一样。"

肖永智做政治工作不搞空头说教，善于把革命理论具体化、形象化、故事化，尤其注重用实际行动感化战士。一天夜晚，新八旅偷渡敌人据点侧面的一条大河。渡口没有船，又不知河水深浅，敌人还不时朝河边开枪，进行“火力侦察”。这时，部队有些混乱，肖永智立即命令往后传：“肃静，沉着，待命。”自己一甩衣服，亲自跳河试探水情。然后命令先遣纵队和攻克纵队先渡河，他去指挥着合编前自己所率部队的战士压在最后。渡河成功了，新八旅从此更加团结。

1943 年春，抗日战争进入新的阶段。为了配合战略反攻，冀南党委命肖永智带领一部分干部、战士奔赴卫河以东，开辟临（清）、馆（陶）、堂（邑）根据地。他带队到达目的地立即深入乡村，出入农家，展开了紧张的敌后抗日根据地的工作。同年 7 月，在冀南成立七分区，肖永智担任分区司令员。

金秋十月，银棉白，金谷黄，敌后根据地一派丰收景象。一天中午，肖永智带着两名同志串乡部署护秋措施，行至清平县陈官营时，突然遭到国民党山东保安二十二旅的袭击。他们当即伏地还击，顽强苦战。终因敌我双方力量悬殊，肖永智等 3 名同志先后壮烈牺牲。

肖永智为国捐躯的噩耗传开，冀南党政军民悲痛欲绝，同声哀悼。一位和肖永智并肩战斗多年的老战友，挥泪写下一首《悼永智》小诗寄托自己的哀思。诗曰：

戎马沙场十三秋，铁蹄踏遍半神州。
英勇善战一将领，功勋卓著仍黑头。
今日含笑为雄鬼，九泉之下亦风流。

肖永智是从鄂豫边根据地冲杀出来的青年将领。1955 年，肖家湾的一个村子就走出了肖永银、肖永正、肖志贤、肖德明 4 位共和国将军，是全国有名的也是唯一的将军村。倘若肖永智活到中华人民共和国成立，毫无疑问也会被授予少将军衔，那么，肖家湾就有 5 位将军了。然而，正如“王疯子”将军说的：烈士替我们死去，我们代他们领衔。烈士虽逝，精神永存。

链接

丰碑礼赞

一

红色丰碑高巍巍，英烈精神万古垂。
为国为民赴死难，换来江山遍地辉。

二

英雄丰碑似星群，尽是国殇民族魂。
弥天豪气仰目望，青史页页又重温。

三

抛头洒血为苍生，世人何曾知姓名。
碑前伫立明心志，担当使命践初心。

四

大别红址处处存，古迹斑斑弹与痕。
见证革命风雨路，千秋万代凝精神。

篇四

举家奋起为国殇　心中丰碑万古长

——戴克敏烈士与他的一家

1987 年 11 月 13 日上午，红安县烈士陵园内，人头攒动，鲜花簇拥，彩旗飘扬，由中共湖北省委主持召开的隆重纪念黄麻起义胜利 60 周年大会即将在这里举行。

人群中，有一位衣着朴素的坚毅老人，健步朝主席台走来。红安县委副书记耿协楠迎上前去，热情地拉着她的手，来到省委领导跟前，向他们介绍说："这位是黄麻起义主要领导人之一戴克敏烈士的胞妹戴觉敏。土地革命战争时期，她家有 14 人参加革命，先后牺牲了 11 人，还有 2 人后来病故了，她是唯一的幸存者，这次特地从北京赶回参加纪念活动。"

省委领导同她亲切握手，向她鞠躬致敬，钦佩地说："革命家庭，革命功臣!"

"红安革命家庭很多，"戴觉敏无限感慨地说，"我们家只是其中的一户，还有许多家庭倒灶绝户了。我们红安为革命牺牲的人多啊!"

是啊，在红安这片红色的土地上，有 14 万名英雄儿女献出了生命，而戴克敏烈士与他的一家人对革命所作出的无私奉献，更是催人泪下，令人感佩万分。

十四人参加革命的"红色家庭"

在大革命和土地革命战争时期，在戴克敏和他父亲戴雪舫的影响、带动下，全家 14 人参加革命，其中有 11 人参加过黄麻起义。具体情况是：

戴雪舫。戴克敏之父，黄安革命先驱者之一，曾任中共麻城县委书记，后致力于根据地教育工作，先后主持创办七里坪、箭厂河、郭家河等大别山列宁初级小学、高级小学，素有“红色教育家”之称，1932 年 9 月初，在掩护列宁小学学生转移时被敌机炸死。

戴先治、戴先致。戴克敏之二伯父和四伯父，被戴克敏动员到黄安农民赤卫队从事武装斗争，1928 年被敌人逮捕后，遭凌迟处死。

戴伯先。戴克敏之三伯父，在白区做地下党的联络工作，1928 年被敌人杀害。

戴叔先。戴克敏之八叔，也是“红色女医官”戴醒群的父亲。他是转战木兰山的 72 位游击英雄之一，后来成为根据地最早的“红色医官”，主持创办了第一个红军医院——刘家园医院，1932 年在“肃反”扩大化中被错杀。

戴先诚。戴克敏之十叔，在参加黄麻起义时成为中国工农革命军鄂东军战士，1927 年 12 月 5 日夜，在黄安城突围战斗中壮烈牺牲。

戴道溥。戴克敏之大堂兄，他是转战木兰山的 72 位游击英雄之一，一直跟随戴克敏出生入死，曾任红军经理处主任，1929 年在反“会剿”中被敌机炸死，装殓时体无完肤。

戴道高。戴克敏之二堂兄，他是红军干部，1930 年在麻城乘马岗作战时英勇牺牲。

戴道深。戴克敏之二弟，也是一名优秀的红军战士，1930 年 11 月，在攻打黄陂姚家集战斗中身负重伤，回家疗伤时不幸被捕，同年底在檀树岗英勇就义。

戴觉敏。戴克敏之胞妹，1927 年参加儿童团，不久跟随父亲参加红军部队，在红四方面军总医院当看护，后来跟随红二十五军长征，是有名的“七仙女”之一，她是全家 14 位革命志士中的唯一幸存者。

戴醒群。戴克敏之堂妹，14 岁时同堂姐戴觉敏一块参加革命，先后在红四方面军总医院、红二十五军医院、红二十八军医院任看护、医官、医务主任，抗日战争初期担任新四军鄂东抗日游击挺进队医务主任，1938 年底与张体学结为夫妻，1939 年 9 月在“夏家山事件”中被俘，被国民党顽军杀害（本书另有讲述）。

戴道新、戴道彩。这是戴克敏的两个堂弟，也先后在红军时期参加革命，负过伤、流过血，后病逝。

戴克敏不仅为革命破家，而且为红军倾其所有

黄麻起义前后，戴克敏家成为革命的联络点，全家倾其所有，为革命做贡献。母亲石兰英和几位婶娘、嫂子为工农革命军洗衣、做饭和送信。后来，家里的房屋被敌人烧毁，这些革命家属不愿拖累参加革命的丈夫和儿女，有的饿死、冻死在讨饭的路上，有的被敌人抓进监狱，有的被地主保长卖到外地。

这里讲述戴克敏为红军战士找衣服的一段感人故事。

1927 年 9 月，秋风飒飒，阴雨绵绵，大别山的天气明显转凉了。

这天傍晚，戴克敏领着几个人从香炉山上下来，准备回戴家村取衣服，发给战士们挡风遮雨，看到 40 多名战士光着臂膀，挤在山上的一座破庙里，他心里难受极了。

说来好气又好笑。那天上午，黄麻两县县委经过协商，决定整编农民自卫军，由潘忠汝兼任麻城农民自卫军大队大队长，军事上实行统一调配和指挥。整编结束后，麻城县委为了感谢黄安农民自卫军的大力支援和庆贺整编的顺利完成，特意派人在王家楼村祠堂张罗操办了 20 多桌酒席，让大家润润枯肠，打个牙祭。这本来是件好事，谁知正吃着，光山的反动民团头子带领 2000 多个团丁和红枪会匪突然扑来。自卫军寡不敌众，分兵两路，被迫撤出王家楼。其中，由潘忠汝、戴克敏、汪奠川率领的黄安农民自卫军，转至七里坪以北的香炉山。上山后，戴克敏清点了队伍，发现人员无一伤亡，枪支也未丢失，只是近半数的战士丢了上衣，此刻他们打着赤膊，一个个低头不语。

原来，这些战士很久没尝到肉味，闻到酒味，现在好不容易可以大吃大喝一顿，竟然甩掉上衣，痛饮起来。当敌人突然袭来时，忙着抓枪，来不及带走衣服。戴克敏见状，气呼呼地“嘿”了一声，指着这些战士说：“你们的衣服也是被酒洗掉了吗？你们看看，这哪里像支队伍，简直成了赤膊队！再多喝一会儿，恐怕连裤子也要丢掉，不像话！”他越讲越气愤，临走还补了一句，“有衣服的同志进庙里休息，打赤膊的都给我站着，听候大队长发落！”

话是这样说，可战士们都知道戴克敏是个外冷心热的好领导，他准是找大队长做工作，不要处分他们。果然，火暴脾气的潘大队长这次不但没有发火，而且把戴克敏平时穿在身上的那件军衣披在一个外号叫“酒大王”的身上，并说：“克敏同志说你喝了好几碗酒，伤了风会拉肚子的，必须穿上，不要也得要！”潘忠汝说完，又脱下自己的衬衣，递给“酒大王”，“把这件也拿去，让那位小战士穿上。”

“酒大王”噙着热泪，呆呆地站在那里，不知说什么好。

“大家听着！”潘忠汝习惯地挥动着盒子枪说，“没衣服的同志先忍着点，我们尽早想办法解决。不过，今后得吸取教训，谁再乱扔东西，别怪我不客气！”

战士们恭敬地点了点头，钻进破庙，休息去了。

庙堂后面，有座小茅棚。戴克敏在棚里踯躅着。这么多的衣服，上哪儿去弄呢？买吧，自卫军穷得连个子儿也没有，唯独汪奠川手头还有12块大洋，那是留作去武汉找省委的盘缠，再大的困难这钱也不能花，找省委事大呀！让战士们回家去拿吧，也不行，地主民团猖獗，请假回家等于送死。前些时，紫云区袁英河村有个战士未经请假偷偷回家，说是去弄点东西充饥，被当地的民团发现，捆绑吊打致死。这个教训应当记取。良久，他把思绪移向自己家里。对！戴家离这儿不远，家里人多，翻箱倒柜搜一遍，只要能穿，管它旧的新的，合起来估计三四十件问题不大。

他把这个想法告诉了潘忠汝。潘忠汝一愣，皱起眉头说：“那怎么成！把你家的衣服拿来了，家里人穿什么？”

汪奠川也极力反对，他心里有本账：这阵子，咱们把戴克敏和他的一家拖得够苦的。为了稳定部队情绪，防止战士怕苦怕死开小差，他把动员自己的数十位亲人参加到革命队伍中来，使他偌大的一个家庭只剩下老人妇女。北界河战斗下来的两名重伤员，一时找不着合适的养伤场所，戴克敏提出把伤员安顿到他家里，说那里比较隐蔽，他八叔戴叔先在外行医，可把他找回来照料。伤员去后，他八叔日夜守护在伤员跟前，为伤员洗伤口，换药。他母亲丢下家中的活计，为伤员洗衣做饭，忙个不停，还把家里仅有的几只老母鸡杀了给伤员吃。至今，那两名伤员还住在他家里。

还有，自卫军缺吃的，戴克敏瞒着大伙，私下同父亲商量，把家里好用的东西拿去当了，买了七八担米，发动全家人把米炒熟，磨成米粉，并缝制了一百多个布袋，将米粉装进袋里，献给自卫军。

…………

戴克敏呀戴克敏，你明明知道家里的日子不好过，你母亲没办法，跑到长辛店娘家去借粮度日，你的小弟弟戴新香在饥饿病魔中夭折了，你还忍心回家去“搜刮”，把家里端个一干二净吗？

“多好的同志啊，多好的战友！为了革命事业，为了自卫军渡过难关，你戴克敏把全家的人力物力都献出来了。”潘忠汝也默默地赞叹着。这次说什么也不同意让他再回家“搜刮”衣服了。

但是，戴克敏却说：革命嘛，总得付出代价，包括牺牲自己乃至家庭的利益。“我承认，我的思想行为对家庭成员有较大的影响，我父亲也从中做了大量的工作。家里人都有一定的文化知识，他们赞成共产党的主张，渴望翻身解放。没有这个基础，一个夜晚的功夫，就带出 5 个人来参加自卫军，我哪有那么大的能耐！”接着，又说：“是的，你们同情我的家庭，这我理解，也很感激，不过，请你们放心，我母亲她们的心是向着我们的，再大的困难，她们都能够承受。你们就让我回家找衣服吧。”潘忠汝和汪奠川被他说服后，只好同意了。

就这样，戴克敏带上几个战士乘夜黑赶回家中，动员全家人东搜西找，什么长袍、长衫、短衣、夹褂，只要是男人们穿的，全部搜出来了。点点数，尚差十来件，全家人急得团团转。母亲献计说：“还有些旧棉袄，把里面的棉絮掏掉，缝一缝，不就成了夹褂吗？”就这样，七拼八凑，总算解决了 40 多名战士的衣服问题，战士们一个个感动得热泪盈眶。

戴克敏在被张国焘杀害前，还让看守转告父亲：他是清白的、是革命的，希望家人不要为他难过，要把革命事业进行到底

戴克敏出生在书香之家，胸怀远大革命理想。他自 1925 年加入中国共产党后，就义无反顾，一往无前，把自己毕生的精力和智慧献给了党，献给了中国

革命。在8年的革命生涯中，他当过学生军，担任过省农运特派员、县委委员、特委委员、军党代表、师党代表、师政委和团政委、团长等职。困难和挫折没有使他气馁，胜利和欢乐没有使他陶醉，职务升降没有使他动摇。徐向前曾与他共事一年之久，他的高风亮节和卓越的组织领导才能给徐向前留下了极为深刻的印象。1982年春，徐向前在回忆这位老战友时说："戴克敏同志在部队的威望很高，可以说是大家的表率。他作战勇敢，能吃苦耐劳，很会做群众工作。他对地方政权的建设，对部队和党组织的建设，以及白区的统战工作，都做出了很大的贡献。"还称赞他是"山沟里的土马克思主义者"。

然而，令人痛心的是，戴克敏这样一位赤胆忠心、智勇双全的红军将领，不是死在敌人的屠刀下，而是在革命队伍内遭到张国焘的诬陷关押，于1932年盛夏的一天，被秘密杀害于光山县新集镇西南一个偏僻的山沟里，牺牲时年仅27岁。就在他明知张国焘要置他于死地时，还对看守说："我走后，请告诉我的父亲，我是清白的，是革命的，希望他和全家不要为我难过，大家努力革命到底!"

这是何等崇高的品质、何等宽阔的胸怀。他的这种忍辱负重、以死明志、以身殉国、以节全忠的高尚行为，生动地诠释出大别山精神的深刻内涵。

值得告慰英烈的是，中华人民共和国成立后，党和政府为戴克敏平反昭雪，追认他为革命烈士。后人曾赋诗缅怀戴克敏先烈，诗曰：

书香子弟揣理想，高撑红旗走四方。
文武兼备政治强，举家奋起为国殇。
壮志未酬蒙冤死，党和红军失栋梁。
缅怀先贤英雄事，心中丰碑万古长。

链接

戴克敏遗作
剿灭麻城会匪的经过（摘录）

这次战斗，是我们没有受过许多训练的农所学生第一次走上战场。我也在这次战斗中才实际上过兵士的生活。以前的一切浪漫性情，完全弃掉，不敢不守军队的纪律了！我们在武昌时，一向喊着打倒土豪劣绅的口号，这一次居然躬行实践，我觉得自己很安慰，总算实际上在革命中尽了些力，虽然这是很微小的一点。这次的战斗，还使我得到一个感想，现在革命已不是空口喊喊的事了！反革命者弓上弦刀出鞘，张开了他们贪狼饿虎似的大口，对着我们，我们革命者若不自己武装起来，把我们的枪口对着敌人而扫射，我们自己是没有命的！中国的革命一天天在紧张起来，同志们！武装起来！

1927年6月29日于中央农所第二大队

（原载《向导周刊》第200期）

篇五

英烈垂千古　厚德励后人

——追忆我的外祖父和外曾祖母

在新县陈店烈士陵园的后背山上，从四周到山顶密密麻麻地安放着一排排方块型的烈士墓碑，上面镌刻着红军烈士的名字及牺牲地址，墓碑群在棵棵翠柏的掩映下显得格外庄严、肃穆。这数千块石碑墓下有真的遗骨，更多的则是从别处迁移过来的空穴，其中，笔者的外祖父张厚端的原葬地是他的出生地——三背湾的一个乱葬岗上，这里只是一个象征性的空穴。尽管如此，每年的清明节，笔者和亲属都要到两地扫墓、祭奠，以深切悼念我崇敬的外祖父。

笔者和母亲都不知道外祖父的生平经历和英雄事迹，更不知道外曾祖父是怎么病逝的。因为外祖父牺牲时，母亲不到两岁，又因敌人追剿红军家属，外祖母被迫改嫁他乡。所以母亲是跟着她的奶奶、吃百家饭长大的。有关外祖父的故事，自然也是由母亲的奶奶——我的外曾祖母（本地方言叫姥嘎）讲给母亲并由母亲讲给我们知道的零星碎语。

笔者的外祖父张厚端（1909—1932），出生在光山县柴山保（今新县陈店乡三背湾村）一个贫苦农民家庭。虽然外曾祖父过早病逝，使家庭一贫如洗，但因外祖父长得五官清秀、聪明伶俐，很讨族伯长辈和湾下人的喜爱，免费让他读了两年私塾，然后跟堂兄到处打短工、混口饭吃。1926 年，共产党人王志仁、曹学楷到柴山保传播革命火种，时年 17 岁的外祖父同他的堂兄张炳南（又名张厚谈）、张厚文等秘密参加了革命活动，并在本村组织起了农协会，领导农民开展减租减息的斗争。1928 年 6 月，中国工农革命军第七军来到柴山保创建革命根据地，并把军部移到河南湾。而河南湾与外祖父居住的村子三背湾相距不到半里地，翻过几道田坎就到。外祖父与时任红十一军三十一师的参谋长曹学楷是旧识，自然得到老领导的器重与信任，被调到军部陪他一起走村串户建组织、扩队伍，积极开展群众工作与联络工作，因政治坚定，表现突出，光荣地加入了共产党组织。不久，外祖父提出了当红军的要求。起初，党代表戴克敏鉴于外祖父是独生子，又有地方工作经验，不同意他到队伍工作，想让他担负弦南区党的领导工作。但经不起外祖父的软磨硬泡，只好同意。自此，外祖父便跟随徐向前领导的红三十一师转战鄂豫皖，参加了鄂豫皖边的一、二、三次反"围剿"战斗，历经红三十一师、红一军、红四军和红四方面军的组合与改编。因作战勇敢，从通讯员、排长升任红四方面军的连长。

1931 年张国焘来到鄂豫皖后，大搞自上而下的"肃反"运动，把各根据地的创始人包括很多无辜的红军战士都以莫须有的罪名杀害了。庆幸的是，外祖父在红四军混编时被分到蔡申熙的部队里去，才没有被当作戴克敏、曹学楷的亲信而受到加害。不过，外祖父从此再也没有见到过去熟悉的老领导了。同时，一直忙于行军作战，外祖父已经两年没有回过家乡了。1932 年 6 月，刚参加过黄安、商潢、苏家埠和潢光四大战役的外祖父，本想利用大胜休整的机会，回家看看母亲和刚满一周岁的女儿，却接到新的任务，不准休整，继续向南挺进，一鼓作气地夺取武汉。不料，红军部队尚未摆开阵势，蒋介石的第四次大规模"围剿"就汹涌而来。

1932 年 8 月 10 日拂晓，红四方面军主力的三个师由麻城地区出发向黄安地区急进，试图一举打破国民党军的第四次"围剿"。此时的外祖父跟随红十师向黄安以北的七里坪区进发，阻敌陈继承纵队，以防红军主力部队腹背受敌。

七里坪是鄂豫皖革命的中心地带，地形条件、群众基础都很好。红四方面军总部为打好七里坪这一仗，进行了深入动员，部队士气高涨。身为连长的外祖父更是对全连战士提出"人在阵地在，吃群众一粒米，就要消灭一个敌人"的要求。驻守七里坪的敌军是蒋介石嫡系部队的第二、第三师，武器精良，又有飞机大炮，是块很难啃的硬骨头。红军以劣势装备进攻强敌，战况激烈，打得非常艰苦。为不让敌人的飞机、大炮发挥作用，根据师团首长的命令，外祖父率领全连战士担任突击队，乘着夜幕的掩护，穿插到白马嘶河，试图捣毁敌第二师指挥所。可惜刚潜到河对岸，被敌发觉，密集的机关枪向他们横扫而出。

外祖父心想：新兵怕炮，老兵怕机关枪。不打掉敌机枪，就很难冲进敌军指挥所。为避免更多战士的牺牲，也为了不贻误战机，他让大家就地隐藏，自己单人独骑地冲出田埂，向敌阵地挥出数颗手榴弹，顿时，好几处的敌机枪声哑了。藏在田埂边的全连战士在指导员的号令下乘机跃出，很快拿下了敌人的阵地，保证了大部队的总攻。可是当战士们回身找寻连长时，发现他全身都被机枪子弹穿过，有的伤口血液凝结，有的弹眼还在淌血，人已壮烈牺牲。战友们面对这位“心里只装着别人，唯独没有自己”的好连长痛哭不已，说什么也不愿意把他就地掩埋。根据团领导的指示，指导员和通讯员分别行动，终于找到了柴山保三陛湾来的支前民工，吩咐民工一定要把他们的好连长抬回家乡安葬。好在七里坪离柴山保仅有 30 华里路程，个把钟头就能走到。当乡亲们把外祖父抬到他家里，试图给他换件新衣服入土时，因其周身血肉模糊，破旧的军装已与肉体难以分离。我的外曾祖母目视儿子那坚毅的面容，泪如泉涌，但她老人家性格坚毅，强忍悲声地对乡亲们说：“我儿心向革命，立志参军打仗，这军服换不下来，是他不愿脱离自己的队伍啊！”由于七里坪的敌援军越聚越多，红四方面军被迫向新集以北的胡山寨转移，敌军很快就跟踪而至到了柴山保革命根据地。时间紧迫，乡亲们来不及为烈士做一副棺材和找一处好墓地，只有草草地把他掩埋在山后的乱葬岗上，以免被敌人发现。

外祖父是独生子，本来根据苏维埃政府的规定，他应留在后方工作，可他不顾年迈的母亲和刚出生不到半个月的女儿，毅然参加了红军。“革命未胜身先死，致使亲属遭祸殃。”不久，因为敌军到处“搜剿”红军伤员及其家属，外曾祖母执意要外祖母远走他乡避祸，留下自己带着年幼的母亲相依为命，艰难度日，好在有乡亲们的全力保护，终于迎来了全国解放，外曾祖母被送到人民公社敬老院，享受到政府给予的烈属抚恤。

记得 20 世纪五六十年代初，正赶上国家三年困难时期，我家兄弟姐妹多，连野菜都没得吃，经常饿得哭喊，多亏了我的外曾祖母在敬老院省吃俭用，每周把她节省下来的饭菜装进一个土罐里，步行几里路送到我家，然后由母亲分给我们解馋。

外曾祖母每月还能领到五元人民币的烈属抚恤金，除上交院里的基本生活费外，也全都给我们用作上学和吃穿的生活费。母亲经常含泪说："若不是你们的姥嘎接济，咱家很难度过饥荒啊！"那时，我们4个兄妹每当看到八九十岁的外曾祖母颤巍巍地提着土罐到家送吃食时，都说她老人家是"救苦救难的观世音"。现在追忆起来，更加感受到一个英烈的母亲、一位饱经沧桑的革命老人的伟大与舐犊之爱。

（文/耿显榜）

链 接

纪念黄麻起义三十五周年

（一九六二年十月二十八日）

董必武

廿二年间起伏多，黄麻革命涌洪波。
大山三座终移去，党引工农奏凯歌。
燎原烈火起星星，烧却江淮腐恶根。
英勇斗争成绩夥，山区到处见新村。

篇六

军事天才饮恨西征路

1935 年 6 月，红一、红四方面军在懋功会师时，毛泽东听说陈海松 21 岁，比林彪担任红四军军长时年轻 3 岁，大为惊讶："红一方面军的干部也年轻，但没有想到红四方面军的干部年轻到这种程度。"

在虎将林立的红四方面军中，乳臭未干的陈海松能够后来居上，竟然给军长许世友搭班子，荣升军政委，的确有他的过人之处。

——红小鬼出身，聪明伶俐。陈海松 1914 年出生于湖北黄安仙居（现属大悟李家洼），16 岁担任儿童团长，一心想参军。父亲看出了他的心思，想娶个媳妇拴住儿子的心。陈海松装作高兴的样子，成天打听媳妇的长相、年龄和婚期，父亲以为儿子回心转意了，放松了警惕。1930 年的一天，正在田里锄草的陈海松看见有红军部队路过，丢下锄头，跟着部队走了。当时担任营长的余天云看他胖墩可爱，收留他当勤务兵。相处的时间长了，余天云发现陈海松爱钻研问题，心眼活泛，遇事能够举一反三，试探着把他下放到连队锻炼，谁知效果奇好，那些年龄比他长一截的老大哥佩服他人小鬼大点子多，几乎是一仗一迁、一年一级，旋风般地由连指导员、营教导员、团政委升了上来。

——记忆超群，作风朴实。陈海松过目不忘，出口成章，他给连队上政治课，事先把材料看一遍，也不写提纲，把本子一丢，滔滔不绝地讲起来，既有理论，又结合实际，有条有理，深为战士们喜欢。他深入连队，每到一个新单位，要不了几天，丢开花名册，能把全连百十号人、全营几百号人、全团班以上干部的籍贯、家庭出身、个人情况和爱好，包括外号诨名记得一清二楚，无论做思想工作还是部署任务，都能做到有针对性、有操作性。与他共事的指战员亲切地叫他"小政委"。

——善用计谋，能打恶战。在反"三路围攻"中，他率领两个连固守杀牛坪，利用当地险峻的地形条件，阻击五个团的敌人进攻，激战三昼夜，取得歼敌 3000 人的辉煌战果。在战斗中，他灵活运用了埋伏、阻击、突袭、反击等组合战术，令优势敌人无计可施。他领导的杀牛坪阻击战创造了兵力悬殊最大、歼敌人数最多、己方伤亡最少的纪录，成为红四方面军历史上以少胜多的成功范例。

陈海松的军事才华和发展潜力引起徐向前的注意，他开始观察、试用和培养，并时刻注意保护他。

反"三路围剿"硝烟未散，张国焘再度发动内部"肃反"。十二师搞得最凶，陈海松的上级被抓，受到牵连，被陈昌浩点名审查。余天云对老部下十分爱护，听说陈海松有难，立即找到十二师师长何畏："陈海松参军时是个小鬼，跟着我长大，一直表现很好。在入川的路上，那么艰苦，他把特务连的娃娃兵带得那么好！这会是改组派吗？肯定有人在背后攻击他！"

何畏说："他肯定被咬了，总政委直接抓，你我说都没有用。"

何畏也觉得陈海松是个好苗子，将他的情况反映给徐向前。徐向前一听就急了："他是个小孩子，有什么问题呀，不能抓！"

不仅不准抓，徐向前还果断地提拔他，在木门寺扩军中将他由团政委破格提拔为师政委，让他与许世友搭伙。

徐向前这样做，是想最大限度地发挥这两人的特长：

许世友粗犷豪放，阔可走马；陈海松洞幽察微，细可穿针。许世友热血偾张，崇尚血勇；陈海松机智沉着，谋略为长。许世友敢于碰硬，善于打开战局；陈海松统筹多谋，长于补缺。将他们组配在一起，可以达到军政相佐、勇谋互补的效果。

反"三路围剿"胜利后，川北贫苦农民踊跃报名参加红军。红军 4 个师扩编为 4 个军，红十二师扩编为红九军。许世友任九军副军长兼二十五师师长，陈海松任师政委。在三次进攻战役中，两人配合默契，率部攻克仪陇南部的江东地区，再次击破敌重兵防守的仪营边界，解放营山，接着转战宣达，占领宣汉，与川东游击军胜利会师。在著名的万源保卫战中，他率部抗击刘湘主力，坚守大石山阵地 4 个多月，为最后粉碎国民党军"六路围攻"作出了重大贡献；所率七十三团、七十五团分别荣获总指挥部授予的“攻如猛虎”“守如泰山”的奖旗。1934 年 10 月，陈海松升任为红九军政委，时年才 21 岁。

1936 年 10 月，红三十军、红九军、红五军相继过黄河、组成西路军，陈海松任西路军军政委员会委员。11 月中旬，红九军进占古浪，遭马家军重兵围攻。孤军血战三天，遂突围到永昌，虽歼敌 2000 余人，自身亦伤亡过半。古浪失利，陈昌浩撤了九军军长、政委、政治部主任的职。10 天后，徐向前总指挥说：“陈海松是九军的核心领导，九军少不了他。”于是，他又复职回到九军。

1937 年 3 月，西路军总部和红三十军进驻梨园堡，红九军担任后卫。刚到梨园山口时，敌骑兵分两路追来。陈海松指挥不到千人的红九军占领山口两边的山梁及南侧土包抗击来敌，然后强令军部保卫部长迅速组织非战斗人员撤退。为掩护总部和红三十军撤退，他率部与敌拼杀两个多小时，虽完成阻敌任务，但在战斗中不幸中弹，壮烈牺牲，年仅 23 岁。

抗战时期，朱德几次与原红四方面军的干部谈话时讲道：“陈海松同志是我军最年轻的军事指挥员，可惜牺牲得太早了，如果现在还活着，一定能发挥更大的作用。”

链接

埋葬蒋家王朝靠两座山

大别山如同井冈山一样，是革命的山、战斗的山，也是英雄的山、光荣的山。人们常说“井冈山的帅、大别山的将”，事实的确如此。正如军旅作家吴东峰所言：“中国共产党所以能够打败国民党，主要依靠两座山的农民武装，一是井冈山，二是大别山。”如果不带偏见和成见的话，就必须承认这样的事实：大别山和井冈山一样，都是走“工农武装割据的道路”！是“白面书生加泥脚杆子，联手打天下”。倘若不是张国焘推行“肃反”运动，残酷地杀害了许多文武兼备的大别山根据地的创始人和红军领导人，大别山的群星将会更多更璨！

篇七

永不飘散的军魂

1972年的初秋，笔者在总后部队服兵役期间，曾有机会到太原出差，顺便到太原市探望我的大伯——时任太原市民政局局长的耿良泰。大伯是红二十五军的老战士，茶余饭后，笔者曾听他讲述过被誉为红二十五军军魂的政委吴焕先牺牲的经过，以及他对老政委的深厚感情。

他说：我是1932年3月参加商光独立团的。次年2月，被编入吴焕先重建的红二十五军独立师第十六团一营任排长。1934年8月，被编入吴焕先直接领导的交通队，先后担任副连长、指导员。自此，我跟随军政委吴焕先开始长征，一路浴血拼杀，艰苦转战，经历大小数百次战斗。我亲身感受到，每到危险紧急关头，都是吴政委身先士卒，砥柱中流，使部队化险为夷、转危为安。特别是在庾家河一役中，副军长徐海东的面颊被敌子弹纵向穿透，从耳后打出，血流满面。军长程子华的两个手掌也被子弹击穿。眼看潮水般的敌人涌上来，政委吴焕先临危不乱，冲到阵地最前沿指挥战斗，经过一天的殊死奋战，20多次的反复冲杀，终于挫败国民党军的追击，迫使其于黄昏时分撤出战斗。庾家河战斗的胜利，结束了红二十五军历时20多天、长驱1800余里挺进陕南的战斗历程，成功完成了第一阶段的战略转移。之后，部队连续攻占了镇安、宁陕、佛坪等五座县城，先后开辟了4块根据地，成功地创建了鄂豫陕革命根据地。1935年7月，部队开到西安休整，当我们从国民党的报纸上得悉中央红军有北上的动向时，被选为省委代理书记的吴焕先立即召开会议，研究决定：红二十五军配合中央红军的北上行动，立即西征北上。8月15日，我军进入静宁县以北的回民聚居区，由于我们的吴政委通晓马克思主义的民族政策，及时为部队规定了过回族区必须坚决执行的“三大禁令、四项注意”的群众纪律，得到了回民群众的拥护和欢迎，也受到了毛泽东的高度赞扬。

然而，就在我们即将与陕北红军汇合之际，受全军爱戴的吴焕先政委却不幸牺牲。说到这里时，大伯擦了一下眼泪，继续说：我当时就在吴政委直接指挥的交通队里任指导员。我记得 8 月 21 日拂晓，我军沿着泾河南岸的泥泞公路马不停蹄地奔走 40 余里，到达泾川县城以西 30 里的王村时，获悉东去泾川的道路已被敌三十五师骑兵团马培清部和敌二〇八团马开基部封锁。吴政委让我派两名交通员前去侦察、摸清敌情。一位交通员回来偷偷地告诉我一件怪事。他说：当他走到一道突兀的高峰下面时，看到峰顶上站立着一只雄壮的大白虎，这只老虎摇头摆尾，似无伤人之意。我吓得不敢动弹，蹲在那里观察老虎动态，不料眨眼工夫就消失不见。我当时批评他说："胡说八道，平原地带没有大森林，哪来的老虎？八成是你的眼睛看花了。"这位战士嘟囔道："明明真真的嘛!"大伯继续说：我本来是不迷信的，但一想到小时候听过的《薛仁贵征西》的大鼓书，说是薛元帅被困白虎城时，显露了"白虎星"的原神，结果被儿子薛丁山误伤，死后归位天神的故事，心里就发毛、忐忑不安。因为我们一直把吴政委和徐海东军长视作"天神"般的领导，他们中的哪一位领导出事，都是革命事业的重大损失。

真是怕什么来什么。大伯说，当部队由王村爬上战士说的那座突兀的一道高原时，向下鸟瞰，只见断崖底下的汭河水因大雨陡涨，平静的河面上卷起浑浊的浪涛，给部队过河造成很大困难。部队由原顶下到河边准备渡河，谁知试探几处，都被洪水顶了回来。这时，军直学兵连指导员张体学向吴政委提出了一个好建议：让供给部挑选几个身高体壮的战士，每人骑一匹大马，各自牵着几条白布头儿率先渡过河对岸，然后把白布条扭成绳索，牢牢地拴在两岸的大树上，这个法子很管用，使程子华军长率领的大部队成功地渡过河去。就在吴政委和徐副军长最后指挥供给部渡河时，原顶上忽然响起了枪声。敌军第三十五师一〇四旅二〇八团 1000 余人，在一连骑兵的配合下，由泾川方向沿着王母原顶，蜂拥般地突袭而来。守在原顶四坡村的二二三团第三营，当即凭借房屋土墙，与敌人展开激战。这时，大部队已经渡过汭河，无法回援，担负后卫掩护任务的二二三团，完全处于背水作战状态。如不坚决打退敌人的进攻，后果将不堪设想……

吴政委和徐副军长决定分头指挥部队，坚决反击敌人的进攻。徐海东立即赶到二二三团驻地，指挥该团第一、第二营投入战斗，从正面实行反击。吴焕先则带领交通队和学兵连一百五六十人，从右翼插入敌后，拦腰截击敌人。吴政委虽然身体瘦弱，但脚下很有功夫，到了紧急关头，他那一双闻名全军的飞毛腿，可以赛过一匹快马。山高、坡陡、路滑，他指挥部队抄着一条隐蔽的陡峭小路，一鼓作气地从河边奔上原顶，正好插到敌人的尾部，切断了敌人的后路。战士们不顾泥泞路滑，很快抢占了几处高地，从侧后向敌人发起攻击。敌人只顾向四坡村发动攻势，没想到从背后杀出一支奇兵，顿时乱作一团，抱头鼠窜。吴政委一面指挥部队猛烈反击敌人，一面对战士们大声疾呼："同志们，顶住敌人就是胜利！坚决地打，狠狠地打，子弹打光了用刺刀捅、枪托子砸！决不能让敌人靠近河边。"军政委的战场鼓动，犹似霹雷一般震响，激励着战士们冲向敌群，奋勇厮杀。

然而，就在这一霎之间，吴政委刚好冲过一道沟坎，突然飞来一颗罪恶的子弹，穿入他的前胸。只见他就地打了个趔趄，仰身躺在泥泞地上……

我和跟在吴政委身边的两个交通队员急忙扑上前去，把军政委抱到一处隐蔽的土坎底下，进行急救包扎。这时，吴焕先政委的脸色已经变得苍白，双目微微地眨动着，只是蠕动了几下嘴唇，欲言又止。他当下就说不出话了。鲜血从胸膛里面涌了出来，染红了他的灰布军装，滴答滴答地洒落在地。我们当时悲痛欲绝，不由得号啕大哭，仿佛天都塌下来了。

指战员们听到军政委负伤的消息，更激起对敌人的无比仇恨，人人怒火万丈，个个锐不可当。大家都急红了眼睛，怒目圆睁，杀气腾腾，奋不顾身地冲向敌群，像赶鸭子似的把进攻我们的敌人赶进烂泥沟里，尽数全歼。二营通讯班班长周世忠，还把骑在白马上亡命奔逃的敌团长马开基当场击毙。然而，杀死再多的敌人，也抵不上、换不回我们全军拥戴的好政委。我们抬着好政委的遗体渡过汭河，在郑家沟举行了向遗体告别的仪式。全军指战员都沉浸在对军政委的哀痛和啜泣之中。徐海东带着低沉的语气，泪眼婆娑地安慰大家说："同志们，吴政委离开了红二十五军，我们哭也哭不活了。大家都把眼泪擦擦，英雄流血不流……"那个难以启齿的"泪"字，还不曾冲出嘴唇，忍不住又哭出声来。这个九次负伤，从战场上冲杀过来的钢铁硬汉，实在抑制不住自己的情感，院落里顿时又爆发出一片哭声。

郭述申从容不迫地讲道："同志们，我们红二十五军这支队伍，就是从眼泪中泡出来的，从血泊里爬出来的！我们的血和泪，早已流成河了。焕先同志的革命精神是永存的，他的功绩是不可磨灭的，他是一位不可多得的好领导，是我们红二十五军的军魂！他是离开了红二十五军，但是我们的军魂可不能丢掉，不能飘散。只要军魂不散，我们就可以振奋精神，团结战斗，争取胜利！大家还是擦干眼泪，化悲痛为力量，早日实现迎接主力红军的愿望！"

"同志们，"程子华不由把吊在脖子上的纱布绷带挣脱开来，舞动着一双残疾的拳头，慷慨激昂地讲了起来，他说，"我们红二十五军西征北上，任重道远，步步艰难。大家都要拧成一股劲儿，英勇奋斗！就是天塌了下来，还有海东同志哪！……"

这时，一双双充满希望的目光，都不约而同地集中在徐海东的身上。

当天夜里，就为吴焕先举行了入殓仪式，把他埋葬在郑家沟的山根底下。为了保守秘密，只是由少数几个同志，静悄悄地予以掩埋。没有送葬，没有仪仗，没有悼词，没有花圈，没有兴师动众，一切都是那么谨慎而又秘密。"出师未捷身先死，长使英雄泪满襟。"

大伯流着眼泪说：吴焕先政委不仅是一个舍家救国的共产主义战士，是大别山人民的骄傲，也是我的良师益友、革命的引路人，更是我终身学习的楷模。现在你也走上保卫祖国的光荣岗位，一定要以革命先辈为榜样，为人民、为祖国站好岗、放好哨，时刻紧握手中枪，把无数革命先烈用生命打下的江山守卫好，把老一辈革命家开创的共产主义事业不断地推向前进。

笔者的大伯在 49 年前给我讲述的吴焕先烈士的故事言犹在耳，令笔者肃然起敬；今天当笔者在收集和编写大别山红色故事时，回忆这段历史，仍感同身受，深受教育。笔者时刻在想：勿忘昨天的苦难与辉煌，无愧今天的责任与使命，不负明天的梦想与追求，这就是我们这一代人乃至下几代人赓续红色血脉的共同誓言与愿望。

（文/耿显榜）

篇八

抗战英雄垂青史

从鄂豫皖走出的数万红军指战员，是大别山区的优秀儿女，是用特殊材料制成的钢铁战士。他们英勇无畏，同仇敌忾，有的在同国民党反动派的战斗中逞英雄，有的在长征路上树楷模，有的则在同日本法西斯强盗的拼杀中做好汉，这许许多多的英雄好汉用自己的英雄气概和血肉之躯，“导演”出一幕幕威武雄壮的活剧，谱写出一曲曲可歌可泣、以身报国的生命赞歌。本篇讲述以下几位抗战英雄的故事。

故事一：舍身炸毁日寇飞机的营长赵崇德

在河南省商城县的烈士陵园广场，矗立着一尊头戴军帽、身挎手枪、背插大刀的威武雄姿的雕像，这尊用花岗石做成的雕像主人翁，就是赫赫有名的炸毁日寇飞机的抗日英雄赵崇德。

赵崇德（1914—1937），学名开奎，又名宗德，商城县伏山七里山村人。全家以租种地主的几亩山地及磨豆腐为生。崇德 8 岁入学读书，父母去世后被迫停学，给地主放牛，全家靠挖野菜糊口。1929 年商城起义胜利，赵崇德参加少年先锋队。1930 年秋参加红军。在攻打王家新房战斗中，赵崇德带领全班打开缺口，攻入寨内，全歼守寨之敌，受到肖方副师长的赞赏。1931 年 11 月黄安战役中，他随连队阻击北线敌人，带领全班坚守山头，击退敌人多次进攻。1932 年 10 月随红四方面军西进川陕，1933 年加入中国共产党。长征途中，多次负伤、立功，由排长、指导员升为营长。他所带的营被授予“以一胜百营”称号。

抗日战争爆发后，赵崇德任一二九师七六九团三营营长。1937 年 10 月七六九团插入敌后，在山西代县以南开展游击战争。时值忻口鏖战，阳明堡机场上的日军飞机从早到晚狂轰滥炸忻口，国民党守军卫立煌部伤亡惨重。七六九团受命炸毁阳明堡机场，三位营长在陈锡联带领下，化装侦察得悉，机场内有 24 架飞机，守卫部队 200 余人。团首长决定于 19 日夜实施袭击，命令赵崇德营担任突击任务。出发前，赵崇德把仅有的 3 元钱和党证交给党支部书记说："要是我阵亡了，作为党费交给组织，不能让鬼子得去。"他以十二连做预备队，带领十连、十一连越过铁丝网进入机场，令十连袭击敌守卫部队的掩蔽部，自己率十一连迅速冲到飞机前，砸破机窗，把捆成束的手榴弹丢进机舱。在一阵阵轰隆轰隆的爆炸声中，整个机场陷入一片火海。日军巡逻兵急忙赶来，双方短兵相接，赵崇德一面指挥部队与敌拼杀，一面命令战士们继续往飞机里扔手榴弹。冲天的火光照亮了方圆几十里，敌人一堆堆倒地，飞机一架架焚毁。经过近 1 个小时的激战，炸毁日寇飞机 24 架，歼敌 100 余人。撤出战斗时，赵崇德为掩护战友不幸中弹壮烈牺牲。

1940 年 7 月 1 日，一二九师政治部编印《烈士传》，收录赵崇德的英雄事迹，称其"与河山千古光辉永存"。

故事二：血洒太行山的英雄团长叶成焕

在新县通往郭家河和陡山河中间的一道亮丽的旅游公路线上，有一块高高耸立起的醒目标牌，上书："叶成焕烈士故里"。循着这块路牌的引导，我们不仅了解到叶成焕烈士的故地、家世和成长经历，更能深刻地感受到这位英雄团长舍身报国、血洒太行山的壮烈悲歌。

叶成焕，1914 年 10 月 19 日出生于新县郭家河乡吴河村的一个贫苦农民家庭。虽然家境贫寒，但他的父母仍然希望儿子长大有出息，不能当睁眼瞎，受人欺负。因此，硬是省吃俭用、东拼西凑，让他在本村读了 8 年私塾，使他成为一个有文化知识的穷人之子。

然而，在那个豺狼当道、地主逞强的黑暗社会，并不是有了文化知识就能改变受苦受穷的命运，相反的，地主恶霸的层层盘剥、豪强势力的苛捐杂税，逼得穷人没有了活路。1928 年红军来到柴山保，打土豪分田地，建立苏维埃政权，使叶成焕看到了光明，找到了出路，毅然在 1929 年参加了红军队伍。由于他有文化知识，思想政治觉悟提高很快，于同年加入了中国共产党。1930 年以后，他跟随徐向前转战鄂豫皖，随后西征入川。从班长逐步升任师长、师政委。在长征路上，他常把自己骑的马让给部下驮背包行李。每到宿营地，亲自到炊事班帮助做饭，到班里给战士们理发。徐向前在回忆录中对叶成焕给予了高度评价："他是鄂豫皖时期参加红军的，作战勇敢、沉着，善于团结同志，在群众中有很高的威信。"

1937 年全面抗战爆发后，陕甘宁地区的红军主力改编为国民革命军第八路军，叶成焕任一二九师三八六旅七七二团团长。1937 年 10 月，一二九师奉命东渡黄河，进入抗日前线，经过半年的游击战争，初步创建了晋冀豫抗日根据地。叶成焕是刘伯承师长、邓小平政委麾下一位年轻有为的虎将，也是陈赓旅长的得力助手。这期间，叶成焕几乎参加了一二九师的全部著名战斗。每当前线战斗激烈、僵持不下时，为战事焦虑的刘伯承，如果等不来捷报，他就会追问："谁在前面指挥?"当回答是"叶成焕"时，刘伯承的心情便会放松很多，他相信有叶成焕坐镇指挥，没有攻克不了的难题。为此，一二九师和八路军总部曾赞称叶成焕团为"攻如猛虎，守如泰山，百战百胜的七七二团"，叶成焕被战友称为"叶老虎"，以能征善战闻名太行大地。

从 1938 年 3 月中旬对日军展开的神头岭战斗，到 3 月底实施的响堂铺战斗，叶成焕所率的七七二团，无论是担负主攻还是阻击任务，都攻似猛虎，守如泰山，打得顽强，完成任务出色，取得辉煌战果。

1938 年 4 月初，日军为了消灭晋东南的八路军，解除后方的威胁，纠集 3 万重兵，分 9 路向晋东南抗日根据地大举围攻。为了粉碎敌人的围攻，一二九师主力部队发动了长乐村奇袭战斗。战前，师党委正准备提升叶成焕任三八六旅副旅长。4 月 14 日，七七二团接到命令，要求尽快向太行山武乡一带集结，于是全团指战员以一夜百里的速度到达前线。

其实，战前叶成焕团长正患着肺病，多次吐血。陈赓旅长对他的病情非常关切，劝他说："成焕啊，你病成这样子，这次战斗就不要参加了，现在就派人送你到后方治病去。"叶成焕一听急了，执着地说："没事，我已经习惯了，还是让我打了这一仗再说吧!”陈赓旅长见他态度坚决，只好由他去了。

4 月 15 日，侵入武乡的敌精锐部队一〇八师团，在对县城残酷烧杀后，弃城沿浊漳河东窜，刘伯承师长当即命令七七二团和七七一团沿浊漳河两岸山地实施平行追击、包围歼敌。16 日晨，当全副武装的日军辎重部队进入包围圈后，叶团长果断地摇响了师部的电话：“师长，下命令吧，不然到口的肥肉就跑了。”

“好，打吧!”对面传来刘师长浑厚有力的回话。听到命令，七七二团所有的武器立即开火，顷刻间，枪、炮、弹一齐在日军队伍里轰鸣炸响。战至下午 5 时，长乐滩上尸横遍野，血流成河，敌人丢下的武器辎重堆积如山。看到这种场景，叶成焕高兴地说：“痛快！太痛快了!”脸上也露出了少有的微笑。

这时通讯员跑步前来报告：“团长，师长来电，3000 多名敌兵赶来增援，命令我团立即撤离战斗。”

“什么？你再说一遍!”叶成焕似乎不太相信自己的耳朵，此时撤离战斗，实在是太可惜了。但军令如山，撤离战斗是必须执行了。

敌人的援兵已一步一步地逼近了，叶团长看见战场上到处是敌人丢下的枪支弹药，想到这批武器能装备我们多少兵力啊！他却忘记了生死，站在山坡上，用望远镜观察着敌人的动态，考虑有没有可能消灭来援之敌，尽快打扫战场夺取武器。

“团长，危险，赶快撤吧!”通讯员提醒他。

“团长，跟我们一块走吧!”走在队伍最后的八连连长尤太忠也过来说。

“你们先走，我随后就下去。”他仍然站着没有动。

“不好了！团长负伤了!”就在八连刚走出去没多远，突然听到通讯员大声地喊。当战士们折回身子的时候，叶团长已倒在了血泊中，一颗罪恶的子弹击中了他的头部。

特务连的战士抬着叶成焕急速向山下撤退，一路上血迹斑斑，他的神志时而清醒时而模糊，“唉，队伍，队伍呢?”这是大家听到他的唯一的一句话，也是他临终前留下的最后一句话。由于出血过多，叶成焕被抬到榆社县郝北村的第二天就牺牲了。刘伯承师长得到爱将遇难的消息，急急赶到七七二团，俯身抱着叶成焕连声呼唤：“成焕哪，成焕!”悲痛的泪水夺眶而出。刘师长失去了他的爱将，战士们失去了他们敬爱的团长，中华民族失去了一个好儿子。他为太行大地洒下了最后一滴血，为中华民族的解放事业献出了自己宝贵的生命。

朱德专程从八路军总部赶到郝北村，向叶成焕的遗体告别。烈士的灵柩缓缓放入墓穴后，刘伯承、邓小平、徐向前和陈赓与干部战士代表依次铲起一锹锹黄土，垒起了一座新坟。

中华人民共和国成立后，叶成焕的遗体迁葬于河北省邯郸市晋冀鲁豫烈士陵园。2009 年 9 月，叶成焕被评为“100 位为新中国成立作出突出贡献的英雄模范人物”之一；2014 年 9 月，叶成焕入选中国首批 300 名著名抗日英烈和英雄群体名录。

故事三：殉难梦家庄的抗日英雄韩名柱

在大别山的抗战英烈谱里，韩名柱的纪念场所鲜有建立，他的辉煌功绩也缺少宣传。其实，他是大别山区一位很了不起的传奇人物，曾任山东省抗日游击纵队第七、第八支队总指挥。在中国军事博物馆展览厅里，悬挂着一幅珍贵的照片，照片上是韩名柱烈士与山东省抗日游击纵队几位领导同志的合影。这幅照片是他生前留下的唯一的光辉形象，看见他的遗像，就会引起人们对革命烈士的崇高敬意。

韩名柱（1913—1939），化名张征，出生在新县代咀乡韩老屋村一个雇农家庭。12 岁时，因生活所迫，父母含着眼泪把他送到本村地主家当放牛娃，从此他便白天冒着风雨上山放牛，晚上歇在牛栏里，常常不是挨打就是挨骂，过着牛马一样的日子。

1927 年，在鄂豫边共产党人的组织和领导下，韩名柱的父亲韩殷绍参加了麻城县农民赤卫军，后因黄麻起义失败，遭国民党反动派的搜捕杀害，韩名柱在其母亲的带领下逃离家乡，过着颠沛流离的日子。

1929 年 7 月，红十一军三十一师解放了名柱的家乡，韩名柱满怀对地主阶级的深仇大恨带领村民打土豪，分田地，支援红军。9 月，韩老屋成立弦东区第四乡苏维埃政府，他当选为乡苏维埃委员，11 月加入中国共产党。

1930年，鄂豫皖根据地的红军进入大发展时期，韩名柱参加了红军，被分配到二十九团当通讯员。在攻打新集的战斗中，他冒着生命危险，勇敢机智地穿过国民党军队的数道封锁线，出色完成了通讯任务，后被任命为团警卫连指导员。1932年8月，又因战功卓著，被提任为二营政治委员。10月，他率领二营战士跟随红四方面军向川陕转移。1935年2月，在攻打川北的空山坝解放广元城的战斗中，二营立下重大战功，韩名柱被提升为团政治委员。6月，红一、红四方面军会师后，他调任左路军二一九团政治委员。1936年6月，党中央在瓦窑堡创办红军大学，韩名柱是“红大”的第一期学员。

1937年，日本侵略者发动了对华的全面侵略战争。8月初，他被派赴山东抗日前线组织抗日武装。在山东省寿光县，他依靠地下党组织和人民群众的支持，把分散的地方抗日武装重新组织起来，于次年6月，组建寿光县抗日游击大队任大队政委。他经常向干部战士宣讲党的抗日主张，亲自带领干部战士开展多种军事训练，使游击大队很快成长为一支纪律严明，士气高昂，战斗力很强的人民武装。

1938年的7月，在三里庄战斗中，他带领游击队击毁日军汽车两辆，击毙日军军官3人，歼敌40余人，缴获大批武器弹药，取得了胶东抗日的第一次大胜利。秋季，山东抗日游击队发展到9个支队，3万多人，韩名柱兼任七、八两个支队总指挥。在血战柳桐、收复黄县、攻克高望山、保卫龙口等战斗中，韩名柱都立下赫赫战功，成为一位威慑群敌、令日伪军胆寒的青年抗日将领。鲁东区工委成立时，他被选为工委政委，负责指挥全区武装部队。当地群众在歌谣中称颂他：“日寇进山东，气势如狼凶，韩复榘孬种，跑得像阵风。来了韩政委，拉起游击队。手中大刀片，鬼子头上飞。西到京浦线，东到大海边，英雄威名扬，敌人吓破胆。”

1939年春，游击队改归八路军建制，使用八路军番号。3月，八路军一一五师赴山东抗战。韩名柱直接在罗荣桓的领导下率领游击队积极参战，配合一一五师打垮了日顽伪军的数次猖狂进攻，为建立和发展山东抗日根据地作出了重大贡献。

5月，穷凶极恶的日本侵略者，出动大批部队，疯狂地向我鲁中、胶东抗日根据地进行扫荡，企图将我抗日武装力量一举歼灭。韩名柱领导的七、八支队，根据上级指示，从黄县地区向邹平县地区转移，15 日夜晚，当他率领小分队来到梦家庄时，卖国投降的国民党匪军将这一消息报告给日本鬼子，日军立即调集兵力，分三路包围梦家庄。于是，梦家庄战役展开了！战斗打得非常激烈，虽然我军处于敌众我寡、敌攻我守的地位，但在韩名柱同志的坚强指挥下，战士们个个打得英勇顽强，宁死不降。黎明时分，我军子弹打尽，伤亡重大。在这关键时刻，韩名柱同志不顾自己的生命，命令部队突围，他自己留下掩护。

战斗在猛烈地进行着，时间一分一秒地过去，韩名柱奋不顾身，直到部队顺利突围出去，他才准备撤离。这时，大批日伪军蜂拥而上，韩名柱扔出最后一枚手榴弹后，不幸壮烈牺牲！

韩名柱，是从大别山走向山东抗日战场的好儿郎。不管是在前线，还是在后方，不论是做行政事务，还是搞军事工作，都能表现出一个共产党员一不怕苦、二不怕死的革命精神。他转战南北，戎马一生，忠烈千秋，浩气长存。

篇九

讲述“平汉铁路工人破坏队”的故事

最近，笔者看了河南省文联干部张明泽撰写的《悲情传奇——平汉铁路工人破坏队采访实录》的报道，觉得很有价值。这篇文章的内容虽不是发生在大别山区域，但故事的主人翁却是大别山的人。因此把这篇长文加以归类整合，放在本书之内，既填补了工人中红色故事的空白，也是对当年为抗日战争作出重大贡献的铁路工人的崇敬与缅怀。

故事一：“平汉铁路工人破坏队”功不可没

“爬上飞快的火车，像骑上奔驰的骏马。车站和铁道线上，是我们杀敌的好战场……”电影《铁道游击队》里的歌曲让人们荡气回肠。

当年在河南，在平汉铁路上，有一支远比铁道游击队规模更大、人数也更多的工人抗日组织——平汉铁路工人破坏队。

《平汉路工人破坏队队史》中说：“平汉铁路工人破坏队是一支组织严密、有九个分队、最盛时有 2000 余人的队伍。从 1938 年到 1945 年的八年抗战期间，他们活跃在道清、平汉、同蒲、津浦、陇海、汴新、淮南七条铁路上，不断在‘皇军护路队’的封锁圈内炸毁日军铁路和列车，使‘皇军’视若‘神经系’的交通线时常中断，运输给养根本无法完成。”

1938 年的五一劳动节，在延安体育场由边区政府召集的万人庆祝大会上，刚组建的平汉路工人破坏队的工人代表有幸参加。那时的破坏队共有 80 人，大部分是郑州机务段的工人。他们抱着不愿做亡国奴、参战杀敌的心愿，离开心爱的火车加入抗日队伍，每个队员领取了一套灰色军服、绑腿和水壶，还有炸药等武器。

1938年，日军已开始全面侵入中原地区。当年9月，为阻止日军南下武汉，西取长安，破坏队在荥阳汜水北渡黄河，驻在武陟县附近的磨庄。

磨庄就在道清线的附近，破坏队的目标就是日军盘踞的道清铁路。该路新乡至清化段，被敌人据为西进南下的要冲，驻军很多，敌人自以为固若金汤。破坏队趁夜在钢轨下埋好炸药，采用电气发火。机车驶至埋药地上方，就在百米外按动电钮。轰隆一响，车头炸飞路外，后面列车向前挤来，敌人惨叫声一片。列车后部的敌人莫名其妙，不敢应战，过了几分钟才明白中了中国的“特种地雷”，待还击时，队员已经撤回驻地了。这次出击，共毙伤敌人120余人。

之后，他们又和八路军合作，炸毁了修武和狮子营之间两公里的铁路，动员附近的老百姓一起掀翻了35公里的铁路。敌人傻了眼，只好派重兵看守线路，连续抢修35天才勉强通车。

“十几个人的破坏队，比一个团的兵力还能干。”当时漯河的《警钟日报》、武汉的《大公报》都用红字刊登这个消息。

故事二：死里逃生的队员何惠民

我们找到了这支队伍中两个活着的人——何惠民和周毓松。何惠民在破坏队当班长，因其饭量大，被队友起雅号“吃不饱”。

何惠民的家乡是湖北广水市。广水，这个隶属于湖北随州的小城，是当年平汉铁路线上重要的一站。何惠民的家就住在广水老铁路区附近的一座没有围墙的平房里，房子破旧不堪，能够和周围漂亮房子相比的，是门前还没有脱落颜色的对联。

两个月前，因为哮喘病不能下床的老人的病情有所好转，这个80岁的老人和81岁的老伴互相争吵着让谁先说话，活跃着这个贫寒家庭的气氛。

何惠民，16岁就当上班长，是让日本人闻风丧胆的爆破能手，有着17次与“阎王”打照面却活下来的传奇经历。他和老伴朱桂英交替地讲述着他们当年抗日的故事，“我是1942年12月5日被俘的”。

这天，他领着6个人炸了日本人的军车，完成任务回村时被突袭而来的敌人逮个正着。

“一个当官的用手枪顶着我的头，让我说破坏队在哪儿，我就是不说，那鬼子官‘啪’就扣了扳机，子弹没响，我还以为这家伙打空枪吓人哩，谁知他哗啦一下从枪膛里退出一颗瞎火的子弹。”何惠民用枯瘦的手比画着，指着自己的太阳穴说：“悬哪，日本人也有点怕了，是不是有神灵保佑我？不杀我了，把我带回去电刑拷问。”

“哎呀，那叫什么刑法啊，受不了，我才 17 岁啊。”

“我那时候真是命硬，老虎凳、辣椒水都没有把我折腾死。我得赶紧找队伍，不找不行呀，媳妇还在破坏队上。我一定找机会逃跑，黄河南边有我的媳妇在等我。”于是，半夜三更时分，他趁看守的两个日军打盹时，挣脱绳子逃走了。

破坏队队员大部分都是铁路工人或农民出身，基本没有薪酬，生活上极其艰苦，军纪也很严明，不拿群众一针一线，和八路军一样，他们每天必唱的都是《三大纪律八项注意》。

脱下了工装成了兵，结合自身装备薄弱、擅长爆破的特点，在绵长的铁路线上采用麻雀战术，进行游击活动。依靠群众提供情报，依靠群众掩护，平时着军服，执行任务穿民装，让敌人军民难辨，无法对付。因此，日本人给他们起了个很好听的名字——毛猴子。

1943 年，他和几个队友到黄河北完成任务往回赶，到郑州南王许村实在是累得不行了，8 个人找了一间没人住的民房，准备睡一觉再走。

“屋里放着一口空棺材，我想这里不错，既干净又不潮，我就躺在里面，盖子上还睡了一个队友。”

谁知，这时守路的一队日本兵也找地方睡觉，正好撞到这里，抓住了其他的 7 个人，唯独没发现睡在棺材里的何惠民。

没想到日本人睡到屋里不走了，一个日本兵就躺在何惠民头顶的棺材盖上。“我当时大气不敢出，瞪着眼挨到次日天亮时，鬼子吹哨集合，这家伙应了一声跑了。”何惠民至今还能准确学出这个日本人名字的日语发音：“这个日本人不知现在还活着没，跟他说当年他身子下还睡着一个值 3000 块大洋的‘毛猴子’，他是什么感觉?”

何惠民又一次侥幸逃生，其他 6 人也伺机逃跑了，只有分队长喻尚荣被押到天津塘沽港，和 3000 名中国俘虏一起被敌兵舰运到日本岐阜县挖砂做劳工，下雪天穿着单衣，吃混合面窝头。支持喻尚荣生存下去的信念就是：一定要活着看到中国人打败日本鬼子，一定要活着回到祖国。直到 1946 年元旦，他才被美国军舰送回国内，回到信阳老家。现在的喻尚荣已经去世。

在回忆往事时何惠民老两口说出了当年他们在队上失散的事。

那是 1944 年 4 月 19 日，19 岁的朱桂英怀着他们的一对双胞胎，艰难地随着队伍进发。在走到河南新密县时，日本军队蜂拥而来，把他们冲散了。

“飞机就在头顶上，炸弹就在腿边爆炸，看着同伴身子一下就被炸成两半了，那惨景真是吓死人啦。”和朱桂英一路逃难的十几个人，死了 9 个。朱桂英挺着大肚子担惊受怕，动了胎气，在一个队副家属的照顾下，在密县村边的一个透风的破窑洞里，生下了一对不足月的龙凤双胞胎。

一路惊吓再加上和丈夫失散，找不到任何吃的，第一次做母亲的她只能眼睁睁看着两个刚出生的孩子，在自己怀里相继断气。长的那个，活了 8 天。朱桂英讲到这里痛心地说：“现在每当看见绕膝的孙儿，梦里惦记的总是那对怀里哭闹的孩子。”

直到 1945 年 11 月，朱桂英才见到了何惠民，这时距离他们分开已经整整一年零 8 个月，这也是这对相伴 60 多年的夫妻一辈子唯一分开的 518 天。

“我能参加破坏队，是我的光荣，而我能活到日寇战败投降、蒋介石败退台湾岛，在新中国过上安逸的生活，真是福大命大啊。现在，我的退休单位按月发给我社保金，吃喝不愁，还能要求什么呢？比起那些在抗战中牺牲的队友，我真是幸运人呢。”

故事三：赶走了日本鬼子仍操旧业

现居住在信阳京广铁路家属院的周毓松，也是唯一健在的参加京汉铁路破坏队的队员。走进他家时，屋子里的地面一阵颤动，窗外传来火车的汽笛声。

周毓松习惯了这样的声音和动静有 80 多年了。他的家，距离铁路不到 20 米。当年，这条铁路被他和战友炸得支离破碎。

一口京腔的老人，仔细地梳理自己的历史。

1920 年，祖籍北京的周毓松生在河南，父亲在铁路上工作。1937 年，周毓松从安阳考到郑州的扶轮中学。学才上了一年，日本人打来了，周毓松背着家人，参加了破坏队。

“虱子，见过吗?”周毓松说，1938 年破坏队在焦作修武驻防，十几个人住在人家的羊圈里，打地铺，晚上伴着牲口睡觉，“顺脖子一抹拉，就是一把虱子。”

“一身虱子也光荣呀！那时候可不叫虱子，叫‘抗战虫’!”

周毓松说，埋雷、置炸药，破坏队员干的都是“脑袋拴在裤腰带上”的危险活，稍不小心，或情况突变，都可能炸死自己。

刚开始，他们是采用电气发火引爆炸药的方法，因为队员需要在铁路不远处守候，容易暴露目标，十分危险。毕竟是铁路工人，熟悉机械和电工，他们发明了特种地雷——“启闭器”，能在埋置后，不须专人看守打火，就可以自动引爆。敌人多次挨炸后，为避免机车受损，就在车头前顶上两辆平车，装满石块。埋雷爆炸后，只炸平车，难毁机车。

“敌变我变，铁路工人有技术，脑筋转得也快，总有办法对付，搞得鬼子防不胜防，晕头转向!”在无可奈何之际，敌人只好用电车开道，有雷就炸电车，无雷才让军车通过。

周毓松扬着稀疏的眉毛，坐在小板凳上，半挺着身子，大挥着手，眼神里有当年的机灵和凌厉。

敌人黔驴技穷，炸昏了头，就在长期挨炸的道清铁路西段，新乡到博爱靠太行山的一边，挖了深宽各丈余，延连一百几十里的护路沟，还每隔一里建座碉堡，共计一百多个作为护路点，强迫附近村民昼夜看守。

破坏队的连连出击搞得日本人哇哇大叫，在徐州沿街敲锣哀叫：“破坏队的英雄们，你们若不再炸铁路，我们也不扫荡村庄!”

让周毓松感慨的是，他的敌人日本人为他的战友立石碑。

1937 年 12 月 20 日，还都是刚十八九岁的一总队班长朱子贵、队员欧阳润山、副班长焦增奎、队员潘文锦 4 人在道清线狮子营站埋雷，被敌人发现后机枪扫射，4 人中弹负伤。眼看鬼子步步紧逼，班长朱子贵忍着伤痛用最后一点力气勉强站起来，扑倒在炸药箱上，引爆炸药，4 人全部牺牲。

破坏队有个规矩，牺牲的队员都要队里亲自埋葬。周毓松和两个队友接受了这个危险的任务。

“远远地我就看见那新坟前面有个东西立在那儿，近了才瞧清楚，碑！谁也没想到日本人给他们立了一个碑，用整段刨光的枕木。枕木上是八个碗口大的汉字——‘爆死中国烈士之墓’，每个字都工工整整，一笔一画。”

“日本人还在坟前置办糕点水酒，公开祭奠。”周毓松和战友趁天黑偷偷扒墓，将尸体分四次抬回，安葬在附近的萧吕村麦地。

“战争，拼尽了肉体，斗的就是精神。作为敌人，他们痛恨破坏队，但作为军人，他们崇敬这种为国捐躯的英勇和血性。”

不在破坏队的时间里，周毓松腰里的手枪从来没有对日本人开过。“我在铁路上杀多少日本鬼子，那是我的事情，在村庄，我从来不打他们。”因为周毓松的工作需要乡村的掩护。在村庄，他经常碰到日本兵，身穿便衣矮小的他，有个信念，“我杀死一个日本人有什么用？他们会把几个村庄那么多老百姓的房子烧光的！他们无法生活啊。我坚信我们会胜利，他们毕竟在我们国家打仗，没有赶不走的。”

“只有参加过战争的人，才知道战争逻辑。”这个现在经常阅读、思考日本人历史的老人说。

抗日战争胜利的 1945 年，平汉路工人破坏队实现诺言，队员全部解散并复员上路，曾经浴血奋战的战士又成了开动机车的工人。周毓松则在信阳机务段当上了一名铁路工人。

“我太幸福了，我现在可以骑着电单车出去玩，可以钓鱼。还能得到国外的兄弟姐妹的钱，同那些早早死去的战友比，我得到的太多。”85 岁的老人说，“凭我是中国人，为民族打仗，我没做过亡国奴，问心无愧！”周毓松是一个字一个字坚定地说出来的。

周毓松养了一群鸽子，他一叫，鸽子就咕咕地来到身边。鸽子笼的门他从来不关。“它们需要自由，在这里，没有人伤害它们。”

故事四：辉煌战绩，永载史册

在关内的八年抗战中，破坏队队员先后有 17 人被俘或被捕，他们全部英勇不屈、视死如归，不是被敌人严刑拷打致死，就是被刺刀乱刺而亡，或被狂犬吞噬，或枭首示众。而英勇的破坏队员背后，是无法忽视的战绩。

“打‘毛猴子’，一个打一个的不行!”日军发出哀叹。

1941 年初，深入敌伪内部活动的分队长魏啸行，事先侦查得知敌军车开到时间，乘白天日军防守疏忽时，在待王镇东 400 米处的四孔桥旁，掩护队员从河道上桥埋雷，炸翻敌军车一列、机车一台、炸毁桥梁一座。机车连后面装载士兵列车、运猪车均炸翻桥下，日军 20 余人和几十头猪全部摔死。弄得日军的死猪肉吃不完，只能在镇上便宜出售，老百姓中都传着“日本死猪不值钱”的笑话。

1942 年春，中队副张玉佩、分队长罗凤华、副班长胡全树、队员黄文高，由八路军团指挥员聂好礼带领 100 余人掩护，在安阳十里铺附近间隔埋雷 3 处，串联发火，毁敌军车一列。因为铁路被炸得无法修复，日军只得另外修路。由于这次战绩辉煌，八路军曾奖给破坏队员每人边币 3 元，还摆了宴席给他们庆祝。

据河南省档案馆《军委会江北交通工作队历年战绩统计表》统计，自 1938 年 9 月至 1945 年 7 月，破坏队共炸毁机车 1690 余辆、铁路钢桥 110 多座，钢轨 330 多华里，毙伤日军 13000 余人，有效配合了中国正面战场上的抗日斗争。破坏队当年不仅有上千队员，还有政工队、文工团、卫生所、修械所等辅助单位，破坏队还在大别山区建立了抗战子弟学校、华强烟厂、纺纱厂、被服厂等后方基地，工人没有工资，每天只管两顿稀饭，全部收入都用来支持破坏队抗日。

破坏队中有夫妻战士，有像何惠民夫妇这样的随军夫妻，还有丈夫在队上、妻子在后方工厂干活的夫妇。行军路上儿女夭折，甚至在途中不得不丢掉孩子，是很多破坏队家属的真实经历。对母亲来说，这可能是一辈子都无法弥补的痛苦回忆。但是，战争又让他们不得不咽下眼泪，默默承受。

男人们拼杀在前线，女人们所作的贡献和牺牲，她们所承受的巨大苦难和痛苦，是没有战绩的丰碑。

编读平汉铁路工人破坏队员英勇抗日的感人事迹之后，心情久久不能平静，于是，顿生拙诗一首，以表崇敬和怀念。

礼赞“平汉铁路工人破坏队”

当年日寇犯中原，全民抗战掀巨澜。
组建奇兵破坏队，铁路工人挥利剑。
毁道炸车惊天地，打得日寇心胆寒。
鬼子恨之称毛猴，软硬兼施筹难展。
金猴奋起千钧棒，横扫千里平汉线。
抛家舍身全不顾，出生入死捍家园。
战后重建操旧业，功成身退心坦然。
铁道工人真可敬，拙诗一首送礼赞。

（文/耿姗姗）

篇十

黑水河畔悼英烈

讲述革命英烈张成台的故事，笔者不但肃然起敬，而且心情沉重，备感痛切。因为他既是与笔者山水相连的同乡先辈，也是沾亲带故的外曾祖爷；还因他生前的职务是中共中央中原局组织部的副部长，所以对笔者这个有着几十年的组工经历的后生晚辈来说，他更是笔者心目中顶礼膜拜的大英雄和为人师表的楷模。

记得小时候到方洼外祖母家拜年，总要从张成台故地的细张家门口过，父亲总好给笔者讲大张家张百春、鲁加汉的故事，说这两位开国少将能够成为国之栋梁、军中之柱，是通过你的外曾祖爷张成台领进革命队伍的。如果张成台能活到中华人民共和国成立，应该位列中将之伍，至少是省部级领导干部。因为张成台参加革命早，在柴山保一带影响较大，你的外祖父参加红军时，还得叫他小叔营长呢。

小时的记忆毕竟是模糊的，现在查阅史书史料，还真觉得张成台很了不起，不愧是文武兼备、智勇双全的青年将领。

张成台（1908—1946），河南省新县陈店乡（旧称柴山保）细张家人。幼时读过一年私塾，因家贫辍学。13 岁时随父亲学木匠，后来又给地主张大麻子当雇工。

大革命后期，红安县刘家园早期革命活动家曹学楷到郭庄、大张家和细张家宣传革命，播撒火种，张成台、张炳南、张厚端等即成为农民运动骨干。1927 年冬，爆发黄麻起义，紧接着，1928 年春天，柴山保革命根据地建立，张成台作为革命骨干、村农委主席，始终参与了上述革命活动，因表现积极，作出突出贡献，于当年由共青团团员转为中国共产党党员。

1930 年秋，大别山区革命形势发展很快。为了迅速扩大革命武装，张成台按照鄂豫皖特区苏维埃政府的指示，在家乡建立了一支脱产的农民革命武装——光山县弦南区农民赤卫队，并任赤卫队政委。这支农民武装开始只有几十人，在张成台的组织发动下，壮大到 100 多人。根据鄂豫皖特委的指示，他们肩负着攻打本地土匪恶霸占据的山寨任务。第一仗，是拔除位于千斤杨店一带的打油尖寨。寨主是杨店的大恶霸地主杨文选，民团团长是戴安伯、戴子和、刘海贤，拥有 30 多条枪，寨内还设有一个造枪局。

张成台对队长说："打油尖地势险要，外面高里面低，易守难攻。如果我们采取强攻，很难取胜，可以说根本就不可能取胜。"

"总不能放下不打吧?"队长听到这里，有点迷惑。

"现在正值农忙季节，我们可以一方面组织周围群众抢收抢种，发展生产，一方面组织赤卫队围寨。等寨上弹尽粮绝，我就不信他杨文选不往外逃。"张成台胸有成竹地说。

3 个多月的封锁，眼看寨外佃户的粮食收割完，送给了红军、赤卫队，杨文选心急如焚，像热锅上的蚂蚁，坐卧不安。

阴历九月中旬，杨文选、戴安伯带领民团趁黑夜从北门逃跑，被赤卫队双双活捉。寨内群众打开寨门，欢天喜地地迎接赤卫队进寨。

随后，张成台又率领赤卫队先后攻下了宝鸡寨、狗头寨、天星寨、乌马寨等反动堡垒，巩固了苏维埃政权。当时，鄂豫边区老百姓为了赞扬他机智勇敢、舍生忘死的精神，为他编了首歌：

赤卫队，好政委，
年轻力壮有神威，
恶霸见他掉了魂，
民团见他软了腿。

1931 年 1 月，红一军和红十五军在商南长竹园会师，改编为中国工农红军第四军。张成台积极响应党的号召，把赤卫队里最优秀的青年战士都送进了红军。他带领其余的赤卫队员编入了光山县红军独立营，并担任第一连政治指导员。不久，独立营又编入了红四军，张成台担任红四军十一师三十三团第一营营长（笔者的外祖父张厚端就在该营任排长）。

6 月，红四军在徐向前等的领导下，以两个团的兵力围歼英山国民党守军，张成台指挥的第一营担任攻城任务。

这次攻城战取得了红四军组建以来的第一个大胜利，共歼敌 300 余人，缴获枪支数百支。不久，张成台被提升为红三十三团政治部主任。

8 月 3 日，红四军主力向南出击，5 日到达蕲春县境。这时因天降暴雨江水猛涨，攻打蕲春有困难。红军决定先取浠水、罗田，再打蕲春。

18 日，在攻取罗田县城时，红三十三团团长在战斗中牺牲。在这关键时刻，张成台挺身而出：

“同志们，团长牺牲了，我们要为团长报仇！”

他率领部队急行军 120 余里，重返蕲春。

22 日傍晚，张成台指挥的红三十三团与国民党军新编第八旅在曹家河相遇。夜幕徐徐低垂，缕缕炊烟冉冉升起。张成台望着人声嘈杂的河南岸，陷入了沉思。他命令部队抓紧时间吃饭休息，并召开营以上干部会，研究战术。他说：“敌人的兵力比我们强，不可强攻。但敌人是新编旅，彼此之间还不是十分熟悉，我们可以利用这一点，混过去，在敌人后侧和左右两侧分别部署一个营。战斗一打响，我就不信他不乱。”

这天深夜，三个营分别伪装成国民党军，进入敌后潜伏下来。

第二天清晨，张成台率领正面部队向新八旅阵地逼近。战斗打响后，敌人后侧、左侧、右侧都响起了枪声。还在睡梦中的敌新八旅官兵们，以为中了红军大部队的埋伏，纷纷抱起枪组织反击。此战，新八旅 1000 余人被歼，旅长王光宗也被活捉。

1932 年秋，第四次反“围剿”失败后，红四方面军撤离鄂豫皖，向川陕方向转移。1935 年 6 月，红四方面军在四川懋功与毛泽东领导的红一方面军会师，改编后分左、右两路军，继续北上，张成台被编入左路军，担任三十一军政治部主任。

9 月，左路军在阿坝召开了军以上的干部会议。当时窃取红军总政治委员职务的张国焘，在会上大放厥词，诬蔑红军北上方针是“右倾逃跑方针”，强迫左路军南下天全、芦山、西康一线。这样，刚刚爬过雪山越过草地的红四方面军又折转身，走进了茫茫数百里的沼泽地。

部队几经辗转，月底到达芦山。张国焘不顾大家反对，继续带着部队南下。为了抵制张国焘的错误路线，张成台毅然决定要求离开部队，转入地方工作。组织上批准了他的要求，让他留下担任中共芦山县委书记。

1936 年 6 月，贺龙、任弼时领导的红二方面军从湘鄂黔到达甘孜，与左路军会合。张国焘在朱德、贺龙、任弼时等的抵制和说服下，放弃了南下、西进的错误方针，勉强同意左路军继续北上。张成台得知红军继续北上的消息，喜不自胜，马上又要求重返红军。

回到部队后，他精神焕发，信心百倍。他经常对大家说："生活上再苦也比精神上的苦好受多了。没有正确的方向，寸步难行啊!"

1936 年 10 月，红军三大主力会师后，张成台进入抗日军政大学（简称抗大）学习。

1937 年 7 月，抗日战争全面爆发，千百万民众在"保卫华北""保卫平津"的口号下，纷纷奔赴抗日前线。正在抗大学习的张成台，再也没有心思待在学校了。

8 月 20 日，张成台离开抗大，回到红三十一军。25 日，红四方面军的四军、三十一军和陕北红军的一部分合编为八路军一二九师。

在抗日战争中，张成台出生入死，奋勇作战，随同一二九师，战太行、跨太岳、越过平汉线，进入冀鲁豫平原，亲临前线，指挥战斗，屡建战功。在 1942 年反扫荡斗争中，被八路军总部荣称为"智勇双全的八路军青年将领"。

1942 年春天，张成台离开了抗日战场，奉命回延安参加党校学习，并参加了整风运动和批判张国焘运动。他同钱钧一样，曾面对面地揭发痛斥了张国焘在鄂豫皖根据地和在长征途中犯下的种种罪行，引起红四方面军指战员的强烈共鸣。

1944 年 10 月，张成台担任南下干部大队政治委员，同大队长闻建武、副队长韩东山，率领 130 多人的干部队伍跟随王震领导的三五九旅，离开延安，南下中原。他们经过太岳地区，渡过黄河，穿越桐柏山，于 1945 年 1 月，到达湖北省大悟县，与李先念领导的新四军第五师会师。3 月，张成台担任新四军第五师组织部部长，兼师党校校长。在百忙的工作中，他经常到党校上课。曾听过张成台讲课的一位老同志回忆说："那时候，张部长虽然文化水平不高，但讲话非常有趣味，把革命道理结合着实际例子，讲得有条有理，使人听了心服口服，能给人增添信心和力量，直到现在我还记得他所讲的革命道理。"

1946年1月，根据中共中央指示，在湖北孝感成立中共中央中原分局，李先念任书记，郑位三任副书记，张成台任组织部副部长。无论职务怎样变化，他始终如一地保持艰苦朴素、密切联系群众、实事求是的工作作风。在建组织、抓教育、提干部、用人才等各方面，都坚持做到公道正派、实事求是、选贤用能。在他部下工作过的同志回忆说："成台同志工作认真负责，勤奋敬业；待人热情诚恳，礼贤下属，真是我们的好部长。"

6月，风云突变，蒋介石公然撕毁国共两党签订的停战协议，出动30万国民党军队，进攻中原解放区。中原分局遵照中央指示，突围越过京汉线，向陕甘宁前进。部队行至淅川县荆紫关时，分局机关党委为了轻装前进，缩小组织机构，充实主力部队，把编余干部组成干部旅，由韩东山任旅长，张成台任政委，随同三五九旅一道向陕北前进。

干部旅总共200余人，多次突破国民党的封锁，当部队跨进陕西边境时，遭到胡宗南部的包围。

党中央电令：干部旅要保存力量，脱离主力，化装、分散前进。

这天深夜，张成台、吴先元等一行10多人化装成商人，来到陕西镇安黑水河边，寻找船只准备渡河。

突然，一支地方土匪武装出现了。

"干什么的?"匪首盘问。

"我们是经商的，准备过去进些布匹。"装扮成老板模样的张成台客气地说。

"这黑灯瞎火的夜晚，也不找个地方歇歇脚，莫不是'共匪'吧?"匪首半阴不阳地探着话，一边拿手电筒往他们几个脸上晃。

"哪里，哪里……，我们真是小本生意人。这年月不太平，夜晚反倒还安全。这不，有老总你们在，我们就放心了。"张成台平静地答道。

"不，不对，他……他是共军的高级干部!"突然，一个匪徒指着张成台，大喊大叫起来。

一听这话，张成台抽出手枪“叭”的一声开了火。

“叭，叭叭……”清脆的枪声划破了沉寂的夜空。

“你们快去找部队，我来掩护。”张成台大声叫着，试图吸引匪徒们。

果然，由于天黑，看不清人影，匪徒们便循着声音围住了张成台。张成台借着土坎与敌人周旋，终因寡不敌众，英勇牺牲。当地人民为怀念张成台等牺牲的 3 位烈士，曾编写了一首诗纪念，诗曰：

黑水河畔英雄血，为国捐躯多壮烈！
烈士业绩垂千古，革命精神永不灭！

（文/耿显榜）

篇十一

英雄碧血洒南疆

1950 年 4 月，在解放海南岛的战役中，牺牲了一位优秀的解放军指挥员，他就是时任四十军一一九师副师长的黄长轩。中国民间有句老话，叫作“大风大浪都挺过，却在阴沟里翻了船”。黄长轩几乎经历了中国革命战争的各个时期，是由一个普通农家子弟成长起来的我军优秀指挥员，却在“打倒蒋介石，解放全中国”的历史使命即将完成、中华人民共和国已经宣告成立的时刻而牺牲，年仅 36 岁，确实令人悲痛惋惜。

黄长轩，1914 年出生在新县新集镇的一个贫农家庭，过着吃不饱、穿不暖的苦日子。1931 年 2 月，红军首次攻克新集（现新县县城）建立苏维埃政权。黄长轩加入儿童团，担任少先队长。是年秋，参加了红军。1932 年底，随红四方面军撤出鄂豫皖根据地，进入四川。行军途中，加入了青年团。次年加入中国共产党。

1942 年，在晋冀鲁豫反“扫荡”、战斗最酷烈的时候，他以朱德《赠友人》“北华收复赖群雄，猛士如云唱大风。自信挥戈能退日，河山依旧战旗红”的豪迈诗句激励自己和战友们奋勇杀敌，屡建战功。后来，他被选送延安党校学习，立志做一个用马克思列宁主义武装起来的坚强革命战士。他在一首诗中写道：“红军健儿是英雄，学习马列心才红。忠诚坦白党信任，根绝自私乐无穷。”

1945 年 4 月，黄长轩从延安党校学习结业。1946 年 2 月，任辽东军区教导团团长，率部参加了辽河战役。次年 2 月，又率三纵八师三十二团，参加了四保临江的战斗。

1948 年 5 月，黄长轩升任三纵九师参谋长，后率部参加了著名的辽沈和平津战役。接着又率部随大军南下，渡过长江，一直打到琼州海峡。

随着解放战争的加快推进，黄长轩深感肩负的担子越来越重。他在 1947 年与军部医务人员李萍结婚后，因战斗频繁，聚少离多，只能在去军部开会的间隙见见面，说几句知心话。一次黄长轩脸部负了伤，子弹从右脸庞穿进去，又从嘴里出来，打掉一颗牙，伤愈后他见到爱人，高兴地用手指指脸说："萍，你看我比以前更漂亮了，脸上长了一个小酒窝呢。"李萍也有意逗他说："叫人打趴了，还有脸见人！"他哈哈大笑地说："消灭了敌人一个营，我只付出了一颗牙齿的代价，还不值得吗？"

1950 年 1 月，黄长轩接到中国人民解放军第十二兵团总部命令，到四十军一一九师任副师长职务。他到师部报到，见到了师长徐国夫，喜悦地说："老战友啊！原来你在三纵九师当师长，我当参谋长。这次我又来同你一块参加解放海南岛，真感到无比高兴！往后你得好好帮助我。"徐国夫笑着说："自东北分手后，我一直在盼你，有你这个劲头，保证能打胜仗！"随后，徐国夫又向他介绍了部队的情况。黄长轩听后说："我不会海上作战，已经落后了。你们练了很长时间，我还得从头学起哩！"自此，黄长轩白天坚持日常工作，夜晚都要到海上去练习战术，在不到一个月的时间里，他已能熟练地掌握规律并指挥海上作战了。

4 月 16 日夜，我军向海南岛发出了总攻击令。军部令黄长轩负责指挥第二梯队，马上投入紧张战斗准备。17 日晨，黄长轩率领部队登陆后，在原美得市设立一个临时前线医疗所，急救伤员。黄长轩关怀负伤战士，到医疗所看望伤员，慰问当地支前群众，此时被敌机发觉，即遭轰炸。黄长轩急忙指挥掩蔽和转移伤员，不幸被敌机轰炸而负重伤，经多方抢救无效，壮烈牺牲。

徐国夫看到亲密战友已经不行了，忍着极大的悲痛，噙着泪水说："长轩同志，我们已经胜利地在海南岛登陆了，党交给你的任务，你完成得很好，请放心休息吧。"当全师的广大指战员听到副师长以身殉国的噩耗后，悲痛万分，脱帽致哀。他们化悲痛为力量，一鼓作气乘胜追击，很快地突破了薛岳集团精心部署的"白陵防线"，解放了海南岛全境。

海南岛解放后，临高县人民政府为了纪念革命烈士，在他牺牲的地方修建了一座以黄长轩烈士为代表的革命烈士纪念碑，以此永远缅怀为解放海南岛而壮烈殉国的革命英烈。

篇十二

勇当前锋拓新区　坚持正义驳“肃反”

黄麻起义失败后，大别山区的共产党人深刻认识到，要以弱小的力量去占领中心城市，无异于用鸡蛋去砸石头，必然碰得头破血流。唯有走毛泽东的井冈山道路，到敌人统治薄弱的农村区域去创建根据地，积蓄力量，才能使星火燎原，最终取得革命的胜利。为此，鄂豫边的许多革命先驱者，在历经挫折与失败的经历后，毅然引军至鄂豫边界的柴山保，创建了大别山区的第一块红色区域。在这一过程中，除了众所周知的知名人物，如吴光浩、戴克敏、曹学楷、戴季英、吴焕先、王秀松、郑位三等人之外，还有一位勇当前锋拓新区、默默无闻作奉献的领导人——石生财。

石生财，又名石之亭，1897 年生于新县箭厂河乡石岗村，1926 年参加革命，同年加入中国共产党，是新县早期的革命组织者和领导者之一。

石生财在青少年时期，受五四运动的影响，逐步树立了反帝反封建、拯救中华民族的远大理想。1922 年后，他经常同一些有志青年在一起阅读进步书刊，议论时政，抗击黑暗，对贪官污吏和封建剥削深恶痛绝。1926 年经吴焕先介绍加入党组织后，在箭厂河地区组织农民协会，领导农民运动。

1927 年 4 月，箭厂河地区成立农民自卫军，吴焕先任总指挥，石生财任副总指挥。他们领导自卫军和广大农民群众，同封建地主武装展开斗争，使箭厂河农民运动不断向前发展。党的八七会议后，石生财根据鄂东特委的指示，积极发动农民群众，准备举行黄麻起义。他深入山石门、后洼、泗店、人家店、崔家店、耿湾等地宣传革命思想，启发贫苦农民起来革命，建立秘密的农民协会。又同王树声一起先后吸收傅梅臣等人入党，建立了这一带的党组织。

黄麻起义失败后，工农革命军转移到黄陂木兰山，石生财留下来坚持地方工作。根据党的指示，他以打柴为名，在苦竹坳山上召开了党员紧急会议。会上，他分析了当时的形势，要求每个党员在恶劣的环境中，不投敌，不叛变，坚持同敌人展开斗争。会后，石生财同吴焕先、徐朋人等以教书为名，到细吴家、王家湾、白沙关、卡房等地秘密串连，发展党组织。他同共产党人来合云一起在细吴家说服了红枪会首领吴文保参加了革命队伍，并把他的红枪会改造成红军补充团。他在卡房新吴湾办了一堂私塾，白天教书，夜晚到贫苦农民家里宣传革命。他说："天下穷人只有团结起来，打倒剥削阶级，才能真正翻身，过上好日子。"

在他的宣传教育下，很多农民提高了觉悟，纷纷要求参加革命。不久，他介绍胡应堂、胡柱先等人入党，在卡房地区建立了党的支部。

1928 年 4 月至 6 月间，工农革命军从黄陂木兰山转回鄂豫边地区，在柴山保一带建立了巩固的农村革命根据地，鄂豫边区的革命出现了大发展的新形势。为了拓展红区，石生财同罗山县共产党员郑新民联系，决定袭击宣化店税卡，为革命筹集资金。他俩带着几个人化装成赶集卖柴的农民，侦察了税卡的人员装备和地形。当天夜里打下税卡，缴获 5 挑子银元，送到柴山保根据地作为发展革命武装的经费。

1928 年 7 月，鄂东特委召开尹家嘴会议，决定利用第七军改编为红军的大好形势乘机向四周拓展。石生财受命到弦东区负责党的恢复和发展工作。这时弦东区的反动地主正在招兵买马，开办反动红学，勾结外乡民团，构筑山寨，准备对抗革命，阻止革命政权的建立。石生财便和当地党的负责人徐荣华、傅梅臣等同志商议：迅速建立农民赤卫队，发动当地群众，铲除这些反动地主武装。由于他们抓得及时，采取的措施有力，这些反动势力，很快都被消灭，并缴获了大批武器，扩大了赤卫队，壮大了革命的武装力量。

鄂东特委为了迅速扩大革命根据地，需要派人同六安党组织取得联系。从柴山保到六安，中间隔着很长一段敌占区，要通过这段地区非常困难。特委考虑石生财有对敌斗争的丰富经验，一定能完成这一任务，便决定派他前去。结果他来回只用了一个月的时间，出色地完成了这一光荣而艰巨的任务。他从六安回来后，又被分到光山县弦西区（卡房）工作。

1929 年 7 月，他领导卡房农民配合红军，举行了卡房农民起义，除掉了当地最大的恶霸地主黄吉安和林用之。石生财在指挥这次起义中，展示出很高的战役战术指挥能力。起义开始，兵分两路，一路打黄吉安，一路打林用之。石生财带30名红军战士和几百名农民赤卫队员去打林用之。林用之有3个儿子，一个比一个坏。他们奸淫抢劫，横行乡里，欺压人民，无恶不作。农民群众恨之入骨，早想消灭他们。当红军包围了林用之的住宅时，被林家发觉，林用之的3个儿子事前翻墙逃跑了。一些同志纷纷要求马上去追。石生财劝说大家："擒贼先擒王。先捉住他的老子要紧。"大家立刻冲进林的屋里，捉住了林用之。当红军战士押着林用之出门时，林用之的3个儿子听到老子被捉，马上转来抢救。当他们快接近红军时，石生财一枪击毙了林用之的大儿子。其余两个吓得魂不附体，抱头鼠窜了。自打了黄吉安和林用之以后，卡房地区的革命有了起色，便由秘密转向公开地发展起来。

7月，石生财又被调到七里区工作。有一次，他正在一个地方参加鄂东特委召开的会议，不巧，突然被敌人包围。突围时，他让同志们先撤出去，自己留在后面掩护，等同志们已经脱险，他却被敌人追上了。这时，他急中生智，将身上带的30块银元，一块一块地向后丢。追赶他的匪兵，一见钱，就迷了心窍，趁敌人争着去抢银元的一刹那间，他成功脱险。

由于石生财勇当前锋，又有开创新区的工作经验和智慧，党组织总是把最难的任务最紧要的工作交给他去完成。1930年春，他调到黄陂县塔尔区工作后，为了尽快打开局面，他白天和农民一块进行田间劳动，夜晚到农民家里宣传革命道理，启发农民参加革命。当塔尔区的工作开展起来后，1931年，党又调他到鄂西革命委员会工作。他在那里认真执行党的决议，严格按照党的统一战线政策办事，经过耐心细致的工作，不仅发动了群众，还策动了一支土匪武装向我军投诚，走上了革命道路。

1932年，石生财被调到鄂豫皖边区省政治保卫局工作。张国焘和沈泽民亲自找他谈话，交代任务，要他集中精力调查整理鄂豫皖党政军内部不与他张国焘保持一致，或散布不满情绪人的黑材料，然后将这些人逮捕关押。石生财是个直性子，不善于打马虎眼，更不善于吹拍逢迎。他当场据理反驳，提出"肃反"的矛头不能对准那些赤胆忠心干革命的主要领导，认为有些根据地的创始人，如戴克敏、曹学楷、徐朋人等说了一些牢骚话，红军领导人如曾中生、旷继勋、周维炯等因战争策略发生意见分析，都是为了推进革命工作，是内部矛盾，不能像对待敌人那样逮捕杀害。结果他的态度和言语当场得罪了这些“活阎王”，张国焘说：“石生财和这些人是一伙的，不可靠、不能用。”没过多久，就以“反革命”的罪名将石生财杀害，被害时年仅 35 岁。

篇十三

“游击专家” 饮恨青龙厂

在中国共产党的历史上，有很多优秀的共产党员、战功卓著的军事领导干部，不是战死在疆场上，而是惨死在自己人的手里，从而酿成亲者痛、仇者快的悲剧。红二十八军政委、后转任新四军第四支队司令员的高敬亭，就是其中的一位，也是最典型的例子。

天降大任于斯人。高敬亭既心情沉重而又倍感义不容辞。他坚定地表示：“坚持战斗，不胜不休，决不能让大别山这面红旗倒下！”

1934 年 11 月，中共鄂豫皖省委在河南光山县花山寨召开常委会，根据党中央的指示决定立即向鄂豫陕边转移，开辟新的革命根据地，以摆脱被动局面。会议同时决定，并留下一封信，委托鄂东北道委少共书记方永乐和罗陂孝特委书记徐诚基转交给没有参加这次会议的省委常委、皖西北道委书记高敬亭，要他重新组建红二十八军，继续坚持鄂豫皖边区的革命斗争。

高敬亭是一位在斗争中锻炼成长起来的农民出身的干部。1928 年参加革命后，从担任村赤卫队队长、乡苏维埃主席干起，因战绩突出，被选任中共豫东南道委书记、中共中央鄂豫皖分局常委、鄂豫皖省苏维埃政府主席、红二十五军七十五师政治委员等重要职务。他立场坚定，机智勇敢，具有多方面工作经验和干练的组织才能，在群众中享有很高的威望。让他留下坚持根据地斗争，是一个合适的决定。但他当时遇到的是一个什么样的艰难处境呢？

鄂豫皖省委随红二十五军长征后，留在鄂豫皖边区的千余人，除了担任保卫后方的几个红军连队外，绝大部分人员是被红二十五军精减下来的，或是不能随队的伤病员。加上省委西撤仓促，未来得及对边区留下来的党、政、军领导干部作出任何安排和交代。省委撤走后，边区群龙无首，一片混乱。而此时在鄂豫皖边区的国民党军仍然有 56 个团，约有 17 万人。他们在蒋介石叫嚣的务必于 3 个月内将留在鄂豫皖的红军主力部队彻底肃清的指令催促下，乘虚侵入，横冲直撞。兽蹄所至，尸横遍野，火光冲天，许多地方顿时成了满目凄凉的无人区。苏区天天在缩小，大别山人民在水深火热中痛苦呻吟。

1935 年 2 月 1 日，方永乐、徐诚基带着省委的指示信，率领着鄂东北独立团的百余人辗转来到皖西抱儿山。此时，皖西北道委书记高敬亭也率领由原皖西红八十二师余部和红二十五军部分遗留部队组建的二一八团，进入抱儿山。两部会合后，高敬亭看了省委给他的指示信后，心情沉重，紧锁眉头，来回转圈，他叼着旱烟袋猛吸了几口后，一种与生俱来的天不怕、地不怕的豪气和共产党员的高度责任感、使命感陡然而起。他对前来送信的方永乐、徐诚基和身边的指战员们说："古人说得好，天将降大任于斯人也，必先苦其心志，劳其筋骨，饿其体肤，空乏其身。只要我们振作精神，坚定信念，不怕艰难困苦，不惜流血牺牲，下决心与国民党反动派战斗下去，就一定能让大别山的红旗再度飘扬!"

多年的革命经验告诉高敬亭，要想坚持鄂豫皖边区的斗争，扭转江河日下的不利形势，使党在大别山这面红旗不倒，最主要的任务是，迅速建立起边区党政军的统一领导，建立起一支坚强的红军队伍。想到这里，他大喊一声"走!"当晚，便率领两支部队一起转移到太湖县的凉亭坳。2 月 3 日，高敬亭在凉亭坳召集干部会议，研究统一鄂豫皖红军建制，加强对敌斗争的统一领导。会议决定以二一八团、鄂东北独立团为基础，第三次组建中国工农红军第二十八军，作为坚持边区斗争的中坚力量，高敬亭出任红二十八军政治委员（未设军长）。同时，会议还确定对边区的党组织进行整顿，建立以他为首的边区党、政、军统一领导。自此边区的武装斗争进入了一个崭新的阶段。

红二十八军的红旗在边区展开，群众得知后心情激动，奔走相告："红军没有走，红二十八军还和我们在一起"。鄂豫皖苏区的人民熟悉英勇善战的红二十八军，这支红军过去深得他们的爱戴，与他们血肉相连。现在重建红二十八军，使他们有了依靠，更坚定了信心，看到了革命胜利的希望。同时，他们像保护自己的亲骨肉一样保护红军，支援红军，帮助红二十八军渡过了一道道难关，闯过了一重重险阻。在三年游击战中，先后组建了约 3500 人的地方武装，创造性地组织了 82 个便衣队，形成了主力部队、地方部队、便衣队三结合的人民武装力量。三年中，高敬亭创造了很多适合大别山实际的游击战争的作战原则和战略战术，先后消灭易本应之类的反动民团武装数千余人，歼灭国民党正规军 5 万多人，并以将近 3000 人的得胜之军，融入抗日战争的滚滚洪流，书写出大别山英雄儿女前赴后继、不可战胜的神话。

抗日战争进行时，周恩来在新四军整编会议上向与会人员介绍高敬亭和林维先说："这两位同志就是闻名于大别山的游击专家。"

1937 年 7 月 7 日发生的卢沟桥事变，震惊全国，也引起全世界关注。可是，多年和中央失去联系的红二十八军，却一点儿消息也不知道。7 月 13 日，高敬亭与皖鄂特委书记何耀榜在岳西南田村开会时，看到了姜树堂从西安办事处带来的《抗日救国十大纲领》《关于抗日救亡运动的新形势与民主共和国的决议》等文件和一些报纸，这才知道抗战爆发，时局发生了大转变。

姜树堂家住西安，原是国民党十一路军中的一个排长。1936 年秋，在一次战斗中被红二十八军围困，率全排投诚。此后在红军中任排长，后因身体不好，经批准回家休养。西安事变后，他进一步了解了中国共产党的主张是真正代表国家与民族利益的。七七事变的第二天，他便到中共中央驻西安办事处报告了大别山红二十八军的情况，办事处负责人叶剑英等热情地接待了他，并将上述文件交给他送往红二十八军。

高敬亭根据中央文件内容和中央呼吁国共合作共同抗日的精神，向国民党鄂豫皖边区督办公署提出停止内战、一致抗日的停战谈判倡议。经过艰苦的谈判，7 月 27 日双方达成协议。

10 月，中国共产党与国民党谈判达成协议，将在江南 8 省的红军游击队改编为国民革命军新编第四军。紧接着，12 月 15 日，中共长江局在武汉八路军办事处召开新四军编制会议，高敬亭和林维先应召参加这次会议。当高敬亭和林维先到达会议地点时，周恩来热情地与他们握手，连声说："你们远道而来，辛苦了!"紧接着，向时任中共长江局书记的王明介绍说："这两位就是闻名于大别山的游击专家高敬亭和林维先同志。"

就在这次会议上，红二十八军改编为新四军第四支队，高敬亭任司令员，林维先任参谋长，下辖七、八、九 3 个团，全支队 3100 人。

1938 年 3 月 8 日，高敬亭在黄安七里坪西门外那片广阔的河滩上举行了四支队东进抗日誓师大会。从高敬亭所住的蔡家祠堂到东北边的王锡九湾，沿途聚集着数千群众，热烈欢送新四军四支队东进抗日。口号声、鞭炮声、锣鼓声，震荡大地。指战员迈着整齐的步伐走过来，群众一起拥上前去，鞋呀、鸡蛋呀、花生呀，硬往战士们的口袋里塞。就和当年老苏区群众拥护红军一个样。高敬亭感动得掉下了热泪，破例吩咐大家收下这些慰劳品。

郑位三为四支队的东征主持了誓师大会，高敬亭那高大的身影和严肃的面孔，在台口一出现，台下便是一阵雷鸣般的鼓掌。待骚动的人海平静下来后，高敬亭用高昂的语气讲话说："乡亲们，我们所希望的日子来到了，我们要到前线去。为了民族，为了国家，为了子子孙孙，我们要东进抗战，不把日本强盗赶出中国去，誓不罢休!"

誓师大会后，高敬亭率部进驻舒城、西蒋冲等地，初步建立起抗日游击根据地。从 1938 年 5 月至 1939 年 6 月，高敬亭领导的新四军四支队在皖西、皖中和皖东的 24 个县广泛开展敌后游击战争。据不完全统计，四支队"先后进行了 90 余次战斗，共毙伤敌 2300 余名（其中日军 1700 余名），俘敌 400 余名（其中日军 9 名），消灭反动武装和土匪 3700 余名，缴获长短枪 1400 余支"。四支队也由东进时的 3100 余人发展到 11000 余人，成为新四军中发展较快的一支劲旅。

大别山英雄饮恨合肥青龙厂。刘少奇为高敬亭说公道话，毛泽东严厉质问擅杀有功大将的有关领导人，后让重新审查高敬亭一案。38 年的沉冤，终于得以昭雪！千秋功罪，终于得到公评

高敬亭在对敌斗争中是胜利者，但在革命内部斗争中，却被革命的子弹所误伤。高敬亭在红二十八军任政委时，由于受“肃反”扩大化的影响，错杀过自己的战友，但那是在失去党中央领导，在敌军围困万千重，一时难辨真伪的情况下发生的。当然，后来对高敬亭的批判斗争，还有其他更“重要”的条款，如拥兵自重、独立王国、山大王主义、违抗中央指示、不服从军部指挥、消极抗战、破坏统一战线等，最后批判他是“反革命”“反党”“反中央”，完全超出了原则界线。

上述加在高敬亭头上的“罪名”，多是在高敬亭领导四支队一年多的时间里发生的事。可前面所列的高敬亭率领四支队东进抗日所取得的战绩，居新四军各支队之首，这本身就证明他是忠于党的，更是执行毛泽东提出的在统一战线中坚持既合作而又独立自主地开展抗日斗争的原则的。但是，在王明等的投降主义路线引导下，不服从国民党的统一调配和领导，就是破坏统一战线，就该以“反革命”论罪处理。所以他们在逮捕杀害高敬亭之前，竟然先报送蒋介石批准。这下，正中蒋介石下怀：多年“围剿”而杀不死的“共匪头子”终于叫他们自己人关押起来了，焉有不杀之理。因之御笔一提“所拟枪决高敬亭，照准”。

1939 年 6 月 4 日，高敬亭在肥东青龙厂被捕。6 月 24 日上午 8 时，在青龙厂被枪决。高敬亭死前提出最后的要求：“我是共产党员，要死在红地毯上。”可怜，他的这点小小的要求未能获准。就这样，高敬亭这位共产党的优秀儿子、大别山的撑旗手，国民党花 10 万银元买他的人头没买到，却被自己人的子弹夺去了年仅 32 岁的生命。当中共中央电令“速送高敬亭来延安学习”到达时，叶挺仰天长叹：“已经晚了！”

高敬亭被杀不久，毛泽东发电报质问叶挺、邓子恢等人："我们让高敬亭回延安，你们为什么杀他？速查清原因报中央。"同年11月，刘少奇到达新四军江北指挥部，质问有关人员："高敬亭招革命的兵，买革命的马，有什么不好？我们开辟的根据地为什么要让给国民党。离开大别山，我们没有根据地。"1943年，周骏鸣到延安中央党校学习，毛泽东、刘少奇再次问："按你们说的，高敬亭有错误，为什么你们不等中央电报到就枪毙了高敬亭！"刘少奇说："有大别山根据地不是更好吗！到路东没有基础嘛。"1952年2月，毛泽东到皖中视察工作。安庆地委书记傅大章在汇报工作时说："高敬亭同志在这里影响很大，至今上年纪的人还常提到他。"毛泽东低沉地说："高敬亭不该杀。中央发电叫不杀，他们不听，还是杀了。"

1975年10月，几位过早离开工作岗位在合肥休息的红二十八军、新四军四支队的原首长告诉高敬亭的爱人史玉清："主席、总理的身体都不太好了，要抓紧申诉。"史玉清把高敬亭的一切都告诉了女儿高凤英。11月10日，高凤英在父亲老部下、老战友的帮助下给毛泽东写了一封信。同年11月30日，毛泽东收到信后批示："请汪（汪东兴）向了解此案的同志询问一下，以其结果告我。"12月9日，汪东兴将调查的事情真相如实向毛泽东汇报。毛泽东在报告上指示："请军委讨论一次，我意此案处理不当，其责任我怀疑主要是项英。"

1977年4月27日，中国人民解放军总政治部发出了《关于给高敬亭同志平反的通知》。38年的冤案，终于得以昭雪！千秋功罪，终于得到公评。1980年4月19日，高敬亭的骨灰安放仪式在合肥举行。李先念、徐向前、谭震林、粟裕、肖望东、张劲夫、程子华、郭述申以及高敬亭的部下万海峰、林维先、李世安等40多人送了花圈，300多名老部下、老战友参加了安放仪式。胡耀邦在合肥接见了史玉清和高凤英，亲切地说："如果有人认为平反后还应有尾巴，那是错误的。"他对高凤英说："你有一位好爸爸，要向他学习。"

1989年6月，在高敬亭遇害50周年之际，方毅、万海峰、林维先主持召开了纪念大会，怀念这位卓越的将领和革命的先驱者。

链接

缅怀高敬亭烈士

(诗三首)

(一)

孤军奋起树红旗，气定神闲满腹兵。
功过是非谁与说，断头未改是忠贞。

(二)

卫军三剿气如虹，大别山中如旋风。
神出深山群鬼哭，伪装敌匪众师熊。
政军并进计无用，抚剿兼施策枉空。
日寇闻名俱丧胆，他刀未刃自刀红。

(三)

临危受命担重任，重整旗鼓救苍生。
千难万险脚下踩，大别山中任驰骋。
擒狼驱虎战绩累，游击专家扬威名。
东进途遭萧墙祸，国失栋梁教训深。

第九章 巾帼英雄 万古流芳

链接

一枚钥匙见忠贞 （篇三）

妇女解放运动的先驱——夏国仪 （篇五）

曹干仙：为送军粮饿死路上 （篇七）

篇一

刘胡兰式的巾帼英雄肖国清

还在我们上小学的时候，就从课本上读到过女英雄刘胡兰的故事。刘胡兰是山西省文水县人，她虽然只有 15 岁，但为了革命事业，面对敌人的铡刀，毫无惧色，英勇就义。毛泽东得知她的事迹后，深受感动，亲笔为她题词："生的伟大，死的光荣"。其实，在大别山这片红色的土地上，也早已出现过这样一位少女英雄，她就是年仅 16 岁的红军游击队队员肖国清。

1917 年春，肖国清出生在河南新县箭厂河乡的一个贫苦农民家庭。她刚一出生，就遇到了军阀混战的苦难年月。1926 年，在共产党的组织发动下，家乡闹起了农民运动，打土豪、分田地，成立苏维埃政府，穷人的孩子可以上学念书了。从肖国清背起书包走进列宁小学的那一天起，她就明白，是共产党使她家大人有田种，小孩有学上，自己长大后，一定要跟共产党走，报党的恩。

肖国清天生就有一副好嗓子，也最喜欢上音乐课，音乐老师教的也都是穷人歌曲、革命歌曲，还鼓励学生自编歌词、用民调自己配音唱歌，这无疑激发了她的潜能，不论是在课堂上还是在放学路上，都能听到肖国清那甜美动听的歌声。

有一次，区苏维埃领导人吴焕先到学校检查教学情况，顺便询问有没有会唱歌、擅长文艺的学生时，音乐老师推荐了肖国清。吴焕先很高兴，说后天我们紫云区要搞一场文艺演出，发挥文艺宣传在教育和鼓舞人民群众方面的作用。就在区里举办的这场文艺汇报演出中，肖国清接连唱了好几首用家乡小调配音的革命歌曲，如《穷人歌》《工农兵之歌》《送郎当红军》《送饭歌》《采茶女》等，那略带稚气的童音、悠长婉转的曲调，赢得了雷鸣般的掌声，也引起了吴焕先等众多领导的重视。

从那以后，她一面在列宁小学上学，一面当宣传员，还是村童子团的团长。不久，她又光荣地加入了共青团。1932 年，从列宁小学毕业，她就在本乡担任共青团书记，并加入了中国共产党。在严酷的对敌斗争中，她锻炼成为一个坚强的革命者，受到乡亲们的尊重。

1932 年秋天，红四方面军离开大别山，国民党反动派疯狂地反扑过来。深重的灾难又降临到根据地人民头上。这时的肖国清 15 岁了，是红军游击队的一名交通员。她因身材娇小，还像个十二三岁的女孩子，这给她工作上提供了方便，敌人根本没把她放在眼里。她经常装扮成卖花生的孩子，出入敌人的巢穴，侦察敌情，收集情报。她为避免引起敌人的怀疑，改唱山歌和民歌。她和游击队的同志们约定好了，什么样的情况，唱什么歌。机灵的肖国清就用她那嘹亮的歌声，向山上的游击队传送着敌情信息。

一天，她得到敌人将要搜山的情报，必须尽快地让游击队知道。于是她把那封信藏到头发里，向游击队的住地——连康山走去。在路过山石门时，被敌人两个哨兵拦住了。

“这不是那个会唱歌的小丫头吗?”哨兵们认出了她。便开始盘问：

“到哪里去?”

“到王家湾姨家去。”

“干什么?”

“姨父病了，妈叫去看看。”

另一个哨兵开心地说：“小女子，那你就唱歌给我们听，才放你过去。”

“唱么子歌呢?”肖国清想了想说，“那我就唱一支农友和士兵的歌吧!”于是她就开唱：

农白：老总呀，你咋出来当兵的？想升官发财吗？

兵唱：因为在家受贫穷，少柴无米愁坏人，没有法子才当兵（哎咳哟），没有法子才当兵（哎咳哟）。

农白：当兵是很苦的呀，你出来当兵，你家里人同意吗？

兵唱：老娘急得双泪流，妻子拉住不丢手，农友呀！小孩儿急得直碰头（哎咳哎咳哟），小孩儿急得直碰头（哎咳哎咳哟）。

两个哨兵听肖国清唱到这里，不知不觉眼圈儿都红了。这时，从据点里走出一个匪军小头目，来到眼前大声呵斥道：

“不准唱这歌!”他先是给一个哨兵一耳刮子，又上前抓住肖国清的衣领，“我看这黄毛丫头，像个小共产党!”

肖国清不惊不慌，甩脱他的手说：“老总要我唱的，这也不是共产党的歌!”

“你在煽动军心，走！随我到连部去!”匪军头目拉住她就往村里走。

村子就在山下边，肖国清心里急坏了。她担心敌人会搜出她藏在头发里的那封信。况且时间长了，会误大事的。她想着想着，忽然急中生智，弯腰装作提鞋，顺手抓起一把沙子，朝那小头目的眼睛撒去。小头目毫无思想准备，两只眼里都进了沙子，只顾着去揉眼睛。肖国清乘机飞也似的跑进山上的杂树林里。小头目发觉她逃跑了，便喊叫：“小‘共匪’跑了，快给我追!”

两个哨兵赶来，故意迟迟疑疑地说：“长官，怎么连个小孩儿也看不住，让她跑了!”他们还记恨着那个耳刮子，心里正幸灾乐祸呢！他们虚张声势地打了几枪，便回去了。

又有一次，肖国清发现敌人的大部队都开往东山去了。箭厂河街上只住着易本应清乡团的几十个人，整天都在那不是打麻将，就是喝酒猜拳，乱哄哄地闹成一团。她立即连夜跑到连康山，把红军游击队领来，打了个漂亮的袭击战，除少数敌人逃跑外，其余全被打死打伤或活捉。渐渐地，肖国清引起了敌人的注意。

1933 年 8 月，红军游击队大部分已被编入红二十五军到外地打大仗去了，仅剩下十多人的队伍在地方坚持斗争。没想到，清乡团长易本应又带着队伍耀武扬威地反扑回来，奸淫烧杀，无恶不作。

不幸的是，肖国清在一次强行移民中被易本应发现了。易本应先用言语哄骗，只要她在自首书上签个名字，说出游击队在哪里，就马上放她回去。肖国清冷笑拒绝了。易本应本来对肖国清这个小丫头没放在眼里，心想：只要一折腾，她马上就会求饶的。没想到打手们使用了各种残酷的刑罚，把这个瘦弱的女孩折磨得死去活来，然而她依然咬紧牙关，凛然不惧。

易本应恼羞成怒，他马上命令匪徒：“把这个小‘共匪’的头发给一缕一缕地拔下来，看她说不说！”

头发快要被拔光了，肖国清脸色苍白，咬紧牙关，浑身打着战，鲜血顺着头皮流了下来。她又一次昏迷过去了。

醒来时，她被关在一座祠堂改成的监狱里。第二天早晨，她忽然听见妈妈的哭声，原来是妈妈和小弟肖永春来看她了，她强忍疼痛挣扎着站起来。

“国清，我的孩子！”妈妈一看到她就泣不成声了。

肖国清抱着妈妈，泪水忍不住夺眶而出，一下子跪在地上说：“妈，我这个不孝的女儿连累了您呀！我只望革命胜利了，凭自己的汗水挣些钱，好让您老人家过几年舒心的日子，没想到……”

妈妈打断肖国清的话，又失声痛哭着说：“孩子，你不要再说了，是妈妈对不起你呀！你长这么大还没穿过一件好衣服，没吃过一顿饱饭。”她从手巾包里拿出几个熟鸡蛋递给她。肖国清看着妈妈那带饥色的面孔，她的心碎了。她看看在一边痛哭流涕的弟弟，还是把鸡蛋塞给了他。

这时两个看守走过来说，探望的时间已到，便强拉着肖国清的妈妈和弟弟走了出去。肖国清听见妈妈走出好远还在哭喊着：“我的女儿还不到16岁呀！你们就下得了这样的毒手？”肖国清又一次昏了过去。

这天深夜，易本应亲自带领几个匪徒，把肖国清从监狱里押了出来。

“肖国清，现在回心转意，还为时不晚。”易本应冷酷地奸笑着说。

肖国清强撑着身子，毅然不屈地迈着脚步向前走。她被押到一片荒坡山洼里，在火把的光亮下，肖国清看见面前已挖好一个大土坑。

“肖国清，这就是给你准备好的地方，你还有什么话说吗？”易本应又奸笑着说。

肖国清不理他，坦然地向土坑走去。“别慌！”一个凶恶的匪徒一把拉住她，幸灾乐祸地说，“你不是爱唱歌吗？还是先唱个歌，再送你回老家吧！”

肖国清怀着满腔的愤怒，看看这几个匪徒。她知道这是自己最后的时刻了。在这漆黑的夜里，虽然看不清家乡的山山水水，可她还想给乡亲们留下点什么。匪徒们的话提醒了她。她要唱一支庄严的歌，献给亲爱的党和家乡的人民。于是，她厉声喝道：“好！你们好好听着，我要唱《国际歌》！”

起来，饥寒交迫的奴隶！
起来，全世界受苦的人！
……

这激昂的歌声让易本应又气又急，歇斯底里地嚎道："不许唱这歌！快把她推下去！"

不等匪徒们推，肖国清唱着歌，毅然向前跨了几步，自己跳进了土坑。匪徒们开始手忙脚乱地往坑里填土。

激昂的歌声愈发嘹亮，久久回荡在大山之中。肖国清，大别山的英雄女儿，随着歌声消逝在大山的深处。

篇二

宁死不屈的女英烈李正明

在大别山的第一块红色区域——柴山保革命根据地，今属新县陈店乡的革命烈士陵园内，长眠着这样一位女烈士，墓志铭上仅仅简单地记载着：“李正明，女，生于 1905 年（光绪三十一年）10 月”。多少年来，她的故事在陈店乡细吴家的老一代人中默默地传颂着，如果没有今天的深入寻访，李正明烈士那英勇惨烈的事迹也许将永久尘封于历史。本篇就在这里讲述一下她的英勇故事。

李正明出生在新县城关巴棚，在娘家她就是个心直嘴辣、勤干能干的“厉害”姑娘。1926 年腊月，经她的亲姑姑也就是开国少将吴华夺的母亲李莲香介绍，嫁到了陈店乡细吴家。那时的陈店乡还叫作柴山保，这片红色的土地正如火如荼地开展着农民运动。在苦水里泡大的李正明耳闻目睹，深感只要跟着共产党闹革命，穷人就有活路，就能翻身做主人。不等孩子满月，她就义无反顾地投身到苏维埃的妇女工作中。她组织妇女读书识字、摆脱封建礼教束缚、为红军做鞋送饭、帮助烈军家属种田收粮，样样工作做得细致具体、成效显著，数次受到根据地领导的表彰。1929 年被吸收为共产党员，同年又被选为柴山保苏维埃妇女委员会主席。

1933 年 1 月，红军主力撤出柴山保，国民党政府军四十四、五十八、八十九师和二十五路军先后进驻经扶县。由于叛徒的出卖，年轻的共产党员、苏维埃妇女主席李正明被捕了，敌人想收买李正明，诱惑她说：“只要说出你手下的哪些人是共产党员，哪些人是苏维埃的人，不但释放你，还给你银元。”

面对敌人的各种诱惑，李正明不屑地看了一眼敌人，大声回答说：“我不知道!”敌人又威胁说：“不说就枪毙你!”李正明愤怒地回答：“要想从我嘴里知道谁是共产党员，谁是组织中的人，除非太阳从西边出!”

敌人大发雷霆，用皮鞭把李正明打得鲜血直流，然后又用麻丝在她流着血的伤口上反复刮扯，一根根麻丝被鲜血浸染，又被残酷的敌人搓成了一条条血麻绳，酷刑让李正明一次次晕死过去，又一次次疼醒过来，但她始终坚贞不屈，怒目冷对刽子手。

1933 年 2 月，残酷的敌人觉得软硬兼施不起作用，便想到用妇女最重视的名节来侮辱她。于是，把她从柴山保押送到经扶县，关在牢房里再次拷问她，她依然挺直腰板坚定地说：“我是共产党员，要杀要砍由你们，想从我嘴里知道多余的一个字，你们白日做梦!”

敌人恼羞成怒地说：“像你这种不守妇德的女人就让你在娘家丢丢脸。”于是，野兽般的敌人扒开她的上衣，用一根铁丝穿过她的双乳，然后由刽子手牵着铁丝，让她赤着脚在新集铺满石渣的街道上来回游走，鲜血布满她的上身，流在地上，染红了她脚下的路面。娘家的婶娘看着这不堪入目的酷刑，既在心里痛骂着敌人的残忍，又不得不哭着劝她：“明毛啊，你图个啥呀？何必受这个侮辱罪呀!”李正明大义凛然地对婶娘和被逼来看酷刑的乡亲们说：“敌人只能侮辱和残害我的身子，却动摇不了我的革命信念!”

敌人又把她拖到监狱外的墙边，用五个钉子把她钉在墙上，用竹签钉她手指，一次次的疼痛让她昏迷，可醒来的她只是紧闭着双唇。在敌人对李正明实施近两个月的酷刑后，年仅 36 岁的她永远地闭上了双眼。

烈士壮烈牺牲后，她的亲人去收殓她的遗体时，发现她的双唇被咬出了血，眼角流出了血泪，那是她对国民党反动派的刻骨仇恨，也是对亲人的期望，更是对她那每晚还要搂在怀里才能睡着的孩子的愧疚和不舍啊!

李正明的遗体运回了细吴家，婶子和嫂姑们含着泪脱下她身上的血衣换上整洁的衣衫，把她葬在吴家坟山。为了怕凶残的敌人斩草除根，她年仅 6 岁的孩子也过继在户族名下。多少年过去了，她的故事一直在细吴相传。

2012 年，陈店乡革命烈士陵园重新修建，根据细吴家群众的请求，烈士的遗骨被迁移到这里安葬。这是老区人民对这位女英雄的追思和传颂，也是党和政府对李正明壮烈事迹的认可和敬仰。那高高耸立在船山上的纪念塔，无声地向后人述说着像李正明一样许许多多无名英雄的壮烈事迹；那一排排在翠柏掩映下的烈士碑坟，是赓续红色血脉、哺育红色接班人的教育场地。

安息吧女英烈！您的感人故事、您的壮烈人生，永垂青史，代代传扬！

篇三

英勇无畏跳悬崖　鸡公寨下花染血

——深切缅怀女烈士晏春山

在新县西南面的鄂豫两省交界处，矗立着一座雄伟的山峰，名叫鸡公寨。山峰中有一处悬崖，名叫大花台，悬崖下面是一条肉眼望不到底的深沟。这里就是共产党员、女英烈晏春山拒敌跳崖壮烈牺牲的地方。苏区人民在这里修建了一座纪念碑，永远缅怀先烈的英雄业绩。

晏春山（1893—1933），出生在湖北省黄冈一个贫苦农民家里，14 岁因生活所迫，到武汉纱厂当童工，后来与码头工人潘家年结了婚。1926 年冬，北伐军攻克武汉以后，党动员了很多有觉悟的工人、青年学生，回到农村去宣传革命。晏春山和丈夫响应党的号召一起回到河南新县郭家河潘湾村从事革命活动。不久，他们便与当地党组织负责人阮德成取得了联系。在党组织的教育和培养下，她进步很快，于 1927 年冬，在郭家河附近的杨家洼加入了中国共产党。

1928 年 5 月，从木兰山游击归来的工农革命军第七军开进柴山保（郭家河属柴山保地区），在此创建革命根据地。晏春山不分昼夜地协助革命军，为建立和巩固这块根据地积极工作。1929 年 7 月 1 日，鄂东特委发动柴山保附近的万余农民举行了“白沙关起义”，晏春山和其他党的负责同志一起，带领潘湾一带的贫苦农民奋勇参战。白沙关解放后，她担任光山县弦南区第四乡妇女主席，她翻山越岭到各村宣传扩大红军的意义，深入细致地做群众的思想工作，组织广大妇女积极拥军支前。在她的努力下，1929 年冬，第四乡一次就有 30 多个青年参加了红军。

1934 年秋，红军主力先后撤离了鄂豫皖根据地，接着敌人便疯狂地对根据地人民进行反扑，党组织只得转入地下活动，情况复杂，斗争更加艰苦。这时，晏春山担任潘湾党支部副书记，她按照党的指示，一面掩护红军部队留在根据地的干部；一面组织群众，配合游击队继续坚持斗争。当时，她的丈夫潘家年已经参加了红军，家中只有一位 80 多岁的婆母和 3 个幼小的孩子，生活十分困难。但是，为了党的事业，晏春山不顾家庭的困难和个人安危，秘密从事党的地下活动。她经常提着篮子以卖油条、香烟为名，来往于七里坪、郭家河一带，进出于国民党的兵营、敌人的巢穴，为红军游击队搜集情报，散发革命传单，帮助游击队购买药品和粮食，照看伤病员。

一次，她进敌据点卖香烟时，探听到郭家河的敌人准备偷袭驻天台山的鄂东北道委和游击队的消息，她心急火燎，连夜翻山越岭，绕过敌人的封锁线，及时通知道委和游击队转移，使敌人的袭击扑了空。

红二十五军撤离大别山时，留下了一些伤病员，上级党组织把隐蔽在一处秘密岩洞里的伤病员交给晏春山掩护，她除了积极组织群众上山送盐外，为了增加伤病员的营养，以便早日恢复健康，还动员一个屠夫杀了两头肥猪送进山洞。为了便于掩护，以防敌人盘查，事前她叫屠夫编写了一份欠肉钱的假账单，并组织群众出面认账，这样巧妙地骗过了敌人，使伤病员吃到了猪肉。在白色恐怖下，地下党的工作虽然非常困难，但由于晏春山同志对革命事业的忠诚和出色的工作，革命群众团结一心，为红军游击队刺探敌情，购买西药，联络消息，掩护伤员，做了许多工作。因而潘湾被红军游击队称作“革命堡垒湾”。

1935 年 5 月 17 日，由于敌人坐探告密，晏春山不幸被捕，敌人把她带到郭家河匪军团部，进行审讯和拷打。晏春山对敌人的刑讯置之不理，敌人灌辣椒水、上压杆、钉竹签、烙铁烧，无所不用其极，妄图从她嘴里得到地下党和游击队的情况。然而，晏春山坚贞不屈，大义凛然，她忍受着极度的痛苦，怀着坚强的信念：我是一个共产党员，决不能在敌人面前给党丢脸，为了保守党的机密，就是粉身碎骨也在所不惜！她守口如瓶，丝毫没有暴露组织的任何情况，使得敌人一筹莫展，无计可施。

但是，敌人对她并不死心，想以死来威胁她。一天，残暴的敌人把她双手反绑着，威胁说：“今天要你带着我们去找游击队，要是能找到，就立即放你回去，你的孩子还正在等你哩；要是找不到游击队的话你就别想回去了，就用石头把你砸死在山上!”

在敌人的逼迫下，晏春山别无选择，只好迈着艰难的步子，朝游击队驻地相反的方向——鸡公寨走去。上到山腰处，她回转身，对紧跟在身后的敌人说：“游击队就在前面的山洼里，你们做好准备，走快点，打着你们我可不负责!”敌人信以为真，慌忙做了一番准备，继续跟着走。当走到崖顶大花台时，晏春山突然转身，面向敌人，愤怒地说：“你们这些狗强盗，吃人的野兽，你们的日子是不会长久的，共产党人是杀不绝的！红军游击队就在崖下边，跟我一起去找吧!”接着高呼“中国共产党万岁，红军万岁”的口号纵身跳下悬崖，壮烈牺牲。

晏春山牺牲后，家人去找寻她的革命遗体，在悬崖底下的一棵大树上发现了一绺头发，这是晏春山跳崖时被树枝挂断的，于是就把它珍藏起来，1955 年将其送给湖北省博物馆珍藏，以永远缅怀悼念这位巾帼女英烈。

链 接

一把钥匙见忠贞

在麻城县乘马岗乡至今流传着女英杰万永达为保守党的秘密，就义前吞下一把钥匙的感人故事。

1933 年 10 月，有 8 个月身孕的万永达被清乡团围困在万字山上，三天三夜水米未沾，经上山砍樵的老百姓多方掩护脱离虎口。不料因叛徒的告密，万永达生完孩子的第 3 天，即次年 1 月就被国民党地方武装抓走了。

这个叛徒后来在接受审判时交代了万永达就义时的一些细节。

敌人当时把万永达从床上拖下来，要她把掌握的地下党秘密交出来，并说只要交出来，可保母子平安。万永达怒斥说：要命有一条，要我背叛组织办不到。由于她拒绝向敌人下跪，国民党兵甚至踢断了她的膝盖骨。几分钟后，随着几声枪响，万永达母子牺牲在村里的会场上。

1969 年，当地村民为了纪念万永达，将她迁葬立碑，结果发现了一个令当场所有人落泪的情节。在万永达烈士的胸腔里，竟意外地发现了一把钥匙。“这枚钥匙意味着什么呢?”在场的人无法断定。后来，经过紧急查找后，万永达的一名远亲将收藏的万永达的一个梳妆盒拿了出来，结果用这把生锈的钥匙打开梳妆盒后，发现盒内藏着的是一份记录38名地下党员，以及当地1000多名赤卫队员的花名册。

80多年过去了，这份用生命的代价珍藏的宝贵资料，不仅被当地党史、志史部门的同志视为无价之宝，女英杰的故事更在民间广泛流传、代代悼念。

篇四

坚贞不屈的红色女医官戴醒群

在黄冈县的烈士陵园和在女英烈英勇就义的地方——黄冈大集山贾庙，都修建有纪念坚贞不屈的红色女医官戴醒群的坟墓和纪念石碑，足见当地党和政府以及广大民众对女英烈戴醒群的崇敬与缅怀。透过那排排耸立的翠柏和布满墓碑的萋萋芳草，让我们追忆和聆听烈士为革命抛头颅、洒热血的悲壮故事……

她出生在“大别山的红色教育”之家，受革命家庭的教育和熏陶，11 岁时起，就投身革命活动中去

戴醒群，1917 年出生在湖北省红安县七里坪镇上戴家村一个书香世家。在中国共产党的指引下，这个书香世家成为红安乃至大别山著名的革命家庭。她的堂兄戴克敏，是黄麻起义的主要领导人之一；伯父戴雪舫，是大别山第一所列宁小学即七里坪列宁小学校长，后调任郭家河、新集列宁高等小学校长，被誉为“大别山的红色教育家”；父亲戴叔先，是鄂豫皖革命根据地最早的红色医官，参加创建了第一所红军医院。

戴醒群从小就受到堂兄、伯父和父亲的影响，受到革命家庭的教育与熏陶。11 岁那年，七里区一些乡村建立了儿童团组织，戴醒群和堂姐戴觉敏在全家的支持下，报名加入了儿童团。她拿着团部发给的一支崭新红缨枪，模仿着赤卫队员的装束，系紧腰带，幼稚的脸蛋透出一股威风凛凛的气势，着实让那些未参加儿童团的小伙伴们羡慕不已。

当时，离上戴家约 6 里地的檀树岗，设有红军招募处，许多青年农民怀揣区、乡苏维埃政府的介绍信，从四面八方赶到这里报名参加红军。戴醒群和戴

觉敏喜欢观看这种场面，放完哨，经常邀约一些儿童团员，跟在报名参军的青年人身后，往招募处跑，感受根据地群众积极拥军参战的热烈气氛。1930年春，七里坪、箭厂河等地相继创办了列宁小学，念过几年私塾的戴醒群由伯父戴雪舫带到郭家河列宁高级小学念书。

1932年春，几位红军干部来到郭家河列宁高级小学，为红军医院招收看护，戴醒群早就渴望成为一名红军战士，她瞒着家人，与同在这里念书的堂姐戴觉敏报名参军，经过近半年的护理业务培训，戴醒群被分配到箭厂河红四方面军总医院，成为一名红色看护，看护的职责是为伤病员服务，主要任务是擦洗伤口，包扎、喂药，有时还要端屎端尿，每当治愈后的伤病员归队，她会感到无比欣慰，因为她觉得这就是自己对革命所做的贡献。能让一批批伤员健康归队、再赴前线杀敌，这对医官、看护来说，是最好的回报。

一场突如其来、意料不到的大“肃反”，竟然杀害了对革命忠心耿耿的父亲和堂兄，戴醒群既悲痛万分，又困惑不解。她想：“屈死不如战死。”但在好心的院长劝解下，她擦干眼泪，决心在医院干下去

1932年10月，秋风飒飒，黄叶飘零。正在红四方面军总医院埋头护理工作的戴醒群得到了两个痛心疾首的坏消息：一个是红四方面军吃了败仗，向西部方向突围而去；一个是她最敬爱和引为楷模的父亲戴叔先和堂兄戴克敏在“肃反”运动中，被张国焘错杀了。这无异于晴天霹雳，一下子把这位全身心投入红军医务工作的少女击倒了。

经了解得知，戴叔先被错杀的原因是，他领导的红军中医分院药房有些中药发了霉，有人向政治保卫局报告，说是戴叔先有意造成的，想毒害伤病员。他因此而被打成“改组派”、反革命，不由分说，被抓去杀了。

在戴醒群的心目中，父亲同戴克敏、戴雪舫一样，是顶天立地的英雄，他一直搞中医，在当时西药缺乏的情况下，中医、中药为救治伤员发挥了不可估量的作用。由于他是鄂豫边革命根据地和红军初创时期的第一名随军医生，资历最老，又是大革命时期入党的老党员，所以在红军总医院扩建时，院领导安排他担任中医分院院长。几年来，由他亲手治愈归队的伤病员有好几百人。父亲含冤屈死，给年仅 15 岁的戴醒群带来莫大的痛苦。她是父亲的独生女儿，小小的年纪就失去了父爱，能不伤心吗？

“院长，给我一支枪，让我上前线吧，杀敌牺牲才算光荣！医院的工作我干不下去，再干下去，说不定哪天把我也肃了，我不想不明不白地死！”一向大胆泼辣的戴醒群，向院长袒露了自己的心迹。意思是说，屈死不如战死！

院长理解她的痛苦和抱怨，耐心地开导她说：“肃反”工作已随着张国焘的离去而结束了。你要节哀顺变，把眼光放远些，化悲痛为力量。医务工作也是战斗！这么多的伤员要我们救治，把他们治好了，不知能杀多少个敌人，比你上前线作用更大。你是红军看护，是革命战士，连这个道理也不懂？

是呀，医院看起来是后方，实际上也是前线，是与伤病作斗争的生死之战。父亲在世时也是这么讲的。于是，她掏出手帕，擦干了眼泪，放弃了上前线杀敌的念头，决心在医院干下去。

戴醒群以坚强的意志克服了伤痛；又以精湛的医术和医院的同事们一道，克服了重重困难，治好了一批又一批的伤病员。由于业绩突出，思想进步，政治成熟，她被提升为医务主任，并光荣地加入了中国共产党

1934 年 11 月，重建后的红二十五军也离开了鄂豫皖，当时设在天台山地区的红军总医院收容了红二十五军留下的 200 多名伤病员，戴醒群再次被留下坚持医院的工作。

这时，根据地形势更加紧张，环境更加恶劣，条件更加艰苦。几十万敌军围追堵截，分进合击，妄图把大别山区红军彻底消灭。频繁的战斗，使伤病员越来越多，由看护升为医官的戴醒群和大家一道，一天到晚忙着治疗，没有一点空闲。有段时间，医院没吃的，她饿着肚子为伤员做手术，几次晕倒在手术台上。

1935 年，18 岁的戴醒群被提拔为医务主任，并光荣地加入了中国共产党。由于敌人搜山"驻剿"，医院根据形势发展的需要，不得不化整为零，医务人员跟着部队行动。打仗时有了伤员，医务人员就跟着留下来，由地下党和便衣队把伤员安置在群众家里，有时也把伤病员交给同便衣队有联系的保、甲长，要他们负责安置照顾。

戴醒群既是医务主任，又是医院医术最高明的医官，工作任务更重，有时她化装成男性，住在群众家里，为伤病员治疗；有时装作到地里干活，从这个山头转到那个山头，为伤病员换药送吃的。

为了克服医疗用品匮乏的困难，戴醒群想出了很多办法。自己动手，用山上的竹子削制镊子，用洋伞骨子制作探针，有时弄不到棉花敷料，就把破棉袄里的棉花撕下来，清洗消毒代用，或把破被单拿到山沟洗一洗，放在脸盆里煮一煮，用来作敷料。绷带也是用旧被单、旧衣服代替，治疗外伤的药品极少，硼酸、灰锰氧一类的药品很难弄到。她带领看护攀悬崖，爬峭壁，到深山老林里去采药，用中草药为伤员消炎治伤。

一天，红二十八军送来 100 多名重伤员，戴醒群立即把医官和看护分成几个小组，分头组织抢救。从头天午夜到第二天傍晚，她一连做了十多个手术，任务完成后，她累得实在不行了，和衣躺在地上，迷迷糊糊地睡着了。

这时，便衣队来人报告说，红军战士张经发的大腿骨被打碎了，弹头还留在骨头里，伤口化脓流血，非常危险。

戴醒群听到这个消息，连忙爬起来，问："伤员现在在哪里？"

"在大山寺洞里。"

"为什么不早点报告？"

便衣队的同志说："我们知道这里的伤员多，你们都忙着做手术，所以没讲。"

"还愣着干什么？"戴醒群提着挂包，喊来一名看护，对便衣队的同志说，"给我们带路，快点！"

医官胡开彩说："戴主任，你一天一夜未休息，让我们去吧？"

"你也未合过眼啊，"戴醒群以命令的口吻说，"你们都去休息，明天的事情多得很！”

就这样，她赶了10多里山路，来到张经发隐蔽的山洞里，当即给他做了手术，取出了碎骨和弹头，挽救了这位红军战士的生命。

戴醒群历经磨难，在抗日战争中与新四军鄂东抗日游击挺进队队长张体学喜结良缘。一年不到，又遭伪顽军逮捕。敌人要她发表与张体学脱离夫妻关系的申明，戴醒群严词拒绝，威武不屈，遭敌军的残酷屠杀，英勇就义

1937年3月，敌人集中兵力搜山清剿。戴醒群带领伤病员“跑反”，在途中负伤被俘。敌人把她关押在经扶县城，妄图从她口中得到有用的情报，用重刑把她的右手打断了。但是，敌人的阴谋破产了。在狱中，戴醒群不仅自己不屈不挠地同敌人斗争，而且还利用“放风”等各种机会揭露国民党反动派的无耻行为，鼓励难友们团结起来，坚持斗争到底。

抗日战争爆发后，全国人民一致要求枪口对外，国共两党重新合作，国民党当局不得不释放政治犯，关押了半年之久的戴醒群也被释放出来。

1938年2月，红二十八军在七里坪奉命改编为新四军第四支队，随后东进皖中、皖东抗日。由于工作需要，戴醒群又被留下了，担任新四军鄂东抗日游击挺进队医务主任。这年底，她与时任挺进队队长的张体学结为夫妻。

张体学是河南省光山县八里畈人（现属新县），是久经考验的红军老战士，曾跟随红二十五军到达陕北，屡立战功。戴张的结合，缘于戴觉敏在陕北托张体学带给戴醒群的一封信。那是1937年七七事变前夕，正在延安抗日军政大学学习的张体学和程启文，接受了毛泽东亲自交给的一项重要任务，即跟随郑位三、肖望东到鄂豫皖边区红二十八军工作。行前，张体学偶遇红二十五军长征中的“七仙女”之一、时任军委卫生部药房调剂员的戴觉敏。张体学告诉她，中央派他回到鄂豫皖边区工作，很快就要动身，问她有没有信带回老家。戴觉敏说，家里人大多为革命牺牲了，还有个堂妹叫戴醒群，以前也在红二十五军军医院工作，红二十五军长征时把她留在鄂豫皖，不知她现在是否活着。我写

几句话，如果活着，请把信交给她。两个月后，张体学抵达七里坪。经打听得知，戴醒群被捕后刚释放，仍在红二十八军医院工作，军医院就设在离七里坪只有四五里地的一个小山村。于是，张体学很快就找到了戴醒群，把信交给了她。这封信使过去未曾谋面的他俩由此相识，并由相识到相知、相伴，成为亲密无间的革命战友和伴侣。

1939 年 1 月，挺进队改编为国民革命军陆军第二十一集团军独立游击第五大队（简称五大队），戴醒群仍任医务主任。同年 9 月 1 日，国民党桂军一七二师两个团伙同鄂东土顽程汝怀第十八游击纵队及黄冈、麻城县自卫队，在夏家山、芦泗坳、龙王山、回龙山等地围攻五大队，制造了震惊全国的“夏家山事件”。五大队坚决抵抗后，分路突围，戴醒群在突围中不幸被捕。这时，她已有几个月的身孕。押解的途中，部分同志乘黑夜逃跑了。顽固派知道戴醒群是五大队大队长张体学的妻子，是此次被俘人员中的要犯，因此看押得特别严。她几次试图逃离魔掌，都没有成功。

顽固派把戴醒群押到保八团司令部，立即电报程汝怀。程汝怀严令迅速就地审讯，逼她投降并发表与张体学脱离夫妻关系的声明。戴醒群严词拒绝了敌人的劝降和一切要求，冲着保八团团长痛斥道：“你们这些卖国贼，放下家门口的日本鬼子不打，还要残害坚决抗日的新四军，良心何在？你们根本不配当中国人！”

顽固派见软的不行，就对戴醒群来硬的。他们用尽各种刑罚，想使她屈服。她坚贞不屈，视死如归。程汝怀见从戴醒群那里捞不到什么油水，于9 月中旬密令保八团将她就地处决。

极端残忍的刽子手对戴醒群采取了最野蛮最无耻的分尸酷刑。他们把她绑在黄冈贾庙的一棵大树上，当着全体被俘人员的面，先用小刀割掉她的乳房，又用大刀把她的四肢剁掉，然后割下她的头颅。同时被杀害的还有五大队供应处处长姚渠（郭力）、医院看护戴向清等人。戴醒群牺牲时年仅 22 岁。

得知戴醒群等同志被保八团残酷杀害的消息后，张体学悲恸欲绝。他化悲痛为力量，和军政委员会主席刘西尧等迅速收拢部队，率部会合六大队，并一同越过平汉铁路，与鄂中、豫南部队一起编入鄂豫挺进纵队，成为在李先念率领下驰骋鄂豫边敌后抗日游击战争的一支劲旅。后来，他在《七七月刊》上发表了《纪念革命烈士戴醒群同志》一文，称赞戴醒群具有“伟大的无产阶级革命气节”，她的牺牲是“革命的重大损失”。

篇五

青山为墓埋忠骨　长歌当哭悼英烈

——追思被“肃反”错杀的妇女领导干部张宗杏

1935 年 9 月，鄂豫交界处的天台山出现了一个奇怪的现象，无数棵长在山上和路道旁的乌桕树和枫树，不到深秋时节，叶片竟然提前变为鲜红的颜色，一片片、一簇簇，似火一般燃烧，似血一样猩红，叫人顿生寒意。

这时，走在崎岖山路上的几个彪形大汉，手拿木棍、背插大刀，押解着一位双手反绑的年轻妇女走向卡房的深山老林。一路上，他们黑着脸，铁着心，不发一言，就像没有思维的机器人一样，机械地执行着某些领导人的指令。当走到周岗方向的一处隐蔽的乱石堆旁，不容分说地用木棍结果了这位年轻妇女的生命。

令人痛心的是，这几位押送并打死这位妇女的人并不是什么国民党反动派的土匪特务，而是中共鄂东北道委派出的特殊使者；这位被杀害的年轻妇女，也不是什么坏人或敌特分子，而是光麻特委书记、鄂东北道委妇女部部长张宗杏。张宗杏还是时任鄂豫皖党政军最高领导者、红二十八军政委高敬亭的妻子。

人们不禁要问，“肃反”运动的两个始作俑者张国焘已离开鄂豫皖苏区 3 年多了，沈泽民在卡房逝世前已幡然醒悟了，怎么“肃反”扩大化的残云还没有消散呢？

的确如此。在当时那种艰难险恶的环境下，确有少数人经不起严酷革命斗争的考验而叛变投敌，给弱小的革命势力造成极大危害。但如果就此断定多数革命者都值得怀疑，再搞“肃反”扩大化那一套，那不仅大错特错，而且更加伤害同志，不利于革命事业的发展。但是，这种“怀疑一切”的“左”倾思想，不仅植根于鄂东北道委主要领导人的头脑，也深种于红二十八军政委高敬亭的头脑，他就捆绑过自己的部属方永乐，导致方师长为证明自己的清白而战死沙场。

我们再回过头来说说张宗杏。她是“改组派”“反革命”吗？显然不是。我们看看她的人生轨迹，就知道什么叫巾帼英雄了。

张宗杏，1907 年出生在新县卡房乡牛冲村。1928 年参加革命，1929 年 4 月加入中国共产党。因工作大胆有方，有组织领导才能，先后担任苏维埃区、县妇联会主席。

1930 年春，卡房苏维埃政权建立后，各个村都办起了夜校。张宗杏亲自担任夜校教师。她夜晚认真教学，白天组织妇女给红军家属代耕代种、做军鞋。张宗杏还常常化装成提竹篮卖针线的妇女，出入白雀园、双轮河等白区，侦察敌情，搜集情报。张宗杏又是一位红色宣传员，她演唱的《送郎当红军》十分感人。凡是经她宣传过的地方，总有一批批热血青年积极参加红军队伍。

1933 年 10 月，张宗杏调任鄂东北道委妇女部部长，她经常到红军医院去探望伤员，给伤员洗衣服、换药、端茶送饭。1935 年春，红二十五军长征后，鄂东北道委根据形势变化，决定张宗杏任中共光麻中心县委书记，派她到力量薄弱的东大山开展革命斗争，她到任后，经过艰苦努力工作，很快恢复了八里畈、沙窝、夏青、乘马等 6 个区级党组织，并组建了十几支便衣队，使光麻一带重新成为红军主力部队休养生息的重要基地。

可是，就在光麻苏区各项工作顺利开展的时候，鄂东北道委的主要领导人罗作凡仍坚持错误的“肃反”政策，硬说光麻特委内部隐藏着“改组派”“第三党”，责令张宗杏去进行认真清洗。张宗杏气愤地说：“光麻苏区的党员都是经过长期斗争考验的好同志。如果有改组派、第三党，在这种随时都可能掉脑袋的环境中还能坚持革命？”她将道委送来的“肃反”指示信丢置一边，不予理会。

这下可触怒了道委的个别领导人。他认为张宗杏“翅膀硬了，竟敢违抗上级指示，说不定她本人就是‘第三党’”。于是，假借调张宗杏到道委工作为名，将张宗杏骗回天台山道委驻地，并以“第三党”的罪名将其关押起来。

尽管张宗杏根本不承认也根本不是什么“第三党”，尽管她曾义正词严地劝告过那位领导人放弃使亲者痛、仇者快的“肃反”政策，但是，她仍然被错误地杀害了。她那美丽的容颜，化作早春的兰花，晶莹剔透、浓郁幽香；她那坚持真理、宁断不弯的高尚品质，化作一簇簇火红的杜鹃花，满山绽放；她那为革命赴汤蹈火的激情，化作秋天的乌桕树和枫叶，映出满天红霞；她那不朽的英灵，化作一块巨大的丰碑，高高耸立在大别山的峰峦之上。

链 接

妇女解放运动的先驱——夏国仪

夏国仪，1899 年出生在红安县高桥镇夏家湾一个贫苦农民家庭，在其丈夫——早期鄂北农民运动领导人王鉴的影响和带动下，投身革命，并加入共产党组织。1924 年，受董必武的委派，王鉴和夏国仪夫妇从武汉返回家乡开办农民夜校，积极而稳妥地做好农民起义准备工作。夏国仪在协助丈夫领导高桥区农民运动时，具体分工负责妇女运动。

为了打开工作局面，她把自己的发髻散开，剪成齐刷刷的短发，解下缠脚的带布，和王鉴手挽手、肩并肩地出现在詹店街上，走来走去。这种行为在被封建礼教长期禁锢的黄安乡下是很了不起的，人们都赶来看“稀奇”，议论纷纷。有的赞扬这对年轻人敢作敢为，投以敬佩的目光；有的惊呼“伤风败俗，天理不容”！围观的人将街道挤得水泄不通。夏国仪趁此机会，登上土台，从容演讲。她说：“女人天生一双好脚，为什么要缠得又细又尖？女人不能上学读书，不能同男人一起走路，婚姻不能自己做主，这哪里是把女人当人看？我们妇女要团结起来，铲除封建礼教，自己解放自己！”她的演说道出了广大妇女的心声，当然也遭到不少人的极力反对。此后，夏国仪带着剪刀和县署颁发的“不娶缠足女子”的放足牌到各地演讲，教唱《妇女解放歌》，号召广大妇女放足、剪辫子，宣传男女平等、婚姻自由。

经过革命斗争的洗礼，王鉴和夏国仪这对夫妻一个成为黄安农民运动的领袖，一个成为全县妇女运动的先驱。1926 年冬，夏国仪在国民党黄安县第三次代表大会上当选为县党部执行委员、妇女部部长。

1927 年 6 月，蒋汪合流、背叛革命，大肆捕杀共产党人，夏国仪这位巾帼英雄受尽折磨，宁死不屈，在武昌阅马场壮烈牺牲，年仅 28 岁。

篇六

革命展旗手　血洒大别山

——女英烈毛绍成的故事

20 世纪 20 年代末期，在中国共产党的引领下，大别山的革命运动风起云涌，催生出许许多多的妇女革命英雄，毛绍成就是当地农家女子中觉醒最早、革命最积极、斗争最勇敢，“民不畏死，奈何以死惧之”的巾帼英雄。

名副其实的农民运动撑旗手

毛绍成，又名展旗，1903 年出生在安徽金寨吴家店镇包畈村（时属商城县南乡）的一个贫苦家庭，她是一位思维敏捷、性格开朗的姑娘。常因衣食不得饱暖，愤恨世道不平，痛骂地主老财对贫苦百姓的剥削和压榨！

毛绍成在 23 岁这年夏天，听说斑竹园、佛堂坳一带的贫苦农民联合起来办农民协会，向地主豪绅和官府衙门抗租抗税，闹得很火热。她心想：真要是穷人都一条心和富人作对，那就好了。穷人这么多，就不怕富人欺压了。为了弄清情况，她特意到斑竹园一个亲戚家探听虚实。当她亲眼看到农民协会开大会，要地主老财减租减息时，激动得直流眼泪。她回到家里，到处宣传斑竹园穷人办农会、要地主减租减息的新鲜事。毛绍成的父母都是忠厚老实的庄稼人，怕她惹事，总是不让她出门。毛绍成说：“你们怕了一辈子的事，到现在不还是穷得叮当响？你们怕，我不怕，杀头坐牢我一人承担！”毛绍成的父母没办法，只得由着她。

当时在毛绍成家乡以教书为掩护的共产党员晏人凤和漆承文两人，见毛绍成敢于革命和斗争，便教她认字、为她讲解革命道理，并指导她出面组建农民协会。毛绍成得到指点后，信心更足了。经过她反复宣传动员，农民慢慢地觉悟起来。到第二年夏天，在毛绍成的家乡——一个偏僻的山村里，掀起了大办农民协会的革命高潮。毛绍成经常在各种农民集会上，演讲穷人受剥削、受压迫的痛苦，揭露地主老财压迫剥削穷人的罪恶，并动员妇女铲除封建思想，冲破封建礼教的束缚，实行男女平等，报名参加农民协会，和男同志一起闹革命。对毛绍成的作为，晏人凤和漆承文看在眼里、喜在心里，夸奖说："展旗这女子，坚定勇敢，名副其实，不愧是领导农民闹革命的撑旗手。"不久，便向党组织推荐，介绍她光荣地加入了中国共产党。

惩治恶霸地主震慑敌胆

张品清是一个无恶不作的恶霸地主，他对毛绍成宣传革命道理、领头创办农民协会非常害怕，成天在屋里骂，并威胁说，要到县衙告她聚众为匪、扰乱乡里，扬言要把参加农民协会的人都弄去坐大牢！并派人挑拨农民协会干部之间的关系。其他一些地主老财也跟着起哄，散布攻击农民协会的言论。以至于有些胆小的人心生畏惧，有的要退会，有的不敢参加农民协会活动。毛绍成得知张品清破坏农民协会的消息后，极为气愤，决定打击张品清一下，以便杀一儆百！一天，毛绍成带领农民协会 30 多名会员，来到张品清家，把张品清捆了起来，要他交代攻击破坏农民协会的罪行。张品清开始还想抵赖，毛绍成立即要几位受他挑拨的会员当面揭发他的罪行。张品清无法抵赖，只得老老实实地交代了破坏农民协会的罪行，被农民协会罚退出三年的租课。其他地主豪绅见张品清被罚了，都吓跑了。毛绍成便趁势发动农民协会开展减租减息斗争，组织妇女会、儿童团开展反对包办婚姻、反对封建迷信的活动，推动了革命形势的顺利发展。

智送情报传递武装暴动时间表

1928 年夏季，为贯彻党的八七会议精神，商城县委要求各地党组织积极筹粮、筹款、筹枪，准备武装暴动。

由于我党活动频繁，引起了商城县衙的警觉，他们一方面设密探，派清乡队清乡，查找我党的组织；一方面鼓动地方绅士招兵买马，拼凑反动武装，镇压农民运动。中共商城南邑区委为了不使武装暴动这一大局受到影响，便命令各地党组织隐蔽活动，积极为武装暴动做准备。当时担任支部委员的毛绍成被分配负责组织联络和消息传递工作。

一天清晨，毛绍成和弟弟到民生堂药店（党的地下联络点）以抓药为由送情报，没走几步，就被几个清乡的匪兵盯住了。毛绍成送的是一份议定起义时间的重要情报，如被敌人搜去，将对整个起义造成不可估量的损失。毛绍成看着弟弟，忽然急中生智，装着打弟弟的样子，将情报塞在弟弟裤腰里，叫弟弟将情报安全送到民生堂。敌人拦住毛绍成搜遍了她全身，啥也没搜着。毛绍成反守为攻，将匪兵大骂一顿，并说要报告敌人长官：告他们行为不轨，光天化日拦截妇女，吓得匪兵们直向她说好话。

1929 年 5 月 6 日（阴历三月二十七）立夏节，根据区委指示，毛绍成的家乡以镇压张绪清、张品清等 10 个地主的革命行动为标志，举行武装暴动。这天下午，毛绍成将暴动任务分别详细通知各党小组和乡农会领导成员，晚上，全乡统一行动，支部书记晏人凤和毛绍成等带领数百名手持大刀、长矛的农民协会员，以突然袭击的方式，分头镇压了张绪清、张品清等 10 个罪大恶极的地主恶霸。第二天早上，农民协会召开群众大会，宣布农民武装暴动的胜利。这一大快人心的消息很快传遍了千家万户，男女老幼拍手叫好。

为守护党的机密勇跳悬崖

1932 年秋，第四次反“围剿”失利后，红军主力撤离了鄂豫皖根据地，赤南县委机关不得不转入地下开展活动。此时的毛绍成已提升为赤南县委妇女部部长，因她是女同志、便于行动，县委机关文件全部由她负责保存。

敌人知道毛绍成是我党重要干部后，采用追踪、坐探、收买叛徒等办法抓捕毛绍成。一次，毛绍成回家看望卧病在床的父亲，父亲对她说：“外面风传敌人正在用大价钱买你的人头，你可要小心啊!”毛绍成说：“敌人逮不到我，就是逮到我，为革命牺牲也是光荣的，也算您老人家没有白养我一场!”父亲微笑道：“你不愧是我毛家好后代，但总是小心为好。”毛绍成说：“爹，你放心，群众都向着我们!”

敌人的嗅觉也很灵敏，由于坐探告密，毛绍成到家第二天，国民党的一个连就将毛绍成住的村子包围了。毛绍成刚把文件包放在一块大石板下藏好，就被捕了。敌人开始采取软办法诱降，要毛绍成交出县委成员名单和活动的地方，遭到毛绍成的痛斥和拒绝，接着就用酷刑摧残毛绍成，皮鞭打、杠子压、灌辣椒水，所有刑具都用遍了。毛绍成被折磨得死去活来，但是敌人想要的东西一点也没捞到。

一天清晨，敌团长亲自审问毛绍成，她想：这也可能是最后一次了，我死，也不能死在敌人枪口下，便对敌团长说：“好吧，你们也不用费神了，我有一包文件和一支枪，在一个山崖里藏着，你们带我去取吧。”敌团长欣喜若狂，命一个连长带一个排，跟着毛绍成去取。

她带着几十个荷枪实弹的匪兵，来到一个悬崖上，指着悬崖下的深潭，对匪兵们厉声说：“到了，你们松开我的手，我代你们下去拿!”敌连长走到崖边，伸头往下一看，心想这么陡峭的石崖，下面又是个深潭，你插翅也难飞。便命令匪兵给她松绑。

毛绍成向自己留下战斗足迹的山山水水端详了一阵，便使尽全身力气，纵身向崖下跳去。敌连长见状惊叫起来，向崖下连发数枪，但这罪恶的枪弹，并未打中毛绍成。毛绍成坠入深潭，未被淹死，又被急流冲出水面，结果再次落入敌人魔掌。

坚贞烈女血洒大别山

敌人仍不甘心失败，派一个匪婆化装成囚徒，和毛绍成“谈心”，妄图套出我县委活动的去向，被毛绍成识破后，遭到毛绍成一顿大骂。敌人又派人向毛绍成游说，劝毛绍成投降，又遭到痛斥。敌团长恼羞成怒，骂毛绍成是“敬酒不吃吃罚酒”。又对毛绍成进行百般摧残，毛绍成说：“什么刑罚我都不怕，就等你们一颗子弹！”敌人说：“一颗子弹太便宜你了！”便命人端来一盆熊熊的炭火，里面放了两把烧红的火钳。对毛绍成叫道：“给你最后一个机会，现在交出共产党的情况还不迟。要不就叫你吃红头点心。”尽管她的全身都被烙得皮焦肉绽，但早把生死置之度外的毛绍成，仍是横眉冷对，紧咬牙关，坦然自若。敌人无计可施了，只好用乱刀砍死了毛绍成！

就这样，大别山的优秀女儿、英勇的红军战士毛绍成，用她年仅 29 岁的生命书写出了一曲可歌可泣、气壮山河的生命赞歌！

篇七

妇女解放的先锋　革命斗争的闯将

——宣化店的优秀女儿喻海波

位于大别山脉西段的大悟县宣化店，至今缅怀着一个名叫喻海波的女英烈，她那种舍生忘死，为革命不要钱、不要家、不要命的感人故事，更是家喻户晓、人人传颂。

参加革命致力宣传鼓动　为妇女解放分忧解愁

喻海波，又名素青，1913 年出生于今大悟县宣化店上沙岗村一个贫穷农民家庭。兄弟姐妹六人，她是老大。父亲喻吉坦常年带着两个弟弟在竹竿河帮人放竹排，母亲阮氏是位勤劳的家庭妇女。由于地主的盘剥、国民党反动派的敲诈，全家人过着吃不饱、穿不暖的贫苦生活，在喻海波年幼的心灵里深深地埋下了仇恨的种子。

1929 年，喻海波随父亲在喻家店开了个小斗行（粮食交易行），正式接触社会。这年初，徐海东、张书田、丁彩光等在汪洋店、夏店组织农民举行“年关暴动”；同年秋，郑新民在宣化店领导农民举行秋收起义，实行武装割据。轰轰烈烈的革命运动唤起了宣化地区的男女老少纷纷参加革命。喻海波也和其他兄弟姐妹一样，冲破封建束缚，投身革命队伍。她参加革命后在区农会负责宣传工作，并加入共青团，于 1930 年转党。在党的安排下，她和郭永洲、张新华、李华清等女同志一起，组织了一个宣传队，宣传的形式主要有集会演话剧、张贴标语、散发传单等。宣传的主要内容是“打倒帝国主义”“打倒军阀”“打倒土豪劣绅”“实行耕者有其田”“反对包办婚姻，废除童养媳，实行男女平等”

等。号召妇女剪发、放足，参政参军。喻海波和她的战友为了妇女的解放日夜奔波，走乡串户，四处宣讲。当时在苏区流传着这样一首歌谣：

“妇女问题多，突出问题是什么？只有婚姻这一个，听我来说着。婚姻在以前，父母来包办，不论相貌和生年，只听媒妁言。如今天亮了，来了共产党，婚姻自己作主张，妇女得解放。”

喻海波每到一村，便召集青年妇女教唱这首歌，并宣讲妇女要自由、要解放的道理。苏区妇女在她的教育启发下，都自动剪辫子，放小脚，参加革命。

宣化店有一个名叫喻金娥的女子，因父母包办，与河南一个大地主的儿子订了婚，她本人不愿意又无力反抗，成天愁眉紧锁，痛哭不已；还有一女子喻云仙，原籍河南，因逃荒被卖到陈绪栋家做丫头，在陈家担负繁重的家务劳动，稍不如意就挨打受骂，过着奴隶般的生活。喻海波十分同情这两个女青年的遭遇，最后想方设法帮助她们到大悟山参加了新四军。喻海波娘家邻居妇女刘四海，15 岁时因父母双亡做了童养媳，家境贫寒，缺吃少穿，喻海波经常周济粮食，送给她衣服鞋袜，不仅从生活上关心她，还向她宣传抗日救亡的道理，在她的影响下，刘四海和喻海波的弟媳贞焕民一起积极投入抗日救亡活动，到处贴标语，宣传抗日，还积极动员妇女为抗日游击队做军鞋，送军鞋，成为宣化店河西片爱国运动的骨干分子。

坚定信念不动摇　不离不弃跟党走

1930 年 2 月，新组建的鄂豫皖特委和红一军在宣化店建立罗山县苏维埃政府和区乡苏维埃政府，喻海波先负责第七乡的宣传工作，旋即调任罗山县委妇联委员，带领郭永洲、黄开德、刘凤鸣等到各地发展妇女组织，积极配合支前工作，动员青年妇女送夫当红军，鼓励妇女到红军被服厂当工人。1931 年秋，喻海波任罗山县委妇联主席。

1932 年 10 月，红四方面军主力离开鄂豫皖边区西征，国民党反动派对根据地加紧“围剿”，喻海波随红二十八军转战六安、霍丘、固始、红安一带，坚持反“围剿”斗争。国民党军队采取坚壁清野、划区搜山的办法，对苏区实行惨无人道的暴行，使根据地一片片土地成为无人区，斗争十分艰苦复杂。1935 年正月，喻海波在固始县叶家集的一次战斗中不幸被俘。国民党多次对她进行严刑拷打，均一无所获，便将她寄押于河南固始国民党县政府。在狱中，她始终坚贞不屈。4 月初，被强行出卖。经当地一家盐行经理李益轩等撮合，与蚌埠森和纸烟公司推销员胡茂久结婚，自此在固始生活。但她时刻没有忘记作为一名共产党员的职责和使命，千方百计地在寻找党组织。七七事变后，蚌埠失守，森和纸制厂倒闭，喻海波夫妇无家可归，便携带儿子于 1938 年初辗转回到宣化店，在中街租了一间房子居住。到下半年，她终于打听到女共产党员黄开文还在革命阵营里搞地下工作，就前去联系。经黄开文介绍恢复了她的党组织关系后，立即与东大山的便衣队取得联系，重新踏上了革命征途。

1939 年春，国民党顽固派破坏统战政策，经常与我党东大山游击便衣队发生摩擦。游击队领导人何耀榜从延安学习回来后，将中心县委留守处从卡房的檀树洼搬到宣化店的黑山冲徐家寨，并在这里举办党员干部培训班，喻海波参加了这个培训班的学习。结业后，留守处为了发展组织，派她到宣化店与董甫仁组建宣化店中心党支部。董甫仁任书记，喻海波任宣传委员，负责宣化店竹竿河西一片的工作。宣化店地区的大地主顽固保长石幼清欺压百姓，破坏统战，喻海波布置人员，连续在宣化店城内贴出标语："石幼清你再欺压百姓，我就砍你的脑袋!"落款"湖北军事委员会"。石幼清胆战心惊，便不敢当保长了。

竭尽全力为抗战　甘洒热血写春秋

1940 年春，喻海波根据上级指示，从宣化店中街搬到西后街。这里的邻居成分极为复杂，董理荣是个屠夫，王新武是国民党税务局局长，罗申华是国民党自卫大队大队长。喻海波以开杂货铺为掩护，经常与这些人的家眷打麻将，拉家常，吃喝周旋，获取情报。她还发展税务局局长王新武的勤务员阳道成参加我党工作，并利用阳道成的工作之便，将"一致抗日，反对内战"的宣传标语悄悄贴到国民党军营内，使国民党保四旅旅长大为恼火。喻海波还多次通过阳道成的社会关系，为抗日游击队到敌占区购买枪支弹药和军需物资。

随着鄂豫边区抗日力量的蓬勃发展，我党抗日游击队也经常活动在信（阳）汉（口）公路两旁及宣化店周围地区。国民党消极抗日，积极反共，嫉恨人民抗日力量的发展，不断制造摩擦。喻海波经常利用各方面的关系，获取情报，引导游击队转移到安全地带。1941 年 8 月的一天，便衣队队长甘树东正驻扎在吕王黄吉塝村，国民党军刘锡武部阴谋趁黑夜袭击。喻海波得知后，马上派人传递消息，使甘部得以脱险。是年 4 月，国民党侦知董甫仁是暗藏在宣化店城内的共产党员，王新武伺机暗杀，喻海波通过阳道成获此消息后，及时巧妙掩护，使董甫仁连夜转移而免遭毒手。

1942 年，国民党又一次掀起反共高潮。4 月 8 日，五战区司令长官下达了反共密令。其时，国民党驻宣化店的保安第四旅，避居后方，拥兵自重，“游而不击”，对喻海波“反对枪口对内”“全民一致抗日”的言行早已怀恨在心，视喻海波为眼中钉、肉中刺，趁机于阴历五月二十日悄悄将她逮捕。刽子手害怕爱国群众起来保救，秘密将她枪杀在宣化店河滩上，时年 29 岁。

喻海波牺牲的消息传出后，整个宣化店的群众轰动起来了，纷纷赶赴现场悼祭。许多青年妇女和老婆婆痛哭流涕，痛骂国民党的凶残毒辣。从那时起，一些革命群众利用清明扫墓的时节，在她的坟墓两旁栽种了翠柏，象征着女英雄喻海波的壮烈人生，如翠柏长青，永载大别山的革命史册。

链接

曹干仙：为送军粮饿死路上

被誉为红二十五军军魂的吴焕先，为了革命事业，不但破了家财，而且牺牲了六位亲人。最后，连母亲和妻子也为送军粮先后饿死在夹壁墙里和乞讨路上。

1932 年 10 月，吴焕先组织重建红二十五军后，拉起了一支 7000 人的队伍。在吴焕先的率领下，红军先后取得郭家河、潘家河、杨泗寨等战斗的胜利。这引起蒋介石的极度恐慌。1933 年，在调动大军对红二十五军进行包围“进剿”的同时，又发动地方反动民团对红区进行经济封锁，使红二十五军的经济给养极为困难。吴焕先的母亲，在一次将粮食送到红军队伍后，回到家中，恰巧碰上反动派搜捕红军家属，赶紧躲入自家杂货铺的隔墙中，虽然躲过一劫，但因无食充饥，被活活饿死。

婆婆死后，曹干仙依旧义无反顾，给军队筹粮。1933 年 5 月，面黄肌瘦的曹干仙再一次背着粮食上山，当时的吴焕先正布置作战计划，便打发人告诉妻子下山。吴焕先不知道的是，此时的妻子已经怀有身孕，她很想把这个喜讯亲口告诉丈夫，可惜的是，最终，也没能见到吴焕先，失望下山。

几日之后，饥饿的曹干仙在乞讨途中倒地不起，连同腹中胎儿一同被饿死。

更令人痛惜的是，卓越的青年将领吴焕先，也壮烈牺牲在长征途中。

他们没有留下财产，没有留下儿女，却为我们留下了不可磨灭的革命丰功伟绩和一个个催人泪下的故事。

第十章 冲锋陷阵 九死一生

链接

翱翔在大别山区的一只雄鹰（篇十）

篇一

一张血染的党证

毛泽东在党的七大所作的政治报告中，曾高度赞扬我们党领导的人民军队“具有一往无前的精神，它要压倒一切敌人，而决不被敌人所屈服。不论在任何艰难困苦的场合，只要还有一个人，这个人就要继续战斗下去”。翻开鄂豫皖革命斗争的历史，在中国革命战争的各个时期、各个战场，都有来自大别山的优秀儿女在艰苦转战，流血牺牲，即使是活到革命胜利之后，并被授予开国将军称号的人，哪一个不是历经战争而伤痕累累，从死人堆里爬出来的。本章选择的几篇，仅仅是“团辞试提挈，挂一念万漏”。

这是一张特殊的党证，上面沾满血渍，它的主人就是开国将帅中 13 位独臂将军之一的陈波。党证布制，长方形，中上方印有两颗五角星、列宁和斯大林头像及党证字样，下方印有一个宽 11.5 厘米、高 10 厘米的长方形表格，栏内写有持证人的姓名、参军入党时间、颁发单位及颁发时间等。

这张党证是 1933 年由中共川陕省委颁发给优秀共产党员的，当时共颁发了 2000 张，但中华人民共和国成立后仅保存下这一张。2010 年，陈波之子陈铁生将党证捐献给鄂豫皖苏区首府革命博物馆。

陈波，原名陈汉青，又名陈少怀，1908 年出生于河南省新县泗店乡范店村一户贫苦人家。自幼以放牛、卖柴度日，10 岁时，母亲病故，13 岁跟随父亲在外打零工挣钱糊口。后来，父亲托熟人送他去学裁缝，3 年后出师回乡当裁缝，维持生计。

1926 年，家乡的农民运动风起云涌，陈波接受革命思想灌输，参加了本村的农民协会。1928 年 6 月，工农革命军第七军在毗邻的柴山保创建革命根据地，并随着武装斗争的全面发展，于年底在柴山保胡子石村的龙佛寺建立了一所被服厂，迫切需要招揽一批会做军装、被服、鞋帽的技师。恰在此时，陈波加入了红三十一师的队伍，很快便作为技术人才被分配到红军被服厂工作。由于他工作积极、埋头苦干，加之手艺精湛，倾心授徒，出色地完成了工作任务，入厂不到一年就加入了中国共产党。就在他全身心地投入被服厂工作期间，国民党军队联合地方“清乡团”闯入村庄，残忍地杀害了他的父亲。同时，由于国民党军队对根据地的加紧“围剿”，红军被服厂不得不停办。

1930 年，陈波被编入新整合的红一军一师二团三营，先后任排长、指导员，不久任新改编的红四军副营长。红四方面军成立后，他调任参谋处书记（即参谋），后被选为红四方面军参谋处党支部书记兼党小组组长。张国焘、徐向前、陈昌浩、曾中生都编在这个支部里过组织生活。

1933 年 1 月，红四方面军西征入川，并创建川陕革命根据地后，于 2 月 7 日在通江召开了中共川陕省第一次代表大会，选举以袁克服为书记，曾中生、吴永康、郑义斋、傅钟等 37 人组成的中国共产党川陕委员会。就在这次会议上，为激励广大党员在创建川陕革命根据地的斗争中充分发挥先锋模范作用，决定给优秀党员签发党证，这也是党组织对党员的一次全面考核。在党小组会上，省委委员兼支部组织委员曾中生说：“汉青同志，党证是党员身份的证明、形象的标识。你能首批领取党证，说明你已经是一个合格的党员、称职的党务干部了。希望你进一步强化荣誉感和责任感，大胆地履行支部书记和党小组长的责任，我们会服从你的监督和管理。”

“谢谢党组织对我的信任。我会像爱护生命那样，珍惜党给我的荣誉证书。”就这样，陈波特地缝制了一个小皮囊，把这张纸质的党证装在里面，系在腰带上，用以时时激励自己履行党员的职责和义务，更好地发挥先进战士的作用。

1941 年 3 月的一天，时任八路军前总特务团副团长的陈波向战士们介绍完滚雷的使用方法后，带头进行滚雷试验，他命令大家后退 300 米，然后抱起西瓜大的滚雷向山丘走去，这时团长欧治富拦住他：“这是新制的，有危险，我来吧！”陈波摇摇头，说：“你是一团之长，还是我来吧！”陈波待大家进入安全区后，开始按雷、擦火，只听“嘣”的一声，试验的滚雷突然爆炸，陈波当即倒在血泊中。经过抢救，身负重伤的陈波奇迹般地活了下来，但仅剩一只胳膊和两条无法弯曲的残腿。苏醒后的陈波，第一时间用仅剩的右手摸了摸腰带，然后焦急地问护士："我的小皮囊呢?"护士不明其意，陈波解释说："我腰带上的。"护士将他的血衣翻遍，终于找到被鲜血浸透的小皮囊，里面的党证已被染红。

负伤后的陈波虽然不能像从前那样冲锋陷阵，但他并不气馁，决心要为党做更多的工作。由于从小家境贫寒，从没进过校门的陈波在参军前连自己的名字都不会写。这次养伤的时间成为他学习文化的极好时机，一本《论持久战》既是政治和军事的教科书，又是文化读本。失去左手，他便用木尺压平书本；没有老师，医生、护士就是教员。

半年后，陈波"毕业了"，并成为一所"荣誉军人"学校的校长。从此，他带领 30 多名残疾军人在河北的一个小山村养伤治病、学文习武。1944 年，随着日军对晋察冀根据地的全面扫荡，党中央决定让陈波等人转移到延安养伤。在穿越鬼子的封锁线时，为防备落入敌手而暴露身份，许多人都把党证销毁了。陈波却说："就凭我这一只胳膊两条残腿，一看就是八路，有无党证一个样，落到敌人手里都是死。"所以他一直揣着党证巧妙地通过了日军的封锁线，顺利地到达了延安。

抗战胜利前夕，蒋介石向东北大举增兵，我党紧急组建了"赴东北工作干部团"（简称"东干团"）支援东北。陈波当即向上级提出参加"东干团"的请求，领导似乎故意考验他，指着一匹烈马说："上马兜一圈，不从马上摔下来，就让你去。"陈波接过缰绳，右手一按马背，稍一纵身便跃上马背，10 多分钟后他骑马回到了原地。就这样，陈波成了"东干团"的一名成员。日军投降时，陈波接到看管日军一个军用仓库的任务，他只身一人日夜守卫，既防火防盗又要防备敌人突袭。后来，支援东北的三五九旅官兵赶到，正当战士为枪支弹药和军需物资愁眉不展时，陈波挥动着右手："这里有。"我军官兵不仅得到了充足的物资，更从这名共产党人身上得到了莫大的激励。

多少次，行军作战的汗水把党证浸透；多少次，风雪奇寒把党证上的汗水又凝成冰凌。陈波怀揣这张党证，冲锋陷阵，勇闯难关。这张党证历经土地革命战争时期、抗日战争时期和解放战争时期，见证了老一辈无产阶级革命家对党的一片赤诚忠心。

篇二

漫川关的浴血拼杀

1932年10月，红四方面军主力在蒋介石重兵“围剿”和张国焘错误的战略指挥下，被迫离开鄂豫皖苏区，转入1500公里西征。11月5日，红军沿鄂陕边界突围至陕南雄关——漫川关一条长达三四公里的峡谷中。这里，山峰险峻，坡壁陡峭，从山巅到峡谷垂直高度达数百米，自古即是“一夫当关，万夫莫开”的铁闸雄关。

红军进至漫川关时，关口正面有杨虎城部3个团扼守；后面，胡宗南的两个旅已进至漫川关东南之任岭、雷音寺、七里峡、古庙岭一线；漫川关东北的张家庄、马家湾一线，是敌肖之楚四十四师；漫川关以东的大沟口、当山两地，敌刘茂恩六十五师和范石生五十一师已经赶到；漫川关以北，敌四十二师正向南靠近。敌共有5个师又3个团的兵力，再次从四面形成了对我军的合围。能否闯过漫川关的隘口，直接关系红四方面军的生死存亡。

怎么办？关键时刻三巨头对解困之策发生了分歧。

张国焘失去了保存部队的信心：“现在我军情况危急，生死悬于一线。向后转将遭遇5个师的敌军围攻，这是自寻死路。向前强攻漫川关，山高路窄，敌人一挺机枪就能将我们挡住，也是死路一条。我看现在只有化整为零，分散游击，这样目标小，行动方便，也许还能存活几个人。”

张国焘说完，盯住陈昌浩，催促他表态。陈昌浩没有吱声，表情阴郁。

张国焘又问徐向前：“总指挥有何高见？”

“你这人一到关键时候就拉稀！”徐向前毫不客气地说，“我们好比是一块整肉，敌人一口吞不下去；如果分散，切成小块，正好被别人一口一口吃掉。所以，无论如何，不能分散打游击，要想尽一切办法突围。”

“向前，你决定吧！”陈昌浩表示。

“能突围当然好啊，问题是能突围出去吗?”张国焘还是没有信心。

徐向前说：“根据情报，北面敌人兵力较少，又是两股敌军的接合部，是个弱点，可以从那儿想办法。”

漫川关北部有一垭口，是国民党四十四师与西北军杨虎城部的接合部。垭口之上，数千支黑洞洞的枪口正对着隘口下仅容匹马单骑的山道。

徐向前决定兵行险招，沿羊肠山道仰攻北山垭口，从敌人的铁壁之中杀出一条血路。

兵家讲究天时、地利、人和，这三者当时全不在红军一边。但徐向前就看准了一条：“哀兵必胜。”处于绝境之中的红军战士除了以肉碎剑之外，别无生路。

徐向前把夺关的任务交给了全军攻击力最强的两个团：红十二师第三十四团和红七十三师第二一九团。这两个团的团长分别是享誉三军的骁将许世友和韩亮臣。由许世友的第三十四团担任主攻，韩亮臣的第二一九团助攻。

张国焘、徐向前、陈昌浩，红四方面军三巨头一起给部队作动员：“这次突围，关系全军的生死存亡，胜有生路，败即死路!”

“保证完成任务!”两个团的3000名壮士一律赤膊上阵，腰缠手榴弹，背缚大刀，手提长枪，进入各自的阵地。

许世友年方26岁，身背一把纯钢打造的鬼头大刀，腰插两把短枪，豹眼圆睁，来到前线。

“机枪掩护！二营，给我上，一、三营准备!”他大声吼道。

红三十四团的机枪叫起来，红二一九团也向敌人展开射击。第一轮冲击受挫的红军官兵又举起刀枪，向上冲去。无奈地形过于狭窄，过不去，冲上去的人仍一批批地被击中。

垭口往下射击，将山谷中的大树、灌木、山藤悉数打断，青石路壁布满弹孔；谷底往垭口射击，将山上的树木、工事打得碎屑迸飞。至于双方人员伤亡，更是触目惊心。距离山隘口50米的山棱线前，红三十四团冲在最前面的二营500多人，伤亡了300多人。上面，敌人的几挺机枪织成一道死亡之网，打得人抬不起头来。

这场战斗过于惨烈，它违背了所有战争的规则。不计伤亡，不避生死，阵亡战士的尸体填满峡谷，流淌的鲜血太黏、太稠，沥透了山道，不断有人在冲锋时滑倒。山上的敌人枪口打红了，打软了，不得不轮流停射待其冷却。抓住这一瞬间，许世友急中生智，命令战士们向上扔手榴弹。

“距离太远，炸不到他们!”一个连长说。

“混蛋，叫你投你就投!”许世友骂道，率先将手榴弹投出去。“轰”的一声，手榴弹炸起一团烟雾。“冲!”他一跃而起，冲过了那段最窄的山棱线。

跟在他后面的战士们明白了，纷纷向前投出手榴弹，炸起团团烟火。许世友终于带领红三十四团冲过了那段山棱线，杀上了山垭口，为全军突围打开了一个缺口!

“二一九团在前，三十四团在后，向前攻击前进!”徐向前及时将两个团的位置作了调整，急急率领全军，通过被占领的山垭口，向北方的野狐岭急进。

红军突破漫川关的消息迅速传到敌四十四师师部。肖之楚急令一个旅进至漫川关以北 5 公里处的柳林河，进行第二次阻击。

徐向前赶上来，派人传话给许世友和韩亮臣：“一定要把敌人阻击在这里!什么时候全军全部通过，你们什么时候撤!”

天已大亮，敌人重新稳住了阵脚，向红军阵地发起轮番攻击。两个红军团弹药打光，不得不靠大刀和刺刀与敌肉搏。激战至黄昏，敌人终于没能突破我军阵地。

漫川关真是死亡之地。红军在这里付出了沉重的代价，韩亮臣同 2000 余名战士一起长眠在这条幽深陡峭的峡谷之中。许世友和幸存下来的冲锋队员大都负伤。

红军快速冲过漫川关后，翻越野狐岭，攻占竹林关，又一次摆脱了险境。

篇三

庾家河的生死存亡之战

庾家河在陕西省是个名不见经传的山中小镇，当时仅有几十户人家，一条狭窄的拐弯小街从中穿过，用当地的俗语说：“一泡尿也就撒到头了！”

但它的地理位置十分重要，是当地南北通商的必经之地。向南经过商县的龙驹寨，可以抵达湖北郧阳、郧西地区，向北可以抵达潼关、华阴、西安等地。故此，这里成了南来北往的客商行人的重要驿站。

1934 年 12 月 10 日，红二十五军摆脱敌军重重围堵，由豫入陕，进入这个小镇后，一方面张贴红军布告，澄清谣言，让逃避的居民回镇安居乐业；另一方面则在一个名叫“春永茂”的中药铺召开鄂豫皖省委常委会议，讨论在此地建立新的革命根据地问题。

中午时分，会议正在热烈讨论时，突然从庾家河东北方向传来激烈的枪声。

原来，曾在卢氏县朱阳关修筑工事、等待阻击红军的敌第六十师发觉上当后，跟踪追入陕南，经由鸡头关方向，沿着七里荫、庾家河之间的山路迂回奔袭而来。

事前，省委的领导成员都以为陕南是西北军杨虎城的地盘，谁也没想到敌六十师居然敢越省追击。

红军设在庾家河东面的排哨，由于连续的行军，疲惫不堪，没能及时发现敌军，直到敌人摸到东山坳口时才发觉，但已经晚了。

战斗一开始，敌军先头部队的第三六〇团就抢占了东山坳口的有利地形。

红二十五军手枪团闻讯立即赶到，一面投入战斗，阻击敌人的进攻，一面向在开会的省委报告。

省委立即停止开会，程子华、徐海东、吴焕先等人都抢先奔出，指挥部队实施反击，一场极其壮烈的反击战在这个小镇的山坳口上展开了。

副军长徐海东亲率主力红二二三团从正面猛烈进攻，抢夺阵地。军长程子华率领红二二四团从右侧山头迂回攻击，政委吴焕先率红二二五团从左侧山头迂回，迅速夺回了东、西两侧高地。然后，三个团分别从左、中、右以猛烈的攻势实施反击，将敌军赶下了岭头。但不一会儿，敌人的大批援军赶到，又使用了钢炮轰击，夺回了制高点。

由于红二十五军连续行军，到庾家河未得到休整，人困马乏，加上武器装备差，子弹不足，只好拼上了刺刀。战斗中，有的连、排打得只剩下七八个人，有多名营团级以上干部英勇负伤和牺牲。军长程子华在阵地上手持望远镜观察敌情时，被敌人子弹击穿双手，打断三根手指头，左手腕动脉血管被击伤，血流不止。副军长徐海东在战斗最紧急的关头，手端轻机枪，冲锋在前，子弹打光了，挥舞着大刀砍向敌人，敌人被他的气势吓倒，纷纷逃散。突然一颗子弹从他左眼底下打进去、右耳根穿出，他身负重伤。战士们把他抢下阵地后，他血流满身，昏迷不醒。

正副军长负伤后，政委吴焕先继续指挥战斗。红二二三团团长叶光宏与敌争夺岭头阵地时一条腿被敌炮弹炸断，但他以惊人的毅力，忍受极大的伤痛，不下火线，继续指挥部队作战。军团领导的英勇顽强精神，极大地感染和鼓舞着全体指战员。红二二三团七连一挺机枪与敌火力对射时，接连牺牲了 3 名射手，一个倒下去了，第二个接着上来。终以猛烈的火力压倒了敌人，又夺回岭头阵地。跟随徐海东副军长的司号长程玉林在激战中，下巴被子弹打穿，不能吹冲锋号，他利用岭头垭口小土地庙作掩护，向敌人接连投出几十颗手榴弹，一个人接连击退敌人 9 次冲锋，最后壮烈牺牲。时任红二二三团副连长的王诚汉所带领的那个排，有一个七班长，非常勇敢顽强，他多次用石块把敌人砸下阵地，身上多处负伤，最后壮烈牺牲在山垭口上，死时双手还紧抱着一块石头。

就这样，敌我双方采取拉锯式的激烈争夺战，从中午打到黄昏，红军指战员经过殊死拼战，反复冲杀 20 多次，终于打退了 20 余倍于红军之敌的猖狂进攻。此战共毙伤敌人 800 余名，残敌向卢氏方向逃遁。同时，我军也伤亡 200 余人。

庾家河战斗，是红二十五军继独树镇七里岗战斗后的又一场苦战、恶战，也是一场关系红二十五军生死存亡的决战。徐海东、程子华在庾家河战斗中重伤得治，能坚持下来，一方面是因为他们有战胜伤痛的意志，另一方面也是因为徐海东重视医疗救护点的设置。每次徐海东勘察地形，都喜欢带着军医院院长钱信忠同去，他希望救护点的位置能尽量离战场近些，这样救治伤员及时，指战员就会少牺牲很多人。特别是这次徐海东负伤特别严重，昏睡了 4 天 4 夜，多亏了女护士周东屏的昼夜悉心护理，才把他从死神那里拉了回来。在吴焕先政委的撮合下，成就了将军与护士的一段美满姻缘。徐海东曾腼腆地说："等到结婚那天，我请政委当司仪，让大伙热闹热闹。"可惜的是，在将要到达陕北时，吴焕先壮烈牺牲在长征路上，没有等到这一对革命伴侣结婚的那一天。

庾家河战斗结束后，红二十五军于 1934 年 12 月 11 日向西 40 多里转移到洛南县蔡川镇休整，撤销第二二四团充实到第二二三团、第二二五团，加上手枪团，共计 2500 余人。根据中共鄂豫陕省委的决定，红二十五军暂停西进，向陕南腹地转移，并且正式创建了鄂豫陕边革命根据地。

篇四

塔山阻击战：四纵是塔，也是山

在中国人民解放军的防御战史上，有两场战役不但特别有名，而且是属于那种“小地方、大战场，事关全局成败的大战役”。这就是上甘岭战役和塔山阻击战。这两场战役不仅列入中国军事战例的典范，而且被美军写进了西点军校的教程。值得骄傲的是，这两场阻击战的直接指挥员，都是来自大别山的战将。本书已略述过血战上甘岭的故事，本篇再说说塔山阻击战的血腥与惨烈。

塔山阻击战是东北野战军第四纵队、第十一纵队等部在辽沈战役中，为保障主力夺取锦州，在辽宁省锦州西南塔山地区对增援锦州的国民党军所进行的防御作战。塔山阻击战，从 1948 年 10 月 10 日开始，至 10 月 15 日结束，共进行了六天六夜。这场惨烈的战斗，决定了辽沈战役的胜利，推进并影响了全国解放战争的进程。

时任东北野战军政委的罗荣桓曾对坚守塔山的将领说：“街亭虽小，干系重大，事关能否打下锦州的全局。”

参谋长刘亚楼在电话里对各师长下的死命令是：“塔山丢了，提头相见！”

而当战斗打响，塔山 9 次易手，伤亡过大，刘亚楼提议总攻推迟时，林彪果断地说：“告诉程子华，我只要塔山，不要伤亡数字！”

由此可知，当时的防御战打得是何等惨烈。亲临前线指挥战斗的胡奇才将军曾回忆了那一幕幕气壮山河的画面……

整整六昼夜，不下 10 万发炮弹和难以计数的子弹在弹丸之地的塔山穿梭、飞落、碰撞。房子炸飞了，树干削断了，整片整片的高粱“唰唰”地倒下，连一根完整的高粱秸也没有了。

增援高家滩，敌人的炮弹在我军的战士中“咣咣”地炸，四连、五连和一个警卫排的指战员冒着炮火前进，跑着跑着人就“飞”起来了。不到 500 米距离，被炸倒了 200 多人。仅一天，全团就伤亡 700 多人。

铁路边的桥头堡阵地，前沿只能展开一个排的兵力。一个排打光了，再增援一个排；打光了，再增援。一个团 2700 多人，两天下来，只剩下 175 人。

二十八团一营二连指导员程远茂带一个加强排，坚守 6 个碉堡和 500 米的战壕，打退敌人 8 次集团冲锋，50 多人最后只剩下了 7 人。撤出阵地后，7 个人还能走能跳，能吃能睡，就是“傻乎乎”的，因为耳朵都被震聋了，什么也听不见。

二十八团五连指战员同敌人面对面拼刺刀 10 余次，然后把敌人的尸体垒成掩体，保住了阵地，而我方 100 多名战士长眠于塔山。

守备 7 号阵地的三十六团五连在我方炮火的有力支援下打退敌人多次集团冲锋。这个阵地打到最后只剩下连长焦连九一人，耳朵震聋了，眼睛、鼻子鲜血淋淋。增援部队上来后，他还在大喊大叫：冲啊！打呀！

三十五团两位战士在一次反冲击时，一个双眼被炸瞎，一个双腿被打断。奇迹便由此而出现：没有眼睛的背着没有腿的，两个残疾人的联合体各取所需，一直坚持战斗到最后。

……

塔山既无塔，也无山，只是一个有 200 多户人家的村庄。东邻渤海，西靠虹螺山，前后左右是一片 10 多公里宽的起伏地带。一条路从塔山村正中穿过，北距锦州外围不到 20 公里，南距锦西蒋军前沿只 100 米左右。南面大东山、小东山、影碑山一线高地，蒋军早已筑有坚固的工事，而地势低下的塔山完全在蒋军炮火的射程之内。

担任塔山阻击战的总指挥是东野第二兵团司令员程子华，而他是原红二十五军军长，也算是来自大别山的将领。担任正面御敌的守将是四纵司令员吴克华、政委莫文骅，而具体组织实施战役指挥的则是副司令员胡奇才。胡奇才乃是湖北红安县人，一生南征北战，充满传奇。他在回忆塔山阻击战的往事时说：“塔山那个地方，既没有塔，也没有山。而我们用毛泽东思想武装起来的四纵广大指战员就是打不垮的塔，就是攻不破的山！”

尽管条件如此恶劣，我参战部队将士凭着英勇无畏的气概、有我无敌的拼命精神，仍然以“我伤 2367 人，亡 787 人，共 3154 人的代价，让敌人在我阵地前抛尸 6000 多具”的战绩，胜利地完成了塔山阻击战的艰巨任务。

篇五
战伤是他们的“光荣花”

中国人民解放军的第一代将帅都经历了生与死的考验、血与火的拼杀、灵与肉的熔炼，他们多数人是拖着伤残的身躯站在授衔台上的。可以说，闪耀在他们肩头的星花，是用鲜血换来的。他们无愧于那金灿灿的将星和备受人们崇敬的最高荣誉。他们传奇的故事、腥风血雨的经历，构成了我们军队的铮铮铁骨，他们的大智大勇、坚忍不拔的性格熔铸成了不朽的军魂。

据军旅作家吴东峰对200多位将军的采访统计，有战伤记录的170多人，累计战伤400多处，平均每人两个以上。而据笔者对大别山将军，包括元帅林彪、徐向前，大将徐海东、王树声，乃至国家主席李先念的统计，没有负伤的人，几乎为零。本篇重点讲述几位与死神擦身而过、战伤累累的将军故事。

故事一：身留四处洞伤的陈锡联上将

陈锡联是一位战功卓著、富有传奇色彩的将军。革命战争年代，他13岁参加红军，由于作战勇敢，被战友们誉以“小钢炮”绰号。中华人民共和国成立后，他殚精竭虑，努力工作，长期担任党和国家及军队重要领导职务。在关系党和国家命运的关键时刻发挥了重要作用。1973年，八大军区司令员对调时，毛泽东说：陈锡联会打仗，带过兵团，管过炮兵，让他管一下（中央军委）吧。

陈锡联，矮胖，慈眉善目，方脸大嘴。耳朵略背，须靠近大声说话。邓小平谓陈锡联“心胸开阔，肚量大。不仅能打仗，还特别能团结人”。李先念谓陈锡联“特能打仗，也特能团结人。能团结意见相同的人，也能团结意见不同的人。组织观念极强，一切以大局为重，个人委屈个人消化之”。

放牛娃出身的陈锡联善于在战争中学习战争，在人民军队的革命熔炉里锻炼成长，20 岁就成为红四方面军师政委、师长，34 岁擢升为统领中国人民解放军第十、第十一、第十二军的第二野战军第三兵团司令员。他军政兼优、智勇双全，敢打善打硬仗、恶仗、大仗、苦仗；善于以少胜多，以弱克强；指挥作战以坚决、果敢、迅猛而著称。

然而“自古雄才多磨难”，陈锡联难免阵前伤。在陈锡联赫赫威名的背后，是满身的伤疤。据有关史料记载，陈锡联一生多次负伤，其中有四次重伤，与死神擦肩而过：一为左手，大拇指被炸伤；二为下颌处，一子弹穿下颌，由后脖耳根处出，从此右耳残疾；三为胸部，子弹由前胸进，后背出，贯通伤；四为腰部，一子弹横穿腰部，左进右出，亦为贯通伤。陈锡联言，幸亏都没有打中动脉，否则早就没命了。

当有人夸陈锡联肚量大，能容人容事时，陈锡联自嘲曰：我身子前后左右有四个洞，因此心中有气出得快，心胸宽。

故事二：敢用匕首挖弹头的陈再道上将

陈再道也是我军骁勇善战的名将，一生充满了传奇色彩。

1909 年，他出生在湖北省麻城市乘马岗镇程家冲一户贫苦农民家庭。1926 年的一天，他被石河寨的一首农民起义歌声吸引，跟随王树声参加了农民自卫军，自此，黄麻起义勇参战，木兰山上称好汉。柴山保根据地挥刀枪，足迹踏遍鄂豫皖。他从红军班长、排长干起，随着战功逐级升至红四军军长。有关陈再道的勇猛故事太多，不一一述尽，这里仅举几例。

1932 年 1 月，陈再道在率部参加商（城）潢（川）战役中，突然被一颗子弹打中右上臂。这时战斗正打得激烈，马上就要发起冲锋与敌人肉搏。陈再道急了，为不妨碍冲锋陷阵，他先试着用手往外挤出子弹，但弹头已深入肌肉，根本挤不出来。

警卫员见到营长受伤了，马上要替他包扎。

陈再道大吼：“包扎顶屁用，子弹打在里面，必须取出来。”

警卫员说：“要到战地卫生所去取。”

“不行，不能下阵地，快把你的匕首拿出来，先帮我把子弹挖出来。”陈再道怒了。

警卫员被他的话惊呆了——这怎么能行？他可从来没见过这样取弹头的。

“笨蛋，笨蛋！你难道在家没挖过地瓜?”见警卫员迟迟不动，陈再道开骂了。

警卫员哭笑不得，但他无论如何也不敢给营长“做手术”。

陈再道也不和警卫员废话了，只见他伸出左手食指，咬着牙把刀深深地插入右臂伤口中，硬是把伤口中的弹头给抠了出来……

一旁的警卫员看得目瞪口呆。

经他这么一弄，血流得更厉害了，陈再道却不以为意，他抢过警卫员手里的包扎带撕下一块，揉成团，往伤口里一塞，就端起枪率部队向敌人杀去。

1932 年 8 月，红四方面军主力进攻麻城，营长陈再道再次主动请缨担任突击任务并得到批准。

战斗中，他率领全营冒着枪林弹雨在兄弟部队的火力掩护下，迅速接近敌前沿阵地，发起猛烈攻击，并一举突破敌人防线。但正当陈再道率部乘胜追击、扩大战果时，突然一颗子弹从他的右臂上部打进，从后背穿出，只差一点就击中了他的咽喉，顿时，鲜血从两个伤口向外直流。很快，陈再道变成了一个血人，但令人惊讶的是，他却没有发现自己受了伤，还以为是拼杀时染上了敌人的血。

警卫员上来一把拉住了他：“营长，你负伤了，停下，我给你包扎。”

这时的陈再道已经打红了眼，他恼怒地将警卫员一把推开：“扯淡，你又给我婆婆妈妈的啰唆。”说着，又举起枪冲向敌阵。

直到战斗结束，他才被送到后方医院治疗。

住院没多长时间，陈再道已经按捺不住了，天天向医生要求出院，负责的医生吃惊地说：“出院？你失血太多，伤口发炎，一百步之内你就会晕倒。”医生严厉地警告他。

“没那回事，你给我弄块猪肘子，我啃完保证立刻就好。”陈再道对医生的恐吓根本不以为意，他倒是认为弄块猪肘子吃就啥事都没有了。

就在陈再道与医生纠缠不清的时候，师长倪志亮骑马赶到。

倪志亮是两手准备过来看望陈再道的，伤没好继续养伤，伤好了马上领回去。前方战事吃紧，战场上缺了陈再道这员虎将，有时打起仗来还真有些不顺手。见陈再道和医生争得面红耳赤，倪志亮已经有了主意。

他向医生求情："放他回去吧，部队需要他。"

"可是，他还不能走路啊！"医生很为难。

倪志亮笑笑："马就在门口，让他骑马总可以吧。"有师长撑腰，陈再道已经不再管医生怎样说了。他拉起倪志亮的胳膊，跳上马背扬长而去。

陈再道作战有瘾，闻枪声即心发痒，尤喜枪对枪、刀对刀、面对面拼杀。担任师长、军长后常亲赴前线冲锋。故每次战前，徐向前下作战命令时，必补充一句："不许陈再道打冲锋！"

红军时期某日，时任师长的陈再道又赴前线单骑冲敌阵。徐向前知道后，叫警卫员把他召到跟前，问："骑兵团缺个排长，你看谁去合适？"就在陈再道愣神之际，徐向前又说："我看你！陈再道挺合适。"陈再道知其意后忙不迭地作揖，曰："报告总指挥，下次再也不敢了。"

解放战争中，陈再道率中原野战军二纵驰骋中原，围歼高魁庄，喋血郑庄寨，大战羊家集，屡建战功，陈毅元帅称其为"再道之勇"。

1967 年，武汉发生了兵变事件，毛泽东、周恩来把陈再道接到北京京西宾馆保护起来。9 月 26 日晚上，毛泽东到京西宾馆接见参加集训的全国各大军区、各军兵种近千名干部。在热烈的欢呼声、口号声平息后，毛泽东前倾身子，朝台下人群张望、搜寻，大声问："陈再道同志来了没有？"

一阵沉默，猝不及防的电闪雷鸣，整个会场惊呆了，凝固了，寂静无声，稍停几秒钟，突然有人站起来，高举右臂，满怀惊喜，大声回答："主席，我是陈再道，我来了！"

"好！好！"毛泽东向他点头，向他招呼，安抚着说："来了就好！不要泄气，要继续革命。你坐下吧！"

整个会场，静听毛泽东的话，陈再道眼含热泪，近千名军队干部也被这情景感动了。会场如惊雷炸开，爆发了一阵长时间的暴风雨般的掌声。

由此看出，即使是在那个非常年代，毛泽东对那些叱咤疆场忠直刚烈、勇猛善战的部下都是呵护、偏爱的，如徐海东、许世友、韩先楚、王震、贺炳炎以及陈再道等人，可以说都是毛泽东的爱将，不允许别有用心的人一概予以打倒。不久，陈再道调往福州军区任副司令员、铁道兵司令员、全国政协副主席。

故事三："就是死，也要跟上部队"的秦基伟上将

1932 年 9 月，由于张国焘推行错误的战略方针，导致红四方面军兵败新集，被迫撤出鄂豫皖根据地。由于部队大量减员，红四方面军总部决定撤销少共国际团，将 1000 多名伤病员就地安置。

秦基伟当时在少共国际团当连长，麻城陡坡山战斗中被打中右胳膊，伤了动脉，一直随团部行动。新集战斗后，少共国际团解散，他被列入就地安置名单。

一天下午，两位政工干部来到秦基伟住的老乡家，拐弯抹角地劝他留下，还塞给了他两个银元宝。

秦基伟黯然神伤。他知道上级的难处，留下伤病员也是迫不得已，但是他不甘心被丢下，心想：我的胳膊不好，但腿是好的，说什么也要追上部队。这位后来共和国的第七任国防部部长当时才 18 岁，有一肚子怨气，也有一股不怕痛、不怕死的韧劲。部队前脚走，他后脚跟，若即若离，不敢离得太近，害怕被撵回去。到了宿营地，部队埋锅造饭，等最后一批人走了或睡下，他就帮炊事班收锅，顺便捞两口吃的。

进入河南境内后，伤口严重化脓，散发出很大的臭味，胳膊由于溃烂麻木了，怎么掐也没有感觉。秦基伟慌了，担心胳膊变残，硬着头皮找到总部医院。医生作了简单处理后，不敢收治。总部医院院长苏井观听说后，便说道："既然已经跟上来了，那就一路跟着走吧。"

很平常的一句话，听得秦基伟热泪盈眶，感觉像流浪的孩子回到了家。

他踏实了没几天，又遇到了第二次精简。部队无日不战，又积累了一批伤员，马上要进入湖北与陕西交界的大山了，部队动员伤病员就地安置或者化装

转移。总部医生将收治的10个重伤员安排在一个庙里，每人给了几块钱，嘱咐他们好好养伤。

一接到钱，秦基伟明白是什么意思了。面前山高坡陡，自己又伤口恶化，再偷偷跟着部队估计赶不上了。于是干脆主动找到部队领导："我秦基伟当初参加红军，就是抱定一个信念，要革命到底。什么叫革命到底？就是死了算。现在我还有口气，就不算革命到底。眼下部队很困难，我也知道。但我伤的是手不是腿，可以跟部队走，一不要担架，二不要牲口，绝不会成为负担。"

好心的苏井观不仅同意了秦基伟跟队的要求，还给他配了一个小兵照料生活。这个小兵虽然只有十四五岁，黑黑的，瘦瘦的，背个洋瓷盆，话不多，但心很细。当时，秦基伟胳膊没法用，吃饭、解手、爬山、涉水等都是问题，小兵就在一旁帮助他，两人一路扶持，从河南走到陕西，再从陕西走到四川。到四川后，两人才分开。对于帮了大忙的小兵，秦基伟心存感激，但是忘记了他的姓名，为此感到非常遗憾。

到四川时，秦基伟成了半残疾。他回忆说："从陕西到四川，这一路上我胳膊没有换过药，干睁着眼睛看着它一点点烂下去，硬是没一点儿办法。行军休息和宿营的时候，我解开绷带，任脓血往下淌，那个臭味，连我自己都受不了。然后，还是用那条绷带，再把伤口捆结实。这样对付，焉有不烂之理？我的右小臂烂了半边，如果不是到了四川，中草药多，这条胳膊恐怕早就没有了。"

与秦基伟有相同经历的还有当时担任红十一师三十三团政委、共和国中将的程世才。他肩部受伤，也在安置之列。他回忆说："我负伤坐在抬子上。途中，徐向前总指挥和李先念政委来看我，给我钱。我坚决不要，怕把我留下来养伤。我对先念说：死也要跟着部队走，你们千万不要把我留下。他答应了。"

秦基伟、程世才是幸运的，他们伤的不是腿，遇到了苏井观和李先念收留，得以留在部队里，而1000多名留在新集的伤病员在主力转移后都被国民党挨家挨户搜出，残酷地杀害了。

俗话说："大难不死必有后福。"秦基伟和程世才虽然历经伤痛磨难和随后的西路军劫难，但他们两人都表现得非常坚韧顽强，后来都成为红军、八路军、中国人民解放军和志愿军中的一代名将。1955年，都被授予中将军衔。1988

年，秦基伟被授予上将军衔，并荣任国防部部长，当选第八届全国人大常委会副委员长和第十三届中央政治局委员等多职。

故事四："笨医生遇到了愣汉子"的王宏坤上将

1932年深秋，时任红四方面军第十师师长的王宏坤，在鄂豫皖苏区第四次反"围剿"的战斗中被打伤手臂，疼得没办法骑马，打电话给总部医院院长苏井观："我手臂发炎，当时只是简单地包扎了一下，现在疼得厉害，估计伤口里面有弹片，想请你动刀取出来。"

苏井观世代行医，本人毕业于天津海军军医学校，擅长外科手术，是红四方面军医术最高明的医生。苏井观回答："总部医院等着做手术的伤病员太多，得等等。"

王宏坤等不了，命令红十师医务主任周吉安动刀。

周吉安劝道："还是等苏院长来吧，也就是迟一两天的事。"

王宏坤激他："你身为医务主任，不会连取个弹片都不会吧。"

周吉安如实相告："没有麻药了。"

王宏坤说："没有麻药咋了？岂不知三国时代的关云长吗？他能忍痛刮骨疗毒，我也能做到！"

被逼无奈，周吉安吩咐警卫员去搞一斤烧酒来。先用烧酒给伤口和器械消毒，剩下大半瓶让王宏坤喝下去。

王宏坤海量，咕噜噜几大口，酒瓶见底，人却不醉，清醒得很。

王宏坤明白军医的意思，催促道："别等了，一瓶酒给我，相当于垫底。"

周吉安动手解包扎在伤口两头的绷带。

"不能解吧？"王宏坤感觉伤口鼓胀，血脉偾张，全靠绷带捆着，怕解开后喷血。

"不解开怎么清理伤口。"周吉安一解开绷带，马上就有血涌出来，喷得老高。他赶紧又把两端扎上，直接切开伤口，果然里面还有半边子弹，麻烦的是，子弹卡在骨头上，怎么拔也拔不出。

王宏坤疼得揪心，冷汗淋漓，他瞅见周吉安也是一身汗，强笑道：“我出一身汗，是疼，你怎么也是一身汗？”

周吉安急了，口不择言：“老子出汗是焦急！子弹像生了根似的，拔不出来。这可怎么办？”

“你不是有锉子吗？把骨头挫开一点，不就好取了？”王宏坤提醒道。

“也是一个办法，但是小锉没带。”

王宏坤气得直骂娘，派人赶了好几里路，取来小锉。

周吉安往夹住子弹的骨头部位下锉，想锉大缝隙。他锉一下，王宏坤就疼得颤抖一下。

“忍着点，快了！”他锉了七八下，锉开了一个小口，用钳子将弹片拔出。

再看看王宏坤，早已面色蜡黄，只剩下一口气。

开刀后，王宏坤全身没有一丝力气，迷迷糊糊地睡着了，醒来时，面色由黄转红，浑身舒泰。

两人再见面时，周吉安十分惊讶自己的医术。王宏坤则骂道：“什么鬼医术，还不是笨医生遇到了愣汉子，全靠大胆！”

类似王宏坤这样刮骨取弹片弹头的红军英雄不胜枚举，如众所周知的许世友、郑维山、王近山等，莫不如此。在那种缺医少药的战争年代，重伤即意味着死亡。侥幸存活者，一靠自身的毅力和身体状况，二靠运气，如此而已。

故事五：留下“生死疤”“光荣疤”的杜义德中将

杜义德，1912 年 5 月出生，武汉市黄陂区人。家境贫寒，八九岁时，读了 8 个月的私塾，便给地主放牛。14 岁到武汉学木匠活，每日拉大锯，兼干家务。师傅姓胡，狠毒刻薄。某日，杜义德锯偏了模板，师傅大怒，一拳将其击昏过去。杜义德不堪忍受，便溜回家中。受木兰山工农革命军第七军的影响，参加了家乡的农民赤卫军。

1929 年，杜义德奔赴柴山保根据地正式参加红军。他作战勇敢，尤善夜战，能摸着树皮的厚薄辨别背阴还是朝阳，向东还是向西，人称“夜老虎”，又称

“尖黄陂”。凡受领作战任务，杜义德“坚决”不离口，或曰：“坚决执行命令”；或曰：“坚决完成任务”；或曰：“坚决克服困难”；或曰：“坚决消灭敌人”。故又有“杜坚决”之绰号。

杜义德鼻翼有一疤痕，花生米大小，自谓“生死疤”“光荣疤”。他说：“这是当红军时与敌人拼刺刀留下的。敌一大汉的刺刀已捅到我这里（鼻翼），我用刺刀一下捅到他的脑瓜上，把他捅死了。”“什么叫你死我活，这就叫你死我活。我不坚决捅死他，他就坚决捅死我！”

杜义德在战争年代负伤9处，而此处仅是轻伤。红军时期，一次部队攻城，初战失利。时任红四方面军第三十军八十九师政委的杜义德大怒，从指挥所跃出，大喊一声：“不怕死的跟我上啊！”没冲多远，便中弹倒地。子弹由前胸进，后背出，差一点到心脏。是时，张国焘甚喜其勇，命令红四方面军卫生部部长苏井观：一定要把杜义德救活，救不活我枪毙你。杜义德后来回忆说：“当时没有麻药，用一条盐水泡过的纱布，穿进伤口来来回回地拉，真是疼痛难忍啊！”

红军时期，杜义德曾缴获一支二十响快慢机驳壳枪，随身佩挂，视为珍宝。1935年，他由第三十军被调往第三十一军任师政委。是时，第三十军军长余天云告之，人走枪要留。杜义德火起，回答说：“宁要枪，不要官。”

结果，官没当成，枪被没收，撤职下部队拿长枪。

解放战争中，杜义德出任刘邓麾下六纵政委，司令员是五官清秀、面白如玉、笑口常开的王近山，而杜义德身材高大，头圆脸黑，眉短而稀，发短而硬。故不认识的人常将司令员误认为政委，将政委误认为司令员。他二人虽然性格相似，都有火暴脾气，但彼此尊重，密切合作，率六纵突破黄河天险，一战定陶，二战六营集，三战羊山集，连战皆捷，将新组建部队打成了主力部队。从此，威名远播。

故事六：从棺材中爬出来的刘昌毅中将

刘昌毅，原名刘少卿，参加红军后改名刘昌义，后得知国民党军有位军长也叫刘昌义，他不愿与国民党军将领同名，遂改为现名。

刘昌毅1914年11月出生于湖北省黄安（今红安）县七里区马鞍石村一个贫苦农民家庭。1929年带领本乡20名青年到檀树岗参加红军，被分到徐向前、戴克敏领导的红十一军三十一师，从此开始了他70余年的戎马生涯。

刘昌毅，人称军中“猛张飞”。身经千余仗，历险百余次，头、脸、手、腿、腰、背、胯、臀，无一处无战创弹痕。周恩来说他坎坷多，负伤多，有战功，是个“血淋淋的人”。

红军时期，万源保卫战中，时任红三十六团二营营长的刘昌毅，靠近敌军阵地前沿观察，突然敌人的一颗炮弹打来，在距他约10米处的地方爆炸，把他掀翻在地，脸上身上多处负伤，有块弹片从他下巴左侧穿进右侧，牙齿打掉了好几颗。通讯员和警卫员不禁哭出声来，急忙把他抬回团里。为了尽力抢救，团长、政委决定马上派人将他送往后方医院。当务之急是输血。救人要紧，医生也顾不上那么多，在无验血仪器的情况下，找来几名战士，为他直接输血。由于血型不对，他的体温骤然上升。医生不得不拔掉输血管，停止输血。

“求求你们，一定要救活刘营长!”警卫员胡少荣用沙哑的嗓音，苦苦哀求着。

医生摇头叹气，指了指简陋的医疗设备，摊开手，显得无能为力。

躺在病床上的刘昌毅持续高烧，面部肿大，不省人事。军、师首长闻讯赶到医院看望，若不是医生介绍，谁都认不出他了。

第二天，医院传出话来，说刘昌毅“断气”了。大家的心情十分悲痛，许多干部、战士流下了眼泪。

三十六团完成了草坝场的战斗任务，马上就要转移。部队安排专人为他办理“后事”，买了一口棺材，在附近山坡上挖了一个土坑，人已入棺了，准备盖板下葬。

“刘营长，你不能走，不能走啊!”警卫员胡少荣扶着棺材，哭得格外伤心。

“小胡，人死不能复生，别哭了。”负责处理“后事”的一位干部劝了两句，接着提醒道，“你再看看刘营长还有没有需要带走的东西。”

警卫员朝躺在棺材里的刘昌毅看了看，陡然记起还有支手枪忘了放在里面。这支手枪是在反围攻作战时缴获的战利品，刘昌毅特别喜欢，把它当作宝贝，有了空闲便拿出来擦一擦，摸一摸。

当胡少荣掰开刘昌毅的手，把枪放到他手中时，突然感到他的手微微地颤动。胡少荣觉得蹊跷，于是揉了揉自己的眼睛，擦干泪水，再次触摸他的手，的确在动，又摸摸他的鼻子，有微弱呼吸的感觉，便惊喜地说："刘营长没死，刘营长还活着！"

大家顿时转悲为喜，把刘昌毅抬出棺材，送回医院继续治疗。

"死神"同刘昌毅开了个玩笑。差点被掩埋的他竟奇迹般地起死回生了。

故事七：现代京剧《沙家浜》郭建光的原型刘飞中将

刘飞，1905 年 12 月出生于湖北省黄安（今红安）县八里区倒水河畔一个偏僻的小山村——罗家田（又称毛洼）。由于家庭贫困，他在十五六岁时曾到河南贩过猪，在汉口当过码头工，尝尽人间苦辣。1927 年回家乡参加农民运动，后转入红军部队，从一名普通战士逐渐成长为军政双全、智勇兼备的高级将领——中国人民解放军第二十军首任军长。

刘飞将军历经百战，战功卓著，故事多多，本书仅选择其率领 36 名伤病员和 10 名医务人员，在阳澄湖畔一边养伤，一边坚持斗争，使这一带的抗日武装日益发展壮大的故事。他们的英勇事迹，后来被剧作家作为基本素材编写成沪剧《芦荡火种》，以后改编成现代京剧《沙家浜》。刘飞是剧中人物郭建光的原型之一。该剧公演后，受到全国亿万观众的喜爱。

1939 年 5 月，时任新四军第三支队六团政治处主任的刘飞，随部使用"江抗"二路的番号东进抗日，与"江抗"三路会合，成立江南抗日义勇军总指挥部，刘飞任政治部主任。仅 4 个月，"江抗"就从 1000 余人发展到 5000 余人。

1939 年 9 月，"江抗"在江阴顾山地区遭到"忠义救国军"第五、十支队的进攻，刘飞率"江抗"二路一部进行反击。刘飞带领部队向敌人阵地冲锋时，一颗子弹射入胸部。警卫员何彭福见状，连忙给他包扎。刘飞镇静地问："背后有没有血？"

警卫员扫了一眼刘飞的后背说："没有！"

刘飞一挥枪："没打穿就没事，跟我往上冲!"然而，没冲出几步，刘飞便一头倒在地上。刘飞伤势很重，"江抗"指挥部通知部队准备为刘飞开追悼会，战友们都沉浸在悲痛之中。但经过治疗，刘飞奇迹般地活了下来。由于伤势严重，不能随队行动，刘飞与 36 个伤病员和 10 余名医务人员留在了阳澄湖隐蔽养伤。

当时的环境艰苦险恶，所谓的"后方医院"既不在后方，也算不上医院。最远的敌人据点离医院一二十里，近的只有几里地。情况好时，农家的客堂、厨房、牛棚、猪圈是伤员病房；情况不好时，就只能在阳澄湖上漂泊，数叶小渔舟就是伤病员的病房。因药品奇缺，尤其是敌人的封锁和搜捕，不到一个月，就有 10 余名伤员因得不到及时治疗而牺牲或遭敌人搜捕杀害。在这种情况下，有的伤员不安心在"后方医院"养伤，坚决要求回部队，有个别人还产生动摇。刘飞虽然身负重伤，伤口一直没有愈合，稍微移动或咳嗽时鲜血就从口中溢出，常痛得汗湿衣衫，但作为伤病员中职务最高的他，仍以惊人的毅力克服伤痛，建立党的组织，召开党员大会，统一思想，组织轻伤员与敌人在芦苇荡周旋，鼓励伤员与恶劣的环境作斗争，与残酷的敌人作斗争，与死神作斗争。刘飞向大家说："回部队是战斗，留下来也是为了战斗。部队西撤后敌人横行无忌，人民群众日夜盼望自己的队伍重返东路，因而留下来坚持斗争，就是对敌人的沉重打击。"

就这样，在叶飞的建议下，"江南抗日义勇军东路司令部"（即新"江抗"）于 11 月 6 日正式成立，任命夏光为司令员。新"江抗"的布告一贴出，人民群众欢欣鼓舞，奔走相告。其实，此时的新"江抗"只有伤愈的十几个同志，相当于一个班的兵力，枪也只有刘飞留下来的两支短枪。但在人民群众的支持下，在地方党组织的大力支援下，新"江抗"在斗争中从小到大，从弱到强，逐步发展壮大起来，成为江南新四军中的一支重要力量。

故事八：三次与死神擦身而过的徐斌洲中将

提起赴朝作战的志愿军，人们都知道彭德怀曾称赞梁兴初率领的三十八军是“万岁军”，但还有一个军在朝鲜战场上从未有过败绩，被公认为“常胜军”。这个军就是徐斌洲任政治委员、吴信泉任军长的三十九军。本篇侧重讲徐斌洲中将三次与死神擦身而过的故事。

徐斌洲，1912 年出生于湖北黄安（今红安）高桥徐家畈一个贫苦农民家庭。1927 年黄麻起义后，加入河口工会和工人纠察队。1930 年参加工农红军。1931 年 8 月随独立团编入红军独立第一师第一团，任团党委书记、政治处主任。1932 年 8 月，徐斌洲在一次战斗中，带领一排战士与敌人展开肉搏战，徐斌洲挥刀连劈数敌。一红军战士朝他大喊：“徐主任，危险!”他这才发现不远处一敌正举枪向自己瞄准，躲避不及，他挥刀扑向敌人，令他意外的是，敌人竟没有开枪，他手起刀落，砍翻敌人。当他捡起敌人步枪一看，不禁惊出一身冷汗：“乖乖，好险!”原来是枪弹卡壳了，徐斌洲这才躲过一劫。

1932 年 10 月，红四方面军主力两万余人越过平汉线，向西转移。徐斌洲被分到红四军十二师任三十四团政治处主任，而团长就是大名鼎鼎的许世友。红军日夜兼程，且战且走，于 11 月 11 日抵达鄂陕交界的漫川关。在前后左右、山上山下都有敌重兵围堵的险境下，能否斩关夺隘，关系红四方面军的生死存亡。

战斗打响后，许世友、徐斌洲冲杀在前，在垭口上与敌人展开白刃格斗。徐斌洲的草鞋烂掉，就光着脚丫端起刺刀冲向敌群，接连刺死、刺伤六七个敌人，他浑身上下溅满血迹。这时两个敌人从他背后袭来，将他扑倒在地。徐斌洲因体力严重透支，被敌人压住动弹不得。其中一敌兵抓起一块石头朝他头上砸去，恰好被红军炊事员发现，他一个箭步冲过来，用枪托将敌人脑袋砸得脑浆迸裂，徐斌洲再次死里逃生。

1935 年 3 月，担任红九军八十团政委的徐斌洲，与团长陈康率部参加合围四川江油城，以制造打援战机。八十团布守地段是敌军的主要冲击点，徐斌洲亲率敢死队，以排子枪封堵敌军出口，苦苦坚持了 5 天，配合兄弟部队将邓锡侯援兵 4 个团全歼。不料在撤围时，敌人一颗子弹从徐斌洲左眼眶擦过，将他左眼球击掉，顿时血流如注，昏倒在地。所幸的是，敌人枪弹射来之时，恰巧有人喊他，他下意识扭了一下头，使他躲避了枪弹直接击中脑袋，再次与死神擦身而过。救护队把他送到师医院抢救，左眼从此失明。当战友谈及徐斌洲三次遇难不死的奇事时，徐斌洲风趣地说："战事未尽，使命未完，阎王不收啊!"

此后，徐斌洲相继参加了抗日战争和解放战争，均以卓越的战绩赢得了威名。1949年，在四野南下途中，徐斌洲被直接从师政治委员提拔为四十九军政治委员，这在四野干部调配中极为鲜见。1950年3月，徐斌洲调任三十九军政治委员。10月19日，根据志愿军司令部的命令，徐斌洲与军长吴信泉率志愿军三十九军从驻地辽阳乘火车抵达安东（今丹东），从这里渡过鸭绿江，奔赴朝鲜战场。

三十九军入朝第一战就在云山与号称"160年没打过败仗"的美军"王牌"骑兵第一师交上了火。三十九军首次以劣势装备打败了现代化装备的美军，击破了美军"不可战胜"的神话。第一次战役后，徐斌洲与吴信泉率领三十九军参加了第二、三、四次战役。在第二次战役中，三十九军正面攻破了美二十五师的防线，收复了失陷49天的朝鲜首都平壤；在第三次战役中，突破临津江防线，取得了釜谷里、回龙寺战斗的胜利，1月4日，三十九军一一六师率先攻入汉城，占领了李承晚的"总统府"；在第四次战役中，三十九军参加了东线横城反击战，一一七师迅猛穿插，一举堵住南朝鲜八师和美二师一个团的南逃道路，经过浴血苦战，共毙伤俘敌3300余人，其中俘虏美军800余人，创造了一次俘虏美军最多的纪录。

1952年回国后，徐斌洲任中国人民解放军军事学院干部管理部部长、政治部主任、军事学院副政治委员兼政治部主任。1955年被授予中将军衔。

故事九：靠两只苍蝇获救的王扶之少将

在赴朝作战的三十九军中，有一位被美机炸塌山洞、活埋38小时，而最后被两只苍蝇救回性命的传奇人物，他就是该军一一五师代理师长的王扶之少将。王扶之虽然不是大别山人，但却是徐斌洲带出来的战将，而且故事新鲜感人，故此收录此篇。

王扶之生于1923年9月，陕西省子洲人。童年时期，本就属于贫瘠之地的陕西，军阀连年混战，一直到中央红军到陕北，情况才有所好转。王扶之家境贫寒，小小年纪就给地主家放牛，上了三天私塾。1935 年，时年 12 岁的王扶之“谎称”自己 17 岁，参加了红军，先后参加了直罗镇、东征、西征等重大军事行动，又经过抗日战争和解放战争的历练，成为中国人民解放军中最年轻且健在的 6 位少将之一。

在王扶之的戎马生涯中，经历的劫难很多。最为幽险和令人惊奇的是在赴朝作战中，他被两只苍蝇救命的奇事。

1952 年夏末秋初之际，王扶之所在的师坚守临津以东阵地。美军为夺取它，将成吨的重磅炸弹倾泻在志愿军的阵地上。8 月 2 日，时任代理师长的王扶之正在山洞里的指挥所同参谋陈志茂、作战科长苏盛轼研究作战计划。同时，指挥所里还有志愿军总部派来采访的《人民日报》记者刘鸣等人。突然，敌人的炮弹落在了山洞上方，将山洞炸塌了，把王扶之等 7 人埋在了漆黑的山洞中。王扶之只觉得被一股巨力袭击，眼前一黑，便失去了知觉。等他醒过来的时候，四周看不到一点亮光，一条腿也被巨石压着动弹不得。随后他开始大声呼喊其他人，但除了陈志茂和苏盛轼两人还有声音外，其他人已经没有丝毫回应了。花费几个小时之后，王扶之终于从巨石下脱身，并急忙帮陈志茂和苏盛轼脱身。此时，指挥所中所有能找到的电话机都无法使用，几人通过敲打脸盆发出声响的方式传达求救信号亦未果。刚从死亡中脱身的三人又面临着死亡的危机。

当王扶之他们遭敌机轰炸失去联络后，不仅志愿军总部传达了要想尽办法救援的命令，三十九军政委徐斌洲与军长吴信泉也一直催促要想尽办法快速救人。

第二日，尽管大家已经觉得王扶之等人生还概率极小，但依然没有放弃救援行动。志愿军总部传达命令，即便王扶之等同志牺牲，也要将遗体找到，并且送回祖国入土。在随后的救援过程中，工兵连副连长突然从坍塌的缝隙中看到飞出来的两只苍蝇。这对于大家来说是一个好消息，因为苍蝇能活，说明里面还有空气，这样的话王扶之等人也就有可能还活着。于是，救援队的官兵抢抓时间，奋力挖掘，终于在王扶之等人被掩埋 38 个小时后的第二天，成功地将王扶之、陈志茂和苏盛轼救了出来，而记者刘鸣和其他 4 人牺牲。

随后，王扶之3人被送回国内治疗。当王扶之获知自己得救是靠了洞中飞出来的两只苍蝇引路的原因后，自此，他便将人人讨厌的苍蝇视作“救命恩人”，终生都不进行加害。

故事十：大难不死的滕海清中将

孔子曰：“天将降大任于斯人也，必先苦其心志，劳其筋骨，饿其体肤，空乏其身。”中国人民解放军第二十一军军长、开国中将滕海清，就是在历经战争伤痛而不退伍，面临生死劫难而不移其志的一代名将。

滕海清，1909年3月出生于安徽省六安市金寨县褚鸡石村。7岁起给地主放牛。15岁离开家乡到霍山县帮工烧木炭，吃尽苦头。1929年参加霍山游击队。1930年8月带领30余名赤卫队员参加大别山红军部队，转战鄂豫皖，多次负伤。后随红四方面军西征，带着伤体两翻雪山、三过草地，历经抗日战争和解放战争，成为第三野战军第七兵团二十一军军长。

滕海清历经的生死劫难主要发生在红军时期。

1932年10月12日夜，红四方面军主力2万余人，由广水至王家店一线越过平汉铁路。次日，遭遇国民党军7个师和1个旅的围堵。在13日下午的短兵相接中，时任连指导员的滕海清奋勇杀敌，带头冲锋，突然，敌军给他扔来一枚手榴弹，他躲闪不及被炸成重伤。喷燃的火药烧肿了滕海清的眼睛，碎裂的弹片打掉了滕海清两颗门牙，还击穿了他的右臂。为保证部队轻装行军作战，滕海清被安置在当地养伤。一个月后，滕海清伤愈，但左眼失明。他谢绝地方党组织的挽留，不愿脱离熟悉的部队，历尽艰辛，带着另两名战士昼伏夜行，终于找到了原部队。

1933年10月上旬，滕海清率领特务连参加反“六路围攻”作战时，一颗子弹从他的喉部射入，从颈后穿出，伤了喉头、食道和神经，左半个身子失常，这是滕海清第二次负伤，幸运的是进入四川后，红军部队的医疗条件大为改善，使他在第二次负伤后没有被动员离开部队，而且在红军总医院治疗，不到一个月又伤愈重新归队。

故事十一：身负 11 次战伤的张仁初中将

张仁初，1909 年 12 月出生，湖北省黄安（今红安）县高桥镇张家湾村人。1927 年参加中国工农革命军后，转战鄂豫皖，西征川陕，大战太行山，挺进齐鲁大地，扬威抗美援朝战场。从战士到第三野战军第二十六军军长，历经枪林弹雨，数十次负伤。因在腊子口战斗和直罗镇战役中赤膊上阵，带头冲锋，得了个“张疯子”的绰号，与“王疯子”王近山齐名。在张仁初简历上有这样的记载：

1930 年 2 月，任红一军一师一团一营一连战士，在河南潢川战斗中负伤住院；同年 7 月，任班长，在湖北黄安战斗中负伤住院；

1931 年 2 月，任排长，在河南大山岩战斗中负伤住院；1932 年 2 月，任副连长，在苏家埠战役仓子埠战斗中负伤住院；1933 年 6 月任营长，在四川德汗城战斗中负伤住院；

1935 年 9 月任团长，在甘肃岷县腊子口战斗中负伤住院；1937 年 11 月，在山西广阳镇战斗中负伤住院……

张仁初当士兵一马当先，当团长仍冲锋陷阵，先后 11 次负伤。因受战伤影响，1954 年 9 月就离职在青岛休养。1955 年被授予中将军衔。1962 年任济南军区副司令员。

故事十二：身留 50 个弹痕的“周铁匠”

周志坚，1916 年出生，湖北省大悟县夏店镇周家塆人。1929 年参加中国工农红军，跟随红四方面军转战大别山。参加了鄂豫皖第一至第四次反“围剿”和川陕革命根据地反“三路围攻”、反“六路围攻”作战及长征，三过草地。抗日战争时期，历任豫鄂挺进纵队参谋长、纵队平汉支队司令员、新四军第五师十三旅旅长等多职。解放战争时期，历任中原军区第二纵队副司令员兼参谋长、华东野战军第十三纵队司令员、第三野战军第三十一军军长等多职，身经百战，屡负战伤，为中国人民的解放事业作出了重大贡献。1955 年被授予中将军衔。

周志坚的威望，是在枪林弹雨中打出来的。周志坚参加革命前曾学过打铁，参加红军后作战勇敢，善指挥所率部队打巧仗、硬仗，被人们称为“铁匠司令”。抗战时期，上级领导考虑他老大不小了，就给他张罗婚事，谁知，在洞房花烛之夜，新娘跑去找领导，说周志坚一夜未进洞房，神秘地失踪了。

直到第二天清晨才见他扛着战利品喜气洋洋地归来。原来他得知一日寇据点伪军多，鬼子少，便带着部分战士，趁夜潜往夏店望府山日军据点，打死几个鬼子，逼伪军缴械投降，弄了一批枪支弹药回来了。

周志坚带兵打仗，最善于长途奔袭，勇猛快狠。他能率领部队一晚上跑上几百里，似神兵从天降敌军阵地，往往使敌人还没有反应过来就当了俘虏。据说当年发生过一件有趣的事：一次，敌军的一个团与十三旅发生遭遇战，敌方指挥官大声问道：“你们是哪一部分的?”十三旅一战士回答：“老子是十三旅的，难道怕你不成!”敌军官一听是“周铁匠”的十三旅，吓得连忙大叫：“别打了，别打了，我们还是缴枪投降吧!”

周志坚虽然是铁匠出身，但他毕竟不是“铁”铸的身体，因而每临战阵，他总是冲锋在前，负伤在后。1934 年，周志坚参加了万源保卫战，在战斗中身中两弹，一处是在左边胸口，周志坚当场昏死过去，战友们当时都准备将他安葬了，没想到他又一口气缓了过来，战友们赶紧护送他去医院，大难不死的周志坚只在医院休息了半个月就又回到前线战斗，被称为打不烂的“铁人”。

解放战争时期，在解放济南战役中，周志坚亲临一线指挥部队，突破三道城墙，全歼王耀武守城部队，为解放济南立下汗马功劳。因此在淮海战役中，粟裕才会先后六次调遣周志坚，来解决黄百韬军团这块硬骨头，而周志坚也不负众望，配合兄弟部队成功围歼黄百韬兵团，并击毙黄百韬，取得大胜。由于在淮海战役的优异表现，周志坚成为华野十大虎将之一，而粟裕“六调周志坚”也一时传为佳话。

一天，周志坚与战友一起游泳，他脱掉衣服，叫人数身上的弹痕，一共 49 个。

“不对，还有一个呢，是 50 个。”果然在不起眼的地方还有一个。50 个伤疤记录着将军身经百战、九死一生的经历。

篇六

孤雁返延安的王树声大将

红军组成西路军进攻宁夏、新疆，21800 人的部队，仅有 3000 人生还，一个历史性的错误就此铸成。身为副总指挥的王树声将军死里逃生，有幸回到延安。他所经历的苦难是难以言说的……

1937 年 3 月中旬，一支仅有 11 人的小部队，活动在冰天雪地、人烟稀少的祁连山中。天黑下来后，寒风裹挟着雪花刮个不停，这 11 个人躲在一个山坳里，点起一堆篝火，一边取暖，一边商量着下一步的行动计划。

他们是什么人呢？原来，他们是被“马家军”打散的红九军的官兵。在他们中间，有西路军副总指挥兼红九军军长王树声和师长杜义德。

大家把目光全部投向王树声。

王树声认为，眼下祁连山里冰天雪地，又找不到粮食，加之敌人又不时组织搜山，如不尽快离开山里，他们 11 人随时都有被冻死、饿死和被搜山的敌人打死的危险。鉴于此，他主张首先设法搞到粮食，然后迅速走出祁连山，回到延安。他知道，越是困难的时候，越需要做好大家的思想工作，使大家受到鼓舞，坚定意志，克服困难。于是，他鼓励另外 10 个战友说：“同志们，现在我们碰到了许多困难，请大家不要灰心丧气。我们受这点挫折是暂时的，算不了什么，只要我们精神不倒，大家团结一心，困难是完全可以克服的。红九军的种子不能灭，我们一定要保存下去！”

大家原计划在篝火边度过黑夜，等天明后再去找粮食。可是饿了一天一夜，此时每个人都饥肠辘辘，肚皮快要贴到脊梁骨了，说什么也等不下去了。

于是，大家把篝火弄灭，连夜出发找粮食。走出二三里地，果然找到一户牧民，经一番解释，赢得了这家牧民的信任，买到了粮食，大家吃饱喝足后，又开始上路了。一路上，不但遭遇“马家军”的搜捕，还碰上藏民武装的侵袭，好不容易走过祁连山的尽头时，11 人的队伍只剩下 8 人了，其余 3 人已经在半路牺牲。王树声认为，8 个人一起行动，目标太大，提出了分组行动的方案。经商量，大家一致认为王树声提出的方案是有道理的，便把人分为两组，分头行动。

和王树声分在一组的同志，走到腾格里大沙漠的边缘时，不幸又与“马家军”的骑兵遭遇了。当时，天色已晚，双方在黑暗中开了火，打了一阵后，小组被打散，王树声穿着一身破烂不堪的服装，孤身一人闯入了茫茫无边的沙海之中。

当地人有一首民谣，是专门讲腾格里大沙漠难以通过的。民谣说：

腾格里、大无边，
太阳晒得冒青烟。
刮风天地转，
下雨江河翻。
飞鸟不敢过，
骆驼打寒战。
自古无路绝人烟，
神仙进去也难还。

王树声只身闯入了腾格里沙漠，迎接他的是什么，我们是不难想象到的。他凭着多年行军打仗的经验，始终没有迷失方向，一直朝东走着。走了整整一天，天色暗下来时，沙漠里刮起了狂风，天地间飞沙走石，把人也吹得东倒西歪，连眼也睁不开，鼻子、嘴和耳朵里都灌进了沙子，牙齿一咬，嘴里“咯咯”直响。突然间，一股旋风吹来，把王树声卷到一个沙坡下，几个骨碌翻过，就昏晕过去了。

等到王树声苏醒过来，从天上的月亮位置判断，已是午夜时分了。他的脸上脱了皮，干裂的嘴唇上起了不少泡，裂缝里渗出了殷红的鲜血。

他弄不清自己此时此刻置身何处，头脑里一片混沌。他下意识地用手摸一下自己的身子，才发现自己被埋在沙子里。他想从沙子里翻出来，动动身子，觉得身体内像灌了铅一样，沉重得一点也挪不动。他只好用手把压在身子上的沙子慢慢扒开，然后憋足劲滚动，才好不容易滚出沙窝。

王树声挣扎着爬起来，想继续赶路，可还没等站起来，就觉得浑身疼痛、疲软，只好再躺下来，把双手垫在脑后，借着月光望着无边无际的沙海，终于明白了他已陷入绝境。他的脑海立刻泛起汹涌的波浪，想着这次西路军失败的惨况，进而又想到牺牲了的众多战友。他还清楚地记得，那些牺牲的战友在临死前对他说过的话。他们说："首长，你一定要为我们报仇，为咱们红九军报仇!"想到此，他受到了鼓舞，似乎觉得身体不怎么疼了，也有了力量。他不由提醒自己："我不能死在这沙漠里，一定要回到延安，找到党中央，继续战斗下去。只有这样，才能为死难的战友们报仇，才能对得起烈士的英灵……"

王树声知道，如果这样继续躺下去，很可能就不会再站立起来。于是，他咬着牙，以极大的毅力终于站了起来，一步一步挪下沙坡。天气很冷，他冻得浑身发抖，就使劲勒紧裤腰带，硬着头皮向前走去。

第二天清晨，借着晨曦，王树声发现不远处有一片地方闪光，走过去才看清，原来是一个小湖泊。他像一个溺水者突然抓到一根木头那样高兴，急忙走到湖畔，痛痛快快喝了一肚子水，觉得浑身有了劲。

他已经一天一夜没有吃东西了，发现湖边长着几棵沙枣树，虽然落尽了叶子，但枝头上还挑着一些沙枣。他走过去，摘了几粒，放到嘴里尝尝，觉得很好吃，就边摘边吃，直到吃饱为止。后来，他发现树下落了好多沙枣，就蹲下身子捡了好多，装在口袋里准备饿了再吃。

王树声又在沙漠里走了两天，带在身上的沙枣吃光了，又没有水喝，终于支持不住，昏倒在沙漠里。等他醒来，睁开疲乏的双眼，发现他的身边坐着一位年逾花甲的白发老人，手里拿着一只水壶，正给他喂水。他想坐起来，但挣扎几下，觉得身体像抽去筋似的，软软的，根本无力动弹。

老人家用慈祥的目光看着王树声，吩咐说："小伙子，别动，你饿过头了，我喂你吃一点馍，等肚子里有了东西，再坐起来也不迟。"

王树声感激地看一眼老人，连说话的力气也没有，只是轻轻点点头，等他喝干一壶水，吃了两个馍，才在老人家的搀扶下坐起来。

老人家不解地问："小伙子，这腾格里沙漠是连神鬼也不敢到的地方，你跑到这里干什么?”

王树声在没弄清老人家的真实身份前是不敢说实话的，只好撒谎说：“老人家，我是贩盐的，半路遇上了强盗，把我的盐和钱都抢去了。为了逃命，我才误入这腾格里沙漠的。”

老人家眯起眼端详着王树声，过了好一阵才摇着头说：“不，我看你不像是贩盐的，我一辈子不知跟多少盐贩子打过交道，还能认不出盐贩子来？依我看呀，你倒很像是一个红军……”

王树声听到“红军”二字，立刻打断老人的话，矢口否认说：“不，老人家，我可不是什么红军，我真的是贩盐的。”

老人生气了，不高兴地说：“是就是，红军是好人，当红军又不丢人，为啥要躲躲闪闪，不敢承认呢!”说到此，他略停片刻，像突然彻悟什么似的，嘴里“噢”一声，脸上现出一丝歉意，然后接着说：“我明白了，你是弄不清我的身份，不敢说实话。那好吧，我就把我的情况告诉你，也好让你放心。”接下来，他作了自我介绍。他说他叫俞学仁，是宁夏中卫县旋窝铺人，一辈子靠做生意养家糊口。他还告诉王树声，他们那一带的人很穷，受尽了“马家军”的欺压和蹂躏，乡亲们都盼望红军打过来，早日消灭“马家军”，把压在老百姓头上的这座大山搬掉，让穷人过上好日子。

王树声看老人直爽、诚实，又见他提到“马家军”时那样愤恨，认为再没有必要瞒下去了，就承认说：“老人家，你好眼力，看得不错。我不再瞒你，就实话实说了：我是红军，是要到延安找党中央的。”

“哈哈哈!”老人家嘴里发出一串爽朗的笑声，接下来说，“我知道，我的眼是不会认错人的。小伙子，我是打心眼儿里拥护红军、热爱红军的——红军都是好人，是咱们穷人的队伍。你放心，我一定把你带出腾格里大沙漠，把你送到延安去!”

俞学仁老人扶着王树声，又在腾格里沙漠走了三四十里路，天快黑的时候，来到他女儿的家里。女儿、女婿见他领了客人到家，都表现出极大的热情，像遇到喜事一样高兴，张罗着烧水做饭。他还特意吩咐女儿，给王树声炒了一盘鸡蛋。他说：“这位红军在沙漠里饿昏了，你要给他做点好吃的，让他好好补补身子。”

王树声见俞学仁老人和他的女儿、女婿都是老实人，待人诚恳，就消除了顾虑，开始和他们拉起了家常。

走了一路，俞学仁老人还没有来得及问王树声叫什么名字，是哪里人，家庭情况如何。现在有了时间，便打听起来。

王树声是湖北麻城县乘马岗区项家冲人，地处大别山的西麓。他把自己一家为革命牺牲了13位亲人的情况详细告诉了俞学仁老人。俞学仁老人听后，忍不住老泪纵横，伤心地哭起来。等王树声把他一家的情况讲完，俞学仁老人紧紧握住他的手说：“你的那么多亲人，为了咱穷人过上好日子，都献出了自己的生命，我听了太难过了！我虽然人老了，但也要向那些死去的先烈们学习，多为红军办事情，支持红军打反动派!”

王树声在俞学仁老人的女儿家中饱饱地睡了一夜好觉，因赶路心急，天不明就起床了。俞学仁老人见王树声的衣服太破了，就把他女婿的一套旧衣服拿来，让他穿了。吃过早饭，他就陪着王树声上路了。

两人渡过黄河，不久就来到陕北的同心城。走到城外，突然从一片小树林里涌出七八个红军战士，人人手里端着步枪，“忽啦”一声，把王树声和俞学仁老人都包围起来。领头的一个排长，把手里拿着的手枪扬了扬，要他们把手举起来，接着又问：“你们是干什么的呢?”

王树声如实回答说：“我叫王树声，是红四方面军的。我军在祁连山一带跟‘马家军’作战，不幸遭到惨败。我在回延安的路上，误入腾格里沙漠，迷了路，多亏遇上了这位俞学仁老人，才救了我的命。今天，他老人家是来送我的。”

年轻的排长细细打量着王树声，看了好一阵，然后摇着头说：“我看你的穿戴不像红军。眼下敌情复杂，马鸿逵经常派特务来我们红军驻地活动。在没有弄清你的真实身份前，得委屈你一下，先押你去见我们团长。你说行吗?”

王树声很欣赏这个排长的警惕性，就点点头答应说：“好吧，我听你的。”

王树声、俞学仁被红军战士押解进城，来到一户农家。那个排长走进屋里，向他们的团长汇报说，他们抓到两个可疑的人，请团长指示。

团长从屋里走出来，上下打量着王树声。原来，他是认识王树声的，经此打量，很快就认出来了。他立刻走上去和王树声握手，然后扭头对那排长瞪一眼，大声申斥说："你们是怎么搞的，为啥胡乱抓人？你们认识这位首长吗？他是红四方面军的副总指挥王树声啊！"

那个排长和几个战士听到此，吓得不由伸伸舌头，悄悄低下了头。

团长满怀歉意地解释说："副总指挥，这都是我们的错误，请您原谅吧。"

王树声笑着说："你们有什么错啊？你们做得很对，就得提高警惕性。我是不会怪你们的。"

团长立刻把王树声和俞学仁老人让到屋里，派人端来了饭菜，招待他们饱饱地吃了一顿。

俞学仁老人在同心城待了两天，一直惦记着家里的事，决定就此回去。

临行前，王树声把他多年来一直珍藏在身边的一枚金戒指送给俞学仁老人，用以报答老人的救命之恩。他拉着俞学仁老人的手，激动地说："老人家，你救了我的命，我一辈子也忘不了你的大恩大德！这个戒指请你收下，就作个纪念吧！等将来全国解放了，我一定到中卫去看望你老人家！"

俞学仁老人本不愿收下这枚金戒指，可盛情难却，见王树声出于一片真诚，就含泪收下了。他恋恋不舍地与王树声话别，然后离开了红军，离开了同心城。

此后，王树声在红军的一队骑兵的护送下，来到曲子镇住下来，等候党中央对他的安排。

王树声回到红军中来的消息，很快就传到了毛泽东的耳朵里，毛泽东立即就给王树声打电话。在电话里，毛泽东激动地说："树声同志，你好！杜义德、李国新等同志都回到了延安。你们回来就是胜利啊！"

王树声听到毛泽东的话，激动得热泪盈眶，好一阵儿连话也说不出来。

他静下来，正想向毛泽东检讨自己的错误，不想毛泽东已挂断了电话。

过了没几天，毛泽东又打来电话，说他要面见王树声。

王树声立即动身，从曲子镇赶到延安的枣园。他见到毛泽东后，详细地汇报了西路军战败的情况，最后检讨说："部队打了败仗，我也是有责任的，我对不起党和人民，也对不起红四方面军的烈士们！"他说着，眼睛湿润，几乎掉下泪来。

毛泽东安慰他说："树声同志，你吃苦了。你勇于承担责任的自我批评精神，是每一个红军官兵都应该学习的！西路军的失败，你是没有责任的。"接着，毛泽东鼓励王树声要放下思想包袱，努力为党工作。谈话结束时，毛泽东写了一封信，介绍王树声前往抗日军政大学学习。

从此，王树声进入抗日军政大学，开始了他新的学习生活。

篇七

传奇上将许世友

在中国人民解放军的将军群中，最为传奇的人物莫过于上将许世友了。他身怀少林武功，每逢战阵，必冲锋在前，刀枪并用，所向无敌；他敢打善打大仗、恶仗，多次临危受命，完成最艰巨最危险的任务，特别是74岁高龄，还挂帅出征，痛击侵略者；他体恤下属，多次在关键时刻，救出他人生命；他嗜酒如命，虽得罪过同志，但从未因酒误事；他敢作敢为，忠诚勇毅，不论是在什么场合，都允其带枪出席；他忠孝两全，“活着尽忠、死后行孝”，被誉为“具有特殊性格、特殊经历、特殊贡献的特殊人物”。

有关许世友的传奇故事，遍见于书籍报刊，本篇仅叙二三事。

故事一：敢死队队长登寨墙

1906年2月28日，许世友出生在河南省新县田铺乡许家洼村一户农家，乳名叫三伢子。1914年春暖花开之时，8岁的三伢子开始跟着少林寺和尚林子金学武功。8年后许世友学得一身好功夫，随师父往麻城传授拳术。到达麻城，他告别师父回到家探望爹娘。因三拳打死地主崽，又在军阀吴佩孚的军营里踢死兵痞，刀劈克扣军粮、强奸民女的司务长，走投无路之际，在军营地下共产党员傅孟贤的教导下投奔了红军。自此，开始了他在共产党领导下的人民军队里叱咤风云的革命生涯。

1928年初夏，许世友参加红军以后，在开辟鄂豫皖革命根据地和反“围剿”的斗争中，由于作战勇敢，屡立战功，很快被提升为班长、排长、连长。1931年1月，他被提升为营长，同年11月，任红四方面军十二师三十四团团长。

许世友在10年的红军生涯中，曾当过11次敢死队队长，最后一次，是他在川陕革命根据地当师长的时候。他在当敢死队队长期间，前后曾 4 次负重伤，轻伤不计其数。每次当敢死队长，他都出色地完成了战斗任务。

在安徽省淮南市新集西北方向，有一座蜿蜒曲折的山岭，山岭两侧多为悬崖峭壁，山顶平坦开阔，地主武装相继在山上建立了遥相呼应的 18 个山寨，人称“九里十八寨”。其中有一个大山寨筑在相连的两个山头上，寨墙高约二丈，厚约四尺，只有一条羊肠小道可通寨门，寨内有 300 多团丁守卫，易守难攻，是最顽固的堡垒。为了铲除祸根，使新集以西的苏区连成一片，1930 年 5 月，红军决定先拔除大山寨，只要拿下大山寨，其余的寨子就会不攻自破。

1930 年 5 月中旬的一天，许世友被任命为敢死队队长，奉命攻打大山寨。战斗打响后，许世友率领敢死队冲到寨墙下。敌人气焰非常嚣张，一边从暗枪眼里射击，一边推下滚木、礌石，敢死队虽多次强架云梯，但都被推倒了。那时，红军没有大炮，所以迟迟攻打不下来，反倒付出了很大代价。

许世友看到这种情况，急得直冒火。他让人抬来一个方桌，在上面蒙了几床浸透了水的棉被，做成一个土盾牌。他一手持土盾牌，一手提着鬼头刀，踏着长梯，凭着练就的武功，“噌噌噌”几步跨上寨墙。守寨的一个团丁还没反应过来，他挥舞鬼头刀已砍下那个团丁的脑袋。乘敌阵一片混乱，“杀呀——”红军冲进了寨门，杀得团丁人仰马翻。有一个教师爷提着大刀想翻墙逃跑，许世友大喝一声：“哪里逃?”那家伙回头一看，有人追赶，便拉起架势舞刀来迎。许世友一个急转身，就如猛虎扑食一般，高扬大刀，一个“泰山压顶”照着那教师爷的天灵盖劈来。那教师爷忙使出一招“力托千斤”，想架住许世友劈下的大刀。谁料，许世友将大刀一抽，一个倒转身将脊背对着那教师爷，顺势将刀尖朝他的前胸刺去。那教师爷还没来得及调过式子挡架，只听“扑哧”一声，就瘫倒在寨墙根边。

许世友抽出刀，正欲转身追击时，突然，不知从哪个旮旯响了一声土枪，打中了他的头部。幸亏，那是从一支鸟铳里打出来的，弹片是几颗铁钉，因距离远，铁钉没扎进头盖骨，只钉在头皮上。他将露在外面的铁钉拔了出来，因为流血过多，昏了过去。红军部队在收尸时把他抬了回去，以为他牺牲了，正当大家都失声痛哭时，昏迷中的许世友被哭声惊醒过来，他望望周围的人不解地问："你们哭什么?"队员们擦擦眼泪告诉他："都哭你阵亡了。"许世友摸着受伤的头部笑着说："革命才刚刚开始，我咋会见马克思呢？我觉得刚才好像睡了一个好觉。"

故事二：擒贼擒王立奇功

1931 年初春，许世友任红四军十师二十八团一营营长。3 月上旬，奔袭双桥镇、活捉岳维峻的攻坚战斗任务落在了许世友的肩上。

战斗打响后，为夺取敌人固守的刘家祠阵地，许世友冒着敌军飞机的狂轰滥炸，率部发起了猛烈攻击。

刘家祠是敌人固守双桥镇的最后一座屏障。岳维峻组织了三个团的兵力向刘家祠阵地反扑。密集的炮火倾泻在刘家祠周围山冈上，炸得阵地上碎石乱飞，硝烟四起。许世友率领全营，凭着夺得的工事，以手榴弹一次又一次打退了敌人的反扑。可是，敌人采用以团为单位的集团冲锋，红军伤亡越来越重。许世友果断地下达命令："立刻撤退!"暂时放弃了刘家祠阵地。

部队撤下来以后，许世友清点了一下人数，全营伤亡较大，不少班、排只剩一半人了。正在这时，团部下达了命令：组织敢死队，要把刘家祠重新夺回来。

许世友和营教导员商量了一下，决定将严重减员的班、排合并，并立即组成一支敢死队。许世友捏紧拳头，向空中一举："刘家祠，我们一定把它夺回来，谁愿参加敢死队，站出来!"话音刚落，"呼"地一下 200 多只手举到了他的面前。许世友把受伤的战士留下，组织了一支精悍的敢死队。

敌人居高临下用机枪向敢死队员们扫射，同时，敌人的三架增援飞机也替敌人助威。炮弹和子弹，像雨点似的落在敢死队员的前后左右，浓烈的火药味，呛得人喘不过气来。他们的身子贴伏在地上，利用敌人扫射的间隙，一个弹坑一个弹坑地向前跃进，到了距敌工事 100 米远近时，许世友猛然跃起，大喊一声："同志们！杀啊!"敢死队员们也都猛然跃起，一个个眼中喷火，跟敌人拼起了刺刀。

许世友发狂似地挥舞着大刀，在纷乱的敌群中搏斗，直杀得浑身是血，满眼冒金花，额角流下来的也不知是血还是汗挡住了他的视线。他腾出手来擦擦眼睛，“嗖”的一股冷风直向他心窝逼来，他措手不及，就地一滚，躲开了枪刺，然后一个“鲤鱼打挺”，跃了起来，手起刀落，结果了那个敌人。经过一场白刃格斗，敌人终于招架不住，慌忙向山下溃逃。许世友率领的敢死队，终于又夺回了刘家祠阵地。这时，兄弟营也夺回了各自应占的阵地。

许世友在打退敌人的最后一次反扑后，立即率领敢死队尾随溃退之敌，穷追猛打，像一把锋利的钢刀，直插双桥镇。

许世友率敢死队冲到敌师指挥部，本想亲手抓住岳维峻，可连鬼影子也没见到。转身出门向前望去，有一顶大轿子，由四个轿子兵抬着，正晃晃悠悠地向前急走。

“岳维峻，岳维峻！”一个战士指着轿子大叫起来。敢死队员们把轿子包围起来，掀开轿帘一看，哪有什么岳维峻，是个空轿。

许世友问轿夫岳维峻是个什么模样。“高高个，胖胖的，穿着蓝色长衫。”轿子兵比划了一阵子。许世友等不及听完，就率敢死队向前追去。

当他们向前猛追时，残兵败将仍在负隅顽抗。忽然，许世友打了一个趔趄，慢跑几步才站稳脚跟停下来。他觉得大腿根有些麻木，像被人用石头砸了一下，用手一摸，鲜血渗透了裤管。一位敢死队员忙上前搀扶他：“营长，你挂彩了！”

许世友用手使劲拍拍大腿骨说：“还好，没有打断骨头，弹头还在骨头上。”说着，用练就的鹰爪功，一咬牙，把子弹头抠了出来，又连忙从烟袋荷包里掏出毛烟丝捂在伤口上，解下绑腿带，迅速把伤口包扎好，立即率部又向前继续追赶。

当他们追赶到罗家城时，只见村边打谷场上，一个脑满肠肥的大胖子被人群围在中间，他就是敌师长岳维峻。“捉到岳维峻啦！捉到岳维峻啦！”人们奔走相告。

当天下午，红四军在双桥镇河滩上召开了军民参加的万人祝捷大会，徐向前等首长表扬和奖励了活捉岳维峻的由许世友率领的敢死队和另一个连队。

故事三：喝茅台选副将

1979 年，中越开战，中央军委任命许世友上将为我军东线前敌指挥。为选副将，许世友拿出三瓶茅台和一位将军对饮，酒尽菜光，两位将军握手结盟。

1974 年，八大军区司令员对调，许世友到了广州，军区管理处陈良顺负责接待。许世友和军区干部见面，秘书准备了发言稿。他照着念过两句就显出不耐烦，把那几张纸扔到一边，自己随意说，干脆利索，5 分钟完事。之后，凡是开会，他总是这样：人越多，讲话时间越短。另外，许世友也好侍候，除了睡觉，平时只穿军装；在陪客上，虽然只喝茅台和古井，但很少醉过，在生活上不用操心。

当时，社会上已经提出生态平衡和保护野生动物的倡议，许世友对此有些难以接受。军区拟定下发禁止打猎杀生的文件，要让许司令认可才能真正起作用。文件到了许世友手中，他大笔一挥，批上个人意见：不许打猎，打鸟还是可以的吧。文件批下来，军区的“秀才”们目瞪口呆，哭笑不得。

许世友出门从不进剧院、商店、宾馆，不是奔野外就是进兵营。

花木与庄稼比较，他喜欢庄稼；舞场和操场比较，他喜欢操场。

许世友盛年之际，喜欢与战士比武，一条木枪神出鬼没，练对刺，常把战士的木枪磕上天去。来到广州后，他还是喜欢同战士较量。拼刺时，他确实余威犹在，普通战士不是对手。他喜欢和高手比拼，尽管也有高手战士相让的因素在里面。每当许世友磕飞战士手中的木枪时，便开心地哈哈大笑：“怎么样，宝刀不老吧?”

威风不减当年的许司令，壮怀激烈地参加了中越边境自卫还击战。在广西前线，他是司令，还需选个副司令。

许世友捏着下巴踱步，回想他那些出生入死的战友，一个一个在脑子里过筛，终于点出一个名字。

“刘昌毅现在怎么样?”

“可能快退下来了，听说已经半休……”

"不行，这一仗不让他打，以后就打不上了。就请他来！"

许世友虽然点了将，心里也不无犹豫："但愿他宝刀不老。"

当时，刘昌毅任南京军区副司令，被许世友请来广州。人看上去还是老了，但双目炯炯，心气很高。

"许司令，刘副司令到了。"陈良顺安置好刘昌毅，去向许世友报告。"晚上我在家里请客，你多准备些酒，"许世友这样吩咐。

谁也没见过许世友询问刘昌毅的身体状况，更没见许世友和他谈谈对于现代战争有什么研究和考虑，只听到让准备酒。

喝掉三瓶茅台，还让上酒。他们开始只是叙旧情，回忆当年的九死一生。喝到后来，两人已是无话不说，敢争敢抬杠。

许世友酒气逼人地问："酒喝三瓶了，还敢开瓶吗？"刘昌毅豪气冲天地说："天下没有会喝不会喝的事，只有敢喝不敢喝的人，九死一生过来的人，死都不怕还怕喝酒？许司令喝到哪儿我就喝到哪儿！"

这场酒喝下去，许世友睡了一天。刘昌毅醉了两天。

许世友感动地说："真是好汉一条，不怕死。副司令就是他了！"

不能简单地由此而言"许世友喝酒选将"。那是多方面考虑比较的结果，喝酒只是一个小小的侧面。何况，许世友对此也讲了很有哲理的一段话："学会打仗并不难，舍命对敌可不是随便什么人都能做到的。"

选将之后就是出兵。许世友带兵有大将风度。部队向前推进，遇到困难很多，不断有报告来，事多得叫人发毛。许世友不紧张，不着急，甚至根本不操那份心，把报告扔一边。他只管大的军事行动，下达命令让各部队执行，完不成就军法论处。

部队打下谅山后，中央命令撤兵。许世友望着军用地图沉吟，迟迟不下命令。他伸出小胡萝卜粗般的手指头在地图上比划："全是平原了，坦克大炮正好发挥用场了，不要两小时我就能打到河内。"

可是，从整个国际形势来看，我们不无后顾之忧，要防备有人在我们后面捅一下，沈阳军区方面压力很大，中央一再下令后撤。

许世友表示服从命令，同时又坚持拖一下："拱一拱，我再拱一下……"许世友是希望将越南主力从柬埔寨牵回来。他对部队领导说：“我们再前拱一下，吓唬他们一下子！

他派兵出谅山几十公里。当时，越南的政府机关纷纷撤出河内。接到报告，许世友哈哈大笑，捋起袖子，晃动着粗大的胳膊说：“吓屁了不是？撤了，屁滚尿流！”

战罢凯旋时，许世友阴着脸下令：“我回去不许通知人，不许搞迎接。谁走漏消息我毙谁！”可是，一位部队领导想，这么大事不报告中央怎么行？便将许世友回来的日期报告了中央军委。于是，广东的领导同志都知道了，提前赶到机场热烈欢迎。

许世友乘飞机回到广州，刚走到机舱门口就“骂”出了声。因为他看到了欢迎的人群。走下飞机，他二话不说，快步钻进了汽车。

开庆功大会时，中央派王震前来参加。派年轻人来不行，许世友不买账，只能派王震这样的元老。许世友倔头巴脑只尊重老的。

许世友是我军一位有着特殊经历和功绩的富有个性、特色的传奇式将军，所以，人们对他的某些缺点都能善意地给予谅解。

篇八

王疯子和他麾下的“三剑客”

解放战争时期，王近山任六纵司令员，他麾下有三位得力干将，分别是十六旅旅长尤太忠、十七旅旅长李德生、十八旅旅长肖永银，人称“三剑客”。如果说王近山是一头雄师，那么，他们三位就是三只猛虎。王近山打仗勇猛，被称为“王疯子”。俗话说得好：强将手下无弱兵。在王近山的指挥下，尤太忠、李德生、肖永银可谓身经百战、九死一生，军中翘楚、国之栋梁。

故事一：“疯”在枪林弹雨中的王近山

1969 年 4 月，在党的九大会议期间，中央政治局委员、南京军区司令员许世友走到毛泽东身边，直言不讳地说：“主席，我给您汇报一个情况：战争年代有一个人很能打仗，现在日子很不好过，建议主席过问一下。”

毛泽东微笑着问：“谁呀?”

许世友说：“一个是王近山，一个是周志坚。他们虽然有错，但处理太重，该恢复工作。”

毛泽东答应得很干脆：“行啊，请恩来同志处理一下。不过，你们哪个军区要他们?”

“我要!”许世友自告奋勇。

不久，中央军委发布命令，任命王近山为南京军区副参谋长。于是，在当年 7 月的一天，王近山当年麾下的“三剑客”之二——二十七军军长尤太忠、南京军区装甲兵司令员肖永银及六十军军长吴仕宏（当年也是王近山的部下）亲自到火车站迎接。“三剑客”之一的李德生因调中央工作，身兼中央、国务院、中央军委办事组及安徽省委第一书记等数职，脱不开身，故未能成行。但他同尤太忠、肖永银心情一样，都为他们当年同生死、共患难的老上司恢复工作而倾心尽力。

在那个特殊年代，为什么会有那么多军队首长会为被贬入河南的一个在农场当副厂长的人奔走呼号呢?

说起王近山，那可不是一般的普通干部，而是在革命战争年代和朝鲜战场上叱咤风云的人物，也是抗战电视剧《亮剑》李云龙的原型，人称“王疯子”的王近山中将。

王近山出生在湖北省红安县一个贫苦农民家庭。1930 年参加中国工农红军后，在大别山、大巴山、太行山、黄河、长江流域等中国革命的各个战场上都闪亮出雄姿勃发的身影。他并不是那种长得膀大腰圆、须眉倒竖的武生形象，而是眉清目秀、五官端正的白面书生。据说，解放重庆后，王近山犯了些错误受到了降职处理。但瑕不掩瑜，在现实生活中，十全十美的完人是不存在的。因此对英雄们身上存在的这些小缺点，人们是能够理解并持原谅和同情态度的。而这也是王近山能够复出，并对他的正面宣传热度不减的深厚群众基础和社会根源。

那么，王近山何以获得“王疯子”的绰号呢?这缘于“初生牛犊不畏虎”的一次战斗。

1932 年夏，他在红四军当连长时，为争夺一个山头和敌人拼上了刺刀。其中有个大块头的敌人力猛刀沉，王近山搏不过他，干脆扔掉手中刀，抱住敌人滚下了悬崖。他的头部被尖石撞开了一个洞，血流如注。在无人帮助的情况下，他以惊人的毅力，挪动身体，拔出手枪，将敌人打死。当六连的同志在山下找到他时，他已昏迷不醒。自此，他头上留下了一块深深的伤疤，洗澡都不能用毛巾搓洗。从此，战友们都叫他“王疯子”，意思是他打仗就像个疯子一样威猛可怕。王近山则说：“怕死就打不了胜仗，干革命就不能怕死。”

1937 年冬，时任八路军一二九师副团长的王近山，在抗击日军的一次围攻时，指挥部队迅速占领制高点，拦腰切断了敌人。敌人一梭子子弹打来，击中了他。当时王近山竟没有感觉到，继续指挥了 5 分钟左右。后来战友看到他军衣渗出血水，才发现他负伤了。此役，王近山两处受伤：一处是子弹打中肺部，造成肺贯穿伤；另一处伤在左上臂，形成肱动脉血肿。

1943 年 10 月，王近山奉命率一个团去延安保卫党中央，途中遇到日军冈村宁次组织的战地观战团。王近山说：“到嘴的肥肉不吃太可惜。”于是，果断决策，并且干净利索地消灭了这帮包括步将旅团长在内的 100 多名日寇，又迅速地撤离战场，按时到达延安。毛泽东知悉后说：“王近山敢打没有命令的仗，而且打得好，不愧为‘疯子’绰号！”

又有一次，王近山在指挥战斗中大腿骨折住院，一二九师政委邓小平到医院看望他。王近山一见到邓小平，难过地说：“这下完了，我再也不能打仗了，我这个人除了打仗其他都不会呀，怎么办呀？”邓小平安慰他说：“会好的，会好的，你这个‘王疯子’啊，一天不打仗心里就难受。真是‘王疯子’。”

在中国人民解放军众多将领中，骁勇善战者比比皆是，但真正敢在战场上“疯”起来的却屈指可数。“疯”是一种胆略、一种气场、一种力量，更是压倒一切敌人的革命精神。正如邓小平所说：“那不叫‘疯’，那叫革命英雄主义。”

试问，没有熊心豹子胆的人，敢在枪林弹雨中“疯”吗？

故事二：不怒自威的战将尤太忠

与王近山的相貌相反，“三剑客”之一的尤太忠身材魁梧，鼻大嘴阔，双耳奇大，双目炯炯，眉宇间两道竖纹，杀气逼人，酷似京剧里的武生。其实，在平时不打仗的时候，尤太忠不但平易近人，还是一位爱兵如子、忠孝仁义、品德高洁的硬汉子。

尤太忠的个性很特别。当尤太忠在战场上运筹帷幄之际，常常以三指捏住额头，此时，无人敢接近去打扰他。若他举手压住帽檐，就表示决心已下；若脱帽而起，说明他必定会赴前沿指挥，无人能阻挡；假如他以指摸腮，脸露笑容，那么此仗胜局已定。

解放战争初期打榆林，首次攻城失利。六纵政委杜义德打电话问尤太忠：“老尤啊，你不是很能打吗？怎么搞的，打了半天没有打下来？”尤太忠涨红了脸，放下电话，脱帽而起，直奔前沿。众将士见旅长亲临前线，群情激奋，奋勇向前。城防被攻破后，尤太忠随部队一起杀进城，结果右腿被碉堡内残敌的冷枪击穿。在解放战争中，旅级干部负伤，还不多见。

尤太忠记忆力惊人。十二军徐克杰副军长曾回忆说："尤太忠耳所闻辄终记不忘。"战争年代，尤太忠有一次到纵队接受战斗任务，回来后指着地图传达，全旅3个团，出发时间，途经地点，过某山某河，何时到达何地，东西南北，分分秒秒地传达完毕，纵队文字命令才到，各团领导对照命令，竟无一差错。尤太忠说："这是没有文化逼的。人用笔记，我用心记。打仗是要死人的，岂敢马虎？"

1949年冬，尤太忠率部参加解放重庆的战斗。大雨。刘、邓问三兵团副司令员王近山将军："三十四师师长尤太忠在何处？"王近山答："部队都在街上淋雨，尤太忠肯定也在街上淋雨。"兵团副政委杜义德曰："只要有一个兵在街上，他就不会进房子。"遂遣武英沿街寻之，果如所言：尤太忠将军和士兵同在大雨中。

"文化大革命"中，尤太忠任内蒙古自治区革委会主任。某日，尤太忠至包头监狱视察，见被打成"走资派"的老干部衣衫褴褛，蓬头垢面，有几人于如豆油灯下捉虱子，当即召包头市领导说："你们把他们放出来，搞点水让他们洗一洗澡，把衣服用水烫一烫。"市领导说："他们是'走资派'，放出去好不好？"将军斩钉截铁地说："放！有什么问题，我负一切责任。"

尤太忠的侄女尤岭珠言：1959年冬，尤太忠闻母病重，急返乡。其时，浮夸风正烈，乡民饿死不计其数。村中200余人，仅剩40余人，路有饿殍。将军母亲卧床不起，家人食糠。其哥尤太俊，正携全家外出要饭。尤太忠见此心情极为沉重，至亲好友，每家送5元钱，200元全部发完。返回时，县长马龙山请尤太忠吃饭，作陪者皆胖子。尤太忠大怒，拂袖而去。

尤太忠原秘书潘宏亮言：1971年1月，尤太忠任北京军区内蒙古前指司令员、内蒙古军区司令员，8月，即赴边防视察，由东而西，行程4万千米，每到一地，尤太忠指示，按标准吃饭，离开时，又指示，按标准交费。尤太忠所到之处，伙食费一分钱不欠。

尤太忠逝世后，其书桌上置一对黄山镇石，上书对联：品在竹之间；格在梅以上。此为尤太忠品格之真实写照。尤太忠之品格，高洁韵同修竹，孤情操比寒梅。见此镇石，似睹疏影横斜，如闻暗香浮动。

故事三：在上甘岭一战成名的李德生

李德生是我党我军卓越的领导人。他从 14 岁参加红军起，就一直战斗在炮火连天的最前沿，是在生与死、血与火的战争中逐步成长起来的一代名将。有人形容他指挥战役的特点是："攻如猛虎、守如泰山。"他的上司王近山非常欣赏李德生，他说："李德生打仗很硬，不怕苦，任务交给他，他就像老牛顶架，缩不回来。"李德生上去了，他也就可以安心地睡一觉了。

1978 年春，王近山病危，临死前，眼睛紧闭，嘴里却不断冒出"冲""杀"的字眼，情绪躁动不安。为了安抚父亲的情绪，王近山的儿子王少锋就附在他的耳边大声说："爸，李德生上去了""爸，尤太忠上去了""肖永银上去了"。听了李德生等人的名字，王近山的身体马上就平静下来了。

可以说，李德生、尤太忠、肖永银这三人，是王近山最为倚重和信任的爱将。

因本书后面还将讲述李德生"血战沙场，风云政坛"的故事，本篇着重介绍他指挥上甘岭的战役。

1952 年 10 月初，"联合国军"发动了以夺取上甘岭地区为主要目标的"金化攻势"，代号"摊牌作战"。这次战役长达 43 天，是抗美援朝战争时期敌我双方持续时间最长的一场战役。战役集中在不足 4 平方公里的两个小山头上，双方投入的兵力超过 10 万，炮兵火力密度，已超过第二次世界大战最高水平。在这场大显中国军队威风的战役里，时任志愿军第三兵团第十二军副军长的李德生将军扮演了重要的角色。

1952 年 10 月 14 日，美军第七师、南朝鲜军第二师共 7 个营兵力，分 6 路猛攻金化北面五圣山南麓的志愿军阵地 597.9 高地、537.7 高地北山。这两个高地中有个小村子名叫上甘岭，战役因此得名。仅第一天，敌人就向两个志愿军阵地倾泻了 30 余万发炮弹、500 余枚炸弹。

五圣山是志愿军中部战线的战略要点，主峰高 1051.3 米，地势险峻。在山上，志愿军指战员可以清楚地观察到敌人金化地区几十里纵深阵地。五圣山南面的 597.9 高地、537.7 高地北山，更突出地楔入敌人中线地区，是敌我必争之地。

当时，志愿军第十二军在上甘岭以东金城地区担负防御作战任务，距上甘岭不远。原定至 11 月初，第十二军完成金城防御作战任务后，将撤至谷山地区休整。

10 月下旬，李德生接到命令火速赶往兵团接受任务。兵团代司令员王近山对着地图，边指边讲："上甘岭地区形势十分严峻，敌人投入了空前多的兵力、火力，向五圣山前沿疯狂进攻。十五军能投入的机动兵力已全部用上，但敌人的攻势仍未减弱，还在不断补充兵员。这一地区的战斗，已发展为战役规模，敌人的意图是战略性的。从各方面情报看，敌人在后期还将投入更大兵力向我进攻，战斗将更激烈残酷。因此，兵团决定由你负责统一指挥在上甘岭前线作战的十二军、十五军所属的部队。"

他以十分坚决的语气嘱咐李德生："要准备像苏联卫国战争时的斯大林格勒大血战那样，一个战士，从开始打到结束时指挥一个连队作战！"

作为军人，李德生感到了自己的价值与组织的信任，他义无反顾地表态："坚决执行兵团命令，指挥好前线的战斗。"

军情火急！李德生立即驱车前往上甘岭，先到第十五军军部听取了战斗情况介绍后，随即驱车赶往德山岘前线指挥所，研究解决了五个事关战役全局的关键问题。

第一，解决前沿弹药运输问题。因为敌人动用了大量远射程炮火和飞机，层层封锁我军火力，弹药运送非常困难。有时，1 个营作战，需 2 个营运输弹药。针对这一情况，他发动大家想出了分段运输的办法，即山前用汽车运，再往前，从团后勤到营到连，每 50 米为一段，分几个人专门负责，沿途挖若干猫耳洞，藏放弹药，利用敌人炮火间隙，快步往前运送。这个办法实行后大大减少了人员伤亡，基本保证了前沿作战有充足的弹药。

第二，解决吃饭问题。决定在五圣山后山脚，741 高地后面一个岩洞里，由团里统一组织食物供应，从各个连队抽调来10多个炊事员，24小时不熄火，日夜蒸馒头、包子，组织50多人的专门运输队，不分昼夜，冒着炮火，不断地往前沿运送熟食。前沿战斗激烈，不便集中吃饭，就用小袋子分装，一袋5个、10个，一次背几十袋。炊事员到阵地上，一袋袋地扔给战士们。缺水或运水不便，就背送苹果解渴充饥。

第三，解决野战工事问题。十二军上阵地时，阵地上的表面工事已全部炸毁，到处一片虚土，一脚踩下去齐膝深。李德生上阵地后办的第一件重要的事，就是解决站住脚和屯兵的问题。为了让一线部队休息好，保存体力准备第二天作战，他命令由预备连队上去挖坑道，并提出挖1米坚石坑道立一次三等功。有了这些措施，阵地状况日益改善。屯兵、作战均有了条件，很快解决了在阵地上“站住脚”的问题。

第四，解决通信中断问题。对于电话线经常被敌人炮火打断的问题，李德生让通信排多准备些线，部队上去打一次反击，通信排就跟上去拉一根新线；稍靠后方一些的地区，电话线埋在堑壕一侧专挖的小土沟里，基本保证了团到前沿通信联络的畅通。

第五，解决如何用兵问题。上甘岭前沿阵地狭小，敌人炮火空前猛烈，上去的人越多伤亡越大。但又要守住阵地，掌握敌情，随时准备击退敌人不同规模的持续进攻。怎么办？李德生根据他们在金城防御作战中创造的坑道战、阵地战经验，并结合当面之敌活动规律和上甘岭的地形特点，果断采取了相应的战斗部署：兵力前轻后重，火力前重后轻。全团9个步兵连，从五圣山到最前沿，一条线排成9个梯队，使师、团控制了充足的预备队，保证了源源不断的兵力补充，以对付敌人的持续进攻。不但师、团如此，直到最前沿的战斗小组，也通常是战斗小组长带一人守阵地，一个战士在后面补充。这种战斗部署，李德生称为“小兵群战术”，其优点在于，当敌人猛烈炮火袭来时，我阵地上人员稀少，避开了敌火力优势，伤亡不大；而当大批敌人涌上阵地时，我军炮火、冲锋枪、机枪和手雷、爆破筒等又发挥了重大作用，给敌以毁灭性打击。

11月2日7点多钟，敌人对597.9高地展开了猛烈的攻击。敌方以密集火力向志愿军阵地反复轰击，发射炮弹近10万发，坦克开至山脚抵近射击，飞机

100 余架次轮番轰炸，持续达 2 小时之久。在炮兵火力支援下，志愿军第三十一师 1 个连量敌用兵，采取小兵群战术迎敌，干部战士发扬孤胆作战的勇敢精神，与敌激战 7 个多小时，仅以亡 36 人、伤 59 人的代价，毙伤敌 1000 余人。

至 11 月 5 日，敌人连续进攻 4 天，一无所获，再也无力对 597.9 高地发起大规模进攻。

11 月 7 日，在毛泽东亲拟的军委给志愿军司令部、三兵团的复电中，对李德生指挥的 597.9 高地保卫战给予了高度评价："此次五圣山附近的作战，已发展成为战役的规模，并已取得巨大胜利，望你们鼓励该军，坚决作战，为争取胜利而奋斗。"

李德生在指挥前沿部队恢复和巩固 597.9 高地之后，又将重点放在夺取 537.7 阵地上。此战更为艰苦，带有攻坚性质。经反复研究，李德生决定：第三十一师 2 个主力团协同作战。由第九十二团全力反击 537.7 北山，以第九十三团一部兵力，同时反击西侧的 597.9 高地 11 号阵地，牵制敌人，以保障第九十二团进攻时西侧的安全。第九十三团二、三营做预备队。同时，组织强大的炮火，摧毁敌支援部队。

11 月 8 日，李德生审阅修改了作战计划后上报兵团。王近山等领导阅后，复电称："此次反击火力组织、兵力部署、战术手段均很周密细致，我们认为很好。除令各兵种严格遵行外，并应注意与坚守坑道部队取得联系，以免在进行第一二次火力准备时，他们不知道情况，出来过早遭到杀伤。"

11 日下午 4 时半，在我军猛烈的火力袭击和掩护下，第九十二团一举夺回了 537.7 北山全部阵地，并接应出艰苦固守在坑道里的友邻分队。随后，第九十二团、第九十三团、第一〇六团相继坚守 537.7 高地北山，让敌人望山兴叹。与此同时，攻坚部队反击 597.9 高地 11 号阵地得手，并以小兵群战术顽强抗击敌人 40 余次进攻，歼敌 1000 余名。

11 月 15 日，三兵团首长通令嘉奖第十二军："你们坚守的 597.9 高地屹立未动，特别在 11 日晚的反击中，又一举恢复了 537.7 高地北山阵地。你们打得英勇顽强，工事修得既快又好，战术灵活。望你们继续发扬这种小群孤胆的战斗作风。"通令没有点名表扬前线指挥员李德生，但这是对他的最高褒奖！

鉴于1个多月的激烈争夺战中，伤亡惨重，美军第七师损兵折将，撤出战斗西移。南朝鲜军第二师、第九师被打得无力再发动大的攻势。到12月3—4日，第一〇六团粉碎了敌人最后一次两个多营的猛烈进攻，从此，敌人再也无力进行大规模攻击，537.7高地北山阵地得到完全巩固。

11月28日和12月15日，第三十一师、第一〇六团相继将阵地移交第十五军驻防，五圣山前线指挥所奉命撤销。至此，第十二军圆满完成了参加上甘岭战役的作战任务。

对于上甘岭之战，李德生谦虚地说："这次举世闻名的上甘岭战役，是十五军和十二军团结协作、同生共死、并肩杀敌的光辉典范，是在党中央、毛主席和志愿军总部、三兵团各级领导正确指挥下，所有参战各兵种各部队共同奋战的结果，也属于祖国，属于那些在战斗中流血牺牲的烈士和英雄们，属于每一个参加战役的干部和战士！"而熟悉那段历史的人，都会公正地说："上甘岭的辉煌，也属于李德生！"

故事四：智护红军后代的战将肖永银

被刘伯承幽默地称为"铁纵三剑客"的肖永银，中等个头，偏瘦，长着一副娃娃脸，在同时代人里绝对算得上是英俊的小伙子。就像现如今人们评价一些历史名将那样，肖永银虽不是那种"喝断桥梁水倒流"的猛张飞形象，也不是"只动口不动手"、专摇鹅毛扇的孔明形象，但他却综合了张飞之"猛"、孔明之"谋"的优点而成为少有的传奇将军。从加入红军开始，他的人生际遇便始终与"传奇"二字联系在一起。本文在这里不述其战争传奇，只讲一段在和平的环境和特殊的年代里，他智护红军后代的故事。

1967年盛夏的一天，南京军区装甲兵司令员肖永银接到驻在无锡的二十七军军长尤太忠的一个电话："老肖，你好啊！想请你到我们这里玩玩！"他知道，南京军区司令员许世友正在无锡"避难"，尤太忠打电话叫他去玩，肯定是许司令员有事找他。于是，他爽快地答应了。

果然，一到无锡，尤太忠一见他就说："许司令找你！"许世友劈头就说：

"抓部队！把部队稳住！"肖永银告诉他，坦克师稳如磐石，许世友粗黑的眉头稍微舒展了一些，但眉心明显郁结着忧愁。肖永银耐心等待着，知道他"秘密召见"，必然有"特殊使命"。东拉西扯一阵后，许世友像是漫不经心地说道："陶勇的孩子到处流浪呀，怎么办？你们是不是把他们收起来呀？"

尤太忠和肖永银两人会意地相互看了一眼。海军中将陶勇，原名张道庸。陈毅爱其骁勇善战，为其更名"陶勇"。中国海军建立之初，陶勇受命指挥中国三大舰队之一的东海舰队。"文化大革命"中，东海舰队司令陶勇在被"打倒"之后不久，突然溺水身亡。陶勇的夫人也在劫难逃，以施"美人计"和进行敌特活动等罪名被关押起来后屈打成招，跳楼自杀。"陶宅"被查封，东海舰队司令的儿女们被逐出家门，流浪露宿于上海街头。因为东海舰队归南京军区建制，尽管许世友也在"避祸"之中，但他不能不管陶勇的孩子们，让他们无处安家，这毕竟是为创建新中国而舍生忘死的战将的后代啊！

听到许世友这么一问，肖永银和尤太忠像当年并肩攻城略地一样，相当严肃认真地商量起来。最后商定，由离上海近的尤太忠派人把陶勇的孩子收起来，再转送至南京肖永银处，由肖永银安排。

肖永银回到南京，很快，东海舰队司令的 3 名遗孤由尤太忠秘密转送给他。孩子们从大到小排成一排站在他面前，衣衫褴褛，面色蜡黄，最小的才 13 岁。肖永银鼻子一酸，摸着陶勇幼子的头说："当兵吧。"

由陶勇的孩子开始，发生了以后被人称作"招兵买马"的事件。各地被"打倒"的军队干部，很快便获悉了这么一块净土，于是从四面八方送来了自己已力不能保的爱子娇儿：被"火烧"的云南军区后勤部长的儿子，官贬河南某农场、肖永银原来的顶头上司——六纵司令员王近山的几个孩子，乘火车的，坐轮船的，步行的，纷纷投奔而来。肖永银无法拒绝这些昔日战场上的"战神"们的后代，下了一道命令："男的，只要是军队上、地方上干部的子弟，家庭不行的，就收起来。"于是，南京军区装甲兵的营房，倏忽间来了许多"娃娃兵"，大的十六七岁，小的十三四岁。

然而，尽管收容是在极秘密的情况下进行的，造反派们仍旧嗅到了蛛丝马迹，通过内线情报传递，弄清了"狗崽子们"的藏身之地，几个造反派组织准备联合行动，到南京军区装甲兵军营去抓人。这些将军的后代听到消息后，个个摩拳擦掌，准备与来犯者拼个你死我活！

肖永银眉头紧锁，他必须制止这场流血。他是受他们父辈之托保护这些孩子们的，他必须对得起那些曾经和他一起出生入死的战友们。他打算连夜秘密把孩子们送过江去，在长江以北，有一片荒野山地，是装甲兵的训练基地，对外属军事禁地，一旦转移到那里，孩子们也就进入了安全之境。

“给我两条船，夜晚用一下。”他进了军区作战部，开门见山地说。对方怪异地看着他：“船么？一条也不能给！非军事目的不能随便动用。”装甲司令火了，一拍桌子：“我渡长江时，百万雄师就是坐木船来的！不给船，照样能过江去！”当晚，肖永银派人找了两条民用小木船，把孩子们送到了装甲兵训练基地。

第二天，造反派们意外顺利地长驱直入，然而兵营里已经没有了一个小孩子。造反派头头恼羞成怒，一状告到周恩来那里。

几天以后，一个长途电话打到了南京军区，总理办公室查问有无此事，军区其他负责人面面相觑，谁也不敢就此问题作出“是”与“否”的回答，有人忿忿地说：“找肖永银来！祸是他惹的，兵是他招的，让他自己来回答。”

肖永银应召而来，问明是周恩来的电话后，他轻松地笑了。紧接着，他拨通了周恩来的电话，如实报告了情况。他说：“总理啊，这可是红军的后代啊，不能没人管呀！”说完，肖永银又草拟了一份电报，如实向周恩来报告了“招兵买马”的情况。

周恩来似乎默许了装甲司令的“招兵买马”，此后再未过问此事。

然而，事情并未就此结束。一天，在军区司令部里，一位首长脸上带着不冷不热的表情扔下一句话：“我到了北京，上级问我收了多少兵，我说不知道。”炮兵司令扯扯肖永银的袖子，不解地问道：“他这是什么意思？”肖永银心里明白，首长是反对这件事，他微微一笑，话里有话地对蒙在鼓里的炮兵司令员大声说道：“他的意思就是那么个意思。”炮兵司令摇摇头，不知道他们打的什么哑谜。这时，又有一个领导说话了：“不像样子！收的兵不够格，弄几百小孩子，干脆办儿童团算了！”会后，某领导就此事发电报上告，副总参谋长亲自过问此事。总参谋部来电：你们装甲兵招了多少新兵？查查。够格的留下，不够格的清退回去。

“肖司令，我看事情难办呐。”装甲兵司令部参谋长满面愁容地说，“即使我们想留，怕也不能全留下。真可惜，这些娃娃有的是太小了。”

“娃娃嘛，总会长大。我们这么大的装甲兵，养几百个娃娃算什么？过几年就是一条六尺男儿。要当兵并不是反革命，红军时代得一个兵不易呢！不能清退回去，退回去，他们好多人家已经没有了。”

“可怎么办呢？”参谋长拍拍桌子上的电报。

肖永银一字字，一行行，翻来覆去，看了半天。“嗨，有了！你来看，核心是不是这几个字？”他用手点着“够格”“不够格”：“我们全都合格，不就完了！”

装甲兵很快起草了一个报告：共招新兵多少名、经过半年的严格训练，考试及格多少名，在此期间，共发展党员多少名，团员多少名，多少名经过训练已补充部队，多少名还在继续训练。报告有鼻子有眼，完整详尽，无懈可击。果然，上面在接到这份报告以后，再没有“继续追查”。

“黑兵”风波过去一段时间后，许世友从大别山回到了南京。“哎呀，许司令，真难呀！我死顶呀！”肖永银一见许世友，连连顿足长叹。许世友哈哈一笑：“老肖，有智谋，有胆略，你顶，就顶住啦！我请你喝酒！”

篇九

残肢撑旗鄂豫边

在鄂豫皖的两支主力红军相继长征，和后来的中原军区主力部队向西突围出去以后，始终坚持战斗在鄂豫皖边区，让大别山的红旗不倒、火种不灭的代表人物有两位：一位是何耀榜，一位是刘名榜。他们分任大别山工作委员会的正副书记。本篇着重讲述何耀榜坚持战斗在鄂豫边的故事。

何耀榜，1907 年出生于湖北省大悟县宣化店镇王家庄，1928 年参加革命，同年加入中国共产党。土地革命时期，曾任罗山独立十六团团长。1932 年 10 月，红四方面军主力撤离，何耀榜因身负重伤留下，与隐蔽下来的伤病员在山林里坚持同敌人斗争。1934 年 11 月，红二十五军奉命北上，鄂东北道委组成以徐诚基为书记，何耀榜、吴光陆为副书记的罗（山）孝（感）（黄）陂特委，坚持在礼山、罗山、黄安一带进行游击战争。1936 年 8 月，何耀榜与红二十八军政委高敬亭会师于河南商城，何耀榜改任皖西特委书记、八十二师师长兼政委。第二次国共合作时期，受高敬亭委派同卫立煌的代表刘刚夫在岳西县达成停战协议。后调武汉八路军办事处工作。1938 年，何耀榜入延安中央党校学习，结业后回鄂东，历任鄂东地委军事部长、新四军第五师第三纵队司令员兼政委等职。1946 年中原军区部队突围时，根据郑位三和李先念的要求，他再次留在大别山坚持游击战争，以牵制敌人。当时，他任独立第二旅副旅长。旅长为张体学。

1946 年 8 月底，独二旅转移到湖北省黄梅县张家榜一带休整。根据中央军委的电示，张体学、何耀榜在张家榜附近曹家河一位农民家里商议决定 4 件大事：一是组织新的领导班子，成立鄂豫皖工作委员会；二是继续坚持以黄、麻两县为中心区的游击斗争，并把老君山、天台山作为联络点；三是何耀榜带少量部队回鄂东北地区坚持工作；四是张体学带现有部队在蕲、黄、广一带打大圈，一个月后到老君山、天台山坚持开展游击活动。同年 12 月，何耀榜率独二旅主力部队突围，奉命转往延安。

何耀榜于 1946 年 9 月底辗转到达老君山，同坚持在这一带的罗礼经光中心县委书记刘名榜同志见了面。于是，他们一南一北，在极其艰苦的条件下顽强地坚持同强大的敌军开展游击活动。

那时，全国的内战打得十分激烈，延安已失守，中央机关、新四军军部和中原军区司令部不知在何处。何耀榜既没有电台也无法派交通员同上级党委取得联系，心急如焚。他多次组织力量出击敌人，想借用敌人的广播给上级党委报信，好让我方首长通过收听敌台广播，知道在大别山区还有革命武装在坚持斗争，从而派人来联络。但因我方力量小，没有打到敌人的痛处，取不到效果。怎么办？他找到团长彭超、警卫连长陈义德、保卫干事罗杰，经过研究决定打地头蛇林朗山。哪知，在同林朗山部激战时，突遇刘峙的七十二师派兵增援，反而将何耀榜包围在老君山的北部。为掩护何耀榜突围，陈连长负伤，罗杰干事壮烈牺牲。

敌七十二师的人见罗杰背着何耀榜的挂包，误以为罗杰就是何耀榜，将其头割下，先挂在黄陂站，后挂在河口镇。老君山一战我方失利，敌人借此机会大肆宣传，说什么“何耀榜已毙命，鄂豫边的共产党已全部剿灭”。敌人真想这样，对山区的搜剿更加频繁，敌我斗争形势更加激烈，我方处境更加险恶。面对恶劣局面，大别山区必须有一个集中的领导班子，何耀榜根据事先与张体学同志商定的意见，邀集刘名榜等同志，在 12 月成立了大别山工作委员会，何耀榜任书记，刘名榜任副书记，还有肖先发、邱进敏几个委员，这就使得罗山、潢川、光山、经扶、麻城、礼山、黄陂、孝感等地的党和武装统一起来了。

这时，深冬已到，天寒地冻，战士们吃不上饭，穿不上寒衣，困苦到了极点。由于何耀榜经常住冰洞，又无棉衣，关节炎发作，高烧不退，冻伤的左脚趾开始枯黑。枯黑的脚趾头从最小的一个起，一个接着一个被冻掉了。就在这种情况下，同志们仍然十分爱护他，背着他指挥战斗。当时，也有个别同志劝何耀榜转移到华北去休息，或到群众家里去隐蔽。他没有接受同志们的好心劝说，反而用张体学在野鸡河干部会议上的讲话教育同志们说：“中原突围之前，周副主席、董必武同志都传达了毛主席和党中央的指示，要求坚持敌后游击战争，坚持到最后的一人一枪，占据一村一镇，守住大别山根据地。同志们，党的指示就是我们的任务，自黄麻起义之日起，鲜艳的红旗一直在鄂豫皖上空飘扬，这杆红旗不能在我们的手中倒下。我们要坚持到底，绝不能有丝毫的动摇，再苦，再难，也要坚持下去，直到胜利。”何耀榜的话给了同志们信心和力量。从此，同志们团结得更紧，继续坚持在大别山同敌人战斗。

1947 年初春，隐蔽在山区的伤病员和群众正在准备春节物资时，国民党反动派吹出一股风，说什么“鄂豫两省的共产党被剿完了，要召开庆祝反共胜利大会”。风吹得很响，调子也唱得很高，就是无人出面召开。这时，湖北和河南交界处已被镇压的大恶霸杜儒存的五儿子，人称杜五疯子，任七县联防指挥部第三副主任，他要在自己的老窝召开这次会议。何耀榜抓住这个机会，让警卫员背着自己走出无人区，到七里坪北边山脚下一个小村里，和战斗在那里的刘名榜游击队共同研究对策。大家一致认为，这是个天赐良机，既可以打击敌人的嚣张气焰，说不定还能通过敌台广播显示出我们的存在。于是，何耀榜把身边仅有的 5 个同志和刘名榜派出的部分游击队员组成一个战斗小组，并扮成当地群众混入杜五疯子的会场。当杜五疯子和前来祝贺的特务头子、地主恶霸一起宣布开会鸣炮奏乐时，我们战士手中的盒子枪也随礼炮齐鸣，杜五疯子和特务头子们同时倒地，其他的人听到枪炮声抱头鼠窜。

一次漂亮的挖心战，触动了敌人的痛处，敌人的电台第二天晚上就大骂：“大别山区的残匪，三省的老地头蛇何耀榜、刘名榜，绑起来包围了他们的会场，打死×××，受很大损失……”

当时，处在国民党大军层层包围之中的何耀榜、刘名榜，当然无法听到国民党的广播，但他们相信，打死了杜五疯子，敌人不会没反应，他们时刻都在等待着消息。

一个日出雪融的好天气里，郑位三的二弟郑志惠从延安返回大别山。同上级党委失掉联系 105 天的何耀榜见到郑志惠，激动地说：“终于把你盼来了！”郑志惠理解何耀榜的心情。他讲述接受任务时的经过。在 20 天前的一个下午，毛泽东亲自到郑位三住的窑洞里，一坐下来就说：“有人讲何耀榜牺牲了，刘名榜成了光杆司令，独木难支，这不符合实际。今凌晨两点，我听到国民党的广播又在骂何耀榜和刘名榜杀了他们的人，这证明大别山还有我们的游击队在战斗，要马上派交通员联系，告诉他们，多则半年，少则几个月，我们就要派大军到大别山去!”

得到这一信息，何耀榜和刘名榜欣喜若狂、信心倍增。他们多次派人到路口、渡口等着迎接刘邓大军的到来。8 月 29 日，刘名榜等同志终于在七里坪北头木桥上和刘邓大军的先头部队李德生旅会合了。何耀榜知悉后，让警卫员把他抬下山与李德生旅长见了面。李德生把何耀榜留在部队当参谋。一日，李德生率十七旅继续向南挺进，在同国民党反动派的军队激战时，何耀榜睡的抬子被打掉了。在硝烟滚滚中，战友们找不着他，就委托刘名榜的游击队继续寻找。原来，交战时，他从抬子上滚到河沙滩死尸中隐蔽着。战斗结束后，敌我双方部队都撤走了。他用尽全力爬过一个又一个尸体，挣扎着爬进了熟悉的红军洞等待救援。此时，他的脚和腿肿得厉害，腿上的皮肉都崩裂了，沙子揉进了破裂的血缝里，伤口很快感染了，他脚上的肉全部腐烂，只剩下白骨和黄色的神经束。当游击队找到何耀榜，并把他送到刘邓大军的王近山六纵卫生所时，何耀榜已经奄奄一息。王所长打开何耀榜脚上的绷带换药，发现伤口在继续恶化。王所长说：“左脚保不住了，要马上动手术，否则会有生命危险。”当时的条件很差，就在石堆上搭了块门板做截肢手术。手术准备好，打了麻药针，国民党军队就包围了六纵卫生所所在的韭菜河村。当钢锯开始锯脚时，枪声也打响了。医生在给何耀榜做手术，外面的战士在同敌人激战，手术做了 5 个小时，战士们与敌军战斗了 5 个小时。手术刚做完，敌人又开始强攻，战士们只好抬着麻药未醒的何耀榜转移。

经过野外手术，何耀榜的身体更加虚弱。国军首领因为要活捉何耀榜，常派兵穷追不放，解放军护卫部队边打边退，终于冲出了包围圈。4 个月后，华东野战军陈毅司令员派人将何耀榜送到华北，在河北省邢台县城和郑位三、李先念、陈少敏三位首长会了面。

在长途转移中，何耀榜的身体更加不好，高烧不退。经我军著名医师钱信中检查，是因为第一次手术锯少了，腐烂的肌肉继续向上波及。因此，在邢台天主教堂里，钱信中又给何耀榜做了第二次截肢手术。

何耀榜就是这样，在生活和战斗极为艰苦的环境里，忍受着常人不能忍受的巨大伤痛折磨，仍然顽强地坚持了大别山的游击战争，直到解放战争胜利，他一次又一次地完成了任务，用他的残肢撑起了大别山的红旗。

中华人民共和国成立后，何耀榜当选为湖北省人民代表，省政协一、二、三届副主席。1959 年在其夫人苏波配合下撰写出革命回忆录《大别山上红旗飘》。1964 年 10 月 20 日病逝，终年 57 岁。

篇十

大别山上挺劲松

提起刘名榜，不仅老一辈就是新一代也都知道他是一个神奇的人物。有人说他是大别山的一面旗帜，硬是坚持大别山区 28 年红旗不倒、火种不灭；有人称赞他是傲然挺立在大别山上的一棵劲松，“千磨万击还坚劲，任尔东西南北风”。其实，他之所以能在艰难困苦的条件下一直坚持根据地革命斗争，直至为民谋幸福的初心实现，夺取革命胜利的使命完成，主要是靠了信念的力量。

那么，刘名榜是如何秉持信念的力量，依靠党的领导，依靠人民群众的信任与支持，依靠统一战线的法宝，以及依靠大别山的天然屏障与战友们生死与共地奋战在大别山广袤的土地上呢？

刘名榜，1902 年出生于河南省新县郭家河莲花村一个贫苦农民家庭。1928 年 6 月，他受柴山保革命根据地的影响，在家乡秘密组织起“穷人会”，后将“穷人会”改编为农民自卫军，并担任大队长。1928 年 7 月，他积极响应和紧密配合红三十一师发起的白沙关战役，率领农民自卫军参加了攻城破寨的战斗，因作战勇敢，行动快速，受到了徐向前的夸奖。

1929 年 9 月，他加入了中国共产党组织，并被选为柴山保弦南区第五苏维埃主席，随后又升为弦南区苏维埃主席和中共弦南区委书记，为巩固和拓展柴山保革命根据地作出了重要贡献。1932 年 2 月，张国焘在鄂豫皖苏区大搞“肃反”运动，刘名榜被诬为“第三党”，差点死于白雀园。他出狱时，正值国民党 20 万大军“围剿”大别山，他率领游击队神出鬼没地歼灭敌人，搅得敌军寝食难安，曾悬赏 1000 元大洋捉拿他。1935 年春，在叛徒的带领下，敌人还逮捕了他的母亲、女儿、舅舅及其他亲属，并强迫他们带路搜山，扬言：“不投降，就杀死其全部亲属。”刘名榜不为所动，其母也大义凛然，使敌人的威胁利诱未能奏效。

1935年7月，刘名榜被任命为经扶县委书记，不久又担任黄安、罗山、经扶、光山中心县委书记兼县大队长，领导大别山人民进行了艰苦卓绝的3年游击战争。1938年，刘名榜到延安中央党校学习。归来后，1939—1942年历任经扶县委书记兼新四军四支队后方留守处主任，礼山县委书记兼县长，罗礼经光中心县委组织部部长等职，带领游击队和便衣队英勇地打击了日本侵略者。其间，刘名榜遵循党的统一战线策略，代表礼山人民同国民党礼山县政府结成了抗日统一战线的故事被传为佳话。

解放战争开始后，刘名榜与何耀榜组成鄂豫皖边工作委员会，任副书记，同时，兼任经扶县长、罗礼经光中心县委书记、鄂豫行署第二分区专员。在国民党大军压境、叛徒出卖、地下党组织遭到严重破坏、人民惨遭屠杀的情况下，刘名榜坚持领导游击队攀绝壁，偎岩洞，大雪天在山路上行走，倒穿鞋子，让脚印把敌人引到相反的方向去。就是在这种恶劣的战争环境下，他们仍在坚持斗争，经常露宿山头、山洞、田坎、庙宇，惩恶霸、战白匪、斗保甲长，最大限度地保护苏区党和人民的利益不受侵害。国民党反动派视这支队伍为“眼中钉”“肉中刺”，无数次地组织搜山、砍树、烧房等“清剿”行动，扬言“砍尽大别山的树，挖尽共产党的根”。但他们却豪迈地说：“山是铺、洞是房、树是粮、革命意志坚如钢；树也砍不完，草也烧不尽，根也斩不断，我们与群众心连心。”

就是在这种险恶的环境下，刘名榜和他的战友肖先发、邱进敏领导的弱小革命力量像大别山上的劲松，任凭狂风暴雨的摧打，巍然屹立。他们领导的这支穿着破衣烂衫、仅剩99名队员的游击队，凭着坚定的信念和不屈的革命斗志，使大别山的火种不灭、红旗不倒，不仅受到远在延安的毛泽东的高度赞扬，而且于1947年9月，受到刘邓首长的亲切接见，迎来了新中国的黎明。

链 接

翱翔在大别山区的一只雄鹰

土地革命和抗战初期，在豫南大地上曾活跃着一支神奇的游击队，这支队伍的领头人名叫官楚印。豫南的老百姓称赞他是“翱翔在大别山区的一只雄鹰”。

官楚印，1909年出生在河南省光山县（今属新县）郭家河乡叶湾村官上湾的一个贫苦农民家庭。1928年春，红军来到柴山保，解放了官楚印的家乡。这个从苦水中泡大的青少年，在党的教育引导下，不断地进步成熟起来。1929年，他加入了共产党组织，被选为弦南区第五乡苏维埃副主席。

1932年深秋，红四方面军主力撤出大别山革命根据地后，国民党第八十九师向柴山保地区大举进攻。官楚印把一些乡村干部和农民组织起来，成立弦南区第五乡游击队，在连康山、老君山、古庙一带打了许多漂亮的游击战。

一天夜里，100多名反动民团突然包围了游击队驻地叶湾村，并采取炮轰、枪击、烧房等恶毒手段，企图消灭这支几十人的队伍。在这紧急关头，官楚印和3名共产党员留下来掩护，让其余的人从后山撤退。结果，3名同志壮烈牺牲，官楚印强忍伤痛，把最后的两颗手榴弹扔向敌群，借着火光冲出了包围圈。

1934年冬，红二十五军奉命西征后，国民党采取“倒林”“移民”和建立“碉堡网”等手段，企图扑灭重新燃起的革命火种。官楚印带领游击师紧密配合红二十八军，出没在深山老林，活跃在城镇乡村，截兵车，炸桥梁，采取灵活机动的战术，到处打击敌人，特别是取得了拔除夏家新寨反动民团据点的重大胜利，鼓舞了苏区人民的革命信心。

抗日战争爆发后，战斗在大别山的红二十八军编为新四军第四支队开赴抗日前线。此时的官楚印已结束到延安抗大学习一年的任务，满怀豪情地回到大别山区，被任命为新四军豫鄂挺进纵队路东总队政治委员。他带领这支队伍，神出鬼没地战斗在大别山区，给入侵日军以沉重打击。不幸的是，1940年7月，在湖北黄陂县王家河（今属大悟县）与日军作战中，雄鹰折翅、壮烈牺牲，年仅31岁。

第十一章

风云鄂豫边　礼赞小延安

链接

竹沟颂　（篇三）

一封超越普通夫妻感情的革命大爱　（篇四）

陈少敏简介　（篇五）

篇一

杨靖宇成功领导确山农民暴动

位于大别山北部的驻马店确山县，南连信阳，西接南阳桐柏，系伏牛山余脉。虽然在地理位置和行政划分上不属于大别山区，但在近代革命斗争历史上，确是鄂豫皖苏区及其红军的重要发源地之一，更是豫鄂边抗日革命根据地的中心地带。尤其是竹沟这个小集镇更是名闻天下的“小延安”。在这块红色的土地上，不仅留下了刘少奇、李先念、彭雪枫、张劲夫、张爱萍、张震、方毅、朱理治、陈少敏等老一辈无产阶级革命家的足迹，诞生出70多位抗日将军，而且先后建立了中共河南工委，新四军河南挺进团，鄂豫边区四地委、四专署和四军分区等党政军机构。数以万计的英雄儿女为了这块圣洁的土地，前仆后继，英勇奋斗，建立了不可磨灭的功勋。

因此，本书辟出专章，粗线条地讲述几段发生在这里的红色故事。

杨靖宇，原名马尚德（1932年赴南满领导抗日武装斗争时，改名杨靖宇），1905年2月出生于确山县李湾村（今属驻马店市驿城区）一个贫苦农民家庭，幼年丧父，由母亲含辛茹苦照料长大。他14岁上确山高等小学时，正逢五四运动爆发，处在京汉铁路线上的确山县迅速响应。年少胆气豪、爱国心强烈的杨靖宇曾带领几十名同学，每天守候在火车站货场，严格检查，发现日货便就地销毁，深得广大爱国民众的赞同和支持。

1923年，杨靖宇考入河南省立开封纺染工业学校。在校期间，他秘密参加革命活动，接触马克思列宁主义，思想进步很快，于1926年初，加入中国共产主义青年团，同年5月，加入中国共产党。此时，全国各地农民运动正在蓬勃发展，受中共组织派遣，杨靖宇从开封回确山开展农民运动。他首先注重把近邻的桐柏县红枪会众拉入农民协会。这个以徐国太、鄢华奇、闵西周为首的红枪会，多是打猎、种田、砍柴、挖药的青壮农民，性情刚烈，被发展为农协会骨干后，仅在半年多时间内便组织起上百人的队伍。他们提出“打倒旧军阀，实现耕者有其田”的口号，购置猎枪，自制大刀、铁钉钯、长矛，上面一律系着红绸子，日夜布阵演练，在桐柏、确山一带方圆数百里名声大震，周围穷苦百姓纷纷慕名投靠，队伍壮大到 500 多人。同时，杨靖宇、张家铎、张耀昶、李鸣岐等共产党人，积极在本县发展农民协会，组织农民武装，到 1927 年初，确山县的农民协会会员也发展到 1 万多人，杨靖宇被选为确山县农民协会委员长。

确山、桐柏一带的山民常年受军阀、恶霸土匪的层层盘剥欺凌，家家一贫如洗。北伐军入豫前，确山县城驻扎着直系军阀第八军魏益三的 1 个团，他们的军费、粮草，全部由地方农民负担，官兵到处抢掠。确山的四大劣绅把持县政，鱼肉百姓，无恶不作。1926 年，军阀又直接下令，要确山县农民每两粮银再加征 10 元，作为军费，这无疑成为确山农民运动的导火线。正是在这种背景下，杨靖宇果断拍板，于 1927 年农历三月，发动了震惊中外的确山农民武装暴动。

这天，确山县四乡武装农民手持红缨枪、大刀和少数的步枪，齐集县城东关外大操场开会。会上群情激奋，喊出“打倒四大劣绅，反对加粮”的口号。接着，暴动的群众向县城进发，捉拿四大劣绅。守城的军阀部队，闻听农民暴动，立即关闭城门。于是，农民军将县城团团围住。他们占领了二郎山、盘龙山、蒸馍山等有利地形，日夜攻打县城。各乡农民争先恐后前来支援，为攻城农民军送水送饭。守城的军阀部队，慑于农民军的威力，一部分在攻城的第 5 天夜里，偷偷打开西门，向西北驻马店方向逃窜，企图与那里的军阀部队会合，但在逃跑的途中被农民军消灭。拂晓，农民军攻破县城，与守城敌军展开激战，很快消灭军阀部队数百人，城里大街小巷到处是敌人的尸体。确山农民暴动胜利后，建立了中国共产党领导下的第一个具有完整意义的县级人民革命政权，杨靖宇当选为确山县革命政权负责人。

确山农民暴动的胜利，使确山、桐柏、泌阳和信阳县周边的土匪闻风丧胆，都害怕杨靖宇领导的农协武装。此后，杨靖宇又多次到桐柏县，率领农协武装扫除了 18 个土匪寨，镇压了一批十恶不赦的匪首，教育改造了一批土匪，有 2000 多人投诚加入农协队伍。桐柏农协武装迅速发展到 6000 余人枪，威震鄂豫边，为响应北伐革命作出了历史贡献。

篇二

打响河南反抗国民党反动派第一枪

八七会议后，杨靖宇参与发动刘店秋收起义，先后创建由共产党领导的中国最早的县级农工革命政权——确山县临时治安委员会和河南省第一个县级苏维埃政权——确山县革命委员会，并组建了河南省第一支革命武装——确山县农民革命军（后编为豫南工农革命军）。从此，拉开了河南土地革命战争的序幕。他历任确山县农民革命军总指挥、确山县农民协会委员长和临时治安委员会代理主席、豫南特委委员兼信阳县委书记。

1927 年 9 月，中共河南省委根据八七会议精神，出台了《河南目前政治与暴动工作大纲决议案》，决定在全省组织武装暴动。为加强领导，中共豫南特委成立。随后，豫南特委在确山县设立了办事处。9 月下旬，杨靖宇、李鸣岐在确山县双桥村召开中共确山特支会议，传达八七会议精神和中共河南省委关于武装暴动工作的指示，决定利用秋收时节发动农民暴动。

会后，杨靖宇、张耀昶在洪沟庙一带，李鸣岐、张家铎在刘店镇一带分别进行准备工作。他们整顿党组织、发动群众、筹集枪支弹药，并组织起一支 50 人的农民敢死队作为暴动的主力军，日夜加紧训练。

10 月下旬，中共豫南特委和确山特支在杨张庄举行联合会议，研究暴动的时间和地点。杨靖宇提出，刘店镇是确山县的东大门，地处山区，群众基础好，占据此镇可对确山县城反动势力造成直接威胁。经过研究，大家一致同意将暴动地点定在刘店镇。

11 月 1 日凌晨，杨靖宇等指挥的起义部队神不知鬼不觉地来到刘店镇，首先杀掉东西寨门的岗哨，迅速解决了寨门楼上的团丁，一枪未发进到寨内，迅速将李广化的团部“和兴酒馆”团团包围起来。清脆的枪声划破沉寂的夜空，杨靖宇指挥队员们登上“和兴酒馆”院子四周的房顶，朝李广化的团部猛烈开火。激烈的枪声和喊杀声把睡梦中的团丁们惊醒。一会儿，有几个亡命之徒钻出工事，拼命反抗，大部分团丁则乱作一团。几个负隅顽抗的家伙，被董子祥、王春旺、张耀昶等分别“点”了名。团丁们在起义军强大的政治、军事攻势下丧失了抵抗能力，纷纷把枪丢在院子里，喊道：“我们缴枪投降。”张耀昶趁机跳进院子打开大门。起义军一跃而上，收缴了全部枪支、弹药和粮食。经过 2 个多小时的英勇战斗，起义胜利了，起义队伍和群众欢呼雀跃，革命的红旗飘扬在刘店上空。

刘店暴动首战告捷，极大地鼓舞了革命群众的斗志。11 月 3 日，确山县革命委员会成立，暴动队伍整编为农民革命军，杨靖宇任总指挥，李鸣岐任党代表，张耀昶任大队长，下辖三个中队。农民革命军在刘店镇一带镇压土豪劣绅，发动群众进行分粮抗捐斗争。

11 月 6 日，敌军进攻刘店镇，农民革命军转战汝（南）、确（山）、信（阳）边界地区，开展游击战争，队伍很快发展到 300 余人。

12 月中旬，根据豫南特委决定，确山农民革命军百余人，南下四望山与龚逸情等领导的农军会合，两支武装合编为豫南工农革命军，成立豫南革命委员会，开辟了以四望山为中心、纵横百余里的红色区域。

确山刘店农民暴动，打响了我党在河南武装反抗国民党反动统治的第一枪。这场农民运动为革命火种的延续、革命队伍的壮大奠定了基础，同时也为我党培养了一批优秀的革命领导人，为党积累了武装斗争的宝贵经验。

篇三
鄂豫边的革命斗争故事

故事一：毛泽东题送“党不离枪”墨宝

1933 年 6 月，王国华担任中共河南省工委巡视员，负责指导信阳、汝南、确山、正阳、泌阳县 5 县游击队，由抢粮斗争迅速转向武装斗争。同年 10 月，他作为河南省农民代表，前往江西中央苏区，参加党的六届五中全会和中华苏维埃第二次全国代表大会，被选为主席团成员。

会议期间，闲谈革命经历时，毛泽东对王国华搞过红枪会表示赞赏，题写了“党不离枪”4 个字送给他。王国华接过“墨宝”，很兴奋地说：“锦囊妙计，金口玉言啊。”毛泽东郑重地说道：“这可是革命志士用鲜血为我们凝聚的真理呀。”

切磋游击战术时，朱德诚恳告诫：“游击队在城市周围是最危险的，敌人还没有发觉你们，要是发觉，总要想法把你们消灭。要把游击队拉到山区去，拉到‘三不管’的地方，去生根发展。”

离开苏区返回河南时，周恩来找他谈话：“中央决定你尽快返回河南，尽快恢复被破坏的各级党组织，创建自己的武装力量，广泛开辟游击区和根据地。你将遇到各种想象不到的困难，甚至于很长一段时间无法联系到地方党组织，但是，你不要担心，我周恩来就是你的党组织，不论遇到什么险恶环境和艰难困苦，我代表中央永远承认你的组织关系。”面对重托，面对信任，王国华无语凝噎。

在王国华长子王雷生撰写的《王国华墓志铭》中，对此有生动记述：“主席拨灯，赐送墨宝，党不离枪；老总教诲，游击战争；恩来叮嘱，永做后盾。红军北上，临危受命，返豫斗争。”

故事二：红色的种子

1935年，中央四支主力红军特别是红二十五军相继长征以后，河南和豫鄂边的党组织接连遭到大破坏，许多党的负责同志和优秀共产党员被逮捕、杀害，党的组织被破坏殆尽。地主豪绅阶级的尾巴又翘起来了，他们组织了保甲、民团，强迫群众退田、退租，实行倒算。白色恐怖，像一块浓重的阴云，笼罩着豫鄂边区。广大劳苦群众，又被抛进了人间地狱。

这时，领导确山暴动的马尚德（即杨靖宇）早已被中央派到东北抗日联军去了。在江西中央苏区党校学习完回豫南的王国华，历经千辛万苦，于1935年农历五月间，终于找到了1932年和1933年曾在一起搞暴动拉队伍的张星江、张望五、王国富等同志。这是党在豫鄂边留下的仅有的几颗种子。同志相见，千言万语说不尽心中的喜悦和悲愤。大家谈了些各地的形势，交换了对目前斗争的意见。最后，张星江坚决地说："瓜儿离不开秧，孩儿离不开娘，受苦的人们离不开共产党。咱们就是剩下一个人，也要把党的红旗高高举起来，也要烧红豫鄂边。"同志们一致赞同他的意见。于是，豫鄂边区省委组成了，原在中共鄂豫边任工委书记的张星江当选为省委书记。党的红旗，又在豫鄂边招展起来；革命的火种，又在豫鄂边燃烧起来。

故事三：在群众中扎根

省委虽成立了，但既无机关，又无部队，就连出张布告，也无经费。这一切并没有难倒他们。省委成立之后，他们便决定到信阳县铁幕山前发动群众，建立根据地。

铁幕山，跨四个县，是个"四不管"地区。这里地瘠民贫，群众多以打柴为生。他们来到这里，隐蔽在卖柴人中间，白天砸树疙瘩，挑到集上换来红薯维持生活；晚上挨家逐户向群众进行宣传，和群众谈上一阵知心话，真比吃上一顿饱饭还香甜。不久，他们便在吴家尖山东坡的小王庄，把靠打柴糊口的穷庄户，秘密组织成扁担会，展开了抗交柴税的斗争。这天，几十个年轻小伙子，每人手提一根丈多长的扁担，腰插镰刀、斧头，来到王店联保主任的办公处，要求免去柴税。联保主任开始又吹胡子又瞪眼，大骂群众不识抬举，想造反，还威胁不许群众打柴、赶集。大伙见他一心要往死路上逼，抡起扁担就打，才挨了四五扁担，他就像个哈巴狗一样，两膝跪地，口口声声说他罪该万死，求老少爷们饶命，满嘴像打机关枪一样："免，免，免!"这次斗争的胜利，迅速传遍了铁幕山前的各村。各村也都以不同名义组织了起来，展开了抗捐抗税斗争。群众发动起来后，他们又把斗争中的积极分子，吸收到党内来，建立起党的组织。革命的种子，像铁幕山上的蒲公英，随着阵阵春风，迅速传播开来，并在肥沃的群众土壤中扎下了根。

故事四：两支半枪和七个人组成的游击队

没有枪杆子，就没有发言权；没有枪杆子，就没有革命的胜利。无数的经验教训，使他们深深地认识到掌握武装的重要。在斗争中他们迫切地感到，要唤起民众的支持，就需要以战斗来回敬敌人，以胜利来鼓舞人民。于是，1935年腊月初十，他们在信阳吴家尖山以北的石岭村，组成了 7 个人的游击队。游击队人员少，武器更差。全部武器只有吴仁圃借来的一支八音手枪、两颗子弹、一支土造步枪和用 5 块钱买来的一支撅把子（还没抓子钩)。八音手枪很快又被要回去了，实际上只有两条半枪。王国富便担任了这支小游击队的第一任队长。

游击队成立伊始，便以战斗的姿态，同敌人展开了斗争。

小石岭的联保主任，是个无恶不作的大坏蛋，群众都叫他坏货，早就想要除掉他。游击队成立的当天晚上，便决定从他身上开刀，搬掉压在群众头上的这块大石头。

事也凑巧，这天晚上，天黑得像锅底，他又从小石岭寨上下来搞女人了。本来一枪就能干掉他，但为了节约比金条还宝贵的一粒子弹，张星江、王国富两位同志率领几个游击队员悄悄跟着他。他扛着一支汉阳造，哼着下流小调，来到小寡妇的家门口。这家伙也真活腻了，小寡妇一开门，他竟把枪往门外一靠，就扑上去拥抱。跟梢的同志一把把枪抓到手，脚跟脚跨进了屋子，大吼一声："举起手来！"他就吓酥了骨头。旗开得胜，游击队又添了一支枪和几十发子弹。

紧接着，在群众的帮助下，他们又先后夺得了方寨富农的3支枪和何家庙恶霸地主何怪世的3支枪。一连串的胜利，也更加鼓舞了广大群众。不论是民团还是国民党的正规部队，一有活动，群众立刻给游击队通风报信；很多群众，直接配合他们作战。

1936年刚过年，瓦岗、宋冲等庄的群众，又来要求游击队搞掉他们庄的联保处。瓦岗驻着民团一个小队，并且修了一个炮楼，如果强攻硬打是会吃亏的。群众完全了解这一点，他们想了一条妙计，派了一个青年人给游击队做内应。初六半夜里，游击队按照约定，先摸到了瓦岗。远远看到炮楼底下还点着两盏灯，走近一听，里面传来了吆吆喝喝的打牌声。不一会儿，派到炮楼里去的群众内应招手示进。游击队趁此机会，拥进砦门，直扑炮楼，喊了声："不准动！"吓得那些赌鬼直打哆嗦。解决了楼下的敌人他们又到了楼上，把一群睡得像猪死一样的团丁喊起来当了俘虏。就这样，又没费一粒子弹，把整个联保来了个一窝端。接着他们又奔向宋冲，把作恶多端的宋冲联保主任的儿子也杀掉了。

从此，鄂豫边游击根据地的局面打开了。到1936年下半年，张星江、王国华领导的游击队由7个人发展到100多人枪。

故事五：巧过敌人封锁线

1931年，时任中共鄂豫边省委委员和中共南阳市委书记的张星江，在鄂豫边区负责给红军搞后勤供应工作。他经常奔波在白区和赤区之间，组织和发动党员群众，把一批批的子弹、药品、布匹等军用物品筹集起来，突破国民党反动派的层层封锁，送到鄂北红九军二十六师驻地。他除了做好宣传、组织和护送工作外，有时还亲自出马，化装成乡绅、商贾等各种身份，押送着军需品与沿途岗哨上的敌人周旋。

这年夏日的一天，张星江赶着一头青色毛驴匆匆赶路。他中等身材，两只大眼炯炯有神；头戴一顶破草帽，身穿一件又脏又旧的布衫，很像一位赶脚小贩。他在驴背的驮袋里装了谷糠和子弹，不慌不忙地向前赶路，机警地闯过了几道关卡。这一带的乡间小道，他不知走过了多少遍，对每道岗卡上的情况都十分熟悉。再往前走，就是一座小镇。小镇两边是山，中间只有一条通道，没有别的道路可走。关卡上的两个哨兵，常常刁难过往行人、恫吓和打骂客商，正当的物品都会以各种借口加以没收，何况弹药。张星江临近岗哨时，却显得非常镇静。

他见两个哨兵已盯上了他，便把衣扣解开，一面从口袋里掏出馒头漫不经心地啃着，一面用鞭杆在驴屁股上猛力一捣，驴冷不丁受到惊吓，便拼命向前奔跑。张星江不去赶驴，故意将草帽弄掉，弯腰去捡，见驴已跑远，就在后边高喊："老总快帮忙截住。"哨兵本来要拦住驴进行检查，听他一喊，十分冒火，向他瞪起眼睛，骂道："想得倒美，我才不给你截。"张星江就这样机智地骗过敌人，顺利地通过了盘查。

可惜，这位优秀的共产党员，曾为红二十五军长征引路、后又担负河南省委书记、鄂豫边游击队党支部书记的张星江，在 1936 年 3 月下旬，亲自指挥游击队潜入桐柏县平氏镇夺取反动民团枪支的战斗中英勇牺牲。

链 接

竹沟颂

竹沟，一个红色的名字
竹沟，一段红色的记忆
竹沟，一本红色的书
竹沟，一面血染的旗
曾几何，你给了历史一个光荣的选择
在今天，历史给你一个伟大的定位
——红色竹沟
——革命圣地

石碑，老屋
古树，藏品
您只要在小延安街上走一走
革命的火焰就会在心中瞬间燃起

竹沟，人称“小延安”
竹沟，您当之无愧
看着那一组组血染的数据
我，向您——敬礼

（文/牧远）

篇四

抗战时期竹沟革命故事

河南省确山县竹沟这个小集镇，是大别山北尾桐柏山南坡两个山脉夹持的小山镇。抗战初期，竹沟是我党在中原地区发展的一个重要阵地和战略支撑点，中共河南省委和中共中央中原局曾先后设在这里。

中华人民共和国成立初期，信阳农民在春节玩灯时曾编唱小调歌颂竹沟：

“胡服（刘少奇化名）到中原，跟进郑信三；五师首领李先念，陈少敏打游击战。竹沟革命王老汉（王国华），雪枫威名到处传。竹沟是个小延安，将星汇聚大别山。抗日战争上前线，还要反霸打土顽……”这就说明竹沟是个非常重要的地方。

刘少奇在一次同竹沟学员的讲话中，也高兴地称赞竹沟是一个好地方，他说：“延安有党的领导，竹沟也有党的领导；延安有窑洞，竹沟也有窑洞；延安有抗大，竹沟有党训班；延安有延河，竹沟有大沙河，这里真成了小延安了。”随后，竹沟的革命群众便把当时的竹沟街改名为“延安街”，并亲切地把竹沟称为红色的“小延安”。

故事一：“不见黄海非好汉”

在一次会议上，刘少奇讲到中原局的方针就是“发展武装，壮大自己，东进，东进，向东发展，一直发展到黄海边，不见黄海非好汉”。

1938 年 10 月，抗战进入相持阶段。刘少奇针对形势的变化，认为应尽快在鄂中发展战斗武装，从而使豫鄂边区成为反攻武汉日军的前沿阵地。刘少奇指示豫鄂边区党委，将鄂中、豫南的武装部队组建为新四军豫鄂独立游击支队，由李先念任司令员。1939 年 6 月 19 日，刘少奇电示李先念等人：“目前鄂中党的中心任务是在最短期内，扩大与创立一支 5000 人以上的党可直接领导的新四军，以确立我党在鄂中的地位。”此外，为了加强新四军的战斗力，他力促新四军统一指挥。在他的指示和帮助下，李先念等领导的新四军豫鄂独立游击支队，挺进敌后、发动群众入伍参军，部队人数迅速增至 9000 多人，成为豫鄂边区的抗日主力军。这支部队广泛开展灵活机动的游击战，在汉水、淮河两岸有力地挫败了日寇的嚣张气焰，沉痛地打击了日伪军。其后，该部队被改编为新四军第五师。

彭雪枫领导的新四军东征游击支队，在刘少奇到达竹沟之初不足 400 人。刘少奇指令该部在豫东开辟豫皖苏抗日根据地，争取在战斗中壮大自己。该部在彭雪枫等人的指挥之下，仅用短短的一年时间即由 3 个连发展到 12 个团。这支部队发展成为新四军第四师。1938 年 3 月 29 日，由周骏鸣、林凯领导的新四军第四支队第八团从刑集出发开赴皖东战场。在刘少奇等人的具体领导下，部队由 1300 多人很快发展到近万人，后被改编为新四军第五支队，成为新四军第二师的一部分。刘少奇的功绩得到了竹沟人民的高度赞美：“乌云之中见青天，竹沟就是小延安；一声号令震破天，千军万马上前线。”

故事二：刘少奇与王国华（化名王老汉）

党的六届六中全会后，刘少奇在竹沟指挥中原抗战。王老汉当时任新四军八团竹沟留守处主任。刘少奇在延安听说过王老汉，并称赞他是改造土匪的“博士”；王老汉在江西听过刘少奇的报告，对刘少奇非常敬重。两人一见如故，交往甚密。

当时中原局管辖的范围北起黄河、南到长江、西起京汉铁路、东到大海岸边。为尽快打开中原地区抗战新局面，刘少奇经常夜以继日地工作，生活上却和普通工作人员一样。王老汉知道刘少奇有严重的胃病，一次让后勤科买了两条鲜鲤鱼想给他补养一下身体。勤务员非常高兴，正准备给首长做一餐美味，不知怎的让刘少奇听说了，他叫省委组织部部长陈少敏大姐把鱼腌起来，准备晒成鱼干，托人带到延安，送给毛泽东。

把鱼送给毛泽东，同志们当然高兴，可看着刘少奇由于胃病的折磨，身体日渐消瘦，心里都不是滋味儿，还是把这事告诉了王老汉。一听说要给毛泽东送鱼，王老汉哈哈大笑起来："给毛主席送鱼，这好办，我们还可以下河逮大的嘛!"说着，他便去见刘少奇。刘少奇问明王老汉的来意，严肃而又中肯地说："你和同志们的心意我都很理解，但我的身体还是不错的。主席比我操劳更大，把鱼送给主席，也能表示一下我们竹沟人民的心意嘛!"王老汉只好按刘少奇意见办。

一次，王老汉的母亲来竹沟顺便带来了几十个鸡蛋，王老汉分作两份，一份送卫生处给了伤员，一份送给刘少奇补养身体。勤务员这次没有事先告诉刘少奇就加了盘炒鸡蛋。刘少奇一见，便追问哪来的鸡蛋，警卫员只好说是王主任（指王老汉）送来的。刘少奇说："怎么不给我说一声就随便加菜呢?""首长，您的身体越来越瘦……""不，我感觉很好……你快把这份鸡蛋送给伤病员。"警卫员有点犹豫，刘少奇生气地说："小鬼，你不送，我就自己去。"警卫员无奈，只好把已摆到餐桌上的炒鸡蛋送给了伤病员同志。

又一次，孤山冲的一位乡亲来看王老汉，顺便带了一只山鸡。王老汉有了过去的"教训"，这次就先让老伴把山鸡炖成了鸡汤，然后邀请陈少敏等同志陪刘少奇一同吃。这次刘少奇可没推辞，还带了自己的警卫员一起入座。刘少奇风趣地说："今天共老汉的产，我们是有福同享呀!"

几年之后，党的七大期间，王老汉作为代表到延安参加会议。刘少奇专门把王老汉请到自己的窑洞里，说："为庆祝七大会议成功，为了感谢竹沟人民，今天我请客。可惜没有野山鸡、羊肉汤，小米饭如何?""有酒没有?"王老汉问。"啊，待老朋友，怎敢没酒……"二人哈哈大笑起来。

故事三：李先念智勇闯关

1939 年初，李先念带领新组建的新四军豫鄂独立游击支队，奉命从确山县竹沟镇出发，向鄂中地区挺进，开展武汉外围敌后抗战。

经过一天急行军，翻越几座大山后，部队走到一个山势峻峭的峡谷地带。峡谷入口处有一峭壁，上面镌刻着"龙门"两个醒目的大字。人过峡谷必过

“龙门”。这是南下的唯一通道。国民党地方武装头目吴少华及几百名官兵在此把守。新四军先头部队刚接近“龙门”口，一个佩戴少校军衔的国民党军官慌忙从一座高大的石砌炮楼里走出来，厉声喝问：“站住，你们是哪一部分的?”

“我们是新四军豫鄂独立游击支队。”

“实话告诉你们，我是国军吴少华司令的参谋长，奉命在此执行公务，没有吴司令的命令，谁也不能从这里通过!”

新四军战士见那参谋长态度蛮横，就针锋相对地说：“这是中国的地盘，中国人为了抗日，哪里都可以走，谁也阻挡不了。”

正在这时，后续部队全部赶到。那军官皱了皱眉头问：“谁是你们的司令?”

“我就是司令。我们要到敌后抗日，路过贵地，希望你们尽力协助。”说话间，李先念从容地走到了队伍前面。

那位参谋长见李司令亲自出面交涉，态度有所缓和，随即拱手说道：“司令有请。”

同志们担心有诈，不想让李先念直接到吴少华的司令部去。周志坚参谋长低声说：“司令员，这虎穴可不好闯啊!”

李先念紧了紧腰带，整了整风纪扣，镇定自若地说：“不要紧的，为了团结抗战，我一定要进去拜访。你们密切注意动向，相机行动。”说罢，他带着警卫员大步走进了吴少华的司令部。

吴少华当时是中校军衔，称霸一方，见进来的新四军首长竟然披件破旧的棉大衣，不屑地坐在那里架着二郎腿。

李先念沉着而威严地把棉大衣一脱，胸前露出“国民革命军陆军新编第四军”黄边两杠三个花的上校军衔。吴少华瞥见军衔好似被火烫了一下，蓦地站起来，态度也来了个一百八十度大转弯，又是让座，又是递烟，还似笑非笑地说：“不知长官驾到，没有亲自出门迎接，实感抱歉，万望长官海涵。”这时，吴少华的参谋长慌慌张张地跑了进来，贴在吴少华耳朵边一阵嘀咕，吴少华的脸“唰”地变白了。

原来，李先念刚一进去，就从大门里蹿出 12 名持枪的士兵，凶神恶煞般地把枪口对着新四军战士，那参谋长还扯着嗓子吼叫：“你们是非法的，就是不能从这里走，知道吗？”

面对吴少华部队的挑衅，同志们火冒三丈。周参谋长早做了“相机行动”的准备。他甩掉大衣，双手持枪命令部队：“一排用机枪封锁大门，二排占领右边高地，三排占领左边高地。”同志们随即以闪电般的速度到达指定位置。那参谋长见势不妙，才仓皇地钻进司令部向吴少华报告。

李先念注视着吴少华的表情，笑了笑说：“我们是去敌后抗日的，不知此地是贵部防区，未事先取得联系，望多加原谅。”然后，又严肃地问：“我看你们正忙于调动士兵，莫非……”

“不！不！那……那是我部演习，请司令不必多心。”吴少华尴尬地辩解着。

李先念接过吴少华的话茬说：“既然如此，那我们就起程了，咱们后会有期。”

“行！行！”吴少华点头哈腰，随即高声喊道：“副官，传我的命令，护送友军通过‘龙门’。”游击支队“龙门闯关”的故事至今被人们传为佳话。

故事四：彭雪枫的“三件宝”

彭雪枫在竹沟期间，创办和建立了《拂晓报》、拂晓剧团、骑兵团，后被人们称为彭雪枫师长的“三件宝”

1938 年 4 月底，竹沟教导大队第一期学员将要在“五一”劳动节前结业。为了在劳动节纪念大会上给竹沟群众和教导大队增加节日气氛，彭雪枫责成由延安来此工作的著名木刻家刘岘和教导大队俱乐部主任路丁，从教导大队第一期学员中挑选擅长文艺的学员，组织一个剧团，演出几个节目。这个临时剧团在“五一”劳动节纪念大会上演出了《烽火》《黄浦月》《九一八以来》等几个节目。彭雪枫对演出给予了肯定，于是，由彭雪枫命名的“拂晓剧团”在“五四”这天诞生了。彭雪枫对拂晓剧团的工作提出要求：“要编一些配合当前抗日斗争的小话剧和活报剧，向群众宣传抗日必胜的道理，同时揭露汉奸和伪军罪行，打击日寇气焰。这样，既活跃了部队文化生活，也教育了广大群众。”拂晓剧团随军到达鹿邑双楼，第一次演出了活报剧《打鬼子》。1939 年 11 月初，徐海东随刘少奇由竹沟到华中路过新兴集，拂晓剧团排练出京剧《徐海东粉碎日寇“扫荡”》，在欢迎晚会上演出。

在彭雪枫将军短暂而光辉的一生中，他和报纸结下了不解之缘。彭雪枫曾风趣地说：“将来革命胜利了，我要当个新闻记者。”1938 年 9 月，彭雪枫在支队东征干部动员大会上宣布随军报社成立。在第一次社务会议上，亲自兼任党报委员会主任的彭雪枫说道：“5 月份我们办了个拂晓剧团……报纸名称就定为《拂晓报》吧。”《拂晓报》于 1938 年 9 月 29 日正式创刊，彭雪枫题写了报头并撰写了题为《拂晓报——我们的良友》的创刊词。30 日清晨，当一份草纸三版、油渍斑斑的《拂晓报》创刊号出现在整装待发的指战员们面前时，他们受到了巨大的鼓舞。

1939 年 12 月 5 日，在《拂晓报》100 期纪念会上，毛泽东发来贺信，并亲笔题词：坚持游击战争。《拂晓报》出版 500 期时，师政治部举行出版 500 期座谈会。彭雪枫参加座谈会，并在会上做了《贺〈拂晓报〉五百号——五年来之〈拂晓报〉的检讨》的报告。据四师老报人回忆，在彭雪枫所珍藏的那套《拂晓报》合订本的封面上，有彭雪枫题写的“心血的结晶”5 个大字。

1941 年 8 月 1 日，四师召开骑兵团成立大会，这是新四军唯一的骑兵团。该团的创建，是在仁和集会议上根据彭雪枫建议和反顽斗争经验教训而作出的决定，把师所属的骑兵连、排集合起来，并抽调各单位精兵强将充实到骑兵团。全团仅有指战员 250 余名，辖 3 个连队。骑兵团在淮泗老陈圩子与敌人的两次战斗中，暴露出训练不够、作战动作与协同不力、装具也不适应作战需要等弱点。彭雪枫感到要下功夫来加快建设骑兵团。他与师领导研究决定，调熟悉骑兵的周纯麟任副团长（后接任团长）。首先，周纯麟于 1936 年在红四方面军西路军受损后到达新疆，在喀什当过骑兵连长，经验丰富。其次，拨淮北币 3 万元，解决马匹缺乏、马具不全、武器不足问题。最后要周纯麟尽快拟订一个训练计划，开展骑兵团各项训练工作。经过整训，骑兵团军政素质大大提高，1942 年连续打了两个大胜仗。5 月下旬，骑兵团第一、第三骑兵团大队在泗县和泗阳县以北，痛歼从屏山、黑塔等据点出来抢粮的日伪军 300 余人，保卫了群众的夏收。11 月初，在日伪军驻守的泗县和青阳（今泗洪）之间的簸箕窑，骑兵团三大队从敌侧后猛袭日军，击毙日军小队长和翻译官等多人。青年骑兵丁翠红，一人就活捉了5个伪军。彭雪枫师长获悉骑兵袭敌的战报后，立即下令通报各部，鼓励再接再厉主动袭击敌人。当时的人们唱道："彭师长有三件宝，拂晓剧团、骑兵团，还有一张《拂晓报》。"

故事五："终身树志"——申耀东写给妻子王玉如的信

玉如妹：

知道你在这里，慰甚！慰甚！

往事不可追，不可致怨，生活是实际的现实的。将来不可测，不可幻想，前途是演进的挣扎的。但挣扎是在现实的生活中表现着：挣扎要有方向，挣扎要有体魄，挣扎要有技能。愿你奋斗！愿你挣扎！

人云百年树人，我知终身树志。志在何方，终身见之；志在何事，终身行之；志可有节，困难试之；志可有价值，大评议之；志为立身之本，事业之本，人生要有意义，志在脑中，不可须臾辞也。你的志向怎样，现在可有根基？

血腥、烟火、炮灰、死尸、饥饿、穷困、死亡、流浪、辞别，混沌了整个中国国土，搅乱了整个中国同胞脑汁，个人的安乐，家庭的安乐，如何能存在呢？一切安乐只在抗战胜利后。

你别忘掉我，你也别过分地想我，咱要各人安排着各人的工作，尽心做去，努力着抗战的胜利到来，咱们合家团聚，合家温存快活！

敬致

民族解放胜利礼

兄耀东

四、五下午（书信为节选）

（注：申耀东，河南省确山县人。1922年加入中国共产党。1927年11月1日参加刘店秋收起义。1929年，杨店筹建中共汝南、正阳、确山、信阳毗连区委，任区委书记。1930年，在中共信北区委任副书记。1944年4月11日，壮烈牺牲，时年42岁。）

链接

一份超越普通夫妻感情的革命大爱

爱情，本是自古至今人们追求的最美好的感情，哪对夫妻不盼望着合家团聚、相守到老的日子呢？然而，为了革命理想，为了民族独立，申耀东等革命志士早已把儿女情长甚至生命燃烧进党和人民的事业之中了。这封家书，虽然没有一个情字，但通篇关情，洋溢关爱，它展现出的是超越普通夫妻之间柴米油盐的革命大爱，体现的是民族大义之情，令人感动、钦佩和敬仰。

篇五
陈少敏扬威大别山

陈少敏，女，原名孙肇修，山东省寿光市孙家集镇范于村人，生于一户贫苦农民家庭，祖上三代务农。孙肇修在八九岁时，就跟随父亲读书和练习武功。在父亲孙万庆的坚持下，孙肇修在年幼时免受了缠足之苦，保留了一副天足，成了远近闻名的“大脚女”。后来有人故意叫她“陈大脚”。她理直气壮地回答：“穷人女孩不裹脚，能走南闯北，能下地干活，有什么不好?”几十年后在豫鄂边区，当有人称她为“陈大脚”时，她抬起双脚，十分自豪地说：“这双大脚是我反抗封建旧道德的见证，没有这双脚，我就不能到豫鄂边区来和你们一起进行抗日斗争!”

跟共产党走，为革命改名换姓

1921 年，因家乡遭灾，孙肇修的父亲和哥哥贫病交加，先后去世。孙肇修安排好母亲及家人生活后，步行 250 公里到青岛一家纱厂当女工。因参加工厂的游行、罢工而被厂方开除。后到潍坊美国传教士创办的文美女子中学读书，接触到共产党的一些进步书刊，开始对共产主义有了信仰。1927 年经人介绍，她加入了共青团，并参加了党的一大代表邓恩铭组织的秘密工会，还在自己学校里组织女生互救会、姐妹会等进步组织，并担任寿光县共青团的妇女部长。1928 年 3 月，因领导学生运动激怒了文美女子中学的美国人校长，被校方开除。同年 1 月 7 日，孙肇修加入中国共产党。从文美女子中学回到家乡后，她担任中共秘密地下党支部书记，从此踏上了革命的征途，成为共产党里一名知名的巾帼英雄。

1929 年底，由于青岛党组织被严重破坏，孙肇修奉上级党组织的命令调往青岛工作。在这里，她认识了青岛市委职工运动委员会的负责人孙劲文、张子颖和联络站的徐子兴。他们召开了职工运动委员会临时会议，决定组织学生、职工，重点是1000多名人力车夫示威游行。在闲谈之余，谈到孙肇修这个名字。孙劲文说："你的名字有些男人味，是个男的名字，那个'肇'字不好，肇祸、肇端、肇事，有点闯祸的意思。'修'是个多用词，万物皆修。当然对人也有造化，修道、修行、修养乃至修仙。"徐子兴说："肇修，个高英俊，浓眉大眼，青春英姿，少年有为，面善心和，智慧过人，才志灵敏，我觉得叫孙少敏为好。"孙肇修自己说："同学们常念'姓张姓李莫姓王，姓儿的也比姓孙的强'，干脆把我的姓也改掉。"孙劲文说："我和肇修的姓不好，总比别人晚一辈。我看哪，我们都是共产党，就随我们党的创始人陈独秀的姓，改为姓陈。我改叫陈劲文，肇修改叫陈少敏，好不好?"董爱莲、张子颖拍手叫好。从此，孙肇修这个名字改为了"陈少敏"。陈少敏说："我为革命不仅改了名，也换了姓，这叫改名换姓。"

扎根大别山区，痛打日寇强盗

"山东姑娘，河北汉子"，这是人们对陈少敏的评价。根据革命工作的需要，陈少敏先后在天津、唐山等地做地下工作，恢复和发展共产党的组织，并作出了突出贡献。1935年，她调任中共冀鲁豫特委组织部部长，后任副书记。她积极发展党的组织，培养革命骨干，领导当地的农民和欺压百姓的恶势力做斗争达数十次，消灭了小股反动军警，夺取枪支弹药，建立起一支300多人的游击队。这支游击队后来编入八路军，加入了肖华领导的东进抗日纵队。

1937年5月，陈少敏第一次来延安中央党校学习。毛泽东曾在一次白区工作会议上说："我们要有成万数的好干部，要有几百个最好的群众领袖。陈少敏是白区的红心女战士，无产阶级的贤妻良母。"陈少敏听到主席的赞扬，当场感动得落泪，也更坚定了革命信心和斗志。

1938年5月，陈少敏奉中央指示，调河南洛阳任特委书记。她积极配合党的组织开展工作，先后在伊川、洛宁组织了豫西抗日游击队，并使各县区都有了抗日地方武装。同年 7 月，河南省委从开封迁到竹沟，陈少敏任河南省委组织部部长兼洛阳特区党委书记。

1938 年 11 月，党的六届六中全会确定了“巩固华北，发展华中”的战略方针。中共中央决定成立中原局，由刘少奇任中原局书记，郭述申、朱理治、彭雪枫、郑位三、谭希林、陈少敏为委员。从此，陈少敏扎根在大别山区，领导人民参加抗日战争并与国民党顽固派进行斗争，被广大人民群众尊重为“陈大姐”。

1939 年 6 月 11 日，在河南省京山县的养马畈村，陈少敏主持召开了在鄂豫抗日游击战争史上具有重大意义的养马畈会议。会议传达了中共中央和毛泽东关于抗日根据地建设的 6 条指示，讨论了豫南、鄂中党所领导的抗日武装统一的问题。会议决定成立新四军鄂豫独立游击支队，李先念任司令员、陈少敏任政治委员。在李先念、陈少敏的领导下，在日伪顽的层层夹击中，经过 5 个月的筚路蓝缕、浴血奋战，这支游击队发展成近万人的部队。随后，鄂豫边区党委成立，中共中央任命陈少敏为区党委书记。1941 年初，皖南事变后，鄂豫挺进纵队改编为新四军第五师，根据武装斗争的需要，李先念任师长兼政治委员，陈少敏任副政治委员。陈少敏和李先念等人一道群策群力，将鄂豫边区发展成为雄踞大江南北、横跨五省交界的大块抗日根据地。

陈少敏还领导鄂豫边区开展大生产运动，她赤脚下田帮助抗属和缺少劳力的农户犁田耙地、薅锄收种，她朴实亲民的作风深受鄂豫边区人民群众的爱戴。“陈大姐，种白菜，又肥又大人人爱”的歌谣一时传遍中原广大乡村。

陈少敏在抗战中功勋卓著，在党内外和群众中树立了很高的威望。1945 年 6 月，在党的七大上她被选为中共中央候补委员（在党的七届七中全会上递补为中央委员）。党的七大选举的中央委员 44 人，候补中央委员 33 人，在全国女党员中，只有著名的女革命家蔡畅一人当选为中央委员，陈少敏和邓颖超当选为中央候补委员，而像黄克诚、粟裕这些著名的战将当时也不过才当选为中央候补委员。

中原突围，再展风姿

在解放战争初期，国民党反动派调集 30 万大军，将中原我军 6 万余人包围在鄂东宣化店地区。时任国民党军参谋总长的陈诚口出狂言，宣称要在 48 小时内一举歼灭我中原军区部队。

陈少敏和李先念、王震等同志一道，根据中共中央的指示，实行战略转移，分三路突围。陈少敏提出并经区党委集体研究，决定将随军行动的 2100 多名地方干部，“沿途化装疏散”，以减轻作战部队的压力。正是由于及时实行了这一关键性的措施，才在万分危急的关头保存了一大批有丰富斗争经验的地方干部。在突围千里的征途中，陈少敏虽然患病，却拄着一根树棍随队行军。正当蒋介石叫嚣悬赏 100 万～200 万元收买李先念、王震、陈少敏的人头之际，他们三人已率中原军区部队奋勇冲出包围圈，使蒋介石妄图消灭中原我军的计划最终成为泡影。

陈少敏扬威大别山的英雄事迹广为流传。美国记者史沫特莱听说陈少敏是女中豪杰，非常感兴趣，曾冒着极大风险，专程到竹沟采访陈少敏，她深为陈少敏的英雄事迹所感动，不仅写了很多热情洋溢的报道，亲切地尊称陈少敏为陈大姐，而且在几个月后，还给陈少敏所在的新五师寄来了急需的医疗物资，并动员了一批教会医师前往边区搞救治工作。

链接

陈少敏简介

陈少敏（1902—1977），女，杰出的女性革命家。原名孙肇修，山东省寿光市孙家集镇范于村人。1927 年投身革命；1928 年加入中国共产党。毛泽东曾称赞她是“白区的红心女战士，无产阶级的贤妻良母”，在抗日战争和解放战争的沙场上，她又是一员杰出的女将。这位女革命家的高风亮节，多年来一直被人们怀念和称赞。

中华人民共和国成立后，陈少敏曾是中共第七届中央候补委员，第八届中央委员。生前曾任中华全国总工会副主席、中国纺织工会第一任主席等职。

1966 年 8 月初召开党的八届十一中全会时，在刘少奇被陈伯达宣布为“资产阶级反动路线总代表”之后，陈少敏即在会议休息室，当着众人的面，以汇报工作为名，主动与刘少奇攀谈，以示同情和慰问。在党的八届十二中全会上表决“把刘少奇永远开除出党”时，她是唯一一位没有举手的人，受到江青、康生一伙的残酷迫害。1977 年 12 月 14 日，陈少敏因病在北京逝世。

第十二章 拥军爱民 故事多多

链接

张体学与夫人林少南 （篇六）

红色“鬼妹”的故事 （篇八）

感念邓六金、陈兰前辈 （篇十二）

大别山的几位老将军拉弯了京九铁路 （篇十三）

篇一

“红军是天底下最好的队伍”

本书主编曾在《柴山保革命根据地史》一书中介绍过“红薯地里拾银元”的故事。故事是开国中将吴先恩亲身经历的一桩往事，讲述的是时任黄安县农民赤卫队党代表的吴焕先（吴先恩时任赤卫队大队长）严格遵守红军纪律，在赤卫队被围困山上4昼夜，实在没办法的情况下才让队员吃了老百姓的红薯，却在地里埋下一包银元以作补偿的感人故事。

现在，笔者又在彭希林所著的《戴克敏烈士与他的一家》一书中，看到另一种说法：在红薯地里埋银元的人，是时任红十一军三十一师的党代表戴克敏。不论这两种说法哪个更真实，但故事本身是真实可信且极富教育意义的。因此，本篇转述新的说法如下。

在柴山保建立革命根据地后，为了凝聚民心，壮大队伍，红十一军三十一师特别重视部队纪律。党代表戴克敏更是从严治军，教育干部战士以模范的纪律来影响群众，决不允许有损害群众利益的行为发生。部队规定，公买公卖，借东西归还，损坏东西赔偿，派饭一桌给一块大洋，借被子一床给三个铜板；出外行军打仗，不论是寒天酷暑，还是下雨天晴，都是住在破庙、祠堂或山林、岩洞里，从不打扰群众。

有一次，部队被敌人围困在柴山保绵子山头上，一连3天吃不上饭，戴克敏让大家分头去找野果，也没有找回多少，每人只能吃上几颗，大家的肚子饿得发慌。第四天夜晚，部队决定突围，戴克敏召集大家说：“今天，我们遇到了特殊情况，为了夺取突围胜利，允许每人挖两个红薯充饥！”

大家愣了好半天，没人行动。

“党代表平时对我们要求那么严，这下可好，他倒教我们去违反纪律。”有个年纪较大的战士不满地说。

“别去，党代表是考验我们的。”旁边一位年轻战士神秘兮兮地告诉他，“我们宁可得罪自己的肚子，也决不损害老百姓的一草一木!”

戴克敏见大家互相观望，无动于衷，严肃地讲道：“立即行动，我自有办法!”

大家按规定吃了两个红薯，振作精神，打开一条缺口，胜利突出了重围。

部队虽无人员伤亡，但大家“违反”了纪律，心里的疙瘩一直解不开。

3 个月后的一天深夜，部队来到王家大湾。进村后，从村子西头走来一位老人，硬要战士们住进他家。一进门，老人家热情地招呼大家坐下，还给泡茶喝。忙了一阵，老人家才坐下来，高兴地给战士们讲述了一个新奇的事情。

原来，这位老汉就是那块红薯地的主人。他告诉大家：“三个月前，天刚麻麻亮的时候，从河南湾来了一队革命军，听说是吴光浩、戴克敏的队伍，到了我们这西山就不走了。敌军从四面八方围来，把这座山包围得水泄不通。山上有我的一块红薯地，我老是惦念着革命军没吃的的时候，会不会把它吃光。过了几天，部队突围走了。我心想，红薯吃了，薯藤总吃不完吧？于是挑着箩筐上山去捡藤。走进红薯地一看，红薯少了一片，等我挖剩余的红薯时，突然发现一个布包。我感到奇怪，连忙打开布包，见里面包着 5 块大洋，布上还写着两行字：‘亲爱的老乡，我们是工农革命军，因为要同敌军作战，未得到您的允许吃了一些红薯，付大洋伍元，请收下，并望谅解。’”

老人家说着说着，激动得流下了两行热泪。

“同志哥，”老人家挨个打量着战士们，继续说，“我当时还以为自己是在做梦，可是低头细看，布包里的确是光闪闪的大洋！共产党呀共产党，你们的部队真是天底下头号的好人哪！我当时兴奋得连红薯也顾不上挖了，拿着布包，急急忙忙地下了山，恨不得一步就跑回村，把这桩新奇事告诉左邻右舍，告诉全村的人……”

经老人家这么一讲，战士们如梦初醒。大家对党代表戴克敏更增添了几分敬意。

篇二

长征桐柏军纪严

红二十五军是一支纪律非常严明的部队。当红二十五军长征转战桐柏县时，红军战士因良好的军风军纪，受到群众的拥护和爱戴。群众竭尽全力支援红军，谱写出一曲曲军爱民、民拥军的动人诗篇。

红二十五军途经程湾的蒿子沟时，农民刘辉高等人将群众一瓢一瓢凑集的200斤大米送给红军，红军坚持付了款。红二十五军过栗园、马冲村时，农民石运生带领乡亲们给部队送茶饭，红军照样一一付了钱。刘家陈沟的一位老大娘见一位小战士穿的草鞋底都磨破了，脚也磨出了血，便把自己给儿子做的一双布鞋拿给他穿，小战士不要，老大娘慈爱地抚摸着他的头劝道："你们小小年纪就出来参加革命，南跑北走的，没有鞋可不中啊！"战士推托不过，只好收下，但一定要付1块银元。大娘执意不要，小战士认真地说："不要可不行，这是我们红军的纪律。"大娘只得把钱收下。

对于红二十五军转战留下来的伤员，群众更是全家冒生命危险收留在自己家中隐蔽疗养，倾其所有为伤病员治病。

红二十五军在湖北黄草坪与敌激战负伤的伤员葛清延、黄玉、张红军，被安置在黑明寺陈守贵等群众家中，受到精心护养。红军伤员的安危牵动着大家的心。梁玉申及其他群众时常给伤员送药送饭，帮助照料。其间，张星江、牛德胜、李文臣、张西岐等领导同志多次前往探望，请医送药。在地方党组织和当地群众无微不至的关怀和照料下，几位伤员转危为安，很快康复。事实再次说明，红军由于有千百万人民群众的帮助和支持，才能在任何艰难困苦的条件下都无往而不胜！

篇三

“不吃苹果精神”

解放战争时期，东北野战军四十一军一二二师，虽住在盛产苹果的辽西，却不吃老百姓的一个苹果。对此，毛泽东曾高度赞扬说：“不吃是很高尚的，而吃了是很卑鄙的，因为这是人民的苹果。”这个严格治军、教育部队自觉遵守群众纪律的一二二师师长田维扬是大别山人，老家是湖北省枣阳县吴家店皇村。他于1906年出生，1927年因不满地主剥削和经常鞭打，毅然投身革命，参加了鄂北起义；1929年12月参加大冶起义，编入中国工农红军第五军，1930年加入中国共产党。田维扬参加过中央根据地历次反“围剿”和长征，曾任红十五军团骑兵团长，第七十五师二五五团团长，抗战时任新四军三师七旅副旅长。1955年被授予中将军衔。

在东北解放战争时期，田维扬任四十一军一二二师师长，政委是吴保山。

四十一军是东北野战军主力部队。辽西盛产苹果，四十一军战士住苹果园，却不吃老百姓一个苹果。此事，被住在西柏坡的毛泽东知道了，很是高兴。在一次会上说：“我们要提倡艰苦奋斗。艰苦奋斗是我们的政治本色。锦州那个地方出产苹果。……辽西战役的时候正是秋天，老百姓家里很多苹果，我们的战士一个都不去拿。我看那个消息很感动，在这个问题上，战士们自觉地认为，不吃是很高尚的，而吃了是很卑鄙的，因为这是人民的苹果。”北平和平解放后，罗荣桓、叶剑英提出让军政素质都是一流的第四十一军担负北平警卫任务。1949年2月1日，第四十一军奉命进驻北平，田维扬的一二二师师部驻绒线胡同。

一二二师发扬不吃苹果精神，不惊扰居民，隆冬腊月，战士们挤在门道里过冬。不收群众一支烟，不吃群众一餐饭，不喝群众一杯水，买卖公平，照价付钱，一二二师的军纪，名扬北平。群众说：“高粱米，粗布衣。财不贪，色不迷。民为父母，纪律第一，堂堂正正、举世无双。”——这是对一二二师的最高褒奖。

篇四

砍树的故事

国民党反动派为了消灭红军，想到一个恶毒的点子，就是把山上的树砍净，看红军还能藏到哪里？

1933年，匪军夏斗寅部，开到菜崖，首先就实行砍山。他们抓来许多老百姓，让他们饿着肚子砍树。匪军说："我把你们10个人编成一组，哪一组在规定时间内，砍不完我给你们圈划的树林，就以'通匪'论罪。"

老百姓怎能忍心砍树呢？他们想，红军为我们打仗，我们来干危害红军的事情，这怎么对得起红军？因此，在监工的匪军离开他们稍远的时候，他们就跑掉了，没跑掉的人，在这种挨打受气的情况下，也要再找寻机逃跑。有个叫马炳乾的，他是个有血性的年轻人，暗中串连了7个人，下决心"乘机夺下哨兵枪支，先打死他两个，再找红军"。

他们就这样约定了。但偏偏机会不凑巧，不是站在他们附近的哨兵很多，就是哨兵离他们太远，无法下手。

蠢笨的匪军，看到树林已砍伐不少，自以为这样砍下去红军就无法活动了。于是他们到处刷写标语，大吹牛皮："砍尽大别山的树，挖尽共产党的根。"可是农民把他们恨入骨髓，不仅把他们所写的标语涂掉，还把他们的标语涂写成："树也砍不完，根也挖不尽，留得大山在，到处有红军。"甚至有人把匪军师部门前的标语也涂了。这使他们更为震怒，匪军师长立即命令他的特务营长，限期捉拿涂写标语的人，甚至稍有可疑的人，也不能轻易放过。

因之，马炳乾一伙人想夺枪支的事情就愈加困难。可是他们并不泄气，等待机会。就在师部门前标语涂改的第3天，太阳快落山的时候，有两个哨兵朝着马炳乾他们走来，他们看到别的哨兵还远，就一举手势，大喊一声把两个哨兵抱住了，刚夺下一个哨兵的枪，突然附近的匪军发现后都赶来了，他们措手不及，只跑掉两个年轻小伙子，而马炳乾和其余5人，不幸被匪军逮捕，拉到了营部。

当天夜晚，匪军特务营长就把他们叫到跟前审问："是不是你们到处涂改标语？"他们同声说："不知道！"

敌营长狠狠地拍了一下桌子说："不是你们，那是谁干的？"

站在旁边的一个军官插嘴说："赶快说出来，罪过减轻点！"

马炳乾听到匪军的话愤怒地跳起来，大声骂道："放屁！我们没罪过，有罪过的正是你们！"

敌营长冷冷地笑了一下："好家伙，胆子还不小哩！"他转脸又问另外一个农民："谁叫你们夺枪的？"

马炳乾说："是我让他们夺枪的，要杀就杀我，与他们没关系。"

敌营长喝道："我偏不杀你，先叫你们受点罪，看你们嘴还硬不硬。"他吩咐敌士兵给这几位农民压杠子。待他们昏倒后，那个营长与身边的匪军官商量："反正线索就在他们身上，不要立即处死，审问出他们的同伙后，好一网打尽，到师长那里去讨赏。"

第二天吃过早饭，匪军营长又把他们拉来审问。这时，有一个敌兵慌张地从外面跑来说："报告营长，不好了，二连连长打桥上过，被炸死了。"营长吓了一跳，马上问："投炸弹的人捉住没有？"

"人家老早跑了，哪会捉住？"敌营长暴跳如雷："好大胆！根不拔净，我就不是娘养的！"他像一只疯狗在屋里走来走去，大家都看着他的神色。停了一会儿，他吼着说："把这几个'赤匪'给我拉出去，立即枪毙！"

和他一起陪审的那个军官说："你不要这样急，草率地杀了没价值，领不到赏金啊！"接着建议说："先关着，饿他们几天，相信会得到口供的。"

敌营长同意了，同时派兵在外边查访，忙碌一天，一无所获。

第二天清早，敌兵慌张地跑到营长房间："报告营长！那5个人昨夜挖墙跑掉了，上边还涂着歪歪扭扭一片字呢。"敌营长还未起床，听到这个消息鼻子都气歪了，他急忙跑到那间关押犯人的屋里查看，只见墙上涂写着几行大字：

大别山里出好汉，生就骨头似铁坚！

今夜逃出虎狼口，红军回来报仇冤！

篇五

回汉兄弟一家亲

甘肃省静宁县单家集是回民聚居的村落，当年有 200 多户人家。在一年多的时间里先后有 3 支红军部队在此驻扎过。先是红二十五军长征经过，再是中央红军（陕甘支队）经过，最后是红军西征部队红一军团一师三团在此迎候红二方面军。红军三过回族村，留下了“回汉兄弟亲如一家”的佳话。

1935 年 8 月 15 日，红二十五军向陕北转移途中，由军长程子华、政委吴焕先、副军长徐海东率领的 3000 多名红军将士，从甘肃省静宁县方向开来，在单家集驻扎了 3 天。为搞好民族团结，扩大红军影响，军政委吴焕先及时对全体指战员进行群众纪律和民族政策教育，专门规定了“三大禁令”和“四项注意”。

“三大禁令”是：禁止部队驻扎清真寺；禁止毁坏回族的经典文字；禁止在回民地区吃大荤。

“四项注意”是：注意尊重回族人民的风俗习惯；注意使用回民水桶在井里打水；注意回避青年妇女；注意实行公买公卖。

吴焕先命令宣传队用毛笔把“三大禁令”和“四项注意”写成大标语，贴到街上。他还亲自到清真寺拜访，召集阿訇和当地知名人士座谈，宣传党的抗日救国主张和红军的政策纪律。部队严格执行党的民族政策，积极开展助民劳动，切实做到秋毫无犯。因此，红二十五军在兴隆镇受到了广大回民群众的热烈欢迎，还有 10 多名回族青年参加了红军。

后来，中央红军长征经过这里时，受到了回民和其他各族群众的热烈欢迎，并诉说了红二十五军模范执行党的民族政策的事情。中央红军到达陕北与红二十五军会师后，毛泽东提起这段往事时，夸奖“红二十五军长征途中所做的群众工作”，说“红二十五军政策水平很高，民族政策执行得很好”。

2006年，为纪念中国工农红军长征胜利70周年，单家集人民第二次捐款集资，21户农民举家搬迁让出地方，兴建了占地7200平方米的民族团结广场和以汉、阿拉伯两种文字铭刻着“人民救星伟大领袖”的纪念碑。这个长方形基座的纪念碑镌刻的碑文云：

1935年10月5日，毛泽东主席率中央红军途经单家集，当地群众盛情接待。应穆斯林之邀，毛主席参观了陕义堂清真寺，与执坊阿訇促膝交谈，阐明党和红军尊重回族习俗，倡导民族团结，对群众的财产秋毫无犯，深得民心。次日拂晓，部队开拔，攀越六盘峰巅，国民党闻讯派飞机轰炸村庄，殃及群众。之前“仁义之师”红二十五军到此，向穆斯林赠送“回汉兄弟亲如一家”锦匾，之后，红一军团西征，在该地成立“中共静宁县委静宁县苏维埃政府”。红军三过单家集，播下革命火种，谱写民族团结史歌，军民鱼水，流芳百世，长征精神，光照后人。适逢红军长征胜利70周年，单家集人沐浴新农村建设的春风，正在走向更加美好的未来。抚今追昔，鸿恩难忘。为缅怀红军丰功伟绩，激励子孙后代团结奋进，自发集资，树碑纪念。

单家集全体穆斯林敬立

2006年7月18日

篇六

“党员干部的一杆旗”

——张体学为民爱民的故事

张体学（1915—1973），河南省新县人。1932 年加入中国共产党，同年 8 月参加红军，经历过艰苦卓绝的长征、抗日战争和解放战争。中华人民共和国成立后，因他转为地方工作，未授军衔。张体学曾任湖北省委组织部部长、省委常务书记、省长、省委代理第一书记，是一位恤民、爱民、为民的好领导，被誉为“人民的公仆”“布衣省长”“咱们的好省长”。毛泽东也非常欣赏他，曾盛赞张体学，说他是“党员干部的一杆旗”。

有关张体学勤政为民的感人事迹不胜枚举，本篇仅从历史资料中撷取几个镜头，以此深切缅怀这位老一辈无产阶级革命家的公仆情怀，以激励我们坚决响应习近平总书记提出的党中央的号召：

“牢记初心使命，坚定理想信念，践行党的宗旨，永远保持同人民群众的血肉联系，始终同人民想在一起、干在一起，风雨同舟、同甘共苦，继续为实现人民对美好生活的向往不懈努力，努力为党和人民争取更大光荣！”

故事一：热情招待红军“母亲”

1948 年，张体学率领独立二师在黄安（现称红安县）北部驻扎。一天，有个老大娘到师部来找她的儿子。同志们问她儿子的名字，她说：“叫张体学！”

“哟！你就是我们师长的娘呀！”战士们一下子热情地把大娘围了起来。

这时，师供给处处长马友才连忙挤进人群。他过去跟张体学的娘很熟，打游击的时候，张体学的母亲掩护过他；在反“围剿”、反封锁的时候，马友才曾代表组织接济过张体学的母亲。由于连年战争，北上南下，他们已经很久没见面了。

现在，他是多么想见见这位老太太呀！可是，他到人群中一瞄，左看右看，发现这位老大娘不是张体学的母亲。

“你的儿子叫张体学吗?”马友才走到老大娘跟前问。

“是叫张体学!”

“真的?”

“真的!”

“你老的家在八里畈槐树塆么?”

老大娘摇了摇头。

老大娘不是张体学的母亲。那怎么处理这个找红军儿子的大娘呢？马友才同志吩咐供给处先把大娘安顿一下，然后立即向张体学作了汇报。

张体学听后，想了想，说：“老马，给我准备几个菜，中午我请客!”

“请什么客?”

“请我的母亲嘛!”

“嗨，我不是给你讲了，她不是你的母亲。”

“怎么不是我的母亲？你给我办席就是了!”

马友才抓了抓脑壳，似乎明白了张体学的用意。这天中午，他亲自动手，果真办了一桌好菜。当那位老大娘来到张体学住处吃饭时，张体学连忙迎上去，马友才在旁边介绍：“老大娘，这就是张体学!”

老大娘泪水盈眶，仔细地打量站在面前的这位英俊的解放军指挥员：“你是体学?”

“我就是体学!”体学一面回答，一面亲切地扶着老大娘在饭桌边坐下。

“你不像！你不是我的那个体学。”老大娘哭起来了。

“我，是的，我是的!”张体学安慰老人：“你的儿子是红军，我也是红军。”指指马友才，“他也是红军，我们都是你的儿子，都是你的儿子啊!”

这天，张体学热情地招待了“母亲”。“母亲”走后，他还叫政治部通知这位“母亲”住地的政府，说他认这个亲，请地方政府好好照顾这位找红军儿子的老人。

在解放战争后期，找张体学认儿子的红军母亲还有几个。张体学就像对待亲生母亲那样对待她们。他常常感慨地对同志们说："20 多年的革命战争，大别山有多少人家平了灶头？多少父母失去了儿女？多少妻子失去了丈夫？多少儿女失去了爹娘？鄂豫皖的父老就是我们的爹娘，我们就是他们的儿子，这个亲我们永远也不能忘啊！"

故事二："天王老子也不能占国家和老百姓的便宜"

中华人民共和国成立以后，张体学当省长了，然而，他那艰苦朴素、反对挥霍浪费的本色没变。在这方面，他给广大干部作出了榜样。他主张"干部下乡，不许请吃请喝，迎来送往"；"各地来客，不管职位多高，也不许超过四菜一汤"。对好讲排场、爱摆阔气的干部，他斥之为："慷国家之慨，油自己的嘴。"他以身作则，带头遵守，数十年如一日。因此，直到如今，民间还流传着许多关于他罢宴的故事。

一次，他带了一大批地、县负责人到某县参观水利工程，中午回县吃饭时，发现县委小食堂摆了数桌酒席。他二话不说，跑到大厨房向炊事员要了两个馒头，就叫司机开车下乡。跟他一起来进餐的地、县委书记，也只好赶紧到厨房拿馒头，与他一道走。该县的负责人知道这是省长不批评的批评，以后就再不敢搞这一手了。又一次，是 20 世纪 60 年代的一个春天，他到某县检查生产。临吃饭时，发觉面前是一桌丰盛的酒菜。他并没发火，只是叫人把厨房的司务长找来，然后指着酒和菜，一样一样地问价钱。等司务长把这桌酒的钱算出来后，他对陪他吃饭的县委负责人说："我们在你们这儿吃饭，每人每顿交多少钱？"

这位负责人说："按制度，每人每顿交两角。"

张体学指着酒席说："按刚才司务长算的账，我们每顿应交两块。那不足的钱，你们从哪儿开支？"

"我们有招待费。"

"招待费？招待费。"张体学摇了摇头："这是国家的钱啦，人民的血汗啦！"

又用筷子点着一碟碟做好的菜，“我们工资高，出差还有补助费，你们再给我们搞招待……老百姓不骂我们的娘才怪！伙计，你要真爱护我，真正维护当领导的威信，就再莫搞这个名堂！也不允许你的下级给你搞这个名堂！”说着，他从口袋里掏出两块钱，同时，叫入席的每个人都拿出两块钱，一并交给司务长：“记住，以后领导再要你招待客人，吃多少算多少，谁吃谁出钱，就是天王老子，也不能占国家和老百姓的便宜！”

这顿饭大家还是吃了，但滴酒未沾，那么可口的菜，大家也没怎么动。特别是那位主持招待的领导，出了两块钱，几乎什么都吃不下，他已把这个“教训”吃到肚子里去了。

最使人难忘的，是1973年5月13日，张体学到红安“告别”——当时，肺癌已在他全身扩散了。他这次从北京医院回湖北，用他自己的话说，是来收他这一辈子在湖北留的“脚板印”，是最后一次下乡检查工作和看望基层的干部与群众。因此，红安县的同志在这天中午稍微多弄了几个他爱吃的菜。可他一下车，首先叫秘书宣布老规矩：不许迎来送往，不许办招待。县委书记漆福英委婉地给他透了个气，说这是大家的一点心意。他说：“心意我收下，作风不能变。我爱吃鄂南的豆腐干，就加一盘干张皮吧！”有什么办法？县委会厨房这天准备的东西，大部分都不敢端出来。一个老炊事员说：“我早就知道，他这个脾气改不了，从生到死，一辈子都是这个劲！”

而今，人们很怀念他这个“脾气”，怀念他这股子“劲”。

故事三：步行600里考察恩施

为了建设山区和发展山区生产，1957年夏，张体学来到鄂西南的边缘地带恩施。一路上，他一面宣讲毛泽东刚刚发表的《关于正确处理人民内部矛盾的问题》，一面和当地的干部讨论、设计建设恩施山区的未来蓝图。当走到一条乡间的小路上，突然看见前方赫赫然横亘着一堆冒着热气的牛粪，他二话不说，弯腰双手捧起牛粪紧走几步抛到水稻田里。他一边在稻田边洗手，一边回头对身边的随行人员说：“牛是吃草的，牛粪不脏，是很好的肥料。如果不及时利用它，晒干了，就浪费了。”

随行的工作人员和陪同下乡的几位县、乡干部目睹省长的举动，既感到非常吃惊，又感到自愧弗如，他们觉得省长比农民还农民，自己是无论如何也做不到的。

当时，这一带交通异常不便，进山没有公路，汽车根本开不进去。张体学决定步行，而且哪里路难走，哪里干部去得少，他就非到那里去看一看、访一访不可。他从恩施到来凤后，向县里要了三匹驴子，两匹驮他和随行人员的行李，一匹谁走不动谁骑。当时，大家都劝他骑。他说：“我过去打游击，钻山洞，一天能跑百把里。这点老底子还在。还是叫小郭骑吧，优待女同志嘛。”小郭是速记员，身体较弱，经张体学再三催促，小郭虽不好意思，还是骑了。每到晚上，他们找一个地方住下时，张体学总叫警卫员烧一大锅水，让大伙烫脚，然后他亲自检查，看谁脚上打了泡，并教那些解放后才参加工作的年轻人如何用针拨泡；晚上，他和男工作员一起睡通铺；山区气候冷，有时，他还起来看看年轻人把被子盖好没有。他是那么细心，那么体贴，使跟随他的一些年轻工作人员很感动。有一回，年轻人在下面悄悄议论：“莫看张省长在工作上要求严，在生活上可真关心我们。”一个跟随张体学参加革命时间较长的同志听到了，说：“这有么奇怪的，体学同志在战争年代就这么带兵，老八路的作风嘛。当然，也有个别老干部，一进城，坐上小包车，就把这些好传统丢了。”

进山的两匹驴子不仅给他们一行人驮铺盖、文件，还给他们驮口粮。当时，山区人民的生活还不富裕，吃大米、白面的不多。因此，张体学不让带细粮，只带黄豆与苞谷糁。一路上，他们把黄豆一磨，再与白菜搅在一起煮，就这么又当饭又当菜吃。张体学说：“营养不错嘛。吃了，一天能走100里哩！”他回忆起长征年代，说那时吃这样的饭，就是打牙祭了。有一次，到了一个县城，县里的负责人见张体学跋山涉水，辛苦了，特意办了一桌酒菜招待他。谁知，张体学不领情，拉下脸面，来了个罢宴——带着随行人员到街上饭馆去吃了一顿，搞得这个县里负责人不好下台。

在这一个月的调查中，张体学除了和当地干部、群众察看地形，了解水利，弄清资源，商量在何处修公路，何处建水库，何处设粮食基地，何处发展多种经营外，还接待群众，倾听他们的意见。一次，有人送来一封检举信。是告一个县的县长和公安局长的，说他们欺压群众，打人捆人，没收的大烟土，统了腰包，还抽上了瘾。张体学派人一查，果然如此。他立刻打电话向王任重汇报，说这两个干部是知法犯法，不是老百姓的公仆，是山区的两个“小霸”，建议恩施地委撤掉他们的职务。王任重同意了他的意见。后来，张体学步行到哪里，哪里就有干部、群众找他。一些违法乱纪的事揭露出来了，一些好的建议也送上来了。张体学一天工作十多个小时，一面和当地干部研究处理一些急需解决的问题，一面吸收来自各方的智慧、创见，对如何开发恩施，如何建设恩施，获得了充分的发言权。就这样，他从来凤到鹤峰，从鹤峰到五峰，到渔洋关，边走，边调查，边工作，全程 600 华里。当时，他真有点乐而忘返，直到省委打电话催他回去开会，他才坐木船由汉阳河到宜都，再坐车返回武汉。如今，恩施人一谈起清江水库，一谈起宜五公路、五鹤公路、鹤来公路，一谈起恩施几个著名的粮食基地和多种经营基地，都说：“这是 1957 年大老张在这儿规划的呀，前人种树，后人享福。”

故事四：老百姓拦车是件大好事

1972 年秋，张体学到黄冈地区了解生产情况。一天，他从七里坪坐车到红安，路过方家畈公路桥时，忽然看到前面有两个老头——一人拿一把锄头，横架在桥中心，意思是：请停车！

给张体学开车的司机从车窗伸出头，问：“你们要干么事？”

“我们要见张省长！”他们仍沿用“文化大革命”前的称呼。这时，坐在后面一辆吉普车上的红安县委副书记文伯山着急了，心想，这两个老头真大胆，怎么拦省长的车？而这事，又发生在自己管辖的境内，好不带劲！于是，他匆匆走上前，对两个老头说：“哎呀，你们有么事吵，等会找我文伯山不行？”

两个老头不干，说：“今日我们要找张省长解决问题。”

看，这两个老头还很不简单哩！其实，湖北省 70 多个县，特别像红安这样的老苏区，由于张体学从小在这一带干革命、打游击，新中国成立后，又经常在农村蹲点，下面的大人、娃子差不多都认得他，熟悉他。莫看他有时蛮厉害，一看到落后现象，一看到生产没上去，批得狠狠的，但基层干部、群众都不怕他，什么事都敢跟他反映。他越批评得狠，人们还越亲近他，都知道他面狠心善，能真正解决老百姓的问题。

张体学这时走下车来，说："我就是张体学。你们有什么事呀？"

一个老头说："你是下来看旱情的吧？"

张体学说："是呀！"

另一个老头说："咱方家畈是大旱哟，禾苗都旱蔫了。上头号召抗旱，咱们起早摸黑地干。可光挑水不中呀，得搞部抽水机。这机子可珍贵呀，向公社要，没得；向区里要，也没得。大伙听说你今天从这里过，就推举我俩向你讨一部，行啵？"

张体学笑了："就为这事？"

"就为这！"

站在旁边的县委副书记文伯山，怕耽误张体学的行程，抢着说："老人家，这件事包在我身上。你们先回去吧！"

张体学眯了眯眼："老文，你说话算数？"

文伯山说："算数，算数！"

"唉"，张体学直摇头，"如今你红安旱得火烧眉毛，这个队向你要机子，那个队向你要机子，你有那么多抽水机？"然后，又望着那两个老汉说："找我要机子算是找到点子上了。"接着，又亲切地对两个老人说："你们放心吧，县里的文书记都点了头，我能不帮忙？"

两个老头高高兴兴地走了。文伯山觉得自己的工作没做好，才出现这"桥头拦车"，他心里很不是滋味，一个劲儿地检讨自己的不是。可张体学一点气也没有，还说："红安的工作不错嘛。"

老文苦着脸说："还不错呢？"

"我看不错！"张体学真情地说，"老百姓敢拦省长的车，这是件大好事，说明他们还信得过我们，有什么事还敢找我们。要是他们看到我们的车，连头都不抬，见面不搭理，那不坏事了哇！对不对？"

“这……”

“我说老文呀，今后你下乡，群众要是拦你的车，你应该高兴！群众这也找你，那也找你，你要把它当喜事，这说明你身上的官味不重，老百姓还需要你，你这个县太爷还能当下去。要是谁都不敢接近你，把你当成了县太爷，伙计，那你就该让位了啊！”

他们上车走了。吉普车在公路上奔驰，文伯山坐在车上深深感到，这次张体学来，不仅检查了红安的工作，而且使他进一步懂得，千万不能脱离群众，时时刻刻要想到群众。

故事五：送给家乡的礼物

1971 年 12 月中旬，张体学回到了他的家乡——河南省新县八里畈。回去的那天，不知为什么，他一直板着脸，不高兴。是家乡父老对他欢迎不热烈么？不是的，一到家，周围的干部、群众一下就把他围起来，又是问长又是问短，简直有说不完的心里话。是故乡的亲属招待他不周么？不是的，老人们还记得他小时候爱吃什么，把多年他未见到的“乡味”专门弄给他尝。可是他无心闲谈过去，无心品尝佳味，却带着本地的干部，沿着八里畈走了一圈。他边走、边看、边提意见。

“同志，”他对八里畈的公社书记说：“你这条河呀，我 1930 年参军时，它是这个样子；1957 年，我回家葬母时，它也是这个样子；今日，又隔了 14 年，再看它，仍是这个样子！”接着，他无限感慨地说：“河川未改，江山依旧呀。老实讲，我不喜欢江山依旧，我讨厌老样子。你们能不能想办法，让这条河变一变呢？”

公社书记说：“怎么变？”

张体学说：“发动群众，出主意，献计谋嘛。弯曲的地方可以改直，老河湾可以改成良田。”

公社书记把张体学的话记下了。

他们来到一个平畈，上面盖了一栋新房子——公社卫生院。张体学说：“我们家乡还是人多地少吧？"

公社书记说："是的，每人合 7 分。"

"那你们为什么还把新房子盖到平畈上呢？"张体学说："当家的要会划算呀，今后，我们的人口越来越多，可耕地越来越少。要按照平畈种地、新房上山的规矩办事，干什么事都要为子孙后代着想啊！"

公社书记把这话又记下了。

望着故乡的山山水水，他感情起伏，感慨万千。一会儿，他指着一个光秃秃的山说："同志们，这儿要种点什么呢，种茶叶怎么样？土质不错嘛！"一会儿，他指着偏僻的山村："同志，这地点该热闹一下了吧，老百姓走了一辈子山路，我们也该为他们建条公路呀。"

这天，公社书记回去之后，就召集干部，认真地讨论了张体学的意见，并把这些建议纳入了公社的建设规划。张体学知道后，阴沉的脸转为笑眯眯的脸。他对公社干部说："这次回来，没给你们带什么。我给你们提的几条建议就是我给家乡的礼物！"

这是一份珍贵的礼物。如今，张体学的建议已在八里畈开花结果；老河已裁弯取直，弯曲的地方已改成百亩良田；光秃秃的山成了茶山；偏僻山村通了公路；这里的人们已懂得惜土如金，寸土必争，新盖的屋子也大部分在山上了。

其实，张体学的故乡情怀远不止是动动嘴皮、出出点子那么简单，而是从人、财、物各方面给予大力支持和帮助。仅笔者知道的他对革命老区新县的援助就有多个方面：他曾派出水利专家和工程队，帮助箭厂河乡修建了杨冲水库，使吴焕先烈士的故乡人民享受到旱涝保丰收的实惠；他曾面商河南省委书记和省长拨款，共同建造了许湾大桥，使隔河相望的鄂豫皖三省交界处"天堑变通途"；他大力支持的新县化肥厂，也成为新县农民增产增收的支柱项目；特别是风光旖旎的香山水库，是新县城关居民的生命线，也是在张体学的鼎力支援下，才得以顺利建成的，至今仍是新县老区的一道亮丽风景线。

如今，故乡人民谈起张体学对故乡人民的支持和帮助，仍如数家珍，感念不已。

故事六：让英山的岩河岭水库通到安徽

1973 年 6 月，张体学抱病到英山，规划英山的建设蓝图。按水利设计院要求，在英山的东河、西河修建红花咀、张家咀水库。他在与安徽交界的岩河岭村，听取了村支部书记段昭想的汇报，并说 1969 年特大洪水之后，全村群众自力更生，艰苦创业重建家园，面貌发生了很大改变，感到很欣慰，号召各地学习岩河岭。

他说，作为共产党员要有志气，不要被困难吓倒。他走到两省交界处一个水库边，时任英山县委书记的洪平安汇报说："这个水库在山头，渠道已修通，我们这边的旱情可以彻底解决。"

张体学问水能不能到安徽。段昭想说，开个支渠就可以过去了。张体学说："那你们就把水送过去嘛。"段说："我只管我这边，未必还管安徽。"张体学笑着说："你不能见死不救哇。要有点风格。我们同属于大别山区，在革命战争年代，鄂豫皖三省边是连成一片的，没有省界之分的概念。现在也应有这个整体观念。再说，我们是中国共产党，不是英山的共产党，也不是湖北的共产党嘛！"

一席话，使这位县委书记心胸豁然开朗。从此，岩河岭山上的水库两边共用，成了边界团结友谊的象征。

时任安徽省委书记的李德生闻知此事后，亲自带队到英山参观学习，他深受感动，赞扬湖北战胜困难的精神、高尚的风格，在安徽的多次会议上提出学习英山，学习湖北。在李德生上调北京，参加国务院办事组工作之后，更推荐各地学习湖北人民战天斗地、兴修水利，功在千秋、惠及后世的利民工程。

在开展调研活动时，张体学已是癌症晚期。他把毕生精力献给了革命和建设事业。他不仅是老一辈革命者的榜样，更是当代干部及后代学习的楷模。

毛泽东说张体学是大别山上的一杆旗。尽管他已离开人世近半个世纪，但他的音容笑貌，他为人民打江山、固江山的英雄事迹，永远铭刻在大别山人民的心中。

链接

张体学与夫人林少南

张体学（1915—1973），原名张体照，河南省新县人。1932 年加入中国共产党，8 月参加红军。他参加了艰苦卓绝的抗日战争和解放战争。中华人民共和国后历任湖北省大冶县书记兼大冶军分区政委、湖北省委组织部部长、湖北省人民委员会副主席、湖北省委副书记、湖北省长、省委常务书记、代理第一书记、武汉军区党委副书记、省军区党委书记兼政委等职。他还是中国共产党第九、十届中央委员，全国第一、二、三届人大代表。1973 年 9 月 3 日，张体学在北京病逝，年仅 58 岁。

林少南（1924—2000），女，湖北省新洲人。1940 年 4 月参加革命，同年 5 月加入中国共产党。曾任黄冈县区妇救会主任。1941 年任中原军区第四军分区政治部指导员、县委委员，兼任汪家集区委书记。1942 年 12 月与张体学结为革命伴侣。从此，她穿上戎装，跟随丈夫转战南北，在战争中锻炼成长。

抗日战争胜利后，为了革命的需要，林少南怀着身孕，离开了部队，辗转到武汉华清街隐蔽。1945 年 11 月中旬，由于叛徒告密，特务抄了她的住处。由于她坚贞不屈，拒绝国民党的劝降，已怀孕 8 个月的林少南与其母亲一起被投进监狱。后经王震和党组织营救才出狱。中华人民共和国成立后，她历任湖北省商业厅副厅长、厅长，副省长兼财政厅厅长，省委委员，湖北省第六届人大常委会副主任，湖北省第六届政协副主席，是第六届全国人大代表。1993 年离休。林少南为老一辈革命家，同丈夫张体学一样，艰苦朴素、严于律己，全心全意为人民服务，深受人民群众爱戴。

篇七

刘名榜东奔西走为民忙

刘名榜，是大别山的神奇人物，也是一面光辉的旗帜。本书第七章曾讲述过刘名榜的革命故事，本篇侧重讲述他离退之后，为建设革命老区，为老区人民办实事、办好事的几则故事。

中华人民共和国成立后，刘名榜先后任过中共河南省纪委副书记，省委常委、监委书记，省委政法委书记，省人民检察院检察长，省三、四届政协副主席，省五、六届人大常委会副主任，是党的八大代表。1969 年 9 月，刘名榜离退后回到他当年战斗过的老家新县定居。这里有他太多的革命回忆，有他流连忘返的山洞、岩石、树林和河流，也有他熟悉的战友、群众和亲属朋友，他本可以颐养天年，走亲访友，享受天伦之乐；或寄情于山水，优哉，游哉！但目睹家乡山河未变，面貌亦然，老百姓仍然吃不饱肚子的现象，他坐不住了。于是他找县里的负责同志说：“请你们分配给我一点力所能及的工作干干，好吗?”

县里负责同志经不起刘老的再三要求，因为他有一个老革命家的家国情怀，更有一名老共产党员的高度责任心啊！只好答应他为新县革命老区的建设事业提出一些具体建议。从此，刘老不顾自己年迈体弱，经常手里拄着拐杖，爬山涉水，像当年进行游击战争那样，深入群众，调查研究，把他晚年的余热，献给了大别山革命老区的建设事业。

为兴办新县水利奔走呼号

水利是农业的命脉。新县是个山区，旱涝灾害频繁，兴修水利是第一要务。刘名榜积极为兴办新县水利而奔走呼号。在河南、湖北两省领导的大力支持下，新县的香山水库工程破土动工。那个年代，一个山区小县要兴建一座容量为1亿立方米的水库，是何等不易啊！开工不久，水泥告急，钢筋短缺，连炸药、雷管、导火索之类的物资，也难以保证供应；还有几万个民工的时间、劳力，所需要的粮食，都需要及时解决。但钱从何来？紧缺物资如何解决？工程指挥部的负责同志心急如焚，县委、县政府的领导也一筹莫展，他们向刘老倾诉后，刘老也急得茶饭不香，睡觉不稳。为了保证工程如期完成，他只好动用一些老关系，写求援信，并开始手拄拐杖，走南闯北，跑了10多个省、市，终于在有关省、市、部委、军区的大力支持援助下，香山水库于1972年年底顺利竣工了。她像一颗璀璨的明珠，镶嵌在淮河上游的大别山上。“吃水不忘打井人”。今天新县人民群众饮着香山水库里清澈、优质、安全、甘甜的水时，总忘不了刘名榜的恩情。

为架桥、修路不遗余力

“要致富，先修路。”新县历来山高路险，交通闭塞，“上山云里钻，下山到河沿；对面能说话，相见走半天”，这严重影响着经济的发展。特别是山区的老百姓，没有见过火车、汽车，运输主要靠肩挑背驮，特别辛苦。刘名榜深知这种状况不改变，新县人民就富裕不起来。因此，他对筑路、架桥十分关注，千方百计地帮助县里筹措资金，请工程技术人员勘察设计，四处奔波。也正是在他不遗余力的努力下，寨河至潭树岗公路、信阳至叶集公路、浒湾大桥及县乡公路，在20世纪70年代都开通了。尽管有些路面不似今天这样宽阔和平整，甚至不是清一色的柏油路面，但在当年那种艰难困苦的条件下，能取得如此规模的成就，确实相当不易啊！当刘老看到一条条公路，似飘动的丝带，缠绕在秀丽的大别山间；一辆辆汽车如同一匹匹战马，奔驰在崇山峻岭之中，他笑逐颜开，欣然写下《耄耋抒怀》诗一首：

八十老汉手拄杖，写信奔跑四处忙。
为了老区建设好，愿把老命献家乡。

而当一些老年人特别是亲身目睹过中华人民共和国成立初期新县贫穷落后

面貌的游子，回忆家乡巨变的情况后，无不感慨万千，并赋诗赞美刘老：

当年革命信念坚，红旗不倒大别山。

老来又践初心愿，余热换来山河变。

永不凋谢的大别劲松

刘老在家乡居住的10年里，为革命老区建设夙兴夜寐、倾心尽力，做过多少工作，办了多少事情，谁也说不清楚，但谁都能记在心中。其间，他给有关老领导、老战友、老部下，发有上千封求援支持老区建设的信件；同样，新县的林场、茶场、化肥厂、机械厂、新县鄂豫皖苏区首府革命烈士陵园、博物馆、电影院、文化馆、儿童游艺场、学校、医院的建设，都有他的心血和汗水。

“余热未尽献，老骥不偷闲。古梅无他求，点红暖人间。”这是刘老乡居10年的真实写照。1978年以后，刘老身体每况愈下，他深知亲自跑路动手的事情可能不多了，但动脑的事情还是可做可为的。他关心人大、政协的工作，关心政权建设、法治建设，经常提一些建设性的意见，供有关部门参考。他还深入农村，告诫基层干部不要急功近利，荒废农田，毁坏山林；他深入红色遗址，对青年一代进行革命传统教育，并叮嘱红军后代要守护好红军洞等革命遗存。他还关注《新县志》的编纂和《新县农业区划》工作。1985年4月4日，他在病中说：“发展农业就要有个纲目，有个蓝图，发展经济就有了科学依据。”他还给《新县农业区划》题词：“应用综合区划，发挥苏区优势，振兴新县经济。”可以说，新县的各项建设事业，都刻下了刘名榜老人家的印迹。新县的一位县委书记，曾含着眼泪说：“新县的每一项工程，都洒下了刘老的汗水；新县的每一项建设事业，都凝结着刘老的心血！”

1985年4月中旬，他在弥留之际，还牵挂着老区人民的生活。他对前来看望的新县委书记裴大喜说：“新县是革命的老蔸苑（根），解放30多年了，苏区人民生活还是那么穷，对不起革命先烈和后人呀！一定要把新县建设好！”又对蹲守在病床旁的亲人们说：“我一生革命，别无所求，身后无一遗产，唯望你们继承遗志，为苏区建设多做工作。我累了，我要回大别山去……”

4 月 21 日，一代人杰安静地走了。他从大别山来，怀着一腔热血；他魂归大别山，依旧一往情深！

刘名榜虽然永远地离开了他为之终身奋斗的红色土地，但却留下了共产党人的优秀品德，留下了红色的革命文化，传承下了光荣的革命传统，他像是一棵傲然屹立在大别山上的劲松，挺拔郁绿，永不凋谢！

篇八
“红军娘”的故事

在大别山区，有这样一批女性，她们本是寻常百姓，但在土地革命时期，在那段充满血与火的峥嵘岁月里，却极具自我牺牲精神和奉献精神。为了推翻帝、官、封三座大山的压迫，为了穷人的翻身解放，为了革命的胜利，她们不但送子参加红军，而且在红军指战员遇到危险的紧急时刻，宁肯牺牲自己的亲生儿子也要拼命加以救护。她们是伟大的女性，是坚强的“革命母亲”，不是亲娘而胜过亲娘，因而被当时的许多红军指战员誉为“红军娘”。本篇略述几例“红军娘”的故事。

故事一：为救红军牺牲独子的六安徐大娘

1935 年 10 月，国民党军在岳西县“清剿”时，徐大娘正坐在家门口一针一线地缝补衣服，突然见到两名红军战士匆匆忙忙朝她家跑来，远处有一队人马在后面出现，并传来一阵阵的叫喊声。见此情景，徐大娘心里明白，两名红军战士正遭敌人追捕，处境十分危急。当两名战士跑到她的跟前时，她二话没说，立即放下手中的针线活，转身将两名红军指引到她家屋子后面，让他俩钻进窖藏红芋的洞里躲藏起来。然后，徐大娘回到家门口，继续干着她的针线活。

不一会儿，敌军就追到了她家门口。此时，一见失去了红军战士的踪影，一敌军官便恶狠狠地追问徐大娘：“你把‘共匪’藏到哪里去了?”面对敌人的反复盘问，徐大娘坚持说：“我没看见。”敌人随即对她家里里外外进行了搜查，但一无所获。尽管如此，敌人仍怀疑徐大娘隐藏了红军。为了迫使她交出红军战士，敌人抓去了她的 9 岁独生子，并大声吼叫：“3 天之内不交出红军，即杀你儿子示众!”徐大娘心里想的是，宁可牺牲自己的儿子，也要保护红军战士。

敌人抓去她的独生儿子后，徐大娘几天听不到儿子的音讯，担心儿子小，经不住敌人严刑拷问，就借送饭为由，到牢房里探望，她一语双关地对儿子说："我徐家人世代善良，不该说的不说，不该做的不做哈。"儿子虽小，却明白个中道理，哭着点头答应。

最终，两名红军战士被徐大娘保住了，活了下来，而徐大娘的独生儿子却在 3 天后被敌人杀害了。闻此噩耗，这两名红军战士抱住徐大娘泣不成声。徐大娘却强忍悲痛，以沉缓的语气安慰着他俩："孩子别哭，死一个，活两个，值得！"

故事二：为革命献出最后一位亲人的胡青芝

胡青芝（1880—1940 年），农民，麻城顺河大田铺乡人，麻城农民运动早期领导人刘文蔚的母亲。

刘文蔚在董必武、陈潭秋创办的武汉私立中学读书时，加入了共产党。1926 年，刘文蔚奉董必武指示回麻城发展农民运动。胡青芝知道儿子的秘密后，不但没有反对，而且每逢在家开会，她总是端茶送水，站岗放哨。有次，刘文蔚贴"打倒土豪劣绅"的标语，有人问他："你舅父就是土豪劣绅，打不打倒？"他文蔚说："照样打倒！"他的舅父得知此事，即命其 3 个儿子到刘家与他算账。刘文蔚不在家，胡青芝火冒三丈，当即将她的 3 个侄儿训斥走。黄安县城失守后，1927 年 12 月 7 日，刘文蔚及其战友蔡济璜、邓文天一同遇害。装殓人错把寿衣穿在蔡济璜身上，正准备脱下时，胡妈妈急忙制止说："不要紧，再做一身，刘文蔚是我儿子，蔡济璜也是我的儿子。"事后，胡妈妈得知刘文蔚遇害之事是她大弟所为，急赶到娘家，把她大弟家的锅、碗、水缸等家什砸了个精光，从此，再也未回过娘家。

1929 年秋，胡青芝又将二儿子刘文炳、女儿刘文先交给苏维埃政府，并嘱咐他们要像哥哥那样干。后来，刘文先任县苏维埃委员、红四军宣传员，刘文炳任县苏维埃政府秘书。1931 年冬，姐弟俩在"大肃反"中双双遇难，但胡妈妈并不气馁，又动员刘文蔚的媳妇去参加红军。为革命献出了最后一个亲人，而孤身一人的“红军娘”——胡妈妈于1940年在贫病交加中与世长辞。

故事三：王树声大将跪拜周大娘

在麻城苏区，到处都流传着王树声拜娘的动人故事。

1928年5月的一个深夜，周大娘送走了来串门的邻居，关上了大门，拿着梓油灯看了看儿子政道被子盖好没有，然后回到自己房间里，准备灭灯休息。突然，从寸腰石的方向传来“叭叭叭”的枪声，接着狗叫声四起。周大娘赶紧吹熄灯火，光着脚板快步来到大门前贴着耳朵听外边的动静。没一会儿。“咚咚咚”，街上传来一个人的跑步声，紧接着就听到街两头的喊声：

“抓住他！”

“抓住王树声赏大洋200！”

周大娘一听心就一下子绷紧了，吃了一惊道：“是抓树声大侄子！”赶忙将大门开半边，探出半个身子，往街两头瞧了瞧，见一个熟悉的身影在门前闪了一下。她轻轻地叫了一声：“大侄子。”

正进退两难的王树声听到有人呼唤他，稳住脚步，定睛看到一张熟悉的面孔。周大娘举止安详地靠在门框边向他招手。他好像久别母亲的儿子，三步并作两步跑了过去，兴奋地叫了声：“大娘！”

周大娘什么话也没有说，一把将他拉进屋里，又轻悄悄地闩上大门。

再说追赶王树声的白军、民团追到这里，突然不见了王树声的人影，个个都感到很奇怪：“哎！明明见他跑到这儿，怎么一下子不见了呢？”

白军营长大吼一声：“娘的！还不快将街围起来，跑了王树声，我要你们的命！”

他又吩咐民团，挨门挨户地搜查。一时闹得张店街鸡飞狗跳墙。过了一会儿，一个白军跑到营长面前：“报告营长，没抓到王树声！”

“把全街所有的人全给我抓来，我要清查户口！”营长气得咆哮如雷。

满街老老少少在白军刺刀的逼迫下，愤怒地来到街上。白军营长掏出手枪“啪啪啪”朝天连放三枪：“吵什么！”他见老百姓安静下来，才松了口气，于是换了一种语气说：

“父老弟兄们，深更半夜打扰你们实在对不起。我们刚才追一个人，他就是共产党的头子——王树声。追到这条街上不见人了。谁将他交出来，我赏他 100 个袁大头；谁窝藏他，搜出来后，我就杀他全家!”说完这番话后，他的一对眼睛鹰犬般地在人群中贪婪地搜索着。敌营长见没有一个人搭腔，马上换了一副凶神恶煞的面孔：

“机枪架起来！火把都点起来！你们不交出人来，我就要张店街变成无人街！变成火海街!”

霎时，宁静的街道响起推拉机枪和步枪上膛的嚓嚓声，只见敌营长举起左手高喊：“预备——”

就在这千钧一发之际，周大娘不慌不忙地说：“慢！我知道王树声在哪里。”

白军营长向说话的地方望去，一位 40 来岁的妇女从容地朝他走来。敌营长奸笑一声：“早该如此嘛！免得我费这么多事。”说着，命令十几个白狗子跟随周大娘去捕人。

几十个持枪的白军深知王树声双枪的厉害，只堵在大门外，不敢进屋内搜查。

周大娘见白军一副草包相，心里暗暗好笑。她上前讨好地说：“老总，是不是这样，你们躲在门口，我进去把他哄出来，老总们再抓他，你们看行不行?”

白军怕吃王树声的枪子，听周大娘这样一说，巴不得地应允：“好！好！你快进屋，我们就躲在门外。”

周大娘进屋点亮了梓油灯，进了一间放柴草杂物的房间，她移开了一个破柜子，打开一扇夹墙门，就听里面传来一声：“大娘，白狗子出街了吗?”

“走是走了，只怕还有人在街两头守着抓你呀。依我看你还是躲一会儿，我让政道去探探道再说。”话一说完，她就拉着儿子政道的手往夹墙门外走。王树声抢上前几步拉住政道的手臂，说：

“大娘，外边非常危险，这探道的事还是我去!”他说罢就想挤过夹墙。周大娘拦住王树声，劝道：

“大侄子，你年把时间闹木兰山，还不明白这些白狗子的蛇蝎心肠啊！你是游击队的党代表，万一出了事，几百条人命，谁领头报仇？你政道哥虽然人老实，但心眼还不错，让他去探路就是被敌人捉住了，事后，一承认不是王树声，大不了挨敌人一顿打。”王树声犹豫了一下，慢慢地松开手了。不过，他还是不放心地嘱咐说：“政道哥，千万小心啦！”

周大娘随手将夹墙暗门带上，然后泪眼蒙眬地望着亲生儿子说：“白狗子堵住了咱家门口，我想让你冒充你树声弟，把白狗子哄走。不过这很危险，莫怪娘把你往虎口里送，实在是因为你树声弟是红军队伍的主心骨，责任重大，不能被敌人捉去啊！”

“放心吧娘，我知道该怎么做，不会给娘亲和全街人丢脸。”说着，挣脱娘的手，拉着架子冲到门外。很快，就被躲在外面的白狗子抓住送到了敌营部。

由于敌人没见过王树声，所以连审问的时间都节省了，在第二天的清晨，就误把周大娘的儿子当作王树声拉到乱葬岗上杀害了。

西张店村左右邻舍的乡亲们知晓周大娘用“李代桃僵”“瞒天过海”之计牺牲了爱子，却保护了红军领导人，也保护了全村人的事迹后，无不为她舍己救人的行为所感动、所称赞和广泛传扬。

躲过这次大难的王树声，他发誓只要自己活到革命胜利的那一天，一定要寻找到周大娘，以报答救命之恩。

1951 年初春，已经是中华人民共和国国防部副部长的王树声，率中央人民政府慰问烈军家属代表团来到了麻城苏区，他找遍了张店街村，也找遍了顺河集区，都打听不到周大娘的下落。大娘的房子早已被火烧光，有人说大娘外出避难了，还有人说大娘被白匪杀害了。将军的心里有说不出的沉重。因为他从一个同乡嘴里得知，周大娘三个儿子都不在世了。大儿子政道是在他逃走的第二天被敌人处决的，并把他的头挂在一棵大柳树上示众；二儿子是跟王树声参加黄麻起义时牺牲的；三儿子是在长征路上被张国焘杀死的。最后只剩下一个孤寡老人。将军的心被刺痛了，告诉县政府无论如何也要找到周大娘的下落。

一天中午，王树声正在张店街召开全县的县、乡、村三级干部会议。警卫员进来报告说：“首长，外面有位老大娘要见您。”

“人呢？”

“为了首长的安全，我叫她在河那边等候。”

会不会是将军要找的周大娘？王树声马上宣布休会，同大家一起赶到河边。河那里果然有一位拄拐的大娘。王树声手搭凉棚仔细地看着。忽然，他激动起来，顾不得初春水寒，穿着皮鞋蹚进了近膝深的河水，跌跌撞撞地向河对岸奔去。是周大娘，千真万确。可是近在咫尺大娘却认不得王树声了，大娘的眼睛哭坏了，什么也看不清。她手拿的是根探路棍。王树声双手扶着大娘，千言万语竟无从说起。周大娘吃力地睁着眼睛说道：“好人呐，听说当年领导黄麻起义的王树声回来了，带我找找他行吗？”看到周大娘近乎失明的眼睛，将军心如刀绞，他无声地跪在大娘面前，颤声叫道：

“娘……”

“你是谁？”

“娘，我是树声啦。”将军竟一时语塞。

“树声侄子……”周大娘一把抱住将军，用不听使唤的手摸着将军的脸，“树声，大娘好想你哟。”“娘！”将军和周大娘抱着哭成了一团。

“娘，别叫我侄子了，叫我政道吧，以后我就是您老的亲儿子……”

1955 年，王树声被授予大将军衔，而对当年舍子救他的周大娘，王树声为其养老送终。

故事四：英雄的红军母亲——何大妈

87 年前的罗山县铁铺镇何家冲，曾是红二十五军长征的出发地。这里的一草一树、一井一碾，都有着红军的烙印；这里的旧居、旧址等遗迹，都可见证当年军民一心、并肩作战的场景；这里的老人或红军后代都能讲述当年军民生死与共的骨肉情故事。其中，一位普通而又伟大的英雄母亲何大妈的事迹，更是生动感人、催人泪下。

1934 年的初冬，红二十五军这支年轻的“娃娃兵”队伍，扛着“中国工农红军北上抗日先遣队”的旗帜，在凛冽的寒风中列队出发了。这支队伍的领导人深刻地意识到这一征途的艰难险阻，于是决定把一些重伤员留在当地，由那些拥护红军的革命群众护理。在当时白色恐怖异常严重的情势下，收留养护红军伤病员，无疑是要冒杀头、株连全家甚至全族的风险的。但是，有这样一位伟大的母亲，红军伤员管她叫何大妈，宁可牺牲自己的孩子也要保护红军伤员不被敌人抓去。

有一次，为了救回被清剿队抓走的红军伤员，何大妈用自己的儿子换回了那位战士。还有一次，一名叫余占海的红军伤员被敌人抓住了，为了证明余占海是自己的亲人，何大妈起了毒誓，用眼睛做担保，当众刺瞎了自己的右眼，救下了这名战士。

这是多么感人的场面，这是多么神圣的母爱，这种用鲜血和生命保护红军战士的母爱超过了世界上任何“爱”的含义。

何大妈还卖掉了家中所有值钱的东西，不辞辛苦地东奔西走、购粮采药，救活了 13 名红军战士。中华人民共和国成立后，当年被何大妈解救、时任武汉军区司令员的开国少将余占海曾找到何大妈，动情地跪在地上对她说：“您为革命牺牲了儿女，还刺瞎了眼睛，我就是您的儿子!”余将军想接何大妈到他那里享清福去，但何大妈舍不得村子，也不愿给部队添麻烦，硬是婉言拒绝了。但是，何大妈救红军的故事在大别山代代相传，被称为英雄的红军母亲。

链接

红色“鬼妹”的故事

在金寨县花石乡大湾村的一个名叫长岭岗的山坡上，有一座孤坟静静地矗立着。墓碑上镶嵌了一张红军女战士的彩色遗像，从这张照片上看，她的一只眼睛已经永久失明，半张脸庞上满是一道道凸起的长长的刀痕印记，因难看而被人们称为红色“鬼妹”。

“鬼妹”真名叫徐德英，小名英子，1914 年生，大湾村周湾组人，中共党员。在那个年代，徐德英不仅是一个敢于冲破婚姻禁锢的烈女子，还是一心追求革命有胆有识的知识女性。但是，仅仅几年的时间，因为苏区的“大肃反”，这位青春勃发的女干部由人变“鬼”。

据徐德英的后人和有关史料记载，1929 年“立夏节起义”后，中国工农红军第三十二师成立，周维炯任师长。徐德英出任商城二区苏维埃主席，同大姑娘、小媳妇们为前线指战员打草鞋、洗军衣，慰问并帮助护理伤病员。红三十二师解放商城后，徐德英满怀喜悦心情写了一首《不忘英雄周维炯》的歌曲，并唱响大别山，这为她埋下了杀身之祸。

1931 年，周维炯和许继慎先后在“肃反”运动中被张国焘秘密杀害。曾因写歌赞扬周维炯功绩的徐德英，更是在劫难逃。徐德英被押到金寨县一个叫月亮地的地方，被刽子手砍了两刀，一刀砍瞎了她的左眼，并在脸部留下了大片疤痕；另一刀砍向她的脖颈，幸亏她母亲送给她并挂在脖子上的那只银项圈挡住了刀口，只把她砍得昏死过去。刽子手以为她死了，便扬长而去。乡亲们把她救回了家，她虽然保住了性命，却从此变成了隐匿于山乡的人间“鬼妹”。

篇九

韩先楚上将回乡还账

韩先楚（1913—1986），湖北省红安县上新集镇吴家嘴村人。他是久经考验的无产阶级革命家、军事家和功勋卓著的一代战将，是中国人民解放军第四十军首任军长。在革命战争年代，韩先楚以骁勇善战而著称。他所指挥的部队，在东北解放战场上因勇猛神速，攻无不克，所向无敌，被称为“旋风部队”；他本人被称为“旋风司令”。在解放海南岛的战役中，他创造了帆船打兵舰、跨海作战并取得辉煌胜利的奇迹，把五星红旗插到了海南岛的最南端——天涯海角。1950年冬，他奉命参加抗美援朝战争，任中国人民志愿军副司令员、第十九兵团司令员，荣获朝鲜民主主义人民共和国一级国旗勋章一枚，一级自由独立勋章二枚。1955年被授予上将军衔。

本篇着重讲述他在20世纪80年代，卸任兰州军区司令员进京任职期间回故乡探亲还账的故事。

1981年冬的一天，大西河畔的新集镇头，纷扬的大雪中，韩先楚的座车被人拦住了。久候多时的公社干部们抖落一身雪片，说了整整一打理由，把将军请进了生着炭火的公社办公室。他们请将军提出想见哪位乡亲，他们用车把他接到这里来。

盛情难却，韩先楚同意了。他望望窗外的大雪，说：“这不是出门的天气，莫叫多人了，就叫海洲来吧。”大概是韩先楚又记起了那笔旧账：将军至今还欠着农民吴海洲四斗谷子，那是他50年前当红军时借下的军粮。1949年大军南下，当时任四十军军长的韩先楚重返故乡，他来到吴海洲家里，从皮包里取出3支钢笔：“听说，你有三个机灵的伢子，对吧？”吴海洲点点头。“这3支钢笔你收下，叫伢子好好念书。”吴海洲顿时连声道谢。倒不是他贪图几支钢笔，而是韩军长还记得他这一家。接着，韩先楚想起了那四斗谷子的陈年宿债。吴海洲冒火地骂了人，他认为这是太小瞧他了。他告诉韩先楚，家乡进行土地改革了，有了牛也有了地，这地只要舍得花力气，种啥长啥，而力气他有的是。最后，他有点得意地对韩先楚说，那张借条还要保存好，那上头有你韩军长的签名，日后要留着作个“想头”。当时的吴海洲是那样认真地相信，日子会一天比一天过得红火。

吴海洲被接到公社。他已是 78 岁的人了，着一身褪色的军衣，一脸喜气。他同韩先楚的交谈是不拘礼节的：“你家还烧闷烟灶吗？你老婆的眼是熏瞎的吧？”

“那是害病害的，么子熏瞎的。”

“眼下乡里富起来喽，你莫操心。”

“你冷不？只穿这点衣服。”

韩先楚已经注意到了，这个“富起来”的农民，军装里面的肩胛骨在打哆嗦，一双冻得开裂的大手上结着血痂，但他似乎毫不在意：

“不冷，山里人就是经冷，你安心在京城做官吧。”韩先楚完全明白了。猜到了的谜底像一阵冷风冲进他的脑海：“走，海洲，我到你家瞄瞄去。”将军这次是下命令了。

韩先楚的故乡吴家嘴村，30 来间房屋拥挤在大山的一道沟壑里，常常会冷不丁吓你一跳，人从山坡上走下来，往往快踏到屋顶上了，才会猛地发现脚底下还住着人家。吴海洲领着将军走下山坡，用大得出奇的嗓门通知屋里人：“昌荣，韩司令来啦！”

屋里的人们忙着收拾起来。然而，炕上那床破渔网式的棉絮，再怎么“收拾”也不会让人顺眼。韩先楚走进屋里，向女主人问好。吴海洲的女人缓缓转过身来，将双手盖在衣襟的补丁上，仿佛要用这双干枯的手遮住贫寒，抵挡将军的目光。

…………

这天晚上，韩先楚回到县里办的第一件事，就是让秘书要通武汉军区的电话，传达他的话：立即往红安捎 5 件旧军大衣。当秘书询问他这笔钱从哪里出时，韩先楚火了：“没地方出，从我的工资里扣！”

4天后，韩先楚得到了回声，5件军大衣已经寄出。当然，乡亲们也很快知道了这件事。

一个雪后放晴的上午，韩先楚悄悄离开了红安，当车子路过新集镇时，吴家嘴的乡亲们早已闻讯守候在路旁。韩先楚走下车子，乡亲们围拢来了，密密麻麻一大片灼热的目光。

“韩司令，乡亲们让我说两句，你事忙，难得回家一趟，却为我们费这大的神，乡亲们过意不去啊！我们感谢解放军，感激你的热心肠。”吴海洲老人说着说着啜泣起来。

这仅是5件旧军大衣，况且还在途中。“多么好的乡亲呵，为了他们我应该回来!”一阵苦闷刺痛了韩先楚。他突然忐忑不安起来，心在酥软、在撕扯，仿佛要从胸腔里跳出来。这个上将司令员知道自己需要吞服一片硝酸甘油了，但当着众乡亲的面，吞药片太不像样了。他应该永远是健康的，是强壮的，因为自己的责任，或者说出于良心的义务还没有尽！他忍住疼痛，鼻子出着粗气，闷声闷气地说：

“乡亲们，不要谢我，哪个都不要谢！一件旧军衣算得个么事？你们早就有权得到它——包括比它更好的衣、食、住。早在你们刚知道红军的时候，你们就把最后一碗米、最后一尺布，最小的儿子，都奉献给了革命。早在那时候，你们就有权得到了。然而，你们到现在还没得到它，我愧对父老乡亲！……”

韩先楚哽咽了。他的责任感同老苏区人民的责任感，在泪水中紧紧拥抱着。

好熟悉的画面啊——在井冈山，在沂蒙山，在延安，在湖南，在大别山的土地上，历史的镜头都摄下过这样的画面。

篇十

在民政岗位上恪尽职守

——回忆我的父亲耿良泰

耿良泰（1913—1976 年），河南省新县陈店乡人家店村人（现改名东恩村）。1932 年参加红军，跟随红二十五军参加长征，参加过著名的直罗镇战役和平型关大战，几度身负重伤。特别是在 1944 年被调到王树声领导的河南军区三支队任团长期间，历经中原突围，浴血奋战，九死一生。1949 年任华北军区第十八兵团第六十二军独立师副师长。中华人民共和国成立后，任第十八兵团六十二军独立师师长，炮兵第八训练基地司令员，1952 年入朝作战，任志愿军战防炮三十三师师长，高级炮兵学校副校长。1955 年 9 月被授予大校军衔。曾荣获二级八一勋章、二级独立自由勋章、二级解放勋章。1958 年响应党和国家号召，转业到山西省太原市工作，先后任太原市民政局局长、太原市革委会主任等职。本文刊发的文章是耿良泰二女儿耿寒春撰写的《父亲在民政岗位上恪尽职守》的片段回忆。

我的父亲耿良泰是位心慈面善的革命老干部。小时候，我们望着父亲穿着大校服装、威风凛凛的照片问他："老爸呀，您当军官时多威武呀！现在穿破旧的中山装差劲多了。您为什么不留在部队而要转到陌生的地方工作呢？"父亲板起面孔，严肃地对我们说："服从组织调动和分配，这是党和部队的纪律规定，我作为党培养和人民哺育起来的国家干部，怎能从个人利益出发考虑问题呢？你们兄弟姐妹都要给我记住：长大以后，都不要指望父母，而要靠个人的努力成才。"我记得，这是父亲给我们姐弟 5 人所上的人生第一堂课。

父亲既重于言教，更注重身教。他常说："党安排我担任太原市民政局局长，这既是对我的信任，也是赋予我的使命。我是从放牛娃走上革命道路的，能深切地了解人民群众的困难和需求；我也是多次从死人堆里爬出来的幸存者，更能深切地体会到烈军家属的痛楚与需求。我从事的民政工作为我发挥作用提供了用武之地。”正是秉持这种高度的政治责任感和使命感，父亲不靠书面统计的数字，而是通过实地调查、挨家挨户的走访，首先弄清了所辖区域内有多少需要抚恤的烈军家属，有多少需要政府救济的特困居民，还有多少在政策范围内需要安排工作和解决就业的人员。在做到心里“有本账”的基础上，开始有的放矢地做好服务工作，设身处地地帮助市民解决各种实际困难问题，使太原市的民政工作做得有声有色，其做法和经验数次得到上级领导的充分肯定和推广。

父亲在位期间，国家正处在三年困难时期，民政部门的工作既繁重艰巨又困难重重。父亲除了发挥政府民政部门的职能作用，想方设法地帮扶困难群众渡过难关外，还将自己工资的一部分无偿地用于救急济困，受益于他的人不计其数。父亲平时对我们全家严格要求，勤俭节约，从不乱花一分钱，也没有零花钱。我们姐妹弟的衣服也是几年一贯制，大的穿旧了或穿小了，又让小妹小弟穿。但遇到需要帮助的人，父亲却毫不吝啬，慷慨施予援手，为许多人雪中送炭，为他们解决燃眉之急，使人民群众切身感受到了党和政府的关怀和温暖，感受到了一位老革命军人舍己为人的高尚品德。

记得在我们居住的市政府宿舍大院里有一位郭老太太，她的丈夫和儿子在革命战争中牺牲了，属于烈属，是民政部门的重点优抚对象。但由于她在精神上受到很大的打击，长期思念亲人，郁郁寡欢、性格孤僻，一般人很难接近她。父亲对郭老太太时常挂念在心，经常去看望她，给予帮助，母亲也带着我们买水果点心去探访她，陪她聊天，一点一滴地温暖她的心。慢慢地，她把我们一家当成了她的亲人，一见我父母去就眉开眼笑，话也多了，精神面貌焕然一新。逢年过节，父母亲都会把郭老太太接到我们家中，和我们共欢乐。父亲对她说：“我们都是您的亲人，您有什么需要的、想做的事都和我们讲，我们一定帮助您安度晚年，您老人家幸福就是我们全家人的心愿。”这件事在我们市政府大院里传为佳话。

20 世纪 60 年代初，当时中央号召知识青年到农村去接受贫下中农再教育。

时值大姐耿寒英毕业在即，父亲当时正好管理这项工作，想上什么学校或者找什么工作都是易如反掌的事。但父亲并没有利用自己手中的权力为自己谋私利，而是要求大姐带头响应党的号召，到最艰苦的一线去接受锻炼，接受工人和农民群众的再教育。最后大姐选择到离家很远的太原市农牧场工作。大姐没有辜负父亲的期望，在农牧场安心工作、积极进步，被评为先进工作者，多次受到农牧场和上级领导的表扬。我和大弟也在父亲的教育和大姐的影响下，高中没毕业就下到了企业工作，以实际行动支援国家建设。父亲因为带头将子女引向农村和工矿企业一线工作，受到市政府的表彰，并被树为全市的标杆。

“文化大革命”后期，国家恢复了高校招生，推荐工农兵学员上大学。当时大弟耿志朝在太原矿山机器厂工作 5 年之久，工作积极，任劳任怨，经常被评为先进生产工作者。志朝从小聪明伶俐、勤奋好学、成绩优异，他很想上大学深造。当时父亲已经恢复领导工作，如给矿山机器厂领导打个电话，志朝上大学的把握就会很大，而且凭志朝的能力和表现相信也绝不会让领导太过为难。但父亲却说：“我的权力是为人民服务的，不是为了谋私利的，你的事情应该由你自己去努力、去争取。”最终志朝靠着自己的努力，在厂里经过层层推荐评议、选拔审核，终于上了大学。通过这件事，我们对父亲肃然起敬、敬佩万分。在以后的工作中，我们姐弟几人始终牢记父亲的教导，以父亲为学习榜样，做一个坦坦荡荡、勤奋努力、严于律己、克己奉公的人，父亲的榜样和品德我们始终牢记在心。

父亲是位老革命家，在太原市很有名望，但从不摆官架子，不搞特殊。1958 年，他服从党的需要，转业到地方工作。本来他可以申请转业到离老家河南较近的地方，但他却毅然决然地带领全家来到举目无亲的山西太原。他说：“我不能给组织和部队提出任何额外的要求，只有坚决服从组织的安排。”初到太原，我们临时居住在一家老百姓的大院里，条件很差，吃水还得自己挑，生活的困难可想而知。但父亲毫无怨言，他给我们讲述小时候的贫苦生活、作战时的艰苦环境以及战场上你死我活的惨烈情景；讲幸福生活的来之不易，让我们珍惜生活、不怕苦。父亲亲自动手挑水，带领我们打扫院子、盖厨房。我们一家人在那个大院子里愉快地生活着，直到市政府给我们分了新居才离开。

父亲出身贫寒，由农民的儿子投身革命，是共产党、毛泽东教育培养和哺育了他，使他成为身经百战、声名显赫的解放军炮兵师长。转业到地方后，他又发扬革命传统，一身正气、两袖清风、勤政爱民、廉洁奉公，成为鞠躬尽瘁、死而后已的人民勤务员。父亲的一生，是革命的一生，也是光辉的一生，他的革命功勋和业绩永远为后人传颂和敬仰。我们作为他的儿女，将永远继承他的革命遗志，不忘他的谆谆教导，将革命家风代代相传。

（文/耿寒春）

篇十一

张百春少将回乡历险记

20 世纪 60 年代的新县陈店乡（旧称柴山保），在经过三年困难时期后，更加贫困落后，人心思干、人心思变。这不，在县、社党委、政府的号召下，各大队、小队的社员分片包干，硬是在高山河道中修筑出了一条弯弯绕绕的土公路。尽管许多路段施工只是采取整平和表面铺垫的简单办法，致使公路高高低低，坎坷不平，但毕竟可以跑大客车和军用汽车了。记得竣工剪彩的那天中午，开来了两辆解放牌汽车压试路面，三里五乡的社员都跑过来看热闹，有人惊奇地说："这么个大铁疙瘩，怎么会跑呢？"可见，乡里人少见多怪，也反映出革命老区科技文化知识的落后。

笔者那时有 10 来岁，在陈店公社爱庄小学读五年级。我记得大概是 1964 年冬的一天上午，雪后天晴，远山近水显得格外清新透亮。我与村里的几个儿童玩伴顶着寒风，扛着锄头到河对岸的山上打柴，出村不远，就看到一辆类似乌龟壳式样的绿色小车在公路上缓慢而行，于是，我们兴奋地追了过去。

这辆"乌龟壳"（以后才知道它叫军用吉普）行到离耿湾半里地的一座石桥时，由于桥面雪化结冰，十分滑溜，突然打了几个大圆圈，侧翻到桥下面去了。所幸桥底并不深，只低出桥面一二尺的样子；河水也很浅，又因结冰的缘故，处于凝固状态。不过，桥底尽是石头沙子，车身压在石头上，人车都有损伤是可以想见的。

这时，车上的几位军人先后从车内钻出来了。其中一位中上等身材，头戴五角星的三开棉帽、身穿深绿呢子大衣、脚穿棉布鞋，不到 50 岁的军官，长得既英俊又威武，他整整"雷锋帽"，拍打掉粘在军大衣上的冰碴子，乐呵呵地对同行人说："好险啦好险，总算是有惊无险。快到年关了，天老爷让我们趴地下跪，提前给父老乡亲拜年呢。"一位年轻的士兵嘟哝道："政委呀，司令员等领导估计到老区路况不好，建议您乘直升机探家，您不愿意，现在车翻了，怎么办啦?”

这位首长略微沉思一会儿，十分感慨地说：“想当年我们参加红军那时候，冰天雪地里还穿着草鞋，整天行军打仗，钻山沟、穿河流，哪顾及什么危险。现在条件好了，地位高了，可不能好面子、讲排场、摆阔气，追求享受，艰苦奋斗的优良传统不能丢呀！否则，家乡的人会戳我们的脊梁骨。”

一听到这话，我就知道是家乡的将军回来了。陈店乡出了李德生、王才贵、吴华夺、程世清、张百春、鲁加汉 6 位开国将军和耿良泰、王才定、郛贤耀、张德发等数名开国大校。他们都是在土地革命战争时期走出乡关，参加红军，九死一生，硕果仅存的战将，也是陈店公社的乡亲们引以为豪的革命英雄。那么，这是哪一位呢？于是我们大胆地凑到跟前探究竟。

这时，那位年轻的警卫员向我们招手说：“小朋友，能否叫你们湾下的乡亲们来帮帮忙，把我们的小车抬上桥哇？这位首长是张百春将军，他的故居地是大张家，你们知道吗?”

“啊！知道。”我抢先回答说，“我每年到姥姥家拜年，都要从大张家门前过，无数次地听父母给我讲过将军的故事呢。”

于是，小时听过的张百春的故事在脑海中浮现——

张百春，1916 年出生在光山县柴山保大张家村（今新县陈店乡）。他因家贫，从小就干砍柴、放牛的苦力活。1928 年 5 月底，大别山的共产党人在他的家乡创建了柴山保革命根据地，他参加了儿童团，任分队长。1930 年 3 月，正式成为红军战士，后随红四方面军参加了长征。在抗日战争和解放战争时期，他转战于太行山上和白山黑水之间，屡立战功，升任师政委。1950 年 11 月，中央军委决定组建中国的空军部队，并由原第四野战军参谋长刘亚楼任空军司令。作为四野青年才俊的张百春，自然入了刘司令员的慧眼，很快挑选他任空二师政委。还没等他摸透空战指挥的规律，朝鲜战争就爆发了。据说，在赴朝作战中，他边实践边总结，让年轻的中国飞行员试用老山鹰抓捕野兔子的飞翔技法对付先进的美机，结果开创了世界空军战史上用老套的活塞式驱逐机击落先进的喷气式驱逐机的光辉范例，打破了美帝空军不可战胜的神话。为此，他荣获金日成颁发的一级自由独立勋章。回国后任空军第二军政治委员，1968 年 5 月又升任北京军区空军政治委员。

一时陶醉在对将军英雄故事的回忆中，差点忘了搬请救兵的事。哪料，刚一转身，就见耿湾的和我们人家店村的老百姓不知怎么得的信息，男女老少有近百人朝这里赶来了。有背稻草的，有拿扁担、木棍、敲杠和绳子的，真是人多力量大，不到半个钟头，就把这辆小车弄到了路面上来。一些妇女还提着热水瓶和茶杯给将军倒水喝。那种人民爱护和支援解放军的场面感动得张百春热泪盈眶。正所谓“少小离家老大回，乡音未改鬓毛衰”。张百春用浓重的乡音说：“乡亲们，你们好啊！我叫张百春，大张家人。在过去的战争年代，家乡人民冒着风险支援红军队伍，给我们送吃、送喝、送情报，今天又给我送来了民拥军的深厚情谊，叫我怎么感谢你们呢！”说着，他让警卫员拿出一条香烟和一打人民币散发给帮忙的群众，可大家说什么也不肯要。除了我父亲等数十个烟民接过一支烟装进棉衣口袋，以做今后见过大首长的炫耀资本外，没有一人接受人民币的惠赠。

这时，我们胡子石大队的大队长李家舜说：“张将军，你可能不记得，当年红军来到柴山保时，你父亲是大张家和细张家几个村的苏维埃主席，你那时是三背湾童子团的队长，我是胡子石村的童子团团长，我们还在一起开过会、碰过面呢。如今你当了北京军区的空军政委，责任那么重大，还抽空回家乡看看，这说明你没有忘记老区人民啊！”

张百春激动地走到李队长的跟前，紧握着李家舜的手说：“幸会幸会啊，当年的儿童团员绝大多数都牺牲了，没想到还能在这里碰到故人，有缘啊！”

不等张百春询问，年轻的大队副支书崔昌记抢先介绍说：“张将军，这是我们公社的党委委员、胡子石大队的大队长李家舜同志。”张百春再次打量着李队长说：“老兄啊，你的职务不高却责任重大呀！老区人民为革命作出了那么大的贡献，一定要吸取前几年的教训，切实抓好农业生产，鼓励社员发展家庭副业，尽快让乡亲们吃饱穿暖，脱贫致富哇！”又说：“我在军队工作，没办法从经济上给家乡以支援，有什么困难，我可以找张体学战友反映，他现在任湖北省副省长，又是近邻，这个忙帮得上的。”

李队长和围观的乡亲听了将军的一番叮嘱，非常感动，正要七嘴八舌地与张百春继续叙话乡情，县、社人武部和张百春的胞弟张百来坐着吉普车赶来了。张百春的车子没有大的损伤，这时也发动起来了。乡亲们目送着张百春向公社方向远去，依依不舍地各自散去。

后听说张百春只在故地停留了一天一夜，考察了红三十一师等革命旧址就返回部队了。

（文/耿显榜）

篇十二

翻山越岭老区行　为民请命践初心

——老红军邓六金、陈兰的感人故事

“轻风牵衣袖，一步一回头。山山岭岭唤我回，一石一草把我留。啊，再看一眼大别山，万般情思胸中收。”

每当听到这首激情高昂而又饱含对大别山深切眷恋的歌曲，就情不自禁地想起两位老红军女战士——邓六金、陈兰“不忘初心履使命，翻山越岭察民情，上书中央提建议，敢为老区百姓请命”的感人故事。

1982 年，陈兰（国务院原副总理邓子恢夫人）、邓六金（国务院原内务部部长曾山夫人）两位老红军响应党的号召，主动从工作岗位上退下来。本来，有关部门准备安排她们去外地休养，而她们的第一个愿望却是回到当年战斗过的苏皖地区重游故地。虽然苏皖两省处处皆有旅游胜地，但是两位年过七旬的老人没有寄情于青山绿水，而是往返奔波在第二故乡的山水乡间，探访当年的房东、看望当年热情支援革命的老区人民。

一路风尘一路行。她们用了近 40 天时间，几乎走遍了当年所到之处：歙县、岩寺、泾县、金寨、天长、宿县、泗洪、双沟、淮安、盐城……她们乐此不疲地走着看着，面对老区人民的生活现状她们陷入了深深的忧虑。在这片无数先烈用鲜血和生命打下的土地上，老百姓们仍未完全解决温饱，这片土地依然贫瘠！她们晓行夜宿，路过每一个村庄都要停下来，迈进乡间的土房，坐在那吱呀作响的床板上和大娘交谈、看望乡亲。晚间，听取地方领导的汇报，详细了解老区的发展情况，十一二点休息是常事。

安徽金寨，这个走出了 59 位开国将军的全国第二大将军县，在革命战争年代，先后有 11 万多优秀儿女投身革命洪流，绝大多数壮烈殉国。而在新中国成立30多年后，这里仍是安徽省最穷的一个县。20世纪50年代，国家在这里兴修了梅山、响洪甸两大水库，移民并村后，很多人衣食无着，被迫返回原来的住地，无田无房。库区实行封闭管理，连打小鱼、摸虾米充饥的行为也被强行制止，多数人只好在山坡上搭个小竹棚度日。乡亲们充满辛酸地说道："上封山、下封水，中间封住了老百姓的嘴。"

听到这些，两位老妈妈难过得从饭桌边站起身来，流着泪水感叹道："金寨苦啊！老区人民在挨饿，我们怎能吃得下饭？不仅老百姓的生活无着落，孩子们也因为交不起学费而终日与牛羊为伴！"因为贫穷，没有姑娘肯嫁到金寨，一些人只得近亲结婚，导致一些家庭多人智力有障碍；由于山区缺碘，发育迟缓的侏儒残疾者随处可见。身临其境、亲眼所见，她们身心震撼！她们决心帮助金寨脱贫，要让外乡的姑娘自愿来金寨落户；改善金寨的医疗卫生条件，不能让老区人民继续缺医少药地生活下去了。听说有的家庭几个人共穿一条裤子，平时只能躲在家里不出门，她们含着眼泪将自己为数不多的几件衣物留给了群众。离别时，全村的乡亲们就像当年欢送红军一样将她们送出一程又一程……

回到北京后，两位老人连夜给胡耀邦写了《回乡见闻》：金寨等老区人民的贫困状况亟待解决，尤其是库区人民的生活要妥善安排；对于告老还乡的居住村间的老红军，要做到老有所养；要让失学儿童返回学校有书可读；革命纪念馆、烈士墓要拨专款修缮；要关注当年对老区革命作出贡献的人员，不能忘记有功之臣；等等。

没有想到，两位女革命家的坦诚直言，得到胡耀邦的及时批示，批文如下：

仲勋、乔石同志：请你们一阅并致处。这些老大姐下乡做调查，很不容易，要适当鼓励。办公厅可派人去看看她们，代我向她们致意。

当时的开国元帅徐向前看到她们的报告后，称赞道："两位大姐不辞劳苦，深入老区考察，精神可嘉。"

一时间，她俩的《回乡见闻》作为1983年的中央传阅文件下发各部委。为此，国务院还专门成立了支援老、少、边、穷地区办公室，计委、财政部、民政部、妇联、卫生部等分别派出工作组去实地解决问题。时任总后勤部部长的洪学智亲自签发专列运送棉衣棉裤，乡亲们穿在身上，暖在心间。同时，政府还专门委派了技术员，实地指导当地人开展生产自救。通过此次帮助，金寨县在安徽省的经济水平由原来的末位上升到中上等，每年的蚕桑丝出口还为国家创汇，整个大别山的经济也得到快速发展。

在此期间，大别山不光是经济得到了发展，文艺也得到了飞跃发展，一曲脍炙人口的《再见了大别山》也就诞生在那个年代。当时由安徽籍词作家王和泉老师和武汉军区文工团曲作家雷元生老师在金寨考察采风时创作出来，没想到一夜之间唱响长城内外、大江南北，也成了唯一一首宣传大别山的歌曲。

近 40 年的光阴过去了，扶贫政策落实到位，上下同心加油干；脱贫攻坚结出硕果，大别山面貌换新颜。当我们听到习近平总书记在庆祝中国共产党成立 100 年大会上庄严宣告“我们实现了第一个百年奋斗目标，在中华大地上全面建成了小康社会，历史性地解决了绝对贫困问题，正在意气风发向着全面建成社会主义现代化强国的第二个百年奋斗目标迈进”的宏伟宣言时，怎能忘记曾经为加快大别山老区建设“鼓与呼”的老红军邓六金、陈兰老妈妈呢？

链接

感念邓六金、陈兰前辈

两位老前辈，巾帼英雄人敬佩。
当年闹革命，红军队里紧相随。
血火践初心，使命职责铭心扉。
荣华不忘本，常思来路梦里回。
衙斋卧听竹，疑是民间疾苦悲。
千里苏区行，目睹民情流酸泪。
一封呈情信，赢来春风为民惠。
输血加造血，健康扶贫促腾飞。
致富感前辈，大别山人留口碑。

篇十三

高厚良少将的故乡情结

少小离家老大回

在大别山的几百名将军中，绝大多数都是从小参加红军队伍，直到中华人民共和国成立后才有机会回家探亲的。高厚良更是如此。自 1932 年春离开故乡后，一直没有机会回故乡看看。那里有他的童年记忆，有他的父老乡亲，有他曾经战斗过的场地，也有埋骨青山的战友坟茔。

1997 年 5 月，82 岁高龄的高厚良携子女回到阔别 65 年的家乡，祭奠父母，看望家乡亲朋。这是高厚良投身革命后第一次也是最后一次回到故乡。

情深深、意切切。当高原良轻车简从地回到生养自己的出生地——新县箭厂河乡李洼村时，乡亲们奔走相告，以喜悦的泪花迎接着家乡“大官”的到来。高原良推开车门，看到乡亲们的第一句话就是：“乡亲们好哇！良么（将军小名）回来看你们了！”然后，一边拉着湾下老人的手嘘寒问暖，一边询问后生晚辈们的名字。接着，吩咐司机和家人带着备好的礼品和现金，在亲人们的引领下，一家一户地去看望当年一起参加红军、牺牲在外的战友们的家人。高原良深情地说：“当年和我一起放牛、参加红军的战友，如今只有我一个人回来了。我一定要到他们家去走一走、看一看，替先烈们尽尽心意。”

关心关注故乡发展

高厚良没有忘记故乡，更挂念着家乡的发展变化。1985 年 4 月，家乡的领导去看望他。他详细询问家乡的一山一水、一乡一村的变化。当他听说家乡要修建鄂豫皖首府博物馆时，高兴地说：“这是件好事，要让后人记住革命来之不易啊！要陈列航空局、列宁号飞机，中国空军的梦就是从那时开始的。”于是，他和其他在京首长一起出面奔波，筹措资金100多万元，终于建起了博物馆，陈列出中国工农红军的第一架飞机。

当中央和国务院决定修建大京九铁路时，他和在京的十几位新县籍老首长、老将军李德生、郑维山、张池明等向中央建议：新县是老区，为中国人民解放事业献出了5.5万名优秀儿女的生命，我们不能忘记老区的人民。于是，贯穿祖国南北的大京九铁路在新县拐了个弯，为老区的经济发展插上了腾飞的翅膀。

这次，高原良是利用参加中央电视台拍摄专题片《将军世纪行》第一集《从陆军到空军》的机会才得以回乡探望的。故乡在他的心中是沉重的也是亲切的。当看到那熟悉的山山水水、村村寨寨和一张张笑脸时，泪水模糊了他的双眼。他下工厂、入农村，同干部和农民群众亲切交谈。他叮嘱家乡领导：“你们要因地制宜，帮助乡亲们发展林果业；扩大生产门路，争取早日脱贫致富奔小康。”当他看到山坡上栽满了板栗和杉树，听到他当年帮助的县经联社的同志最早启动劳务输出产业，如今已经形成气候，成为农民脱贫致富的一条新的生产门路时，高原良开心地笑了。

乐于推动家乡文化艺术事业的发展

新县文联原主席徐利华回忆了一件令他终生难忘的往事，即高厚良情系《新篁》小报，乐于推动家乡文化艺术事业的发展。

他说，“1994年春，我由陈店乡乡长调到新县文联任主席。当时文联日常工作除了一年组织几次文学创作采风和书法美术、摄影活动外，还办有一张内部资料《新篁》报。我们将每期的《新篁》报寄给新县籍的老将军、老首长和知名人士，让他们间接地对家乡的变化与发展有所了解。”

1997年底的一天，他收到高厚良寄来的一封厚墩墩的信件，信中写道：“利华同志：我是《新篁》的忠实读者。《新篁》报办得好，感谢你们。新年到了，向报社的全体同志拜个早年，寄去几句不成文的感想，望指教。”

读唐代诗人杜荀鹤诗《泾溪》有感

泾溪石险人兢慎，
终岁不闻倾复人。
却是平流无石处，
时时闻说有沉沦。

这首诗的大意是说，面对湍急险恶、杂石林立的河流，过河的人都能小心谨慎，倍加提防，终年没听说有人落水淹死。而在平流无险石的平静水面上却经常传来有人遇险的消息。

这是一首很有哲理的诗，对我们有很好的指导意义。人的一生有顺利的时候，也有曲折和困难。任何时候都应该保持警觉，兢兢业业，小心谨慎。特别是当你们工作作出成绩的时候，更要谨慎，不能忘乎所以。在艰苦紧张的战争年代是如此，在和平顺利的环境中更应谨慎从事，切不可满不在乎、麻痹大意。否则会给我们的工作和事业造成损失，对个人来说也会铸成大错。

高厚良

一九九七年十二月十八日

高厚良还随信笔录了司马迁《史记》自序的一段话以勉励他们谨慎自省、努力工作。

捧读高原良的来信和诗作，徐利华感动万分，当即安排在《新篁》报上刊登了高原良的大作和来信。更令徐利华感动的是，通过《新篁》小报，他与高原良有了家电联系，并成了忘年之交。

2004 年以来，县文联借助国家启动红色旅游工程和河南省实施文化强省战略的有利时机，在县委、县政府的支持下，开始申报建设新县文学艺术馆暨大别山文化艺术交流中心项目。当徐利华将项目论证报告送给高厚良审阅时，他连声说：“好，这是办好事嘛！老区的经济建设要上去，文化艺术事业也不能落后。建个文学艺术馆，为我们子孙后代培养人才，我支持。”说完就提笔在报告上签名呼吁。

当徐利华把项目报告材料送到财政部主管部门领导办公桌上时，那位领导看到报告上众多老将军亲笔签名并合影的材料和各级业务部门的正式行文报告时，充满感情地说："不愧是革命老区的人。这是我在部里工作多年以来，第一次见到一个县里文联主席到部里申报项目的。"当即表示集体开会研究时重点考虑。

值得欣慰的是，新县文学艺术馆暨新县美术馆在各级部门的支持下，于2009年9月正式开馆，时任中国文联主席、文化部部长的孙家正题写"文艺之家"。到2016年春，该馆一直坚持对外免费开放，6年多来，先后接待国内外参观游客30多万人次，举办各类书、画、摄影、根艺展出交流活动上百次。与此同时，该馆从无到有，积累馆藏书法、美术、摄影、文学作品价值百万元以上，并普查上报国家文化部登记备案。

每当看到新县文化艺术事业蒸蒸日上的繁荣景象，徐利华馆长总是情不自禁地说："这多亏了新县籍老将军们的热情扶持啊！"

（徐利华供稿）

链接

大别山的几位老将军拉弯了京九铁路

在中国铁路网中，京九铁路犹如一条"长龙"，从北京直达香港九龙，可以说是中国南北"交通大动脉"。俗话说，"要致富先修路"，有了铁路，就有了发展经济的"动力引擎"。正因为如此，京九铁路的路线设计，也牵挂着沿线各个地区。而信阳地区诸如光山县、新县等就是著名的"将军县"，出了很多开国将军。1992年，京九铁路设计项目启动，开国将军尤太忠得知这一消息后非常高兴，他老人家深知在战争年代，老区百姓为革命奉献了太多太多，如今这正是建设家乡的大好机遇，也是革命老区百姓"脱贫致富"的天赐良机。

于是，尤太忠当即和李德生、郑维山、高厚良、陈明义、曹思明、潘焱、万海峰等老将军联系沟通京九铁路修建的事情。

8位老将军都是革命元老，劳苦功高，经过商量，他们联合向高层上书建言，恳请上级在修建京九铁路时，照顾河南信阳老区。当时，具体负责推进京九铁路工程的是副总理邹家华，于是几位老将军又联名分别给邹家华和原铁道部等领导写信，陈述信阳革命老区的发展离不开铁路等情况。8位老将军的意见，很快得到了高层的重视和尊重。之后在设计线路时，京九铁路拐了个大弯，跨越了信阳的淮滨、潢川、光山、新县，铁路建成通车后，极大地促进了信阳革命老区经济的发展。后来铁道部一位负责同志风趣地说："几位老将力气真大，把一条京九铁路给拉弯了一大截！"

第十三章 伟人足迹 大别留痕

链接

毛泽东：集军事统帅和军事理论家于一身 （篇一）

红色大别万世尊 （篇四）

深切缅怀李先念诗三首 （篇七）

篇一
毛泽东对大别山革命斗争的关注和指导

一代伟人毛泽东，自党的一大成为党的创始人之一、党的三大进入中央核心领导层之后，就一直致力农民运动的实践探索和理论研究。他公开发表的《中国社会各阶级的分析》和《湖南农民运动考察报告》两篇著作，代表了中国共产党在大革命时期的正确路线，为全国农民运动提供了政策依据和行动指南。他先后在广州和武昌创办的农民运动讲习所，培养出了一大批从事农民运动的领导骨干，为在全国各地爆发的农民武装起义提供了人才支撑和组织保证。党的八七会议以后，他在领导湘赣边界秋收起义的过程中创造的关于建立根据地的理论和实践，为全国各地特别是为鄂豫皖的武装割据斗争树立了光辉旗帜，提供了经验借鉴。在长征途中、抗日战争乃至解放战争期间，毛泽东不仅对来自大别山的红军将领关爱有加，信任与重用；而且始终关注和指导着大别山的革命斗争，使大别山这面鲜红的旗帜更加光彩夺目。

在大革命时期，毛泽东通过主持制定《目前农运计划》，提出集中在湘、鄂、赣、豫四省开展农民武装斗争

在大革命时期，毛泽东十分重视农民问题和农民运动的理论研究和实践探索。中共早期领导人张国焘说，提出开展农民运动，是毛泽东“这个农家子弟对于中共极大的贡献”。曾经主持中共中央领导工作的瞿秋白更是称赞毛泽东是“农民运动的王”！

1926 年 11 月上旬，毛泽东在担任中共中央农民运动委员会（简称农委）书记，亲自主持中央农委工作后，立刻把自己的工作重点从对中国农民问题的研究，进入到对在全国范围内发展农民运动的通盘部署。他在制定的《目前农运

计划》（以下简称《计划》）中明确提出，农民运动要首先在那些具有有利条件而又在国民革命中具有重要意义的地方大力开展起来。“在目前状况之下，农运发展应取集中的原则。全国除粤省外，集中在湘、鄂、赣、豫四省发展。”其理由是，这四省党的组织和群众基础较好，又是北伐战争准备首先推进的地区，发展这里的农民革命，能够从根本上动摇军阀统治的基础。因此，毛泽东最先把鄂、豫两省作为发展农民运动的重点区域。为实施这个《计划》，毛泽东不愿待在大城市里坐而论道，1926 年 11 月下旬他赴长江沿线一带考察，一方面了解各地农民运动的开展情况，一方面为即将在武昌开办的农民运动讲习所筹措资金。

这时候，随着北伐战争的胜利，湘、鄂、赣、豫四省出现了农村大革命的高潮。尤其是湖南、江西的各县，湖北的黄安、麻城和豫南的光山、商城等地的农民运动开展得风生水起，他们打土豪、分田地，闹翻身、求解放，有力地推动了北伐战争和国民革命的深入。但是，农民运动的兴起，也引起了同地主豪绅有千丝万缕联系的国民党右派，包括北伐军中的一些军官以及城里的绅士们的强烈不满。他们群起攻击农民运动“破坏了社会秩序”，是“痞子运动”。湖北省麻城县的地主豪绅甚至纠集豫南光山县的红枪会向农民协会反攻倒算，制造出震惊全国的“麻城惨案”。黄安县紫云区（今属新县箭厂河乡）的地主恶霸伙同反动民团团长方晓亭，残杀了农民运动领导人吴焕先的 6 位亲人，并随后一手制造出杀害共产党人和革命群众 300 余人的“红田惨案”。在国民党右派向共产党发动袭击的时刻，党内以陈独秀为代表的右倾机会主义者却妥协退让，指责农民运动“过火”“幼稚”“妨碍统一战线”。为压制蓬勃兴起的农民运动，陈独秀于 1926 年 12 月 13—18 日在汉口主持召开了中共中央特别会议。会上，他不顾毛泽东等多数代表提出的“武装农民，用枪杆子保卫农民政权”的意见，作出了“限制工农运动发展”，反对“耕地农有”，以“换取蒋介石由右向左转变”的极其错误的方针，导致蒋介石认为共产党软弱可欺，并公然发动了四一二反革命政变。正是因为这次会议寒透了毛泽东的心，他预感到一场严重的风暴即将来临。为了反击党内外对农民运动的非议和责难，他亲自到湖南做了一个多月的详细调查，尔后由长沙回到武汉，完成并发表了著名的《湖南农民运动考察报告》，为全国的农民运动指明了方向，也赢得了党内外和共产国际的广泛支持和高度评价。

主持创办广州和武昌中央农民运动讲习所，为鄂、豫、皖三省培训出一大批精通农民运动的领导骨干

毛泽东认为，中国革命的实质是农民问题，要动员和组织农民起来革命，须“切实研究农民土地问题，农民政权问题，农民武装问题”。而根本在于“要训练一批领导农村革命的人才”。因而他不但积极倡导而且身体力行地去做好农民运动讲习所的工作。

毛泽东开办武昌农民运动讲习所（以下简称农讲所）之时，正值蒋介石发动四一二反革命政变的前夜，领导农民开展武装斗争问题更加重要，也更加紧迫。毛泽东在为农讲所制定的规约中，明确提出：“为将来发展农民武装起见，所以要受严格的军事训练”，“不接受这种严格的军事训练，便是对革命没有诚意”。因此，在教学安排上，不仅设有农民问题、农民教育、土地政策、地理知识等理论课，还设有农民武装策划、农民斗争战术，军事训练、各类武器构造及使用方法等军事知识。为强化对学员的实战训练，给每个学员发了一支汉阳造七九式步枪，规定每天训练 2 小时，每周野外军事演习一次。四一二反革命政变发生后，军事训练每天增至 4 个小时。

1927 年 4 月下旬，黄安、麻城两县的地主恶霸纠集光山县的反动红枪会数万人，向新生的农民政权发动进攻，制造出震惊全国的“麻城惨案”。当麻城县农民自卫军队长王树声到武汉向时任湖北省政府常委兼农工厅厅长的董必武求助时，董必武带他到武昌红巷 13 号的农讲所地址会见了毛泽东。毛泽东听取情况汇报后，斩钉截铁地说：“反动派不打不倒，我们学生军支援你！”当即指派军事教官付杰率领 300 名全副武装的农讲所学员跟随王树声到麻城县参战，历经一周的血战，终于平息了反革命暴乱。

毛泽东为办好武昌农讲所，曾邀请许多著名的共产党人、国民党左派和知名人士如瞿秋白、恽代英、李立三、周恩来、董必武、彭湃、方志敏、李达、

郭沫若等到农讲所任教；同时，还聘请黄埔军校的许多军事教官和学员担任军事教员。徐向前也在邀请担任军事教员之列，但徐向前虽然有过三找毛泽东的经历，但是错过了与其在武昌相会的机会。

在土地革命战争时期，毛泽东十分关注鄂豫边区的武装割据斗争，对黄麻起义发源地的黄安县历史了如指掌；对在广州和武昌参加过学习培训的学员寄予厚望

党的八七会议后，毛泽东谢绝了主持党中央工作的瞿秋白要他到上海中央机关工作的意见，毅然决定到湘赣边界发动秋收起义，走上了井冈山之路。

毛泽东虽然身在井冈山，却心系天下事。1928 年 10 月，他在《中国的红色政权为什么能够存在?》一文中指出：“中国红色政权首先发生和能够长期地存在的地方，不是那种并未经过民主革命影响的地方……而是在一九二六和一九二七两年资产阶级民主革命过程中工农兵士群众曾经大大地起来过的地方，例如湖南、广东、湖北、江西等省。这些省份的许多地方，曾经有过很广大的工会和农民协会的组织，有过工人阶级对地主豪绅阶级和资产阶级的许多经济的政治的斗争。所以……湖北的黄安等地都有过农民的割据。”

从这段文字可以看出，毛泽东对黄安的历史谙熟如指。1935 年 6 月 18 日，李先念第一次见到毛泽东，介绍自己是黄安人时，毛泽东曾高兴地说：“晓得，晓得哟!”接着滔滔不绝地讲解黄安的建县史：“黄安，春秋战国时为黄国辖地，明朝嘉靖年间，为求‘地方宁谧，生民安妥’，故名黄安。”并说：“董老也是黄安人呢!”他还满怀深情地赞叹：“黄安真是物华天宝，人杰地灵，一点也无假!”

毛泽东身在偏僻的井冈山，那时又没有通信工具，加上战事频繁，怎么能够知晓黄麻起义和鄂豫边革命根据地的事呢？这除了毛泽东在武汉工作多年，且具有通今博古的学识外，还与两位奇特的地下交通员有关。一位名叫石健民，人称“石先生”，他是黄安县紫云区（现今新县箭厂河乡）人；一位名叫崔世祥，人称“万事通”，他是光山县柴山保（现今新县陈店乡）人。这两人是都贫苦农民出身，读过几年私塾，能说会道，善于应变。说来也巧，他二人都因机

缘巧合，拜师学过中医，会看病识别中药材，这为他们走南闯北搞地下工作提供了方便条件。鄂豫交界的早期农民运动领导人吴焕先、戴克敏和曹学楷，发现二人有政治觉悟，经常给穷人看病不要钱，便于 1926 年介绍他们加入了中国共产党组织。柴山保革命根据地创建以后，急需与上级党委取得联系，红十一军三十一师党委便作出一个决定：让石健民重点负责与湖北省委的联络工作，崔世祥重点加强与井冈山的通讯联络工作。由于中共鄂东特委书记王秀松和红十一军军长吴光浩、党代表戴克敏等主要领导都是毛泽东的学生，又都知道毛泽东创建了井冈山根据地，自然拜师取经的愿望十分迫切。据说崔世祥肩负重任后，几次骑着高头大马、背着药箱子，往返穿行于罗霄山脉的崎岖山道，虽然无缘见到毛委员，却见到了湘赣边特委委员何长工，并从何长工那里学习到了井冈山的经验。同时，崔世祥又通过老乡石健民的渠道，给何长工汇报了中共湖北省巡视员曹壮父将受中共中央的委托去鄂豫边界的柴山保据地传达党的六大会议精神，并详细介绍井冈山经验的讯息。毛泽东听了何长工的汇报后极感振奋，不无自豪地对何长工说："鄂豫边那里有很多农讲所的学生，尤其是戴克敏、吴光浩、王秀松、王平章、周维炯最为优秀，可以说是军政兼备、品学兼优，大有前途。"毛泽东还回忆说："我记得戴克敏写的《农民运动在中国革命中的地位》的一篇论文很有见地，我曾加上按语推荐编入《中国农民问题研究》一书。现在是他们大显身手的时候，我相信，他们一定能够志同道合，把武装割据的旗帜高高举起，让革命的星火燃遍大别山区。"可惜的是，这样一位优秀的地下通讯员后来在为红三十一师购买枪支弹药时暴露了身份，使他的工作不得不由地下转为地上。1930 年 4 月，他被编入红一军第一师任连长；1931 年，他跟随红一师老政委戴克敏转战皖西，在营长任上壮烈牺牲。另一位优秀的地下共产党员石健民则在新四军工作期间不幸被捕，英勇就义于金寨县。

当王明的"左"倾教条主义猖獗于中央和鄂豫皖根据地时，尽管此时的毛泽东已不在其位，但仍尽其责，对沈泽民、张国焘的"左"倾观点予以痛斥

1931 年 11 月至 1932 年 6 月，红四方面军连续进行了黄安、商潢、苏家埠

和潢光四大战役，共歼国民党“围剿”军6万余人，红军扩大到4.5万人，根据地面积达4万余平方公里，人口350余万，建立了26个县级革命政权，被中央称为全国第二大块革命根据地。这确实是一个了不起的战绩。但是，被胜利冲昏头脑的鄂豫皖省委书记沈泽民却不知天高地厚，竟然提出荒谬离奇的理论，认为在红军的打击下，蒋军只剩下六七师人，是不足为患的“偏师”。作为鄂豫皖中央分局书记兼军委主席的张国焘，不但认同沈泽民的观点，更是狂妄地给毛泽东、朱德、王稼祥致电，公然指责中央红军和其他苏区红军不作为，要求全国红军均要配合以鄂豫皖为中心的作战。接到沈泽民、张国焘的狂态电文，远在江西瑞金的毛泽东却只能报以苦笑，因为此时的他已被王明等“左”倾教条主义者逼迫卸任了红一方面军总政委一职，远离了中央决策中枢。然而，他虽然不能够发声劝阻，及时扭转红四方面军和鄂豫皖根据地即将面临的厄运，却以孤愤的心情分析了沈泽民、张国焘和中央苏区排斥他的“左”倾教条主义者所犯的“冷热症”。

毛泽东说：“古人曾这样形容疟疾的症状：‘冷来时冷得冰凌上卧，热来时热得蒸笼里坐，疼时节疼得天灵儿破，颤时节颤得牙关挫……真是个寒来暑往人难过。’我们党内的很多‘左’倾教条主义者最容易犯这种打摆子的毛病。中央苏区的王明、博古、李德是这样，鄂豫皖苏区的张国焘、沈泽民也是这样。”周恩来说：“蒋介石是拙劣的战术家，但战略眼光独到，他是个睚眦必报的人，岂容红军在他的卧榻之侧鼾睡？肯定要发动更大的讨伐。”毛泽东认为，张国焘是个精明的战术家，但心胸狭窄，目光短视，唯我独尊，很难听进别人的正确意见，失败是可以预料的。徐向前则这样评价过沈泽民：“此人口若悬河，极善雄辩，虽然不懂军事战策，但谈起理论来，无人是他的对手。但他跟张国焘还不一样，虽然‘左’得出奇，但还算是好人犯错误。”

实践以无情的事实验证了毛泽东、周恩来、徐向前对上述3人的评价。

就在沈泽民、张国焘陶醉在四大战役辉煌胜利的时候，蒋介石调动26个师、5个旅约30万人，另有4个航空队，全力压向鄂豫皖根据地。在这种危急即将来临时，鄂豫皖中央分局在夏店召开会议，讨论应对之策。徐向前提出“应立即停止外线进攻作战，把主力摆在鄂豫边界，一脚踏在根据地，一脚踏在白区，边休整部队，边掩护地方开展工作”的建议。然而，沈泽民、张国焘仍顽固地坚持“偏师”说，认为蒋介石的第四次“围剿”不过是最后的“疯狂”“不堪一击”，因而严令红四方面军一鼓作气地拿下麻城、黄陂，进而威逼武汉。当红军久攻麻城不克，并陷入蒋军的四面包围时，张国焘才意识到情况危急。特别是在扶山寨战斗失利后，张国焘在发给中央局的电文中，流露出惊慌失措的心态。电文说：“敌分路合进，每路均三师人，互相策应，我军已与敌转战一月，虽大量歼敌，但敌军越打越多，我军则越打越少，且有近万的伤病员，缺医少药，又有反革命破坏医生……情况相当危急。务请中区及中央紧急动员各区红军及工农群众急起策应我军。”

当这封电文转至苏区中央局负责前方作战的周恩来、毛泽东、王稼祥手里时，周恩来焦急地说：“转战月余，未能歼敌一路，说明打法有问题！”

王稼祥认为：“蒋介石这次进攻鄂豫皖根据地的战法，好像同去年进攻中央苏区的手段如出一辙。”

毛泽东说：“破蒋分路合进之术的唯一办法就是诱敌深入，拉长战线，避其主力，打其虚弱。可惜，这种战法被有些人认为是保守主义，恐怕很难行得通。”

尽管如此，苏区中央局前方委员会仍然根据毛泽东的意见给张国焘发去了《关于冲破敌人四次“围剿”的指示电》。电文明确地提出破敌建议：采取诱敌深入、避强击弱、运动作战的战法，利用有利的地形，猛烈地打击与消灭敌军之一部，迅速转到另一个地方，切不可死守某一点，与强敌拼消耗；充分发挥地方游击队的作用，从四面八方扰敌、截敌、袭敌，断敌之交通；严格地执行群众的坚壁清野、断绝其粮草供应等办法粉碎敌人“围剿”。电文最后要求红四方面军须扬长避短、灵活机动，跳出内圈，到外线作战。

苏区中央局前方委员会的指示电，虽然与红四方面军将领的直感极为相符，但张国焘执意坚持迎头堵击的战法，导致错过了灵活歼敌的大好时机，唯一的出路，就是听从鄂豫皖军事委员会参谋长蔡申熙的建议：“当今之计，唯有向西突围，进入川陕才有出路。”

就这样，红四方面军主力在付出巨大代价，丢了盛极一时的根据地后，被迫开始了漫漫的西征之旅。

后来，毛泽东在《中国革命战争的战略问题》一文中，曾对中央苏区和鄂豫皖苏区失败的教训做过深刻总结和尖锐批判："一九三一年至一九三四年的'左'倾机会主义，也不相信'围剿'反复这一规律。在鄂豫皖边区根据地则有所谓'偏师'说，那里的一些领导人认为第三次'围剿'失败后的国民党不过是偏师了，要进攻红军，就得由帝国主义亲自出马担当主力军。在这个估计之下的战略方针，就是红军打武汉。这和江西的一些同志号召红军打南昌，反对进行使各根据地连成一片的工作，反对诱敌深入的作战，把一省胜利放在夺取省城和中心城市的基点上，以及认为'反对五次围剿是革命道路和殖民道路的决战'等，是在原则上一致的。这个'左'倾机会主义，种下鄂豫皖边区反对第四次'围剿'、江西中央区第五次反'围剿'斗争中错误路线的根苗，使红军在敌人严重的'围剿'面前不得不处于无能的地位，给了中国革命以很大的损失。"

在长征途中和到达陕北延安后，毛泽东高度重视来自大别山区的两支红军部队，对在西路军失败归队的将领关怀备至，对处置不当和在"肃反"中蒙冤的同志，一律给予抚慰平反、恢复名誉

1935 年中央红军和红四方面军在懋功会师后，尽管发生过张国焘索夺兵权、另立中央的严重事件，但毛泽东始终对红四方面军的广大指战员寄予厚望，关爱有加。

1935 年 6 月 10 日，中央红军和红四方面军在夹金山脚下，实现了历史性的会合。时任红四方面军第九军二十五师师长的韩东山接到了徐向前的一个紧急电话："告诉你个大喜讯，我们马上就要和中央红军会师了！你韩东山是迎接毛主席的第一个红四方面军的代表，说不定将来还给你上书呢！"

"真的呀？"韩东山按捺不住内心的激动和喜悦，从吃、住、穿各方面积极做好迎接党中央和毛泽东的准备工作。6 月 12 日下午，韩东山终于见到了渴盼

已久、心中仰慕的毛泽东、周恩来、朱德等中央军委首长。在一座喇嘛寺庙里，毛泽东亲热地拉着韩东山的手问道：“你这么年轻就当上了师长，了不起呀!”接着询问道：“听口音，你是黄安或礼山县一带的人吧?”韩东山很是惊讶：“哎！对呀！我是离黄安县不远的礼山县人。毛主席您怎么对我们那里的情况这么熟悉?”“你不晓得吧，我在武汉工作多年哩，虽未到你们家乡走走串串，但史志是必看的，所以对湖北的人文地理还是了解一些的。”毛泽东接着说：“东山呐，作为一个年轻的指挥员，打仗勇敢，带头冲锋陷阵固然值得称道，但以后还要加强学习，努力做到上知天文，下知地理，这样才能成为一个称职的将领呢。”韩东山连声点头答应，心里涌出股股暖流。韩东山后来回忆说：“在懋功与毛主席的会面，是他终生的荣幸，也是终生难忘的教益。”

1935 年 7 月中旬，在芦花扩大会议期间，毛泽东和徐向前第一次握手相会。毛泽东说：“向前同志，你为迎接中央红军的到来做了大量细致的工作，我代表中央红军向你及红四方面军的同志表示由衷的感谢!”徐向前说：“我们等中央、盼中央，中央领导来了有方向。迎接好中央红军及各位领导是我们应尽的义务和责任呀。”紧接着，徐向前满怀深情地说：“主席啊，想见您是我多年的夙愿。”他回忆起 1927 年在他苦闷、彷徨之时，那位交通员要他“找毛泽东”的纸条的往事，不无伤感地说：“我曾往返于武汉、九江、上海寻找您，可总是错过了时机，不然的话，我会在您的身边效力呢。”

“向前啦，革命者走四方，到哪里都有用武之地嘛！那年我在武昌主办农讲所，急需军事教员，自然想到你这位黄埔军校毕业的高材生。不过，你我虽相见恨晚，但你在创建鄂豫皖和川陕苏区斗争中发挥的重大作用我是知道的。”说着，便从破旧的上衣口袋里取出一枚五星金质奖章交到徐向前手里，并解释说，“这奖章是中华苏维埃共和国中央临时政府决定授给 8 位同志的，因为你没有出席中央的会议，我作为政府主席，只好带在身上，今日正式授给你，以表彰你对军队建设的突出贡献。”徐向前恭敬地接过奖章，感动地流出了热泪。

1937 年 7 月，徐向前只身化装返回延安，原以为毛泽东不会原谅他在张国焘分裂红军的关键时刻，没有跟着毛泽东一起北上而记恨他。想不到他一踏进延安的土地，就接到了毛泽东的慰问电话，等他到达凤凰山窑洞后，毛泽东还亲自找他谈话说："留得青山在，不愁没柴烧。你能回来就好，有鸡就有蛋！"他一直把徐向前视为红四方面军的旗帜，是孵化红四方面军的英雄"母鸡"，对此，徐向前感佩终生。

毛泽东十分器重王树声。早在他创办武昌农讲所期间，就曾派出 300 名学生军跟随王树声到麻城县平息反革命暴乱，对王树声留下很深的印象。当王树声逃难回到延安后，毛泽东先是进行电话慰问，后又亲自请他吃饭，为他接风洗尘。当王树声主动请求组织上给他处分时，毛泽东挥挥手说："你回来就是胜利。西路军的失败，你是没有责任的。"毛泽东还提笔写信，介绍他到抗大学习。

李先念、李卓然、程世才、李天焕、郭天民、曾传六等人从新疆到达延安后，毛泽东邀请他们到窑洞做客，并为他们倒茶，满怀深情地对他们说："西路军虽败犹荣。2 万多优秀指战员在极端困苦的条件下，英勇顽强、浴血战斗，他们的牺牲精神是难能可贵的。西路军战斗到最后，由你们带领一部分同志，排除万难到达了新疆。这种坚定的革命意志，除了共产党人领导的红军，其他任何军队都是做不到的。"这番话令在座的将领十分感动。程世才把毛泽东形容为"慈爱母亲"，他回忆当时的情景说："我们像一群在外面历尽风涛和艰险以后，忽然见到慈爱母亲的孩子，心里像小鹿似的怦怦地跳起来，泪水湿润了眼睛。"

毛泽东对红四方面军的关爱，还突出地体现在许世友身上。早在 1935 年 8 月的毛儿盖会议期间，就有毛泽东为许世友改名的佳话。当许世友在延安闹出"出逃风波"后，众人皆曰杀，毛泽东独怜才，不仅亲自前往关押许世友的地方探望，以真情打动这位铮铮硬汉，而且好言抚慰说："世友同志，你受委屈了，党相信你是个好同志。你打了很多仗，吃了很多苦，立了很大功劳，我对你表示敬意。"接着说："张国焘是党中央派到四方面军的，他的错误应由他自己负责，与你们没有关系。"又说："红四方面军的干部，都是党的干部，党的宝贵财富，不是他张国焘的干部。"一席话，感动得许世友热泪盈眶。他事后追忆说："毛泽东同志的豁达大度和恳切的话语，使我茅塞顿开，备受感动，胸中苦思不解之疑一扫而光。痛定思痛，温故知新，方知主席伟大，国焘渺小，不可同日而语也。”自此，他一生追随毛泽东，至死不渝。

毛泽东对先期到达陕北的红二十五军更是给予了很高的评价。他说：“红二十五军为革命立了大功，这大功首先归于千百万个为革命牺牲的烈士，也归于缔造和领导红二十五军的吴焕先同志。”毛泽东尤其感念徐海东顾全大局，让自己的部队勒紧裤带，无私援助中央红军的高风亮节，称赞他是“对中国革命有大功的人”。当徐海东向毛泽东汇报，红十五军团组成后，保卫局局长背着军团领导秘密逮捕陕北红军的创始人刘志舟、习仲勋等人后，毛泽东当即指示：马上放人，恢复名誉。周恩来严厉批评了保卫局局长戴季英，并撤了他的职。直罗镇战役后，徐海东又将红二十五军还有 300 多人在鄂豫皖“肃反”中蒙冤受屈的情况向毛泽东作了汇报。毛泽东说：“这些同志长征都走过来了，哪有这样的反革命？应该统统释放！党员、团员要一律恢复他们的组织生活，干部要分配工作。海东，你亲自去办这件事吧。”

徐海东没想到这个困扰他两三年的复杂而又棘手的难题，毛泽东看得这么清楚，解决得这么彻底，内心油然生发出感念和敬仰之情。

在抗战爆发时期，远在延安窑洞的毛泽东，没有忘记还在鄂豫皖坚持开展游击战争的高敬亭，不仅派遣来自大别山的得力干部去协助他，而且在他身陷囹圄时，急电“刀下留人”

1934 年 11 月，中共鄂豫皖省委率领红二十五军长征后，鄂豫皖边区的革命斗争进入了更加艰难困苦的岁月。在此危艰时刻，鄂豫皖省委常委、皖西北道委书记高敬亭勇敢地担负起重建红二十八军的重任。在与党中央失出联系的 3 年中，他以革命家的胆识和气派，率领千余人的队伍，游击转战于鄂豫皖三省的 40 余县，创造出惊天地泣鬼神的战绩，使革命红旗始终高扬在大别山区。远在延安窑洞指挥敌后抗战的毛泽东没有忘记大别山区生存着的这支队伍。1937 年 7 月 2 日，毛泽东在简陋的延安窑洞里，召见了来自大别山的郑位三、肖望东、张体学和程启文 4 人。毛泽东高兴地说：“红二十八军与敌人斗争很有成绩，很了不起。你们重返大别山后，要寻找到高敬亭同志，并代表党中央向坚持大别山斗争的红军将士表示崇高的敬意和亲切的问候!”

1938 年 11 月的一天，当毛泽东得知李先念由军政委降职到八路军一二九师当营长时，认为“这太不公平了”！于是，他亲自找李先念谈话说：“你认识高敬亭这个人吗?”李先念回答说：“不但熟识，还在一个铺上打过滚呢。”毛泽东欣慰地笑了，当即安排李先念到高敬亭所在的新四军第四支队担负领导工作，从而开始了李先念纵横驰骋鄂豫边、马上扬鞭惊敌胆的新征程。

1939 年 6 月，当项英等新四军领导人以“不听调动、占地为王”等 8 条罪状请求中央诛杀高敬亭时，毛泽东立即发出“刀下留人！可派高敬亭到延安学习”的电文。可惜的是，当毛泽东的电文到达时，高敬亭已经人头落地。毛泽东痛惜这位被周恩来誉为“游击专家”的大别山旗手，在中共七大期间找新四军代表谈话，流露出惋惜之情。1952 年 2 月，毛泽东到皖中视察工作时，又一次低沉地对安庆地委领导说：“高敬亭不该杀。中央发电叫不杀，他们不听，还是杀了。”1975 年 11 月 30 日，毛泽东指示重审高敬亭一案，终于使高敬亭 38 年的沉冤得以昭雪。

毛泽东高度赞扬大别山区火种不灭、红旗不倒，以高深宏阔的战略眼光号令刘邓大军挺进大别山，与国民党反动派逐鹿中原

1947 年 4 月，由何耀榜、刘名榜、肖先发组建的罗礼经光游击队镇压了民愤极大的伪经扶县参议员、反动保长，人称“杜五疯子”的杜定廉。国民党电台和报纸纷纷发表消息和评论，惊呼“大别山共军势力猖獗，不可低估”！远在延安的毛泽东获知这一消息后兴奋地说：“好，好！大别山根据地还有刘名榜等同志在坚持，这在全国并不多见，真是一面风吹不倒、雨淋不湿的革命大旗啊!”随即根据毛泽东的指示，中央派出正在延安党校工作的郑位三之弟郑植惠回到大别山寻找游击队，传达党中央和毛泽东指示：“大别山根据地一定要坚持，少则三个月，多则半年，中央就要派大部队南下了。”

果然，这年的 7 月 23 日，由中共中央军事委员会主席毛泽东签署的电文飞

向刘邓指挥部，要求他们下决心不要后方，以半个月行程，挺进大别山，“占领大别山为中心的数十县，肃清民团，发动群众建立根据地”“狭路相逢勇者胜”。刘邓大军的先头部队——六纵十七旅一路浴血拼杀、斩关夺隘，于 8 月中旬率先到达黄麻起义的发源地——黄安县，并在该县的黄石村见到了刘名榜。旅长李德生紧握着刘名榜的手感慨地说：“我早就听中央首长说过你，知道你一直坚持大别山革命斗争，可真不容易啊！”

回想从红四方面军主力长征，到刘邓大军挥师南下的 15 年时间内，大别山的人民所经历的摧残和苦难，罗礼经光游击队所承受的压力，所经受的生离死别的战火岁月，一向以坚毅、忍耐著称的刘名榜伤心地哭了。李德生旅长望着眼前这位具有钢铁般革命意志的老乡，宽慰地说：“老乡啊，革命者流血不流泪。艰难困苦，玉汝于成。好在黑暗即将过去，黎明就在眼前。我们要牢记毛主席的教导，乘胜前进，将革命进行到底。过几天，我派战士护送你去会见刘邓首长。”9 月，刘邓首长在光山县南向店附近的杨岗接见了刘名榜、邱进敏等 99 名游击队员。刘伯承高度赞扬了刘名榜游击队以顽强的意志战胜艰难困苦，以信念的力量坚持红旗不倒，以百倍的信心迎接大军的到来的精神，要求他们再接再厉，保持和发扬大别山的这种革命精神，为建立新的红色政权作出新的贡献。邓小平听了刘名榜坚持大别山斗争的情况汇报后说：“你讲得对，我们离了党的领导，活不成！离开了人民，离开了枪杆子，更活不成！”邓小平接着说：“大别山是红色的土地，英雄的人民，你们都是党和人民的好战士、大英雄，我代表毛泽东主席，代表野战军的领导同志，向你们表示敬意和感谢！”

上述情况表明，大别山区的革命斗争不是孤立的现象，而是与全国的革命斗争紧密相连，始终牵动着党中央和毛泽东的心，始终得到毛泽东的关心、关注、支持和指导。在今天，我们更加感佩和怀念开国领袖毛泽东那种宽容博大的政治胸襟、高深宏阔的战略眼光与运筹帷幄、决胜千里的军事韬略。

（作者：耿姗姗、耿显榜，原载《党史博览》2021 年第 7 期）

链接

毛泽东：集军事统帅和军事理论家于一身

毛泽东不仅把一生中最重要的年华贡献给了中国革命战争，而且创造了光辉的军事业绩和科学的军事理论，在世界军事史上具有独特的贡献，是世界上集军事统帅和军事理论家于一身的第一人。

毛泽东是一位杰出的统帅，他创造了中国历史的辉煌。凭着超群的智慧和才能，毛泽东不仅创造了战争史上以少胜多、以弱胜强的战争奇观，而且他亲自组织指挥战役战斗的数量之多、胜率之高，在世界军事史上没有任何军事家能与之相比拟。据不完全统计，仅在土地革命战争和解放战争时期，毛泽东亲自组织指挥和参与组织指挥的战役战斗就达 239 次之多。正是通过这些高超的战争指导艺术，毛泽东硬是把军事家们以弱胜强、以少胜多的偶然变成了必然，理想变成了现实，完美地实现了理论与实践的高度统一，智慧与权力的和谐一致，军事科学与战争艺术的有机结合。

毛泽东既是一位杰出的军事统帅，也是一位伟大的军事理论家。现存的从 1927 年到抗美援朝战争时期毛泽东亲手撰写的军事论著和作战文电就达 5 万多篇，500 多万字，创造性地提出了一整套以弱胜强、以劣胜优的军事理论，在世界军事思想发展史上树立起了一个新的里程碑。从 1937 年到 1938 年，不到两年时间里，毛泽东撰写军事著作就有 200 余篇。他写作的速度也很惊人。仅 1938 年 5 月，短短的一个月时间，他除撰写了大量的作战电报和一些短文外，还撰写了《抗日游击战争的战略问题》和《论持久战》两部长篇重要军事论著，10 余万字。仅《论持久战》一文，就 5 万余字。他不分白天黑夜、废寝忘食地精心撰写，整整一个星期都没有出门，最终完成了写作。

篇二

周恩来对鄂豫皖武装斗争和根据地建设的关注和支持

1924年至1927年，中国爆发了以推翻帝国主义和北洋军阀统治为目标的民族民主大革命。在这一时期，周恩来充分利用担任黄埔军校政治部主任和中共中央军事部长等职务，为中国革命培养和积蓄了一大批军事人才。1927年党的五大至1949年中华人民共和国成立的22年间，周恩来作为党的第一代中央领导集体的重要成员和负责军事工作的重要领导，不仅协助毛泽东领导和指挥着全国的革命战争，而且对鄂豫皖边区的武装斗争和革命根据地的建设给予极大的支持和关注，突出地反映在以下几个方面。

精心选派军政兼备的将领到鄂豫皖担负党和军队的领导工作，曾使鄂豫皖红军形成罕见的黄埔星群

1927年10月，为贯彻八七会议精神，时任中共湖北省委书记的罗亦农派出符向一、吴光浩、刘镇一、王志仁四位得力干部前往黄安县的七里坪策划黄麻起义。临行前，罗亦农叮嘱他们4人说："你们到达七里坪后，要注意尊重当地的同志。黄安有两个农运领袖，一个是黄埔生潘忠汝，不但会打仗，而且武功了得。另一个是戴克敏，在武昌农讲所学习期间表现突出，毛泽东评价他是'品学兼优，大有前途'，尤其要注意听取他们两人的意见。"

由此可知，在策划黄麻起义的领导层中，有两位是周恩来培养出来的黄埔生，一个是黄埔五期生的潘忠汝，一个是黄埔三期生的吴光浩，后来，他两人分任黄麻起义的正副总指挥。不幸的是，总指挥潘忠汝在黄麻起义中为掩护鄂

东军战友突围，六进六出黄安城，流尽最后一滴血。副总指挥吴光浩和党代表戴克敏从黄麻起义中突围出来后，转战木兰山，不久在鄂豫边界的柴山保创建了革命根据地，并根据中共中央指示，将在木兰山由鄂东军改编的工农革命军第七军正式命名为中国工农红军第十一军第三十一师，仍由吴光浩任军长兼师长。可惜的是，吴光浩在去领导商南起义的途中也壮烈殉难。

吴光浩为创建和拓展柴山保革命根据地作出了很大贡献，在鄂豫边根据地和红军中享有很高的威信。为不动摇军心和影响民心，在他牺牲后相当一个时期都不敢公布他的死讯。为加强红军的军事领导力量，中共鄂东北特委不得不向中央申请再派一位黄埔高才生到红军中担任军事指挥。就这样，中共中央军委派遣徐向前来到了鄂豫边根据地，接替吴光浩主持红十一军第三十一师的军事指挥工作。

徐向前是黄埔军校第一期生，由于他性格内向、少言寡语，因此很少与周恩来接触。但是，他在黄埔军校当学生、在中央军事学校武汉分校任队长期间，多次聆听周恩来的演讲，多次见到周恩来那忙碌而潇洒的身影，使他对周恩来这位老师格外敬重。也正是通过从黄埔军校到武汉分校的学习与历练，徐向前实现了由新民主主义者到共产主义者的转变，从一名乡下知青、木讷师长成长为统率红四方面军数十万人马的总指挥。

1930 年 3 月，为统一鄂豫边、豫东南和皖西三块革命根据地的领导，中共中央决定成立中共鄂豫皖边特委，同时统一三块根据地的主力红军，合编为中国工农红军第一军。为此，中央给鄂豫皖边区空降了两位主职：一位是原中共中央特派员郭述申，担任鄂豫皖边特委书记；另一位是周恩来最器重的门生——许继慎。许继慎与徐向前同为黄埔一期生，不过，他性格外向，锋芒毕露。许继慎于 1925 年毕业后，曾任叶挺独立团二营营长，在北伐战争中善打硬仗、恶仗，驰名军界，因战功升任团长。周恩来十分欣赏许继慎的才能，认为他政治上很强，军事上过硬，便推荐他担任红一军军长，而徐向前则屈就副军长兼第一师师长。这两位性格迥异而又精于韬略的军事天才各展所长，在鄂、豫、皖三省边界地区纵横驰骋，立下赫赫战功，使根据地面积不断拓展，红军壮大到 5000 余人。

1930年秋，中共中央出现了李立三的“左”倾盲动主义路线，在军事上强令红一军攻打中心城市，布置上组织全区总暴动，政策上实行集体农庄和过激的富农政策，组织上实行惩办主义，导致老苏区遭受重大损失。在中央纠正了“立三路线”之后，红一军又迎来了新的发展契机。特别是主持中央军委工作的周恩来又给鄂豫皖派来了一位德才兼备、文武双修的新的特委书记——曾中生。曾中生毕业于黄埔军校第四期，曾任中共南京市委书记、中共军委委员、武装工农部部长，是周恩来的得力助手。他一进入鄂豫老苏区之地，就遭遇了数十万国军对以七里坪为中心的鄂豫边根据地的四面包围。其时，由于红一军远征皖西，根据地的各类地方武装加在一起不足两万人，枪支加在一起只有300余条，整个根据地暴露在敌人兵锋之下，几乎无还手之力。正是在这种情势险恶的情况下，曾中生处变不惊，组织黄麻地区的武装群众与敌周旋，硬是用“空城计”“拖字诀”迟滞了敌军的大举进犯，迎来了蔡申熙任军长、陈奇任军政委的红十五军援兵的到来。随后，红一军主力得讯后也杀回了老苏区，从而胜利地击败了强敌，保卫了老苏区的革命成果。

1931年1月，当红一军与红十五军在商城长竹园相遇后，中共中央又飞调在洪湖根据地担任红六军军长的旷继勋到鄂豫皖根据地主持军事工作。旷继勋，行伍出身，曾在四川农民起义中担任总指挥，起义失败后，赴上海中央特科工作，担任锄奸队队长，以枪法精准闻名，令国民党特务和中共叛徒闻风丧胆，深得周恩来的信任与器重。他带来了中央的指示信，要求红一军与红十五军合编为红四军。于是两军前往麻城福田河休整，并正式合编为红四军，军长旷继勋，军政治委员余笃三，军参谋长徐向前。军下面暂编两个师，时为第十师，师长蔡申熙，政治委员陈奇，副师长刘英；第十一师，师长许继慎，政治委员庞永俊，副师长周维炯。全军共7个团12000余人。至此形成了由周恩来精心选配的绝佳状态的红四军领导班子：曾中生冷静沉稳，运筹帷幄，是难得的帅才，由他任鄂豫皖特委书记兼军委主席，掌握全局；旷继勋、许继慎、蔡申熙既勇武刚强、敢打敢拼，又有远见卓识、善于用兵，由他们领衔军旅；徐向前严谨朴实，多思善谋，由他担任总长。五人珠联璧合，使红四军军威大振、所向披靡。

然而，历史总是不以人的主观意识为转移。就在根据地和红军发展得风生水起之际，1931 年初，以王明为代表的党内“左”倾教条主义，打着共产国际的旗号，召开了党的六届四中全会，推行了一条比李立三更“左”的冒险主义方针，并开始有组织、有系统地向各革命根据地派遣中央代表和中央代表机关。张国焘就是以中央代表的身份来到鄂豫皖苏区，全面地掌控了党政军大权。顺他者留，逆他者亡。他通过长达半年多的“肃反”运动，不仅以莫须有的罪名，杀害了 2500 多名优秀红军指战员，谋杀了三个根据地所有的创始人，而且对周恩来精心配备的红四军主要将领也必欲置之死地而后快。除徐向前因忍辱负重得以善终，蔡申熙战死疆场外，其他如许继慎、旷继勋、曾中生、陈奇、周维炯等名将则全都惨死于张国焘的毒手。

曹壮父、郭述申上书中央打通大别山脉，周恩来审时度势，果断决策，将三块红区融为一体

1928 年 12 月，中共鄂东特委在柴山保根据地的郭庄召开重要会议，听取中央巡视员曹壮父来此传达中国共产党第六次全国代表大会精神，并介绍井冈山经验。曹壮父看到这里呈现的繁荣兴旺景象，连声称赞说：“这是湖北最好的一个苏维埃区域。”当他问及特委和红军领导们今后有什么打算时，军长吴光浩说：“虽然我们在鄂豫边界的割据斗争势头很旺，但是如果长期驻扎一地，经济资源会逐渐枯竭，红军也难以不断扩展。因此，我们的意见是自西而东，逐段割据，谋求更大发展。”参谋长曹学楷言简意赅地指出：“我们的意见就是打通大别山脉，创建横跨鄂、豫、皖三省边区的红色区域。”党代表戴克敏则从政治、经济、地缘关系和边界人情交往上论证了实行三地合一的必要性和可能性。最后，鄂东特委书记王秀松进一步提出：“我们建议变更三省边区各自为战的组织状态，将鄂东特委、豫东南特委、皖西特委合并为一个边区特委，以便统一指挥、统一行动。”

曹壮父赞叹地说：“你们这真是一个天才的设想，绝对的大手笔！我一定负责向中央转达！”然而，当曹壮父把这个好创意上报中共中央后，非但得不到批

准，反而斥责他们这是“寨子主义”，是“紊乱三省的组织系统”，是“绝对行不通的”。当湖北省委向他们转达中央的书面意见后，鄂东特委和红十一师的主要领导没有泄气，也没有上书抗争，而是以撞破南墙往前走的心态，坚定不移地为实现他们的梦想而奋不顾身地战斗着。为此，从1929年春开始，鄂豫边根据地先后向商城地区派遣了数批得力干部帮助豫东南特委成功地发动了商南起义，实现了在大别山中段武装割据的计划。紧接着，在鄂豫边特委和红三十二师的大力支持下，成功地发动了六霍起义，打通了整个大别山脉，使鄂豫边、豫东南和皖西三块根据地紧密地连接起来。这样，就把实现鄂豫皖边区革命根据地党和红军的统一领导问题，尖锐而现实地摆在中央决策者面前。

1930年1月底，中共中央巡视员郭述申带着三省边区党组织、人民群众和红军的愿望赶到上海，向中央汇报这个迫切需要解决的问题。2月的一天，在中共中央机关秘密设在上海法租界霞飞路的一幢二层小楼内，时任中共中央政治局常委、组织部部长、军委书记周恩来专门召开会议，认真听取郭述申的汇报，研究这一重要战略区域所面临的形势和任务。出席会议的除了郭述申外，还有许继慎、熊受暄等。周恩来讲了当前的政治形势，讲了鄂豫皖三省边界地区的重要战略地位，传达了党中央指示，决定统一鄂豫皖三省边界党的领导，建立鄂豫皖边区特别委员会（简称特委）；统一红军的军事指挥，建立红一军军部。会上宣布了中央的任命：郭述申任特委书记，许继慎任红一军军长，曹大骏任政治委员，徐向前任副军长兼红一师师长，熊受暄任政治部主任。

周恩来为统一鄂豫皖边区党和红军的组织领导所作出的重要决策，既凸显出他的远见卓识，也促使鄂豫皖根据地迅速地壮大崛起，在随后短短的两年多时间里发展成为全国第二大块革命根据地。

成仿吾不远千里到瑞金寻求指示，周恩来满足其要求，选派程子华到鄂豫皖履任新职。红二十五军逆境重生，成为最先到达陕北的红军队伍

1932年秋，红四方面军第四次反“围剿”作战失利，主力被迫向西转移，

留下红四方面军的第七十五师、红九军第二十七师及部分地方独立团坚持鄂豫皖地区斗争。当年11月29日，中共鄂豫皖省委在黄安县（今湖北省红安县）檀树岗召开军事会议，决定将留在苏区的部队重新组建为红二十五军。并于次日宣布由吴焕先任军长，王平章任政治委员，下辖第七十四、第七十五师，全军约7000人。

为扑灭重新燃起的革命烈火，蒋介石从1932年11月到1934年10月，先后动用15个师的正规军和大量地方反动武装对鄂豫皖苏区进行连续的“清乡”“清剿”和“围剿”，务求“斩草除根”。红二十五军在中共鄂豫皖省委领导下，依靠人民群众的支援，在极其困难的条件下，开展游击战争，取得多次战斗胜利。但是，由于鄂豫皖省委书记沈泽民继续执行“左”倾错误方针，一方面强令部队攻打敌人重兵设防的七里坪，另一方面持续在红军内部搞“肃反”，致使红军人心惶惶，根据地人口锐减，兵源枯竭，军民生活极端困难。

1934年11月，红二十五军撤退到皖西六安、霍山一带休整，鄂东道委书记郑位三派程子华化装从鄂东送来了一封信。信上说：“中央派程子华同志送来了重要指示，已到我处，请你们接信后，火速率领红二十五军到鄂东来。”

程子华之所以来到鄂豫皖根据地，归功于成仿吾不远千里抱病向党中央的汇报。事情得从1933年说起。这年的9月，中共鄂豫皖省委曾派省委常委成仿吾去向中共中央状告张国焘并请示工作，他突破重重封锁，历尽艰辛，直到1934年1月11日才到达江西瑞金。当日下午，成仿吾被领进中央正在召开的党的六届五中全会会场，周恩来同他亲切握手，并向在座的人介绍：“鄂豫皖的代表成仿吾同志来了。”成仿吾激动得热泪盈眶，紧紧握住周恩来的手，一时不知说什么好。第二天上午，成仿吾向大会汇报张国焘擅自带领主力部队和电台向西逃跑，丢弃鄂豫皖根据地的情况，要求中央速派重要军事干部前往处于困境中的鄂豫皖根据地。由于当时的中央主要领导人是博古、李德等人，对他的意见非但未能引起重视，而且还有人恶语相讥。张闻天看不过去，出面解围说：“仿吾同志，中央根据地目前也陷入前所未有的困境，你们那里的工作可在会后找恩来同志商量吧。”

当日夜晚，成仿吾如约来到时任中革军委副主席周恩来的办公室，诉说了张国焘的罪状，并提出了再派军事干部到鄂豫皖指挥红军作战的要求。周恩来说，张国焘这个人刚愎自用，唯我独尊，失败是必然的。接着说："中央红军由于排挤毛泽东同志，也未能粉碎蒋介石的第五次大规模'围剿'，瑞金待不下去了，可能要向北作战略大转移，如果红二十五军继续留在当地，部队和根据地都会因为力量枯竭而被消灭，不如也向甘陕转移，创建新的根据地为妥。"又说："仿吾同志，你身体有病，就留在中央根据地吧，我向中央请示，派程子华同志去你们那里担负军事工作。子华同志也是黄埔生，参加过广州起义并成功领导发动'大冶兵暴'，现任红三十五军二十二师师长，具有很强的组织才能和军事指挥能力。"得到周恩来的明确指示，成仿吾频频点头，开心地笑了。

就这样，程子华携中央指示从瑞金中央苏区来到鄂豫边根据地的光山县。

当时，红二十五军刚和敌军七十四师打了一仗，部队伤亡较大，供给困难，正为下一步行动何处去犯难，接此信后，大为高兴，当即作了研究部署。除组织一个后方留守处继续坚持开展皖西的革命斗争外，主力红军边走边打，接连冲破敌军的五道封锁线，于 11 月 10 日到达鄂东地区的光山县花山寨。

11 日，根据中央的指示精神，中共鄂豫皖省委在这里召开常委会议，决定省委立即率红二十五军实施战略转移。同时，为宣传党的抗日主张，扩大党和红军的政治影响，行动中部队对外称"中国工农红军北上抗日第二先遣队"。会议还讨论了部队整编问题，决定由程子华任军长，吴焕先任政治委员，徐海东任副军长。全军共 2900 余人。

红二十五军从 1934 年的 11 月 16 日由何家冲出发，在抗击了 30 多个团敌人的围追堵截之后，终于于 1935 年 9 月 15 日到达陕甘苏区的永坪镇，次日同西北红军第二十六、第二十七军胜利会师，成为中国共产党领导下的 4 支长征队伍中最先到达陕北的队伍。

红二十五军能够逆境重生，是与周恩来的高瞻远瞩，及时指明其发展方向、前进道路分不开的。

高敬亭勇立潮头敢担当，手把红旗旗不湿。周恩来高度赞扬高敬亭是“游击专家”，并严厉谴责枪决高敬亭是“亲者痛、仇者快”的行为

中共鄂豫皖省委率领红二十五军长征以后，鄂豫皖边区进入了空前艰苦的三年游击战争时期。红二十五军走后，根据地没有主力红军，留在鄂豫皖边区的主要革命领导机关有鄂东北道委会和皖西北道委会，各有几块小根据地，但也处于分散隔绝的状况。而此时的国民党党政大员纷纷粉墨登场、弹冠相庆，国民党的反动军队更是耀武扬威，搜刮民财、血洗革命根据地。

大别山的出路在哪里？大别山的红旗还能不能举起来？

“沧海横流，方显英雄本色!”这时的大别山区出了两个英雄人物：一个是高敬亭，一个是刘名榜。正是在他两人的率领下，大别山的星星之火被重新点燃，大别山的红旗始终坚持不倒。

高敬亭，原名高志员，1907 年 8 月 12 日出生于新县新集董店村一个贫苦农民家庭。他 10 岁丧母，读过几年私塾，后辍学在家，以租田艰难度日。1927 年冬，他受黄麻起义影响参加革命斗争，从农民自卫队长、乡苏维埃主席干起，一步步地升任到红二十五军七十五师师长、鄂豫皖省委常委、皖西北道委书记。

1935 年 2 月 3 日，他率领皖西红军二一八团与鄂东北少共道委书记方永乐和罗陂孝特委书记徐诚基带来的鄂东北独立团到达太湖县凉亭坳，根据中共鄂豫皖省委留给他的指示信，在这里正式组建了红二十八军。他任军政委（未设军长），统一领导鄂豫皖边区党政军全面工作。从 1935 年至 1937 年，他率领红二十八军紧紧依靠当地的党组织和革命群众提供的信息，在 3 年多的游击战争中，以 1800 多人的红军队伍，转战 45 个县，歼敌 18 个整营另 15 个整连，共 7.5 万余人。牵制敌正规军 68 个团 17 万余人，有力地支援了红一、二、四及红二十五军的战略转移。同时，建立了 22 个县的根据地和游击区，成为南方 8 省 14 个游击区中，保存兵力最多与唯一保留军、师建制对敌作战的红军队伍。

红二十八军在大别山坚持开展游击战争的英雄事迹，不仅得到远在延安的

毛泽东的高度称赞，而且始终引起周恩来的极大关注。1937 年 12 月，当高敬亭、林维先到武汉八路军办事处参加新四军编制会议时，周恩来热情而兴奋地向与会人员介绍说："这就是闻名于大别山的游击专家高敬亭和林维先同志。"在这次会议上，周恩来代表党中央宣布：长江以北的红军和游击队改编为新四军四支队，由高敬亭任司令。

1938 年 3 月，高敬亭率部奔赴皖中和皖东开展抗日斗争，成为新四军进军敌后最早的部队。据不完全统计，高敬亭从东进下山至 1939 年 6 月罹难的 1 年零 4 个月里，指挥所部先后同日伪军战斗 90 余次，歼灭日伪顽军 6000 余人，成功地开辟了皖中抗日根据地。他领导的新四军四支队发展到 8000 多人，成为新四军的主力部队。但是，他在领导红二十八军坚持大别山作战和他领导的四支队东进抗日不断取得胜利的同时，也产生了居功心理。他不愿将浴血拼杀而创建起来的以舒城、桐城、庐江、无为、巢县为中心，背靠大别山的皖中抗日根据地让给国民党，竟然成为他"拒不执行新四军军部命令，延宕进军皖中"的罪状，结果这位身经百战的将领，国民党花 10 万银元买他的人头没买到，却被自己人的子弹夺去了年仅 32 岁的生命。

高敬亭被枪决的消息传到延安后，毛泽东大怒，立刻给叶挺、邓子恢发去电报，质问说："我们让高敬亭到延安学习，你们为什么要先斩后奏？速查原因报中央！"

周恩来赶到新四军指挥部后，也气愤地说："高敬亭招革命的兵，买革命的马，有什么不好？我们开辟的根据地为什么要让给国民党？"他还说："你们不等中央电报到达即行处决高敬亭的做法，是使'亲者痛、仇者快'的行为。"

好在这个奇案沉冤在 38 年后，终于得到平反。

在抗日战争和解放战争初期，周恩来身兼中共中央长江局副书记，既同党内王明的右倾投降主义作斗争，又同美蒋反动派斗智斗勇，有效地指导着鄂、豫、鲁、苏、皖根据地的对敌斗争

抗日战争全面爆发后，为推进国共两党合作，中共中央政治局决定由周恩

来等人组成中共代表团，到武汉开展抗日民族统一战线工作，推动全民全面抗战的实现，同时决定成立中共中央长江局，领导南方各省党的工作。1937 年 12 月 18 日，周恩来、邓颖超、王明等到达武汉，长江局正式成立，王明任书记，周恩来为副书记，委员有秦邦宪、项英、叶剑英、董必武、林伯渠等。周恩来到武汉后的第三天，即 12 月 21 日，即和王明、秦邦宪一起会见了蒋介石，就两党关系、扩大国民参政会、制订共同纲领、出版《新华日报》等问题进行会谈。会谈中蒋介石故作姿态，说了不少好话，但仍然充满着排斥打压和不信任共产党的心理。蒋介石知道王明和共产国际关系密切，为了争取苏联的援助，他要求王明留在武汉帮助工作。但是对于两党关系这个最重要的问题，双方却没有谈出一个较好的结果。由于王明过分地相信国民党，吹捧蒋介石，提出所谓"一切服从抗日""一切经过统一战线"的右倾错误主张，放弃我党在统一战线中独立自主的方针，使长江局的工作受到一些影响。因此，在长江局工作的一年多时间里，周恩来既要同王明的右倾投降主义言论做斗争，又要同蒋介石等顽固势力做斗争。他不仅积极做好同各民主党派和文化界人士的联络工作，而且时刻关注着鄂、豫、鲁、苏、皖根据地的抗日反顽斗争。

1938 年 2 月，他向中央书记处建议，调任文武双全的彭雪枫来到河南竹沟发展抗日武装，使竹沟成为中原抗日游击战争的大本营。他与董必武等长江局的其他领导同志一起，着手重建湖北省委，并创建新四军。此外，他还派遣干部到农村去，相继成立了鄂东、鄂中、鄂南三个特委和鄂西、鄂北两个中心县委，培养了 1600 余名抗日军政干部，为开展敌后游击战争做了必要的准备。

1938 年 10 月 24 日，武汉临近失陷。周恩来穿行在炮火硝烟之中，视察战场，慰问伤员，召见地下党负责人布置武汉沦陷后的工作。深夜，他来到新华日报馆，写好《告别武汉同胞》的社论。直到 25 日凌晨 1 点，将最后一天报纸坚持印出一部分，张贴散发出去后，他才同最后一批撤退的同志们一起离开武汉。

1945 年 8 月 15 日，日本宣布无条件投降后，美蒋反动派一边放出"和平调停"的烟幕弹，一边调动 30 万军队，把中原军区 6 万多人包围在湖北宣化店东西不足 100 里、南北仅为 50 里的狭窄地区，妄图除掉心腹之患。时任中共中央副主席的周恩来非常关心中原解放区的命运。1946 年 3 月 16 日，周恩来亲自给太行、晋绥、山东等解放区的领导人打电报：中原军区部队受顽方蚕食挑衅，危急万分，各地均有立即对中原部队粮食援助的责任。22 日，周恩来又从延安致电远在重庆的董必武、王若飞：在同国民党的谈判中，必须先解决中原部队的问题。月底，周恩来委托董必武到宣化店视察，慰问中原军区军民，并传达中共中央的指示。5 月 1 日，周恩来在国、共、美三方谈判时严正指出，国民党当局已密令 30 万军队围攻中原解放军，并建议第 32 执行小组的代表同往宣化店监督停战。在周恩来的一再坚持下，美方和国民党方面被迫接受周恩来的建议，组成视察宣化店的 3 人小组。5 月 6 日至 9 日，周恩来不顾路途遥远艰辛，亲赴宣化店及武汉同国民党和美国代表谈判。经过周恩来的努力，迫使国民党和美国政府代表签订了《汉口协议》，从而为以李先念为司令员的中原军区赢得了宝贵的突围时机。全面内战爆发后，周恩来返回延安，协助毛泽东进行了三年解放战争，打败了美帝扶持的 800 多万蒋匪军，解放了全中国。

（作者：耿显榜，原载《党史博览》2022 年第 1 期）

篇三

刘少奇在竹沟的岁月

1938 年 9 月，党的六届六中全会作出一项重大决策：撤销长江局，建立以刘少奇（化名胡服）为书记的中共中央中原局。11 月 9 日，中央政治局正式发出通知："兹特决定以胡服、朱瑞、朱理治、彭雪枫、郑位三为中央中原局委员，以胡服兼中原局书记。所有长江以北河南、湖北、安徽、江苏地区党的工作，概归中原局指导。"11 月 23 日，刘少奇、朱理治、李先念、郭述申、谭希林等从延安出发，奔赴中原局所在地——河南确山竹沟镇。从 1938 年 12 月至 1939 年 10 月，刘少奇坐镇竹沟，指挥中原，坚决执行了党中央和毛泽东的正确路线、方针和政策，高举抗日民族统一战线的旗帜，坚持独立自主的原则，放手发动群众，很快打开了河南、湖北、安徽地区敌后抗日斗争的新局面。

高扬武装斗争的革命旗帜

1939 年 1 月 28 日，刘少奇由渑池抵达竹沟后，立即听取了朱理治、陈少敏、王国华等关于豫鄂边区委扩大会议及豫南抗日武装信阳挺进队组建情况的汇报。30 日，刘少奇、朱理治向党中央报告了《信阳挺进队组织经过及人员任命》，提出了李先念、郑位三所率豫南、鄂东新四军游击大队的具体活动方针。2 月初，刘少奇派杨学诚和竹沟新兵训练队副队长的徐肇东（徐达三）到鄂中组建抗日武装。刘少奇对在桐柏山周围开辟战略区大力支持，把自己的警卫员、秘书、医生、报务员、译电员都派到鄂北，加强了鄂中工作。鄂中游击队在刘少奇的支持和鼓励下，陶铸等人在鄂中组织了公安寨伏击战和夜袭云梦城两次著名战斗，并将日本天皇的一名皇亲打死，狠狠打击了日本侵略军的嚣张气焰，使敌后抗日军民人心为之大振。

刘少奇非常注重发展抗日武装。他在中原局干部会上，发出了“组织 10 万武装，向东挺进，迅速发展敌后游击战争”的号召。这样，使中原地区各级党委和广大干部对“深入敌后，向东发展”有了更加明确的认识。根据刘少奇的指示，彭雪枫、张爱萍、吴芝圃、张震率部在 10 个月内，粉碎了敌伪多次扫荡，摧毁了大批反动的县、区、乡政权，使游击支队得以在淮北平原 30 个县纵横驰骋，豫皖苏抗日民主根据地和抗日民主政权得以建立。

刘少奇十分重视抗日根据地建设。他在豫鄂边区干部会上指出：“游击战争要有根据地，没有根据地就不能长期坚持。有了兵，就要有个家，这个家就是抗日民主根据地，历史上的流寇主义，没有一个能成功的。根据地就是地盘，地能生万物，没人有人，没枪有枪，没粮食有粮食。”从刘少奇进驻竹沟短短的几个月中，就建立了竹沟地委，竹沟地委辖竹沟、确山、信阳、泌阳、桐柏、汝南、正阳、遂平、唐河、舞阳等 13 个县，使之成为我党在中原地区发展的重要阵地和战略支撑点。

“麻雀虽小，五脏俱全”，竹沟是个“小延安”

从 1938 年 3 月至 1939 年 10 月，中原局和豫鄂边区党委在竹沟，先后开办教导大队四期、党训班（新兵队）六期、青年干部训练班四期、电台、机要、卫生、司号、供给、妇女等各种训练班，总计培训学员 3000 多人，党员 2200 人，为延安抗日军政大学选送了 220 名学员。其中除部分学员回地方工作外，大部分到部队工作，充实了主力部队和地方武装的骨干力量。

竹沟这个小小的山镇成了中原以至华中地区抗日游击战争的指挥中心和可靠后方。前线要人给人，要枪给枪。延安来的很多干部和送往中原、华中敌后的宣传物品、武器弹药，也大都经过这里中转。从竹沟派往新四军二、四、五师去的指战员先后达 4000 多人，在扩大部队的过程中选送了 3000 多名党员。刘少奇看到这里如火如荼、生机勃勃的大好形势，高兴地说：“延安有党的领导，竹沟也有党的领导；延安有窑洞，竹沟也有窑洞；延安有‘抗大’，我们这里有党训班；延安有延河，竹沟有大沙河。这里真成了‘小延安’。”此后，竹沟则以“小延安”的美名传扬中原，传扬全国。

从理论上武装党员和领导干部，积极开展统战工作

刘少奇在竹沟致力于党的建设，从组织上、思想上清除王明投降主义的错误影响，使中原局各级党组织从无到有，由小到大，日益发展壮大，成为领导中原抗战的坚强战斗堡垒。刘少奇在中原局、豫鄂边区党委及竹沟地委、县委干部会议上，先后作了关于《论党内斗争》的报告。他说：“党内斗争是一件最严重最负责的事，绝不可以草率从事，我们必须以最严肃最负责的态度来进行。”“党内斗争不能任其自流地发展，形成极端民主的现象。在党内既不容许家长制的存在，也不能容许极端民主现象的产生。”对如何认识和开展党内斗争进行了精辟的论述。刘少奇在竹沟把党员的党性锻炼与修养作为党的建设的关键环节，亲自给干部学员讲课，相继作了《论共产党员的修养》《论接人待物》《做一个好的党员，建设一个好的党》《干部政策》《民族运动》《工人运动》《抗日战争的形势》等专题报告，受到学员的广泛好评，极大地提高了广大党员的马克思列宁主义水平，在理论上为党的建设作出了重要贡献。

在竹沟期间，刘少奇高度重视做好统战工作，提出了在友军上层军官中开展抗日民族统一战线工作，扭转了过去对国民党统战工作单纯地走士兵路线的局面，使统战工作取得了很大的成效。中原局先后同国民党十三军军长张轸、五十一军军长于学忠、六十八军军长刘汝明、七十七军军长冯治安等建立了秘密的统战关系。他还指示中原局要对第五战区长官李宗仁做统战工作。他亲自选派刘贯一前往襄樊第五战区司令部去做李宗仁的统战工作：一要争取李宗仁同情抗日；二要争取李部协同八路军、新四军共同作战；三要建立李宗仁与延安的秘密联系。在刘少奇的悉心指导下，对李宗仁部的统战工作取得了成绩。正是这些卓有成效的统战工作，使得竹沟能在国民党军队包围之中存在和发展两年之久。特别是在“竹沟惨案”中，竹沟周围有着众多的国民党驻军，没有一个配合参加袭击行动。

以普通一兵的身份出现在干部群众之中

刘少奇从到竹沟的第一天起，就夜以继日地工作着。那时，为了工作需要，刘少奇化名为“胡服”，没有公开身份，许多人并不知道他就是刘少奇。但是，凡是同他接触过的人，都感到他是位可亲可近的首长。夜晚，刘少奇散步归来，在煤油灯下伏案写作到凌晨三四点。警卫员怕打扰刘少奇的思路，只好在窗前石榴树下静静地站立着，守卫着那盏明灯，伴随着刘少奇送走一个个漫长的夜晚，迎来一个个朝霞满天的早晨。刘少奇生活简朴，住的是普通民房，睡的床是从老乡家里借来的老式“牙子床”，他盖的是棉布被子，穿的是棉布衣服。住室里放一张旧式方桌，这就是他的办公桌，还有一个茶壶、一盏煤油灯、一条板凳和一把椅子。屋里唯一醒目的要算他的书架了，刘少奇特意叫人做成活动折叠式的，支起来是书架，合起来是书箱，这主要是考虑到适应战争年代的特殊环境，随时可以挑上就走。

在竹沟，刘少奇一直坚持不另开小灶，吃的和同志们一个样，每天 5 分钱菜金，从来不要另加照顾。当时，炊事员也不懂什么烹调技术，饭煮得时生时糊，菜炒得时咸时淡，而刘少奇从未谈论过生糊咸淡，总是津津有味地吃着。刘少奇是南方人，最爱吃大米，但很难弄到。在经济十分困难的情况下，刘少奇就带头吃豆腐渣，吃高粱拌青菜做的窝窝头，喝高粱面粥。有时，同志们想给首长改善一下生活，就跟副官说：“想办法买点肉或鱼，打个牙祭吧!”刘少奇见了肉或鱼便问：“这东西从哪里来的?”并强调说：“以后不要这样搞，我们能吃上素菜，生活就很不错嘛，前方的同志生活更苦，他们比我们更困难。”刘少奇患有胃病，有时工作时间长了，警卫员便在炭火盆上烧些馒头干给他充饥。他津津有味地边吃边风趣地说：“烤馒头干好，能当饭，又能治胃病。”

警醒顽军制造摩擦，率部向东挺进

1939 年 9 月下旬，刘少奇率徐海东、刘瑞龙等从延安第二次来到竹沟后，鉴于豫鄂边区国民党接连制造反共摩擦的情况，立即向党中央作了详细汇报。

党中央根据实际，立即作出创立鄂东、鄂中、豫南抗日根据地的决定。刘少奇去华中敌后领导豫皖苏、鄂豫皖及苏北地区；朱理治到豫鄂边领导鄂中、鄂西北区党委及河南省委的工作；将竹沟地委与豫西省委合并，恢复河南省委，刘子久任书记，机关仍设在竹沟；将鄂中区党委、鄂东地委并入鄂豫边区党委，朱理治任书记。在中原局撤离竹沟之前，刘少奇为掌握敌、友政治动向的第一手材料，找到竹沟县委书记姜宗仁了解竹沟县委情况。姜宗仁汇报说："党内的武装情况，竹沟有新四军留守处部队，全县7个区委共掌握有300多支步枪的自卫队，但随时面临着边沿地区恶霸和匪特侵犯竹沟的危险，我们的任务是加强武装，保卫省委。"刘少奇听完姜宗仁汇报后说："很好，要抓好武装，我们和敌人的斗争是针锋相对的，敌人要进行破坏活动，就要坚决给予打击。要保存自己，该转移的要转移到敌后，做好武装斗争的准备。"紧接着，刘少奇又到100多里外的遂平县潘庄区委了解周围几个县的社会动向。之后，他在竹沟北王庄召集省、地、县委负责同志开会，作了《国民党反共高潮必然到来，我们如何应变》的重要报告。他指出："竹沟是白区中的一个红点，是延安通向华中我军的交通枢纽，但在军事上则处于国民党军队包围之中，随着国民党反共高潮的到来，它是待不下去的。因此，竹沟的历史任务已经光荣地完成了，要根据逐步撤退的方针，把应变工作做具体。"又告诫大家："在这种情况下，既不要惊慌失措，又不要有太平观念……总之，我们要有准备在先，有理、有利、有节地同国民党反共政权进行针锋相对的斗争。"这次讲话使大家明确了形势和任务，有了迎击国民党反共高潮的准备。

1939年10月9日上午，刘少奇率领中原局的干部大队、教导队学员等300余人，离开竹沟。临行前，他一再叮嘱王国华等："国民党的地方部队要打你们了，你们应做些准备。一旦有事，要注意东门的守备。"大家护送他一直过了大沙河，他向大家频频挥手告别。虽然大家都不知道他的真实姓名，但都尊重他、热爱他、想念他，直到现在竹沟地区还流传着这样一支歌：

青山情意深
流水流不完；
胡服同志和人民，
生死两相连。

对于随后发生的“竹沟惨案”，早在党中央和刘少奇预见之中，刘少奇第二次来竹沟，决定把中原局、豫鄂边区党委等机关、学校、部队人员转移敌后，这不仅仅避免了在与顽敌作战中的损失，更重要的是加强了敌后抗日游击战争的领导，这对于击退国民党顽固派第一次反共高潮，以及我党部队能在鄂豫边生存、发展起了决定性作用。

（文/张敦瑞）

篇四

邓小平三次金寨之行

邓小平和金寨有缘，他曾经三次来到这里指导工作。第一次是刘邓大军解放立煌县城（金寨）时，两位首长联袂来到金寨，部署指挥军事行动，并在此住了9天；第二次是进入大别山的艰难困苦时期，邓小平和李先念、李达、段君毅等一起，来到金寨县，住在漆店区下楼房村，重点研究发动群众、剿匪反霸、土地改革、政权建设等工作，这一次住了47天；第三次是20世纪60年代初，邓小平与彭真、杨尚昆、曾希圣等一行，来到金寨，主要是考察解决老区人民的生产和生活问题。

第一次到金寨：千里挺进大别山之时

大别山是重要的战略基地，是打过长江的重要跳板。刘邓大军进入大别山区，首先要经过两条天险，一是汝河，二是淮河。1947年8月下旬，刘邓大军以“勇”“快”“先”的战斗风范，全部抢渡淮河，胜利进入大别山区。

9月2日，刘邓在经扶（新县）姜湾村驻地，专门召开整顿纪律的干部会议。会上约法三章：“枪打老百姓者枪毙，抢拿民财者枪毙，强奸妇女者枪毙。”也就在这一天，刘邓三纵七、八、九旅解放了金家寨（城关），共歼守敌1000多人，击毙敌团长陈铁汉，生俘立煌县长李宣。5日，县民主政府在金家寨（城关）召开群众大会，公审枪决伪县长李宣。

9月14日，刘伯承、邓小平随二纵南下的一批冀南干部，从商城翻越飞旗山来到金家寨，视察战场地形，并与先期到达的部分太行干部会合，重新组建县委、县民主政府，任命张延积为县委书记，白涛为县长，并张贴布告，改“立煌”县名为“金寨县”。时任金寨县县长白涛书写了一首五言律诗：“查我金寨县，大别山中心，革命根据地，中外有威名。立煌本战犯，不应留臭名，改名金寨县，历史面目真。”

金寨县由此而诞生。随后，刘伯承与邓小平兵分两路，对金寨县进行视察。刘伯承在金寨的东南部视察，邓小平在金寨的西北部视察。

9 月 20 日，刘伯承、邓小平一路不畏千难万险，长途跋涉，在关庙小街赵远游家和一姓张家宿营。正巧这天，张家的张老汉老伴过 73 岁生日，老伴是河南光山人，娘家来了人，张老汉高兴地办了几桌酒饭。晚上刘伯承、邓小平也邀请出席宴席。刘伯承、邓小平看到乡亲们的热情劲，非常高兴，刘伯承司令员曾即兴赋诗一首：“爆竹连连飞上天，恭贺太君七有三。待到全国解放时，再来饮酒庆岁年。”邓小平接着说：“你们说，好不好呵！”大家沉浸在一片欢笑声中，刘伯承、邓小平婉言谢绝了这场宴席。

几天之后，刘伯承、邓小平马不停蹄地来到光山砖桥镇王家大湾，召开了旅以上高级干部会议，就整顿纪律、提高部队战斗力问题发表了重要讲话。

12 月 13 日，野战军直属部队分成前后两个指挥所，由刘伯承、张际春率野司后方指挥所、中原局，同一纵一起，经黄陂站出发，北渡淮河，向淮西地区展开；邓小平、李先念、李达率前方指挥所，从金牛区周家畈出发，经红安七里坪东进，留在大别山地区指挥二、三、六纵和地方武装与敌作战，进行着艰苦卓绝的反围攻斗争。

第二次重返金寨：邓小平再三阐述遵守群众纪律的道理

12 月 30 日，邓小平、李先念、李达等首长率领前方指挥所来到商（城）南达权店黑河村，将前方指挥所设在下楼房的周宅。周宅始建于乾隆三十年，坐东朝西，共计 53 间，占地面积 2193 平方米。当年正屋的第五栋左边 3 间就是邓小平、李先念、李达的住房和办公室，右边 3 间为鄂豫皖区党委会议室，厢房前 8 间为警卫团住所。

（一）柴火盆前述民心，归还老乡耕牛

31 日晚，鄂豫皖区党委会议在周宅召开。邓小平、李先念、李达及鄂豫皖

党委书记段君毅、金寨县委书记张延积、副书记张建三、县长王相卿、漆店区委书记江川等 10 人出席了会议。

会议室很简陋，大家都围着一堆冒烟的木柴烤火，邓小平见大家进来，很客气地站起来让座。江川把到会的同志都一一作了介绍。这时，警卫员点燃了两支油松柴，亮光照明了大半边屋子。亮光下可以看到邓小平显然比过去消瘦了，胡子也很久没有刮，而两眼仍然炯炯有神，给人一种无限坚毅和充满信心的感觉。

邓小平亲切地说："我们从这里路过，顺便找大家来谈谈，你们先讲讲，到大别山后给群众做了哪些好事？这里的群众发动得怎样？"县委书记张延积讲了他不久前亲历的一件事。上半月敌四十八师"清剿"一区，当时他正在某村工作。敌军突然包围了村庄，他突围不成，藏在一个老乡家。敌人到处搜索，最后找到了这家，百般拷打威逼房主，要他说出张延积藏在哪里，结果连两个不满 10 岁的孩子都始终不肯吐出一个字来。敌人无奈，气恼之下烧了这家老乡的房子。事后，张延积要给老乡盖几间新房，老乡坚决不让盖，他说只要把蒋介石打垮了，不愁住不上好房子。

听了大家的汇报，邓小平高兴地说："嗬！看来你们这里的工作做得还不错嘛，你们已经开始扎下根子了"。说到这里，他好像又想起了什么，问道："同志们思想情绪怎样？从部队上调来的同志安心不安心？"大家说，刚来时有些同志不安心，现在基本上解决了。

"这是最关紧要的一条。"邓小平接着说道，"这一条不解决，一切都无从谈起。井冈山时期，毛主席就说过，红军有三大任务：打仗、做群众工作、筹粮筹款。红军要是离开了对群众的宣传、组织，武装和建立革命政权就失去了存在的意义。这些教导对今天的大别山斗争，更有它深刻的现实意义。我们能不能在大别山站得住脚，会不会被敌人赶出去，决定的一环便是团结群众，发动群众的工作"。邓小平把手伸向火堆烤了烤，抬起头来环视着大家说："你们都是做这方面工作的，你们的一举一动，都像一面镜子，群众就是透过你们来认识我们、我们军队的，因此你们要时时刻刻处处注意自己的行动。"

说到这里，邓小平回过头去问江川："你们那位陈科长把老乡的牛送还没有?”

江川忙回答说，已经由陈科长亲自去送还，并当面向老乡道歉了。

原来，在两天前，邓小平路过商（城）南黑河村，住在一个老乡家。老乡说，前一天解放军在湾子里打土匪，把他的牛牵走了。邓小平问他是怎么回事。老乡说，牛原先是土匪抢走了，解放军一打，土匪扔下便跑，就让解放军拾到了。等老乡去认领时，队伍已经走远了。邓小平答应帮老乡调查。第二天，邓小平一行到达金寨县地区后，在一户贫农家宿营时遇上了工作队陈科长。恰巧就是他们前一天在黑河剿匪，并且确实牵来了一头牛。邓小平马上叫他们把牛送还老乡，并对他们说：“你们怎么不去想一想土匪的牛是从哪里来的？凡事一定要多动动脑筋，对群众有利的就做，否则就不做。一切行动都要以维护群众的利益为出发点，在新区工作，尤其应特别注意这一点。”

听完江川的回报，邓小平非常满意，点点头温和地说：“这样就很好，不要认为这是件小事情。严守纪律、关心群众，这是关系到我们能否在大别山立足生根的大事。破坏纪律、脱离群众，就是自掘坟墓。”

夜已经很深了。邓小平仍在毫不疲倦地给大家详细传达毛泽东在中央会议上所作的《目前形势和我们的任务》报告的精神，分析了整个战局，最后还讲了大别山新区工作中的一些政策问题。听了邓小平充满激情的分析，大家对今后的工作更加充满了信心。

（二）写对联、打水井，邓政委处处留深情

元旦期间，邓小平一行寄居的周宅里显得格外热闹。周宅里住着一位私塾老先生叫周维坤，他正在挥毫书写对联，上联：“连长营长打仗不惧生死”，下联：“指导员教导员教导前途”，门楣“立功授奖”。对联贴在战士们的门上。不一会儿，邓小平走过来，看到对联乐呵呵地向周维坤说：“写得好啊！老先生还有一手好字呵！”周维坤连忙回答：“首长言过了，鄙人只是随意而已。”邓小平满怀深情地说：“老先生，用你的如椽之笔，为我们写幅标语怎么样！”周维坤谦逊地说：“怕我写不好呀！”“没关系，多写几遍吗！”邓小平接着说道：“我们这幅标语，就是打倒蒋介石、解放全中国！”嗣后，周维坤就按照邓小平的吩咐，用白石灰水在周宅的围墙上写下了“打倒蒋介石、解放全中国”10 个行体大字，每个字大约在 50 厘米×60 厘米。可惜，周宅由于年久失修，围墙倒塌，这幅标语未能保存。

周宅住有近一个团的兵力。那时，村里只有一口水井，突然增加了这么多人，水井里的水就不够用了。有一天早晨，邓小平出来散步时碰到了一个村民，便问他为什么不去打水，因为村民早晨起来一般第一件事就是到水井打水。这位村民回答说，井水都让部队的人打完了，村民打不到水了。邓小平听后，立即召集部队官兵重新挖掘水井，要求部队绝不能用村民的水井。如今，这口水井就在周宅屋后 50 米处夏家冲田拐边，不过现在只剩下一个水坑，口宽 1.5 米，水深 1 米，坑边砌有石块，水平如镜。至今村里一些年龄大的老人还教育后辈说："这口井是当年的邓政委叫解放军同志打的呀！吃水不忘挖井人，翻身莫忘共产党啊！"

（三）漆承香老人的回忆

邓小平居住在周村的房东家里时，还听闻了一个感人的故事。在土地革命时期，周宅有一对新婚未同房的夫妇，新郎叫张公森，是红军战士。结婚那天，当新郎把新娘周时英迎进洞房时，"围剿"红军的敌人就打到了附近的长岭关。在这次战斗中新郎英勇牺牲了。新娘哀伤不已，在新郎坟前立誓，一生守寡，永不改嫁。

邓小平听了周时英的一番凄凉身世后，语重心长地对周时英说："老妹妹，你是我们红军的好军嫂呀！"

有一次，周时英对邓小平说："我家有 36 口人，长工 6 人，去年 12 月 20 日就听说共产党的部队要来，我们恐慌万分，我家老爷子带着家眷都先后出走，只留下我和我弟弟时勉、弟媳漆承香，还有我维坤叔和世常孙子。我们没有走，因为我们是红军家属，相信共产党的军队是不会乱杀无辜的。"邓小平不假思索地回答："你说得很对！"周时英接着说："1929 年立夏节起义后，红军把我家的土地全都没收了。后来，我去找了维炯叔，维炯叔按照我家的人口数，又分给了 50 亩。"邓小平说："那是对的！"周时英接着说道："后来，红四方面军撤离了，有些地主仗着国民党军队，对农民又进行了反攻倒算，使一些农民丧失了已分得的土地。我们家没有这样做。"

"这是你的功劳嘛!"邓小平接着说道,"你做得很对啊!可惜呀!像你这样的开明士绅太少呵!"过了一会,周时英又调个话题说:"现在你们成立了贫农团和农会,开始分浮财,我们有些地主警觉性很高,一听说,就把粮食和贵重物资都运走了,有的出卖变成现款带走了,我们家是这样做的。现在想起来,有些愧疚。当初,我们就不应该这么做。"邓小平听了温情地说:"老妹妹,话是这么说,但是有一点可以肯定,你是拥护我们的嘛!你虽然没有给我们财粮,但你家的房子都给了我们住,屋里的东西还给我们用。尤其是你的维坤叔,不仅把下锅的米拿出来给我们吃,还常常为我们带路、送信、跑外交,等等,这不都是在支持我们的工作吗!你丈夫为革命抛头颅洒热血,光荣牺牲,你为我们提供了这么多的情报,我可要好好地谢谢你呵!"

这次聊天,对邓小平有所启发。不久,邓小平就在周宅召开了贫农团代表会议,进一步了解土改情况。贫农团反映,不断有农民将白天分给自己的田地上插的牌子晚上偷偷地拔掉,不敢接收。经过认真分析,认为这里敌情严重,群众有顾虑,如果强行土改,不但不能发动群众,还要脱离群众,这是很危险的。为了进一步深入了解情况,掌握更多的实情,邓小平决定,再到周边县域了解一下。1 月 1 日,邓小平签发《关于部队作战行动的指示》后,于 16 日至 23 日,同李先念先后来到金(寨)、商(城)、麻(城)边区进行调查,陆续发现一些不正常现象。总结起来,有这么几种:有的地方在打击地富时,侵犯了中农的利益;有的地方分财物、分田地时,只有少数积极分子敢分敢要,多数基本群众则不敢分、不敢要;有的地方群众白天勉强接收了,夜晚就送还,甚至还向地主、富农赔礼道歉;有的地方明显分了,背地里却和地主、富农达成协议,改为租田关系;一些地方,地痞流氓利用外来干部不了解新区情况的弱点,冒充"积极分子",霸占斗争果实。此外,一些地方还出现了破坏城镇工商业和乱捉人、乱打人甚至乱杀人问题,等等。中原局当即将此情况通报,并根据党中央指示精神,电示各地:"过去我们在策略上犯了打击面(宽)的错误,今后应注意。"提出"杀人愈少愈好,禁止乱杀";规定"中农采取不动政策","在中心区暂不收富农的财,在游击区暂不动富农、小地主","对富农做些让步,退还一部分财产","对地主商业部分不没收";要求"争取逃亡的地主富农回来”,“务求达到团结大多数,孤立敌人之目的”。

经过较详尽的调查研究之后,同年1月24日邓小平一行回到了下楼房周宅,及时召开了干部工作会议,讨论研究纠正方案和具体办法。

1月30日,邓小平给毛泽东写了一份《关于大别山的阶级情况与几个政策问题》(简称《报告》)的综合报告,实事求是地、科学地分析了大别山区的土地改革状况、阶级状况,提出了许多正确的思想和政策。《报告》像一剂清凉剂,使“左”的急性土地改革的温度迅速下降下来。正是在这一报告的思想指导下,大别山区的土地改革沿着正确的方向健康地发展起来。

1948年2月,邓小平、李先念、李达率前方指挥所走出大别山金寨县,北渡淮河。2月24日与刘伯承、张际春所率之后方指挥所在安徽省阜阳市临泉县以南之韦寨会合。流光如驶,3月29日,刘邓野战军主力全部转出了大别山区。

刘邓大军在大别山共度216天(从1947年8月27日至1948年3月29日),其中在金寨运筹帷幄56天。在56天期间,刘邓大军先后在鄂豫皖边区解放了29座县城,歼灭了敌正规军6000余人,反动地方武装800余人,并建立了30多个县级民主政权,初步完成了在大别山地区的战略展开,取得了挺进大别山的第一个回合的胜利。第二个回合是积极寻机歼敌,进一步完成战略展开。第三个回合就是把内线作战和外线作战相互配合起来,实施战略再展开,粉碎敌人对大别山的疯狂进攻。经过三个回合的严重斗争,刘邓大军终于在大别山站稳了脚,深深地扎下了根,胜利地实现了毛泽东指示的三个前途中最好的前途。

中华人民共和国成立后,刘邓大军前方指挥所——下楼房,被批准为县级文物保护单位,2008年被批准为全国文物保护单位,红家榜被批准为县级文物保护单位。下楼房周宅的周时英,享受红流定补,于2000年病逝,享年94岁,丈夫张公森,于1980年被追认为革命烈士。

第三次来到金寨:视察梅山水库等地

1960年2月19日,正值严冬季节,也时逢国家经济困难时期,邓小平和夫人卓琳在彭真、杨尚昆、刘澜涛、李葆华、黄岩、杜维佑、赵子厚等领导人的陪同下来到金寨县视察。

上午 10 时许，邓小平一行由合肥驱车出发，至金寨县城梅山，在金寨县委书记冯建华等人陪同下来到梅山水库宾馆，并在此举行座谈会。座谈会开始时，邓小平要求与会人员放下讲稿，各抒己见。座谈着重研究解决 5 个问题：第一，当前的困难情况；第二，如何改善人民群众的生活；第三，坚持党的民主集中制；第四，调查研究，体察民情；第五，因地制宜发展生产。会上邓小平特别强调要根据山区耕地面积少、山场大的特点，抓好见效快的绿化造林工作，还有那些适合山区发展的多种经济生产也要抓，不断增加人民群众的收入，千方百计地帮助人民群众渡过难关。

当邓小平听到金寨县因建梅山、响洪甸两大水库，淹没了 10 万亩良田，再加上自然灾害，人民群众的生活处于十分困难的境地时，深感焦虑，心情变得沉重起来，他说："金寨人民对中国革命有很大贡献，革命战争年代有 10 万英雄儿女参军参战，今天为社会主义建设又淹没了 10 万亩良田，地方党委和政府都要关心老区人民的生产、生活，要千方百计地帮助他们渡过灾荒。"

在谈话中，邓小平还语重心长地告诫当地负责人，各级领导干部都要坚持实事求是的思想路线，一切要从实际出发。所有工作都不能脱离当地的实际情况，生产要讲究科学，可以先试验，成功了再推广，切忌瞎指挥和盲目蛮干，办什么事情都要考虑到人民的利益。当前最重要的是要刹住社会上的"浮夸风"，解决人民群众的吃饭问题。

吃过便餐后没顾上休息，邓小平一行就参观了梅山水库。邓小平登上水库大坝 4 号垛内乘电梯到坝顶，他语重心长地对陪同的梅山水库负责人说，水库是水利事业的重要组成部分，要管好水库、用好水库，为农业服务、为社会主义经济建设服务。同行的其他领导同志也向在场的专业技术人员询问了梅山水库的建设和运用的有关情况。

下午，邓小平一行领略大坝上的五色风光后，在溢洪道处与陪同、接待的全体同志合影留念。约 4 时，邓小平一行离开金寨返回了合肥。

（文/寥加同）

链 接

红色大别万世尊

一

大别山名烁古今，代有先贤留足印。

武帝刘彻途经此，御口亲赐大别名。

李白登峰赞山奇，南花北雪将其分。

宋代诗人赋绝句：山雄水秀人杰灵。

二

大别山区连三省，战略要地旌旗奋。

两湖毛董播火种，江汉岸边领航程。

周公少奇涉险地，驱寇反顽指路灯。

更有刘邓挥大军，逐鹿中原定乾坤。

三

英雄辈出摇篮地，千里沃土血染成。

百万儿女赴国难，前赴后继勇献身。

七百将士战沙场，血火锻造将星群。

二十八年旗不倒，红色大别万世尊。

篇五

刘邓大军千里挺进大别山的故事

1947年6月30日，晋冀鲁豫野战军，亦即刘邓大军的12万人马，在一举突破300里横宽地段的黄河天险后，在鲁西南连续作战28天，歼敌9个半旅，打开了战略反攻的南大门。紧接着，根据党中央、毛泽东关于“下决心不要后方，以半个月行程，直出大别山”的战略部署，拉开了千里挺进大别山的战斗序幕。

从1947年8月7日开始挥兵南下，到12月底站稳大别山、创建中原根据地，其间经历了数不清的艰难困苦和苦战血战，也涌现出了许许多多生动感人的故事。本篇根据曾任刘邓麾下六纵十七旅旅长李德生的回忆，编采如下几篇。

刘伯承亲探淮水传佳话

1947年8月12日，刘邓大军走出黄泛区，渡过沙河，又经一番血战猛攻，胜利地渡过汝河后，于8月26日，攻占了淮河边上的息县。然而，就在大军准备乘胜南下时，滔滔淮水挡在前面。

这时，我军有7个旅集结在淮河北岸待渡。根据原来的水文调查，淮河是可以徒涉的，但近日上游突然涨水，无法徒涉，敌人又将船只劫走、破坏，只剩下十几只小船，这点运载力，一天也难以渡过一个旅。

刘邓首长来到河边勘察水情，研究渡河办法。

刘伯承来到六纵渡口询问指战员能否徒涉，指战员都回答说不行。他又追问：“你们是否亲自侦察试过水深？能否架桥？”指战员回答说：“先头团侦察过，不能徒涉，也无法架桥。”

刘伯承默默不语，叫大家先让指挥机关坐小船渡过去。他也上了一艘小船，手持一根很长的竹竿，边行船边探水。不久，他回来了，喊道："河水不深，流速甚缓，快叫李参谋长组织部队架桥！"他布置后还不放心，叫身边的指战员写一封信，亲自看过后，在"坚决迅速架桥"几个字旁边，加了两层圈，并严肃地责备说："粗枝大叶害死人！"接着又说："越是紧要关头，领导干部越是要亲自动手，实地侦察。"说罢离去。

不久，先头部队又接到刘伯承来信，说他看见上游有人牵马徒涉，让转告李达参谋长，停止架桥，叫部队迅速徒涉！

顿时，宽阔的淮河上，南下大军沿着水上插的标记，分成四路、五路、六路纵队，浩浩荡荡，一夜之间，渡过了淮河，克服了进军大别山途中的最后一道险关。

部队刚渡完，淮河水位急速上涨，恰恰把大批敌人挡在淮河北岸。刘伯承司令员亲自探水、挥军渡淮的佳话，由此很快传遍全军，使大家深受教育。

8 月 29 日，蒋记国防部作战厅长日记记载："追击刘伯承各路国军，均为淮水所阻。据云，刘军渡淮河系徒涉，国军一到即涨水，此亦奇也！鲁西南已不能获得共军所在，故无接敌情况。"

敌人不知道刘伯承身先士卒、亲自探水、挥军渡淮的详情，还以为是天神之助呢。

百战将军游子泪

冲破敌军的重重封锁与围堵，作为刘邓大军先头部队的六纵，已进入大别山南麓。看到与北方平原完全不同的景色，到处山清水秀，林木葱葱的江南风光，作为"少小离家老大回"的十七旅旅长李德生泪眼模糊，不由地从内心发出呼喊：

"大别山，我的故乡！我们终于回来了！"

李德生是 1930 年从家乡——河南省光山县（今新县）参加工农红军的。1932 年 10 月，他随红四方面军踏上西进征途，经历了红军长征、抗日战争，转战千万里，离家已 17 年，现在打回来，重新解放家乡的土地，他和许多红军老战士一样，心情十分激动。

遵循邓小平的嘱托，李德生率领的十七旅一进大别山，就积极地寻找当地的游击队。一天上午，当部队在红安县七里坪附近的火连畈一个名叫黄石冲的村子宿营时，李德生见到了久盼的游击队领导人刘名榜。真是“老乡见老乡，两眼泪汪汪”。十几年没见到家乡亲人了，李德生对刘名榜有说不完的军情话，述不尽的故乡情，并在不知不觉中流露出想回故居地看看的想法。刘名榜激励李德生说：“‘美不美，家乡水；亲不亲，故乡人’啊！现在你们大军一到，蒋军望风而逃，虽有些残匪捣乱，但不足为虑。您十几年没回家乡了，真应该回去看看。”

从七里坪到李德生的出生地——李家洼，只有二三十里地的路程，若是骑马半小时即到。在刘名榜的劝说下，李德生带了一个参谋和一个骑兵班，兴冲冲地策马直奔家乡而来。

当李德生走进村里，昔日的大湾子已不见一个人影，走到自家门口时，不但未见到年迈的父亲，而且儿时居住的房子也已变成一片瓦砾。李德生不由得忆起悲惨的往事。在李德生五六岁时，母亲就已去世，父亲当长工，养不活一家人，弟弟和妹妹先后饿死。9 岁的李德生为了活命，只得给堂叔放牛。14 岁时，家乡来了红军，李德生靠着与红军战士比脚力胜出，参加了红军。这次回家李德生本想看看父亲，哪知也杳无音信。正在悲愁之际，警卫员带来同村的一个瞎了眼的老汉，打听到叔伯嫂子的家。谁知嫂子一听响动，竟然藏到床下，警卫员满屋找，才把她从床底下请出来。因为村里人被反动派赶上了山，她没跑，远远听见马蹄声，以为是国民党军队来了，怎么也想不到是红军打回到老家。

正所谓“儿童相见不相识，笑问客从何处来”。因李德生参军时只有十来岁，且又瘦骨嶙峋的，而眼前这位军官长得高大英武、威风凛凛，哪有小时候的模样呢？嫂子左看右看，仔细端详，终于认出来了。她喜极而泣，说：“弟呀，你终于出息了！为我们李家争光了！”她边说边喊，躲在山上的众乡亲纷纷围拢过来，问这问那，亲热得很。在和嫂子及众乡亲的交谈中，他才知道自己参加红军后，父亲因是红军家属，被国民党抓去关死在外地，受苦一生的老人，最终没能看到儿子回来，没能看到革命胜利！他顿时感到一阵阵的心酸难过，悲伤落泪。

他抹去泪水，强打起精神，对乡亲们讲了这些年革命形势的发展，告诉大家，这次我们回大别山再也不走了，坚决把祸害人民的反动派消灭干净。乡亲们听说今后不用再躲避敌军的烧杀抢夺而“跑反”，可以安居乐业了，感到十分高兴，备受鼓舞。因为战斗任务紧张，李德生只停了两个多小时，就赶回了部队。在返回途中，他感慨万分：“家乡的山水未变，仍然是那样的贫困！乡亲们这些年在反动派压迫下，不知道吃了多少苦！受了多少罪！我们作为人民的军队，不但有责任解救人民于水火，更有责任让人民过上幸福美好的生活。”

情深深，意浓浓，李德生一行策马缓行，与乡亲们挥手道别。这时，一位盲眼老汉忽然激起诗兴，高声吟道：

将军情未了，回归故乡道。
马上打天下，尽忠难全孝。
只为践初心，金戈铁马萧。
此去扫残匪，青史载功劳。
他日得天下，重整山河貌。

严明军纪得民心

从进入大别山之日起，刘邓首长就对部队执行“三大纪律八项注意”，要求十分严格，针对部队暴露出的各种不良倾向进行了严格的整顿和教育，使部队的战斗力显著增强，赢得了人民群众的交口称赞。

刘邓十几万大军，采取跃进方式，深入敌人纵深地区，远离后方依托，所带来的困难，是难以想象的。部队战士大多是北方人，到了南方吃大米说肚子痛；草鞋穿不惯，语言也难懂；习惯平原打仗，缺乏山地作战经验；因无安全后方，伤员难以安置，更成了指挥员最大的顾虑。由于以上各种原因，有的同志对建立大别山根据地的信心不足，遇到困难时，讲怪话发牢骚的现象时常出现，甚至营、团指挥员也有产生右倾情绪的。一次行军途中，有位以往很能打仗的团长，夜里从酣睡的敌群中穿过也不打，主要是顾虑开打后有了伤员无法处置。部队中违反群众纪律的现象也时有发生，如拉牛送病号等事急速增多，不少群众牵着水牛上山了。

为了及时解决指战员的思想问题，野战军司令部（简称“野司”）于1947年9月24日，在光山县王大湾召开了旅以上高级干部会议。刘邓首长严肃批评了部队中一些领导干部的右倾思想，强调指出，创立大别山解放区，是我们坚定不移的任务。要建立解放区，其一，必须坚定信心，不畏劳苦，不怕牺牲，敢打苦仗、硬仗和恶仗，大量地消灭敌人的有生力量；其二，必须紧紧依靠和联系人民群众，帮助他们搞好土地改革；其三，必须严守群众纪律，不允许侵害群众利益的行为发生。邓小平特别强调，是否严格遵守“三大纪律八项注意”，是关系我们能否在大别山站住脚的重要问题。刘伯承尖锐指出，消灭蒋介石反动派，我们的心要狠，手不要抖，不能当“东郭先生”，“每一个共产党员都要称一称，你这个共产党员是否足秤！”

紧接着，在野战司令部召开的整顿纪律的干部会上，刘伯承说：“部队纪律这样坏，如不迅速纠正，我们肯定站不住脚！”邓小平严肃批评道：“部队纪律这样坏，是我们政治危机的开始！”首长们在会上宣布了三条纪律规定：以枪打老百姓者枪毙！抢掠民财者枪毙！强奸者枪毙！会议精神传到部队后，引起极大震动。有的团听传达后，立即下令各连，将所有留下带路的向导，全部放回，有需要再临时找。

10月3日，军区纪律检查组，在总路咀检查，发现部队有一个副连长，公开抢夺商贩的粉条、花布，影响极坏，把老百姓都吓得往山里跑。为了维护纪律，检查组赔偿了群众六两黄金损失，并且枪毙了那个副连长。

群众大受感动，都从山上回来，称赞说：“这才是真正的人民军队！”

经过纪律教育和整顿，部队的精神面貌焕然一新。六纵在进入大别山后，一天夜里下滂沱大雨，有个班的战士来到老乡家门口，叫不开门，全班就在屋檐下过夜，战士们浑身淋湿，冷得发抖，也不进屋。有个机枪连，过新年住老乡家，为了尊重群众大年初一不泼水的风俗，全连一整天没有洗脸。这些遵纪行为都受到群众好评、传扬。有位旅政委的警卫员，吃了群众的橘子，这位政委向老乡赔了钱，还关自己的禁闭，惩罚自己没教育好下属。

有一段时间，粮食十分困难，简直到了吃饭都成问题的地步。刚开始，有的部队没经验，每到一地，就打土豪，将地主的粮仓打开，全部分给了群众，待第二次经过该地时，就没粮食吃了，一到地方，就组织部队用枪上的通条遍地戳，寻找地主藏粮的地方。有时实在找不到，为了不向贫苦农民要粮，就要求大家节约、少吃。干部带头：十七旅副旅长宗凤洲同志，自己吃一小碗，节约下来给战士吃；政委韩明同志自己吃锅巴，让战士吃饭。

六纵重视纪律教育，并严格执行的情况，不但在大别山群众中留下极好的口碑，甚至对敌军也引起了意外反响。新中国成立后，在敌人国防部的档案中，竟有敌人对刘邓六纵下过这样的“评语”：“该纵，长于攻坚，指挥及纪律均佳。匪称为主力纵队。”可见，敌人不但畏惧能打仗的部队，也畏惧纪律好的部队。

刘邓首长带头缝制棉衣

大别山的初冬，虽然金黄遍地，暮叶尚未尽脱，但早晚寒风凛冽，尤其是下霜落雨，寒气逼人，已使人感觉到冬天的严重威胁。此时，部队还穿着单衣，盖着薄被，夜晚最易受寒。很显然，如何解决十几万大军过冬的棉衣问题迫在眉睫。早在 9 月初，中共中央军委已指示晋冀鲁豫后方，为南下大军准备好 15 万套棉衣、100 万银元及药品等物资，拟送往前方，但这样庞大的物资送往大别山，沿途要经过漫长的敌占区，随时有遭到敌人袭击的可能，任务艰巨而且危险，至少需 4 个纵队护行、2.5 万名民工起运，无异于又一次大军南下。刘邓首长得知此情况后，体谅到中央和后方的困难，决定自筹棉衣，并提出向商人暂借棉布，以后归还的方案。中央同意了这一方案，毛泽东于 9 月 23 日，亲拟电报复告刘邓，同意冬衣动手自制，每人发一件棉衣，严寒时再发一条夹裤。具体规定：“……其办法是，向商人及民家有棉花、布者分派代制，照市价立借据，由南下纵队送银元（愈多带愈好）清还，分文照付。如此不但不会丧失军誉，且会增长军誉。唯须向商民说明理由，办理须有秩序，须派出多数有能力干部去做，以免苛扰。”

刘邓首长收到毛泽东的电报后，立即坚决严格执行规定，详告各纵队，自筹原料，自制棉衣。

10 月 7 日，六纵派李德生的十七旅，攻占长江边上的商业重镇团风。这一行动有双重意义：一是打下团风就已到了长江滨，对敌人是重大威胁；二是在团风解决棉衣原料问题。部队攻下团风后，有的同志还去江边捧饮长江水，表达胜利豪情。

纵队为了执行好中央规定的筹借棉花、布的政策和纪律，专门派纵队宣传部部长唐平铸，随部队进域，负责筹办事项。十七旅的领导干部亲自带领得力人员严格按中央规定，向商家筹集到一千几百匹布和若干棉花，都按数打了借条。第二年，大别山区解放，商家凭借条，向当地人民政府一一领回了棉花、布款，成为传诵一时的解放军遵纪佳话。但是，随之产生的问题也接踵而至，由于各部队凑凑合合筹集到的面料，都是五颜六色的棉布、绸缎，做出来的衣裳难免五花八门，那部队还成什么样子？而且到哪里去找这么多裁缝，来赶制成千上万套棉衣呢？正在各部队一筹莫展之时，传来刘邓首长亲自动手缝制棉衣的消息。

原来天冷后，有的纵队领导关心刘邓衣衫单薄，曾送去打土豪得来的皮大衣、皮袍，还有缴获国民党军官的呢大衣等。刘邓首长一律拒收，却亲自动手缝制棉衣，并要求全军将士也自已动手缝制棉衣，部队不准穿得花花绿绿，要保持军容的整齐。解决的办法是，自力更生，因陋就简，将白布、杂色布料，用稻草烧灰染黑。全军指战员响应刘邓号召，纷纷染布、弹花，穿针走线，互相帮助，自制棉衣，这些衣服染得不灰不绿，自已缝的棉衣也不怎么合身，但穿在身上人人都感到特别暖和、特别温馨。

10 月中旬到 11 月初，全军 12 万名将士终于解决了棉衣问题。这是古今中外军队从未有过的事，是只有中国共产党领导的人民军队才能做到的、令人钦佩叹服的罕见壮举！

剿匪除霸安定人心

刘邓大军中的一位纵队宣传部部长曾在他的日记里记下一个安置伤兵的故

事。在麻城县山沟的一个小村子里，安置了我军两名伤员。一个住贫苦农民家，两位老人像对儿子一样照顾伤员，好东西留给伤员吃，还打柴卖了给伤员买肉吃；另一个伤员放在地主家，他不敢不收，但招待极坏。一次敌人快到村里了，我军侦察队长对地主说："你如果把这两个伤兵交给了敌人，就杀你全家！"后来敌人到了村里，穷老汉把伤员背进山里藏起来；地主一方面应付敌人，报告情况，但却不敢讲两个伤员的事。从这类事件可以看出剿匪除霸对人民的安慰和对敌人的震慑作用。刘邓大军进入大别山后，不但要同数倍于己的敌正规军作战，而且随时面临着地方土匪恶霸的偷袭骚扰。因为敌人实施所谓"总体战"后，各地的地主、恶霸、特务、土顽部队，倚仗国民党正规军大量进山，一时气焰十分嚣张，对我地方工作人员和群众进行疯狂的倒算、迫害。如六纵宣传部干事马丰年遭突然袭击，被土顽捉去，残酷地用四颗大铁钉，将他的四肢钉在地上，问他还要不要穷人翻身。他正气凛然地回答："我死了穷人也要翻身！"敌人竟将他割耳、挖眼杀害。王毓淮有次带部队去一个村子，发现有一家房主竟不让部队进门，他见情况有异，进去一看，原来是野政文工团一个女同志，被土顽捉去卖了，还不敢哭，怕被杀害。部队救出了这位女同志，处决了首恶分子。敌人疯狂的暴行，激起了广大指战员烈火般的仇恨！部队侦察到麻城西南有"小汉口"之称的宋埠，麇集了一批国民党顽固的地方反动骨干，在那里出谋划策，指挥周围地区的土顽残害人民。为了打击敌人的猖狂气焰，纵队决心连锅端掉这股匪徒。经过周密的侦察部署，十八旅及十七旅四十九团于 12 月 2 日夜突然远距离奔袭宋埠，将敌人四面包围，干净彻底地歼灭了 2500 多名敌人。该伙敌人，计有麻城县政府全部、8 个保安中队、9 个乡公所、1 个义勇团，其中还有敌麻城县长及湖北省警保处特派员等反动分子。这一仗，不仅给黄（安）麻（城）地区反动势力以毁灭性打击，直接支援了该区地方工作，而且严重威胁敌人后方补给线，迫使进入大别山中心的一部分敌人回援。这次行动，受到刘邓首长表扬，他致电纵队称："你们自动于 12 月 8 日，全歼麻城县长及保安大队（8 个中队），其意义决不减于歼敌 1 个旅。特电嘉奖并记功一次。"

消灭宋埠之敌，还震惊了鄂东一带土顽。因为他们知道，国民党的正规军是临时调来扫荡的，不可能长期留驻，若与已在当地建立了政权的共产党为敌，迟早要遭到铲除，宋埠之战就是杀一儆百的实例。特别是国民党政府已日渐衰败，共产党日益强大，大别山很快就会全部回到人民的怀抱，还不如留点后路好。在我军事斗争与政治攻势下，许多干过坏事的土顽，纷纷向当地人民政权自首，表示愿意改过自新。一些乡、区的旧政府，也曾出现过抗日时期那样的两面政权，自愿或被迫地为人民做了些好事。上面记述的那则故事就是有力的说明。

不久，十六旅活动于英山、罗田一带，协助鄂豫军区四、五分区武装，四面兜击，进剿据守大别山主峰天堂寨的土顽，10 多天内，歼敌 800 余名，也受到野司表扬。

篇六

董必武三次回红安

中华人民共和国成立以后，年逾古稀的董必武曾 3 次回到他阔别多年的故乡红安。几十年的革命生涯，半辈子的风雨沧桑，抹不掉他对故乡的眷恋……

第一次回乡，留下半个绿豆粑

1956 年 4 月，时任全国人大常务委员会副委员长、最高人民法院院长的董必武由杭州到武汉视察。14 日，董必武由武汉回红安。这是董必武在中华人民共和国成立后第一次回家“探亲”。

“董老回来了！董老回来了！”董必武刚刚在县委住下，消息立刻在县城传开，一时间，前来看望他的人接踵而至。年逾七旬、须发霜白的董必武看到那么多乡亲来了，心里非常高兴，甩开大步就走出大门，跟这个握手，跟那个点头打招呼。有位领导示意保卫劝阻一下，被董必武看见，立即摆摆手：“没得事，回到自己老屋来了，我也想跟大家见见面，说说话。”说完，董必武站在院子中间继续和前来看望他的干部、群众交谈。

第二天，董必武来到县城郊区的武家畈、南门河、北门岗等地走访，每到一处，董必武就和群众打成一片，仔细询问群众的生产、生活情况，了解第一手资料，要求群众“有什么说什么”，谈到高兴之处，董必武是妙语连珠，笑声不绝。

第三天上午，董必武在县委机关二楼楼口迎候参加座谈会的群众代表，一直等到代表到齐，董必武才走进会议室。董必武亲自主持座谈会，要大家各自谈谈情况，一个个代表都有着掏不尽的知心话，叙不尽的乡土情，整个座谈会充满欢乐祥和的气氛。当老中医李云阶谈起红安地方常见病的治疗时，董必武关切地问："解放前县北的七里，紫云有个'山高水恶，疱颈气脚"的病，现在治好没有?"李云阶把这些年政府采取一系列措施（其中包括调拨医药、供应碘盐等）给苏区人治疗的情况作了简要汇报，并进一步谈道："'新粗脖子'不见多发，但'老粗脖子'并未根除。"董必武听了，对身旁的同志讲："这是个大事，你要重视。"

时间不早了，代表们都会意地站起来准备告辞。董必武站起来直向大家摇手："不要走，再多坐一会儿，18 年难见一次面，一起吃顿饭。""是啊！董老回来不容易，大家就陪董老吃顿饭吧!"在场的县委负责同志也都执意挽留。

进餐时，厨房的周红军师傅端出了特地为董必武做的油炸绿豆粑，说："董老，这是家乡特产，您老尝尝。" "绿豆粑，在外头可真是吃不到，这是好东西。"董必武劝代表多吃一点，自己正准备吃第二个时，专职医护过来劝阻。董必武笑着说："好，好，还吃半个。"说着，将那个绿豆粑掰成两半，留下一半放进盘里，对招待的同志说："麻烦你给我把这半个留着，下顿热了给我吃，莫浪费了。"

第二次回乡，关注水利、电灯与碘盐

1958 年 3 月，湖北省委农业检查团到红安检查工作，董必武随检查团一起第二次回到红安。董必武一到红安就到马鞍山水库工地视察，这一天，数千民工正冒着春寒修马鞍山水库。当人们发现董必武到来时，全工地的人一下子沸腾起来，掌声像潮水一样。董必武把拐杖勾在胳膊上，向民工挥手致意。高声说："乡亲们好啊！你们辛苦了！祝你们早日修好水库!"

董必武看到八里湾机关安了电灯，笑着说："你们这里还不错，有了电灯。"在离开八里湾时，董必武还去看了区的中心集市。一走进合作社，董必武就指着盐池说："是碘盐吗?"营业员点了点头。董必武说，过去红安长疱颈的人很多，就是因为缺碘，让老百姓吃上碘盐是很好的预防办法。董必武就是这样，处处想着人民，事事关心人民。

董必武对家乡的水利建设十分重视，走一路问一路，鼓舞群众的干劲，每到一个水利工地，不是口头赞扬，就是题字、题词，或写诗祝贺。

3月13日，董必武和夫人何连芝在县长马友才的陪同下，步行到云台山脚下的朱家看望父老乡亲，见面就嘘寒问暖，有唠不完的家常话。董必武在朱家还品尝了乡亲们为他做的绿豆粑。

第三次回乡，纠正浮夸风

1962年5月11日，董必武第三次回到了故乡。董必武到红安时，正赶上红安县委在开会，会议议题是纠正前几年工作中的失误、安排今后的工作。董必武告诫县委领导同志："一个共产党员在任何时候都要实事求是，不能说假话，不能随风倒。"

董必武来到曙光人民公社。他到地里看了花生、棉花、大麦、小麦、豌豆的生长情况，到村里看了社员的住房，访问了一些老农。在谈到粮食安排时，董必武对他们的"低标准、瓜菜代"感到担心，提出要看粮食仓库。出门路过会计室，小会计提着算盘赶出来了。董必武问社队会计："你们摸底夏收总产到底是多少?"会计回答了预计的总产量后，说："这是按亩产千斤计算的。""亩产千斤？一亩能产一千斤?"董必武拿过算盘，问身边的社主任："你们的小麦过去最高亩产能到多少?"社主任作答后，董必武拨动了几个珠子儿。"最低的咧?"社主任又报了个数字，董必武又在算盘上拨动了几下，运算的结果与千斤数相差一半以上。董必武递过算盘说："看到了吧?"会计瞪大了眼睛，直愣愣地答不上话来。董必武没有责备会计，转问社主任，"你们看哪个数字切合实际?""前几年赶浪头，谎报花生亩产几千斤，水稻亩产几万斤，这都是昧良心，睁着眼睛说瞎话，害苦了群众，也害苦了国家。"社主任在董必武面前说了真心话。董必武深有感慨地说："浮夸害死人!"

（文/戴剑华）

篇七

从乡村木匠到国家主席的李先念

拜师学徒，投身革命

1921 年，辍学后的李先念开始拜师学木工，当时他年仅 12 岁。3 年后，15 岁的李先念又独自一人到汉口当学徒。汉口的球场街有一家棺材铺，当时叫“寿器店”。李先念就在那里继续他的木匠活。在那里，李先念接触了汉口的码头工人和其他生活在社会底层的劳动人民，深切体会到人民群众的疾苦。

1926 年 10 月 8 日，国民革命军攻克武昌城，北伐战争取得了空前的胜利。

17 岁的李先念在汉口再也待不下去了，他听说董必武、陈潭秋等到他的家乡宣传革命真理，于是决定返回红安老家闹革命。这个寿器店的小伙计，决心要为埋葬旧社会打造一口“棺材”了。

毛泽东笑着对李先念说，你不当财政部部长，只好把宋子文从台湾请回来

1954 年 5 月，春光明媚、生机盎然的北京迎来了一位非常的客人，他就是即将就任国务院财政部部长的李先念。

毛泽东得知李先念已到北京，就打电话通知他去中南海。一见面，李先念就直奔主题，向毛泽东提出：“财政部部长我干不了，我没有那个能力和水平，还是请中央考虑他人。”毛泽东笑着说：“你干不了，不想干，那我只好把国民党的财政部部长宋子文从台湾请回来，让他干好了。”李先念着急了，赶紧说：“主席，那还得了，那我还是服从中央的决定。”

1958 年，古巴国家银行行长格瓦拉访问中国。毛泽东安排了时任财政部部

长的李先念与他会面。毛泽东对格瓦拉说："我们刚刚革命胜利的时候，也是非常缺少财政人才的。越到后来，我们越注意培养各类干部。但是，我们培养的人手，总嫌不够用的。"他指着李先念风趣地说，"于是，我们只好抓个'大兵'来管钱。事实证明，我们这样做也没有什么不好的。"

陈云向中央提议和推荐李先念任财政部部长，中央接受这一建议，也是经过全面慎重考虑和反复比较的。特别重要的一点就是，毛泽东非常信任他、器重他，因为他作风正派、诚实、有政治头脑、原则性强。

中华人民共和国第一任财政部部长薄一波回忆说："开始，我真有点为他担心。但先念同志却以他的聪明才智，很快交出合格答卷。"

"我是国家的副总理，不是红安的副总理"

1960 年 10 月，时任国务院副总理兼财政部部长的李先念率中央有关部门的负责同志，经河南南下，来到故乡湖北红安视察。这是新中国成立后李先念第二次回故乡。回故乡本来是值得高兴的事，但李先念此时的心情显得格外沉重。与前次截然不同，李先念这次没讲一句风趣话，满脸的威严。由于当时正处于三年困难时期，许多省市粮食告急，还有饿死人的现象，加之一些地方"共产风、浮夸风、强迫命令风、生产瞎指挥风和干部特殊化风"严重，使本来就很困难的局面雪上加霜，变得更为严峻。很长一段时间，李先念几乎每天早晨所做的第一件事就是批阅各地上报中央的粮食报表。此次南行，他肩负着党中央、毛主席交给的纠"五风"的重大使命。途经河南信阳地区，见许多群众的鞋子上套了一层用来表示哀悼死者的白纱布，他难过得流下了眼泪。

到达红安后，李先念一下车就问县委书记张景田红安的灾情如何，群众生活安排得怎么样，有没有饿死人。张景田如实作了汇报。与农村基层干部座谈时，李先念毫不留情地批评一些地方干部搞特殊，把干群关系搞得十分紧张。他说："我们有些同志过去打天下时很聪明，懂得要紧紧依靠群众和怎样依靠群众，现在搞建设却糊涂了，忘了本，群众饿肚子也麻木不仁，这哪里像是共产党的干部？群众有怨气是对的嘛，骂娘也活该！现在看一个干部是否合格，首先要看他的群众观念如何，是不是与群众同甘共苦、团结一致、克服困难。对官僚主义严重、搞浮夸，不关心群众疾苦，只顾自己享受的人，要坚决撤下来，不然，留在那个位置上害死人!”讲到自力更生、生产自救时，李先念指出，红安荒地多得很，要发动群众多种瓜菜，房前屋后都可以种，以瓜代粮。这时，随行人员介绍：“‘瓜菜代’是李副总理首先提出来的，毛主席、周总理都认为是个好办法，中央已发了文件，要求全国推广。”李先念说：“这也是逼出来的。全国几亿人口要吃饭，粮食就那么多，不想些办法怎么行?”他要求全县各级干部深入实际，开动脑筋想办法，扎扎实实地做好工作，与广大群众共渡难关。

一辈子不穿西服，不许亲属、子女经商

改革开放之后，中国大地上发生了翻天覆地的变化，就连中国领导人的服装也发生了变化。许多中央领导人喜欢穿西服、打领带，以展示对外开放的形象。夫人林佳楣多次建议李先念赶上时髦，也做一套西装，但遭到他的坚决反对。他带着浓重的乡音说：“为什么一定要穿西服?领带就像吊颈的绳子，勒死人了。我看中山装就很好，我就穿中山装。”李先念一生从未穿过一次西装。

李先念是农民的儿子，从大别山走出来，打惯了赤脚，参加革命后穿上了草鞋和布鞋。1983年，李先念当选国家主席，外事活动频繁，必须穿皮鞋，偏偏他最不爱穿皮鞋。当时的警卫秘书曾庆林想出了一个解决的办法：把皮鞋放在红旗轿车里，抵达人民大会堂后，李先念在车上把皮鞋换上，会见外宾结束后进入红旗车，立即把皮鞋脱掉，换上布鞋。后来，李先念一直保持了这种习惯。

李先念对自己的子女和亲属要求特别严格。他常告诫子女：“政治上要强，思想上要强。”教育子女一定要忠于祖国，忠于人民，干什么工作都可以，干一行就要把它干好。他的几个子女今天各有所成，是与他的身教和细致的思想政治工作分不开的。对待亲属或乡亲，李先念也是从公出发，从不搞特殊化。20

世纪五六十年代，有的亲属和乡亲想通过他的介绍到城里工作，李先念总是耐心解释说，我没有那个权力，共产党的干部是干出来的，不是从我口袋里掏出来的。他的姐姐、外甥、侄子，也一直在农村从事农业生产。

管了一辈子钱的李先念对自己的子女有着明确的交代，那就是不允许经商赚钱。

晚年的李先念有两件事，让小女儿李小林历历在目，记忆犹新。她回忆道："晚年时的父亲身体欠佳，医生说要补充维生素，家里就每天给他榨一杯橙汁，当他知道榨一杯橙汁要五六个橙子时，心疼地说：'太浪费了，以后不要榨橙汁，吃两个就行了。'后来，父亲长期在北京医院住院，孩子们为了给他增加营养，就经常到人民大会堂的餐厅去打一份汤，一份要花 25 块钱，父亲知道后，一再叮嘱说，别去打汤了，太贵了。"

李先念一生对党没有提过什么要求，临终时对女儿李紫阳说了一句，死后让国家给自己开一次飞机，一定要把骨灰撒在祁连山。这是李先念最后的，也是唯一的要求。遵照李先念的遗嘱，他的骨灰撒在了曾经战斗过的大别山、大巴山、祁连山。

链接

深切缅怀李先念诗（外二首）

（一）

林佳楣悼丈夫李先念诗

油松树下埋忠骨，祁连山上飘英魂。
巴山蜀水颂先烈，大别低首归故人。

（二）

李家大屋降人龙，倒海翻江一世雄。
义举黄麻惊敌寇，战开鄂豫醒长工。
五师突围千重险，解放旗摇万里红。
治国理财高德望，仪型永在众心中。

（三）

戎马生涯百战身，黄麻举义见精神。
足音融化千山雪，浩气呼来万木春。
治政理财牵国脉，除帮正道悦民心。
清风两袖品如镜，铁铸江山思老臣。

第十四章 铁流劲旅 红星闪耀

链接

大别山区党旗红 （篇一）

《共产国际》对红二十五军长征的描述 （篇三）

大别山区的剿匪 （篇四）

刀劈三关战襄阳 （篇六）

秦基伟落难回乡的感伤 （篇八）

国家确定的 12 个重点红色旅游区 （篇九）

篇一

重要的党建基地

——鄂豫皖苏区是怎样形成的

2019 年 9 月，习近平总书记到河南视察时，充分肯定了鄂豫皖苏区根据地是我们党的重要建党基地，明确提出“大别山精神”的概念，并确认大别山精神是我们党的宝贵精神财富。习近平总书记的这一重要讲话，是代表党中央充分地肯定了鄂豫皖苏区在我们党的历史发展和中国革命的历史进程中的重要地位，为我们深入研究鄂豫皖的革命历史、深入探讨大别山精神提供了根本遵循。

之所以说鄂豫皖苏区根据地是我们党的重要建党基地，其主要依据如下：

第一，鄂豫皖是继上海、北京之后，在全国最早传播马克思列宁主义的第三个主阵地。其主要代表人物是李汉俊、董必武、陈潭秋、恽代英和林育南。

第二，鄂豫皖是全国最早建立共产党武汉支部的建党基地。共产党武汉支部的七位成员是董必武、张国恩、陈潭秋、郑凯卿、包惠僧、赵子健和刘伯垂。

第三，鄂豫皖边是被中共中央称为“全国第二大块革命根据地”的红色区域。其重要标志是革命根据地面积扩展到 4 万余平方千米，人口 350 万，主力红军 4.5 万余人，建立起 26 个县的革命政权。特别是在整个新民主主义革命时期，大别山人一直在坚持战斗，做到了“共产党旗帜 28 年不倒，武装斗争 22 年不间断”。

在中国，第一个介绍俄国十月革命经验，系统地阐述马克思主义学说的人是李大钊。1918 年 11 月，他在陈独秀主编的《新青年》杂志（第一卷名为《青年杂志》）上发表了两篇著名的文章——《庶民的胜利》和《布尔什维主义的胜利》，热情讴歌十月革命的胜利，介绍布尔什维主义的观点，标志着马克思列宁主义开始在中国真正传播。

作为鄂豫皖三省首地的武汉，是新思想、新文化最活跃的地方。在俄国十月革命的影响下，湖北武汉地区产生了李汉俊、董必武、陈潭秋、恽代英和林育南等一批初具共产主义思想的知识分子。他们创办学校、出版和发行报刊、发表文章，并组建马克思主义研究会，促进了马克思列宁主义在知识分子和青年学生中的传播，进而带动了鄂豫皖边工农运动的勃兴。

早期传播马克思列宁主义的人——李汉俊和董必武，他们二人都随李大钊与陈独秀留学日本，并在留学中接触了马克思、恩格斯的学说，接受了马克思主义的启蒙。

众所周知，中国共产党的诞生不是偶然发生的，而是中国革命发展的客观必然。一方面，随着帝国主义的入侵和现代工业的发展，无产阶级的队伍不断产生和壮大，为党的建立奠定了阶级基础；另一方面，俄国十月革命一声炮响，给中国送来了马克思列宁主义，使中国的先进知识分子找到了救国救民的真理。马克思列宁主义在中国的广泛传播，为党的创立奠定了思想基础。而 1919 年爆发的五四运动，促进了马克思列宁主义与中国工农运动的结合，就为中国共产党的建立作了思想上和干部上的准备。

在中国最早酝酿和筹备建党的人，公认的说法是南陈北李，两湖毛董，即南方是陈独秀、北方是李大钊，湖南是毛泽东、湖北是董必武。其实，这个说法并不公正。应当说，北方受李大钊的影响，南方受李汉俊的影响。李汉俊何许人也？他是湖北人，而湖北属于鄂地。在党的一大代表中，13 人就有 5 个湖北人（李汉俊、董必武、陈潭秋、包惠僧、刘仁静）。这说明李汉俊作为鄂豫皖苏区党的奠基人，居功至伟。

李汉俊，湖北潜江人。这位从日本归国的学生，与陈独秀、李达一起在上海发起组建了共产党的早期组织，为召开党的一大作出了特别贡献。1920 年他在上海致函董必武，希望由他牵头在武汉组织起一个共产主义小组。董必武接到信后，分别找到陈潭秋、张国恩、郑凯卿、包惠僧、赵子健等人商议建党事宜。同年 10 月，他们汇集到武汉抚院街董必武、张国恩的寓所，正式成立了武汉共产主义小组，当时取名为"共产党武汉支部"。这个小组除了参会的 6 人外，还有陈独秀派来协助建立党小组的湖北鄂州人刘伯垂。小组成立之初，即由董必武、陈潭秋会同武汉新文化运动的开拓者恽代英和林育南组建起了马克思主义研究会。研究会成员分别利用个人的影响、职业等优势，积极宣传马克思主义，向青年学生介绍俄国十月社会主义革命道路。1921 年 7 月，董必武、陈潭秋代表武汉共产主义小组赴上海参加了党的一大。

由此可知，武汉是中国共产党早期建立地方组织的七个地区之一，在马克思主义早期传播中，成为继上海、北京之后的第三个主阵地。

为贯彻落实党的一大作出的决议，董必武、陈潭秋于 8 月初回到武汉后，积极开展党的活动。1921 年 11 月，陈潭秋在其家乡黄冈建立了全国最早的农村党组织——中共陈策楼、八斗湾党小组。董必武以开办武汉中学等阵地的名义，在鄂豫皖三省周边广泛吸纳进步青年入学，传播马克思列宁主义理论，宣传党的主张，从进步青年中发展共产党员，并派遣优秀党员到各地组织发动工农武装起义，由此产生出一大批优秀的工农运动骨干，为轰轰烈烈的大别山革命运动奠定了坚实基础。如麻城县的蔡济璜、刘文蔚、王幼安、徐子清、徐其虚、桂步蟾，红安县的潘忠汝、戴季伦、戴克敏、曹学楷、王秀松、汪奠川、吴焕先、詹才芳，光山县的王志仁、汪后之、熊少山、殷仲环、杜彦威，商城县的董汉儒、袁汉铭、詹谷堂等，都曾在武汉私立中学学习过，并成为后来三大起义的领导者。

据统计，从 1921 年 7 月中国共产党成立至 1927 年 11 月黄麻起义，鄂豫皖边先后诞生出数 10 个共产主义小组和共产党支部。具体时间如下：

1921 年 11 月，鄂东黄冈县的八斗湾和陈策楼成立了两个共产党小组；

1923 年，黄梅、黄陂两县成立了共产党支部；

1924 年至 1926 年，一些在武汉和麻城学校读书的进步青年，如董贤珏、王鉴、王秀松、王志仁、戴季伦、戴克敏、戴季英、蔡济璜、刘文蔚、汪奠川、桂步蟾、曹学楷、吴焕先、吴先筹、肖方等近 20 人先后加入了共产党组织。五卅运动爆发后，他们利用暑假分别返回家乡，联合当地许多进步青年，散发传单，集会讲演，并从自家开始，组织农民开展减租减息、打富济贫、摧毁反动盐卡等农民运动，还在优秀农民革命分子中发展一批共产党员，如蔡济璜回麻城县创建了中共麻城特别支部，先后任支部书记和县委书记；王秀松、戴季伦、戴克敏、戴季英等分别在黄安县的七里坪区、紫云区和檀树岗等地建立中共特别支部和党小组；王志仁、曹学楷在柴山保的王湾和曹湾建立共产党小组；吴焕先则在箭厂河四角曹门村建立了共产党小组。

在豫东南地区，光山、商城两县于 1924 年建立了党小组。汪后之、熊少山等共产党人在此基础上，于 1926 年分别建立了中共光山支部和中共殷区支部。1924 年秋，中共商城特别支部成立。1925 年至 1926 年，罗山、信阳、潢川等县相继建立了共产党组织。1927 年春，固始县也建立了党组织。

在皖西地区，1923 年冬，成立了鄂豫皖边区第一个共产党支部——安徽寿县小甸集特别支部。1925 年冬，中共六安县特别支部成立。1926 年至 1927 年，在霍山、霍丘等县分别建立了共产党组织。

鄂豫皖边区各县共产党组织成立后，便积极领导工人运动和学生运动。当“五卅”惨案的消息传到边区时，各县革命群众相继掀起了反帝怒潮，纷纷起来支援上海工人的斗争。在黄冈、黄安、孝感、麻城、黄陂、黄梅、光山、商城、六安等县城镇，先后成立了工会和革命青年的各种群众团体，出版了《血拼》《少年黄梅》《黄安青年》《新蕲春报》和《环铎》等革命刊物，还通过兴办乡村平民学校、夜校等活动传播革命思想。

1925 年中共四大通过了关于农民运动的决议案。中共四大决议精神传到鄂豫皖边区后，各地党组织派遣一批共产党员和革命知识分子到农村开展革命活动，由此在大别山区掀起了轰轰烈烈的农民运动高潮。

上述情况表明，鄂豫皖苏区不愧是我党最早传播马克思列宁主义的阵地，促进马克思列宁主义与工人运动和农民运动相结合、组建无产阶级政党的重要的党建基地。

链 接

大别山区党旗红

十月革命炮声隆，惊醒东方睡狮梦。
五四运动传马列，鄂豫皖地新潮涌。
南陈北李筹建党，红船之上立楚雄。
利群书社启民智，私立学校播火种。
农讲所训栋梁才，三大起义唱大风。
雨后春笋建党组，从此大别党旗红。

篇二

英雄之师的苦难与辉煌

——红四方面军的成立与发展

在土地革命战争时期，为武装反抗国民党的血腥屠杀，中国共产党先后组建了三支主力红军，而诞生于大别山的红四方面军，更是一支历经磨难而不溃、饱受摧残而更坚的部队。

起源与发展

红四方面军是中国共产党缔造的中国工农红军的主力部队之一，它产生于大别山区，诞生于黄麻起义，从其走过的历程看，经历了7次转身：

第一次，1927年11月，在黄麻起义中诞生出工农革命军鄂东军（来自黄安、麻城农民自卫军）；

第二次，1928年1月初，在木兰山上改编为工农革命军第七军（来自鄂东军）；

第三次，1928年7月，在柴山保尹家嘴会议上改编为中国工农红军第十一军第三十一师（来自第七军），后在商南起义和皖西起义中发展到三十二师、三十三师、潜山工农革命军独立师、工农革命军第三十四师；

第四次，1930年4月至8月，在箭厂河会议上改编为中国工农红军第一军（来自红十一军的4个师）（另有中国工农红军中央独立第一师、中国工农红军中央独立第二师、中国工农红军第八军）；

第五次，1931年1月中旬，在麻城福田河，由红一军与红十五军合编，组建中国工农红军第四军；

第六次，1931 年 11 月 7 日，在黄安县七里坪由红四军和红二十五军改编为中国工农红军第四方面军；

第七次，1937 年 8 月，在陕西三原县，红四方面军第四军、第三十一军及指挥部一部改编为中国国民革命军第八路军一二九师。

红四方面军的辉煌

1931 年 11 月，红四军与在皖西发展起来的红二十五军合并成立红四方面军后，在徐向前、陈昌浩的指挥下，主动南下出击，攻下国民党军整师兵力设防的坚固据点黄安城；接着发起商（城）潢（川）战役，打击北线敌人，将由汤恩伯任师长的蒋介石嫡系第二师几乎全歼；随后连续作战，东出皖西，围点打援，生俘敌 2 名师长、5 名旅长、12 名团长。在成立后仅半年的时间里，红四方面军成建制地歼灭国民党正规部队近 40 个团 6 万余人，创造了空中战、立体战、坑道战等多个军事奇迹。

四大战役的辉煌胜利，使红四方面军很快发展到 2 个军 6 个师共 4.5 万余人，成为全国三大主力红军之一。地方武装在成建制编入主力红军的情况下，发展到 20 万人。鄂豫皖根据地得到猛烈扩大，面积达 4 万平方公里，建立起 27 个县的革命政权，被中央称为全国第二大块革命根据地。尽管不久被张国焘的狂妄热情断送了革命成果，但红四方面军西征后，又创建了川陕根据地，红军发展到 8 万余人。

从苦难中走出的雄师

红四方面军自成立之日起，既创造过辉煌的胜利，也经历过痛苦的磨难。而其之所以能够做到历经磨难而不溃散，历经挫折与失败而不屈服，愈挫愈奋，逆境重生，除了具有坚定的革命信念外，还是由大别山人的天赋秉性决定的。红四方面军的天赋秉性与独特魅力可用六个“最”字来形容。

一是最“土”。在三支主力红军的创建过程中，红一、二方面军都有成建制的革命军队作为基础，因而无论是整体素养还是单兵素质都比较高，作战能力自然要强。而红四方面军完全是从大别山土生土长的农民暴动和游击战争中产生的，其基本成分是当地的土知识分子和庄稼汉。因此，缩短一个合格军人与一个平民百姓之间的距离，提升红四方面军的战斗力，更靠的是革命加拼命和不要命的精神。

二是最“悲”。在土地革命战争中，红四方面军发展是最快的，由黄麻起义时的 300 多人发展到组建红四方面军时，已到 15000 人。但就在革命力量蓬勃发展之时，却天降一个“阴阳脸、阎王心”的首领张国焘。为了大树特树他的个人权威，张国焘玩阴谋、耍诡计，在不到一年的时间内，就铁血整肃了 2500 多名红军指战员和上千名革命群众，而且杀掉的绝大多数是在革命战争中有威望、有经验、有战功和有文化的“土马克思主义者”。而更令人困惑不解的是，张国焘等极左掌舵人杀了那么多功臣名将，使红军锐减 1/4、团以上干部被杀 6/10 的绝境下，红四方面军在接下来的半年内还能组建起 4 万多人的队伍，并且连续取得黄安、商潢、苏家埠和潢光四大战役的辉煌胜利，歼灭国民党精锐部队 6 万多人。这真是一支不可思议的军队。亲人蒙难、身心俱疲的指战员，竟然在逆境和冤屈中仍然迸发出惊人的战斗力。这就是信仰的力量！这就是对敌人刻骨仇恨、对党绝对忠诚、对人民无比热爱的表现。正如徐向前曾经痛心地指出的，那些在“肃反”中遭到逮捕备受酷刑的红军指挥员，虽然生命危在旦夕，但依旧教育身边人和亲人要听党的话、跟党走，每当战势危急，被编为“突击队”或“敢死队”开赴前线对敌作战时，总是以革命事业为重，冲锋陷阵，以死明志、以身殉国、以节全忠。

三是最“惨”。红四军时期的白雀园大“肃反”与西路军兵败河西走廊，是给红四方面军带来重创的两大悲惨之事。红四方面军忍受着外部剿杀和内部残害的伤痛，好不容易在川陕建立了根据地，站稳了脚跟，后又与中央红军胜利会师，如跟着毛泽东率领的红一军团北上抗日，将会苦尽甘来、前程似锦。但张国焘却又倒行逆施，强令部队南下川康，使数万名红军指战员三过草地、两翻雪山，吃尽了苦头。百丈一战，更是损兵折将，由 8 万人减至 4 万人，特别是三军再次会师后，红四方面军奉中革军委之命，抽调一半人马组成西路军，苦战河西走廊，几乎全军覆没，2 万余名战士殒命祁连山。即便如此，艰苦的征程锻造出不朽的长征精神，痛苦的经历磨炼出钢铁般的革命意志。红四方面军犹如浴火涅槃的凤凰，经过血火洗礼后更加光华。逝者不死，复起更炽。

四是最“疯”。壮健的体魄，灼热的斗志，张扬的血性；敢拼敢打、武艺超群，战场上只有仇敌，没有自我。这是红四方面军“疯”的标志和表现。驰名军界的许世友，一身少林功夫，铁砂掌、扫堂腿、少林棍和飞月刀技出神入化，杀敌如切瓜切菜，令敌人闻风丧胆。他自称是“专职敢死队队长”。他的少林师弟钱钧，擅长朱砂掌，20 厘米厚的石头一掌就能劈碎，死在他朱砂掌下的敌人不计其数。大将徐海东力大无穷，论刀法和勇猛还在许世友之上。每当战事危急，他总习惯赤膊上阵，大力挥舞，只见刀光不见人影。大将王树声则枪法如神，在红四方面军有“神射手”之称。类似奇人异事，在红四方面军中举不胜举。被战友们称为“夜老虎”的杜义德，摸着树皮的厚度就能辨别背阴朝阳，向东还是向西，老区的百姓说他长有夜眼。被称作“王疯子”的王近山，打起仗来不要命。他在刚参加红军时，因个头小、气力弱，一次在与大个头敌兵拼刺刀时，眼看不敌，突然瞅个空子抱住敌兵滚进深山沟，结果敌兵死亡而他只受轻伤。还有“红小鬼”程世清，一只笛子缴了敌兵的三支枪；聂凤智在鄂豫皖时期的反“围剿”斗争中，一人俘虏国民党军的一个班，成了名震红一团的智勇双全的战斗英雄。正是这许许多多的个例，成就了红四方面军最“疯”的威名。

五是最“硬”。不循常理、不守常法、不按常规而又狂野豪放、善打苦仗硬仗恶仗，也是红四方面军指挥员的独特战法。徐向前把它归纳为“狠、硬、快、猛、活”五字诀。他在部署战斗时说得最多的一句话是“硬着头皮打”，要求部队豁得出、挺得稳、耐得住、续得上、胜得爽。秦基伟上将曾经这样评价过他的这位老领导：“徐总自己有一条规矩：他的指挥位置总是在影响战役或战斗全局最紧要的地方。在战斗中，哪里任务最艰巨，哪里情况最危险，哪里枪声最激烈，徐总指挥就出现在哪里。”正是在他的言传身教的带领和培育下，涌现了一大批进若锋矢、战若雷霆、掠疾如火、不动如山的实战派将领。被誉为王近山铁纵麾下的“三剑客”李德生、尤太忠、肖永银，就是这方面的典型代表。中将郑维山更是出了名的胆子大、骨头硬。朱德老总曾经称赞郑维山是“少年猛将”。许世友也对郑维山说：“你打仗的胆子比我还大。”李先念对郑维山的评价是“郑维山是善打大仗、打恶仗的指挥员”。还有在长征途中进行的包座之战中，红三十军施展围点打援的独门绝技，围得严守，引得自然，打得精彩，速战速决，毛泽东大赞三十军政委李先念和军长程世才，风趣地说“先念先念、先知先见！世才世才，不世之才”！这支专啃硬骨头的铁军不仅书写了炫目的军事辉煌，还为新中国锻造了 1 位元帅、2 位大将、14 位上将、51 位中将和数百位少将。

六是宣传最“弱”。由于张国焘的拖累和诸多历史因素，在延安整风时，红四方面军的干部曾受到不公正的待遇。有人在清算张国焘的错误路线时搞连带责任，就像倒脏水时连同小孩也一起倒掉了一样，伤害了红四方面军的许多干部，以致酿成了“延安风波”。后来，这种扩大化的错误，虽被毛泽东及时纠正，但在相当一个时期对红四方面军干部的使用上，一些地方仍然存有歧视的问题。特别是中华人民共和国成立以后，红四方面军是三支主力红军中宣传最少的一支，尤其是西路军与“红流”问题更是噤若寒蝉。因此，重新审视和挖掘红四方面军历史中蕴含的丰富内涵，还历史以本来面貌，仍是一项重要任务。

篇三

先锋之旅的功绩与特色

——红二十五军的长征奇迹

红二十五军原属红四方面军的一部分。红四方面军离开大别山后，留在根据地的红军武装和地方游击队重建了红二十五军。1934 年 11 月 16 日，根据周恩来的指示，由程子华、吴焕先、徐海东领导的红二十五军近 3000 名战士高举中国工农红军北上抗日第二先遣队的旗帜，从河南省罗山县何家冲迤逦西进，开始了漫漫长征。

在没有电台，与党中央失去联系的情况下，红二十五军依靠坚忍不拔的毅力和勇气，一路斩关夺隘，冲破国民党反动军队的重重拦阻，历时 10 个月，途经 4 个省，行程 1 万余里，大小战斗上百次，胜利完成了党中央赋予的担当“先遣队”的历史使命，为中国革命和民族解放作出了巨大贡献。

五大功绩

第一，红二十五军于 1935 年 9 月 15 日到达陕北延川县永坪镇，次日与陕甘红军会师，成为红军长征几支队伍中最先到达陕北的工农红军，成为长征先锋。

第二，红二十五军是长征中唯一一支增员的红军部队。主力红军由出发前的不足 3000 人增至 3700 人，另外还发展地方武装 2000 余人，这是一个奇迹。

第三，红二十五军是长征中唯一一支创建了根据地（鄂豫陕革命根据地）的部队。红二十五军于 1934 年 12 月到达陕南后，打退了敌军 41 个团的两次“围剿”，在鄂豫陕边区创建了人口 50 万、面积 3 万多平方千米的根据地。

第四，红二十五军是长征中唯一一支发展了地方游击师的部队。

第五，红二十五军到达陕北后，与红二十六、二十七军合编为红十五军团，以劳山、榆林桥战役的胜利，迎接了党中央、毛泽东的到来。在党中央、毛泽东的直接指挥下，参加了直罗镇战役，为党中央把全国革命大本营设在西北举行了“奠基礼”!

显著特色

红二十五军有着坚定的革命信念和坚强的党性观念。它参加创建了鄂豫皖革命根据地，并在极端困难的条件下，坚持了那里的武装斗争。它独立创建了鄂豫陕革命根据地，使自己得以休养生息。它西征北上的战略行动，成为主力红军北上的先导，为把中国革命的大本营建在西北建立了特殊的功勋。纵观其光荣历史，有如下显著特色。

其一，英勇无畏、独撑蓝天。这一点特别集中体现在红二十五军的长征过程中。红二十五军的长征几乎是在与世隔绝的情况下进行的，一切决策、一切决定全凭自己的分析和判断。由于该军的将士年纪都很小，所以有人这样说：“红二十五军是用自己柔嫩的肩膀撑起一片蔚蓝的天空。”

其二，顽强拼搏、能征善战。据统计，在红二十五军的历史中，仅是有记载、有影响的战役战斗就有 70 多次，歼敌 10 多万人，其中，独树镇、瘐家河、石塔寺、袁家沟口等战役战斗差一点就让红二十五军全军覆没；还有著名的劳山战役、榆林桥战斗和直罗镇战役，都是大仗、恶仗、险仗。事实证明，红二十五军是一支英勇顽强，能征善战，纪律严明，作风过硬，勇于吃大苦、耐大劳，敢于打硬仗、打恶仗的英雄部队。

其三，人民公认、领袖称赞。红二十五军虽然是一支年轻的部队，但是它纪律严明、作风过硬，特别是在长征过程中，严格执行我们党的民族政策，注重与少数民族地区的群众搞好关系。毛泽东说，红二十五军了不起，是执行民族政策的典范。红一方面军长征结束时，几乎到了弹尽粮绝的地步。红二十五军军长徐海东知道后，立即安排人查清了家底，然后迅速地从所剩的 7000 大洋中拿出 5000 大洋，同时又从各个连队抽调一批武器和战士，连人带枪带钱送给中央红军。

对此，毛泽东深受感动，始终铭记于心。后来，在多种场合下，毛泽东都对红二十五军和徐海东给予了高度评价。他说，徐海东是对中国革命有大功的人，他是中国工人阶级的一面旗帜，并且在徐海东生病住院期间给予了很多特殊的关照。

当然，毛泽东对徐海东的特殊关照，并不仅仅是因为徐海东给红一方面军送了 5000 大洋。徐海东一家为中国革命牺牲了 66 口人，一生受过 10 多次战伤，去世的时候身上还有 10 多个窟窿，他的确为中国革命立了大功。

其四，人才济济、将星璀璨。红二十五军人才济济、将星云集，仅开国将军就有 97 位，他们中有开国大将 1 名：徐海东；上将 2 名：刘震、韩先楚；中将 6 名：李耀、张天云、张池明、陈先瑞、林维先、梁从学；少将 88 名，如方升普、邬兰亭、肖选进、闵鸿友、陈祥、胡继成、熊挺等。另外，还有被称为红二十五军军魂的吴焕先，受周恩来委派率部长征、中华人民共和国成立后转到地方工作未参加授衔的红二十五军军长程子华，曾任中央军委副主席的刘华清等重要人物。

链 接

《共产国际》对红二十五军长征的描述

1936 年《共产国际》第 7 卷第 3 期曾刊载过一篇文章《中国红军第二十五军的远征》。请看该文中的几段叙述：

——“中国红军第二十五军的荣誉，犹如一颗新出现的明星，灿烂闪耀，光被四表！”

——“……最堪注意的，就是这支队伍差不多没有年逾 18 岁以上的战斗员。从前的鄂豫皖苏区里，遭受异常残酷的白色恐怖，那些在战斗中牺牲者的遗孤，那些在 1932 年随红四方面军远征到四川的红军战斗员的子弟，便在这种恐怖条件之下建立起游击队，从游击队变为现在以‘儿童军’著名的红二十五军。”

——“他们还是幼弱儿童就如大人一样懂事，他们亲眼看见过白色恐怖的一切惨状，他们在幼年童稚时代就已领略了一切政治常识。这样就产生了新的红二十五军，产生了‘儿童军’。徐海东就是这一军的领导者之一。这一军大多数战斗员的年龄在13岁到18岁之间。”

他们懂得为什么要长征，要北上。于是，他们高擎红旗，唱响着那曲《红军青年战士之歌》，义无反顾地奔向前方。

篇四

了不起的游击之师

——红二十八军的游击战争

1934 年 11 月，当红二十五军踏上长征路时，留在鄂豫皖坚持斗争的红二十八军实际人数仅 800 余人。别看人数少，周边又尽是强敌，但红二十八军在军政委高敬亭的指挥下，英勇地与敌展开游击战，在条件有利时开展运动战，积小胜为大胜，部队开始慢慢发展壮大。

红二十八军的重新崛起，引起了国民党的极大惊恐。原以为红二十五军一走，就可以“砍尽山上树，挖绝红军根”，哪知“野火烧不尽，春风吹又生”，如今在大别山又扬起了红军旗帜。大雪纷飞中，敌三个师从西北、东北、正南三个方向合围过来。一周内，高敬亭亲自率领 1000 余名红军战士连续突破敌人三道封锁线，翻越大别山最高峰白马尖，部队终于胜利突围，脱离险境。接下来几个月，红二十八军转战皖西，西进桐柏，东返大别山，历程千余里，运用机动灵活的游击战术，取得了一个又一个胜利，不仅恢复了部分老区红色政权，还建立了新的游击区，站稳了脚跟。在与敌优势兵力的作战中，红二十八军敢打敢拼，不仅改善了装备，提高了战斗力，还总结了一套行之有效的战略战术：以游击战为主，辅以必要的伏击战；敌情不明不打，地形不利不打，伤亡过大不打，缴获不大不打；每战集中优势兵力，或击其头，或断其尾，突然迅猛，分割围歼……为适应对敌斗争需要，红二十八军还创造性地建立了鄂豫皖边区各县的便衣队。便衣队一般由几人或十几人组成，党政军一体化，是以地方工作为主的武装工作队。他们组织发动群众，为红军筹粮筹款，掩护红军伤病员，营救被捕群众，搞侦察、送情报，成为红军联系群众的桥梁，也成为主力红军的“千里眼”“顺风耳”。

从 1935 年 2 月到 1937 年 7 月，红二十八军在鄂豫皖边区进行了长达 3 年的游击战争，纵横三省40余县，牵制了敌人30万兵力，创造了游击战争的辉煌战绩。周恩来称赞高敬亭是“游击专家”，毛泽东也赞扬说：“红二十八军很了不起！”

1938年3月，红二十八军及便衣队改编为新四军第四支队，开赴皖东抗日前线后，又成为新四军中消灭日伪顽军最多的精兵强将。尽管其主帅后来遭受冤杀，但红二十八军（新四军第四支队）的功绩永载史册，这面鲜红的旗帜，永远飘扬在大别山人民的心中。

链 接

大别山区的剿匪

1949年1月，淮海战役胜利后，国民党军队从大别山区败退时，有计划地留下了一批武装特务分子，妄图以金寨县为中心，利用大别山的特殊地理环境，开辟所谓的“第二战场”，待机配合幻想中的“反攻大陆”。特别是在我南下大军即将解放武汉时，国民党“华中军政长官”白崇禧又派其亲信、原国民党第九十二师师长汪宪等，携带电台由武汉潜入金家寨，在七邻湾白水河成立所谓的“豫鄂皖边区人民自卫军总司令部”。他们以金家寨为指挥中心，将大别山区原有的反动武装扩编为14个支队，对外号称“十万铁军”，实际仅万余人。已逃往桂林的白崇禧为给大别山股匪壮胆打气，先后3次派飞机到金家寨空投电台、弹药及药品等，虚张声势、苟延残喘。

为消灭大别山区的残匪武装，1949年8月，解放军华中军区任命湖北军区第二司令员王树声为鄂豫皖边区剿匪指挥部司令员兼政治委员，统一指挥三省武装，进剿鄂豫皖边区股匪。10日，指挥部分别组成东、北、南3个剿匪集团。各部队于9月5日统一行动，当日一举解放金寨。东线部队重点清剿金（寨）商（城）固（始）地区之匪，活捉汪宪及第一副司令樊迅等重要匪首。同时，北线部队集中兵力于商南地区，歼匪支队司令冯春波以下1000余人。南线部队于金（寨）麻（城）罗（田）地区围剿周香波、饶国栋等股匪，歼匪1200余人。至1950年3月，大别山会剿结束，共歼匪15400余人，缴获各种炮81门、枪13883支，其他军用物资一大批。

篇五

三支劲旅汇中原

——中原军区的成立与重组

1945 年 8 月，日本投降后，拟在湘粤边境建立根据地的王震率领的八路军南下支队三五九旅遭到国民党大军重兵围堵、追击，无法立足完成原定任务。与此同时，坚持在鄂豫边区抗日的李先念率领的新四军五师和王树声统领的豫西抗日根据地的八路军河南军区部队，都遭到了国民党以“受降”和“收复失地”为名义的进犯。

为使三支部队摆脱各自势单力薄而被敌军分割包围、各个击破的危险，中共中央决定命三五九旅北上，河南军区南下与新四军五师合兵一处、将打一家；同时又命令冀鲁豫军区第八团向五师靠拢。1945 年 10 月 30 日，三支主力在随县、枣阳交界处胜利会师，八路军、新四军中原军区由此成立！

新成立的中原军区由李先念任司令员、郑位三任政治委员、王树声任副司令员兼第一纵队司令员、王震任副司令员兼参谋长，辖江汉、鄂东、河南三个军区和两个野战纵队，全部兵力 6 万余人。

武汉是国民党自大后方进军华东、华北、东北的战略枢纽。卧榻之侧，岂容他人酣睡？于是，国民党集中 30 万大军把中原军区如铁桶般围困了起来，妄图以“留此无粮、求去不能”战略来饿死、困死人民军队。1946 年 6 月 26 日，蒋介石公然向中原军区发动了全面进攻。中原军区部队采纳王树声的建议，并听从党中央的电令，分左、中、右三路，向陕南、鄂西北突围，拉开了中原突围战役的帷幕。面对 5 倍于己的对手，中原军区以“皮旅”作掩护，边打边撤，经过 36 天的浴血奋战，终于越过平汉线，到达了指定目的地。不久，中原军区根据中央指示在豫鄂陕、鄂西北创建了根据地，继续担负牵制敌军的战略重任。王震一部则重返陕北，后纳入西北野战军建制。

篇六

重建大别山根据地

——刘邓大军千里跃进大别山

中原突围后，在主力部队转出大别山、敌我力量极为悬殊的形势下，大别山区始终有鄂皖工委、皖西工委等党的各级组织坚守着阵地。这些分散在各地的党组织，扎根在人民群众之中，领导20多支游击武装约3000人，分散在根据地东西两部坚持斗争，使革命红旗始终在大别山上高高飘扬。

1947年夏，在挫败国民党军队的全面进攻后，国民党军队深陷山东、陕北两个战场，中原腹地十分空虚。中央军委决定实施“三军配合，两翼牵制”的战略方针，指示刘邓大军不要后方，直出大别山。在动员中原突围的战士重返中原时，陈毅说道：“经过中原突围的同志，都是筛子精选过的，都是党的宝贵财富。你们每个人都是一粒种子，南下以后，一个人能发展成一个大队，一定会为人民再建奇功。”

刘邓大军千里跃进大别山，中原突围主力重返江汉，中原再次成为牵动战争全局的主战场。1948年5月9日，中共中央决定重建中原军区，刘伯承任司令员，邓小平任政治委员。

8月11日，刘邓大军挥师南征，以锐不可当之势跨过陇海路，越过黄泛区，强渡沙河、汝河、淮河，于8月底胜利到达大别山，完成了无后方依托、千里跃进大别山、插入敌人战略纵深腹地的空前壮举。进入大别山区后，刘邓大军分别找到了在大别山坚持斗争的游击队领导人，并在地方党组织和游击队的支持和配合下，迅速实施战略展开，重建大别山根据地。刘邓大军挺进大别山，拉开了解放战争由战略防御转为战略进攻的序幕，实现了将战争引向国民党统治区的战略意图。刘邓、陈谢、陈粟三路大军在中原地区的战略展开，使这一地区成为解放军夺取全国胜利的前进基地。

1949 年 1 月 10 日，由中原军区暨中原野战军与华东野战军配合的淮海战役胜利结束，基本解放了长江以北的中原、华东地区，奠定了夺取全国胜利的坚实基础。

1949 年 5 月，中央军委对中原军区完成整编，中原军区所属河南军区、湖北军区归第四野战军兼华中军区建制，中原军区胜利完成历史使命，番号撤销。

链 接

刀劈三关战襄阳

襄阳是一座古城，三面环水，西靠群山，地形异常险要。历来兵家认为，“欲攻襄阳，须先取山，山存则城存，山失则城亡”。然而国民党的大特务头子康泽在山上所有制高点上构建了密集的碉堡群和火力网，显然不宜先夺山后攻城。前线总指挥王近山亲临前线观察地形和敌情后，制定了攻城计划：“我要破破兵家惯例，撇山攻城，直取西门。”

欲取西门，必须先劈开扼守襄阳西大门的真武山、琵琶山和西门外的铁佛寺三道关卡。王近山把这项艰巨任务交给了能攻善守的李德生率领的十七旅。李德生旅长亲临前线指挥作战，于 7 月 9 日、10 日接连攻克两座大山之后，又采取在敌人窝边挖交通壕的办法，直挖到距敌人只有 50 米远的地方。这个距离，敌人用炮弹打，炮弹落得远远的，不顶用；扔手榴弹、用机枪扫射，却又找不到目标。13 日夜，十七旅从地面、地下双路进攻，一举拿下铁佛寺。康泽见南面阵地失去作用，惊恐万分，按蒋介石指示，将主力撤入城内、日以数电向白崇禧求救，以期固守待援。

十七旅攻城部队从东西两面逼近城垣后，襄阳城已暴露在解放军的锋芒之下。刘邓首长指示：康泽只能活捉。中央军委也专门电告：康泽是特务头子，注意收集情报、密电、密码，对我甚为有用。双手沾满共产党人和民主人士鲜血的康泽，见援军迟迟不到，自知大势已去，躲藏在司令部地道的尸首堆里以图蒙混过关，但还是被搜查出来。

襄阳战役，全歼国民党守军2万余人。汉水流域变成了解放区的内河，威胁着国民党军的大巴山防线和长江防线。为此，中共中央给刘邓首长和所有参战部队发来了贺电，并表彰了有功单位和战斗英雄。

篇七

将星闪耀　政坛生辉

巍巍大别山横跨鄂豫皖三省，承东西之枢纽，扼江淮之要冲，历来为兵家争夺的要地。全区覆盖7市42个县（市、区），人口2800万人。1921年，中国共产党在上海宣告成立，这是中国历史上开天辟地的大事。从此，大别山春潮激荡，红色风暴席卷而至，以至于后来大别山与井冈山、太行山一起成为中国三大红色名山，在中国革命史上声名赫赫，为世人所景仰。翻开中共党史，大别山区发生的重大事件令人瞩目：黄麻起义、商南起义、皖西暴动风起云涌；红一军、红四军、红十五军、红二十五军、红二十七军、红二十八军、红四方面军不断变身，迅速崛起，鄂豫皖红色根据地雄踞中原；新四军五师、新四军四支队敌后抗战可歌可泣；中原突围，气壮山河；刘邓大军千里跃进大别山，威震大江南北；200千米大别山长江北岸成为渡江战役的桥头堡。大别山是英雄之山、革命之山。但大别山最引人注目和自豪的还是大别山的著名红色风流人物。他们是大别山的红色之星。

大别山红军中诞生了9位军事家

1989年中央军委在邓小平的主持下，对中国人民解放军建军60多年来众多高级将领进行了全面、客观、公正和实事求是的历史评价，正式确认了33位军事家，即毛泽东、周恩来、朱德、邓小平、彭德怀、刘伯承、贺龙、陈毅、罗荣桓、徐向前、聂荣臻、叶剑英、杨尚昆、李先念、粟裕、徐海东、黄克诚、陈赓、谭政、萧劲光、张云逸、罗瑞卿、王树声、许光达、叶挺、许继慎、蔡申熙、段德昌、曾中生、左权、彭雪枫、罗炳辉、林彪。1994年8月经中央军委审议，又确定增补黄公略、方志敏、刘志丹为军事家。这样，被确定为军事家的共计 36 人。

在这 36 位军事家中，在大别山红军中诞生的共有 8 位，他们是李先念、徐向前、徐海东、王树声、陈赓、曾中生、许继慎、蔡申熙。还有一位是出生在大别山黄冈县的林彪。1955 年中央军委授衔，徐向前、林彪为元帅，徐海东、王树声、陈赓为大将，李先念因当时担任国务院副总理未参与授衔。曾中生、许继慎、蔡申熙是大别山红军智勇双全的领导人，可惜的是，曾中生和许继慎死于张国焘的“肃反”运动，蔡申熙在西征的战斗中不幸牺牲。

大别山籍儿女中诞生了 80 多位中共中央委员（1921—1997）

其中有 2 位曾担任党中央最高领导人：陈独秀、王明；2 位国家主席：董必武、李先念；2 位全国政协主席：邓颖超、李先念；3 位中央副主席：林彪、李德生、李先念；5 位国务院副总理：董必武、李先念、陈锡联、林彪、谢富治；2 位中央军委副主席：林彪、刘华清；5 位全国政协副主席：董必武、陈再道、洪学智、李四光、钱运录；4 位全国人大常委会副委员长：董必武、邓颖超、秦基伟、韩先楚；30 多位省委书记，如丁国钰（中共北京市委书记）、王群（中共内蒙古自治区委书记）、王光宇（中共安徽省委书记）、王宏坤（中共湖北省委代理书记）、尤太忠（中共内蒙古自治区第一书记）、许世友（中共江苏省委第一书记）、李先念（中共湖北省委书记）、李子芬（中共满洲省委书记）、李德生（中共安徽省委第一书记）、吴大胜（中共江苏省委书记）、佘积德（中共江西省委书记）、汪家道（中共黑龙江省委第一书记）、张忠（中共甘肃省委书记）、张体学（中共湖北省委书记）、陆沉（中共江西省委书记）、陈康（中共云南省委书记）、陈延年（中共江苏省委书记）、陈锡联（中共辽宁省委书记）、陈潭秋（中共江西省委书记）、林育英（中共满洲省委代理书记）、周纯麟（中共上海市委书记）、郑位三（鄂豫皖中央分局代理书记）、赵辛初（中共湖北省委第一书记）、钱运录（中共贵州省委书记、中共黑龙江省委书记）、韩先楚（中共福建省委第一书记）、程世清（中共江西省委书记）、储波（中共内蒙古自治区委书记）、谢富治（中共云南省委书记）、谢静宜（中共北京市委书记）、刘震（中共吉江省委书记)、熊应堂(中共浙江省委书记),等等。

大别山籍的将士中诞生了337位开国将帅

在全国十大“将军县”中,大别山占有红安、金寨、麻城、新县、大悟、六安6席:1955年、1958年、1961年、1962年、1963年、1964年中央军委授衔的将校中有80%来自红四方面军(大部分来自大别山),因此就有“井冈山的帅、大别山的将”之说。其中元帅1人,大将2人,上将18人,中将40人,少将276人。而没有授衔的著名将领更多,据《中国工农红军第四方面军人物志》《新四军人物志》等不完全统计,曾担任过正团职以上将领者达2700余人(包括在战斗中牺牲的将领),其中绝大部分属大别山人。大别山的天空将星闪耀,其革命历程可歌可泣。

篇八

大别山精神永放光芒

习近平总书记在庆祝中国共产党成立 100 周年大会上的讲话中指出，一百年前，中国共产党的先驱们创建了中国共产党，形成了坚持真理、坚守理想，践行初心、担当使命，不怕牺牲、英勇斗争，对党忠诚、不负人民的伟大建党精神，这是中国共产党的精神之源。一百年来，中国共产党弘扬伟大建党精神，在长期奋斗中构建起中国共产党人的精神谱系，锤炼出鲜明的政治品格。历史川流不息，精神代代相传。我们要继续弘扬光荣传统、赓续红色血脉，永远把伟大建党精神继承下去、发扬光大！

大别山精神由伟大建党精神孕育而来，它同红船精神、井冈山精神、长征精神、延安精神、西柏坡精神等一脉相承，是民族精神、革命精神和时代精神的有机统一。大别山精神既体现出伟大建党精神的深刻内涵，又反映出大别山人的鲜明特点，因而它是中国共产党人红色基因和革命精神谱系的重要组成部分，也是我们大别山人弘扬光荣传统、赓续红色血脉的重要内容和基本要求。

自习近平总书记明确提出“大别山精神”的概念，并确认“大别山精神是我们党的宝贵精神财富”之后，围绕什么是大别山精神，怎样在新时代、新征程中弘扬大别山精神的问题，鄂豫皖三省的宣传部门、干部教育和党史研究机构，都从不同的角度进行了充分的论证，比较倾向的意见是“16 字”概括，即“坚守信念、胸怀全局、团结一心、勇当前锋”。我们在编完《大别山红色故事》一书后，深感上述 16 字概述非常精练、准确，但仍觉有些抽象，并未完全反映出大别山革命前辈那种“要革命，不要钱，不要家，不要命”，即“一要三不要”的铁血精神。故此，我们提出了关于大别山精神的补充意见：

坚定信念革命到底，不怕牺牲前赴后继。
铁心向党顾全大局，勇于担当朴诚勇毅。
军纪严明令行禁止，依靠人民争取胜利。
不胜不休敢于亮剑，不避斧钺英勇无敌。
践行初心勿忘使命，英雄儿女为民立极。

链接

秦基伟落难回乡的感伤

1968年秋天，身为昆明军区司令员的秦基伟，在几次断然拒绝支持“左派”之后，不仅丢了官帽子，而且被打发到江西某农场劳动改造，途经武汉时，突然想回红安七里坪老家看看。

这天下午，长途车拖着一溜黄烟开进红安城关，秦基伟孤零零地走下车来。他没去县委，也没出车站，转手买了去七里坪的班车票。剩下的这段路，他闭了眼也知道：经七里坪，过盐店河，就到秦罗庄了。

尽管是在背运之时回到故乡的，但秦基伟并没有遭遇那种“落难的凤凰不如鸡”的感觉，相反地，热情的邻居小伙子喊来了众乡亲。顿时，秦罗庄喧闹起来。晚饭摆开了，有蒸肉糕、烩鱼卷、炒地菜干，还有绿豆粑、泥鳅汤，都是按将军口味备下的家乡菜。秦基伟和乡亲们一起喝了两罐子米酒，吃了好多美味的豆粑鱼卷，变得对世界上一切都十分满意了。

这时，门外有人唤起将军的小名：“秦伢子是你回来了吗?”一位想儿子想疯了的老妈妈开口第一句话就说：“秦伢子，我的柱子还在队伍上吗?”秦基伟知道柱子已牺牲在长征路上，可他强忍住泪水对老妈妈说：“柱子还跟我在一个队伍上。”

秦基伟知道，他当年带走的100多个弟兄，都相继倒在了异乡的土地上，只有他活着，只有他当上了司令，成了将军。而今，他这个将军也要解甲归田了。想想死难的战友，望望眼前热情的乡亲，他的心平静了，坦然了：啊！世象万变，唯有乡音未改，乡情未变。

篇九

红色圣地　大别象征

大别山：战地黄花分外香

研究大别山的红色历史，讲述大别山的红色故事，首先必须明确大别山的由来、位置、范围和特点。

（一）大别山名字由来

大别山历史悠久，源远流长，早在3000多年前我国第一部地理书籍《尚书·禹贡》中就有记载。该书两次提到“大别”山的字眼，但对其由来并未作详尽说明，以至于现在众说纷纭，莫衷一是，比较倾向的说法有三种：

一是得名于李白。相传当年李白登上了大别山最高峰白马尖（海拔1777米），观赏了南北两侧的景色，发现山南山北二侧景色截然不同，不禁赞叹道：“山之南山花烂漫，山之北白雪皑皑，此山大别于它山也！”大别山由此得名。

二是来源于地缘学界。据地缘文化学者考证，现在的大别山所在地在远古的时代曾是一片汪洋，大约20亿年前，由于地壳运动，这里的地面开始隆起，才逐渐形成了现在的大别山。大别山脉与西部的秦岭横亘于我国中部，连绵千余公里，是中国南北水系的分水岭。由于它分开了长江、淮河两大水系，也分开了吴国、楚国两地，从而使得南北两地的气候环境和风俗民情截然有别，所以叫作大别山。

三是带有神话色彩。据说在洪荒之世，天地浑然一体，亿万生灵被挤压在昏暗的天地之间，后来有一座山訇然升起，用它的脊梁把苍天高高擎起，从此有了天地之分，万物生灵也得以获得光明。由于这座山分出了天和池，分出了白天和黑夜，使天地有别，便取名为大别山。

还有一个说法是和汉武帝有关。相传昔年汉武帝刘彻封禅南岳天柱，途经安徽岳西县境内一座高山。因皇帝不走回头路，竟两个月未走出此山，感慨曰：“此山之大，别于天下。”大别山因而得名。

（二）大别山的地理位置

《中国古今地名大辞典》指出，大别山“北岭之在湖北河南间者，曰大别山脉，为江淮间一大分水岭，即周秦之冥也。今凿山通道七十余里，平汉铁路通过之。西起湖北应山县，东至河南商城，罗田至安徽霍邱，霍山诸县之间。旧于关上设关隘十三，曰黄土、平靖、武胜、九里、大胜、黑斗、白河、东黄土、穆陵、双庙、长岭、松子、铜锣。自古南北战争，恒以此为重险”。

（三）大别山革命老区的范围

安徽省六安市、安庆市全境；河南省信阳市、驻马店市全境；南阳市的桐柏县、唐河县；湖北省的黄冈市、随州市全境，孝感市的孝南区、安陆市、应城市、大悟县、孝昌县、云梦县，襄阳市的枣阳市，武汉市的黄陂区、新洲区。区域总面积为 10.86 万平方公里。

（四）大别山区指哪些县市（区）

安徽省安庆市潜山县、太湖县、宿松县、望江县、岳西县；六安市寿县、霍邱县、金寨县、霍山县。河南省信阳市光山县、新县、固始县、淮滨县、商城县、潢川县。湖北省孝感市孝昌县、大悟县；黄冈市团风县、红安县、罗田县、浠水县、英山县、蕲春县、麻城市。

一共是 24 个地区。

（五）大别山根据地与鄂豫皖革命根据地概念的异同

大别山根据地与鄂豫皖革命根据地并不完全是一个概念，二者既可以画等号，但也有区别或差别。原因在于，大别山根据地是以 1947 年刘邓大军千里挺进大别山，解放 24 座县城来划分的，而鄂豫皖革命根据地则是以土地革命时期红四方面军鼎盛时期所拓展的红色区域来划分的，因此，二者既有联系，又有区别。

此外，大别山革命老区的范围，与传统意义上的鄂豫皖革命老区也有范围上的不同。譬如，传统意义上的鄂豫皖革命老区，不包括驻马店市全境，也不含南阳市的唐河县，因为驻马店和南阳系桐柏、伏牛山余脉。但在抗日战争和解放战争时期，李先念、郑位三等领导人创建的新四军五师及后来成立的中原军区，又主要活动在驻马店、南阳市的东北部和鄂东、鄂北一带，并在这里开辟鄂豫边革命根据地，所以，大别山革命老区的范围自然更宽广一些。因此，现在意义上的大别山革命老区概念是根据 2015 年 6 月 1 日国务院批复的《大别山革命老区振兴发展规划》文件为依据的。

（六）鄂豫皖边区的地理位置及环境特点

鄂豫皖革命根据地位于湖北、河南、安徽三省边界的大别山区。这块革命根据地在极盛时期，包括湖北省东北部的黄安（今红安）麻城、黄陂、孝感、黄冈、罗田、蕲水（今浠水）、蕲春、黄梅、广济，河南省东南部的商城、固始、信阳、罗山、光山、潢川，安徽省西部的六安、霍山、霍邱、潜山、太湖、宿松、英山（今属湖北）、舒城、寿县等 25 个县，近 5 万平方千米。

鄂豫皖边界地区，是红军“安家”的好地方。这里崇山峻岭，层峦叠嶂，地势险要。闻名中外的大别山脉为淮河与长江流域的分水岭，绵延起伏于安徽、河南、湖北之间，有白马尖、天堂寨、木兰山、天台山、大悟山、大雾山等山峰，平均海拔在 1000 米左右，其中白马尖、天堂寨峰的高度分别为海拔 1777 米和 1729 米。这些紧密相连的山地，非常有利于红军开展游击活动。

这一地区，西边有纵贯黄陂孝感、信阳的平汉铁路，南边有横经黄冈、蕲水、蕲春、广济、黄梅、潜山、宿松的南北天堑——长江。因而，红军以此为据点，就会造成“南断长江，西控平汉，威逼武汉，震惊南京”的局面，从根本上动摇国民党在南中国的统治。

鸡公山：“雄鸡一唱天下白”

鸡公山，位于信阳市南，武胜关北，鄂、豫两省交界处的大别山中，方圆 50 千米，素有“青分楚豫，襟扼三江、气压嵩衡”之称。山峰平均海拔 710 米，相对高度 500 米。主峰报晓峰海拔 744 米，形如雄鸡仰首探望，引颈啼鸣，巍然耸立在群山之中。主峰两侧有灵华山和长岭，宛如雄鸡两翼，南岗为鸡腹，山峰左右峭壁深沟，酷似鸡爪，栩栩如生，形态逼真。登上“鸡公头”可以纵览全山风光，眺望鄂、豫两省，层峦叠嶂，云雾缭绕，绿树簇拥着红楼幢幢，潭水清澈，故有“云中公园”美誉，是驰名中外的避暑游览胜地。

清末年间，八国联军对中国实行瓜分，鸡公山也未能幸免，美、英、法、德、日等 20 多个帝国主义国家蜂拥而来，在雄鸡山的背上盖别墅、修教堂，使这片“云中公园”成了“十里风飘九国旗”、洋人寻欢逍遥的东方乐园。什么颐楼、烟雨楼、会景楼、花旗楼、姊妹楼、避暑山庄等，洋人在这块避暑胜地建筑有各国不同风格的建筑物多达 300 余栋。

1937 年到 1938 年，即武汉保卫战期间，蒋介石、宋美龄也临幸过这块风水宝地，并在这里建有“蒋公馆”“美龄舞厅”和“防空洞”。蒋、宋夫妇经常在此与外国人联谊聚会，以扩大影响。宋美龄曾多次安排陈纳德将军、史迪威将军与蒋介石在此会晤。民间传说的“前线战况吃紧，后方依然歌舞升平”即由来于此。如今美龄舞厅回廊的墙壁上挂满了当年蒋、宋二人在鸡公山期间的照片。可见，那时候的鸡公山这个呼唤光明精灵的鸡神，并没有唱醒一个个黢黑的长夜，相反地，“长夜难明赤县天，百年魔怪舞翩跹”。唯有十月革命的炮声和五四运动的风雷惊醒了沉睡的大别山，马克思列宁主义开启了中国革命的航向标，在共产党的领导下，唤起工农千百万，走上了“工农武装割据”的道路，才使鸡公山这个“鸡神”得以引颈高鸣，历经 28 年的艰难苦斗，最终实现了“雄鸡一唱天下白，迎来春色满人间”。

木兰山：红色遗存更璀璨

木兰山位于湖北省武汉市黄陂区北部，是大别山南麓高峰之一，距武汉主城区约 50 公里，海拔 582.1 米，面积 78 平方千米，是中部地区著名的道教圣地。木兰山因木兰将军而得名，山上现存“木兰将军之墓”碑。相传家住青狮岭（今木兰山）的花木兰 18 岁时女扮男装，代父从军十二载，屡建奇功，被封孝烈将军。后人感其忠烈，为其建祠、立庙、树坊，建造了木兰殿、将军祠、木兰游乐园地等景点。

现今的木兰山，不仅是全国著名的旅游胜地，更是红色文化的观瞻和教育基地。木兰山的红色文化，就在这山水之间、沟壑之中、石崖之上。因为这里山高林密，易于防守，加之木兰山上庙宇林立，香火旺盛，极其利于部队的隐蔽和转移。1928 年 1 月，黄麻起义失败后，吴光浩、戴克敏便率领从起义中突围出来的 72 位英雄到达木兰山开展游击活动。在木兰山北面悬崖峭壁上的“红军洞”内，就塑有工农革命军第七军官兵的彩色塑像，一个个栩栩如生，精神抖擞，比水泊梁山上的一百单八将还要威武。同时，在玉皇阁的下面，还用高大的石碑铭刻着 72 位英雄的姓名，可惜这些革命的英雄好汉绝大多数都壮烈牺牲了，活到中华人民共和国成立后的只有王树声、詹才芳、戴季英、陈再道、吴世安等少数人。虽然斯人已逝，历史的硝烟也已散尽，但 72 位英雄大闹木兰山的红色故事已家喻户晓、人人皆知。它将作为一笔巨大的精神财富为后代人所承继，也将作为一道亮丽的红色风景线扮丽木兰山，使这座千古名山更加光彩夺目、昭示千秋。

天台山和老君山：红旗不倒飘峰峦

位于鄂豫交界处的群山之中，有两座高耸云端、被传为神话的奇峰格外引人注目，一座叫天台山，一座叫老君山，两山相对而立，各有神话传说。传说，天台山是得道之人羽化为神仙后，从此山升天的，如铁拐李、吕洞宾、何仙姑等八仙就是从天台山登攀上天，晋见玉帝听封后而位列仙班的。还有嫦娥曾从此山下凡寻找过妹妹，等等。其实，明代红安籍户部尚书耿定向在《天台胜记》中，已将此山的来源道明。书说：“天台山者，楚魏之交山也，其山形类台，巧若天造，故名天台。”

老君山在新县卡房乡南部，是卡房境内第一高山，东北与天台山对峙，境内群山环绕，森林茂密，山地险要，峡谷纵横。老君山由来的传说也很多，据明弘治《黄州府志》记载：“世传老君曾炼丹于此，上有药臼石。”还相传老君驾一清牛板车从空中而来，见古木参天，雾气霭霭中有仙药气味，便停下牛车，采得炼丹原料精制仙药，老君山由此得名。

天台山与老君山的神话传说，固然是历朝历代的后人所杜撰，但发生在这里的红色故事却是千真万确，为鄂豫两地人民津津乐道。

早在大革命时期，在武汉私立中学读书的黄安籍学生，如戴季伦、戴克敏、郑位三等，被董必武派往黄安北乡开展农民运动。他们经常带领曹学楷、吴焕先等进步青年到天台山上畅谈革命理想，策划革命活动。天台山的顶巅，有一道自然断裂的石罅峭壁，两边飞起一个箭步，即可跨将过去，但那断裂的峭壁底下，则是百丈深渊，令人望而生畏。游客们都称之为“试心沟”。意思是心诚则迈步而过，心不诚跌下去粉身碎骨。有一次，戴季伦、戴克敏和吴焕先三位姑表兄弟登上这处“天台”后，为了表示各自的赤胆忠心，相互之间还打了个“赌”，决定跳一次“试心沟”。于是，他们都脱去鞋袜，鼓足浑身力气，在“一、二、三”的口令声中，纵起身子一跃而过。此一举动，虽说带有打赌性质，十分惊险，可他们也乐在其中。吴焕先借此跳过“试心沟”的举动，向他的二位兄长提出了加入共产党的要求。戴克敏笑着说：“以你各方面的表现来看，是够入党条件的，我们兄弟俩愿做你的入党介绍人。不过，要经过党组织审查批准，方可办理入党手续。”

得此许诺，吴焕先心花怒放，豪情顿生，面对雄伟壮丽的天台山、鄂豫交界处的苍茫大地，即兴吟诗一首：

四望众山低，昂然独出奇；
白云分左右，惟尔与天齐。

1926 年初，吴焕先由戴克敏和戴季伦介绍，在黄安县七里坪加入了中国共产党。后来，在红四方面军西征后，他重建红二十五军，在极端艰苦的条件下，在天台山和老君山屯兵数月，渡过了最困难的时期。鄂豫皖省委书记沈泽民因身患重疾，不能跟随部队行军打仗，只好藏在这两山之间休养，后在天台山北麓的枣林山病逝。

1934 年 11 月，鄂东北道委重建于此，将留下的部分红军队伍和地方武装组织起来，以天台山和老君山为屏障，展开了艰苦的三年游击战争。中原突围后，李先念决定留下何耀榜、刘名榜、马友才等在天台山和老君山继续开展游击活动。一次，何耀榜和刘名榜获知大恶霸杜儒存的五儿子，人称杜五疯子，要在天台山的脚下召开“庆祝反共胜利大会”的消息，便率领藏在老君山红军洞的几名游击队员下山，以猛虎扑食的手法，枪毙了杜五疯子和前来祝贺的特务头子多人。还没有等敌军反应过来，他们又钻进了两山之中。正是通过这次漂亮的挖心战，他们打击了敌人的嚣张气焰，迫使敌人的电台大骂："大别山的残匪很难剿灭。"同时，也使远在延安的毛泽东获悉"大别山还有我们的同志在顽强地战斗"！随后，就有了刘邓大军千里挺进大别山的战略行动。当邓小平询问刘名榜是怎么在敌军围困万千重的艰苦环境下生存下来的时候，刘名榜回答说，一靠党的领导和坚定的革命信念，二靠与人民群众的血肉联系，再一个就是靠了天台山和老君山这样的天然屏障。那数不清的红军洞，为我们遮风挡雨，还掩护我们躲过搜山"进剿"的敌军；那取之不尽、用之不竭的山花野果和清泉水，也帮助我们渡过了饥饿的威胁。

啊，天台山和老君山，你们是革命的山，英雄的山，也是充满神秘和传奇的山！正是有了你们做靠山、做掩护，才使得以吴焕先、高敬亭、何耀榜和刘名榜为代表的革命英雄前赴后继，坚持大别山 28 年的火种不灭，革命红旗始终不倒！

四望山：革命烽火燃豫南

四望山，位于豫鄂两省边陲的桐柏山、大别山之间，为桐柏山脉进入信阳的第一高峰，主峰祖师顶海拔 906.4 米，登峰顶可俯瞰信阳、应山、桐柏、随州 4 地，故名四望山。四望山与信阳市浉河区浉河港乡毗邻，故在浉河区的干部和民众的心目中，四望山是"红色圣山"，而浉河区也因四望山的红色光环，享受到"红色浉河"的美誉。

四望山是血染的土地，历经中国革命各个历史阶段炮与火、灵与肉的血战，使其更加高大雄伟，闻名遐迩。

其一，四望山是豫鄂边第一块农村革命根据地的创建地，也是河南省的第一块红色区域。1927 年 11 月下旬，中共豫南特委和四望山特支在这里发动了著名的"四望山农民暴动"，成立了豫南工农革命军，创建了以四望山为中心纵横数百里的红色区域。也就是在这里，掀起了河南土地革命战争的高潮。

其二，四望山是中原抗战的前沿立足地和新四军五师的成长地。1938 年 11 月，危拱之、刘子厚、王海山等在这里成立信阳挺进队，开辟了以四望山为中心的豫南抗日根据地。抗战胜利前，以四望山为中心，先后建立县级抗日民主政权 8 个。1939 年，遵照党中央和中原局的指示，李先念率领 100 多人枪和 60 余干部，在这里召开了著名的“四望山会议”，成立了新四军豫鄂挺进纵队。1941 年皖南事变后，豫鄂挺进纵队被改编为新四军第五师，孤悬敌后进行抗战，为抗战全面胜利作出了巨大贡献。

其三，四望山是全国解放战争的首战地。1946 年 6 月 26 日，蒋介石撕毁停战协议，发动了对中原部队的全面进攻。6 月 29 日，李先念指挥中原军区主力向西突围，北路 1.5 万余人从四望山东侧的柳林、李家寨，突破敌军层层封锁胜利突围，为中国革命保存了可贵的有生力量。

在长期的革命斗争中，以四望山为中心的红色区域留下了大量的革命遗址和宝贵的革命历史文化资源，主要分布在信阳南部的浉河港、柳林、董家河等地，目前被确定为省级红色旅游线路图景点的有 5 处，被确定为市级红色旅游线路图景点的有 11 处。

木城寨：将军故里故事多

木城寨，鄂豫间名寨，位于两县三乡交界处，南与红安县七里坪镇檀树岗接壤，北与新县箭厂河交界，西与新县陈店乡胡子石村紧邻。站在寨顶鸟瞰全境，红安县檀树岗水库尽收眼底，西北看新县陈店乡胡子石村新红友谊大桥一览无余。它圆锥似的拔地而起，独立成峰，峰顶是天生的营盘。山寨周围是连绵起伏的群山。当年，木城寨与光裕山、摩云岭、黑石寨、山石门、羚羊山横亘在鄂豫之间，形成一道天然屏障。山上树木繁茂，杂草丛生，海拔 300 多米，山顶有古战场痕迹。据有关传说得知，元朝末年，红巾军余部会同北边来的农民军，在这里造堡立寨，故数十丈高的残垣断壁依然存留。寨的东南部山腰有一大片突兀的石崖，被凿成道道石沟。其中一圆口终年蓄水，流传着“月亮磨刀”的神话。

木城寨流传着很多古老的传说，其中的红色故事更是举不胜举。寨的半山腰耸立着“木城寨会议地址”的牌子，记述着从黄麻起义守城失败后突围出来的工农革命军鄂东军领导人在此举行重要会议，确定把革命的中心转向农村，到远离中心区的木兰山打游击的决定。这是一次有组织、有目标的战略退却，为不久到木城寨西南方向创建柴山保革命根据地、实行工农武装割据确定了政治方向。

木城寨的北部脚下，是吴焕先的故居四角曹门。1926 年，吴焕先在木城寨下的箭厂河乡（旧称黄安县紫云区）成立了鄂豫边第一个党支部，创办了列宁小学，建立了第一支农民革命武装“三堂学会”，并利用木城寨“一夫当关，万夫莫开”的天然地形，多次击退了光山县红枪会和反动民团的进攻，保证了黄麻起义的顺利进行。

在木城寨的东南边有一个名叫野鸡笼的村子，既是红二十五军的诞生地，也是秘密宿营地。重建后的红二十五军为了取得郭家河首捷，头天夜晚，吴焕先、徐海东率 5000 余红军指战员隐藏在这里，第二天凌晨，突发奇兵，歼敌两个团 2000 多人，打了一个漂亮的歼灭战，极大地鼓舞了大别山人民的信心。抗日战争时期，日军曾由木城寨向新四军卡房后方医院突袭，也在木城寨被抗日军民打退。

木城寨的身后是绵延数百里的群山，名叫龙背山。更有趣的是，在主峰与群峰的交界处，有一棵不知何年长成的硕大古松树，枝繁叶茂，郁郁苍苍，更增添了这座主峰的神秘色彩。而这里就是李德生将军的故里，名叫李家洼。据说，李德生将军小时候曾在这棵八股松的树下放过牛、砍过柴。1928 年红军来到柴山保，在他的家乡成立苏维埃政府，李德生将军当选儿童团团长，也经常在这两峰山中间站岗、放哨、查路条，并参加了红军队伍。

天堂寨：红色文化最亮眼

极目山河纵大观，吴楚东南第一关。

古风新韵配诗画，红色文化最亮眼。

位于大别山北麓的天堂寨，又名衡山、多云山，号称“吴楚东南第一关”。这里既是古韵绿色的旅游胜地，也是红色文化的瞻仰场所，古往今来，存留着很多传说。

南宋末年的飘摇岁月，文天祥抗元，同榜进士程纶入大别山组织西义军，多云山义民傅高率众响应，在多云山建天堂寨，后兵败溃散。

传说，多云山雾罩弥漫，山顶有一水塘，终年不涸，极目远眺一览无余，可窥草木之动静，屡建守寨，屡建奇功，逍遥自在，随“天塘”称为“天堂”，始称“天堂寨”。

元末的那个风雨夜晚，布贩徐寿辉、江西僧人彭莹玉、麻城铁匠邹普胜共商反元起义，推徐主盟，于1351年重建天堂寨，僧人彭四乡游走，说徐是弥勒佛转世，旋即聚众数万揭竿而起，号称“红巾军”。同年8月，取罗田，克浠水，称帝清泉寺，国号“天完”，建元“治平”。声势浩大，席卷东南数省，割据一方，称帝11年。岁月里销蚀了几多留迹，却仍依稀可辨那个留下的天塘、走马场、造钱凹、逍遥宫、无敌碑、神谷仓等遗址。

1752年，农民马朝柱在天堂寨发动白莲教教徒起义，震惊湖广；1859—1864年间，天堂寨更成为太平天国军与清军、民团争夺的战略要地，当时湖广总督胡林翼论及此山说：“内可固鄂，外可图皖，大力经营，守备完固，则平时有藜藿不采之威，临时得高屋建瓴之势，中枢独运，妙利无穷。”

1929年，大别山北麓相继爆发了立夏节和六霍两面三刀大起义，诞生了两支工农红军，天堂寨成为鄂豫皖革命根据地的重要组成部分。大别山的两支主力红军北上抗日后，留下了高敬亭在这里重建红二十八军，进行了艰苦卓绝的游击战争。他们运用灵活机动的战略战术，转战皖西大地，智斗刘峙，大破卫立煌的多路“围剿”，创下赫赫战绩，使大别山的红旗不倒。

1947年，刘邓大军南下挺进大别山，在这里建立了刘邓前方指挥部，演绎出一幅波澜壮阔的解放战争画卷，更使天堂寨锦上添花、闻名遐迩。在天堂寨的脚下，即金寨县城区还修建有红军广场旅游系列景区，包括革命烈士纪念塔、金寨县革命博物馆、红军烈士墓园、红军广场、洪学智将军纪念碑、金寨县红军纪念堂等六个主要景点。倘若你从天堂寨顺山而下进入金寨县城，你会切身感受到这里红、绿、古三色资源的独特魅力，自觉不自觉地受到红色氛围的熏陶、古韵新绿的熏染。

请水寨：皖西烽火遍地燃

没去过请水寨的人，都以为它是一个山寨的名字，其实不然。沿着蜿蜒的山路深入大别山腹地，一座山清水秀、风景宜人的古村落悄然呈现在眼前，青砖黛瓦、古树参天，到这里你才发现，请水寨只是一个古村落。而当你看到那矗立在村口的巨大火焰雕塑，和村内随处可见的标志标牌时，又会进一步发现这里是近代革命史上的一个重要的古战场。

1930 年，这里曾发生了一次安庆地区历史上规模最大、持续时间最长、影响最为深远的农民武装起义，这次起义叫请水寨起义，而领导这次起义的就是当时的中共潜山县委。

请水寨起义前，潜山天堂地区的农民长期受地主压迫、剥削，负担沉重。因此，天堂地区就成为潜山农民协会成立最早、会员人数最多、农民运动发展最快的地区。特别是在 1928 年 3 月，根据安徽省临委的指示，在中共潜山特支的基础上成立了中共潜山县委，在县委书记王效亭的带领下，组织广大农民群众开展抗租、抗债、抗息和反对抬高稻价的斗争，农民运动风起云涌。

1929 年 6 月，中共潜山县委在天柱山马祖庵召开会议，决定全面开展“三抗”斗争（抗租、抗息、抗抬高谷价），并成立了农民秘密武装组织——“摸瓜队”。“摸瓜”，即暗杀恶霸地主的意思。也就是在这一年，天堂地区发生了严重的干旱灾害，导致谷物歉收，民不聊生，但以响肠大地主方廷献为代表的地主豪绅，却不顾农民协会的警告，趁机将稻谷价格提高，激起民愤。1930 年 1 月，根据中共潜山县委的指示，响肠、无愁两支“摸瓜队”先后处决了响肠地主方廷献、无愁劣绅陈晓初及其子陈厚生等，由此点燃了请水寨起义的导火线。

今天的岳西县响肠镇请水寨村和中关镇请寨村交界处，是当年请水寨起义的主要发生地，现在这里已建立了请水寨暴动纪念碑、纪念馆及火炬雕塑等标志性建筑。在请水寨暴动纪念馆里，那一幅幅图片、一件件实物等可为我们还原那场影响深远的武装起义。尽管请水寨起义在坚持一年之久后仍然失败了，但它在中国革命史、安徽地方党史上留下了浓墨重彩的一笔。起义后成立的中国工农红军第三十四师是安庆地区第一支工农武装，也是鄂豫皖革命根据地创建时期四大主力红军之一。起义队伍转战潜山、霍山、怀宁等地，与红三十二师、红三十三师配合作战，对国民党反动派在安徽的统治是一个沉重打击。起义军开辟的天堂革命根据地是鄂豫皖革命根据地的重要组成部分。

请水寨上红旗飘。虽然距离请水寨起义已经过去 90 多年，但我们不能忘记无数革命先烈以鲜血染红了这片热土，留下了许多可歌可泣的故事，铸就了以“坚守信念、对党忠诚，胸怀全局、甘于奉献，军民同心、团结奋斗，不畏艰苦、勇当先锋”为主旨的大别山精神，成为留给后人不忘初心、牢记使命、砥砺前行的宝贵精神财富。

河南湾：打响大别山武装割据第一枪

1928 年 6 月 2 日，工农革命军第七军进入柴山保后，第七军和地方党领导人吴光浩、戴克敏、曹学楷、徐朋人、吴焕先等在清水塘召开会议，决定开辟柴山保根据地，第七军司令部就驻扎在河南湾的水口寺。可是，还没有等到第七军扎下根、站稳脚，国民党匪军就闻讯赶来“进剿”。

6 月 5 日清晨，大雾迷漫，几尺远看不清人影。国民党十八军驻黄安县檀树岗乡长冲的一个营，约 300 多人，由清乡团长、土豪方晓亭带领，向我工农革命军驻地的河南湾突袭而来。这时，第七军得到消息后，吴光浩军长将当时仅有 30 多人的部队分成三五个人一组，分散埋伏在河南湾山岭上的树林和草丛里，当敌军刚刚进入埋伏圈，尚未找准袭击方向时，吴光浩一声大喊：“打！”多路枪声和手榴弹的爆炸声，以及战士们的喊杀声搅在一起，震荡山谷。此时的敌军晕头转向，乱成一锅粥，不知我军有多少人马杀来，吓得纷纷夺路逃命。这一仗，不但击溃了数倍于第七军的国民党正规军，还俘敌 2 名，缴驳壳枪 3 支。

战后，被民众称为刽子手的方晓亭因“谎报军情”，使国民党军队吃了苦头，在黄安吊桥村挨了主子的一顿皮鞭。当地人民拍手称快，赞扬说：

革命军真勇敢，
河南湾打一仗，
盒子枪缴三“管”，
方晓亭挨皮鞭。

河南湾战斗的胜利，虽然缴获不多，但政治意义很大，打响了开辟大别山“工农武装割据”道路的第一枪，树立了工农革命军的声威，鼓舞了广大人民群众的斗志。自此，在很长一段时间内，敌军不敢轻易进犯河南湾，为第七军有计划地拓展鄂豫边根据地赢得了宝贵时机。

王湾村：偏僻村落定大事

在大别山腹地的新县陈店乡（旧称柴山保），有一个拥有上千人口的较大村落，名叫王湾。这个村庄虽然深处黑石寨的大山脚下，山高坡陡，相对闭塞，但却在近现代的革命史书上留下厚重而光彩的一页。这里是著名烈士王志仁的出生地，也是开国将军王才贵的故乡。在鄂豫皖的革命进程中，这里曾开过两次重大会议，并且载入中国革命的史册。

第一次会议的时间和内容：1930 年 6 月底，鄂豫皖边区第一次工农兵代表大会在王湾村召开，到会代表 200 余人，会上成立了鄂豫皖边区苏维埃政府，选举甘元景为主席。旧址原系王氏祠堂，2008 年 6 月被河南省人民政府公布为重点革命文物保护单位，随后新县人民政府又拨专款对旧址房屋进行了修整。

第二次会议的时间和内容：1947 年 12 月 30 日，经扶县首次人民代表大会在该村王氏祠堂胜利召开。参加会议的有来自各区的人民代表，以及罗山、光山、商城和湖北、安徽等兄弟县以及野战军、鄂豫军区的代表共 500 多人。会议通过了关于建立县政权、剿匪、土地改革和生产等决议。与会代表认真听取了穰明德所作的《关于目前形势和任务》的报告。

会前，人们就一致要求改换经扶县名。经扶县委就此事进行热烈讨论，有提议叫“泽民县”“焕先县”“伯承县”。穰明德就此事请示刘伯承司令员，刘司令员严肃地说：“不要以人名做地名，还是叫新县好！”大会上，刘名榜正式宣布，将经扶县更名为新县。这时，几个代表立即上台将大会会标上的“经扶县”扯掉，换上了“新县”的崭新名字。从此，一个崭新的新县名称出现在大别山的版图之中。

会议期间，人民群众敲锣打鼓，抬着整猪整羊送到会场对代表们进行了慰问，野政文工团还演出了歌剧《白毛女》《军民一家》以示祝贺。大会通过投票选举邱进敏为新县人民政府第一任县长。

以此次会议为标志，一个实行人民民主政治、人民当家作主的新政权得以诞生。

王大湾会议：提神鼓劲励群贤

王大湾会议会址位于河南省光山县东南 30 公里的砖桥镇，占地面积 1 万多平方米。这是刘邓大军千里跃进大别山时，在此召开的晋冀鲁豫野战军旅以上高级干部会议，史称“王大湾会议”。

王大湾，并不是一个村名，而只是一个代码。这次会议实际上是在砖桥镇砖桥街文氏祠堂召开的。那为什么不叫砖桥会议而称王大湾会议呢？这是因为，1947 年，国民党军队对刘邓大军展开疯狂围攻，战斗中，刘邓大军的一部电台不幸被敌人夺去，密码本也被缴获，为了迷惑敌人，刘邓大军发报改用明码电报，取“王大湾”之名。据说，因很多参会的干部在地图上找不到“王大湾”这个地名，只好由总部派来的骑兵专程引导，一程一程地把他们送到“王大湾”。由此可知这次会议的保密程度和会议的极端重要性。

1947 年 9 月底召开的这次会议，邓小平称之为“不握手会议”。会议的主旨是，统一对坚持大别山斗争的思想认识，着重增强部队斗志，克服右倾情绪，进一步整顿纪律。刘伯承强调：“创立大别山解放区是我党我军正确的战略方针和坚定不移的政治任务。要创立解放区，必须打胜仗歼灭敌人，发动群众实行土地改革……增强斗志，反对右倾情绪，克服纪律松懈现象是歼灭敌人，发动群众，建立大别山根据地，实现党的战略进攻方针的根本环节……”

在会上，邓小平作了政治工作报告。他说：“党中央对我们这次行动的意义，作了充分的估计。现在我们不但保存和巩固了原有解放区的基本区域，而且把战争引向蒋管区，迫使蒋介石把战线由黄河移到长江。可是，我们有些人只看到自己的艰苦而看不到全国战局这种新变化，个别人甚至产生右倾情绪和违法乱纪现象，这种错误倾向是绝对不能允许的……”邓小平还强调部队必须认真执行“三大纪律，八项注意”。在刘邓首长讲话精神的激励和鼓舞下，首先在团以上干部中统一了思想认识，坚定了扎根大别山的信心，振奋起敢打大仗、硬仗和恶仗的决心，很快扭转了战局，打开了新局面。

王大湾会议是坚持大别山斗争的重大转折，因此，史学界也把它称作“解放战争的遵义会议”。中华人民共和国成立后，老区人民十分珍视刘邓大军留下来的革命遗产，保护着像王大湾会议旧址这样一大批战斗遗迹，把它们作为进行爱国主义和革命传统教育的宝贵财富加以弘扬。现在的王大湾会议旧址已被省政府公布为省级文物保护单位和河南省爱国主义教育基地。

七里坪：“残垒犹存旧战痕”

湖北省红安县七里坪，背靠大别山，南接大武汉，与新县郭家河乡接壤的湿地公园名扬全国。

七里坪为中国革命作出了卓越贡献，也为今天留下了丰富的革命遗址、遗迹资源。早在 1924 年这里就建有共产党组织，在董必武、郑位三、戴克敏、曹学楷、吴焕先、郑行瑞等发动和领导下，革命活动风生水起，从未间断。特别是在土地革命时期，著名的黄麻起义在这里策划，红四方面军在这里诞生，红二十五军在这里重建，红二十八军在这里改编为新四军，罗礼经光游击队也是在这里与刘邓大军第十七旅相会。目前，七里坪仅列入国家级重点保护文物单位的就有 37 处。2005 年被国家建设部、文化部授予“中国历史文化名镇”称号，被中宣部授予“全国青少年爱国主义教育基地”称号，被湖北省定为红色旅游名镇，是名副其实的“天下第一坪”。

位于七里坪黄金地段的长胜街，灰砖黛瓦、古色新韵，素有“小汉口”“六渡桥”之称谓。这里既是革命文物一条街，又是传统教育、旅游观光的好景点，每年前来旅游观光接受教育者达数 10 万人。据不完全统计，在民主革命时期，七里坪当时总计有 8 万人，其中一半的人参加了革命，可谓“家家有烈士、户户有红军”。近几年在长胜街上先后拍摄了《五更寒》《大别山上红旗飘》《黄麻惊雷》《大进攻序曲》等 10 多部影视剧目。

1958 年，董必武回乡视察期间，在参观七里坪时曾写下一篇感人的诗作：

残垒犹存旧战痕，义军根据地传名。
而今建设能跃进，不愧当年七里坪。

链 接

国家确定的 12 个重点红色旅游区

一、以上海为中心的“沪浙红色旅游区”，
主题形象是“开天辟地，党的创立”。
二、以韶山、井冈山和瑞金为中心的“湘赣闽红色旅游区”，
主题形象是“革命摇篮，领袖故里”。
三、以百色地区为中心的“左右江红色旅游区”，
主题形象是“百色风雷，两江红旗”。
四、以遵义为中心的“黔北黔西红色旅游区”，
主题形象是“历史转折，出奇制胜。”
五、以滇北、川西为中心的“雪山草地红色旅游区”，
主题形象是“艰苦卓绝，革命奇迹”。
六、以延安为中心的“陕甘宁红色旅游区”，
主题形象是“延安精神，革命圣地”。
七、以松花江、鸭绿江流域和长白山区为重点的“东北红色旅游区”，
主题形象是“抗联英雄，林海雪原”。
八、以皖南、苏北、鲁西南为主的“鲁苏皖红色旅游区”，

主题形象是“东进序曲，决战淮海”。

九、以鄂豫皖交界地域为中心的“大别山红色旅游区”，

主题形象是“千里跃进，将军故乡”。

十、以山西、河北为主的“太行红色旅游区”，

主题形象是“太行硝烟，胜利曙光”。

十一、以渝中、川东北为重点的“川陕渝红色旅游区”，

主题形象是“川陕苏区，红岩精神”。

十二、以北京、天津为中心的“京津冀红色旅游区”，

主题形象是“人民胜利，国旗飘扬”。

附录

难忘首长教诲

转瞬间，敬爱的李德生首长已离开我们整整10年了。每每回忆起笔者与首长的两次见面，近距离聆听他的教诲，体会他的言传身教，总是情不自禁地从心底升腾起对他的无比缅怀和崇敬。他那慈祥的笑容、和蔼的话语、平易的作风，时时萦绕在笔者的脑际，使笔者这个他家乡的后生晚辈感到格外亲切和终生难忘。

那是1994年的初夏，笔者在河南省委宣传部主管的《市场经济导报》杂志社当记者。在去北京采访著名经济学家厉以宁教授之后，突然萌发了拜见家乡首长的念头。在信阳驻京办事处高振超主任的引领下，我们驱车一个多小时，来到了向往已久的北京西山，在一栋青松掩映、鲜花环绕、既神秘而又普通的平房里，笔者第一次见到了敬慕已久的李德生首长。

“首长，您好!”虽早已脱下戎装，但笔者仍按部队的礼节，给首长行了一个军礼。然后，抢前几步，紧紧拉着首长的手臂，注视着这位曾做过党的副主席、国防大学政委、上将司令员的风云人物：国字脸、浓剑眉，中等身材，理着平头，身着灰色衬衣，脚穿黑色布鞋，虽年近八旬，但精神矍铄，慈祥中透着威严，平凡中隐着神秘。笔者平静了一下紧张的心情，坐在了首长身旁。当通过高主任的介绍，首长得知笔者与他是沾亲带故的同乡人，当过兵、上过大学，转业地方后经历多个岗位的历练，现在是省级报刊的一名编辑部主任时，他点头赞许，用浓重的乡音风趣地说：“好哇，我们老家那个地方贫穷落后，虽出了不少将才，却难出几个秀才，你在省城当记者，那就是个地道的‘秀才’了，不简单呢。”接着，他话锋一转，不无严肃地说：“要做一名合格的编辑、记者，不光要能写会访、当好‘二传手’（指约来好稿子），更要继承和发扬党的好文风啊!”

“何谓好文风?”笔者正要请教，首长在略微沉思之后，用肯定的语气说，“我认为好的文风，就是毛泽东同志一贯倡导的理论联系实际、实事求是的作风，也就是陈云同志讲的‘不惟书、不惟上、只惟实’。”

“你学过党史吧?”笔者点头答是。他接着说，延安整风之前，在我们党内盛行着“言必称希腊”的教条主义，拉山头、以人划线的宗派主义，空谈理论、不重实际、被毛泽东称为“墙上芦苇，头重脚轻根底浅；山间竹笋，嘴尖皮厚腹中空”的文牍主义。通过延安整风运动，狠刹了这三股歪风，确立了实事求是的思想路线，为实现全党空前的团结和统一，进而为彻底打败日本法西斯强盗、埋葬蒋家王朝、成立中华人民共和国奠定了坚实的政治思想基础。如今，我们党和国家正致力于改革开放，大力发展社会主义市场经济，但仍要重视整顿“新三风”。

笔者有些好奇：当时只有“不正之风”之说，没有“新三风”之议呀?

首长似乎看出了笔者心中的疑惑，愤然说道，那些不顾国情和党情，鼓吹“外国的月亮比中国圆”，盲目崇拜西方的政治民主和生活方式的言行，不就是教条主义在作祟吗?那些不从各地实际出发，误把改革视为“否定我国以公有制为主体的体制”，搞“破公立私”的“一刀切”做法，不就是主观主义的表现吗?还有那些偏重“能人”、忽视“德行”，只讲经济发展，不讲党建保证和反对腐败的片面宣传，不也是党八股的翻版吗?所以，他认为这些表现就是现今需要加以整顿的“新三风”。

真是想不到，一位退休的老人，还这么熟知党史、洞察时事，这么关心党和国家的发展。笔者不禁肃然起敬，不由地请教问：“老首长，我们作为普通记者，该怎样发扬好文风、抵制‘新三风’呢?”李德生首长认真地说：“你们做报刊宣传工作的，担负着舆论导向的重要责任，要继承和发扬党的好文风，首先，要有党性原则，敢于坚持真理，不能跟风跑。要晓得辩证法，不要形而上学，搞片面性，特别是要遵循小平同志的指示，坚持‘两手抓、两手都要硬’。既要解放思想，又要实事求是；既要坚持改革开放、放手发展社会主义市场经济，又要加强宏观调控，坚决反对腐败现象；既要转达好经济专家、学者的意见和建议，又要面向实际，贴近基层，多倾听基层干部和人民群众的呼声和建议。”

听君一席话，胜读十年书。返郑后，笔者把首长对笔者的教诲原原本本地向社长总编和同事们作了汇报。在总编的主持下，我们围绕怎样办好《市场经济导报》进行了热烈讨论。根据首长的要求，增添了“基层之声”“抓好两手”“开窗户与安纱窗”等新栏目，使刊物越办越活，受到广大读者的青睐和有关部门的好评。

第二次拜见首长是在 1997 年的盛夏。这时，笔者已调到省委组织部主办的《党建月刊》杂志社工作。这次拜见首长是受部领导和社领导之托，聘请首长担任本刊顾问，同时敬请首长为本刊题词、留影。有过第一次拜访的经历，这一次笔者轻车熟路地找到了首长住地。虽然时隔三年，首长依然健谈，但较上次苍老了一些，加上右腿患了严重的风湿性关节炎，走路已离不开拐杖了。笔者心里一阵发酸，难过得流出了眼泪。首长宽慰笔者说：“这没什么，生老病死，自然规律嘛！”接着问笔者：“你这次来，有什么事吗？”

笔者说明来意后，赶紧从书包里拿出《党建月刊》1997 年第 6、7 期刊登的由笔者改编、新县党史办张桂中撰写署名的《血战沙场、风云政坛——记三星上将李德生》的连载文章给他看，期盼得到他的指教和夸赞。首长拿起放大镜，坐在桌前足足看了一个多钟头，首先肯定了文章写得很有气势，从题目到内容的叙述都很生动，内容基本属实，特别是对文章提到的叶剑英对他的评价“人生贵有胸中竹，经得艰难考验时”和邓小平关于“李德生同志一身清”的评价很感兴趣。首长说，你们能弄来这些资料实属不易，但也指出文中存在的几处不实不足处，如关于首长小时候给本村地主放牛的事。首长说：“我放牛的那家并不是什么地主，而是未出四代的一个堂叔，他家也是贫农，只不过家境比我家好一些而已。”笔者插话说：“您放牛的这家主人就是我岳母的爷爷呢。”首长说：“是呀，那你怎么不晓得他家是贫农呢？”“对不起，首长，我们这样写，是为了更有力地说明您是因反抗剥削和压迫而逼上红军之路的。”“那怎么行呢？”首长批评说，“写人物传记可不同于写小说哟。写小说可以天马行空、随意虚构，但写人物传记必须尊重事实，不能瞎编胡诌。假大空的东西给我们带来的危害还少吗，今后应当注意哩。”

笔者惊出了一身冷汗，不待笔者检讨，首长又用和缓的语气给笔者讲了他放牛的往事。他说："我堂叔是个老实巴交的庄稼人，只是婶子有些尖酸刻薄。我每天放牛回来后，她总要拿一把青草或稻草喂牛。如果牛不吃这些草，说明我放牛没有偷懒；如果牛还吃这些草，那就说明我放牛偷懒了。不是骂我，就是不让我吃饱饭。事后我才知道，牛有四个胃，不管你喂得多饱，它都能嚼个不停。所以我小时候忍饥挨骂就在所难免了。不过，这同地主老财剥削穷人还是有很大区别的。"

再譬如，对于"把牛拴在木城寨的一棵八股松上，瞒着家人，避开地主追踪，趁着蒙蒙月色，偷偷跑到红军队伍里"的描述，首长笑着说："你这样写，我怎么感觉有些像古典小说描写的'林冲雪夜上梁山'的味道呢？其实，那时我很小，十一二岁吧，没人引领怎么知道红军是穷人的队伍呢。我是在一位同情革命的私塾先生的教育下，逐渐懂得一些革命道理的。1928 年，红军在家乡柴山保地区建立了苏维埃政权，还在我们李家洼村成立了童子团，并推选我为童子团团长。因工作关系，与苏维埃领导混得很熟。两年后的一个春天，红三十一师的一位名叫吴先筹的党代表找苏维埃主席联系工作，我向他提出了参加红军的要求，他开始嫌我年纪太小，不愿接受，后来我与他的警卫员比赛跑山路，结果我赢了，他不得不带我正式参加了红军。后来听说他因战伤死了，我还难过了好长一段时间呢。"

首长接着说，文中的不足之处，就是写他走向政坛的情况太过线条化、简单化。不过，他又说："这段情况很复杂，不是三言两语能说清的。我最近拟出一本回忆录，出版后送给你们做参考吧。"首长接着问："你们杂志发行多少份呀？"笔者回答说："发行到全省基层党支部，并与外省市有交流，今年达到 40 万份。"首长称赞说："哟，这个量不少嘛。河南是人口大省，也是党员大省，是应该有这么个学习交流园地，我乐意当你们这个刊物的顾问。"

"谢谢首长！"笔者兴奋之际，趁热打铁地恳求首长为本刊题词。

首长说："写些什么呢？"笔者不假思索地说："就写'办好党建月刊，当好党的喉舌——贺党建月刊创办一周年'吧？"首长欣然应许，缓慢地挪到宽阔的办公桌前，握起粗圆的软笔，在早已铺好的练笔纸上，用颤抖的手写了起来。

由于习惯于写“候”字，首长在写“喉”字时，曾数 10 次在“喉”字中间多写了一竖。笔者于心不忍：“首长，别再写了，我们回去做艺术处理吧。”站在一旁的首长夫人曹云莲女士也劝说道：“多一竖就多一竖吧，你身体不好，不宜久站啊！”可首长坚持说：“河南有几百万名党员和干部，我可不能让他们说我这个老党员还写错别字呀！”

为了缓和气氛，笔者给两位老人讲了一个真实的笑话。笔者说，1996 年《信阳日报》在一版通栏标题下写着“坚决纠正错别字”，可是就在一版题头下，竟错把总编张世发写成“张发世”呢。首长听后哈哈大笑说：“这个总编也够粗心的，把自己的名字弄错了还不知道。”接着意味深长地说：“看来，办好报纸杂志，没有认真负责的态度、严谨细致的作风，还真不行呢。”说完，他终于在写“喉”字时，忍住了多添一竖。

捧着首长那用心力和毅力书写的题词，笔者的心情久久不能平静。笔者既后悔没有事先想好简单的题词，让首长勉为其难了，又后悔对首长的生平与功绩知之甚少，导致文章错漏过多。好在首长不以为怪，尽力满足了笔者此行的期待与愿望。

笔者深知，李老的题词，寄托着老一辈革命家对办好河南党刊的期望，也展示出老将军那一丝不苟的严谨态度和认真负责的工作精神。虽然后来首长一直处在病危之中，笔者没有机会再见到首长，但首长对笔者的耳提面命，仍像晨钟暮鼓，时时响在笔者的耳边，成为笔者加强学习调研、提高工作效率与质量，不断改进文风的动力之源。

（文/耿显榜，此文曾在多家报刊发表）

参考文献

［1］《毛泽东选集》第1卷，人民出版社1991年版。

［2］习近平：《论中国共产党历史》，中央文献出版社2021年版。

［3］少华：《红四方面军》（上、下册），湖南人民出版社2016年版。

［4］湖北红安革命传统教育基地软件建设指挥部、红安县中国工农红军第四方面军历史研究会：《黄麻起义和鄂豫皖苏区革命烈士传》，中共党史出版社2009年版。

［5］陈敬、刘军：《长征纪实：征闻实录》，中国社会出版社2005年版。

［6］王胜杰、赵庆领、徐晖：《永远的长征：红色先锋　红二十五军长征珍闻录》，陕西新华出版传媒集团未来出版社2017年版。

［7］江雯、肖砚：《共和国领袖、元帅、将军交往实录：元帅·徐向前》，四川人民出版社2001年版。

［8］纪漪、钟林：《共和国领袖、元帅、将军交往实录：将军卷·上将》，四川人民出版社2001年版。

［9］田玄：《共和国领袖、元帅、将军交往实录：将军卷·中将》（下），四川人民出版社2001年版。

［10］《李德生回忆录》，解放军出版社1997年版。

［11］王振华：《中国名人轶事录》，金城出版社1997年版。

［12］耿显榜：《柴山保革命根据地史》，中共中央党校出版社2018年版。

［13］中共湖北省委党史研究室：《红色荆楚（第二卷·节点）》，中国和平出版社2016年版。

［14］政协大悟县委员会：《名人与大悟（第一辑）》，湖北人民出版社2005年版。

[15] 彭希林：《戴克敏烈士与他的一家》，人民出版社 1997 年版。

[16] 中共金寨县委党史和地方志研究室、金寨县档案馆：《将军县的初心故事》，国家行政管理出版社 2020 年版。

[17] 中国工农红军第四方面军战史编辑委员会：《中国工农红军第四方面军战史》，解放军出版社 1989 年版。

[18] 李良明：《100 位为新中国成立作出突出贡献的英雄模范人物：恽代英》，吉林出版集团 2011 年版。

[19] 尹兴家、张明鸣、李德复：《人民公仆——张体学的故事》，湖北人民出版社 1983 年版。

[20] 政协新县委员会：《红色记忆：政协文史资料第六辑》。

[21] 中共信阳市委组织部：《大别山革命风范》，中央党史出版社 2015 年版。

[22] 章重：《灿烂的楚天将星——毛泽东和鄂籍将帅风云记》，中国国际文化出版社 2008 年版。

[23]《毛泽东文集》第 7 卷，人民出版社 1999 年版。

[24]〔美〕迪克·威尔逊著，封长虹译：《毛泽东传（1893—1949）》，中央文献出版社 2009 年版。

[25] 耿显榜：《诗情画意大别山》，河南人民出版社 2020 年版。

后　记

寻访英雄故事　传播红色文化

2021 年 7 月 1 日，是中国共产党 100 周年诞辰。为迎接和庆祝这一重大而庄严的日子，从 2020 年秋开始，我们克服新冠肺炎疫情和洪水灾害带来的阻力和影响，从武汉、红安、大悟、新县、麻城到黄冈，从桐柏、竹沟、何家冲、光山、商城、金寨到六安，一路寻访着大别山英雄儿女跟着中国共产党开展革命的战斗足迹，在他们曾经浴血奋战的鄂豫皖大地和西征途中，找寻红色记忆，挖掘珍贵史料，探访革命旧址，寻访英雄故事，传播红色文化，触摸历史脉搏，领略这片革命圣地上曾经闪耀的光辉。

尽管我们的时间有限、脚印很浅，每到一地仅仅是走马观花，没有与当地党史、志史部门进行广泛接触，没有与广大的红军家属和烈士后代进行深入攀谈，使我们了解和掌握的第一手材料少之又少，但值得庆幸的是，在鄂豫皖等地同仁的帮助和直接参与下，我们获得了很多参考资料，并购买了一批红色书籍，这为我们的写作提供了充足的材料之源，也为我们捷足攀登红色书山之路提供了阶梯。

本书是河南省兵友文化传播有限责任公司的同仁为庆祝中国共产党成立 100 周年而编写的。因人手紧张，资料难以搜集，特别是受疫情和洪水灾害影响，延误了执笔者利用更多的时间深入红色基地采访，所以，很多故事不得不通过间接途径获取。虽有一些同志送来了很多鲜见的第一手文稿，但因文字太长，不得不作大量删节，可能影响故事的完整性。还有众多红色文稿属于研究性论文，故未被采用。

大别山的红色故事，浩如烟海、不胜枚举，我们采取大事件与小事件、大人物与小人物、众所周知的与鲜为人知的、报刊书籍公开发表的与亲身采访的故事相结合的办法，力求突出典型性、故事性与创新性，力求使每篇每例故事短小精悍，既具有典型教育意义，也具有小中见大、耳目一新的鲜见感。是否达到这一初衷，由读者评议。

此外，在本书编辑过程中，参阅了大量出版书籍和报纸杂志，在附录中已专门列出参考文献、资料来源。除特别需要署名外，未作具体介绍。还有，本书属于通俗读物，不是研究性论文，为便于阅读方便，每篇每例故事都不加引文注释，因为书中的绝大多数引文都在附录所列的书目、资料之中。同时，因受调研的局限，很多故事情节直接引用了原作者的文字，在此特致谢忱并表歉意。

本书出版得到了中共中央军委原副主席、上将范长龙等领导同志的首肯，并为本书作序，借此出版之际，谨向其表示衷心的感谢！同时，向故乡的老将军万海峰上将表示崇高的敬意！向国务院研究室原主任王梦奎、河南省委的老领导徐光春、支树平和解放军中将刘敏等，以及本书各位顾问表示深深的敬意和谢忱。

在本书付梓之际，还要特别感谢中共中央党校出版社的鼎力支持。

全书由张静、耿显榜、梅乐堂、王占强、陈绍军、张敦瑞、刘行等编委会负责人提议出版书籍计划，并负责有关联络工作；由耿姗姗、耿显榜全面负责资料收集、具体编撰和统稿工作；张敦瑞、胡遵远、寥加同、刘晓兰、张桂中、徐利华、崔国安等同志提供了珍贵的稿件；还有很多编委提供了其他帮助。

由于时间仓促，加之编辑水平不高，难免出现不妥和疏漏之处，敬请读者诸君批评指正。

编　者

2022 年 1 月 10 日